KB151400

톨스토이냐
도스토예프스키냐

조지 스타이너 지음 | **윤지관** 옮김

서커스

험프리 하우스를 추모하며

차례

톨스토이냐
도스토예프스키냐

제2판 서문

문학비평과 해석을 담은 책들은 생명이 한정되기 십상이다. 예외들이 있기는 하다. 말하자면 아리스토텔레스나 새뮤얼 존슨이나 콜리지의 비평 담론은 그 자체가 문학이 된다. 철학적 강점이나 문체의 탁월성이라는 미덕에 의해서 그럴 수 있고, 문학에 근접해 있는 덕분일 수 있다. 이론적 비평적 쟁점이 상상력의 산물인 작품에 필수적인 경우들도 있다(가령 생트뵈브를 비판한 프루스트의 논쟁적인 글이나 T. S. 엘리엇의 평문들이 그 예다). 그렇지만 이런 경우들은 예외로 남는다. 문학 연구, 그 가운데서도 특히 학문적이거나 학문과 저널리즘의 중간쯤에 속한 문학 연구는 생명이 매우 짧다. 그것들은 취향, 가치 평가 및 용어를 둘러싼 논쟁의 역사에서 다소간 특수한 시기를 구현한다. 그리고 얼마 안 가 이들은 각주 속에서 그럭저럭 묻힐 곳을 찾거나 도서관 진열대에서 말없이 먼지를 모으게 된다.

『톨스토이냐 도스토예프스키냐』는 거의 40년 전에 처음 선을 보였다. 여러 언어로 번역되고 당시 소련이었던 곳에서 선집 형태로 해적 출판되기도 하는 등 이 책은 절판된 적이 없었다. 이제 다시 책을 내면서 내 마음은 어떤 놀라움과 감사로 가득 차 있다. 새 판을 내는 데는 위험 부담도 없지 않을 터인데 예일대 출판부가 이를 너그럽게 감당해 주었다.

그렇지만 나의 첫 번째 책이었던 이 연구가 새롭게 시의성을 얻게 된 어떤 복합적인 동력의 혜택을 누려왔다는 것도 아마 사실일 것이다. 이 연구가 제기한 쟁점들, 그것이 주장하는 믿음들은 다시 생생히 현존하고 있다. 1959년에 표현된 직관들은 지금까지 명이 다하지 않았고 제기된 우려들은 더욱 적실한 것이 되었다. 시간이 지나면서 시나브로 아이러니들이 생겨난다. 시간은 애초에는 사색의 그림자였던 인식들이라든가 감수성의 반영들에 내용을 부여할 수 있다. 나는 저 1950년대 말에는 40년 후에 이 저작에서 내가 '구비평'이라고 지칭하면서 상론했던 독법 내지 도덕적 상상 활동의 기본 원칙들이 초미의 쟁점이 될 것이라고는 충분한 정도로 예견하거나 헤아리지 못했다.

"신비평가들", 특히 앨런 테이트와 R. P. 블랙머가 나의 직접적인 스승들이었다. 그들은 서정시를 상위에 두고, 혼란을 야기하는 역사적 전기적 맥락의 수렁으로부터 건져 올린 텍스트의 빛나는 자율성에 몰두했으며, 비평 작업은 시에 대한 일종의 설명적 모방이라는 생각을 가지고 있었다. 그렇지만 그 작업 자체도 뉘앙스와 수사법의 복잡성을 통해 끌어내야 하는 것이었다. 이 같은 생각은 나와 우리 세대에게 모범이 되었다. 여기에 이런저런 사유로 대학에 자리 잡지 못한 시인-비평가들이 마치 은하계의 성운처럼 모였고, 해석과 문학적 판정의 기능에 특이하고도 모험적인 품격을, 콜리지적인 높이를 회복해 주었다. 랜섬, 펜 워런, 버크, 테이트, 블랙머의 최상의 성취는 문학에 대한 연구와 평가에 19세기부터 상속되어 왔고 여전히 대부분의 대학 학과들에서 성행하고 있던 역사주의, 실증주의, 문헌학적 연구 관행 속에 묻혀 버린 어떤 지성wit, 매슈 아널드의 표현을 쓰자면 "고도의 진지성"을 되돌려 주었다. 그 야심은 〈케니언 리뷰Kenyon Review〉에서 모습을 드러냈고, 프린스턴에서 열리는 블랙머의 가우스 세미나에서 하나의 주제로 받아들여졌으며, 신비평의 관용구로, 하버드 스퀘어 바깥의 그롤리어 서점에서 시에 대한 담화로 나타났다.

그럼에도 불구하고 그것이 던지는 마력은 나에게는 처음부터 모호했다. 프랑스식 리세 제도에서 고전 교육을 받았던 나[*]는, 비록 내가 그 지식을 적용하는 데 필요한 천착과 기술적 열정을 가지지 못한 처지이긴 했지만 진정한 문헌학과 역사적 언어학이 무엇인지 알고 있었다. 가령 I. A. 리처즈 식으로 그 역사적 문헌학적 배경에서 빼내어 "표준화"시켜서 영구적인 것으로 만든 시적 언어라는 개념은 나를 설득하지 못했다. 전기적인 것, 즉 작가의 실존적 시간적 정체성이 중요하다는 생각

---

[*] 리세는 프랑스 중등학교로, 스타이너는 프랑스에서 리세를 다녔고, 미국에 와서도 프랑스식 리세에서 고등학교를 마쳤다. – 역주

을 나는 버릴 수 없었고, 다시 리처즈 식으로 시나 희곡이나 소설에 마치 부적과 같은 익명성을 부여하는 것이 잘못이라는 생각을 버릴 수 없었다. 예컨대 초서의 삶이나 디킨스나 보들레르의 삶에 대해서 우리가 아는 것을 책임성 있게 걸러서 보면, 그것은 그들의 예술의 내용 및 형식과 곧이곧대로든 간접적으로든 관련을 가지기 마련이다. 우리는 중세의 서정시인을 이를테면 로버트 프로스트처럼 읽을 수는 없다. 작가에 대해서 알려주는 환경의 압력, 그 밀도는 너무나 다양하다. 이 다양성, 이 "정보 공간"은 사회적 경제적 물질적 범주들을 포함해야 한다. 영문학은 사회 계급(이와 관련된 관용적 어구는 실제 현실에도 영향을 미치는데) 속에 담겨 있고 그것에 의해 생성된다. 프랑스 문학은 이데올로기에 의해, 종교적 정치적 갈등에 의해 연료를 공급받아 왔다. 단테보다 경제적-이데올로기적 동기와 제약에 대해 더 날카로운 진단자는 없다. 과학과 기술의 발전, 농업과 상업주의의 발전이 문학 형식의 발전에 거의 매 지점마다 영향을 주지 않은 것처럼 구는 것은 터무니없을 정도다. 심지어 서정시조차도, 인쇄술이나 일반 교육이 도입되기 전에 쓰인 앵티미스트intimiste 시조차 이후에 쓰인 시(블레이크가 이런 상호작용을 명료하게 보여주는 예이다)와 같다는 것이 도대체 말이 되는가?

케네스 버크를 예외로 하면 신비평가들은 마르크스주의를 별로 접해보지 못했다. 프랑스의 지적 풍토에서라면 마르크스주의의 고전들이나 마르크스주의에서 생겨난 사르트르적인 참여예술이나 문학의 모델에 어느 정도 친숙하지 않고서 성년에 이를 수는 없을 것이다. 나는 헤겔을 꽤 읽었고 루카치를 많이 읽었다. 신비평의 핵심이라고 할 "탈물질화된" 시학이라는 공식, 랜섬과 테이트의 "아르카디아적인 전원주의"*―역사화된 신화와 세계대전 이전을 활용해서 바로 그 역사에서 도피하자는 것―가 나에게는 그들의 독해의 대부분을 빈약하게 만들고 사실상 왜곡시키는 듯 보였다. 특히 양차 세계대전과 금세기의 중심부에서 비인간성이 승리하는 사태를 겪으면서 말이다.

이 같은 불편함에서, 그리고 신비평은 희곡과 소설과 같은 지배적인 장르에 대해서는 단지 지나가는 투로밖에 다룰 수 없었다는 관찰에서(예컨대 『코리올라누스』를 다룬 버크나 토머스 만의 『파우스투스』를 다룬 블랙머가 그렇듯이), 구비평을 정의하고 예증해보자는 생각이 떠올랐다. 그로써 문학에 대한 해석적 비평을 해보려는 게 나의 의도였다. 형식적 세부와 모호성과 문학적 양식들의 자기 구성에 대한 신비평의 강조를 중시하면서도, 이데올로기적-역사적 맥락과 문학 생산의 실제 경제적-사회적 구성 요소들과 저자의 실존적 정체성, 그리고 무엇보다 우리의 문학에 정전의 개념을 부여해온 저 형이상학적-신학적 차원을 충분한 근거를 가지고서 복원시키고자 했다. 여기에는 산문 소설의 최고봉들 가운데서조차 톨스토이와 도스토예

---

* '아르카디아'는 그리스어로 자연과의 조화를 이루는 전원을 이상화하는 관념을 지칭. 랜섬과 테이트 등 신비평가들은 남부 농경주의자들이기도 했다. ―역주

프스키의 소설들, 즉 『전쟁과 평화』, 『안나 카레니나』, 『악령』, 『카라마조프가의 형제들』은 마치 탑처럼 솟아 있다는 사실이 전제되어 있었다. 뚜렷하게 우뚝 솟아 있으면서도 끊임없이 탐구되어야 하는 탑 말이다. 이 사례는 이 두 작가가 가히 필적할 만하고 또 근본적으로 다르다는 사실로 인해 더욱 매력적이었다. 톨스토이는 그를 호머와 연관시키기에 충분할 정도로 '서사시'적이다. 셰익스피어 이후로 도스토예프스키는 극작가 가운데서 가장 위대하고 가장 다성악적인 작가일지도 모른다. 톨스토이의 정치적 '초월주의', 유토피아적 경건성은 궁극적으로는 개량주의적이다. 인간은 지상에서의 정의와 사랑의 왕국을 향한 움직임 가운데서 파악되어야 한다. 『백치』와 대심문관을 낳은 사람은 우리의 비극적 형이상학자들 가운데서 가장 어두운 부류에 속해 있다. 톨스토이의 신은 도스토예프스키의 신과 놀라울 정도로 대립한다.

오직 구비평만이 이 차이를 실행적 형식의 차이와 해석학적으로 관련시킬 수 있을 것이라고 나는 느꼈다. 헤겔에게서 물려받은 총체성이라는 그 이상만이 어떻게 "소설의 기법이 늘 소설가의 형이상학으로 우리를 데려가는지"(사르트르) 그 내용과 형식의 세부를 통해 보여줄 수 있을 것이다. 다음으로, 신비평가들은 이런 "수용"의 요소를 무시했지만, 독자의 반응, 즉 톨스토이의 작품과 도스토예프스키의 작품 사이에서 (코르네유와 라신, 브로흐와 무질 사이도 마찬가지인데) 무엇을 더 좋아하느냐 하는 것은 독자 자신의 인생철학 내지 그 결핍을 가리키고 또 이를 끌어낼 것이다. 비근한 예로 릴케의 고대 아폴론의 토르소는 우리에게 "우리의 삶을 바꿀 것"*을 요청한다. 톨스토이와 도스토예프스키도 그러하지만 종종 이 둘은 정반대를 지향한다. 그들의 소설은 어떻게 이와 같은 소환을 불러일으키는가? 우리가 이 둘 가운데 어느 한쪽에 더 커다란 신뢰를 보내게 된다면 무엇이 이 선택에 수반되는가? 여기서 중립이란 불가능하지는 않다 하더라도 허상이라고 보아야 할 것이다. 서구 감정의 역사에서 남녀 가릴 것 없이 누구나 플라톤주의자가 아니면 아리스토텔레스주의자 가운데 하나라는 말은 상투어가 되었다. 문학에서 여기에 비교할 만한 존재론적 심리학적 분열이 "톨스토이주의자"와 "도스토예프스키주의자" 사이에 성립한다. 이것은 그들에게 매료되고 또 분개한 그들의 동시대인들에게 이미 명백하게 드러난 바 있다.

이후에 벌어진 일들을 내가 제대로 예측했을 리가 없다. 그 증거는 너무나 우리와 밀접하게 연관되어 있고 근접해 있어서 결론을 짓기는 무리다. 그러나 이제 와서 보면 탈구조주의와 해체론은 어떤 본질적인 지점에서 신비평을 그 전조로 하고 있는 듯 보인다. 익명의 텍스트라는 저 교훈적 허구는 "저자의 죽음"이라는 개념으로 손쉽게 변조된다. 궁극적으로는 말라르메에서 비롯된 관점, 즉 문학 언어의 자기 지시적, 폐쇄적, 우연적 성격이라는, 외적 진리-기능과 증명 가능성의 삭제라는 관점이 해체론의 중심을 이룬다. 그것은 신비평가들이 발전시

---

* 릴케의 시 「고대 아폴로의 토르소」의 시행. – 역주

킨 시적 자율성의, 내부 반영적인 모호성의 비대화 속에 잠재되어 있다. 의식적으로든 아니든 "탈약호화decoding" 내지 해석적 실천을 문학적 대상과 동등한 중요성을 가지는 것으로 높이는 것(미학사에서 보자면 비잔틴풍의 특징이라고 할 거만함)이 신비평의 지배적인 특징인데, 여기에는 교묘하게도 모든 문학 텍스트는 이어지는 실타래 풀기unravelling를 위한 "전-텍스트pre-text"라는 해체론적 원리가 예기되고 있는 것이다.

하여간 내가 『톨스토이냐 도스토예프스키냐』에서 입증하려고 한 원칙들, 읽기의 요건들은 1959년 당시보다 오늘날 훨씬 더 긴급하다(그리고 거의 소외될 정도로 더 인기가 없기도 하다). 작품에서 저자의 중심적 존재는 근본적인 자기 증명으로 받아들여진다. 문학 비평과 해석은 아무리 도움이 된다고 해도 파생적인, "이차적인" 활동으로 상정된다. 톨스토이도 도스토예프스키도 조지 스타이너(혹은 그 문제에서는 데리다 씨와 같이 총명하고 자극적인 인물)를 필요로 하지 않는다. 그런 한편 조지 스타이너에게는 『이반 일리치의 죽음』이나 『지하 생활자의 수기』가 윤리적으로나 상상력을 위해서나 늘 필요하다(이런 당연한 소리를 다시 해야 한다는 것은 너무 심하지 않은가?). 어떤 진지한 시나 희곡이나 소설도 분석적 요약으로, 확정적인 설명으로 환원될 수 없다는 것은 분명하다. 바로 이 언제까지나 재생되는 반응의 비완결성이 위대한 예술의 지위, "시간을 가로지르는 기적"을 결정하는 것이다. 그렇지만 어떤 훌륭한 읽기도 오독이라고, 의미나 무의미가 담론에 기인하므로 어떤 것도 성립한다고, 언어적 전언의 수행적 수단이 본질적으로 단어에 대한 놀이라고 가정하는 것은 허무주의적이고 속속들이 자화자찬적인 속임수다. 이러한 해체적이고 "탈근대적인" 칙령들에서 추려낼 수 있는 인식론적 도발, "정신의 무도"(니체), 불가사의한 명랑성은 숙고할 만하다. 그것들은 우리로 하여금 의미의 의미, 허구적인 것의 존재론적 지위, 그리고 단어와 세계 사이의 불가피하게도 문제적인 관계를 재사유하게 한다. 동시에 그것들은 문학에서 가장 지속적이고 없어서는 안 되는 것(이런 "지속성"과 필연성은 해체론적 시각에서는 그 자체가 수사적 환상인데)에 대한 접근을 방해하는 듯 보인다. 현재의 이론이 실제 문학 작품에 적용되는 경우에 이것들이 그리 중요하지 않거나 상궤를 벗어날 지경이 되는 경향이 있는 것은 우연이 아니다. 『일리아스』나 『신곡』이나 『리어 왕』은 이 뒤집어 말하기 unsaying의 대가들*(이들에게 이런 리스트는 그 자체가 엘리트주의적 학문주의의 공허한 번성일 테니까)에게는 할 말이 거의 없다.

언어의 수수께끼에 대한 어떤 성숙한 탐색에서도 그렇듯이 핵심은 신학적인 것이다. 의미론적 표시들이 어떤 최종적이고 초월적인 기원 혹은 권위에 의해 보증된다면 확고한 의미를, 의도성을 지향할 수 있을 뿐임을 주장한다는 점에서 해체론도 이를 충분히 인정하는 셈이다. 해체론, 탈구조주의, 포스트모더니즘에는 이런 재보장이 있을 수 없다. 나는 『실재하는 현존들Real Presences』(1989)에서 초월적인 것에 대한 파스칼적인

---

* 의미의 불확정성을 주장하는 해체주의자들을 지칭한다. – 역주

투여는 언어의 이해를 위한, 의미에 의미를 귀속시키기 위한 본질적인 토대라고 주장했다. 더구나 이러한 투여는 알게 모르게 호머와 아이스킬로스에서 거의 지금에 이르기까지 주요 예술과 문학의 특징이 되고 있다. 그것만이 우리에게 음악을 "이해할 수 있게" 해 준다. 근대의 고전들, 지배적인 문학 작품들은 특수한 의미에서 "종교적"이다. 그것들은 신의 존재와 비존재의 문제를 포함한다. 비록 그 예들은 희귀하지만(레오파르디, 말라르메), 결과적인 무신론이 당당하고 드높은 비전을 낳을 수 있다. 높은 수준의 시와 예술이 초월적인 것의 "죽음"이나 부재로부터 세워질 수 있다. 그럴 수가 있고 또 압도적으로 그래왔듯이, 신의 가능성 혹은 "실재하는 현존"으로서의 신과 다양한 양상으로 대결하는 가운데 이룩되는 것이다. 질문을 던지는 상상력을, 유의미한 형식의 권한 부여를 사소한 일로 치부하는 듯 보이는 행태는, 신의 존재나 비존재의 문제를 의미론적 불합리로, 인간에게 더 이상 적합하지 않은 무슨 유치한 언어게임으로 격하시키는 것이다.

『실재하는 현존들』을 완료하고 나서야 나는 이 주장을 30년 전에 제기했던 것이 얼마나 불가피한 일이었는지 깨닫게 되었다. 『톨스토이냐 도스토예프스키냐』는 이 두 소설가의 위상이 그들의 신학적 관심사와 불가분의 관계에 있다는 것을 보여준다. 만약 『안나 카레니나』가 헨리 제임스가 주목했다시피 『보바리 부인』보다 훨씬 더 위대한 물건이라면, 또 『카라마조프가의 형제들』이 발자크나 디킨스를 가공할 만큼 능가한다면, 그 이유는 톨스토이와 도스토예프스키에 있어서의 신 문제의 중심성이다. 마찬가지로 톨스토이가 호머와 유사하고 도스토예프스키가 셰익스피어와 유사하다는 점을 정당화해 주는 것도 이들이 경험적인 것의 범위를 넘어서 개인적이고 집단적인, 심리적이고 역사적인 현실들에 대한 암묵적인 인식을 공유한다는 점이다. 이 두 러시아 대가들에게는, 그들 이후의 파스테르나크와 솔제니친처럼, 주요 예술가나 작가가 되기 위해서는 "신의 불에 발가숭이로"(혹은 신의 비존재의 불일 수도 있다) 서 있어야 한다는 D. H. 로렌스의 주장은 자명한 것이었다. 톨스토이가 부활의 신비에 끊임없이 의존한 것이나 도스토예프스키가 종말론적 허무주의를 형상화한 것은 공히 적수를 찾을 수 없는 서사적-극적 실현과 종교적 사유의 행위이다. 이 책은 러시아의 성취와 호손과 멜빌에 나타난 신학적 시나리오의 성취 사이에 깊이 깔려 있는 유사성을 환기시킨다.

지금이라면 물론 나는 다른 책을 썼을 것이다. 내가 러시아어를 모른다는 것이 더욱 당혹스러워질 그런 책을 말이다. 에필로그의 모습으로만 보자면, 그 책은 서사시의 규모로 무질에 있어서의 허구와 형이상학의 상호 작용을, "마술적 리얼리즘"이라고 불리는 것 속의 설명할 수 없는 것에 대한 통찰들을 고려하게 될 것이다. 『닥터 지바고』와 솔제니친의 소설들도 이 논의 속에 모습을 드러낼 것이다. 나는 또한 포크너에 나타난 톨스토이적인 서사시와 도스토예프스키적인 공포의 요소들을 더 잘 다루어보고자 할 것이다.

오직 독자만이 나의 이 첫 책이 생명력을 가지고 있는지 결정할 수 있다. 예일대학교 출판부의 후의는 나로 하여금 내가 지난 수십 년간 다른 책들을 통해 오직 하나의 충동을 쫓아왔다는, 다소 불안하면서도 확실한, 인식과 마주치게 해 주었다. 즉 내 작업과 가르침의 전부는 『톨스토이냐 도스토예프스키냐』의 첫 문장, "문학 비평은 사랑을 빚진 데서 시작되어야 한다"는 말에서 솟아나고 있다는 것을. 그리고 성스러운 것에 대한, 이 문장을 유효하게 해주는 "타자"에 대한 가능성에 투여하는 데 있다는 것을 말이다.

1996년
조지 스타이너

1

책은 이해될 때 비로소
그 진수眞髓가 드러나는 법입니다.

1797년 5월 6일
괴테가 실러에게

I

　문학 비평은 사랑을 빚진 데서 시작되어야 한다. 명백하면
서도 또한 신비로운 방식으로, 시나 희곡이나 소설은 우리의
상상 활동을 사로잡는다. 작품을 집어 들었을 때의 우리와 내
려놓았을 때의 우리는 같은 사람이 아니다. 다른 영역에서 이
미지를 빌려 보자. 세잔의 그림의 진정한 의미를 이해한 사람
은 차후로는 사과나 의자를 예전과는 달리 보게 될 것이다. 위
대한 예술 작품은 폭풍처럼 우리의 마음을 휩쓸어 지각의 문
들을 열어젖히고 그 변형력으로 우리가 구축한 신념에 압박을
가한다. 우리는 작품의 영향을 기록하고 우리의 뒤흔들린 집
을 새 질서로 정비하고자 한다. 다른 사람들과 교감하고자 하
는 타고난 본능으로 우리는 우리가 겪은 경험의 성격과 힘을
전하고자 한다. 그들을 설득하여 그 성격과 힘에 마음을 열도
록 하고 싶은 것이다. 이처럼 설득하고자 하는 시도에서 비평

이 제공할 수 있는 가장 진실한 통찰이 비롯한다.

내가 이런 말로 이 글을 시작하는 것은 이 시대의 대부분의 비평이 이와는 다른 경향을 보이기 때문이다. 요즘의 비평은 대개 철학적 계보와 복잡한 도구들을 엄청나게 동원하여 묘한 말로 흠을 잡는데, 그러다보니 칭찬하기보다는 매장하기 십상이다. 사실 건강한 언어, 건강한 감수성이 지켜져야 하는 것이라면, 매장되어야 할 것은 이루 헤아릴 수 없이 많다. 우리의 의식을 풍부하게 하거나 생명의 원천이 되지 못하는 책들이 너무 많아서, 우리를 용이하고 천박하며 일시적 위안을 주는 세계로 끌어들이려 한다. 그러나 이런 책들을 다루는 일은 서평가의 몫이지 명상하고 재창조하는 비평가의 기술이 관여할 바는 아니다. "명작 100선" 아니 천 권 이상의 명작이 있다. 그러나 그 숫자가 한이 없는 것은 아니다. 서평가나 문학사가와는 달리, 비평가는 걸작에만 관심을 가져야 한다. 그의 일차적 기능은 좋은 것과 나쁜 것을 구별하는 일이 아니라 좋은 것과 최상의 것을 구별하는 일이다.

이 점에서 다시 오늘날의 견해는 더 자신 없는 쪽으로 기운다. 즉 기존의 문화적 정치적 질서를 지탱하던 이음새가 느슨해지면서, 매슈 아널드가 호머 번역에 대한 일련의 강연을 하면서 아무 거리낌 없이 "세계 최고의 시인 5~6인"이라 언명할 수 있게 했던 그 확신을 잃어버린 것이다. 우리라면 그런 식으로 말하지 않을 것이다. 우리는 상대주의자가 되어 비평 원칙들이란 본질적으로 가변적인 취향을 일시적으로 지배하려는 시도임을 어쩔 수 없이 인식하게 되었다. 유럽이 역사의 주축에서 물러나면서, 우리는 고전 및 서구 전통의 탁월성에 더욱 확신을 못 갖게 되었다. 예술의 지평이 시간적으로나 공간적으로나 확장되어 어느 누구도 그 전체를 개관할 수 없게 되었다. 우리 시대의 가장 대표적인 두 시, 『황무지The Waste Land』와 에즈라 파운드의 『칸토스Cantos』는 동양적인 사고로 기울어진다. 피카소의 그림에는 복수심에 뒤틀린 콩고의 가면이 노려보고 있다. 우리의 정신은 20세기의 전쟁과 잔학상으로 말미암아 그늘져 있고, 우리는 우리의 유산을 점점 불안스럽게 느낀다.

그러나 너무 멀리 물러나서는 안 된다. 상대주의가 지나치면 무질서가 배태된다. 비평은 우리에게 위대한 계보의 기억과, 호머에서 밀턴에 이르는 숭고한 서사시의 비할 바 없는 전통과, 아테네와 엘리자베스 시대 및 신고전주의 연극의 찬란함과 장편소설의 대가들을 환기시켜야 한다. 비평이 분명히 해두어야 할 일은, 설혹 호머, 단테, 셰익스피어, 라신이 더 이상 전 세계 최고의 시인이 아니라 하더라도—세계는 너무 넓어져서 최고를 말하기가 어려워졌으니까—우리 문명에 생명력을 주고 문명이 위험한 지경에 빠지면서까지 지켜왔던 그 세계에서는 여전히 최고의 시인이라는 점이다. 역사학자들은 인간사의 끝없는 다양성과 사회적 경제적 상황의 역할을 강조하면서, 우리로 하여금 과거의 정의들, 즉 오랜 기간 동안 형성된 의미의 범주들을 폐기하게 하려고 한다. 『일리아스』와 『실낙원』 사이에는 천 년간의 역사적 사실이 가로놓여 있는데 어떻게 같은 명칭을 붙일 수 있는가라고 그들은 묻는다. "비극"이란 말이 『안티고네 *Antigone*』, 『리어 왕 *King Lear*』, 『페드르 *Phèdre*』에 다 쓰인다면 도대체 무슨 의미가 있겠는가라고.

이 물음에 대한 답변은 이렇다. 오래된 인식과 이해의 습관은 엄밀하게 진행되는 시간보다도 더 깊이 흐르고 있다고. 전통과 장대한 파도 같은 통일성은 이 새로운 암흑기가 우리에게 풀어 놓은 무질서감과 현기증 못지않게 생생하다. 역사의 한순간이나 종교적 신화의 일부가 중점적으로 관여하는 시적 이해의 형식을 서사시라고 부르고, 인간의 토대가 허약하다는 데서—헨리 제임스가 "재앙의 상상력"이라고 불렀던 것에서—의미 원칙들을 끌어내는 인생관을 비극이라고 부르자. 이 두 정의는 모두 철저함과 포괄성에 있어서는 빈약하지만, 호머와 예이츠를, 아이스킬로스와 체호프를 연결시키는 위대한 전통, 영적靈的 계보가 존재한다는 것을 상기시키기에는 충분하다. 비평이 열렬한 경외감을 품고 항상 새롭게 살아나는 생동감을 가지고 돌아가야 하는 곳이 바로 이러한 전통이다.

지금이야말로 이 같은 복귀가 절실히 요구된다. 주위의 모든 것이 새로운 문맹文盲을 무성하게 피워내고 있다. 짤막한 말이나 증오와 겉멋으로 가득한 말은 읽을 수 있어도, 언어가 미와 진실의 영역에 들어서면 그 의미를 이해하지 못하는 것이다. 오늘날 가장 훌륭한 비평가 중 한 사람은 이렇게 쓴다. "나는 특히 우리 사회에서 학자와 비평가가 공히 해야 할 일이 있고 그런 필요성이 과거 어느 때보다도 뚜렷이 나타나고 있다고 생각한다. 즉 독자들이 예술 작품에 반응하는 관계를 맺도록 해주는 일, 바로 중계자의 역할이 그것이다."* 판단하거나 분석하지 말고 명상하도록 하라. 오직 예술 작품에 대한 사랑을 통해, 그리고 시인의 기능과 비평가의 기능 사이의 거리를 유지하는 비평가의 끊임없고 고통스러운 인식을 통해, 이러한 명상은 이루어질 수 있다. 이는 고뇌를 통해 투명해진 사랑이다. 기적과 같은 창조적 천재를 살펴보고 그 존재의 원칙을 식별하여 이를 대중에게 보여주지만, 실제의 창조 활동에는 아무런 역할을 하지 않거나 거의 최소한의 역할밖에 하지 않는다는 것을 알고 있는 것이다.

나는 이 같은 입장을 "신비평"으로 알려진 명석하고도 지배적인 학파와 구별한다는 의미에서 "구비평"이라고 부르고자 한다. 구비평은 경탄에서 출발한다. 그것은 가끔 텍스트에서 물러나 도덕적 목적을 살피기도 한다. 또한 그것은 문학을 고립된 존재가 아니라 역사적, 정치적 힘의 작용 한가운데 있는 것으로 간주한다. 무엇보다 구비평은 그 범위와 성격이 철학적이다. 이 생각을 일반화하면 사르트르가 포크너론에서 토로한 믿음으로 이어진다. 즉 "소설의 기법은 항상 소설가의 형이상학으로 안내한다"는 것이다. 예술 작품에는 사상의 신화 체계가 모여 있으며, 무질서한 경험에 질서와 해석을 부여하려는 인간 영혼의 영웅적인 노력이 결집되어 있다. 예술 형식과 불가분의 것이지만, 철학적 내용—시에 부어넣은 신념이나 사색—은 나름의 작용 원칙을 가진다. 예술 가운데는 이념을 제

---

* R. P. 블랙머 : 「사자와 벌집」(『사자와 벌집』, 뉴욕, 1955).

시함으로써 우리를 감동시켜 행동으로 옮기게 하거나 믿음을 가지게 한 예가 수없이 많다. 이런 유형에 대해서는 마르크스주의자들을 제외하면 오늘날 비평가들이 항상 주의를 기울인 것은 아니다.

구비평에는 그 나름의 편견이 있다. 구비평은 "세계 최고의 시인들"은 신神의 신비를 수긍하거나 거부하도록 요구받은 사람들이라고 믿는 경향이 있다. 그리고 여기에는 세속 예술이 얻을 수 없는—혹은 적어도 얻은 적이 없는—웅대한 의도와 시적 효과가 있다고 믿는 것이다. 인간은 앙드레 말로가 『침묵의 목소리The Voices of Silence』에서 확신하듯, 인간 조건의 유한성과 별들의 무한성 사이에 짓찢겨 있다. 단지 이성의 기념비와 예술적 창조에 의해서만 인간은 초월적인 위엄을 내세울 수 있다. 그러나 그런 과정 속에서 인간은 신성神性의 형성력을 모방하고 동시에 거기에 대항하는 것이다. 따라서 창조 과정의 핵심에는 종교의 역설이 존재하고 있다. 시인만큼 완전히 신의 형상에 따라 조직된 사람도 없고, 시인만큼 어쩔 수 없이 신에 대한 도전자가 된 사람도 없다. D. H. 로렌스는 "나는 전능한 신의 불이 나를 꿰뚫고 지나가도록 언제나 발가숭이로 서 있다는 느낌을 받습니다. 이것은 다소 두려운 느낌이지요. 한 사람의 예술가이기 위해서는 무섭게 종교적이어야 합니다"*라고 말했다. 진실한 비평가이기 위해서는 아마 그럴 필요까지는

---

* D. H. 로렌스가 어니스트 콜링스에게 보낸 편지. 1913년 2월 24일자 (『D. H. 로렌스 서한집』, 뉴욕, 1932).

없으리라.

이상이 내가 이 톨스토이와 도스토예프스키 연구에 부여하고자 하는 가치의 일부이다. 이들은 가장 위대한 두 소설가다(모든 비평은 진리를 말하는 순간에는 독단적이다. 구비평은 그것을 터놓고, 최상급을 사용해서 행사할 권리를 갖고 있다). E. M. 포스터는 "어떤 영국 소설가도 톨스토이만큼 위대하지는 않다. 다시 말해, 인간의 삶을 가정적인 면이든 영웅적인 면이든, 그처럼 완벽하게 그린 사람은 없다. 또한 어떤 영국 소설가도 도스토예프스키만큼 인간 영혼을 깊이 파헤친 사람은 없다"*고 썼다. 포스터의 판단은 비단 영문학에만 해당되는 것은 아니다. 이것은 톨스토이와 도스토예프스키가 장편소설이라는 예술 전체에 대해 가지는 관계를 말해준다. 하지만 이러한 진술은 그 성격상 증명될 수는 없다. 기묘하게 들릴지 몰라도 명백하게도 그것은 "귀"의 문제이다. 우리가 호머나 셰익스피어를 언급할 때 사용하는 어조는 톨스토이와 도스토예프스키를 말할 때도 진실 되게 울려나온다. 우리는 단숨에 『일리아스』와 『전쟁과 평화』를, 그리고 『리어 왕』과 『카라마조프가의 형제들』을 이야기할 수 있다. 그처럼 단순하면서 그처럼 복잡하다. 그러나 거듭 말하지만 여기에 무슨 합당한 증거가 있는 것은 아니다. 『보바리 부인』을 『안나 카레니나』보다 높이 평가하거나, 『대사들 The Ambassadors』이 『악령』과 권위와 웅대함에서 비교

---

* E. M 포스터 : 『소설의 제 양상』(뉴욕, 1950).

할 만하다고 보는 사람이 잘못이라고—다시 말해 그가 어떤 본원적인 어조를 들을 "귀"가 없다고—증명할 수 있는 납득할 만한 방법이란 없다. 그러나 이와 같은 "귀먹음" 문제는 논쟁을 벌인다고 해서 해소될 수 있는 것은 아니다(음악에 대해 가장 예리한 정신을 가졌던 니체이지만 비제를 바그너보다 우월하다고 본 것은 커다란 잘못이라고 어느 누가 그를 설득할 수 있었겠는가?). 더욱이 비평적 판단의 "증명 불가능성"을 슬퍼할 필요는 없다. 아마 비평가들은 예술가들을 위해 힘든 삶을 영위하기 때문에, 카산드라의 운명 같은 것에 처해진 듯 보인다. 가장 분명히 보는 때조차 그들이 옳다는 것을 증명할 길이 없으며, 신뢰를 못 받을지도 모르는 것이다. 하지만 카산드라는 옳았다.

그러므로 톨스토이와 도스토예프스키가 소설가들 가운데 최고봉에 서 있다는 내 확신에는 개전의 여지가 없다. 이들의 통찰력의 너비와 표현의 힘은 추종을 불허한다. 롱기누스라면 의당 "숭고미sublimity"를 말했을 것이다. 이들은 감각적인 동시에 구체적이며 삶과 영혼의 신비가 스며 있는 "리얼리티"를 언어를 사용하여 구축해 내는 능력을 지녔다. 매슈 아널드가 "세계 최고의 시인들"을 가려낸 기준도 바로 이 능력에 있다. 그러나 톨스토이와 도스토예프스키는 독보적인 차원에 서 있기는 해도—『전쟁과 평화』, 『안나 카레니나』, 『부활』, 『죄와 벌』, 『백치』, 『악령』, 『카라마조프가의 형제들』에 나타난 삶을 종합해 보면 드러나듯이—19세기 러시아 소설의 개화에 없어서는 안 될 구성 요소이다. 이 서장에서 그 양상을 살펴볼 테지만, 이 개화는 서구 문학사의 3대 승리기 중의 하나로 보아도 좋을 것이다. 나머지 둘은 아테네의 희곡 작가 및 플라톤 시대와 셰익스피어 시대라 할 수 있다. 이 세 시기에 서구 정신은 시적 직관에 의해 어둠 속으로 뛰어들었고, 또한 인간 본성이 갖고 있는 빛이 한꺼번에 응집되었다.

톨스토이와 도스토예프스키의 극적이거나 예시적인 삶과, 소설사에서 차지하는 그들의 위치와 사상사에 미친 그들의 정치학적 신학적 역할에 대해서는 많은 책이 쓰였고 앞으로도 또 쓰일 것이다. 러시아가 등장하고 제국의 문턱에서 마르크스주의가 출현하면서, 톨스토이적인 그리고 도스토예프스키적인 사상이 예언적인 성격을 띠면서 우리 자신의 운명과 피할 수 없이 맺어지게 되었다. 하지만 더 범위를 좁혀서 단일화하여 다룰 필요가 있다. 서구 문학의 주된 전통의 맥락에서 톨스토이와 도스토예프스키의 위대성을 깨달을 수 있을 만큼 충분한 시간이 지난 것이다. 톨스토이는 자신의 작품을 호머의 작품에 비교했다. 『전쟁과 평화』와 『안나 카레니나』는 조이스의 『율리시즈』보다 훨씬 엄밀한 의미에서 서사시 양식을 부활시켰다. 즉 밀턴의 시대 이후 서구 시학에서 쇠퇴했던 문학적 어조, 내러티브 양식들, 표현 형식을 가진 문학으로 다시 진입한 것이다. 그러나 어째서 그러한지 알기 위해서는, 즉 비평적 시각에서 보아서도 『전쟁과 평화』에서 호머적인 요소를 즉각적이고 분명하게 식별하는 것이 정당하다는 점을 보여주기 위해서는, 세심하고 꼼꼼한 읽기가 요구된다. 도스토예프스키의 경우에도 이와 유사하게 더 정확하게 검토할 필요가 있다. 도스토예프스키의 천재성은 대개 극적 성격으로 이해된다. 그는 세익스피어 이래로 가장 포괄적이고 타고난 극적 기질을 가졌고 사실 스스로도 셰익스피어와 자신을 비교하기도 했다. 그러나 도스토예프스키의 소설 개념과 희곡 기법 사이의 여러 형태의 유사성은 그의 초고와 창작 노트가 다수 번역 출간됨으로써 비로소 추적할 수 있게 되었다. 이 자료는 나도 앞으로 폭넓게 활용할 생각이다. 연극의 이념(프랜시스 퍼거슨의 표현을 빌리자면)은 적어도 비극에 있어서는 괴테의『파우스트』이후 급격히 몰락했다. 계보를 짚어보자면 아이스킬로스, 소포클레스, 유리피데스까지 거슬러 연결되던 존재의 사슬은 끊어진 것처럼 보였다. 그러나『카라마조프가의 형제들』은『리어 왕』의 세계에 굳게 뿌리박고 있다. 도스토예프스키의 소설에서 비극적 세계관은 옛 방식대로 완전히 재생된 것이다. 도스토예프스키는 위대한 비극 시인의 한 사람이다.

톨스토이와 도스토예프스키는 창작 이외에도 정치 이론, 신학, 역사 연구에도 개입했는데, 이 외도는 천재의 괴벽스러운 취미라거나 위대한 정신이 흔히 물려받는 기이한 맹목성의 본보기쯤으로 간과되기 일쑤다. 진지한 관심의 대상이 된 경우에도 철학은 철학대로 소설은 소설대로였다. 그러나 원숙한 예술에서 기법과 형이상학은 종합체의 양면이다. 단테와 마찬가지로 톨스토이와 도스토예프스키에 있어 시와 형이상학, 즉 창조에의 충동과 체계적 인식에의 충동은 경험의 압력에 번갈아서 반응했는데, 이 양자는 서로 불가분의 관계라고 할 수 있다. 따라서 톨스토이의 소설에 나타나는 세계관과 신학은 똑같은 신념의 용광로를 거쳤던 것이다.『전쟁과 평화』는 역사시이지만,

그 역사는 특수한 빛 혹은 톨스토이적인 결정론이라는 특수한 어둠을 통해 보이는 역사이다. 그가 제시한 소설가의 시학과 인간사의 신화는 우리가 이해하는 그대로다. 도스토예프스키의 형이상학은 최근 상당한 주목을 받고 있다. 그것은 현대 실존주의의 원동력이다. 그러나 사물에 대한 그의 메시아적 계시적 비전과 기교상의 실제 형식 사이의 상호 작용에 대해서는 그 중요성에도 불구하고 별로 검토된 바 없다. 형이상학은 문학에 어떤 식으로 개입하는가, 그리고 그 경우 형이상학이 미치는 영향은 무엇인가? 이 책 마지막 장에서 『안나 카레니나』, 『부활』, 『악령』, 『카라마조프가의 형제들』을 예로 하여 이 주제를 다루게 될 것이다.

하지만 왜 하필이면 "톨스토이냐 도스토예프스키냐"라는 제목인가? 대비를 통해 그들의 업적을 살피고 각각의 천재의 성격을 살펴보고자 하기 때문이다. 러시아의 철학자 베르자예프는 "인간 영혼의 두 양식을 규정하는 것은 가능한데, 바로 톨스토이적인 정신과 도스토예프스키적인 정신이다"[*]라고 썼다. 경험이 그의 말을 뒷받침한다. 독자는 이 두 사람을 가장 탁월한 소설의 대가라고 볼 수 있다. 다시 말해, 그들의 소설에서 가장 포괄적이고 완벽한 인생의 초상을 발견할 수 있다. 그러나 독자를 다그치면 그는 둘 중 하나를 선택하게 될 것이다. 누구를 더 좋아하고 또 그 이유가 무엇인지 들어 보면, 그의 본

---

[*] N. A. 베르자예프 : 『도스토예프스키의 정신』

성을 꿰뚫어 볼 수도 있으리라. 톨스토이와 도스토예프스키 중의 택일은 실존주의자들이라면 하나의 참여un engagement라고 불렀을 것의 전조라고 할 수 있다. 즉 상상력을 인간의 운명, 역사적 미래, 신의 신비에 대한 근본적으로 반대되는 두 해석 중 하나에 맡기는 일이다. 다시 베르자예프를 인용하면, 톨스토이와 도스토예프스키는 "두 종류의 가정, 존재의 두 기본 개념이 서로 충돌을 일으키는 해결할 수 없는 논쟁"의 본보기이다. 이 충돌은 서구 사상을 지배해 온 이원성에 잇닿은 것으로, 플라톤의 〈대화편〉까지 거슬러 올라간다. 그러나 이는 또한 비극적이게도 우리 시대의 이데올로기 전쟁과도 밀접한 관계가 있다. 소련 출판계는 톨스토이의 작품은 문자 그대로 수백만 부씩 찍어 내고 있으나, 최근에야 마지못해 『악령』을 출판했다.

하지만 톨스토이와 도스토예프스키가 실제로 비교될 수 있을까? 그들의 정신이 대화와 상호 인식을 통해 연관되어 있다고 생각하는 것은 비평가가 지어낸 이야기에 불과할까? 이런 식의 비교에 주된 장애가 되는 것은 자료의 부족과 비중의 불균형이다. 예를 들어, 우리에게는 "앙기아리 전투"를 위한 밑그림이 남아 있지 않다. 따라서 우리는 경쟁적으로 창작하던 시절의 미켈란젤로와 레오나르도 다 빈치를 대비시킬 수 없다.* 그러나 톨스토이와 도스토예프스키에 대한 기록은 풍부하다. 우리는 두 사람이 서로 상대를 바라본 태도와, 『백치』의 저자에게 『안나 카레니나』가 준 의미를 알고 있다. 게다가, 내 생각으로는, 도스토예프스키의 소설 가운데는 그와 톨스토이 사이의 영적 만남을 예언적으로 비유한 구절이 있는 것 같다. 그들 사이에는 비중에 있어서도 불균형이 없다. 두 사람 다 거인족이다. 17세기 말의 독자들이라면 몰라도 그 이후로 셰익스피어를 동시대의 동료 극작가들과 정말로 비교 가능하다고 보는 사람은 아마 없을 것이다. 셰익스피어는 이제 우리의 숭배를 받으며 거대한 인물로 떠오른다. 말로, 벤 존슨, 웹스터** 등과 비교해서 평가하는 것은 마치 태양에 대고 그을린 유리를 치켜드는 셈이다. 톨스토이와 도스토예프스키의 경우에는 이것이 해당되지 않는다. 이들은 사상사가와 문학 비평가에게 독특하게 결합된 관계를 제공한다. 이들은 크기가 같고 서로 상대의 궤도에 영향을 미치는 이웃하고 있는 두 행성이다. 이들은 비교하고 싶은 마음을 불러일으킨다.

게다가 이들 사이에는 공통된 토대가 있다. 각자의 신의 이미지, 행동 제안 등은 궁극적으로 화해될 수 없는 것이다. 하지만 동일한 언어로 썼고, 역사상으로 바로 똑같은 시기에 썼다. 그들이 만날 뻔한 적은 수없이 많았으나, 그때마다 어떤 끈질긴 예감 탓인지 물러서고 말았다. 변덕스럽고 그다지 신뢰는

---

* 앙기아리 전투는 1440년 이탈리아 중부의 패권을 두고 피렌체 공화국과 밀라노 공국이 벌인 전투. 피렌체 공화국은 다 빈치에게 앙기아리 전투를, 미켈란젤로에게 카시나 전투를 주제로 한 벽화를 의뢰했다. - 역주
** 말로(Christopher Marlowe, 1564~1593), 존슨(Ben Jonson, 1572~c.1637), 웹스터(John Webster, c.1580~c.1634)는 모두 셰익스피어 시대의 극작가. - 역주

가지 않지만 많은 단서를 제공하는 증인 메레즈코프스키는 톨스토이와 도스토예프스키를 가장 대척에 있는 작가들이라고 규정했다.

대척에 있다고는 해도 동떨어져 있거나 아주 생소하지는 않았다. 극단이 서로 만나듯 이들도 자주 접촉했기 때문이다.[*]

이 책의 대부분은 두 사람의 정신을 나누어서, 즉 서사시인과 극작가로, 합리주의자와 환상가로, 기독교도와 이교도로 구분해서 보려고 할 것이다. 그러나 톨스토이와 도스토예프스키 사이에는 유사한 영역과 근접한 지점들이 있어서 두 성격상의 대립을 더 근본적으로 만든다. 여기서부터 논의를 시작하고자 한다.

II

먼저 "방대함" 즉 그들의 천재가 이룩한 규모가 광대하다는 점이다. 『전쟁과 평화』, 『안나 카레니나』, 『부활』, 『백치』, 『악령』, 『카라마조프가의 형제들』 등은 대단히 긴 장편소설이다. 톨스토이의 『이반 일리치의 죽음』과 도스토예프스키의 『지하

---

[*] D. S. 메레즈코프스키 : 『톨스토이의 인간과 예술―도스토예프스키론과 함께』(런던, 1902).

생활자의 수기』는 긴 이야기로 거의 장편소설에 근접하는 중편소설이다. 이런 사실은 너무 명백하고 기본적이어서 대개 으레 그런 것이라 여겨지는 경향이 있다. 그러나 톨스토이와 도스토예프스키의 소설에서 길이는 두 소설가의 목적에 필수적인 요건이다. 그것은 그들의 비전의 특성이다.

물론 분량만 가지고서 딱히 어떤 단정을 지을 수는 없을 것이다. 그러나 말하자면 『폭풍의 언덕』과 『모비 딕』, 혹은 『아버지와 아들』과 『율리시즈』의 길이가 다르다는 사실은 대조되는 기법에 대한 토론에서부터 상이한 미학과 상이한 이상理想이 개입해 있다는 인식으로 인도한다. 비교적 긴 산문 소설에만 논의를 한정해도 구별해 둘 필요가 있다. 토머스 울프의 소설에서 길이란 넘쳐흐르는 에너지, 자제력의 결여, 언어의 경이 속으로의 지나친 몰입 등을 드러낸다. 『클라리사*Clarissa*』도 무척이나 긴데, 그것은 리처드슨이 피카레스크 전통이라는 에피소드 중심의 느슨한 구조를 심리 분석의 새 용어로 옮겨 놓으려 했기 때문이다. 『모비 딕』의 거대한 형식에서 우리는 주제와 취급 양식 간의 완벽한 조화뿐만이 아니라 세르반테스까지 거슬러 올라가는 서사 장치 즉 옆길로 빠지기digression를 보게 된다. 발자크, 졸라, 프루스트, 쥘 로맹의 몇 권씩 이어지는 연대기들, 즉 대하소설roman fleuve들은 두 가지 점에서 길이의 힘을 예증한다. 서사시 양식을 말해주는 동시에 역사의식을 전달하는 장치이기도 한 것이다. 그러나 이 부류 내에서도 (특히 프랑스에서 그러한데) 구별해야 한다. 예컨대 〈인간 희극La Comédie humaine〉 속의 각 소설 사이의 연결과 프루스트의 『잃어버린 시간을 찾아서』 연작들 사이의 연결은 전혀 동일한 것이 아니다.

장시와 단시의 차이점을 숙고한 에드거 앨런 포는 장시의 경우 따분하게 늘리기, 옆길로 빠지기, 어조의 이중성 등을 포함하면서도 장시의 본질적인 장점을 유지할 수 있음을 알았다. 대신 장시는 짧은 서정시가 꿋꿋하게 유지하는 강렬함과 치밀함을 얻을 수는 없을 것이다. 산문 소설의 경우에는 같은 법칙이 적용되지 않는다. 도스 패소스의 실패는 꼭 집어 말하자면 부당한 길이가 빚은 실패다. 한편 프루스트의 거대한 사이클은 라파예트 공작 부인의『클레브의 공주 La Princesse de Clèves』라는 뛰어난 세밀화만큼이나 그 그물망이 섬세하고 단단하게 짜여 있다.

톨스토이와 도스토예프스키의 방대함은 처음부터 유명했다. 톨스토이는 철학적 논평을 삽입한다거나 훈계조의 잔소리를 늘어놓거나 플롯을 마무리 짓기를 표 나게 싫어한다거나 한 점 때문에 비난받았고 그 비난은 지금까지 계속해서 이어지고 있다. 헨리 제임스는 "느슨하고 헐렁한 괴물들"이라고 표현했다. 러시아 비평가들에 의하면, 도스토예프스키 소설의 길이는 공들여서 재기를 발휘한 문체, 인물들에 대한 소설가의 동요動搖, 그리고 원고 매수에 따라 보수를 받았다는 단순한 사실 등에 적지 않게 연유한다.『백치』와『악령』은 빅토리아 시대 경우처럼 연재물의 경제학을 반영한다. 서구 독자 가운데는 이 두 거장의 장황함이 러시아의 지리적 광대함에 어느 정도 부수되는, 특히 러시아적인 것으로 보는 사람도 꽤 흔하다. 그런 언급은 당치도 않은 것이, 푸시킨, 레르몬토프, 투르게네프 등은 간결의 본보기이니까 말이다.

생각해보면 톨스토이와 도스토예프스키에 있어 충만함이야 말로 가장 중요한 자유였음이 명백하다. 이는 그들의 소설 예술에 대한 생각뿐 아니라 삶과 인간성의 특징이기도 하다. 톨스토이는 자신의 존재의 너비에 걸맞고 소설의 시간 구조와 역사상 시간의 흐름 사이의 연계를 떠올리게 하는 거대한 화폭 위에 작업했다. 도스토예프스키의 방대함은 세부 묘사에 충실하다는 점을 반영하고, 극적 순간을 향해 축적되고 있는 수많은 행동과 사고의 세세한 부분들을 한꺼번에 파악하고 있음을 알려준다.

두 소설가를 고찰하면 할수록, 그들의 인간과 작품이 동일한 크기로 재단되어 있다는 것이 더욱 분명해진다.

톨스토이의 거인적 활력, 거친 힘과 강인한 인내력, 과잉이라 할 정도로 넘쳐흐르는 생명력 등은 악명 높다. 고리키 같은 그의 동시대인들은 톨스토이를 고대풍의 위엄을 부리며 지상을 어슬렁거리는 거인족으로 묘사했다. 그의 노년의 모습은 무언가 환상적이며 왠지 모르게 신성모독적인 분위기를 풍기고 있었다. 90대에 이른 그는 완벽한 제왕의 모습이었다. 최후까지 노력했고 굽히지 않았으며, 호전적이었고 자신의 왕국에서 즐거워했다. 톨스토이의 정력이 이러했기 때문에 작은 규모로는 상상도 창작도 할 수 없었다. 그가 방에 들어설 때나 어떤 문학 형식을 시도할 때면 일반인들이 드나드는 문 아래 꾸부정하게 서 있는 거인의 인상을 풍겼다. 그의 희곡 중 하나는

6막으로 구성되어 있다. 톨스토이의 『부활』의 인세로 재정 지원을 받아 러시아에서 캐나다로 이주해 간 종교 단체인 두호보르 교도*가 나체로 북풍 속을 행진하고 반항심에 넘쳐 헛간을 태워 없애버렸던 사실은 참으로 그럴 듯하다.

청년기의 도박판이나 곰 사냥이든, 많은 자식을 둔 폭풍과 같은 결혼생활이든, 무려 아흔 권에 달하는 저작에서든, 톨스토이의 삶 어느 대목에서나 창조적 본능의 힘은 명백하다. 그 자신 악마적 힘의 소지자인 T. E. 로렌스는 포스터에게 다음과 같이 인정했다.

톨스토이와 겨룬다는 것은 부질없는 일입니다. 이 사람은 어제의 동풍東風 같아서 마주하면 눈물을 자아내고 그사이 마비가 되고 마니까요.**

『전쟁과 평화』의 거대한 장章들은 일곱 번 밑그림이 수정되었다. 톨스토이의 소설들은 마치 창조의 압력, 언어로 인생을 조형하는 데서 오는 저 마술적 희열이 아직 마르지 않았다는 듯이 마지못해 끝난다. 톨스토이는 자신의 거대함을 알고 있었고 자신의 피의 용솟음치는 맥박 속에서 기쁨을 느꼈다. 한

---

* 두호보르 교도Doukhobors : 18세기에 등장한 러시아 농민 종교 분파로서 모든 외적 권위(성경까지도)를 거부하는 것이 특징. 러시아에서 박해를 받다가 톨스토이의 도움으로 캐나다로 집단 이민을 했다. – 역주
** T. E. 로렌스가 E. M. 포스터에게 쓴 편지. 1924년 2월 20일자(『T. E. 로렌스 서한집』, 뉴욕, 1939).

때 가부장적인 광휘의 순간에 휩쓸려 그는 유한성 자체에마저 의문을 던졌다. 그는 죽음—바로 그 자신의 육체적 죽음 말이다—이 피할 수 없는 것인가조차 의심했다. 육체 속에서 무궁무진한 힘이 솟아나고, 세계 각처에서 야스나야 폴랴나로 양떼처럼 모여드는 순례자들과 사도들이 그의 존재를 이다지도 절실하게 필요로 하는데, 왜 죽지 않으면 안 된단 말인가? 사자死者가 그야말로 문자 그대로 되살아난다는 생각을 강조한 루만체프 박물관의 사서 니콜라스 페도로프가 어쩌면 옳을지도 몰랐다. 톨스토이는 "나는 페도로프의 견해에 전적으로 동의하는 것은 아니"라고 했다. 그러나 페도로프의 견해가 톨스토이의 마음을 끌었다는 것은 명백하다.

도스토예프스키는 이와 대비되어서 자주 거론된다. 비평가들과 전기 작가들은 아예 그를 창조적 신경증의 가장 적절한 사례로 뽑아 놓았다. 이런 생각이 더욱 굳어지게 된 것은 시베리아 유형, 간질, 지독한 가난, 그의 모든 작업과 나날을 관류한 듯한 개인적 고뇌의 연쇄와 같은 그의 삶이 일반적으로 연상시키는 이미지 때문이었다. 더구나 괴테와 톨스토이의 올림포스적 건강성과 니체와 도스토예프스키의 병적 성격을 대비시킨 토마스 만의 구별이 잘못 이해되면서 이 관점에 권위가 실리게 된다.

사실을 말하자면 도스토예프스키는 비상한 체력과 인내력, 놀라운 쾌활성 그리고 동물적인 강인함을 타고났다. 그것으로 그는 연옥 같은 그의 개인적 삶과 창작의 상상적 지옥을 견뎌냈던 것이다. 존 쿠퍼 포위스는 도스토예프스키의 본성의 중심을 이루는 것은 "삶으로부터 고통을 당할 때조차 그 삶을 신비롭고 매우 여성적으로 즐기는 것"*이라고 지적한다. 그가 말하는 저 "흘러넘치는 생명력"이 소설가로 하여금 극도의 물질적 궁핍이나 신체적 고통을 겪으면서도 맹렬한 창작의 페이스를 유지하게끔 했다. 포위스가 멋지게 구별하고 있듯이, 도스토예프스키가 고뇌의 순간에조차 획득한 즐거움은 피학적인 것은 아니었다(그의 기질에 마조히즘이 있기는 하지만). 그것은 오히려 한 정신이 자신의 불굴성으로 획득하는 원초적이고도 절묘한 쾌락에서 솟아났다. 이 인물은 백열 상태로 살았던 것이다.

그는 소총 분대 앞에서 가짜 총살형이라는 고통스러운 경험을 치르고 살아났다. 사실 그는 그 끔찍한 시간의 기억을 인내의 부적으로 변형시켰고 무진한 영감의 원천으로 삼았다. 그는 시베리아의 유형katorga을 견뎠으며, 범죄자 수용연대에서 복무 기간을 채웠다. 그는 생명력이 덜 한 사람이라면 지쳐 쓰러졌을 가혹한 재정적 심리적 압박 아래서 엄청난 분량의 장편, 중편, 논쟁적 에세이 등을 썼다. 도스토예프스키는 자신에게는 고양이같이 유연하면서도 끈질긴 강인함이 있다고 했다. 그는 생사의 고비를 여러 번 넘기면서도 대부분의 날들을 전력을 다해 일하면서 보냈다. 그날 밤을 도박으로 지새웠든, 병마와 싸웠든, 혹은 빚을 구걸하러 다녔든 간에 말이다.

그의 간질은 여기에 비추어서 보아야 한다. 도스토예프스키

---

* 존 쿠퍼 포위스 : 『도스토예프스키』(런던, 1946).

의 "성스러운 병"의 병상病狀과 기원은 밝혀지지 않고 있다. 날짜를 거의 모르기 때문에 첫 발작이 도스토예프스키의 부친이 살해된 것과 인과관계가 있다는 프로이트의 이론은 수긍하기 힘들다. 간질에 대한 소설가 자신의 생각은 이중적이고 종교적 의미가 짙다. 즉 그는 그 속에서 잔인하고 야비한 시련과, 한 인간이 기적적 인식과 예지의 순간을 획득할 수 있는 신비한 재능을 동시에 보았던 것이다. 『백치』에서의 미슈킨 공작의 언급과 『악령』의 샤토프와 키릴로프 사이의 대화를 보면, 간질의 발작을 통합적 경험의 실현으로, 가장 비밀스럽고 기본적인 생명력을 외부로 쏟아내는 행위로 묘사하고 있다. 발작이 일어나는 순간, 영혼은 자신을 휘어잡고 제한을 가하던 감각으로부터 해방된다. 도스토예프스키가 "백치"가 그의 신성한 고통을 유감스러워한다고 암시한 곳은 어디에도 없다.

도스토예프스키 자신의 병이 그 특유의 강인한 힘과 직접적 관련이 있었다는 것은 거의 사실일 것이다. 병이 그의 노도 같은 에너지를 해방시키는 작용을 했을 수도 있다. 토마스 만은 거기서 "범람하는 활력의 산물, 거대한 건강성의 폭발과 과잉"*을 보았다. 이것이 도스토예프스키의 본성이 무엇인지 알려주는 열쇠임이 확실하다. 즉 병을 인식의 도구로 사용하는 "막대한 건강성"이 그것이다. 이런 점에서 니체와 비교하는 것은 정당하다. 도스토예프스키는 마치 "무지개빛 유리 돔"이나

---

* 토마스 만 : 『도스토예프스키 — 메센과 함께』(『새로운 연구』, 스톡홀름, 1948).

되는 것처럼 육체적 고통을 주위에 세워두는 예술가(혹은 사상가)의 본보기이다. 고통을 통해 이들은 현실을 강렬하게 경험한다. 따라서 도스토예프스키는 천식을 마치 벽처럼 세워 두고 그의 예술의 금욕주의를 지켜낸 프루스트에 비교될 수도 있고, 실명을 먹이로 귀를 살찌우고 조개껍질에 귀 기울이듯 어둠에 귀 기울였던 조이스에 비교될 수도 있다.*

"대척적이기는 해도 동떨어져 있거나 아주 생소하지는 않았다"고 메레즈코프스키는 말했다. 다시 말해 톨스토이의 건강함과 도스토예프스키의 병적 성격은 유사하게 위대한 창조력의 흔적을 남겼던 것이다.

T. E. 로렌스는 에드워드 가넷에게 털어 놓았다.

> 언젠가 내가 "거인적" 책(정신의 위대성이 두드러지는, 롱기누스가 "숭고한 작품"이라 부를 만한)을 보았다고 한 말을 기억하십니까? 그것은 『카라마조프가의 형제들』, 『차라투스트라』, 『모비 딕』입니다.**

---

* 프루스트는 9세 때 심한 천식에 걸린 이후 평생 생명의 위협을 받았으며 사망하기 3년 전(1919)부터는 병상에 누워 『잃어버린 시간을 찾아서』를 가필 수정했다. 조이스는 심한 눈병을 앓아 1917년에서 1930년 사이에 무려 25회의 눈 수술을 받았으며 한때는 거의 장님에 가까웠으나 『율리시즈』 집필을 계속했다. ─ 역주

** T. E. 로렌스가 에드워드 가넷에게 보낸 편지. 1922년 8월 26일자(『T. E. 로렌스 서한집』).

5년 후 그는 이 리스트를 늘여 『전쟁과 평화』를 포함시켰다. 이상의 것이 "거인적" 책이며, T. E. 로렌스가 일깨운 그 탁월함은 작품들의 외형적 방대함과 저자들의 생애에서 동시에 드러나게 되었다.

그러나 톨스토이와 도스토예프스키 예술의 특성인 장엄함은 고립적 현상으로 볼 수는 없다. 이들은 이렇게 서사시와 비극이 쇠퇴하자 사라졌던 총체성의 개념을 문학에 복구했던 것이다. 비록 버지니아 울프가 "자신의 것이 아닌 다른 소설에 대해 쓰는 것은 시간의 낭비"*가 아닌가 물었지만, 우리의 주의를 러시아 작가에만 국한할 수도 없다. 톨스토이와 도스토예프스키 작품의 본질을 연구하기 전에, 소설 예술의 일반적 주제와 19세기 러시아와 미국 소설의 독특한 장점을 잠시 살펴보기로 하자.

Ⅲ

유럽 소설의 중심적인 전통은 서사시의 소멸과 진지한 희곡의 쇠퇴를 초래한 바로 그 상황에서부터 생겨났다. 고골에서 고리키에 이르는 러시아 소설가들은 유럽에서 떨어져 있기도 하거니와 잇달아 등장한 천재들 덕분에 그들의 매체에 놀

---

* 버지니아 울프 : 「현대 소설」(『일반 독자』, 뉴욕, 1925).

라운 에너지와 극에 달한 통찰과 격렬한 믿음의 시를 충전시켰고 이로써 산문 소설은 서사시와 희곡의 영역에 견줄 만한 (심지어 그것들을 능가한다고 보는 사람도 있다) 문학 형식이 되었다. 그러나 장편소설의 역사가 연속성을 유지해 온 것은 아니다. 러시아에서의 성취는 유럽에서 성행하던 양식과는 날카로운 대조를 이루면서, 심지어는 거기에 맞서서, 이루어졌다. 러시아의 대가들은 다소 다른 식이기는 해도 호손이나 멜빌이 그랬던 것처럼 디포 시대부터 플로베르 시대에 이르기까지 통용되어 온 소설 장르의 관습에 반항했다. 요점은 다음과 같다. 즉 18세기 사실주의자에게는 이러한 관습은 힘의 원천이었지만 『보바리 부인』 시대에 그것은 한계가 되었다. 그 관습이란 무엇이며, 어디서 비롯된 것일까?

서사시는 본래 어느 정도 긴밀하게 엮여 있는 일단의 청중들에게 낭송되었다. 희곡도 단순히 제작물에 그치지 않고 생명을 얻고 있는 경우에는 집합적 유기체, 즉 극장의 관중을 대상으로 한다. 그러나 소설은 각각 그 나름의 개인 생활을 영위하는 개별 독자에게 발언한다. 그것은 작가와, 본질상 파편화된 사회 간의 의사 전달의 형식이며, 부르크하르트의 말을 빌리면 "혼자서 읽는 상상적 창작물"*이다. 개인 소유의 방에서 살면서 혼자서 책을 읽는다는 것은 역사적 심리적 의미가 풍성한 그런 상황 속에 참여한다는 것이다. 이 의미들은 유럽 산문 소

---

* 야코프 부르크하르트 : 『세계사 고찰』(전집 제4권, 바젤, 1956).

설의 역사 및 특성과 직접적인 관련을 맺고 있다. 또한 유럽 산문 소설이 중간계급의 성쇠 및 세계관과 다양하면서도 결정적으로 연관되어 있다는 것을 말해준다. 호머와 베르길리우스의 서사시가 시인과 귀족 사이의 담화의 형식이었다면, 소설은 부르주아 시대의 일차적 예술 형식이라 할 수 있다.

소설은 유럽 도시에서 주택을 소유한 개개인의 예술로만 발생한 것은 아니다. 그것은 세르반테스 이래 이성적 성향을 가진 상상력이 경험적 현실에 치켜든 거울이었다. 『돈키호테』는 서사시의 세계에 애매하면서도 연민 섞인 작별을 고했다. 『로빈슨 크루소』는 근대 소설 세계의 경계를 구획지은 말뚝이었다. 디포의 난파한 주인공처럼 소설가는 확고한 사실의 울타리로 스스로를 둘러싸게 될 것이다. 즉 발자크의 놀랄 정도로 견고한 집, 디킨스의 푸딩 냄새, 플로베르의 약국 카운터, 졸라의 끝 모르는 재산 목록 등이 그것이다. 모래에서 발자국을 발견하면 소설가는 덤불 속에 숨어 있는 인간 프라이데이*로 결론지을 것이며, 요정의 자취라거나 셰익스피어의 세계에서처럼 "안토니가 사랑했던, 신神 헤라클레스"의 유령의 흔적이라고 생각하지는 않을 것이다.

서구 소설의 주류는 산문적인데, 경멸해서 하는 말이 아니

* 프라이데이Friday : 영국 작자 디포(Daniel Defoe, 1660~1731)의 『로빈슨 크루소Robinson Crusoe』의 주인공이 무인도에서 만나게 된 인간, 크루소는 그를 만나기 전에 모래 위에 찍힌 발자국을 먼저 발견한다. ─역주

라 사실이 그러하다. 거기에는 광막한 카오스 속을 날아가는 밀턴의 사탄도, 수다스럽게 지껄이며 알레포로 항해하는 『맥베스』의 마녀 자매들도 깃들이지 못한다. 풍차는 이제 거인이 아니라 풍차일 뿐이다. 대신 소설은 풍차가 어떻게 세워졌고, 얻는 것이 무엇이며, 또 바람 부는 밤에는 어떤 소리를 내는지 자세히 알려준다. 왜냐하면 소설은 외면적 현실이든 내성적 상태이든 그 자료를 묘사하고 분석하고 탐구하고 축적하는 것이 그 특질이기 때문이다. 문학이 시도하는 모든 체험의 표현 중에서, 언어로 내세워진 현실에 대한 모든 반대진술 중에서, 소설의 그것이 가장 일관성 있고 포괄적이다. 디포, 발자크, 디킨스, 트롤럽, 졸라 혹은 프루스트는 세계와 과거에 대한 우리의 인식을 기록한다. 그들은 역사의 친사촌이다.

물론 위의 말이 적용되지 않는 소설 유형이 있다. 지배적 전통에서 벗어나 비이성과 신화의 영역을 고집하는 소설들이 있어 왔다. 엄청난 양의 고딕 소설(도스토예프스키를 다룰 때 언급될 것이다), 셸리 부인의 『프랑켄슈타인』, 『이상한 나라의 앨리스』가 지배적인 경험론에 반항하는 대표적 본보기들이다. 에밀리 브론테, E. T. A. 호프만, 포 등만 언급해도, "전前 과학" 시대의 의문스러운 악마학이 활기찬 내세를 가진다는 것을 이해할 것이다. 그러나 18, 19세기 서구 소설의 주류에서는 조망은 세속적이고 방법은 합리적이며 맥락은 사회적이었다.

기법상의 근거와 기반이 공고해지자 리얼리즘은 커다란 야심을 품게 되었다. 즉 외부 세계에 존재하는 실제 사회만큼 복합적이고 실체적인 사회를 언어를 통해 건설하려 했던 것이다. 이 시도는 작은 규모로는 트롤럽의 바체스터*를 낳았고, 큰 규모로는 〈인간 희극〉의 환상적 꿈을 낳았다. 1845년에 그 윤곽이 나왔듯이 이 대작은 137개의 소제목으로 구성되었다. 여기서 프랑스의 삶은 그 총체적인 대응물을 찾았다. 발자크는 1844년 그의 구상을 나폴레옹, 퀴비에, 오코넬의 업적에 비교하는 유명한 편지를 썼다.

첫 인물은 유럽의 삶을 살았소. 그는 군대라는 병균의 접종을 받은 겁니다! 둘째 인물은 둥근 지구와 결혼했소! 셋째 인물은 한 국가를 구현했소! 나로 말하면 머릿속에 전 세계를 담을 것입니다!

발자크가 보여준 정복의 야망의 현대판이 있다. 요크나파토파 구區, "단독 소유주, 윌리엄 포크너"이다.**
그러나 시초부터 리얼리즘 소설의 주장과 실제에는 모순되는 요소가 있었다. 동시대의 삶을 다루는 것은 매슈 아널드가 진실로 위대한 문학의 "고도의 진지성"이라 부른 것에 알맞은 걸까? 월터 스콧 경은 역사상의 주제를 즐겨 택했는데, 거기서 서사시와 운문극의 특징인 고상함과 시적 거리를 얻고 싶었기

---

* 바체스터는 영국 작가 트롤럽(Trollope, 1815~1882)의 연작소설 『바셋셔 연대기*The Barsetshire Chronicle*』의 무대. – 역주
** 요크나파토파는 윌리엄 포크너 작품들의 가상적인 무대의 지명. – 역주

때문이었다. 예술적 도덕적 선취先取를 위해 근대 사회와 일상적 사건들이 시인과 희곡 작가들이 예전의 우주론에서 얻어낸 것만큼이나 매력적인 자료를 제공할 수 있다는 것을 입증하려면, 제인 오스틴과 조지 엘리엇, 디킨스와 발자크의 작업들을 보면 된다. 그러나 이 작업들이 보여주는 철저함과 힘 때문에 리얼리즘은 궁극적으로는 더 난감한 또 다른 딜레마와 맞닥뜨리게 되었다. 관찰된 사실이 엄청나게 쌓이다 보면 소설가의 예술적 의도와 형식의 통어統御가 여기에 압도당하거나 해소되는 지경에 이르지 않을까?

도덕적 분별에의 관심과 가치관의 면밀한 검토 등을 통해 19세기의 완숙한 리얼리즘 작가들은, F. R. 리비스가 보여주었듯이, 자료가 문학 형식의 고유성을 잠식하지 못하도록 방지할 능력이 있었다. 사실 그 시대의 가장 예리한 비평 정신의 소유자들은 지나친 박진성의 위험을 인식하고 있었다. 괴테와 해즐릿은 예술이 근대적 삶 전부를 묘사하려다 보면 저널리즘에 빠질 위험이 있다고 지적했다. 그리고 괴테는 『파우스트』 프롤로그에서 신문들의 범람이 문학 대중의 감수성을 타락시켰음을 언급했다. 역설적으로 들릴 수도 있겠지만, 현실 자체는 18세기 말, 19세기 초 사이에 더 짙은 색채를 띠게 되었다. 보통의 남녀들이 활기에 차오르도록 부추긴 것이다. 해즐릿은 프랑스 혁명과 나폴레옹 전쟁기를 겪은 그 누구라도 꾸며낸 문학의 열정에 만족할 수 있을지 궁금해했다. 그와 괴테 둘 다 멜로드라마와 고딕 소설의 유행이 비록 방향은 그릇되었지만 이 도전에 대한 직접적인 반응이라고 보았다.

이들의 우려는 예언적이었으나 사실 너무 이른 것이었다. 그것은 플로베르의 고뇌를 미리 보여주었고 자료 조사와 기록에 짓눌려서 초래된 자연주의 소설의 몰락을 예견했다. 사실 1860년대 이전 유럽 소설은 현실의 도전과 압력 아래 꽃을 피웠다. 앞에서 사용한 이미지를 다시 쓰자면, 세잔은 문자 그대로 새로운 빛과 깊이로 사물을 보는 안목을 가르쳤다. 이와 유사하게 혁명 시대 및 제국 시대는 일상생활에 신화의 지위와 광채를 부여했다. 이 시대는 예술가가 자신의 시대를 관찰함으로써 장엄한 양식의 주제를 찾을 것이라는 주장을 결정적으로 뒷받침했다. 1789년에서 1820년 사이에 일어난 일들이 동시대성에 대한 사람들의 인식에 미친 무언가 참신하고도 전율적인 효과는 훗날 인상파가 물리적 공간에 대한 인식에 미친 효과에 맞먹을 만했다. 프랑스가 스스로의 과거와 유럽에 공격을 가하여 타구스에서 비스툴라에 걸친 제국*을 이룩한 그 짧은 과정은 이와는 직접 관계가 없는 사람들까지도 경험을 긴박하고도 속도감 있게 느끼도록 했다. 몽테스키외와 기번에게는 철학적 탐구의 주제였던 것이 아우구스투스 시대의 신고전주의 시인에게는 고대사에서 끌어낸 상황이자 모티프였다면, 낭만주의자들에게 그것은 일상생활을 구성하는 것이 되었다.

경험의 리듬이 어떻게 고조되어 왔는지 보여주기 위해서 그

---

* 타구스Tagus는 스페인과 포르투갈의 접경을 흐르는 강이며 비스툴라Vistula는 폴란드에 있는 강. 이 두 강은 프랑스 제국 영토의 양 경계선을 이룬다. – 역주

혼잡하고 열광적인 시간들을 사화집詞華集으로 엮어 보면 어떨까? 이를테면 칸트가 아침 산보에 한 번, 단 한 번, 즉 바스티유 함락을 전해 듣고 늦어지게 된 일화에서 시작해서 워즈워스가 로베스피에르의 처형 소식을 듣고 「서곡The Prelude」에서 읊은 멋진 구절로 이어나가도 좋을 것이다. 또 발미 전투에서 신세계가 탄생한 경위에 대한 괴테의 묘사와 반도 전쟁의 급보를 실은 우편물들이 런던으로부터 쏟아지던 때 야밤을 질주하던 저 묵시적인 마차에 대한 드퀸시의 언급도 포함될 것이다. 또한 워털루에서의 나폴레옹의 몰락을 듣고 자살 직전에 이르렀던 해즐릿과 이탈리아 혁명론자들과 음모를 꾸미던 바이런이 묘사될 것이다. 이 사화집은 베를리오즈가 어떻게 에콜 데 보자르에서 탈출하여 1830년 혁명의 반란군에 가담했고 〈마르세예즈〉를 즉석에서 편곡하여 그들을 지휘했는지 그 경위를 밝힌 회고록으로 끝을 맺는 것이 적당할 것 같다.

19세기의 소설가들은 자신의 시대가 극적인 요소에 어울린다고 여기는 고양된 의식을 물려받았다. 당통과 아우스털리츠*를 경험했던 세계는 시적 비전의 원료를 찾아 신화나 고대를 기웃거릴 필요가 없다고 느꼈다. 하지만 그렇다고 해서 믿을 만한 소설가들이 당대의 사건을 직접 다루었다는 말은 아니다. 그보다는 예술 고유의 예민한 본능으로 역사적 인물과는 거리가 먼 평범한 남녀의 개인적 경험에 삶의 새로운 템포를 부여

---

* 아우스털리츠 : 체코슬로바키아 중부에 위치한 소읍으로, 1805년 나폴레옹이 러시아-오스트리아 연합군을 격파한 곳. – 역주

하려 했다. 또는 제인 오스틴처럼 오랫동안 형성되어 조용히 작동하고 있는 행동 양식들이 밀려드는 근대성에 저항하는 양상을 그려냈다. 이는 낭만주의 및 빅토리아조의 일급 소설가들이 나폴레옹 테마를 다루고 싶은 명백한 유혹에 끝내 굴복하지 않았다는 기이하고도 중요한 사실을 설명해준다. 스탕달론에서 졸라가 지적했다시피 유럽의 심리학에, 의식의 기류에 끼친 나폴레옹의 영향은 심원했다.

나폴레옹이 우리 문학에 끼친 진정한 영향이 무엇인지에 대한 연구를 본 적이 없기 때문에 나는 이 사실을 강조하는 바다. 제국 시대에 문학적 성취는 보잘것없었지만, 나폴레옹의 운명이 당대인들의 머리를 망치로 내려친 것 같은 효과를 주었다는 점은 아무도 부정할 수 없다… 야망은 하나같이 커져 갔고, 어떤 시도든 거인적인 풍모를 띠었으며, 다른 영역과 마찬가지로 문학에서도 모든 꿈은 보편적인 왕권을 획득하는 데로 향했다.

언어의 왕국을 통치하려는 발자크의 꿈은 그 직접적 귀결이다.

그럼에도 불구하고 소설은 저널리스트와 역사가의 기예까지 침범하려 하지는 않았다. 혁명과 제국은 19세기 소설의 배경, 단지 그 배경에만 지대한 역할을 했을 뿐이다. 디킨스의 『두 도시 이야기』와 아나톨 프랑스의 『제신諸神은 목마르다』처럼 혁명과 제국이 중심부에 너무 다가간 경우에는, 소설 그 자체의 성숙도와 개성은 상실된다. 발자크와 스탕달은 그러한 위험을 잘 알고 있었다. 두 사람은 혁명과 나폴레옹이 인간의 삶에 풀어 놓은 그 감정에 의해 현실이 새로운 빛을 받고 고귀하게 되었음을 인식했다. 두 사람은 사적인 영역이나 상업적인 차원에서 "보나파르티즘"이라는 주제에 매력을 느꼈다. 그들은 정치적 격변이 해방시킨 에너지가 사회의 패턴과 인간자신의 이미지를 재조형하는 과정을 보여주려 했다. 〈인간 희극〉에는 나폴레옹의 전설이 서술 기법 및 구조에서 중력의 중심을 이룬다. 그러나 몇몇 소규모 작품을 제외하고는 황제 자신은 잠깐씩 별 중요성을 띠지 않고 나타날 뿐이다. 스탕달의 『파르마의 수도원』과 『적과 흑』은 모두 보나파르티즘 주제의 변주곡들로 그 정신이 가장 격렬하고 위엄 있는 모습을 띠고 현실 속에 나타났을 때의 양상을 탐구하고 있다. 그러나 『파르마의 수도원』의 주인공이 나폴레옹을 단 한 번, 순간적으로 흐릿한 모습으로밖에 접하지 않는다는 것은 무척 시사적이다.

도스토예프스키는 이 전통을 바로 이어받았다. 러시아의 시인이자 비평가인 브야체슬라프 이바노프는 나폴레옹 모티프의 전개를 발자크의 라스티냐크에서 스탕달의 쥘리앵 소렐을 거쳐 『죄와 벌』을 통해 추적했다. "나폴레옹 드림"은 라스콜니코프의 인간성에서 가장 심원한 표현을 얻는다. 이처럼 이 주제가 강렬한 표현을 얻게 되었다는 것은 소설 예술이 서구에서 러시아로 옮겨지면서 그 가능성이 얼마나 확대되었는가를 말해준다. 톨스토이는 황제의 주제를 다루던 예전 방식을 단호하게 깨뜨렸다. 『전쟁과 평화』에서 나폴레옹은 직접 등장한다. 처음은 아니다. 왜냐하면 아우스털리츠에서의 나폴레옹의 모습은 스탕달(톨스토이가 매우 찬양했던)의 측면 묘사법을 본뜬 흔적이 보이기 때문이다. 그러나 이후 소설이 진행되면서 말하자면 그의 정면 얼굴이 나타난다. 이는 서술 기법의 변화 이상의 것을 반영한다. 그것은 톨스토이의 역사철학과 그의 영웅 서사시와의 관련에서 생긴 귀결이다. 더욱이 여기에는 행동하는 인간을 문장 속에 가두어 정복하려는 문필가로서의 욕망—톨스토이에게서 특히 강했던—도 숨어 있다.

그러나 19세기 첫 20년간의 사건들이 역사 속으로 물러나자, 영광은 하늘에서 떨어져 버린 듯했다. 현실이 점점 암울해지고 궁핍해지면서, 리얼리즘의 이론과 실제에 내재한 딜레마가 전면에 대두되었다. 1836년에 이미 뮈세는 『금세기 한 어린이의 고백』에서 흥분의 시기, 즉 혁명적 자유와 나폴레옹적 영웅주의가 대기에 번쩍이며 상상력에 불을 질러 놓던 시대는 사라져 버렸다고 주장했다. 그 자리를 대신하여 잿빛의 무겁고 속물적인 산업 중간계급의 지배가 시작되었다. 발자크를 매혹시켰던 저 "재정적 나폴레옹들"의 로맨스, 한때 금전을 둘러싼 악마적 영웅담처럼 보였던 이야기는 회계사무소와 공장의 일관작업대라는 비인간적 일상사가 되어 버렸다. 에드먼드 윌슨이 디킨스론에서 보여주듯 랄프 니클비, 아서 그라이드, 처즐윗 집안 등은 펙스니프, 그리고 더욱 끔찍하게도, 머드스톤으로 대체되었다.*『황폐한 집』의 한 장 한 장마다 떠도는 안개는 19세기 중엽의 자본주의가 그 냉혹성을 숨기고 있던 겹겹이 쳐둔 속임수를 상징한다.

혐오감에서든 분노에서든, 디킨스, 하이네, 보들레르 같은 작가들은 언어의 두터운 위선을 뚫고 나아가고자 했다. 그러나 부르주아 계급은 이들의 천재성을 즐기고, 문학이란 사실 실제 인생 그대로는 아니며 그 자유분방함은 허용될 수도 있다는 이론으로 방패를 삼았다. 여기서 예술가와 사회의 분열이라는 이미지가 생겨났으며 이 이미지는 계속 출몰하여 우리 시대의 문학, 회화, 음악을 소외시키고 있다.

그러나 나는 1830년대에 시작된 경제적 사회적 변화, 즉 엄격한 도덕률을 내세우는 이면에 무자비한 금전 관계를 속속들이 파고드는 데 관심을 두는 것은 아니다. 고전적인 분석은 이미 마르크스가 한 바 있으며, 윌슨의 표현에 의하면 마르크스는,

인간 관계를 위조하고 입에 발린 말을 남발하는 이 체제가 경제 구조에 내재되어 있는 치유하기 어려운 특성이라는 점을 이 세기 중반 내내 논증하고 있었다.[**]

나로서는 유럽 소설의 주류에 이 변화가 끼친 영향만 다루겠다. 실생활의 가치관과 리듬이 변화되자 리얼리즘 이론 전

---

[*] 디킨스 소설의 주인공들로, 랄프 니클비와 아서 그라이드는 『니콜라스 니클비』의 수전노들, 처즐윗 집안은 『마틴 처즐윗』의 이기적인 가족, 펙스니프는 『마틴 처즐윗』에 나오는 물질만능적인 위선자, 머드스톤은 『데이비드 코퍼필드』에 나오는 주인공의 폭력적인 양부. – 역주

[**] 에드먼드 윌슨: 「디킨스: 두 명의 스크루지」(『여덟 편의 논문』, 뉴욕, 1954).

체가 쓰라린 딜레마에 직면하게 되었다. 현실이 더 이상 재창조될 만한 가치가 없는데 소설가는 여전히 박진성을 추구하고 현실을 재창조해야 하는가? 소설 자체가 그 소재의 독점과 도덕적 허위에 굴복하지 않을 것인가?

플로베르의 천재는 이 질문으로 인해 짓찢겼다. 『보바리 부인』은 마음속 차가운 분노로 쓰였으며, 거기에는 한정적이면서도 궁극적으로는 풀 길 없는 리얼리즘의 역설이 담겨 있다. 플로베르는 『살람보』와 『성 앙투안의 유혹』의 현란한 고고학에서만 그 역설을 피할 수 있었다. 그러나 그는 현실을 그대로 내버려두지 않고 꾸역꾸역 노고를 기울여 그 모두를 혐오감의 백과사전격인 『부바르와 페퀴셰』에 집약시키려 했다. 19세기는 플로베르가 보았듯이 인간적 문화의 토대를 파괴했다. 라이오넬 트릴링은 플로베르의 비판이 경제적-사회적 문제를 뛰어넘는 것이라고 날카롭게 주장한다. 『부바르와 페퀴셰』는

> 문화를 거부한다. 인간 정신은 지금까지 자신이 이루어온 업적들, 즉 분명히 경멸스러운 것뿐 아니라 가장 위대한 영광이라고 전통적으로 지켜온 것들이 무더기로 쌓여 있는 것을 경험하고, 어떤 것도 자신의 목적에 봉사하지 않을 것이며, 모든 것이 피곤과 공허이고, 인간의 사상 및 창조의 구조 전체가 인간이라는 존재와는 유리되어 있다는 이해에 이르게 된다.[*]

---

[*] 라이오넬 트릴링 : 「플로베르의 마지막 유언」(『반대 자아』, 뉴욕, 1955).

19세기는 워즈워스가 살아 있음은 지복至福이라 제창한 그 "새벽" 이래 기나긴 도정을 지나왔다.

결국 "현실"이 소설을 압도했고, 소설가는 점차 보도 기자로 전락하게 된다. 사실의 압력 아래 예술 작품이 소멸되는 양상은 졸라의 비평문과 소설에서 가장 잘 드러난다. (여기서 나는 우리 시대의 대가급 비평가 중 하나인 죄르지 루카치의 평문 "졸라 백 주년"에 제시된 방향을 그대로 따를 것이다.) 졸라에게 발자크와 스탕달의 리얼리즘은 똑같이 의심스러운 것이었는데, 이는 그 둘이 다 그들의 상상력이 자연주의의 "과학적" 원칙을 위반하게끔 허용했기 때문이다. 그는 특히 발자크가 당대의 삶을 충실하고 "객관적으로" 해석하는 데 온 힘을 기울여야 했을 그때에, 자신의 이미지로 현실을 재창조하려한 것에 대해 통탄했다.

한 자연주의 작가가 무대에 관한 소설을 쓰려 한다. 등장인물이나 자료가 없는 이 지점에서 출발하여, 그는 자료를 수집하고 그가 묘사하려는 이 세계에 관해 그가 할 수 있는 일이 무엇인가 찾는 데 먼저 관심을 둘 것이다… 그래서 그 주제를 가장 잘 아는 사람들과 대화하고, 발언, 일화, 초상 등을 수집할 것이다. 하지만 이것이 전부는 아니다. 그는 또한 입수할 수 있는 문서를 구해 읽을 것이다. 마지막으로 현지를 방문할 것이며, 세밀한 부분까지 잘 알기 위해서 며칠간 극장에서 지낼 것이며, 여배우 분장실에서 저녁을 보내며 가능한 한 분위기를 흡수하려 할 것이다. 이 모든 재료가 모여지면, 소설은 저절로 형태를 갖추게 될 것이다. 소설가가 할 일은 논리적 순서에 따라 이 사실들은 분류하는 것이 전부다… 줄거리의 특이성에 더 이상 관심을 집중하지 않을 것이며, 그 반대로 줄거리가 일반적이고 평범하면 할수록, 그것은 더 전형적이 될 것이다.[*]

다행히도 졸라의 천재, 즉 상상 활동의 짙은 색채와 그가 스스로 가장 "과학적"이라 여기는 부분에까지 파고드는 도덕적 정열의 틈입闖入이 이 황량한 프로그램을 꺾어 버렸다. 『잡거Pot-Bouille』는 19세기의 가장 훌륭한 소설 중 하나이며 희극적 포악성과 구성의 치밀함에 있어 위대하다. 헨리 제임스가 말하듯,

> 졸라의 대가다움은 그가 깊이 없고 단순한 것들과 한바탕 활발하게 치르는 게임에 있다. 그리고 가치가 작기 때문에 합산을 제대로 해내기 위해 수많은 자잘한 항목들을 동원하고 조합한다는 것을 우리는 물론 알고 있다.[**]

그러나 문제는 "깊이 없고 단순한 것들"로 가득한 곳에 이러한 "대가다움"이란 거의 드물다는 데 있다. 영감이 부족한 손길이 닿으면서 자연주의 소설은 보도 기자의 예술이 되어

---

[*] 에밀 졸라, 인용은 죄르지 루카치의 「서술이냐 묘사냐?」(『리얼리즘의 문제』, 베를린, 1955).

[**] 헨리 제임스 : 「에밀 졸라」(『소설가에 대한 논평』, 뉴욕, 1914).

버렸다. 즉 색채를 가미해서 눈에 띄게 만들었을 뿐 "인생의 단면"의 끊임없는 복제에 불과하게 된 것이다. 완전한 복제 도구—라디오, 사진술, 영화, 결정적으로는 텔레비전—가 점점 더 완벽해지고 널리 퍼짐에 따라 소설은 그 매체들의 뒤를 밟거나 아니면 자연주의의 규범을 포기해야 하는 처지로 몰리게 되었다.

그러나 리얼리즘 소설(그리고 자연주의는 단지 그 급진적 양상일 뿐이다)의 딜레마가 전적으로 19세기 중엽의 정치적 사회적 부르주아화의 결과였던가? 마르크스주의 비평가들과는 달리 나는 그 뿌리가 더 깊은 데 있다고 생각한다. 이 문제는 유럽 소설의 중심적 전통을 떠받치고 있는 가설들과 불가분한 것이었다. 18, 19세기 소설은 삶을 세속적으로 해석하고, 평범한 경험을 사실적으로 묘사하도록 함으로써 이미 일정한 한계를 노정하고 있었다. 이 같은 경향은 필딩의 예술에도 졸라의 경우 못지않게 나타나 있다. 차이점은 졸라가 그것을 교묘하고 엄격한 방법으로 만들었다는 점과 필딩이 『톰 존스』의 사실성을 완화시키려고 반어적으로 사용했던 기사도정신과 희곡에 기댈 필요가 없을 정도로 시대정신이 달라졌다는 점이다.

근대 소설은 신화적이고 초자연적인 것들, 호라티우스의 철학에서는 상상조차 할 수 없었던 그러한 모든 것을 거부함으로써, 서사시와 비극의 본질적 세계관과 결별했다. 근대 소설은 지상의 왕국이라 부를 만한 것을 내세웠다. 그것은 이성을 통해 인지되는 인간 심리학의 거대한 왕국이며, 사회적 맥락에서 본 인간 행위의 거대한 왕국이었다. 공쿠르 형제는 이 왕국을 개관하여 소설을 행동하는 윤리학이라 정의했다. 그러나 그 포괄성(그리고 이것만이 인간이 이해할 수 있는 유일한 왕국이라 주장하는 사람들도 있다)에도 불구하고, 거기에는 경계선이 있고 그것이 어느 정도 분명한 한도를 정해준다. 우리가 『황폐한 집』에서 『성城』으로 갈 때 그 경계선을 지나는 셈이다(동시에 이 카프카의 주요 상징인 성이 디킨스의 고등법원과 관련된다는 점도 주목해 두자). 또 우리가 아버지와 딸들에 대한 발자크의 시라고 할 『고리오 영감』에서 『리어 왕』으로 넘어갈 때 넉넉잡아 그 경계를 지나는 셈이다. 소설가를 위한 졸라의 프로그램에서 앞서 인용한 D. H. 로렌스의 편지로 옮겨갈 때, 우리는 다시 그 경계를 통과한다.

나는 언제나 발가숭이로 서서 전능한 신의 불이 나를 꿰뚫고 지나가는 듯 느낍니다. 그리고 그것은 차라리 두려운 느낌이지요. 한 사람의 예술가이기 위해서는 무섭게 종교적이어야 합니다. 나는 경애하는 성 로렌스가 화형대의 포락炮烙 위에서 했던 말을 자주 떠올립니다. "형제들이여, 나를 뒤집어 주시오, 이쪽은 충분히 익었소."

"무섭게 종교적이어야 한다." 이 구절에 하나의 혁명이 있다. 그 까닭은 다른 무엇보다 이것이다. 즉 리얼리즘 소설의 전통에 따르면 종교적 감정이란 인간사에 대한 성숙하고 포괄적인 설명에 반드시 필요한 것은 아니라는 점이다.

이 혁명은 카프카와 토마스 만, 조이스와 로렌스 자신의 성취에까지 이르렀는데, 그 시작은 유럽에서가 아니라 미국과 러시아에서였다. 로렌스는 "현대 문학의 두 형체가 진실로 태어나려 하는 듯하다. 그것은 러시아 문학과 미국 문학이다"*라고 선언했다. 그 너머로 『모비 딕』 그리고 톨스토이와 도스토예프스키 소설의 가능성이 놓여 있었다. 그러면 왜 미국과 러시아인가?

IV

19세기 유럽 소설사는 양쪽 팔을 넓게 펼친 성운星雲의 이미지를 준다. 그 양극단에서 미국과 러시아 소설은 백열의 빛을 뿌렸다. 중심부에서 외곽으로 나가면—이를테면 헨리 제임스, 투르게네프, 콘래드는 그 중도의 성단이라고 생각할 수도 있다—리얼리즘의 특성은 점점 희박해진다. 미국 및 러시아적 양식의 대가들은 그 외부의 어둠, 즉 민속, 멜로드라마, 종교적 삶 같은 퇴화된 것으로부터 격렬한 강도를 가진 무언가를 끌어내는 듯 보인다.

서구의 관찰자들은 불안한 심정으로 전통적 리얼리즘의 궤도 너머에 놓인 무언가를 인지하고 있었다. 그들은 러시아와 미국의 상상 활동이 발자크나 디킨스라면 거부했을 연민과 잔

---

* D. H. 로렌스 : 『미국 고전 문학 연구』(뉴욕, 1923).

인성의 차원에 도달했다는 것을 알았다. 특히 프랑스 비평은 생소하면서도 감흥을 불러일으키는 이 비전의 형식들에 정당하게 반응하기 위한 고전적 감수성의 노력, 즉 척도와 형평을 고려하는 지성의 노력을 보여준다. 플로베르가 『전쟁과 평화』를 보고 그러했듯, 이방의 신을 경배하려는 이 시도는 가끔 회의주의나 고통에 물들기도 했다. 러시아 및 미국의 성취를 정의하면서 유럽의 비평가는 자신의 위대한 유산 속의 불완전성 또한 정의한 셈이기 때문이다. 동서 유럽 하늘의 뭇별들―메리메, 보들레르, 비콩트 드 보귀에, 공쿠르 형제, 앙드레 지드, 발레리 라르보―을 유럽인들에게 알리는 데 공력을 들인 사람들조차도 1957년 회람한 설문지에 대한 응답에서 소르본 학생들이 어느 프랑스 작가보다 도스토예프스키를 높이 친 것을 알았다면 침통했을 법하다.

미국 및 러시아 소설의 성격을 고찰하던 19세기 말, 20세기 초의 유럽 관찰자들은 호손과 멜빌 시대의 합중국과 혁명 전 러시아 사이의 유사점을 발견하려 했다. 냉전으로 인해 이 조망은 낡았거나 심지어 오류인 것처럼 보인다. 그러나 왜곡은 우리 편에 있다. 해리 래빈이 조이스를 두고 한 말투를 빌려서 『모비 딕』, 『안나 카레니나』, 『카라마조프가의 형제들』 이후 소설가가 된다는 것부터가 훨씬 어려워지게 된 이유를 고찰해보자면, 러시아와 미국을 비교해야 하는 것이 아니라, 한편에 러시아와 미국을, 다른 한편에 19세기 유럽을 놓고 비교해야 한다. 이 책은 러시아인을 다룬 것이다. 그러나 이들을 리얼리즘의 딜레마에서 해방시킨 심리적 물질적 상황은 미국의 현상에도 역시 존재했으며, 따라서 몇몇 러시아 작가들은 미국인의 눈을 통해 가장 명백히 이해될지도 모르는 일이다.

이는 분명 큰 주제이며, 다음의 논의는 단지 더 적절히 다루기 위한 주석 정도에 불과하다고 보아야 한다. 당시의 가장 예리한 4명의 사상가, 아스톨프 드 퀴스틴, 토크빌, 매슈 아널드, 헨리 애덤스가 이 주제를 다루었다. 각자는 나름의 전문성을 살린 관점에서 두 태동하는 강국 사이의 유사성에 놀랐다. 헨리 애덤스는 더 나아가 특출한 통찰력으로 두 거인국이 나약해진 유럽을 가로질러 서로 부딪히게 된다면 문명의 운명이 어떠할 것인가 고찰했다.

미국과 러시아가 유럽과 맺는 관계는 모호하지만 결정적인 성격을 가지는 것이어서 19세기 내내 이 양국의 지적 삶에 되풀이 나타나는 모티프가 되었다. 헨리 제임스는 고전적 발언을 한 바 있다. "미국인이 된다는 것, 그것은 복잡한 운명이며, 여기 부과된 책임 중의 하나는 유럽의 미신적 가치관과 싸우는 일이다."* 조르주 상드에게 찬사를 바치면서 도스토예프스키는 이렇게 말했다. "우리 러시아인은 두 조국—러시아와 유럽—을 가지고 있다. 비록 우리가 슬라브주의자임을 자처할지라도 말이다."** 그 복합성과 이중성은 이반 카라마조프가 동생에게 하는 다음의 유명한 말에서도 표명된다.

---

* 헨리 제임스, P. 러보크가 1872년 초에 쓴 편지에서 인용(『헨리 제임스 서한집』, 뉴욕, 1920).

** 도스토예프스키 : 『작가 일기』(보리스 브라솔의 번역판, 뉴욕, 1954).

난 유럽 여행을 하고 싶어, 알료샤. 여기서 떠나게 될 거야. 내가 묘지에 갈 뿐이라는 것은 알고 있어. 하지만 그건 무척 귀한 묘지이지, 그게 유럽이야. 거기 묻힌 사자死者들이 모두 귀하고, 그 묘비 하나하나마다 과거의 불타는 듯한 그들의 삶을 말해 주고 있어. 자기의 사업에, 진리에, 투쟁에, 과학에 바치던 그들의 열렬한 신념을 말해 준단 말이야. 나는 그 땅에 엎드려 그들의 묘비에 입 맞추고 그 앞에서 눈물짓게 될 거란 것을 알고 있지. 비록 마음속으로는 그것이 오래전부터 한낱 묘지에 지나지 않는다는 것을 확신하고 있지만 말이야.

이것을 호손의 『목신牧神 대리석상』에서 T. S. 엘리엇의 『사중주』에 이르는 미국 문학의 모토로 삼아도 되지 않을까?

두 나라 모두 유럽과의 관계는 다양하고 복합적인 형태를 취했다. 투르게네프, 헨리 제임스, 그리고 후에 엘리엇과 파운드는 구세계를 바로 받아들이고 거기로 전향한 사례였다. 멜빌과 톨스토이는 위대한 거부자의 일원이었다. 그러나 대부분의 경우에 태도는 모호하면서도 강박적이었다. 쿠퍼는 1828년 『유럽 낙수落穗, *Gleanings in Europe*』에서, "조국을 버려도 용서받을 수 있는 사람이 있다면 미국의 예술가이다"라고 지적했다. 바로 이 대목에서 러시아 지식계급은 격렬하게 나누어진다. 그러나 미국과 러시아의 작가들이 그럴 개연성을 환영했든 통탄했든 간에, 그들이 동의했던 것은 그들의 형성적 경험 속에 추방 혹은 "반역"이 필수적 부분을 이룬다는 점이다. 유럽 순례가 조국을 재발견하고 재평가하게 해주는 때도 왕왕 있었다. 이를테면 고골은 로마에 체류하면서 러시아를 "발견했다". 그러나 양대 문학에서 유럽 여행의 테마는 자아를 정의하기 위한 주된 장치이며, 규범적인 제스처를 익히기 위한 기회였다. 헤르첸의 마차가 폴란드 국경을 넘을 때나 램버트 스트레더(제임스의 『대사들』의 주인공)가 체스터에 도착할 때 그러했던 것처럼 말이다. "초기 슬라브주의자 키레예프스키는 "러시아처럼 광대하고 무시무시한 어떤 것을 이해하기 위해서는 멀리 떨어져 관찰해야 한다"고 썼다.

이 유럽과의 대결로 인해 러시아 및 미국 소설은 어떤 특별한 무게와 위엄을 지니게 되었다. 두 문명은 성년成年에 다다라 자기 고유의 이미지를 탐색하게 되었다(이 탐색은 헨리 제임스의 기본 우화 중의 하나였다). 두 나라에서 소설은 정신에 장소 의식을 주는 데 기여했다. 쉬운 일은 아니었다. 유럽의 사실주의자들이 이미 수립된 풍부한 역사적 문학적 유산을 전거로 작업한 반면, 미합중국과 러시아의 사실주의자들은 해외로부터 연속성에 대한 의식을 수입해 오거나 아니면 손에 닿는 재료가 무엇이든 그것으로 다소 위조적인 자율성이라도 만들어 내야 했다. 푸시킨의 천재가 매우 다양하고 고전적인 특성을 가졌다는 것이 러시아 문학으로서는 드물게 알맞은 행운이었다. 그의 작품들은 그 자체 속에 전통의 본체를 구성했다. 더욱이 그것들은 외국의 영향과 모델들을 폭넓게 통합했다. 이 점이 도스토예프스키가 푸시킨의 "보편적 감응"을 언급하면서 의미한 바이다.

가장 위대한 유럽 시인들조차 푸시킨만큼 효과적으로 외국의, 어쩌면 이웃 민족의 특성을 자신 속에 형상화시킬 수 없었다… 이 세상의 모든 시인들 가운데 오직 푸시킨만이 자신 속에 외국의 국민성을 완벽하게 환생시킬 수 있는 능력이 있다.[*]

더욱이 고골은 러시아의 서술 예술에서 처음부터 언어와 형식의 지배적 어조와 자세를 도출해낸 장인이었다. 러시아의 소설은 그의 「외투」에서 나왔다. 미국 문학에는 이러한 행운이 따르지 않았다. 포, 호손, 멜빌에게는 취향의 불확실함이 엿보이고 양식도 불분명한 특질을 보이는데, 이는 바로 상대적인 고립 상태에서 작업하는 사람이 겪게 되는 개인적 재능의 딜레마를 전해준다.

러시아와 미국은 유럽 소설이 당연시하는 지리적 안정과 응집성에 대한 감각조차 결여했다. 두 나라는 사라져 가는 낭만적인 변경 지대에 대한 인식을 광대함과 결합시켰다. 극서부와 홍인紅人이 미국 신화와 관련을 맺듯이, 캅카스 지방과 그 호전적 종족들, 혹은 때 묻지 않은 카자흐 공동체와 돈 강 및 볼가 강 연변의 구舊신앙인들은 푸시킨, 레르몬토프, 톨스토이와 관련을 맺는다. 양대 문학의 원형은, 변경 지대의 위험과 도덕적 정화를 모욕하는 타락한 세계, 도시 문명과 무기력한 감정의 세계를 뒤로하고 떠나는 영웅의 테마이다. 레더스타킹[**]과 톨스

---

[*] 도스토예프스키 : 『작가 일기』.

[**] 쿠퍼의 연작소설 〈레더스타킹 이야기〉에 대한 언급으로, 『모히칸족의 최후』 등이 있다. ─ 역주

토이의 『칼카스 이야기』의 주인공은 서늘한 소나무 계곡과 야생 동물들 사이로 우울하면서도 열렬하게 "고귀한" 적들을 추적해 다닌다는 점에서 닮았다.

광활한 공간은 자연의 힘이 가장 장엄하고도 사나운 모습을 드러내는 터전이기도 하다. 유럽 소설 중에는 브론테 자매와 그 이후 D. H. 로렌스만이 이에 비교할 만한 속박 없는 자연을 인식했을 뿐이었다. 데이너*와 멜빌의 바다가 행사하는 변덕스러운 횡포, 포의 『아서 고든 핌의 이야기』가 보여주는 얼음 세계의 고풍스러운 공포, 톨스토이의 「눈보라」 속의 헐벗은 인간의 모습을 상기해보라. 함부로 위세를 떨치는 순간 인간을 파멸시킬 수도 있는 자연 환경과 인간이 부딪치는 이 만남의 모든 현장은 서구 리얼리즘의 레퍼토리와는 거리가 멀다. 톨스토이의 「인간에게는 토지가 얼마나 필요한가?」(조이스는 이 작품이 "세계에서 가장 위대한 문학"이라 생각했다)는 19세기에는 러시아인 아니면 미국인이나 쓸 수 있는 그런 것이다. 이는 대지의 광대함에 대한 우화로, 디킨스의 켄트 풍경에서도 플로베르의 노르망디에서도 찾아볼 수 없었을 것이다.

그러나 공간은 넓어지는 만큼 고립시킨다. 너무 새롭고, 너무 조직이 되어 있지 않고, 물질적 생존의 요구에 너무 사로잡혀 있는 새로운 문화 속에서 자신의 정체성과 대중을 찾고자 하는 예술가, 이것이 러시아와 미국 문학의 공통된 주제였다.

---

* 데이너(Richard Henry Dana, 1787~1879) : 선원으로서의 경험을 토대로 평수부의 바다 생활을 그렸다. – 역주

유럽인의 의식으로 보면 과거를 모아서 복사한 것으로 보이는 도시들조차 러시아 및 미국의 배경에서는 날것 그대로의 익명의 모습이었다. 푸시킨 시대부터 도스토예프스키 시대까지 상트페테르부르크는 러시아 문학에서 자의적으로 세워진 창조의 상징으로 대두된다. 모든 구조물이 전제정치라는 잔인한 마법에 의해 늪과 물에서 불쑥 솟아나온 것이었다. 그것은 대지에도, 과거에도 뿌리박지 않았다. 때로는 푸시킨의 『청동 기마상』에서처럼 자연은 침입자에게 복수를 했으며, 때로는 에드거 앨런 포가 볼티모어에서 죽어 갈 때처럼 도시는 자연의 재앙에 맞먹는 폭도가 되어 예술가를 파멸시켰다.

그러나 결국 인간의 의지는 거인과 같은 대지를 이겨냈다. 도로가 숲과 사막을 뚫고 나아갔고, 마을이 프레리와 스텝에 들어섰다. 이 승리를 이룩해낸 의지의 성취와 그 탁월성은 러시아 및 미국 고전의 위대한 계보에 반영되어 있다. 두 나라 문학의 신화 체계에는 발자크가 "절대에의 탐색"이라고 묘사했던 것이 커다랗게 떠오른다. 헤스터 프린, 에이허브, 고든 핌, 도스토예프스키의 지하생활자, 그리고 톨스토이 자신부터 의지를 억눌러 온 전통적 도덕성과 자연법이라는 장벽에 공격을 감행했다. 포는 「리지아Ligeia」의 제사題詞로 17세기 영국의 신학자 조지프 글랜빌의 말을 채택했다. "인간은 천사들에게 굽히지 않으며, 죽음에도 단호히 굽히지 않느니, 그의 가녀린 의지가 약해지는 때를 제외하고는." 이것이 에이허브 비장秘藏의 전투 구호이고, 유한성의 불가피성에 의문을 던진 톨스토이의 희망이었다. 러시아와 미국 양국에서는, 매슈 아널드가 언급했듯이, 삶 그 자체가 젊음의 열기로 차 있었다.

그러나 어느 경우에도 그것은 유럽 소설이 소재를 구했던, 그리고 그 관습의 바탕을 짰던 그러한 종류의 삶은 아니었다. 이것이 헨리 제임스의 호손 연구의 요점이다. 호손은 『목신 대리석상』의 서문에서 다음과 같이 썼다.

어떤 작가도 한번 시도해보지 않고는 알지 못하리라. 그림자도, 고대도, 신비도 없고, 그림같이 아름답고도 어두운 악도 없으며, 단지 온 누리에 쏟아지는 대낮의 빛 속에서 평범한 번영만이 가득한, 행복하게도 나의 사랑하는 고국 강토와 같은 그러한 나라에 대해 로맨스를 쓴다는 일의 어려움을.

『주홍 글씨』와 『일곱 박공의 집』의 작자로부터 나온 이 말은 세밀하게 다듬어진 아이러니로 받아들여진다. 그러나 제임스는 이를 아이러니로 보지 않고 호손의 "난점들"을 더 면밀하게 살폈다. 그의 논의는 호손의 텍스트와 마찬가지로 전적으로 미국에 관한 것이다. 그러나 제임스가 정작 한 말은 유럽 소설의 주요한 특성에 대한 아마도 가장 철저한 분석이 아닐까 싶다. 비 유럽인들에게 결핍된 것이 무엇인지 이야기함으로써 그는 또한 그들이 어떠한 장애물에서 벗어나 있는지도 밝혀 준 것이다. 그리고 그의 방식은 플로베르와 호손 사이의 차이점을 조명하는 만큼이나 플로베르와 톨스토이의 차이점도 조명해 준다는 것이 내 생각이다.

제임스는 호손이 그 속에서 작업한 대기의 "희박성"과 "공허함"을 언급하면서 이렇게 말했다.

만년에 이른 호손이 더 밀도 있고 풍부하며 온화한 유럽의 장관을 알고 나서 분명히 느꼈을 테지만, 소설가가 마음껏 활동할 기본 자산을 형성하기 위해서는 많은 것들이 필요하다. 즉 역사와 관습이 충분히 축적되고, 풍습과 양식이 복합적으로 구축되어 있어야 한다.

이어 그는 저 유명한 "고도 문명의 세목들"을 열거하는데, 여기에는 미국적 삶의 조직은 제외되어 있다. 결국 미국 소설가가 입수할 수 있는 참조와 정서의 틀이 제외된 것이다.

미국에는 유럽적인 의미에서의 국가state가 없고 사실 겨우 특수한 민족적 명칭이 있을 뿐이다. 국왕도, 궁정도, 개인적 충성도, 귀족 계급도, 교회도, 목사도, 군대도, 외교 활동도, 시골 신사 계급도, 궁전도, 성도, 장원도 없으며… 담쟁이 덮인 폐허도 없고… 옥스퍼드도, 이튼도, 해로Harrow도 없다. 문학도, 소설도, 미술관도, 그림도, 정치 집회도, 스포츠 애호층도 없다. 엡섬도 애스콧*도 없는 것이다!

이 목록을 과연 진지하게 받아들여야 할지는 말하기 어렵

---

* 엡섬과 애스콧Epsom and Ascot : 둘 다 영국 잉글랜드 지방의 도시로 큰 경마장이 있는 곳으로 유명하다. – 역주

다. 제임스의 영국에 갖추어진 궁정, 군대, 스포츠 애호층은 하나같이 예술가의 가치관과는 별 관계가 없는 것이었다. 옥스퍼드가 시의 천재와 관계를 맺은 가장 극적인 사건은 셸리를 제명 처분했다는 사실뿐이며, 장원과 담쟁이 덮인 폐허란 것도 귀족 주인들을 즐겁게 해 주려는 화가와 음악가들의 찬바람 씽씽 들어오는 옥살이 같은 것이었고, 이튼도 해로도 좀 더 고상한 덕성을 장려한 걸로는 알려지지 않았다. 하지만 그렇다고 해서 제임스의 목록이 허황한 것은 아니다. 그것은 유럽 리얼리즘의 세계지도를 날카로운 축소판으로 보여준다. 베르그송이라면 이를 디킨스, 새커리, 트롤럽, 발자크, 스탕달 혹은 플로베르 예술의 직접적 소여donnés immédiates*라 불렀을 것이다.

더욱이 필요한 만큼 수정하고 관점도 좀 달리하면, 이 결핍 목록은 19세기 러시아에도 그대로 적용된다. 여기에도 "유럽적인 의미에서의" 국가란 없었다. 반쯤은 아시아적인 기풍을 가진 궁정은 문학에 적대적이었다. 귀족 계급은 대부분 봉건적 야만성에 물들어 있었고 단지 서구화된 극소수만이 예술 혹은 사상의 자유로운 활동을 보살폈을 뿐이었다. 러시아의 사제는 제임스가 겨울 저녁을 보내곤 했던 패널로 장식된 서재와 땅까마귀가 출몰하는 내실들을 갖춘 영국 교회의 교구 목사나 주교와는 거의 아무런 공통점이 없었다. 그들은 광신적이고 교양 없는 무리들로, 예언가와 성인聖人이 일자무식한 호색한과 이

---

* '직접적 소여'는 베르그송의 개념으로 의식에 축적되어 직접적으로 주어져 있는 자료라는 의미이다. – 역주

웃해 있었다. 제임스가 열거한 대부분의 다른 세목―자유로운 대학과 유서 깊은 학교, 미술관과 정치 모임, 담쟁이 덮인 폐허와 문학적 전통―도 미합중국에서처럼 러시아에도 없었다.

그리고 분명한 것은 이 두 나라의 경우 이 특정한 항목들이 더 일반적인 사실을 알려준다는 점이다. 즉 러시아에서나 미국에서나 "유럽적인 의미에서의" 중간계급의 충분한 발달이 이루어지지 않았다는 것이다. 말년의 마르크스가 지적했다시피, 러시아는 봉건제에서 정치적 참정권 확보라는 중간 단계를 거치지 않고, 또 근대적인 부르주아 계급의 형성도 없이 바로 산업화로 나아간 경우였다. 유럽 소설의 배후에는 입헌정체 및 자본주의가 자리 잡고 성숙하는 구조가 놓여 있었다. 고골이나 도스토예프스키의 러시아에는 이 같은 구조는 존재하지 않았다.

제임스는 미국의 대기의 희박성을 메꾸어줄 "훌륭한 보상물"이 있음을 인정했다. 그는 물리적인 자연이 눈앞에서 전개되는 저 감동적인 분위기, 작가에게 허용된 광범한 유형들과의 접촉, 기성사회의 어떤 부류에도 명확히 소속될 수 없는 사람들과 만날 때 느끼는 "경이감"과 "신비감"을 언급했다. 그러나 제임스는 서둘러 서열 체제의 이러한 부재로 인해 예술가는 "지적 기준" 및 양식의 시금석을 박탈당했다고 덧붙였다. 대신 예술가에게 "다소 차갑고 고립되어 있는 도덕적 책임감"을 주었다는 것이다.

이는 호손에게만 적용하려 해도 문제의 소지가 많은 구절이다. 이 발언은 완숙기의 제임스가 어째서 오기에Emile Augier, 지프Gyp, 뒤마 피스Dumas fils의 작품에 시간을 쓰고 찬사를 바쳤는지 설명하는 데 큰 도움을 준다. 이는 또한 그가 도대체 어떤 가치관으로 『주홍 글씨』를 로크하트의 『애덤 블레어 *Adam Blair*』와 비교했는지를 —후자가 현격하게 떨어진다고 하지 않고서 말이다 —밝히는 데도 빛을 던진다. 또 이 발언을 보면, 제임스가 왜 미국 소설이 상징주의를 "철없이" 실험한 포나 멜빌 혹은 호손의 모습보다는 "『베네치아의 생활』에 대한 즐거운 책"으로 시작한 윌리엄 딘 하우얼스의 모습으로 발전해 나가기를 바랐는지 설명된다. 마지막으로 이것은 어찌하여 제임스가 투르게네프의 동시대 러시아 작가들을 무시해 버릴 수 있었던가를 알려준다.

이 "고립되어 있는 도덕적 책임감"("차갑다"기보다 나로서는 열렬하다고 하고 싶지만), 니체의 표현으로 "일체의 가치관에 대한 재평가"로 몰아가는 이 같은 압박이 미국 및 러시아 소설로 하여금 위축되고 있는 유럽 리얼리즘의 자산들을 넘어 피쿼드 호號와 카라마조프가의 세계로 나아가게 해주었다. D. H. 로렌스는 논평했다.

> 지난날의 미국 고전들에는 "남다른" 느낌이 있다. 그것은 낡은 정신이 새로운 어떤 것으로 이전되는 것, 즉 하나의 치환이다. 그리고 그것은 상처 입은 치환이다.*

---

* D. H. 로렌스 : 『미국 고전 문학 연구』

미국의 경우 그 치환은 공간적이며 문화적이었다. 유럽에서 신세계로의 정신의 이주였던 것이다. 러시아에 있어서는 역사적이며 혁명적이었다. 두 경우 모두 고통과 불합리가 있었으나, 동시에 실험의 가능성이 있었고, 기존 사회의 묘사나 낭만적 오락의 공급 이상의 중대한 문제가 있다는 열기에 찬 확신이 있었다.

헨리 제임스의 기준에 따르면, 호손, 멜빌, 고골, 톨스토이, 도스토예프스키가 고립된 인간임은 사실이다. 그들은 당대의 지배적인 문학 환경의 바깥이나 반대편에 서서 창작했다. 제임스 자신과 투르게네프는 이보다는 더 운이 좋았던 셈이다. 목적의 고결성을 희생하지 않고도 문명의 높은 자리에서 칭송을 받으며 안주할 수 있었던 것이다. 그러나 최종적으로 "거인적" 저서를 남긴 사람들은 바로 신들린 통찰력을 가지고 쫓기던 자들이었다.

19세기 러시아와 미국 사이에, 그리고 두 나라의 소설의 성취 사이에 유사성이 있고 상대적으로 이들이 유럽 리얼리즘과는 결별하고 있다는 것이 우리의 가설이었다. 이제 이 논의를 한 걸음 더 진행시켜 보자. 유럽 소설은 포스트 나폴레옹 시기의 오랜 평화를 반영한다. 그 평화는 1854년과 1870년의 산발적이고 대수롭지 않은 방해를 빼놓고는, 워털루로부터 제1차 세계 대전까지 지속되었다. 전쟁은 서사시의 지배적 모티프였다. 천국의 전쟁까지 포함해서 말이다. 전쟁은 『안티고네』에서 『맥베스』에 이르는 진지한 희곡 대부분과 클라이스트의 걸작들의 소재가 되었다. 그러나 전쟁은 19세기 유럽 소설가의 관심과 주제와는 너무나 거리가 먼 것이었다. 『허영의 시장 *Vanity Fair*』에서는 멀리서 울리는 총소리를 들을 수 있으며 다가온 전쟁이 『나나』의 마지막 페이지들을 아이러니에 물들게 하고 잊을 수 없는 감정 폭발 *élan*을 초래한다. 그러나 체펠린 비행선이 파리 상공에 떠 있던, 프루스트적인 세계에 종말을 고한 저 절망적인 방탕의 밤이 오기까지, 전쟁은 유럽 문학의 주류에 재등장하지 않는다. 플로베르는 이 문제들의 대부분에 강한 역점을 두었던 작가인데, 전투에 관해 야단스럽고도 찬란한 몇 페이지를 썼다. 그러나 그것은 박물관에 전시된 고대 카르타고의 오래전의 전투였다. 기묘하게도 전쟁 속의 인간이 납득이 가게 묘사된 책은 어린이와 소년용이었다. 도데와, 그리고 톨스토이처럼 크리미아에서의 경험이 마음 깊이 새겨진 G. A. 헨티가 그들이다. 유럽의 리얼리즘은 성인成人 기질이면서도, 『전쟁과 평화』도 『붉은 무공 훈장 *The Red Badge of Courage*』도 낳지 못했다.

이 사실은 더 광범한 의미의 도덕률을 요청한다. 유럽 소설의 무대, 즉 제인 오스틴에서 프루스트에 이르는 시기의 정치적 물질적 바탕은 이례적이라고 할 만큼 안정되어 있었다. 이 속에서 주된 재앙은 사적인 것이었다. 발자크, 디킨스, 플로베르의 예술은 한 사회 조직을 완전히 파괴하고 개인의 삶을 압도할 수 있는 힘들에 참여하도록 요청받지도 않았고 그럴 준비도 되어 있지 않았다. 이 힘들은 냉혹하게 혁명과 전면전全面戰의 세기를 향해 결집되고 있었다. 그러나 유럽의 소설가들은 그 징후를 무시하거나 잘못 해석했다. 플로베르는 조르주 상드에게 코뮌은 중세의 당파주의의 잠정적인 복귀에 불과하다고 단언했다. 단지 두 소설가만이 와해로 나아가는 추세를, 유럽의 확고하던 벽이 균열된 사실을 분명히 알아차렸다. 즉 『카사마시마 공주』의 헨리 제임스와 『서구의 눈으로』와 『비밀 요원』의 콘래드이다. 이 두 소설가가 모두 서구 전통의 토박이가 아니라는 점은 매우 의미심장하다.

남북 전쟁 혹은 그 전쟁의 도래와 여파가 미국의 풍토에 어떤 영향을 끼쳤는지에 대한 평가가 제대로 이루어진 적은 없는 듯하다. 해리 레빈은 에드거 앨런 포의 세계관이 임박한 남부의 운명에 대한 불길한 예감 때문에 어두워진 것이라고 주장한다. 또한 이 전쟁이 헨리 제임스의 의식에 얼마나 결정적인 영향을 미쳤는지는 우리는 점차적으로만 깨닫게 될 뿐이다. 제임스의 소설이 악마적인 자와 불구자를 쉽게 받아들이는 특성을 가지는 것도 부분적으로는 이 때문이다. 이 특성으로 제임스의 소설은 더 심화되고 프랑스와 영국의 리얼리즘을 넘어서게 된 것이다. 그러나 더 일반화하자면 미국 예술의 경향에 반영된 것은 미국 사회생활의 불안정성, 변경이라는 상황에 내재한 폭력의 신화 체계, 그리고 점점 고조되어 가는 전쟁 위기감 등이었다. 이것들은 D. H. 로렌스가 명명한 이른바 "극한 의식의 정점"에 타당성을 부여했다. 그는 포, 호손, 멜빌에 그의 관찰을 집중했다. 이는 『졸리 코너The Jolly Corner』와 『황금 그릇The Golden Bowl』에 똑같이 적용된다.

그러나 미국의 경우에는 복잡하면서도 주변적인 요소들이 19세기 러시아에 있어서는 본질적인 현실이었다.

V

　고골의『죽은 혼』(1842), 곤차로프의『오블로모프』(1859), 투르게네프의『전날 밤』(1859)이라는 예외를 제외하고는, 러시아 소설의 경이로운 시기anni mirabiles는 1861년의 농노 해방에서 1905년의 첫 혁명 사이에 걸쳐 있다. 창조의 힘과 기라성 같은 천재에 있어서 이 44년을 페리클레스 시대의 아테네와 엘리자베스 및 제임스 1세 시대 영국의 창조적 황금기에 비교해도 될 것이다. 이 시기는 인간 정신이 가장 빛났던 시기 중의 하나다. 더욱이 러시아 소설이 역사상의 12궁 중의 한 별자리―즉 다가오는 격변을 말해주는 별자리―아래서 인식되었다는 것은 의심의 여지가 없다.『죽은 혼』에서『부활』까지(일차적 이미지는 두 제목을 병치시켜 두는 것만으로도 족하다), 러시아 문학은 마치 거울처럼 종말이 다가옴을 비춘다.

　그것은 예감과 예언으로 가득 찼고, 파멸이 근접해 오고 있다는 예상으로 끊임없이 괴로워했다. 19세기의 위대한 러시아 작가들은 러시아가 심연의 가장자리에 서 있으며, 자진하여 그 속으로 뛰어들지도 모른다고 느꼈다. 그들의 작품은 행진해 오고 있는 저 혁명뿐 아니라 내부에서 일어나고 있는 혁명까지도 반영한다.*

---

* N. A. 베르자예프 :『러시아 공산주의의 기원과 의미』(A. 네르빌의 번역판, 파리, 1951).

주요 소설들을 생각해 보라. 『죽은 혼』(1842), 『오블로모프』(1859), 투르게네프의 『아버지와 아들』(1861), 『죄와 벌』(1866), 『백치』(1868~9), 『악령』(1871~2), 『안나 카레니나』(1875~7), 『카라마조프가의 형제들』(1879~80), 그리고 『부활』(1899)을. 이것들은 일련의 예언이다. 주류의 일면에 발을 걸치고 있는 『전쟁과 평화』(1867~9)조차 임박한 위기를 암시하는 것으로 끝맺는다. 19세기 러시아 소설가들은 구약의 선지자의 그것에 비할 만한 강렬한 비전을 가지고 모여드는 폭풍을 인지하고 예언했다. 고골과 투르게네프처럼 스스로의 정치적 사회적 본능에 상충되는 예언을 하는 경우도 흔했다. 그러나 그들의 상상 활동은 재앙의 도래가 확실하다는 의식에 짓눌려 있었다. 러시아 소설은 라디쉬체프가 18세기에 한 유명한 말, "내 영혼은 인간 고통의 무게에 압도되어 있다"에 대한 해설을 확대해 놓은 것이라고 해도 무방하다.

연속성과 강박적 비전에 대한 의식은 한 조각 환상으로 전달될 수도 있을 것이다(오직 그것뿐이기도 하다). 고골은 죽은 혼들의 땅을 헤치고 소리를 내며 달리는 상징적인 트로이카를 내보냈고, 곤차로프의 주인공은 자신이 깨어나 그 고삐를 잡아야 한다는 것을 깨닫긴 했지만, 숙명적인 포기를 감수할 수밖에 없었다. 러시아 소설 독자에게 매우 친숙한 "N. 지방"의 한 마을에서, 투르게네프의 바자로프는 채찍을 들었다. 그에게는 미래란 명백했는데, 그것은 숙청을 능사로 하는 살인적인 내일이었다. 바자로프 부자父子는 광기에 휩쓸려 트로이카를 심연으로 몰아댔으며, 이에 『악령』의 테마가 형성된 것이다. 이 비유를 계속하자면, 『안나 카레니나』의 레빈의 영지는 일시적인 정차역, 즉 제 문제가 분석되고 이해될 수도 있었을 장소였으리라. 그러나 여행은 돌아올 수 없는 곳에까지 이르러, 이제 사적 규모이긴 하지만 혁명이란 거대한 반역이 예고된 카라마조프가의 비극으로 서둘러 나아간다. 마지막으로 우리는 혼돈을 넘어서 은총의 출현을 바라보는, 이상하고 불완전하며, 용서하는 소설 『부활』에 다다른다.

이 여행은 유럽 리얼리즘의 도구가 감당하기에는 너무나 무정형하고 비극적인 세계를 통과했다. 1868년 12월 마이코프에게 보낸 편지(후에 다시 언급할 기회가 있을 것이다)에서 도스토예프스키는 부르짖었다.

맙소사! 정신적인 발달 면에서 지난 10년간 우리 러시아인들이 겪어 온 것을 조목조목 말하려고만 해도, 모든 리얼리스트들은 그것이 순전히 환상이었다고 소리 지를 겁니다! 그러나 그것은 순수한 리얼리즘일 것입니다! 아니, 진실하고 심원한 리얼리즘입니다.

19세기 러시아 작가들에게 제시된 현실은 사실 유별난 것이었다. 위협받고 있는 전제주의, 묵시적 기대의 제물이 된 교회, 해외나 어두운 농민 대중 속에서 구원을 찾는, 재능은 막대하나 뿌리가 없는 지식 계층, 사랑하면서도 경멸하는 유럽에서부터 빠져 나와 나름의 〈종〉(헤르첸의 잡지명)을 울리거나 나름의 〈불꽃〉(레닌의 잡지명)을 튀기는 망명의 땅, 슬라브주의자와 서

구주의자, 인민주의자와 공리주의자, 보수주의자와 허무주의자, 무신론자와 신앙인 사이에 격렬해져 가는 논쟁, 그리고 투르게네프가 그다지도 아름답게 일깨워 준 다가오는 여름철 폭풍처럼 모든 영혼을 짓누르고 있는 파국에 대한 예감 등이 그것이다.

이 예감은 표현의 성격이나 양식에서 종교적 양상을 취했다. 벨린스키는 신의 존재 문제가 러시아 사상의 최종적이고 결정적인 초점이라고 언명했다. 메레즈코프스키가 언급했다시피, 신과 신의 본성에 대한 문제는 "15세기의 유대교 개종자들부터 현재에 이르기까지 전 러시아 국민을 사로잡고 있다".* 메시아 도상 연구와 묵시록의 종말론은 정치 논쟁에 괴이하고 열에 들뜬 반향을 불러일으켰다. 천년왕국에 대한 기대가 질식된 문화를 가로질러 그림자를 드리웠다. 모든 러시아의 정치사상에는—차다예프, 키레예프스키, 네차예프, 트카체프, 벨린스키, 피사레프, 콘스탄틴 레온티예프, 솔로비예프, 페도로프의 선언문에는—신의 왕국이 몰락하는 인간의 왕국을 향해 무섭게 다가오고 있었다. 러시아 정신은 문자 그대로 신에 홀려 있었다.

여기서 서구와 러시아의 19세기 소설이 근본적으로 구별된다. 발자크, 디킨스, 플로베르의 전통은 세속적이었다. 톨스토이와 도스토예프스키의 예술은 종교적이었다. 그것은 종교적

---

* D. S. 메레즈코프스키 : 『톨스토이의 인간과 예술—도스토예프스키론과 함께』

경험이 속속들이 밴 풍토와 러시아가 임박한 종말에서 탁월한 역할을 하도록 운명 지어졌다는 믿음에서 비롯되었다. 톨스토이와 도스토예프스키는 아이스킬로스나 밀턴에 못지않게 그들의 천재가 살아 있는 신의 손에 맡겨졌던 사람들이었다. 그들에게는 키르케고르가 그러했듯이 인간의 운명이란 『이것이냐 저것이냐*Either / Or*』였다. 따라서 그들의 작품은 예를 들자면 『미들마치*Middlemarch*』나 『파르마의 수도원』을 보는 방식으로는 실상을 이해할 수 없다. 우리는 다른 기법, 다른 형이상학을 다루고 있는 것이다. 『안나 카레니나』와 『카라마조프가의 형제들』은 정신의 시이며 소설이라 하겠으나, 그 목적의 핵심은 베르자예프가 "인류를 구원하려는 탐색"이라 부른 것에 있다.

한 가지 더 부연해 둘 것이 있다. 이 책에는 시종 톨스토이와 도스토예프스키의 텍스트를 번역을 통해 다룰 것이다. 이 작업이 러시아어 학자와 슬라브어 및 슬라브문학 연구자에게는 별로 소용이 닿지 않는다는 뜻이다. 물론 매 부분마다 그들의 노고에 힘입었으며, 그들이 놀랄 정도로 큰 잘못은 없기를 희망한다. 그러나 그들을 위해 이 작업을 한 것은 아니며 또 그럴 수도 없다. 따지고 보면 러시아 소설에 대한 앙드레 지드, 토마스 만, 존 쿠퍼 포위스, R. P. 블랙머의 저술도 마찬가지였다. 이 이름들을 열거하는 것은 이들이 그런 불손의 선례를 보인 작가들이어서가 아니라 오히려 누구나 인정해야 할 진실을 예시하기 위해서이다. 즉 비평이란 때로는 문헌학과 문학사에서는 그 목적을 위해 도저히 용납하지 못할 과도한 자유까지 허용해야 할 때가 있다는 사실이다. 번역이란 다소 염치없는 배반의 양식이다. 그러나 우리 언어가 아닌 언어로 쓰인 작품은 번역을 통해서만 무엇인가 얻을 수 있고, 또 얻어 내야 한다. 적어도 산문에서 대가다움은 번역이라는 반역*을 겪고도 대개 살아남는다. 이러한 악조건에 뿌리박고 발언하는 비평은 비록 제한되어 있긴 하지만 여전히 가치가 있는 것이다.

더욱이 톨스토이와 도스토예프스키는 방대한 주제다. T. S. 엘리엇이 단테를 언급하며 표현한 것처럼, "왜소한 작가에 대해서라면 세밀하고 특수한 연구를 해야만 왜 그에 대한 글을 쓰는지를 정당화할 수 있는데 비해, 여기에는 무엇이든 말할 만한 가치가 있는 것을 찾아낼" 가능성이 늘 있다.

---

* "번역이란 창조적 반역"이라는 에스카르피의 말이 있다. – 역주

2

시인들이란 위선자와 같아서
늘 자신이 한 작업을 변호하지만
양심이 그들을 내버려두지 않습니다.

라신이 르 바쇠르에게
1659년 혹은 1660년

I

자고로 문학 비평은 객관적 규범, 다시 말해 엄격하고도 보편적인 판단 원칙을 열망해 왔다. 그러나 다양하게 전개되어 온 비평의 역사를 고려해보면 이러한 열망이 실현되었는지, 아니 실현될 수 있는지조차도 의문이다. 또 비평의 원리가 한 천재나 아니면 한 학파가 그 영향력으로 시대정신에 잠정적으로 부과한 취향과 감수성 이상의 것인지도 의문이다. 예술 작품이 우리의 의식에 침투하면 우리 마음속의 무언가가 불붙게 된다. 그다음 우리가 하는 일이란 그 최초의 비약적인 인식을 다듬고 표현하는 것이다. 유능한 비평가란 언뜻 보기에 흐릿하고 독단적으로 보이는 인식일지라도 이성과 우리의 모방 감각에 닿을 수 있게 하는 사람이다. 이것이 매슈 아널드가 의미하는 바의 "시금석touchstone"이며, A. E. 하우스먼*이 진실한 부류의 시는 턱수염을 곤두서게 한다고 한 말의 의미이다. 이러한 직관적이고 주관적인 판단 개념을 통탄하는 것이 현대의 유행이다. 그러나 이런 반응들이야말로 깊은 의미의 정직성이 아닐까?

즉각적 반응이 너무도 절대적이고 "올바른" 것이어서 더 이상 논의의 여지가 없는 경우가 있다. 어떤 인상은 거부할 엄두조차 나지 않을 정도로 명백하다. 이 인상들이 먼지 덮인 소중한 가구들처럼 정신 속에 남아 있다가 추정이나 무질서의 순간 불현듯 그 존재를 드러내게 되는 것이다. 톨스토이의 소설이 서사시적이라는 생각이 일반적으로 받아들여지게 된 것도 바로 이런 방식이다. 톨스토이 자신이 이런 견해를 가졌고, 끝내는 비평에서 누구나 하는 말이 되어 버렸다. 이런 생각은 너무나 훌륭하게 단단히 자리 잡고 있고 겉보기에도 아주 적절한 듯해서 오히려 그 의미가 무엇인지 정확하게 알기가 좀 어렵다. 도대체 『전쟁과 평화』와 『안나 카레니나』를 "산문 서사시"라고 하는 것은 사실 무슨 의미일까? 톨스토이가 『유년-소년-청년 시대』를 『일리아스』와 비할 만하다고 한 것은 무슨 뜻에서였을까?

"서사시적"이란 말이 처음에 어떤 의미로 쓰였는가 이해하는 것은 어렵지 않다. 18세기를 거치는 동안에 그것의 문체론적 신화적 함의는 점점 더 광범하게 확장되어 갔다. 그 함의의

---

* 영국의 고전학자이자 시인인 하우스먼(Alfred Edward Housman, 1859~1936)은 좋은 시구가 턱수염을 곤두서게 해서 면도를 할 수 없게 한다는 말을 한 적이 있다. – 역주

경계선이 점차 흐려지면서, 음악 용어로 "서사시적 풍경" 혹은 "서사시적 광휘"라는 말이 쓰일 정도로 포괄성을 띠게 되었다. 톨스토이 당대인들에게 서사시란 개념은 광활함과 진지함, 현세적인 고매함과 영웅주의, 평온함과 서술의 직접성 등이 그 초점이었다. 비평 언어는 리얼리즘 소설에는 적절했지만, 위의 개념에 적당한 용어는 개발되지 않았다. "서사시적"이란 용어만이 톨스토이의 소설 혹은 이 경우『모비 딕』을 규정지어도 명백하고 납득할 만한 것으로 보였다.

그러나 톨스토이를 "서사시적 소설가"로 부르는 사람들은 그들이 아는 것 이상을 해냈다. 즉 이 별칭을 씀으로써 다소 느슨하게나마 그의 작품 규모와 인간성의 고풍스러운 광채에 찬사를 보냈던 것이다. 사실 이 개념은 톨스토이의 의도와 정확하고도 구체적으로 부합된다.『전쟁과 평화』,『안나 카레니나』,『이반 일리치의 죽음』,『캅카스 이야기』를 보고 서사시를 상기하게 된 것은, 그 작품들의 범위와 참신성을 어렴풋이 인식해서가 아니라, 톨스토이가 그의 예술과 호머의 예술 사이의 명백한 유비를 의도했기 때문이다. 그의 말에서 많은 것을 받아들이다 보니, 그가 어떻게 목표를 성취했는지, 또한 거의 3천 년간 수많은 정신 혁명이 분리해 놓은 예술 형식 간의 유사성을 과연 추적할 수 있는지 여부에 대해서는 거의 조사하지 않은 셈이다. 게다가, 톨스토이의 서사시 양식과 그의 질서 없는 기독교 해석 사이의 일치점에는 거의 관심이 주어지지 않았다. 그러나 이러한 일치점은 존재한다. 톨스토이의 소설이『일리아스』의 어조 및 관습과 연관점이 많다는 것과, 메레즈코프스키의 믿음대로 톨스토이가 "타고난 이교도의"* 영혼을 소유했다고 보는 것은 동전의 양면이라고 할 수 있다.

『전쟁과 평화』에서 시작하는 것이 자연스러울 것 같다. 오늘날 어떤 산문 문학 작품도 이 소설만큼 많은 독자들이 훌륭하고도 명백하게 서사시 전통에 속하는 것으로 받아들인 작품은 없다. 이 작품은 일반적으로 러시아의 민족 서사시로 불리는데, 호머와 톨스토이를 비교할 때면 반드시 거론되듯이 에피소드―유명한 늑대 사냥 같은―가 풍부하다. 더욱이 톨스토이 스스로가 이 작품을 호머의 시와 견주고 있다. 1865년 3월, 그는 "소설가의 시"에 대해 고찰한 바 있다. 그는 일기에서 이러한 "시"는 다양한 근원에서 발생될 수 있다고 썼다. 그 근원 중 하나는 "역사적 사건을 바탕으로 한 풍속화, 즉 『오뒷세이아』, 『일리아스』, 『1805』**이다". 그럼에도 『전쟁과 평화』는 특히 복합적인 경우이다. 반反영웅적 역사철학이 이 작품을 관통하고 있는 것이다. 또한 이 책은 수많은 사건들이 종횡무진으로 펼쳐지고 그 역사적 배경이 뚜렷해서, 우리로 하여금 작품의 내적 모순을 깨닫지 못하게 만들기도 한다. 『전쟁과 평화』가 내 논의의 중심인 점은 분명하지만, 가장 직선적인 접근 방법은 못 된다. 그보다는 『안나 카레니나』와 『보바리 부인』에 대해

---

* D. S. 메레즈코프스키 : 『톨스토이의 인간과 예술―도스토예프스키론과 함께』(런던, 1902).

** 『1805』: 『전쟁과 평화』의 제1권 제1편을 카트코프의 〈러시아 통보〉에 처음 발표할 때 이 표제로 했다. ─ 역주

언급함으로써, 톨스토이의 "서사시" 예술을 특징짓고 규정하는 요소들을 끌어내고자 한다.

이는 고전적 대결로 여기에는 나름의 역사도 있다. 『안나 카레니나』가 처음 나타났을 때, 사람들은 톨스토이가 플로베르의 걸작에 도전해 보려고 간통과 자살의 테마를 선택했다고 생각했다. 이는 아마 지나친 단순화일 것이다. 톨스토이는 『보바리 부인』을 알고 있었다. 그는 그 소설이 〈파리 레뷔〉(1856~7)에 연재되던 바로 그때 프랑스에 머물면서 플로베르의 작품에 무척 열광적 관심을 가진 문학 서클에 드나들었다. 그러나 톨스토이의 일기를 보면, 간통과 복수의 모티프는 이미 1851년에 떠올랐으며, 『안나 카레니나』를 촉발시킨 계기는 1872년 1월에 발생한 톨스토이의 영지 부근에 사는 안나 스테파노브나 피리오고바의 자살 사건이라는 것을 알 수 있다. 확실한 것이라고는 『안나 카레니나』가 『보바리 부인』을 어느 정도 의식하면서 쓰였다는 것이 전부다.

두 소설 모두 그 나름으로 걸작이다. 졸라는 『보바리 부인』을 리얼리즘의 결산으로, 즉 18세기 리얼리즘과 발자크로까지 거슬러 올라가는 전통에서 나온 최고의 천재적 작품으로 간주했다. 로맹 롤랑은 이 작품이 "삶을 표현하는 힘과 총체적 삶에 의해"* 톨스토이에 필적할 유일한 프랑스 소설이라 믿었다. 그러나 두 작품은 전혀 동등하지 않다. 『안나 카레니나』가 비

---

* 로맹 롤랑 : 『회상록과 유고 일기』(파리, 1956).

교가 안 될 정도로 더 위대한 것이다. 규모와 휴머니티와 기법상의 성취 모두에 있어서 그렇다. 주제가 유사하다는 사실은 그 웅대함에 차이가 난다는 느낌을 더하게 할 뿐이다.

　두 작품을 체계적으로 비교하기 시작한 사람 가운데 매슈 아널드가 있다. 아널드는 톨스토이론에서―톨스토이도 여기에 대해서 알고 있었다―둘을 구별하는 특성을 말했는데 이것이 폭넓게 유포되었다. 플로베르의 형식적 엄밀성과 이 러시아 작가의 두서없고 통제되지 않은 듯한 구성을 대비하여 설명하면서 아널드는 다음과 같이 썼다.

　　사실 우리는 『안나 카레니나』를 예술 작품으로 봐서는 안 되고 삶의 조각으로 보아야 한다… 그리고 그의 소설은 예술에서 잃은 것을 리얼리티에서 벌충한다.

　이와는 전혀 다른 전제에서 출발한 헨리 제임스는 톨스토이 소설이 삶을 제대로 그려내지 못한 것은 플로베르로 대표되는 형식의 완성도를 획득하지 못했기 때문이라고 주장했다. 그는 뒤마 피스와 톨스토이를 함께 들먹이면서(이렇게 두 사람을 연결 짓는 자체가 책임 있는 평가라고 볼 수는 없지만) 『비극적 뮤즈』의 재판 서문에서 이렇게 묻는다.

　　이처럼 크고 느슨하고 헐렁한 괴물들, 우연적이고 자의적인 기이한 요소들로 가득 차 있는 이 괴물들이 도대체 예술적으로 무엇을 "의미한다"는 것인가? 우리는 이러한 것들이 "예술보다 우월하다"고 주장하는 소리를 들어왔다. 그러나 도대체 그것이 무슨 말인지 모르겠다⋯ 삶이 널려져 있고, 낭비되고 있는 삶이 희생되어 "셈"에서 제외되는 까닭에, 나는 유기적 형식의 숨 깊은 경제deep-breathing economy를 좋아한다.*

이 비판들은 둘 다 철저한 오해에 바탕을 두고 있다. 아널드는 "예술 작품"과 "삶의 조각"을 구별한 데서부터 혼란에 빠져들었다. 제임스라면 이런 무의미한 구분은 절대로 안 했겠지만, 『전쟁과 평화』(그의 언급은 특히 이 작품을 겨냥했는데)가 "유기적 형식의 숨 깊은 경제"를 예증하는 최상의 본보기라는 것을 인식하지 못했다. 생생하게 살아 있음을 함축하는 "유기적"이란 말은 핵심적인 용어다. 이것이야말로 『안나 카레니나』가 『보바리 부인』 위에 있는 이유다. 전자에서 삶은 더 깊은 숨을 쉬는 것이다. 아널드의 기만적인 용어를 그대로 사용하자면, 톨스토이의 작품이야말로 예술 작품이며 플로베르의 작품이 삶의 조각이라고 말해야 옳을 것이다. "조각"이란 단어에 죽어 있다는, 쪼개져 있다는 뜻이 함축되어 있다는 점에서 그렇다.

플로베르와 모파상에 관한 유명한 에피소드가 있다. 선생 플로베르는 제자 모파상에게 나무를 하나 잡아서 독자가 곁에 나무가 있는 걸로 착각할 만큼 정확하게 묘사하라고 지도했다.

---

* 내용과 형식의 일치를 지향하는 헨리 제임스의 예술관이 피력된 대목. 제임스의 원문은 "숨 깊은 경제와 유기적 형식"인데 스타이너가 부정확하게 인용한 듯하다. – 역주

이 훈령에서 자연주의 전통의 근본적 결함을 찾을 수 있다. 왜나하면 기껏 성공해봐야 모파상은 사진사와 경쟁하는 것에 불과할 테니까. 톨스토이가 『전쟁과 평화』에서 시든 떡갈나무가 꽃을 피우는 장면을 묘사한 대목은 불후의 리얼리즘이 마법을 통해 그리고 최고도로 발휘된 예술적 자유를 통해 얻어질 수 있다는 것을 알려주는 두드러진 예이다.

플로베르는 물리적 대상을 다루는 일을 그의 시각의 기본으로 했다. 그 대상에 어마어마하고 근사한 어휘를 쏟아 놓은 것이다. 소설의 시작 부분에 샤를 보바리의 모자에 대한 묘사가 나온다.

그 모자는 여러 양식의 혼합이어서 보통의 모자, 경기병의 털모자, 창기병의 물개가죽 모자, 나이트 캡 등의 요소들이 뒤섞여 있었다. 그것은 마치 백치의 얼굴처럼 추한 꼴에 한마디 입도 벙긋하지 않다 보니 무슨 끝 모를 심연이나 있는 것 같은 그런 한심한 물건들 중 하나였다. …그 모자는 고래뼈로 심을 박은 타원형인데, 세 개의 볼록한 줄이 난 것을 시작으로, 빨간색 테로 경계가 지어진 마름모꼴 우단과 같은 모양의 토끼 가죽이 번갈아 가며 덧대 있었다. 그다음으로는 자루 같은 것이 달렸는데 그 가장자리는 온통 장식끈으로 복잡하게 꾸며놓은 마분지 안감의 다각형으로 되어 있었다. 그리고 거기에서부터 아주 가는 실 끝에 술 모양으로 금실로 꼰 작은 십자가가 매달려 있었다. 모자는 새것이어서 챙이 번쩍번쩍 빛을 내고 있었다.

이 괴상한 모자에 대한 착상은 그가 이집트 여행 중에 부바레 씨란 사람의 호텔에서 본 가바르니의 유머러스한 그림에서 얻은 것이었다. 모자 자체는 이 이야기에서 일시적이고 대단치 않은 역할을 할 뿐이다. 많은 비평가들이 이 모자가 샤를 보바리의 성품을 상징하고, 그의 비극을 예기豫期한다고 주장해 왔다. 이는 지나친 억측이다. 이 구절을 자세히 읽어 보면 그것이 그 자체를 위해 쓰인 것이라는 혐의가 짙다. 즉 플로베르가 언어의 굴레로 삶을 가두려고 했던 저 가시적인 현실에 대한 빛나고도 지칠 줄 모르는 공격 가운데 하나였으리라는 것이다. 발자크가 『외제니 그랑데』에서 어느 집의 현관문을 묘사한 유명한 대목은 시적이고도 인간적인 목적을 가진다. 그 집은 거기에 사는 사람들의 외적인 살아 있는 모습이기 때문이다. 샤를 보바리의 모자는 지적 목적의 과잉인 듯하다. 그것은 냉소와 누적을 통해 예술 작품의 절제를 침식시키는 삶의 조각이다.

톨스토이의 거대한 파노라마 같은 세계를 통틀어도 여기 비교할 만한 예는 생각나지 않는다. 톨스토이가 플로베르의 묘사 중에서 취함 직한 유일한 부분은 마지막 구절—"모자는 새것이어서 챙이 번쩍번쩍 빛을 내고 있었다"—뿐이다. 톨스토이의 소설에서 물체, 가령 안나 카레니나의 옷, 베주호프의 안경, 이반 일리치의 침대는 인간적 맥락에서 그 존재 이유와 견고성을 얻게 된다. 이 점에서 톨스토이는 매우 호머적이다. 레싱이 아마 처음 지적했다시피, 『일리아스』에서 물체에 대한 묘사는 시종 역동적이다. 칼은 항상 내리치는 팔의 일부처럼 보인다. 이는 주요 도구인 아킬레스의 방패에서도 마찬가지다. 우리는 그것이 벼려지는 과정을 본다. 이 점을 고찰한 헤겔은 언어와 물질세계 사이에 점차 소외가 생겨났다는 매력 있는 이론을 내놓았다. 그는 호머의 시에는 청동 그릇이나 특정한 형태의 뗏목을 세세하게 묘사한 부분에서조차 근대 문학이 필적할 수 없는 활력이 뿜어져 나온다는 점을 지적했다. 헤겔은 반半산업적 및 산업적 생산 양식이 인간을 그의 무기, 기구 및 생활 도구들로부터 소외시킨 것이 아닌가 질문했다. 이것은 엄정한 가설로 루카치가 힘을 다하여 주장한 바이다. 그러나 그 역사적 근거야 어떻든, 톨스토이는 매우 친근한 태도로 외부 현실을 감싼다. 그의 세계는 호머의 세계처럼 인간의 모자란 인간의 머리를 덮는다는 사실 때문에 예술 작품에서 의미를 얻고 자리를 잡는 것이다.

『보바리 부인』의 현저한 기법—잘 쓰이지 않는 전문적인 언어의 사용, 형식적 묘사의 지배, 산문을 분절分節시켜 얻은 의도적인 운율, 복잡하게 짜인 구조(가령 무도회와 같은 주요 도구가 서창조叙唱調 서술을 통해 준비되고 끝난다)—은 플로베르의 개인적 천재뿐 아니라 매슈 아널드와 헨리 제임스의 관찰에 명백히 드러나는 예술 개념과도 밀접한 관계가 있다. 이 기법을 통해 리얼리즘은 당대의 삶의 조각을 가차 없이 완벽하게 기록하려 한다. 그 조각 자체가 중요하다거나 매력이 있는가 여부는 정작 문제가 아니었다(공쿠르 형제의 소설을 보라). 표현의 충실성만이 결정적이었다. 사실 대수롭지 않은 주제가 그 난해함 때문에 주목을 끈 셈이며, 졸라로 말하면 열차 시간표조차 음미할 가치가 있게 할 만한 능력이 있었다. 그러나 플로베르의 경우에는 좀 더 불명확하다. 대가의 솜씨가 명백하고, 노고의 흔적이 뚜렷한데도 불구하고, 『보바리 부인』은 그에게 만족을 주지 못했다. 그 견고하고 아름다운 구조 깊숙이에는 부정否定과 공허의 원칙이 놓여 있는 듯했다. 플로베르는 작품이 "완벽하게 쓰였다 하더라도 담겨진 내용 때문에 그 성과란 봐 줄 정도이지 아름다운 것은 되지 못할 것"*임을 쓰라리게 인식하고 있다고 천명했다. 이 발언은 플로베르의 과장이 분명하다. 그는 아마 그에게 흔치 않은 고통을 안겨준 책에 무의식적으로 복수하고 있었던 듯하다. 하지만 그렇더라도 그의 지적은 훌륭한 것이었다. 이 리얼리즘 전통의 걸작 속에는 뭔가 죄어드는 듯한 비인간적인 분위기가 있다.

매슈 아널드는 이 작품을 "석화石化된 감정의 작품"이라 표현했다. 그는 또 "이 책에는 우리를 즐겁게 해주거나 위안해주는 인물이 없다"는 것을 발견했다. 그는 엠마에 대한 플로베르의 태도가 원인일 것이라고 생각했다. 즉 "그는 잔인한데 그것은 석화된 감정의 잔인함이다… 그는 불쌍하다는 생각은커녕 쉴 새 없이 앙심이라도 품은 듯 그녀를 추적한다." 이 관찰은 『안나 카레니나』의 활력과 인간다움과 대조를 이룬다. 그러나 사람들은 플로베르가 엠마 보바리를 그다지도 가혹하게 괴롭힌 이유를 아널드가 과연 완전히 이해한 것인지 의문을 제

---

* 플로베르가 루이즈 콜레Louise Colet에게 쓴 편지. 1853년 7월 12일자 (『귀스타브 플로베르 서한집』 제3권, 파리, 1927).

기할지도 모른다. 플로베르를 분노케 한 것은 그녀의 도덕성이 아니라 오히려 상상력의 삶을 살리려는 그녀의 서글픈 노력이었다. 엠마를 파괴함으로써 플로베르는 리얼리즘에 반항하는 자신의 천재성, 즉 소설가는 경험세계의 순수한 연대기 작가라는, 사실의 문제에 비정할 정도로 충실한 카메라 눈이라는 건조한 이론에 반항하는 그의 천재성의 일면을 공격했던 것이다.

『보바리 부인』을 크게 찬양한 헨리 제임스조차 그 완벽성에는 무언가 근본적으로 잘못된 것이 있음을 인식했다. 그 "금속적" 성질(제임스는 그의 투르게네프론에서 이 형용어를 플로베르의 전 작품에 적용했다)을 설명하고자 하면서 엠마는 "그녀의 의식의 본질, 그리고 그녀의 창조자를 짙게 반영해 주는 성과 등에도 불구하고 사실 너무 작은 문제"*라는 것이다. 비록 보들레르가 이 소설을 다루면서 여주인공이 "진실로 위대한 여인"이었다고는 했지만, 아마 제임스가 맞을 것이다. 그러나 엄격하게 보자면 양 관점은 둘 다 부적절하다. 리얼리즘의 가설 자체가 주제의 본래적인 고귀함과 작품의 실제적 미덕은 거의 무관하다는 것이니까. 발레리가 그의 에세이 「(성) 플로베르의 유혹」에서 정의했듯이 리얼리즘의 교리는 "평범한 것들에 주의를 기울임"이다.

자연주의 작가들은 자료 도서실, 박물관, 고고학 및 통계학 강의실에 자주 드나들었다. "우리에게 사실을 달라"고 그들은

---

* 헨리 제임스 : 「귀스타브 플로베르」(『소설가에 대한 논평, 기타』, 뉴욕, 1914).

디킨스의 『어려운 시절』속의 교장과 더불어 말했다. 그들 중 많은 사람들이 문자 그대로 허구(소설)의 적이었다. 『보바리 부인』은 '시골 풍습'이란 부제副題를 달고 나타났다. 이것은 〈인간 희극〉에서 파리, 시골, 군대 생활로 장면을 나눈 발자크의 유명한 구별을 따른 것이다. 그러나 어조는 변했고, 또 이 부제를 내세우면서 사회학자 및 역사가와 바로 그 영역에서 필적하려는, 그리고 소설을 현실의 광대한 개요를 다루는 연구서 monograph로 만들려는 가차 없는 욕망을 드러낸 것이다. 이 욕망은 그의 문체 구조에서부터 명백히 드러난다. 사르트르가 지적하듯이, 플로베르의 문장은 "대상을 에워싸서 사로잡아 고정시켜 놓고 그 등뼈를 부러뜨린다… 자연주의 소설의 결정론이 인생을 짓이기고, 인간 행동을 자동인형의 한결 같은 반응으로 대체한다".*

이 말이 전적으로 옳다면 『보바리 부인』은 천재의 작품이 아니라는 말이 된다. 그러나 『보바리 부인』은 분명 천재의 작품이다. 그렇지만 전적이지는 않아도 어느 정도는 진실인데, 이는 이 작품을 넘어서는 수준의 문학이 엄연히 존재한다는 것, 그리고 주제를 다루는 플로베르의 방법이 왜 톨스토이에 뒤떨어지는지를 설명하기에는 족하다. 더욱이 『보바리 부인』은 무서울 정도로 명료하게 자신을 관찰했고, 더 열등한 예술가들로 하여금 절망하지 않고 버티게 해주는 자기기만이란 재주가 없

---

* 장 폴 사르트르 : 『문학이란 무엇인가?』(『상황』, 제2권, 파리, 1948).

었기 때문에, 오히려 유럽 소설의 한계에 독특한 빛을 던지고 있다. "이 책은 중간지대의 그림"이라고 헨리 제임스는 말했다. 그러나 "중간지대"란 바로 디포와 필딩이 그들의 후계자들을 위해 경계를 친 그 왕국이 아닌가? 그리고 그것은 플로베르가 "중간지대"를 포기했을 때―『세 이야기』, 『살람보』, 『성 앙투안의 유혹』이 그런 경우인데―황금빛 전설의 성인들과 비합리주의의 포효하는 악마들에게서 도피처를 찾게 되리라는 것이 드러나지 않았을까?

그러나 『보바리 부인』의 실패(여기서 "실패"란 말은 주제넘은, 상대적인 용어이다)는 예술 작품과 삶의 조각이라는 아널드의 구별로는 설명될 수 없다. 『안나 카레니나』에서는 삶의 조각이라는 그 불길한 용어에 내포된 붕괴와 해체의 징후를 전해주는 부분이란 찾아볼 수 없다. 우리는 단지 예술 작품에만 따르기 마련인, 충만하면서도 영광으로 감싸인 삶 자체를 볼 뿐이다. 더욱이 그 영광은 기법적 숙련, 즉 신중하게 통제된 시 형식의 전개로부터 발생한다.

Ⅱ

아널드의 비판은 그릇된 견해이긴 하지만 역사적으로는 중요한 의미를 가진다. 영국과 프랑스 독자들이 러시아 소설가들을 처음으로 접하게 해 주었던 아널드 당대 유럽 작가들의 일반적 견해―특히 비콩트 드 보귀에의 견해―를 대변하고 있는 것이다. 그들은 러시아 소설가들의 참신성과 창의력을 어느 정도 인정했다. 그러나 그 조심스러운 찬양에는 아널드의 논문을 성립시킨 주장, 즉 유럽 소설은 다듬어진 정통적인 기술의 산물이지만 『전쟁과 평화』 같은 책은 제대로 지도받지 못한 천재가 무형의 활력으로 써낸 신비한 창작이라는 주장이 뚜렷이 존재한다. 그 가장 조잡한 형태로는 이 모든 개념을 동원하여 러시아 문학을 공격한 부르제가 있고, 가장 정교한 형태로는 명료하지만 일관성 없는 통찰인 지드의 『도스토예프스키』가 있다. 유럽 비평에서 이는 새로운 이론이 아니라 지배적인 규범 외부에서 이루어진 성취에 대항해 기존의 고전적인 것을 지키려는 전통의 새 모습일 뿐이었다. 『안나 카레니나』의 활력을 플로베르의 미적 현학衒學과 대조함으로써 빅토리아 비평의 범주로 끌어들이려는 아널드의 시도는, 신고전주의 비평가들이 "셰익스피어의 자연스러운 숭고성"과 라신의 규칙적이고 규범적인 완벽성을 구분하려 한 노력에 비할 만한 것이었다.

그러나 이러한 구별은 둘 다 적당치 않고, 텍스트를 바탕으로 이루어진 것도 아니면서 아직까지 남아 있다. 지금에 이르러 러시아 소설은 우리 문학의 가치관에 거대한 그림자를 드리우고 있다. 그러나 그것은 예전과 마찬가지로 유럽의 외부로부터 오는 것이다. 러시아 소설이 유럽 소설에 끼친 기법적 영향은 제한되어 있다. 가장 뚜렷하게 도스토예프스키를 모델로 삼은 프랑스 소설가들은 에두아르 로드Edouard Rod와 샤를 루이 필리프 같은 군소 작가들이다. 스티븐슨의 「마크하임」, 휴

월폴, 아마도 포크너, 그레이엄 그린의 작품에서 도스토예프스키의 영향은 흔적을 남기고 있다. 무어의 『이블린 이네스*Evelyn Innes*』, 골스워디, 버나드 쇼에 대한 톨스토이의 영향은 기법상의 영향이라기보다는 이념의 영향이다.* 주요 인물 가운데는 오직 지드와 토마스 만이 러시아 문학의 성취를 의미 깊게 그들의 목표에 적용했다고 해도 좋을 것이다. 이렇게 제한적인 영향밖에 주지 못한 일차적인 문제가 언어의 장벽이라고는 할 수 없다. 예를 들어 세르반테스는 유럽 전통의 핵심에 머무르면서 원어로 읽지 못한 작가들에게조차 깊은 영향을 주었으니까.

아널드가 제시한 일반적 방향에 그 이유가 있다. 톨스토이와 도스토예프스키가 평범한 비평적 분석의 범위를 벗어나 있다는 느낌은 모호하지만 끈질기게 나타난다. 그들의 "숭고함"은 자연처럼 엄연한 사실로, 더 식별하려 할 것조차 없는 것으로 받아들여지게 되는 것이다. 이러한 스타일의 칭찬은 매우 모호하다. 마치 "예술 작품"은 지적으로 조사될 수 있으나 "삶의 조각"은 경외감으로 바라보아야 한다는 식이다. 이것이 말이 안 된다는 것은 분명하다. 즉 위대한 소설가의 위대성은 실제 형식 및 기법적 실현을 통해서 이해되어야 한다는 말이다.

---

* F. W. 헤밍스의 『프랑스에서의 러시아 소설, 1884~1914』(옥스포드, 1950), T. S. 린드스트롬의 『프랑스에서의 톨스토이(1886~1910)』(파리, 1952), 길버트 펠프스의 『영국 소설 속의 러시아 소설』(런던, 1956) 등을 참조하라.

톨스토이와 도스토예프스키의 경우에도 이는 큰 관심사이다. 그들의 소설이 신비롭게 혹은 어쩌다가 저절로 생겨난 "느슨하고 헐렁한 괴물"이라 보는 것보다 잘못된 견해는 없을 것이다. 『예술이란 무엇인가?』에서 톨스토이는, 탁월성이란 세부 묘사를 통해 얻어지며, 그것은 "조금" 덜, 혹은 "조금" 더 하느냐의 문제라고 분명히 말했다. 『안나 카레니나』와 『카라마조프가의 형제들』은 『보바리 부인』 못지않게 이 판단을 뒷받침한다. 사실 이 작품들의 구성 원칙들은 플로베르나 제임스의 경우보다 훨씬 풍부하고 복합적이다. 『백치』의 첫 장에 녹아 있는 서술 구조와 추진력에 비하면, 단일 초점을 거의 시종 유지한 『대사들』의 절묘한 솜씨조차 얕은 것처럼 보인다. 앞으로 자세히 언급할 『안나 카레니나』의 첫 장에 비하기에는 『보바리 부인』의 시작 부분은 서투른 듯하다. 물론 플로베르가 그 부분에 그로서는 최고의 정력을 기울인 점은 인정하지만. 순수하게 기법 면에서 보아 잘 만들어진 소설로는 『죄와 벌』을 당할 소설은 거의 없다. 그 속도감과 치밀한 묘사 솜씨에 비할 만한 것으로는 로렌스 최상의 작품들과 콘래드의 『노스트로모』 정도가 떠오른다.

이상의 것들은 더 이상 강조할 것도 없는 비평의 상식이자 명제가 되어 마땅하다. 그러나 과연 그러한가? 많은 "신비평가"들이 플로베르, 제임스, 콘래드, 조이스, 프루스트, 카프카, D. H. 로렌스(이들이 공식적 판테온을 구성한다)가 실현한 소설의 예술을 지속적으로 통찰하고 또 납득시키는 데 힘을 쏟았다. 포크너의 은유법 사용이라든가 『율리시즈』에 나오는 이런

저런 에피소드의 기원 등등에 대한 탐구는 계속 무게를 더하고 수가 늘어난다. 그러나 이런 문제에 관심을 집중시키는 것이 당연하다고 보는 비평가 및 연구자 대다수는 러시아 대가들을 단지 일반적이고 불명확하게만 알고 있다. 아마도 이들은 부지불식간에 에즈라 파운드가 괘씸하고도 우매하게 『독서술 *How to Read*』에서 러시아 소설을 제외시킨 전례를 따르고 있는 듯하다. 이 책을 쓰는 목표 가운데 하나도 이런 경향을 저지하고, C. P. 스노가 옳다는 것을 증명하는 데 있다. 그는 이렇게 말했다. "기법적 통찰력이 가장 필요한 것은 신들린 작품들이다. 우리가 그 작품들을 제대로 균형 있게 다루어주어야 한다면 말이다."[*]

그러나 일단 이것이 확인되고, 소설의 활력이 그 소설을 예술 작품이게 만드는 기법상의 효력과 불가분이라는 사실을 시종 고려한다 해도, 매슈 아널드의 주장에는 일말의 진실이 있다. 『보바리 부인』과 『안나 카레니나』가 동일한 방식으로 받아들여질 수는 없다는 그의 말은 정당했다. 차이점은 정도 문제 이상의 것이다. 톨스토이가 인간 조건을 더 심원하고 연민어린 눈으로 보았고, 그의 천재 또한 확실히 더 광활한 범위에서 발휘되었다는 것만이 아니다. 『안나 카레니나』를 읽어 나가면서 문학적 기법에 대한 이해, 즉 "어떻게 사물이 다루어지는가?"를 인식하는 일은 예비적인 통찰에 불과하다고 할 것이다.

---

[*] C. P. 스노 : 「노동하는 디킨스」(〈뉴 스테이츠맨〉, 1957.7.27).

이 장章에서 주로 다룬 형식 분석의 유형들이 플로베르의 세계는 파헤치고 있다 해도 톨스토이의 세계를 깊이 통찰하는 데는 도저히 미치지 못한다. 톨스토이의 소설에는 종교, 도덕, 철학에 대한 천착이 뚜렷한 비중을 차지하고 있는 것이다. 서술의 상황에서 이런 천착이 비롯되기도 하지만, 때로는 따로 존재하거나 병립하면서 우리의 관심을 요구한다. 톨스토이의 시학詩學에 대한 어떤 지적이라도 가치가 있다. 그것은 그 지적을 통해 한 지성이 내놓은 가장 명료하고 포괄적인 경험 원리 중하나에 접근할 수 있기 때문이다.

이것으로 신비평이 대개 러시아 소설을 피해 온 이유가 설명될 것이다. 물론 R. P. 블랙머와 같은 두드러진 예외도 있긴하다. 신비평은 단일한 이미지나 언어군群에 집중하고, 외적-전기적 증거를 한사코 거부하고, 산문 형식보다 시 형식을 선호하는데, 이것은 톨스토이와 도스토예프스키 소설의 지배적특성과는 맞지 않는다. 따라서 아널드, 생트뵈브, 브래들리 같이 광범한 교양을 두루 갖춘 "구비평"이 필요하게 되는 것이다. 또한 그래서 더 느슨하고 폭넓은 양식을 연구하기에 적당한 비평이 필요한 것이다. 『입센주의의 진수眞髓』에서 쇼는 "입센의 인물 중에서 구식 어법으로 '성령의 사원'이 아닌 사람은 없고, 그 신비감으로 순간순간 당신에게 다가오지 않는 사람은없다"고 고찰했다.

『안나 카레니나』를 이해하려면 이러한 구식 어법을 정돈해두어야 한다.

Ⅲ

『안나 카레니나』는 첫 페이지부터 우리의 정서를 플로베르의 세계와는 동떨어진 세계로 데려간다. 사도 바울의 말에서 따온 제사題詞— 원수 갚는 것이 내게 있으니 내가 갚으리라*—는 비극적이면서도 양의적인 울림을 준다. 톨스토이는 여주인공을 매슈 아널드가 말하는 "연민의 보석"이라 보았다. 톨스토이는 그녀를 파멸로 몰아넣는 사회를 비난했던 것이다. 그러나 이와 함께 도덕률이 빈틈없이 복수해 주기를 바라기도 했다. 이에 못지않게 놀라운 것은 성경의 인용문이 한 소설의 제사로 쓰였다는 점이다. 성경 구절이 19세기 유럽 소설의 한 구성 부분으로 들어온 일은 거의 없다. 그것은 그 눈부신 광채와 친화력 때문에 앞뒤 산문의 흐름을 깨뜨려 놓기 일쑤이니까 말이다. 헨리 제임스는 『대사들』의 클라이맥스에서 램버트 스트레더가 "진실로, 진실로…"라고 부르짖는 순간이나, 『황금 그릇』에서 기발하게도 바빌론을 불러내는 경우에서야 이러한 위험을 가까스로 피할 수 있었다. 그러나 『보바리 부인』에서라면 성경 구절은 공허하게 울리고 전체 산문의 정교한 구조를 뒤집어 놓았을 것이다. 톨스토이에게는 문제가 완전히 다르고 도스토예프스키도 마찬가지다. 예를 들어 『부활』과 『악령』에

---

* 로마서 제12장 19절. "너희가 친히 원수를 갚지 말고 하나님의 진노하심에 맡기라 기록되었으되 원수 갚는 것이 내게 있으니 내가 갚으리라고 주께서 말씀하시니라." – 역주

는 복음서에서 따온 긴 구절이 작품 속에 짜여들어 있다. 여기서는 예술의 종교적 개념과 진지함의 궁극상窮極像을 다룰 수 있을 것이다. 기법상으로 획득된 미덕을 넘어서 많은 문제들이 함축되어 있기 때문에, 사도 바울의 말은 그야말로 어울리게 배치된 듯하고 마치 클라리온의 어두운 음조처럼 작품의 앞길을 예고한다.

이어 저 유명한 서두—"오블론스키 집안에는 만사가 뒤죽박죽이었다"—가 나온다. 전통적인 견해는 톨스토이가 이 부분을 푸시킨의 『벨킨 이야기』에서 착상한 것으로 보고 있다. 그러나 실제 초안과 스트라호프에게 보낸 편지(1949년에야 출판)를 보면 여기에 의문의 여지가 생긴다. 거기다 결정판에서 톨스토이는 짤막한 격언을 그 앞에 놓았던 것이다. "행복한 가정이란 모두 비슷하지만, 불행한 가정은 제 나름으로 불행한 법이다." 이 도입부가 쓰인 세세한 경위가 어떠했든지 간에 그것이 밀고나가는 추진력은 부정할 수 없고, 토마스 만이 어떤 소설도 이처럼 과감하게 시작되지 않았다고 느낀 것도 타당할 법하다.

고전 시학의 표현을 빌리면, 우리는 사건의 핵심in medias res—대수롭지 않지만 마음 아픈 스테판 아르카디예비치 오블론스키(스티바)의 부정不貞—으로 뛰어든다. 오블론스키의 이 축소판 간통을 자세히 언급함으로써 톨스토이는 이 소설의 지배적 주제들을 단조短調풍으로 깔고 있다. 스테판 아르카디예비치는 누이동생 안나 카레니나에게 도움을 구한다. 안나는 난리가 난 집안에 평화를 회복하기 위해서 오고 있다. 안나가 위기에 빠진 결혼을 수습하는 역할로 등장한다는 데는 소름끼치는 아이러니의 기미가 있다. 그것은 연민에 가 닿아 있는 셰익스피어적인 아이러니다. 스티바와 그의 화난 아내 돌리가 이야기를 나누는 대목은 비록 희극적인 처리가 돋보이지만 안나와 알렉세이 알렉산드로비치 카레닌 사이의 비극적 대면을 예고한다. 그러나 오블론스키의 에피소드는 대개 주 모티프를 깔끔하게 제시하는 하나의 서곡 이상의 의미를 지닌다. 여러 갈래로 펼쳐지는 이야기의 톱니바퀴들이 별 무리 없이 맞물려 돌아가게 하는 구동바퀴 역할을 하는 것이다. 스티바의 가정에서 발생한 혼란 때문에 안나와 브론스키가 만나게 되기 때문이다.

오블론스키는 그의 사무실로 간다. 그는 막강한 동서 덕에 그 직위를 얻게 되었다. 이 소설의 진정한 주인공 콘스탄틴 드미트리예비치 레빈, "한 손으로 13개의 석추(182파운드)를 들어 올리는 체육가"는 여기에서 등장한다. 그는 특유의 분위기를 풍기며 들어온다. 레빈은 우선 지방 자치단체 활동에는 더 이상 참여하지 않을 것이라고 밝히고, 오블론스키의 사무실의 한가함이 상징하는 메마른 관료주의를 비웃고, 사실은 오블론스키의 처제 키티 스체르바츠키에게 청혼하러 모스크바에 왔노라고 고백한다. 이 첫 등장 장면에서 레빈의 삶을 지배하는 중심적인 충동들이 집약되어 있다. 즉 영농법 및 농촌의 개혁에 대한 추구, 도시 문화의 거부, 키티에 대한 열렬한 사랑이 그것이다.

이어 레빈의 인물됨을 더 알려주는 에피소드가 몇 개 따른다. 그는 이복형인 저명한 출판업자 세르게이 이바노비치 코즈니세프를 만나 친형 니콜라이의 안부를 묻는다. 그러고 나서 키티와 다시 만난다. 이 재회 부분은 전형적으로 톨스토이적인 장면이다. "눈이 쌓여 가지마다 축 늘어진 공원의 늙은 자작나무들은 마치 새롭고 장엄한 제복祭服으로 단장한 것 같았다." 키티와 레빈은 함께 얼음을 지치며, 주위는 온통 신선하고 밝은 빛으로 충만하다. 서술의 엄격한 경제성을 따지자면, 레빈이 코즈니세프와 나누는 대화는 일종의 옆길로 빠지기digres-sion라고 비판할 수도 있다. 그러나 이런 식의 옆길로 빠지기가 톨스토이의 소설 구조 내에서 특별한 역할을 하고 있으며, 이 점에 대해서는 다시 언급할 생각이다.

레빈은 오블론스키와 다시 만나서 영국 호텔 식당에서 점심을 나눈다. 레빈은 이 식당이 철면피할 정도로 우아한 데 비위가 상해서, 자기는 타타르인 웨이터가 잔뜩 늘어놓은 식도락용 진수성찬보다는 "양배추 국과 오트밀"이 더 좋다고 짓궂게 선언한다. 스티바는 음식에 취해 있긴 했지만 자기 걱정거리가 생각나서 성적 부정不貞에 대한 레빈의 의견을 묻는다. 이 짧은 대화는 그 서술의 침착함이 가히 일품이다. 레빈은 방금 포식을 한 사람이 "빵집을 지나다가 롤빵을 훔치는" 것을 이해할 수가 없다. 그는 일부일처제를 열렬하게 옹호한다. 오블론스키가 막달라 마리아를 넌지시 언급하자, 그리스도는 그런 말을 하지 않았을 것이라고 단호하게 말한다. "그의 말이 이렇게 남용될 줄 알았다면 말이야… 난 타락한 여자들이 혐오스러워." 하지만 소설 뒷부분에 가게 되면 이 레빈만큼 연민 어린 통찰로 안나에게 접근하는 사람은 없을 것이다. 레빈은 사랑은 하나뿐이라는 그의 지론을 계속 전개시켜 플라톤의 『향연』까지 언급한다. 그러다가 갑자기 중단한다. 자신의 삶 속에서 이 신념과 배치되는 사실들을 상기한 것이다. 『안나 카레니나』의 대부분이 이 순간에 수렴된다. 즉 일부일처제와 성적 자유 사이의 충돌, 개인의 이상과 그 행위 사이의 불일치, 처음에는 철학으로 다음에는 그리스도의 이미지로 경험을 해석해 보려는 시도 등이 그것이다.

배경은 키티의 집으로 바뀌고, 이제 이 사랑의 사중주에서 네 번째 인물인 브론스키 백작을 보게 된다. 그는 키티의 찬미자요 구애자로 소설에 등장한다. 이는 독자들의 관습적인 반응에 마치 삶이 그러하듯이 찬물을 끼얹는 데 즐거움을 느끼는, 톨스토이가 즐겨 구사하는 기법의 예이지만, 그 이상의 의미가 있다. 그것은 위대한 예술의 "리얼리즘"과 "숨 깊은 경제"를 보여준다. 키티와 브론스키의 사랑의 불장난은 로미오가 로잘린에 열중하는 것과 동일한 구조적-심리학적 가치를 가진다. 왜냐하면 로미오의 줄리엣에 대한 애모와 브론스키의 안나를 향한 정열은 이전의 사랑과 대비해 볼 때에만 비로소 모든 것을 변화시키는 그 충격이 시적으로 구현되고 실감되기 때문이다. 그들은 성숙한 정열의 총체적인 악마성, 두 사람 모두를 비이성과 재앙으로 몰아넣는 이 정열이 이전의 사랑과 다르다는 것을 발견한다. 키티가 브론스키에게 소녀답게 열중하는 것은 (마치 『전쟁과 평화』에서 나스타샤가 볼콘스키를 사랑하는 것처럼) 자기 인식의 서곡일 뿐이다. 그녀는 레빈에 대한 그녀의 감정이 진실된 것임을 이 사랑과 비교해서 확인하는 것이다. 브론스키로 말미암아 얻은 깨달음에 힘입어, 키티는 모스크바의 화려한 생활을 버리고 레빈을 따라 그의 영지로 갈 수 있게 된다. 얼마나 교묘하고 자연스럽게 톨스토이는 그의 실타래를 감고 있는가!

키티의 어머니 쉬체르바츠키 공작 부인은 두서없는 내면 독백으로 딸의 장래에 대해 곰곰이 생각하는데, 톨스토이는 이 독백들을 통해 이 가문의 내력을 털어놓게 한다. 옛날에는 훨씬 더 단순했고,『안나 카레니나』의 주요 테마인 근대사회에서의 결혼 문제가 다시 한 번 부각된다. 이때 레빈이 쉬체르바츠키 댁에 나타나 키티에게 청혼한다.

그녀는 그를 바라보지도 못한 채 가쁜 숨을 쉬었다. 그녀는 황홀감을 느끼고 있었다. 그녀의 영혼은 행복에 가득 차 있었다. 그녀는 그의 사랑의 고백이 이토록 강한 감동을 주리라고는 생각지도 못했다. 그러나 그것은 한순간에 불과했다. 그녀는 브론스키를 상기했다. 그녀는 맑고 진실 어린 눈을 들어 레빈의 필사적인 얼굴을 보며 서둘러 대답했다.

"그건 있을 수 없는 일이에요… 용서해 주세요."

잠시 전까지만 해도 그녀는 얼마나 그에게 가까웠으며, 그의 일생에 얼마나 소중한 존재였던가! 그러나 이제 그녀는 그에게 얼마나 멀리 동떨어진 사람이 되었는가!

"이렇게 될 수밖에 없었겠지요." 그는 그녀를 바라보지 않고 말했다.

그는 인사를 하고 나가려 했다.

이 구절은 소름이 돋을 정도로 적확해서 분석할 여지조차 남겨두지 않는다. 여기에는 교묘한 솜씨와 티 없는 기품이 스며 있다. 하지만 영혼의 길에 대한 그 정직하고 엄격한 시각은 조금도 흔들리지 않는다. 키티는 레빈의 청혼이 왜 그다지 기쁨을 주었는지 사실 모르고 있다. 그러나 기쁨을 느꼈다는 사실만으로도 이 장면의 페이소스는 약화되고 미래에 대한 어렴풋한 기대를 유지하게 해 준다. 이 에피소드는 긴장감과 정직성에 있어 D. H. 로렌스 최상의 특성을 연상시킨다.

다음 장(제14장)에서 톨스토이는 두 연적을 대면시킴으로써 키티의 분별없는 사랑이라는 주제를 더 발전시킨다. 톨스토이의 기교의 완벽함과 강한 설득력은 어디서나 뚜렷하다. 수다스러운 참견꾼 노르드스톤 백작 부인이 레빈을 못살게 굴자 키티는 반쯤 의식적으로 레빈을 옹호하게 된다. 그것도 그녀가 숨길 수 없는 즐거움으로 바라보는 브론스키 앞에서. 브론스키는 가장 호감을 주는 인물로 묘사된다. 레빈은 그의 행운의 연적이 훌륭하면서도 매력적이라는 점을 어렵지 않게 알아챈다. 이 장면의 모티프는 제인 오스틴의 한 장면만큼이나 미묘하고 다기多岐하다. 잘못 건드리거나 템포를 잘못 판단하면 분위기가 일순에 비극적이거나 인위적으로 떨어져버릴지도 모를 일이다. 그러나 이 미묘한 상황을 그리면서도 여기에는 언제나 변함없는 시각, 즉 사물의 사실성에 대한 호머적인 감각이 상존한다. 키티의 눈은 레빈에게 "저는 이토록 행복해요"라고 말하지 않을 수 없고, 레빈의 눈은 "나는 모든 사람을 증오합니다. 당신도 그리고 나 자신도"라고 답할 수밖에 없다. 그러나 그의 고통이 감상感傷이나 꾸밈이 없이 전달되기 때문에, 그 자체는 인간적인 것이다.

이 야회는 로스토프 집안과 쉬체르바츠키 집안을 더할 나위 없이 "리얼"하게 해주는 가족끼리의 "내실 공간"에서 끝맺는다. 키티의 아버지는 레빈을 더 낮게 보고, 브론스키와의 혼사가 성사되지 않을 수도 있음을 본능적으로 느낀다. 남편의 이야기를 듣고 나서 공작 부인도 자신을 잃게 된다.

> 그래서 자기 방으로 돌아오자, 그녀는 키티와 마찬가지로 알 수 없는 미래에 대해 공포를 느끼고 몇 번이나 마음속으로 되풀이했다. "주여 보살피소서, 주여 보살피소서, 주여 보살피소서."

이는 느닷없이 끼어든 어두운 음조로서, 주 플롯으로 전환하고 있음을 적절하게 표시해준다.

브론스키는 철도역으로 나가 페테르부르크에서 오는 어머니의 도착을 기다린다. 그는 오블론스키를 거기서 만나는데, 안나 카레니나도 같은 열차로 오고 있기 때문이다. 비극은 끝날 때도 역시 그렇듯이 철도 플랫폼에서 시작한다(톨스토이와 도스토예프스키의 생애와 소설에서 차지하는 플랫폼의 역할은 논문감이다). 브론스키의 어머니와 매력적인 카레니나 부인은 함께 여행했는데, 백작에게 소개되자 안나는 "그래요, 저는 백작 부인과 내내 얘기를 했답니다. 저는 저의 아이 얘기, 부인께선 자기 아드님 얘기를요"라고 말한다. 이 언급은 이 소설 전체를 통틀어 가장 슬프고도 민감한 부분을 건드리고 있다. 이는 친구의 아들에게, 사실 자기 연배가 아닌 연하의 남자에게 연상의 여자가 할 수 있는 말이다. 여기에 안나-브론스키 관계의 파국과 그 본질적 이중성이 있다. 이후에 전개되는 비극은 하나의 구절로 요약되며, 톨스토이는 이를 도출하는 데 있어 호머 그리고 셰익스피어와 어깨를 나란히 한다.

브론스키 모녀와 안나와 스티바가 출구로 나가는데 사고가 일어난다. "선로원 한 사람이 술에 취했는지 혹은 혹한 때문에 지나치게 몸을 감싸고 있었든지 뒤로 움직이는 열차 소리를 못 듣고 깔려 버렸던 것이다."(이 경우 가능한 추측 두 가지를 냉정하게 제시하는 것이 톨스토이의 특성의 하나다.) 오블론스키가 그 남자의 끔찍한 모습을 전해주고, 그 고통이 어땠을까 왈가왈부하는 목소리들이 들린다. 브론스키는 반쯤은 은밀하게 미망인에게 주라고 200루블을 전달한다. 이 행위는 순수한 것만은 아닌 것이 카레니나 부인에게 뭔가 감명을 주려는 막연한 희망이 숨어 있기 때문이다. 이 사고는 금방 잊히지만 분위기를 어둡게 한다. 이는 〈카르멘〉 서곡의 죽음 모티프가 막이 오른 후에도 오랫동안 은은히 울리고 있는 듯한 것과 유사한 효과를 준다. 주제를 나타내는 이러한 장치를 다루는 톨스토이의 솜씨와 『보바리 부인』의 첫 부분에서 비소를 암시하는 플로베르의 수법을 비교해 보는 것도 시사적일 것이다. 톨스토이의 처리는 덜 섬세하지만 더 권위가 있다.

안나는 오블론스키의 집에 당도하며, 이어 우리는 풀리지 않는 분노와 그만 용서해주고 싶은 심정이 뒤엉켜 있는 그 따듯하고 희극적인 돌리의 마음속 회오리로 빠져든다. 톨스토이에게 유머 감각이 없다는 사람은 안나가 용서를 빌고는 싶으나 어찌할 바를 모르는 오빠를 그의 아내에게로 보내는 장면을 보아야 한다. "스티바 오빠," 하고 그녀는 쾌활하게 눈을 찡긋하고는 성호를 그어 그를 축복한 후 눈짓으로 문을 가리키며 말했다. "가봐요, 하나님이 도우실테니." 안나와 키티는 둘이 남아 브론스키에 대해 이야기를 나눈다. 안나는 성숙한 여인이 사랑에 빠진 소녀를 격려하는 투로 브론스키를 칭찬한다. "그러나 그녀는 200루블에 대한 얘기는 하지 않았다. 왜 그런지 그녀에게는 그 일을 상기하는 것이 그리 유쾌하지 않았다. 그녀는 거기에 무언가 자신과 관계있는 일이 있고, 그것은 있을 수 없는 일임을 느꼈다." 물론 그녀는 옳다.

이 예비적인 장章 전체에 걸쳐 두 종류의 소재가 똑같이 능숙하게 다루어진다. 우선 개인적 심리 상태의 미묘한 뉘앙스와 편차들이 아주 정확하게 그려진다. 이 같은 정밀한 처리는 헨리 제임스와 프루스트에서 볼 수 있는 심리학적 모자이크와 근본적으로 다르지 않다. 그러나 동시에 육체적 에너지와 동작의 맥박이 크게 고동친다. 체험의 육체성이 강하게 스며 있어서 정신생활을 에워싸고 어느 정도는 인간화한다. 이는 제20장 마지막 부분에 가장 잘 나타나 있다. 복잡하게 맞물린 안나와 키티 사이의 대화에 뭔지 모를 불안감이 떠도는 것이다. 키티는 안나 카레니나가 "왠지 기분이 안 좋다"고 생각한다. 그 순간 누가 방으로 뛰어든다.

"아냐, 내가 먼저야! 아냐, 나야!" 하고 차를 마시고 난 아이들이 안나 아주머니에게로 달려들면서 소리소리 질렀다.

"다 함께 오렴" 하면서, 안나는 달려가 웃으며 애들을 맞았다. 그리고 너무 기뻐서 소리를 지르는 아이들을 한꺼번에 껴안고 쓰러졌다.

여기서 모티프는 명백하다. 톨스토이는 다시 한 번 안나의 빛나는 매력뿐 아니라 그녀의 상대적인 나이와 원숙한 지위에 주목하도록 초점을 맞춘다. 그렇더라도 풍부하고도 내적인 앞선 대화가 밝디 밝은 신체 활동으로 그토록 수월하게 비약하는 장면은 그저 놀라울 따름이다.

브론스키가 지나가다 들렀으나 가족 모임에 끼어드는 것은 거절한다. 키티는 그가 자기 때문에 왔지만 "시간도 늦었고 안나 언니도 와 있기 때문에" 들어오지 않은 것이라 생각한다. 하지만 그녀도 안나와 마찬가지로 일말의 불안을 느낀다. 이 대수롭지 않은 완곡한 암시에서 기만의 비극이 비롯되고, 안나는 숙명적으로 여기에 빠져들어 결국 파멸하고 만다.

제22장은 무도회 장면으로서, 키티가 마치 또 한 사람의 나스타샤인 것처럼, 브론스키 백작이 사랑을 고백해 주기를 기다린다. 이 무도회 장면은 훌륭하게 묘사되어 있어서 여기에 비하면 『보바리 부인』에 나오는 라 보비에사르에서의 무도회 장면은 다소 답답하게 여겨진다. 이는 키티가 엠마보다 타고난 의식이 더 풍부해서가 아니다. 소설의 이 단계에서 키티는 사실 매우 평범한 여자이다. 차이는 전적으로 두 작가의 시선이 다른 데 있다. 플로베르는 캔버스에서 멀찍이 서서 냉랭한 악

의를 지닌 듯 팔을 뻗쳐서 그린다. 번역을 통해 읽어도 그가 조명 및 운율의 특수 효과를 내려 한다는 점을 알 수 있다.

옆방에서 카드놀이 테이블의 책상보 위에 던지는 금화의 짤그랑하는 소리가 들려왔다. 그리고 모든 것이 다시 빙빙 돌기 시작했다. 코넷이 울어댔고 발들은 박자를 맞추어 마루를 구르고 치마들은 부풀어 올랐다가는 서로 스치곤 했으며, 손과 손은 서로 맞잡았다가는 떨어지고는 했다. 한순간 내리떴던 눈길은 다음 순간 당신의 눈을 지그시 들여다보았다.

냉소적 거리가 유지되어 있으나 전체의 시각은 빈약하고 부자연스럽다. 『안나 카레니나』에는 전지적 화자가 있기 때문에 단일한 시점이 없다. 무도회는 키티의 갑작스러운 슬픔을 통해, 안나의 눈부신 매력을 통해, 막 시작된 브론스키의 열정을 통해, 그리고 "무도회장의 원로"격인 코르순스키의 관점을 통해 각각 묘사된다. 세팅과 인물들은 분리할 수 없게 어울려 있다. 특히 세부 묘사에서 톨스토이와 플로베르는 뚜렷하게 구별된다. 세부 사항들은 그 자체를 위해서거나 분위기에 맞추는 것이 아니라 극적인 맥락에 따라 그려진다. 브론스키가 카레니나 부인의 마력에 걸려드는 모습은 키티의 고통스러운 관찰을 통해 제시된다. 우리에게 안나의 매혹을 속속들이 알려주는 사람은 바로 어쩔 줄 모르고 수치감을 느끼는 이 젊은 공작 영애인 것이다. 마주르카를 추는 동안 안나는 "눈꺼풀을 내리깔고" 키티를 응시한다. 이것은 대수롭지 않은 구절 같지만, 안나의 교활함과 그녀의 의식에 잠재한 잔인성에 빈틈없이 초점을 맞춘 말이다. 역량이 떨어지는 예술가라면 브론스키의 눈을 통해 안나를 그렸을 것이다. 그러나 톨스토이는 호머가 노인들의 코러스를 이용해 헬렌의 눈부신 아름다움을 하나하나 열거하고 드높인 방식을 그대로 취하고 있다. 두 경우 모두 간접 묘사를 통해 성공하고 있다.

이어지는 장들에서 레빈에 대한 묘사가 더 깊이 있게 이루어진다. 우리는 그가 자기의 영지에 서 있는 모습을, 그의 본모습을 얼핏 일별하게 된다. 어두워져 가는 들판, 자작나무 숲, 일부일처제의 문제, 대지를 뒤덮은 정적이 그것이다. 무도회와의 대비는 의도적인 것이며, 소설에서 처음으로 주제의 이중성이 제시된다. 즉 안나-브론스키와 도시의 사교 생활이 그 하나고, 레빈-키티와 자연의 세계가 나머지다. 이제부터 이 두 주요 모티프가 복잡한 양상을 띠고 전개되는 것이다. 그러나 이상으로 일단 서곡이 끝나고, 제1부의 나머지 다섯 장에서는 실제적 갈등, 즉 비극적 대립agon*이 시작된다.

안나는 페테르부르크로 돌아가 남편과 다시 만날 준비를 한다. 돌아가는 열차간에서 그녀는 영국 소설을 읽으며, 소설 속의 여주인공이 되고 싶다는 생각에 빠진다. 이는 다음 장에 나오는 유명한 에피소드와 함께 톨스토이가 『보바리 부인』를 읽은 기억에서 직접 취해 온 듯한 장면이다. 기차는 눈보라 휘날

---

* agon. 희곡에서 주요 등장인물들의 갈등으로 이루어진 대목을 말한다. –역주

리는 어느 역에 정차하고, 안나는 이미 긴장이 고조된 상태에서 "차디찬, 눈발이 날리는 대기" 속으로 걸어 나간다. 브론스키는 뒤쫓아가서 그의 열렬한 사랑을 고백한다. "무시무시한 눈보라는 이제 그녀의 눈에는 더욱 장엄하게 보였다. 그는 그녀가 영혼으로는 원하면서도 이성으로는 두려워하고 있던 바로 그것을 말했던 것이다." 얼마나 소박하고 심지어 고색창연한 방식으로 톨스토이는 인간의 정신을 영혼과 이성으로 나누고 있는가! 플로베르라면 이런 문장을 쓰지는 않았을 것이다. 그러나 그런 식의 세련됨이 오히려 좁은 한계를 만들어 낸다.

기차는 페테르부르크로 들어선다. 안나의 눈에 단박에 알렉세이 알렉산드로비치 카레닌의 모습이 잡힌다. "'맙소사, 어째서 저이의 귀는 저 모양일까?' 그의 냉랭하고 점잔 빼는 모습과 특히 그 순간 그녀의 눈에 띈, 둥근 모자의 테를 떠받치고 있는 듯한 귀의 연골 부분을 바라보면서 그녀는 생각했다." 이는 엠마 보바리가 샤를이 식사를 하면서 듣기 싫은 소리를 낸다는 것을 의식하는 장면의 톨스토이 판版이 아닐까? 집에 돌아온 안나는 그녀의 아들도 기대한 것보다 그리 귀엽지 않다는 것을 발견한다. 그녀의 분별력과 도덕적 생활 습관이 이미 그녀 자신도 그 전모를 알지 못하는 그 어떤 정열에 의해 짓찢기고 있는 것이다. 안나와 그녀의 주변 사이에 생긴 분열을 뚜렷이 하기 위해 톨스토이는 카레닌의 점잔 빼는 옹졸한 친구들 가운데 하나인 리디아 백작 부인을 등장시킨다. 그러나 안나가 숨겨진 자아를 드러내고 새 생활로 뛰어들리라고 우리가 기대하는 순간 안나의 열기는 가라앉고 만다. 그녀는 차츰 냉정을 회복하면서, 그녀의 감정이 한 멋있는 젊은 사관과의 일시적인 연애질 같은 진부하기 짝이 없는 일 때문에 끓어오를 까닭이 있겠느냐고 자문하는 것이다.

그날 저녁 카레닌 부부는 조용한 분위기에서 이야기를 나눈다. 알렉세이는 자기 버릇대로 고지식하게 오블론스키의 탈선은 있을 수 없는 일이라고 단언한다. 이 말은 마치 지평선 위의 번갯불처럼 번득였으나 안나는 그의 말에 동의하고 그 공정함에 기꺼운 마음이 든다. 밤이 깊어 카레닌은 안나에게 잠자리에 들자고 한다. 대수롭지 않은 신체적 접촉, 슬리퍼들, 그의 팔에 낀 책, 시간에 따른 생활 등으로 보아 카레닌 부부의 육체 관계는 매우 무미건조함을 알 수 있다. 안나가 침실에 들어서자 "불꽃은 꺼져 버리고 어딘가 저 먼 곳에 숨어버린 듯 보였다." 이 순간부터 이 이미지는 특별한 힘을 획득한다. 그러나 아무리 성적 주제에 집중하고 있을 때라도 톨스토이의 천재는 순수했다. 고리키가 고찰했다시피 가장 상스럽고 노골적인 성적 언어조차 톨스토이의 입을 거치면 자연스럽고 순수해진다. 안나의 결혼 생활에서 성생활이 원만치 못함은 완벽히 표현되었지만, 여기에는 엠마 보바리의 엉덩이 부근에 "뱀이 기어다니는 듯한" "쉿쉿 소리를 내는" 코르셋 활 같은 것은 없다. 이것이 가지는 의미는 작지 않다. 톨스토이가 적어도 만년에 이르기 전까지는 호머적인 분위기에 가장 근접한 부분이 바로 이처럼 육체적 정열을 밝은 빛으로 다룬 데 있기 때문이다.

소설의 제1부는 쾌활한 분위기에서 끝난다. 브론스키는 부대로 돌아가 제국 시대 페테르부르크의 청년 사관이 걷게 마련인, 환락과 야심으로 점철된 생활 속으로 뛰어든다. 톨스토이는 이런 생활을 철저히 배격했음에도 예술적 천재를 발휘하여 이 생활이 브론스키에게 너무나 어울린다는 것을 보여준다. 마지막 문장에서야 비극적 주제로 돌아오게 된다. 백작은 "카레니나 부인을 만날 수 있을지도 모르는 사교 모임에 가려고" 하는 것이다. "페테르부르크에서 으레 그랬듯이 그는 밤이 깊어서나 돌아올 작정으로 집을 나섰다." 우연한 언급인 듯한 이 구절에 사실 하나의 예언이 있다. 앞에 가로놓인 것은 바로 어둠이기 때문이다.

『안나 카레니나』 제1부에 대해서 이보다 더 많은 이야기가 나올 수 있다. 그러나 지배적 주제의 전개 과정을 대충 훑어보기만 해도, 플로베르나 헨리 제임스가 예술 작품을 쓴 반면 톨스토이의 소설은 삶의 조각을 어떤 악마적인 무기교無技巧의 마법으로 표현한 것이라는 주장이 터무니없다는 점은 분명해진다. R. P. 블랙머는 『전쟁과 평화』가 헨리 제임스의 소위 "유기적 형식의 숨 깊은 경제"*를 "완벽하게 구현하고 있다"고 지적한다. 이 지적은 『안나 카레니나』의 경우에 더 들어맞는다. 이 작품에서 오히려 톨스토이의 시적 천재의 단단함이 그의 철학의 요구의 침해를 덜 받기 때문이다.

『안나 카레니나』의 이 시작 부분에서 유기적 특성을 더 논한다면, 음악적 유추에 대한 의식으로 거듭 인도된다. "오블론

* R. P. 블랙머 : 「헨리 제임스의 느슨하고 헐렁한 괴물」(『사자와 벌집』, 뉴욕, 1955).

스키 서곡"에서 비롯된 두 주요 플롯의 전개에는 대위법 및 화음의 효과가 있다. 소설이 다음 단계로 진행될수록 더 확장되며 되풀이 나타나는 모티프들이 사용되고 있는데, 철도역에서의 사고, 브론스키와 쉴턴 공작 부인이 나누는 이혼에 대한 장난투의 토론, 안나의 눈앞에 보이는 "눈부신 붉은 불빛" 등이 그것이다. 무엇보다 이 주제들의 다양한 조합이 웅대한 기획의 추진력에 종속되어 있다는 인상이 있다. 톨스토이의 방법은 다성적이라고 할 수 있다. 하지만 주 화음들은 엄청나게 직선적이고 폭넓게 나타난다. 음악적-언어적 기법이란 아무리 해도 정확하게 비교될 수는 없다. 그러나 역량이 떨어지는 작가들의 소설이 그저 엮어져 있는 반면 톨스토이의 소설이 질서와 활력이라는 하나의 내재적 원리에서 비롯된다는 느낌을 어떻게 달리 설명할 수 있을까?

그러나 『안나 카레니나』 같은 소설은 규모가 방대하고 즉각적으로 우리의 정서를 사로잡아 버리기 때문에, 각 세부에 내재된 계획성과 정밀성이 간과되기 쉽다. 서사시와 시극詩劇에서는 운율 형식이 우리의 주목을 끌고 그로 인해 우리는 주어진 구절, 단일한 시행, 혹은 반복되는 은유에 초점을 두게 된다. 반면 긴 산문을 읽을 경우, 그것도 번역으로 읽을 경우에는, 총체적인 효과에 치중하기 마련이다. 이렇게 하여 러시아 소설가들이란 개괄적으로만 파악될 수 있으며 콘래드나 또 말하자면 프루스트에게 적용하는 식의 면밀한 연구로는 얻을 것이 거의 없다는 믿음이 나온 것이다.

그의 초고와 수차에 걸친 개고 과정이 보여주듯, 톨스토이는 서술 및 묘사법의 특정한 문제들에 세심한 관심을 가지고 씨름했다. 그러나 기법상의 솜씨를 넘어서, "사물을 아름답게 꾸미는 일"을 넘어서 꼭 있어야만 하는 것이 있음을 잊은 적이 없었다. 그는 예술을 위한 예술l'art pour l'art을 경박한 미학이라고 비난했다. 톨스토이의 소설에서 특정한 요소, 즉 눈에 띄는 장면 묘사나 은유를 꼭 집어내어 "여기 기술의 달인 톨스토이가 있다"고 말하기 힘든 까닭은 바로 여기에 있다. 즉 톨스토이의 소설에는 너무나 광대하고 핵심적인 세계관이 있고, 너무나 복합적인 인간성이 있고, 위대한 예술은 경험을 철학적 종교적으로 다루는 것이라는 가정이 너무나 명백하다.

톨스토이에게는 그의 필치가 발휘된 명장면들이 있다. 『안나 카레니나』의 유명한 풀베기 장면, 『전쟁과 평화』의 늑대 사냥 장면, 『부활』의 예배 장면이 그것이다. 거기에는 플로베르의 어느 작품 못지않게 공을 들인 직유와 수사적 어구들이 구사되고 있다. 예를 들어 톨스토이의 두 주요 희곡 작품의 제목에도 보이고, 『안나 카레니나』에도 내재해 있는 이율배반적인 빛과 어둠을 생각해 보자. 제7부 마지막 절에는 안나의 죽음이 잠시 타오르다 영원히 꺼져버리는 빛의 이미지를 통해 전달되며, 제8부 11장 마지막 절에는 신의 길을 깨닫자 눈이 부심을 느끼는 레빈이 묘사된다. 이런 반향은 의도적인 것이다. 다시 말해 이는 바울의 말을 따온 제사題詞에 잠재한 모호성을 해소하고, 두 주요 플롯을 화해시키고자 한다. 톨스토이에게 있어 기법상의 장치는 늘 철학을 운반하는 도구인 것이다. 『안나 카레니나』의 창안創案을 모두 합하면 그것은 레빈이 한 늙은 농부에게서 받은 도덕률을 지향한다. "우리는 자신을 위해서가 아니라 신을 위해 살아야 합니다."

매슈 아널드는 정확한 정의를 내리지는 않았지만 어떤 소수의 문학 작품에는 다른 작품과 뚜렷이 구별되는 "고도의 진지성"이 있다고 말했다. 예를 들어 초서보다는 단테에게 이 특성이 있다는 것이다. 우리가 『보바리 부인』을 『안나 카레니나』와 대조하는 데도 아마 이와 유사한 말이 가능할 것이다. 『보바리 부인』은 실제로 매우 위대한 소설이며, 그 기적 같은 기술技術을 통해서 그리고 그 주제의 모든 가능성을 남김없이 추구하는 그 양식을 통해서 우리를 설득한다. 그러나 주제 자체도 그렇거니와 그것을 우리가 수용하더라도, 결국 "너무 사소한 일"일 뿐이다. 『안나 카레니나』에서 우리는 기법상의 숙련을 넘어서서 삶 자체에 대한 의식까지 나아간다. 이 작품은 (『보바리 부인』과는 달리) 호머의 서사시, 셰익스피어의 희곡, 도스토예프스키의 소설과 같은 부류에 속한다.

IV

후고 폰 호프만스탈은 어디에선가 톨스토이의 『카자크』를 한 페이지만 읽어도 즉시 호머를 떠올리게 된다고 말한 바 있다. 독자들은 비단 『카자크』 하나뿐 아니라 톨스토이의 전 작품에서 같은 경험을 공유해왔다. 고리키에 의하면, 톨스토이 스스로도 『전쟁과 평화』는 "괜스레 겸손을 떨지 않고 말하자면 『일리아스』와 흡사하다"고 했으며, 『유년-소년-청년 시대』에 대해서도 거의 똑같은 언급을 했다. 더욱이 호머 자신과 호머적인 분위기는 바로 톨스토이가 자신의 인간성과 창조적 위상에 대한 이미지를 형성하는 데 놀라운 역할을 한 듯 보인다. 그의 처남 S. A. 베르스는 『회고록』에서 사마라의 톨스토이 영지에서 벌어진 축제를 묘사한다.

50베르스타 거리 야외 횡단 장애물 경마. 상품으로는 황소, 말, 장총, 시계, 드레싱 가운 등이 준비되었다. 평지 직선 코스가 정해지고, 4마일 거리의 긴 코스가 만들어졌으며, 선을 긋고 말뚝을 쳐 놓았다. 구운 양고기에다 말 한 마리까지 오락용으로 준비되었다. 그날이 오자 수천 명의 사람이 모여들었다. 우랄 지방의 카자크인, 러시아인 농부, 바쉬키르인과 키르기즈인 등등이 천막에다 술 주전자, 심지어는 양떼까지 몰고… 사투리로 "쉬스카"('혹'이란 뜻)라고 하는 원추형의 대臺 위에는 바쉬키르인들이 담요를 깔고서 둥글게 둘러앉아 다리를 밀어 넣고 있었다… 축제는 이틀간 계속되었는데, 흥겨운 분위기였으나 기품이 넘치고 깔끔했다.*

이는 눈을 의심할 정도의 장면이다. 트로이 평원과 19세기 러시아 사이의 천년 세월을 연결하는 다리가 놓여서 『일리아

---

* D. S. 메레즈코프스키가 인용 : 『회고록』.

스』의 제23부가 되살아난다. 리치먼드 래티모어 판에 따르면,

> 그러나 아킬레스는
> 사람들을 거기에 머물게 하고 넓게 무리지어 앉게 했도다.
> 그의 전함에서 경기에 쓸 상품을 갖고 왔으니, 큰 솥과 세발
> 솥,
> 여러 마리의 말과 노새, 힘이 좋은 여러 마리의 소와,
> 띠를 예쁘게 두른 여자들과 잿빛 철제 물건들이 있더라.

아가멤논처럼 톨스토이는 흙으로 쌓아올린 언덕 위에 군림한다. 천막과 모닥불이 점점이 박혀 있는 초원에서 바쉬키르인과 키르기즈인들은 마치 아카이아인들처럼 4마일 코스의 경주를 마치고 이 턱수염 더부룩한 왕에게서 상을 하사받는다. 그러나 이 장면은 고고학과는 전혀 무관하고, 옛 장면을 본뜨려한 흔적이라곤 없다. 호머적인 요소는 톨스토이에게는 타고난 것으로, 자신의 천재성에 뿌리박고 있었다. 셰익스피어를 공박하는 그의 글을 읽어보라. 톨스토이가 『일리아스』와 『오뒷세이아』의 시인에게 느끼는 혈연의식이 얼마나 구체적이고 직접적인지 드러날 것이다. 톨스토이는 호머를 동년배인 것처럼 말했다. 그들 사이에 시대란 거의 문제가 되지 않았다.

톨스토이가 어린 시절의 추억에서 특히 호머적이라고 생각한 것은 무엇이었을까? 그것은 그가 자란 환경과 생활양식 모두에 걸쳐 있다고 생각된다. 『유년 시대』에서 "사냥" 장면을 보자.

한창 추수를 하고 있을 때였다. 끝없이 뻗은 황금빛 들판은 한쪽만이 높푸른 숲으로 막혀 있었다. 그 당시 내 눈에는 이 숲이 멀고 먼 신비로운 지역인 것처럼 보였고, 그 숲 너머가 이 세상의 끝이 아니면 무인국無人國의 입구일 것만 같았다. 밭에는 곳곳에 베어놓은 보릿단이 산더미처럼 쌓이고 수많은 일꾼들이 부지런히 움직이고 있었다… 아빠가 탄 밤색 말은 이따금 고개를 밑으로 숙이듯 하며 고삐를 당겨 보기도 하고, 탐스러운 꼬리를 내저어 귀찮게 달려드는 파리와 각다귀떼를 쫓기도 하며, 가볍고 경쾌한 걸음걸이로 달려갔다. 두 마리의 보르조이종 사냥개는 낫 모양으로 꼬리를 빳빳이 펴고 발을 높이 쳐들면서 말의 뒤를 따라 논둑길을 멋지게 뛰어갔다. 밀카는 앞장서서 달려가며 주인이 던져 주는 먹이를 기다리듯 고개를 옆으로 기웃거렸다. 사람들의 말소리, 말발굽 소리, 짐마차가 삐걱거리는 소리, 즐겁게 지저귀는 메추라기 울음소리, 떼를 지어 공중에 떠도는 벌레들의 윙윙거리는 소리, 우엉과 밀짚과 말의 땀 냄새, 뜨거운 태양이 연노랑 그루터기 위에 던지는 갖가지 빛깔과 그림자, 저 멀리 보이는 짙푸른 숲, 가볍게 떠가는 라일락 빛 구름, 공중을 떠다니거나 그루터기에 내려와 앉는 흰 거미줄―나는 이러한 모든 것을 보고 듣고 느끼고 했다.

여기서 아르고스 평원에 어울리지 않을 것이라곤 하나도 없다. 이 장면은 근대적인 환경과는 왠지 동떨어진 듯한 느낌을 준다. 이는 사냥꾼과 농부의 가부장적 세계로서, 주인과 사냥개와 대지의 긴밀한 유대 관계는 자연스럽고 진실하다. 또 그 묘사는 전진의 의식과 평온의 인상을 결합시킨다. 전체 효과는 파르테논 신전의 프리즈처럼 역동적 균형을 이룬다. 그리고 친숙한 지평선 저 너머에는 헤라클레스의 기둥 너머처럼 신비한 바다와 미답의 숲이 펼쳐진다.

톨스토이가 회고하는 세계는 호머의 세계 못지않게 감각적인 에너지로 충전되어 있다. 그 세계에서는 촉각, 시각, 후각이 매 순간을 풍성하고 강렬하게 만든다.

문간에서는 벌써 사모바르가 끓고 마부 미트카가 바다가재처럼 얼굴이 새빨개지도록 푸우푸우 숨을 불어넣고 있다. 뜰 안에는 축축하게 안개가 끼고 마치 냄새를 풍기는 퇴비 더미에서 김이 모락모락 올라오듯 바깥에는 촉촉한 안개가 자욱하다. 태양은 맑고 눈부신 빛으로 동녘 하늘을 비추고, 뜰을 에워싼 넓은 헛간의 초가지붕은 이슬을 듬뿍 머금은 채 그 햇빛을 받아 환하게 빛나고 있다. 헛간 지붕 밑으로는 구유 옆에 매어 놓은 우리 집 말들이 보이고, 그 말들이 풀을 씹는 규칙적인 소리가 들려온다. 털이 복슬복슬한 검둥개가 마른 퇴비 더미 위에서 새벽녘에 한잠 자고 났는지 늘어지게 기지개를 켜고는 꼬리를 흔들며 경중경중 뜰 저쪽으로 달려간다. 어느 부지런한 농부 아낙이 삐걱거리는 대문을 열어 놓고 아직 잠이 덜 깬 듯한 암소들을 한길로 몰아낸다. 길에서는 벌써 가축떼가 이리저리 몰려다니며 내는 굵고 가는 울음소리가 들려온다.

2700년 전, "장밋빛 손길의 새벽"이 이타카로 오던 때도 이러했다. 톨스토이는 인간이 대지와 친교를 맺으려면 이러해야 하리라고 선언한다. 노호하는 폭풍우조차도 사물의 리듬에 흡수된다.

번갯불은 점점 넓게 퍼지면서 희끄무레하게 되고, 우르릉거리던 천둥소리도 주룩주룩 떨어지는 빗소리에 섞여 처음처럼 귀청을 울리지는 못했다. …개암나무와 양벗나무 덤불이 드문드문 섞인 사시나무 숲이 마치 더없는 행복감에 잠긴 듯 꼼짝도 않고 서 있다. 비에 씻긴 나뭇가지에서 맑은 빗물 방울이 지난해의 낙엽 위에 또닥또닥 떨어지고 있다. 머리에 볏 모양의 뾰족한 털을 세운 종달새들이 지저귀며 사방에서 하늘을 향해 날쌔게 솟구쳐 오르는가 하면, 곤두박질하듯 떨어져 내려오기도 한다. …봄의 뇌우雷雨에 뒤따르는 달콤한 숲의 향기, 자작나무, 오랑캐꽃, 썩어가는 낙엽, 버섯 그리고 양벗꽃 같은 것들이 뒤섞인 향기가 너무나 매혹적이어서, 나는 마차 속에 가만히 앉아 있을 수가 없다.

실러는 「소박문학과 감상문학」이란 논문에서 "자연 자체인" 시인과 "자연을 찾는" 시인을 구별했다. 이 경우 톨스토이는 자연이다. 그와 자연 사이에 놓인 언어는 거울이나 확대경이 아니라 마치 유리창 같아서 모든 빛이 거기를 통과하고 모여서 영원성을 부여받는 것이다.

호머의 시점과 톨스토이의 시점 사이의 유사성을 어떤 단일한 공식이나 논증으로 결집하기는 불가능하다. 일치하는 점이 그만큼 많은 것이다. 말하자면 고풍스러운 목가적인 배경 설정, 전쟁과 농업에 관한 시, 감각과 신체 동작의 우선성, 환하게 모든 것을 화해시키는 계절의 순환, 활력과 생기가 본질적으로 성스럽다는 인식, 야수적인 것에서 별들에까지 걸쳐 있고 인간도 그 한 부분인 존재의 사슬을 인정하는 일, 그리고 가장 심층적으로는 본질적인 건강성, 즉 도스토예프스키와 같은 천재가 철저히 터득했던 어두운 부정不正보다는 콜리지가 말하는 "삶의 대도大道"를 따르겠다는 결심 등이다.

호머의 서사시와 톨스토이의 소설은 어느 것에나 작가와 인물의 관계가 역설적이다. 마리탱은 『예술과 시의 창조적 직관Creative Intuition in Art and Poetry』이란 연구에서 토마스 아퀴나스의 유추를 도입해서 이를 설명한다. 그가 말하는 것은 "신이라는 선험적 창조적 영원성과 자유롭게 활동하면서도 신의 의도에 굳게 감싸여 있는 자유로운 피조물 간의 관계"에 관해서이다. 창조자는 전지하고 편재遍在하지만 동시에 초연하고 무감각하며 그 시각은 냉혹하리만치 객관적이다. 호머의 제우스는 산상의 성채 위에서 전투를 주재하고 운명의 저울을 쥐고 있으나 개입은 하지 않는다. 혹은 다르게 말하자면, 균형을 유지시키기 위해, 기적의 도움이나 영웅주의가 지나치게 횡행하는 경우 풍전등화 같은 인간의 생명을 지켜주기 위해서만 개입한다. 신의 초연함이 그러하듯, 호머와 톨스토이의 예지에는 무자비함과 연민이 동시에 존재한다.

그들은 마치 투구 틈새로 우리를 노려보는 저 고대 그리스 조상彫像의 눈길 같이 공허하고 이글거리는 확고한 시선으로 사물을 보았다. 그들의 시각은 무서울 정도로 담담했다. 실러는 호머의 무감각성, 즉 극도의 비탄과 공포를 추호도 흔들림 없는 어조로 전달하는 능력에 경탄했다. 그는 이 "솔직 담백함naïveté"이라는 특성은 고대에 속하는 것으로, 세련되고 분석하려 드는 근대문학의 기질로는 포착될 수 없으리라 믿었다. 바로 여기로부터 호머의 가장 통렬한 효과가 나온다. 그 예로 『일리아스』 제21부에서 아킬레스가 뤼카온을 주살하는 장면을 보자.

"그러니 친구여, 그대도 죽어야 한다. 왜 그렇게 울며 슬퍼하는가. 파트로클로스조차 죽지 않았는가, 그대보다 훨씬 무용이 뛰어났는데도. 내가 어떤 사람인지 보이지 않는가? 거대한 몸집에 얼마나 찬란하며 훌륭한 용사를 아버지로 가졌고, 낳아 주신 어머니는 불멸이 아니던가?

그런데도, 그러한 신분의 나에게도 역시 죽음이란 어찌할 수 없는 운명은 다가오는 법.

언젠가는 온다. 새벽녘이 아니면 해질 무렵 혹은 한낮일지도 모르나, 누군가가 나의 생명을 전투 중에 빼앗는 그때가. 그자가 창을 던질지, 아니면 활시위에서 화살을 날릴지는 알 수 없으나."

이렇게 말하니 듣는 쪽은 그만 무릎에 맥이 빠져 꺾어지고 두려운 마음이 그대로 솟구쳐서, 저도 모르게 붙잡았던 창을 놓으며 두 손을 벌리고 엉덩방아를 찧었다.

아킬레스는 날카로운 칼을 뽑기가 무섭게 뤼카온의 목줄기

옆 패각골貝殼骨 근처를 푹 찔러 자루까지 들어가도록 쌍날의 칼을 묻으니,

이쪽은 앞으로 엎어져 땅바닥에 길게 늘어지면서 상처에서 검은 피가 솟아나 언저리의 흙을 적셔 갔다.

서술의 담담함이 거의 비인간적이다. 그러나 그 결과 공포가 적나라하게 표현되고 이루 말할 수 없을 정도로 우리에게 감동을 준다. 더욱이 호머는 비애감이 깃드는 곳에서도 시각의 일관성을 잃지 않는다. 프리아모스과 아킬레스는 서로 만나 깊은 슬픔을 털어 놓는다. 그러나 그들은 곧바로 고기와 술에 생각이 미친다. 아킬레스가 니오베에 대해 한 말 그대로다.

"그녀는 울다가 지치자 뭘 먹어야겠다는 생각이 들었다."

사실에 대한 이 메마른 성실성과 외견상의 감동을 거부하는 태도에서 오히려 시인의 영혼을 파고드는 고통이 전달된다는 것이 다시 드러난다.

이 점에서 톨스토이는 서구 전통 속의 어떤 작가보다 호머와 가깝다. 로맹 롤랑이 1887년 일기에 썼듯이, "톨스토이의 예술에서 주어진 장면은 두 가지 시점에서가 아니라 단 한 가지 시점에서 파악된다. 즉 사물은 오직 있는 그대로일 뿐 다른 것이 아니라는 것이다". 『유년 시대』에서 톨스토이는 어머니의 죽음에 대해 말한다. "나는 이때 형언할 수 없는 슬픔에 휩싸여 있었지만, 그러나 나도 모르는 사이에 여러 가지 세세한

것들을 보게 되었다." 간호사가 "무척 젊은 미인으로 눈이 부실 정도로 아름다웠다"는 사실까지 포함해서 말이다. 어머니가 죽자 소년은 자신이 불행하다는 것을 안다는 데서 "일종의 즐거움"을 경험한다. 그날 밤 그는 극심한 비애를 겪은 후에는 으레 그렇듯이 "평온하고 깊은" 잠을 잔다. 이튿날 그는 시체가 썩는 냄새를 감지하게 된다.

나는 향내에 섞여 방 안에 가득 차 있던 그 강렬한 냄새의 출처를 그제야 비로소 깨달았다. 불과 2, 3일 전만 해도 아름다움과 사랑으로 충만하던 그 얼굴이, 세상에서 내가 제일 좋아하던 그 얼굴이 이제는 공포감을 자아내게 되었다고 생각하니, 나는 처음으로 쓰디쓴 진리를 깨달은 듯한 심정이었다. 나의 마음은 절망에 휩싸였다.

"빛에 눈을 고정시킬 것, 이것이 사물의 존재 양식이다"라고 톨스토이는 말한다.

그러나 호머와 톨스토이의 단호하고도 명쾌한 태도에는 체념을 넘어서는 무엇이 있다. 거기에는 기쁨이, 예이츠의 『라피스 라줄리 Lapis Lazuli』에 나오는 현자들의 "연륜이 깃든 번쩍거리는 눈"에서 타오르던 기쁨이 있다. 그들은 인간의 "인간다움"을 사랑하고 숭상했기 때문이다. 그들은 그들이 냉정하게 관찰했으나 열렬하게 서술한 그 육체적 삶에 즐거움을 느꼈다. 게다가 이들은 본능적으로 정신과 신체 동작 사이의 간격을 좁혀서, 손을 칼에, 용골을 바다에, 바퀴 테를 노래하는 자갈들에 연결시켰다. 『일리아스』의 호머와 톨스토이는 행동을 전체로서 파악했다. 대기는 인물들 주위에서 바르르 떨고, 그들의 존재의 힘은 비정한 자연에 생기를 불어 넣는다. 아킬레스의 말들은 눈앞에 닥친 그의 운명에 울부짖고, 떡갈나무는 꽃을 피워 볼콘스키 공작의 마음이 다시 소생하게 만든다. 인간과 주위 세계 사이의 이 공명이 확장되어, 네스토르가 해질 녘에 지혜를 얻게 되는 잔光과, 폭풍이 레빈의 영지를 휩쓴 후 갑자기 보석처럼 영롱한 빛을 쏟아 내는 반짝이는 자작나무 잎새에까지 이른다. 정신과 대상 사이의 장벽, 형이상학자들이 현실과 인식이란 개념으로 구분하면서 생겨난 모호함은 호머나 톨스토이에게는 아무런 장애가 되지 않는다. 삶은 바다처럼 그들 위에 넘실거렸다.

그리고 그들은 거기에서 기쁨을 느꼈다. 시몬 베유는 『일리아스』를 "폭력의 시"라 부르고 황폐한 전쟁의 비극을 거기서 찾았는데, 이는 부분적으로만 정당한 말일 뿐이다. 『일리아스』는 유리피데스의 『트로이의 여인들』에 보이는 절망의 허무주의에서 훨씬 벗어나 있다. 호머의 시에서 전쟁은 용감할 뿐 아니라 궁극적으로는 고귀하다. 대학살의 와중에서도 삶은 높이 소용돌이친다. 그리스의 장군들은 파트로클로스의 무덤 주위에서 씨름과 경주를 벌이고 투창을 던지면서 그들이 강하고 살아 있다는 사실을 자축한다. 아킬레스는 자신의 정해진 운명을 알고 있으나, 밤이면 밤마다 "뺨이 빛나는 브리세이스"가 찾아온다. 호머와 톨스토이의 세계에는, 전쟁과 죽음의 운명이 호시탐탐 노리고 있다 해도, 그 중심은 유지되고 있다. 즉 삶이란 본래 아름답고, 인간들의 행적과 날들은 기록해 둘 가치가 있고, 어떤 파멸—트로이나 모스크바의 소각燒却조차—도 최후의 것은 아니라는 확신이 그것이다. 왜냐하면 불에 탄 탑들과 전투를 넘어선 곳에 검붉은 바다가 너울거리고, 아우스털리츠가 잊혀지고 나면 포프의 이미지대로 다시 한 번 "비탈은 갈색으로 물들게" 될 것이기 때문이다.

이 우주론은 말피의 공작 부인이 비통한 반항심으로 자연을 저주할 때 보솔라가 상기시킨 말 속에 집약되어 있다. "보세요, 그래도 별은 반짝입니다."* 이는 실로 무서운 말이다. 그것은 초연한 거리를 두면서 물질세계가 무정하게 우리의 재난을 응시한다는 사실을 준엄하게 알려준다. 그러나 이 무자비한 충격을 넘어서면, 삶과 별빛은 일시적인 혼돈을 넘어 영원히 지속된다는 확신을 전달한다.

『일리아스』의 호머와 톨스토이는 다른 점에서도 유사하다. 그들에게 현실은 신과 인간이 동일한 형상과 성격을 가지고 있다는 전제하에 형성된다. 인간이 경험의 척도요 축이다. 게다가 『일리아스』와 톨스토이 소설의 인물들은 철저히 인본주의적이고 심지어는 세속적인 분위기에서 살아간다. 중요한 것은 지금 이곳의 이 세상이란 왕국이다. 어떻게 보면 이는 역설

---

* 『말피의 공작 부인 The Duchess of Malfi』은 영국 극작가 웹스터(John Webster, 1850?-1625?)의 작품. 공작의 미망인 말피가 재혼하자 그 재산을 넘보던 형제의 원한을 사서 참살되는 비극으로 보솔라는 이 교살의 앞잡이 역할을 한다. - 역주

이다. 트로이 평원에서 인간사와 신의 일은 끊임없이 뒤섞이니 말이다. 그러나 신들이 인간들 사이로 내려왔다는 사실, 게다가 너무나 인간다운 정열에 드러내 놓고 관여한다는 사실부터가 이 작품에 아이러니한 함의를 부여한다. 뮈세는 『롤라*Rolla*』첫 행에서 고대 그리스를 노래하며 그 역설적인 태도를 일깨워 주었다.

> 모두가 성스러워, 인간의 고통조차도 성스럽던 곳,
> 오늘 죽어 가는 것들까지 사람들이 사랑하던 곳,
> 4천의 신이 있었으나 한 명의 무신론자도 없던 곳…

바로 이러하다. 4천의 신들이 인간들의 분쟁에 끼어들어 전쟁 벌이고, 인간 여자를 희롱하며, 진보적인 도덕률로 보더라도 괘씸한 짓을 자행하는 판에 무신론의 요청이란 없다. 무신론은 살아 있는 믿을 수 있는 신이라는 개념을 거부하면서 비롯되는 것이지, 어느 정도 희극적인 신화에 대한 반응이 아니다. 『일리아스』에서 신성은 인간성의 전형이다. 신들은 인간을 확대한 존재로 종종 풍자적인 성격을 띤다. 상처를 입으면 인간보다 더 소리소리 지르며 울부짖고, 사랑에 빠지면 그들의 욕정은 더욱 애가 타고, 인간의 창 앞에서 달아날 때는 지상의 전차 속력보다 더 빠르다. 그러나 도덕적-지적으로 보자면, 『일리아스』의 신들은 큰 짐승 혹은 악동이 분에 넘친 권력을 얻은 격이다. 트로이 전쟁에서 신이나 여신의 행동은 인간의 지위를 높이는 셈인데, 승률이 반반일 경우 인간 영웅은 자신을 지키는 이상을 한 것이고 저울이 그들에게 불리할 경우에도 헥토르나 아킬레스 같은 영웅들은 인간 특유의 광채를 발산하기 때문이다. 신들을 인간의 가치 체계로 끌어 내림으로써 호머가 "맨 먼저" 얻은 것이 희극적 효과만은 아니다. 비록 이 효과에 의해 시가 참신해지고 "동화"적인 성질이 담기게 된 점은 명백하지만, 오히려 그는 영웅적 인간의 훌륭함과 고귀함을 강조하려 했다. 그리고 이것이 무엇보다도 그의 주제였다.

『오뒷세이아』에서 판테온은 더 미묘하고 더 무서운 역할을 하며 『아이네이스』는 종교적 가치관과 종교적 실천에 대한 동감이 일관되게 배어 있는 서사시이다. 그러나 『일리아스』는 초자연의 신화 체계를 받아들이면서도 그것을 아이러니하게 다루고, 그 소재들을 인간화한다. 믿음의 진정한 중심은 올림포스에 있지 않고 모이라,* 즉 굽히지 않는 운명을 인식하는 데 있다. 운명은 겉보기에 맹목적으로 보이는 대량의 살해를 통해서 정의와 평형이라는 궁극의 원칙을 지켜나간다. 아가멤논과 헥토르의 종교적 자질은, 운명을 받아들이고, 손님을 접대하고자 하는 충동이 신성하다는 것을 믿고, 신성한 시간이나 장소를 숭배하고, 별들의 운행과 바람의 집요함에는 악마적인 힘이 있다는 것을 막연하지만 강하게 깨닫고 있다는 데 있다. 그러나 현실은 이를 넘어서 인간 및 인간의 감각 세계 속에 내재한다. 나는 『일리아스』의 비非초월성과 궁극적인 물질성을 이보

---

* 모이라Moira : 그리스 신화에서 운명을 주제하는 세 자매. ─ 역주

다 더 잘 표현하는 말을 알지 못한다. "우리는 꿈으로 만들어진 존재"*라는 생각에 『일리아스』보다 더 경력하게 맞서는 시는 없다.

그리고 바로 이 대목이 톨스토이의 예술과 긴밀히 연결된다. 톨스토이의 리얼리즘 역시 내재적인 리얼리즘으로 감각의 진실성에 뿌리를 둔 세계이다. 여기에 신은 야릇하게도 부재한다. 이 책의 제4장에서 이 신의 부재가 톨스토이 소설의 종교적 목적과 부합할 뿐 아니라 톨스토이 기독교 정신의 숨은 원리라는 점을 논의할 예정이다. 여기서는 『일리아스』와 톨스토이의 문학 기법 배후에는 인간이 중심이라는 믿음과 자연계의 아름다움은 영원하다는 믿음이 깔려 있다는 점만 언급해 둔다. 『전쟁과 평화』의 경우 이 유비는 훨씬 더 결정적이다. 『일리아스』가 모이라의 법칙을 환기시키는 방식으로 톨스토이는 자신의 역사철학을 제시한다. 양 작품에 묘사된 전투가 무질서한 것은 인간의 삶에 더 폭넓게 작용하는 무작위성 자체를 표상한다. 또한 우리가 『전쟁과 평화』를 순수한 영웅서사시로 본다면, 그것은 이 작품이 마치 『일리아스』에서처럼 전쟁을 그비애감 속에서만이 아니라 그 화려하고 즐거운 난폭성 가운데서 묘사하고 있기 때문이다. 톨스토이가 아무리 평화주의를 외쳐도, 젊은 로스토프가 프랑스 패잔병을 공격할 때 느끼는 환희를 부정하지 못한다. 마지막으로 『전쟁과 평화』가 생사를 건

---

* 셰익스피어의 『템페스트』 끝부분에서 마법사 프로스페로의 대사. – 역주

전투를 벌이는 두 민족 혹은 어쩌면 두 세계에 관한 이야기라는 사실이다. 수많은 독자들도 그렇지만 톨스토이 자신까지도 이 작품을 『일리아스』에 견주게 된 이유도 바로 여기에 있다.

그러나 전쟁이라는 주제도 민족의 운명에 대한 묘사도 이 소설의 철학이 반₩영웅적이라는 사실을 호도할 수는 없다. 이 작품의 여기저기서 톨스토이는 전쟁이란 이유 없는 대학살이며, 지위 높은 사람들의 허영심과 우매에서 나온 결과라고 역설한다. 또한 공식 역사가와 신화학자들이 주장하는 진상에 반대하여 "진정한 진상"을 밝히려는 데 유독 노력을 경주하는 때도 있다. 이 잠재된 평화주의도, 역사적 증거에 기울이는 관심도 호머적인 태도와 비교될 수는 없다.

『전쟁과 평화』는 철학이 최대한 배제된 곳—이사야 벌린의 용어를 빌리자면 여우가 고슴도치가 되려고 안달을 부리지 않는 지점—에서 가장 완벽히 『일리아스』에 접근한다. 사실 톨스토이는 덜 복잡다단한 작품들, 즉 『카자크』, 『캅카스 이야기』, 크리미아 전쟁 스케치, 그리고 무서울 정도로 담담한 『이반 일리치의 죽음』 등에서 훨씬 더 호머에 가깝다.

하지만 『일리아스』의 시인과 이 러시아 소설가의 유사성이 기질과 비전의 문제라는 사실은 아무리 강조해도 지나침이 없다. (아주 사소한 사례들을 제외하고는) 톨스토이가 호머를 모방한다든가 하는 문제는 아니다. 그보다 톨스토이는 40대 초반에야 그리스 원어로 호머의 서사시를 읽게 되었는데, 아마도 그때 신기할 정도로 낯익은 느낌이 들었을 것이다.

V

지금까지 우리는 일반적인 것에 치중하여 톨스토이의 작품을 "서사시적", 더 엄밀히 말해 호머적이라고 규정하는 것이 무엇을 의미하는가를 개괄해보고자 했다. 그러나 이 일반적인 논의가 가치를 가지려면 세부적인 사실로 뒷받침되어야 한다. 톨스토이의 저술에 그 특유의 어조를 부여하는 주된 효과와 특성은 다양한 기법들을 모자이크한 데서 나온다. 이제 이 기법의 문제로 눈길을 돌려보자.

상투적인 형용어구, 되풀이해서 나타나는 직유, 반복되는 은유는 호머 문체의 유명한 특성이다. 애초 이런 기법들이 생겨난 것은 기억을 돕자는 데 있을 것이다. 구전시口傳詩의 경우에는 같은 구절을 반복하는 것이 시 낭송자와 청중 모두의 기억에 도움이 된다. 그것은 무용담에 나오는 이전 사건들을 되살려내는 마음속의 메아리와 같은 역할을 한다. 그러나 "장밋빛 손길의 새벽"이나 "포도주처럼 검은 바다" 같은 상투어라든가 분노를 양떼나 소떼에 돌진하는 사나운 사자의 모습에 비유하는 진부한 직유는 기억을 돕는 이상의 효과를 낸다. 이런 비유들은 정상적인 삶의 태피스트리를 형성하고 이를 바탕으로 영웅적 행동이 펼쳐지는 것이다. 이것들이 만들어 내는 안정적인 현실이라는 배경이 시 속의 인물들에게 입체성과 부피감을 부여한다. 왜냐하면 호머는 목가적 분위기나 경작과 어로漁撈라는 일상사를 환기시킴으로써 트로이 전쟁이 모든 사람의 삶에 침투한 것은 아니라는 점을 이야기하기 때문이다. 다른 곳에서는 돌고래가 뛰어오르고, 평화스러운 산록에서는 양치기들이 졸고 있다. 이 변함없는 구절들을 대하면, 대학살이 벌어지고 인간의 운명이 급격히 변화하는 와중에서도, 밤이 지나면 새벽이 오리라는 것, 훗날 트로이의 위치가 어디였는지 논쟁을 벌일 때가 되어도 파도는 여전히 밀려오리라는 것, 네스토르의 마지막 후손이 망령이 날 때가 와도 산속의 사자는 양떼를 습격하리라는 것 등을 분명히 알려주는 것이다.

호머는 직유와 상징의 요소들을 병치시켜서 특별한 효과를 얻고 있다. 시선이 생동하고 떠들썩한 행동의 이미지에서 벗어나 시각이 넓어지면서 고요한 정상적인 모습에 초점이 맞추어진다. 헥토르 앞에서 흩어지는 투구 쓴 전사들의 모습이 점점 흐려지면서 어느새 거센 바람에 고개 수그리는 풀잎을 보게 된다. 이 병치로 인해 비교 대상인 두 항목은 미묘하게 되고 더 즉각적으로 우리 의식의 일부가 된다. 플랑드르 화가들이 이 효과를 멋지게 구사한 바 있다. 이카루스가 잠잠한 바다에 수직으로 떨어지는데 전경前景에서는 한 농부가 고랑을 걷고 있는 저 브뤼헬의 그림, 혹은 성벽으로 둘러싸인 도시, 고요한 초원, 꿈결처럼 펼쳐진 높은 산 등의 풍성하고도 무정한 풍경을 배경으로 그려진 저 그리스도의 수난과 학살의 장면을 생각해 보라.* 이 "이중 인식double awareness"이 아마도 호머 작품에 비애감과 평온함을 가져다준 핵심 장치일 것이다. 가을 사냥과

---

* 16세기 플랑드르 출신 화가 브뤼헬의 〈이카루스의 추억〉과 〈갈보리로의 행진〉을 언급. - 역주

추수와 집안 잔치라는 이제는 다시 돌아갈 수 없는 저 다른 세계를 회상한다는 것은 이미 죽음이 예정된 영웅들에게는 하나의 비극이다. 그러나 그와 동시에 그들의 추억이 명료하게 나타나고 전투의 음향과 분노 속으로 더 안정적인 차원의 경험이 끊임없이 삽입됨으로써, 이 시에는 평온함의 강한 느낌이 생겨나는 것이다.

예술에서 이 "이중 인식" 자체가 형식적 표현의 주제가 되는 순간들이 있다(이러한 경우에 상상력은 최고조에 다다른다). 모차르트의 〈돈 조반니〉 마지막 악장에서 〈피가로의 결혼〉의 선율이 연주된다거나, 키츠의 『성 아그네스 전야*Eve of St. Agnes*』에 「무자비한 미녀La Belle Dame sans Merci」가 암시되는 것을 생각해보라. 호머에게도 이러한 순간이 있다. 『오뒷세이아』 제8부에서 데모도쿠스가 트로이 무용담의 한 부분을 노래하자 오뒷세우스는 오열한다. 이 폐부를 찌르는 에피소드에는 현실의 두 차원, 은유의 두 항목이 뒤집어져 있다. 트로이는 이제 아득한 추억이 되고, 오뒷세우스는 다시 정상적인 세계에 선 것이다.

톨스토이도 호머와 마찬가지로 방대한 줄거리를 기억하는데 도움을 주고 경험의 이중 시각을 유지하기 위해, 판에 박힌 형용어구와 반복 구절을 사용한다. 『전쟁과 평화』와 『안나 카레니나』 같은 작품들은 방대하고 복잡하기도 하거니와 연재물로 나누어 상당한 기간에 걸쳐 발표되었기 때문에 구전시口傳詩에 비견할 만한 문제가 발생했다. 『전쟁과 평화』의 앞부분에는 수많은 등장인물들을 독자들이 기억하기 쉽도록 하기 위한 노력이 엿보인다. 마리아 공작 영애는 "무거운 걸음걸이로" 걷고 있는 모습으로 묘사되고, 이 모습이 되풀이되어 언급된다. 피에르는 그의 안경과 단단하게 연결되어 있다. 나타샤는 우리 마음에 큰 자리를 차지하기 전부터 그 가벼운 걸음걸이와 쾌활한 동작이 강조되어 있다. 마치 한 현대 시인이 완전히 다른 한 처녀에 대해 쓴 것처럼,

> 그녀 작은 몸매 이다지도 빠르고,
> 그녀 발걸음 이다지도 가볍네…*

제니소프의 더듬거리는 말투는 언어적인 희극을 노린 것이기도 하지만, 그를 다른 군인들과 구별하려는 목적도 있다. 게다가 톨스토이는 소설 후반부에서도 이 작업을 계속한다. 나폴레옹의 손은 늘 언급되는 것이고, 메레즈코프스키가 지적하다시피 베레쉬차긴의 "가느다란 목"은 그가 비참한 모습으로 등장하는 그 짧은 장면 동안 무려 다섯 번 언급된다.

이는 윤곽선을 지우지 않고 점차 세밀하게 묘사해 나가는 톨스토이의 천재성의 중요한 한 요소이다. 우리가 어떤 세상 여자보다 더 나타샤를 가까이 알게 되더라도, 최초의 이미지, 즉 날렵하고 상냥스러운 분위기를 발산하는 아름다운 모습은 가슴속에 남아 있을 것이다. 사실 에필로그 제1편에서 나타샤

---

* 미국의 시인이자 비평가인 존 크로 랜섬(John Crowe Ransom, 1888~1974)의 「Bells for John Whiteside's Daughter」의 시행. ─ 역주

가 "그녀의 모든 매력을 내버렸고" 나이가 들어 "꽤 살이 오르고 몸집이 불었다"고 한 톨스토이의 말을 믿기가 힘이 들 정도다. 오뒷세우스가 멍청해져 버렸다고 호머가 말한다 해도 우리가 과연 그의 말을 믿게 될까?

더욱 의미 있는 사실은 톨스토이가 심상과 은유를 사용해서 그의 관심 분야인 경험의 두 차원—시골과 도회—을 연결시키고 대비하려 한 점이다. 여기에 그의 예술의 핵심이라 할 만한 것이 있다. 왜냐하면 톨스토이에게 있어 농촌 생활과 도시 생활의 구별은 선과 악의 원초적 구별을 말해주기 때문이다. 즉 한편에 도시의 비자연-비인간적인 규준이 있고 다른 한편에 전원적 삶의 황금기가 있는 것이다. 이 근본적인 이원론은 톨스토이의 소설에 나타나는 2중, 3중 플롯 구조의 동기들 중 하나이며 궁극적으로는 톨스토이의 윤리학으로 체계화되었다. 톨스토이의 사상은 소크라테스, 공자, 붓다에 빚지고 있지만, 동시에 거기에는 루소의 전원주의도 스며들어 있다.

호머에서처럼 톨스토이도 현재의 장면과 옛 시골에서의 추억을 병치시키고 있다. 그때그때 전개되는 에피소드들 배후에 변하지 않고 궁극적인 의미를 가진 차원의 경험이 깔려 있고 여기서 논평과 해명이 내려진다. 『유년-소년-청년 시대』에는 이 기법이 발휘된 멋진 보기가 있다. 소년은 마주르카를 추려다가 슬프게도 실패하자 수치감에 휩싸여 뒤로 물러난다.

> "…아아 이건 정말 끔찍해! 엄마가 여기 계셨다면 자기 아들 때문에 얼굴을 붉히시지는 않았을 거야…"

나의 상상은 어머니의 그리운 모습을 쫓아 멀리 고향 마을로 줄달음쳤다. 집 앞의 풀밭이며, 뜰 안에 높이 자란 보리수며, 제비들이 맴돌고 있는 맑은 연못이며, 투명한 구름이 둥실 떠 있는 쪽빛 하늘이며, 향긋한 냄새를 풍기는 신선한 건초더미가 눈앞에 떠올랐다. 그리고 그 외에도 평화롭고 환한 추억들이 나의 어지러운 마음속을 오가는 것이었다.

이처럼 화자는 헨리 제임스가 『어느 여인의 초상』에서 표현한 "삶의 더 깊은 리듬"과의 일체감을 회복한다.

기법과 형이상학이 분리되어 있지 않은 또 다른 한 예로 저 강력한 스케치인 「무도회가 끝난 후」를 보자(톨스토이에 있어 무도회란 어휘에는 이중적인 의미가 있다. 기품과 우아함을 보여줄 기회이면서 동시에 철저한 인위성의 상징이다). 이 짤막한 이야기에서 사랑에 빠진 화자는 밤새워 춤을 추고 나서 잠을 이루지 못한다. 그는 흥분을 달래기 위해 새벽에 마을을 산책한다. "카니발에 으레 있던 날씨였다. 안개 자욱한 거리는 다 녹아 가는 물기 어린 눈으로 질척질척했으며, 처마에서는 물방울이 뚝뚝 떨어지고 있었다." 그는 우연히도 무서운 광경을 목격한다. 한 병사가 탈영하려 한 죄목으로 열列 사이로 끌려가며 매질을 당하고 있었다. 화자가 사랑하고 있는 처녀의 아버지가 거드름을 피우며 잔인하게도 이 일을 주관하고 있다. 불과 한 시간 전에는 무도회에서 예절 바르고 인자한 풍채를 가진 분이었는데 말이다. 자, 어느 쪽이 본래의 인간인가? 그리고 그 매질이 남들이 다 볼 수 있는 바깥, 그것도 마을이 잠에서 깨어나 조용히

일과를 시작하려는 마당에 일어난다는 사실은 이를 더더욱 야
만스럽게 보이도록 한다.

『전쟁과 평화』제4부에는 톨스토이의 분열된 의식을 말해
주는 뛰어난 보기가 둘 있다. 제3장에는 1806년 3월 3일 모스
크바의 영국 클럽에서 바그라치온 장군을 환영하기 위한 연회
광경이 묘사된다. 로스토프 백작은 이 사치스러운 연회의 진행
을 맡아 그의 가정에 그림자를 드리우기 시작하는 재정 문제
를 외면해 버린다. 톨스토이는 화려한 필치로, 바쁘게 오가는
하인들, 클럽 회원들, 첫 전쟁에서 갓 돌아온 젊은 영웅들을 묘
사한다. 그는 이 장면에서 예술가로서의 재능을 "십분" 발휘한
다. 이는 톨스토이 스스로 자신이 상류 사회를 속속들이 알고
있음을 의식하고 있다는 것을 말해 준다. 그러나 저류에서 불
만이 흐르고 있다는 것은 명백하다. 사치, 낭비, 주종主從 간의
불평등이 톨스토이의 말문을 막는다.

　한 하인이 바삐 들어와 놀란 듯한 얼굴로 영광스러운 주빈主
賓이 도착한다고 알린다.

　　벨이 일제히 울렸고, 집사들이 앞으로 달려갔으며, 여러 방에
　　흩어져 있던 손님들은, 곡물용 삽 안에서 까불린 호밀처럼, 한
　　덩어리가 되어 무도장 문 옆의 큰 거실에 빽빽하게 모여들었다.

　이 "곡물용 삽에서 까불린 호밀처럼"이라는 직유는 세 가지
효과를 얻는다. 우선 손님들의 동태를 정확하게 나타내고, 둘
째로 눈앞에 전개되는 장면과는 동떨어진 경험 영역에서 취해

졌기 때문에 상상력을 자극하고, 셋째 이 전체 에피소드의 가치를 미묘하면서도 명쾌하게 규정한다. 영국 클럽의 고상한 회원들을 볼품없이 까불린 호밀 낱알과 동일시함으로써, 톨스토이는 그들을 자동인형처럼 다소 희극적인 모습으로 전락시킨다. 이 직유는 단번에 그들의 경박성을 꿰뚫는다. 더구나 이처럼 의도적으로 전원적 삶으로 전환함으로써 영국 클럽의 세계—"거짓"으로 가득한 사교계—와 토지 및 추수기의 세계를 대비시킨다.

같은 부의 제6장에서는 피에르가 새 삶으로 접어드는 순간을 볼 수 있다. 그는 돌로호프와 결투를 했고, 아내 엘렌 백작부인에게 더 이상 환상을 갖지 않게 되었다. 그는 결혼으로 비롯된 타락을 생각하고 영혼을 고양해 줄 은혜로운 경험을 갈구한다. 엘렌은 "냉정하고 침착하게" 들어와 피에르의 질투를 조롱한다. 피에르는 "소심하게 안경 너머로" 그녀를 바라보고는 독서를 계속하려 한다.

마치 사냥개에 포위된 토끼가 귀를 쫑긋거리며 적들 앞에서 꼼짝도 않고 웅크리고 있는 것처럼…

다시 우리는 여기서 다양하고 모순되는 방향으로 우리를 움직이는 하나의 비교를 얻는다. 즉각적으로 연민의 정이 생기지만 그것은 즐거움과 뒤섞여 있다. 얼핏 보아서는 코 위에 안경을 걸치고 귀가 뒤로 젖혀져 있는 피에르는 애처롭고도 우스꽝스럽다. 그러나 실제의 상황은 이 직유에 의해 아이러니를 띠게 된다. 즉 실상 약자는 그 당당한 자세에도 불구하고 바로 엘렌 자신이다. 한순간에 피에르는 벌떡 일어나 탁자의 대리석 판板으로 그녀를 거의 죽일 뻔하게 될 것이다. 더구나 다시 한 번 농촌 생활에서 취한 하나의 이미지가 나온다. 그것은 도시 적인 음모의 숨 막힐 듯한 장면 주위로 한바탕 부는 바람 혹은 쏟아지는 햇빛처럼 작용한다. 그러나 이와 동시에 웅크리고 있는 토끼의 그림은 사교계의 피상적인 예의범절을 산산조각 내고 우리가 목격하고 있는 것이 기초적인 욕정의 결과임을 분명하게 말해준다.

내가 인용한 보기들은 톨스토이 창작의 주된 구도의 축소 판들이라고 할 수 있다. 삶의 두 가지 방식, 원초적으로 괴리된 두 경험 형태가 대조되어 제시된다. 이 이원성이 항상 선악을 표상하는 것은 아니다. 『전쟁과 평화』에서 도시 생활이 매혹적으로 그려지는 한편, 『어둠의 힘*The Power of Darkness*』에서는 토지 위에 난무하는 흉포함이 묘사된다. 그러나 대개 톨스토이는 경험이 도덕적-미학적으로 구분된다고 보았다. 한편에는 사회의 부정不正, 인위적인 성 관습, 부의 무자비한 과시, 육체적 활력의 본질적 패턴으로부터 인간을 떼어놓으려는 힘을 그 속성으로 하는 도시 생활이 있다. 다른 한편에는 정신과 육체의 결합, 성욕을 성스럽고 창조적인 것으로 수용하는 태도, 월상月相과 임신 단계를 연관 짓고 다가오는 파종기를 영혼의 부활과 연관 짓는 존재의 사슬에 따르려는 본능을 그 속성으로 하는 들판과 숲에서의 생활이 있다. 루카치가 말하듯, 자연은 톨스토이에게는 "인습의 세계를 넘어 '진정한' 삶이 보장되는 곳"*이었다.

　처음부터 톨스토이의 사상과 미학은 이 이중 시각을 특징으로 한다. 그의 후기의 교리들, 즉 일관된 철학적 사회적 수련으로 본능적으로 기울어지게 된 것은 갑작스러운 변화가 아니라 청년기에 처음 발아된 사상이 성숙한 결과였다. 1847년 농노의 생활을 개선하려 했고 1849년 농노의 아이들을 위해 학교를 세웠던 저 젊은 지주는, 1855년 합리주의적이고 근본주의적인 기독교라는 "광대한 사상"을 인식하고 1910년 10월 마침내 불완전한 세속 생활을 버리고 집을 나가 버렸던 톨스토이 바로 그 사람인 것이다. 더 지고한 선善을 위한다고 함부로 전향하고 느닷없이 예술을 거부한 것은 아니었다. 아주 젊은 시절의 톨스토이는 한 창녀 앞에 무릎 꿇고 울었던 적이 있고, 일기에 세속의 길이란 파멸의 길이라고 적었다. 이 신념은 언제나 그의 마음속에 타올랐다. 그의 문학 작품에 충만한 가차 없는 활력은 작품 하나하나가 그의 시적 천재가 그를 괴롭히는 신념—만약 인간이 영혼을 잃는다면 높은 예술적 명성을 얻는다 해도 아무런 이득이 없을 것이라는—에 맞서 거둔 승리를 말해 준다. 상상력이 가장 고도로 구사된 작품에서조차 톨스토이는 내부적 투쟁을 드러내면서 거기에 늘 반복되는 주제로 형식을 부여한다. 즉 도시에서 농촌으로, 도덕적 근시안에서 자아 발견 및 구원으로 나아가는 행로가 그것이다.

---

* 죄르지 루카치 : 『소설의 이론』(베를린, 1920).

이 주제는 주인공이나 주요 등장인물이 페테르부르크나 모스크바에서 영지나 러시아 변방으로 떠나는 장면에서 가장 명료하게 나타난다. 톨스토이와 도스토예프스키는 실제 생활에서도 이 상징적 출발을 경험한 바 있다. 톨스토이는 1851년 4월 페테르부르크를 떠나 캅카스로 향했고 도스토예프스키는 1849년 크리스마스 날 밤 쇠고랑을 차고 도시로부터 호송되어 옴스크와 유형 생활로의 끔찍스러운 여행을 시작했다. 이처럼 비통스러웠던 순간은 거의 없었으리라고 사람들은 생각할지도 모른다. 그러나 그 반대였다.

내 마음은 어쩐지 설레며 두근두근 거렸어요. 이 때문에 아픈 줄도 몰랐지요. 시원한 바람이 다시 불고 있었고, 새 생활을 시작할 때면 으레 야릇한 힘과 정열을 느끼기 마련이므로, 나는 정말이지 퍽 마음이 차분했습니다. 나는 성탄절 불빛으로 빛나는 페테르부르크의 집들을 찬찬히 바라보면서 그 하나하나마다 작별 인사를 했습니다. 형님 집을 지나서 크라예프스키의 집 앞을 지났는데 창문 밖으로 불빛이 눈부시게 흘러나오더군요. 그가 크리스마스 파티를 열고 트리를 장식했다고 하신 형님 말씀이 생각났어요. 조카들이 에밀리 표도르브나와 거기 갈 거라고 하셨죠. 그 집 앞을 지나려니 슬프기 한이 없었어요. …여덟 달 동안 갇혀 지낸 후 60베르스타를 썰매에 처박혀 여행했더니 식욕이 샘솟듯 하더군요. 지금 생각해 봐도 유쾌해집니다. 나는 무척 기분이 좋았답니다.[*]

이는 특이한 회상이다. 도스토예프스키는 가혹한 상황에 처해져, 평범한 생활, 가족의 사랑, 육체적 안락을 한편에, 오랜 전락 끝에 죽을지도 모르는 미래를 다른 한편에 둔 갈림길에 서서도, 마치 유사한 환경에 처한 라스콜니코프처럼, 육체가 해방됨을 느낀다. 흥겨운 크리스마스 전야의 소리들은 등 뒤로 사라져 가고, 그는 이미 눈앞에 닥친 연옥의 시련 저편에 있을 부활을 어느 정도 투시하는 듯하다. 그 여행이 사자死者들의 집으로 인도되는 것이든 『전쟁과 평화』의 베주호프의 경우처럼 프랑스 총살분대 앞에 강제로 밀어 넣어지는 것이든, 도시에서 활짝 열린 대지로 옮겨 간다는 그 사실만으로도 어떤 기쁨이 생겨나는 것이다.

톨스토이는 일찍이 1852년 로렌스 스턴의 『감상 여행Sentimental Journey』을 번역하면서부터 이미 이 주제를 탐구하고 있었을지도 모른다. 그러나 같은 해 좀 늦게 윤곽이 잡힌 『카자크』에서야 비로소 톨스토이는 자신의 철학의 우화로 되풀이하여 사용하게 된 그런 상황을 충분히 깨닫고 습득하게 되었다. 송별회에서 술에 취해 돌아온 어느 밤이 새자, 올레닌은 먼 캅카스 지방의 호전적 종족과 싸우는 군대에 복무하기 위해 출발한다. 그가 두고 떠나는 것이라고는 외상 노름빚과 상류 사회의 덧없는 환락에 낭비한 시간에 대한 역겨운 추억들뿐이다. 그 밤은 차가웠고 눈이 쏟아지고 있었지만,

---

* 도스토예프스키가 형 미하일에게 보낸 편지. 1854년 2월 22일자(『표도르 미하일로비치 도스토예프스키 서한집』, E. C. 메인의 번역판, 런던, 1914).

길을 떠난 사내에게는 입고 있는 털가죽 외투가 따뜻할 뿐 아니라 오히려 덥기까지 했다. 그는 썰매 속에 깊숙이 앉아서 외투의 앞섶을 헤쳤다. 갈기를 흐트러뜨린 세 필의 역마驛馬는 어두운 거리에서부터 그가 본 적 없는 집들이 늘어선 또 다른 거리로 날듯이 달렸다. 올레닌에게는 자기처럼 먼 길을 떠나는 사람이 아니고서는 이 거리를 지나지 않을 것처럼 여겨졌다. 주위는 어둠과 적막에 싸여 있었고 음산했다. 그리고 그의 영혼은 추억과 사랑과 회한으로, 그리고 가슴을 짓누르는 감미로운 눈물로 가득 차 있었다.

그러나 그는 곧 도시에서 벗어나 눈 덮인 들판을 바라보며 즐거움에 넘친다. 지금까지 마음을 괴롭히던 그 모든 세속의 관심사들이 아무 의미 없는 것이 되어 사라져 간다. "올레닌은 러시아 중심부에서 멀어질수록 그의 추억도 더 아득해져 가는 것 같았고, 캅카스에 가까워질수록 마음은 더 가벼워지는 것을 느꼈다." 마침내 그는 "미묘한 윤곽을 가지고 솟은 봉우리들이 먼 하늘을 배경으로 환상적이고도 뚜렷한 선을 그리고 있는" 그 산에 도착한다. 바야흐로 그의 새 생활이 시작된 것이다.

『전쟁과 평화』에서 피에르는 때 이른 출발을 하게 된다. 즉 부유한 청년 귀족이 허위에 찬 생활은 청산했지만, 반대로 그 못지않게 허위에 물든 프리메이슨주의로 도피한 것이다. 피에르의 속죄 여행은 불타 버린 폐허의 모스크바에서 다른 죄수들과 함께 끌려 나와 얼어붙은 평원을 가로지르는 혹독한 행군과 더불어 진정으로 시작된다. 마치 도스토예프스키처럼 피에르는 사형 집행 직전까지 갔다가 갑작스러운 사면으로 살아나는 충격을 견뎌 냈다. 그러나 "그의 삶을 움직이던 태엽"은 떨어져 나갔고, "우주의 올바른 질서, 인간성, 자신의 영혼과 신에 대한 믿음은 산산이 부서졌다". 하지만 얼마 안 가 그는 "자연스러운 인간" 플라톤 카라타예프를 만나게 된다. 카라타예프는 그에게 구운 감자를 건넨다. 이는 누구라도 할 수 있는 사소한 행동이었다. 그러나 이 행위를 통해 피에르의 순례와 은총의 길이 열린다. 톨스토이가 강조하다시피 삶이 가장 가혹한 때조차 그것을 긍정하는 카라타예프의 강인함은 그가 턱수염이 자라자(성경 구절을 연상시키는 부분이다), "그에게 강요되어 온 모든 것들, 즉 자기와는 인연이 먼 병정 티를 내동댕이쳐 버린 듯했고, 어느새 이전의 농부의 습관으로 돌아갔다"는 사실에서 연유한다. 그리하여 그는 피에르에게는 "소박하고 진실한 정신의 영원한 화신"이 되고, 그를 인도하여 불탄 도시라는 지옥에서부터 데려나가는 또 한 사람의 베르길리우스*가 된다.

톨스토이는 대화재로 인해 모스크바와 활짝 트인 시골을 막아섰던 장벽이 무너졌다는 것을 암시한다. 피에르는 "먼지투성이의 풀잎 위에 내린 하얀 서리, 참새 언덕, 멀리 보랏빛으로 굽이쳐 사라지는 강의 나무 우거진 둔덕"을 바라본다. 그는 또 까마귀 소리를 듣고, "일찍이 경험하지 못했던 새로운 기쁨과

---

* 단테의 『신곡』에서 로마의 시인 베르길리우스가 단테를 인도하여 지옥을 돌아본다. – 역주

힘"을 느낀다. 더욱이 이 느낌은 육체적으로 힘이 들면 들수록 더욱더 강렬해진다. 나타샤가 후에 말하듯 그는 마치 "도덕의 욕탕"에서 나온 것처럼 포로 신분에서 벗어나는 것이다. 피에르는 전날의 악습을 말끔히 씻어 내고 "생명이 있는 동안에는 행복이 있다"는 톨스토이의 핵심적 신조를 발견하게 된다.

『전쟁과 평화』의 에필로그 제1편에는 농촌에서의 균등한 생활이 "선한 생활"이라고 규정되어 있다. 볼드 힐스를 마지막으로 일별하는 가운데 우리는 마리아 백작 부인의 아이들이 의자로 만든 마차를 타고 "모스크바에 가는" 놀이를 하는 장면을 보게 되는데, 이것은 가벼운 마음으로 던지는 아이러니라고 할 것이다.

『안나 카레니나』에서는 도시와 농촌의 대비가 소설의 도덕적 기법적 구조의 축을 이룬다는 사실이 너무나 분명하다. 레빈은 키티에 대한 청혼이 거절되어 시골로 돌아오는데, 여기서 그의 구원은 서광이 비치기 시작한다.

그러나 자기 영지의 정거장으로 나와 외투깃을 세운 애꾸눈 마부 이그나트를 보았을 때, 정거장 불빛에 반사된 희미한 빛 속에 자기의 썰매와, 고리와 술로 장식한 마구를 달고 꼬리를 묶어 올린 자기의 말들을 보았을 때, 마부 이그나트가 짐을 챙기면서 청부업자가 도착했고 파바가 송아지를 낳았다는 마을의 새 소식을 전해주었을 때, 그는 혼란스러운 마음이 조금씩 진정되고 수치심과 자신에 대한 불만도 사라져가는 것을 느꼈다.

대지 위에서는 이미 와해의 징조가 농후해지고 있던 안나와 브론스키의 관계마저 목가적이고 성스러운 성격을 띤다. 어떤 소설도 (D. H. 로렌스의 『흰 공작 *White Peacock*』을 제외하고는) 농장 생활의 감각적 현실을 이보다 더 근접하게 언어로 표현하지는 못했다. 이를테면 서리 내리는 밤에 퍼져 가는 달콤한 암소 우리 냄새나 키 큰 풀 사이로 지나가는 여우의 바스락거리는 소리 같은 것 말이다.

톨스토이가 『부활』을 쓸 때 그의 교사-예언가의 기질이 예술가의 기질을 공격했다. 예전에 그의 창작을 통어하던 평형과 구도에 대한 감각은 수사학이 촉박하게 끼어들면서 희생되었다. 이 소설에는 두 생활 방식의 병치와 순례를 통한 허위로부터의 구원이라는 주제가 마치 소책자에서처럼 노골적으로 제시된다. 그러나 『부활』은 톨스토이가 초기작에서부터 표명한 바 있는 모티프들을 최종적으로 구현한 작품이다. 네흘류도프는 초기 미완성 작품 「지주의 아침」에 등장한 네흘류도프 공작이다. 두 작품 사이에는 37년에 걸친 사상과 창작이 가로놓여 있지만, 「지주의 아침」에는 이 마지막 소설의 요소가 눈에 띨 정도로 많이 들어 있다. 네흘류도프는 또한 톨스토이가 1857년 쓴 기묘한 단편 「루체른」의 주인공이기도 하다. 사실이 인물은 소설가에게 일종의 자화상 역할을 하는 듯 보이는데, 톨스토이는 자신의 경험이 깊어감에 따라 그 특성을 바꿀 수 있었다.

더욱이 『부활』에서는 대지로의 복귀는 영혼의 재생을 말해주는 육체적 상관물로서 아름답게 묘사된다. 마슬로바를 쫓아 시베리아로 가기에 앞서 네흘류도프는 자기의 영지를 찾아가 농부들에게 토지를 팔기로 결심한다. 그의 지쳐빠진 감각들이 다시 생기를 되찾고, 그는 다시 한 번 "타락"하기 이전의 자신의 모습을 본다. 강물 위에 어른거리는 햇빛, 태평스럽게 낮잠이 든 망아지, 이런 전원 풍경은 네흘류도프에게 도시 생활의 도덕성이란 부정의不正義 위에 세워져 있음을 깊이 깨닫게 한다. 왜냐하면, 톨스토이의 변증법에서는, 시골 생활은 그 고요한 아름다움을 통해서뿐 아니라 계급 사회의 속성인 경박성과 교활성에 눈뜨게 함으로써 인간 정신을 치유하기 때문이다. 이는 『부활』의 초안에서 뚜렷이 나타난다.

도회에서 우리는 재단사나 마차꾼이나 요리사가 왜 우리를 위해 일하는지 완전히 이해하지 못한다. 그러나 시골에서 우리는 왜 소작인들이 온실과 정원에서 일하는지, 왜 밀을 거둬들여 타작하고서 그들의 노동 생산물의 반을 지주에게 넘겨야 하는지 너무나 분명하게 볼 수 있다.

토지는 톨스토이의 주인공에게 보상을 줄 뿐 아니라 그를 각성시킨다.

지금까지 이 문제를 꽤 길게 논의해왔는데, 사실 톨스토이를 이해하는 데, 그리고 우리의 일반적인 주제를 이해하는 데 있어 그 중요성이란 새삼 강조할 필요조차 없을 것이다. 도시와 시골의 대비는 톨스토이 소설의 주된 분류와 구도에 스며 있으며, 동원하고 있는 문체의 특성에서도 그렇다. 더구나 톨스토이의 천재를 문학적 도덕적 종교적 측면들에서 본질적으로 통합시키는 것이 바로 이 요소다. 일찍이 1852년 네휼류도프를 괴롭혔던 그 딜레마에 안드레이 공작, 피에르, 레빈, 이반 일리치, 『크로이처 소나타』의 화자도 부심하게 된다. 문제는 항상 동일하다. 즉 톨스토이의 소책자 제목처럼 〈그러면 우리는 무엇을 해야 하는가?〉인 것이다. 우리가 말할 수 있는 것은 초상화가 결국 화가 자신을 압도했고 그의 영혼을 사로잡았다는 사실이다. 네휼류도프는 속세의 소유물을 모두 버리고 톨스토이 자신의 모습으로 마지막 순례를 떠난다.

도시와 대지라는 양극은 톨스토이와 도스토예프스키를 비교하는 데도 주요한 측면의 하나이다. 구원을 찾아 떠나는 모티프는 두 사람의 실제 생활과 상상적 활동에서 공히 다반사로 일어나는 일이었고, 여러모로 보아 『부활』은 『죄와 벌』에 대한 하나의 에필로그이다. 그러나 도스토예프스키에게서는 실제로 약속의 땅을 찾을 수 없다(얼핏 묘사되는 라스콜니코프의 시베리아를 제외하면 말이다). 도스토예프스키의 지옥이란 그로스타트Grosstadt, 즉 근대의 메트로폴리스이며 더 꼭 집어서 말하면 "백야"의 페테르부르크이다. 속죄하기 위해 떠나긴 하지만 도스토예프스키의 "위대한 죄인들"은 톨스토이의 주인공들이 대지에서 발견하는 조화와 은총을 신의 왕국에서만 찾을 것이다. 그리고 도스토예프스키에게는 톨스토이와는 정반대로 그 왕국은 이 세상의 것이 아니거니와 될 수도 없다. 도스토예프스키가 도시 생활 묘사에는 뛰어나지만, 농촌 풍경이나 활짝 열린 시골은 거의 묘사하지 않는다는 여러 사람의 지적도 이

맥락에서 평가되어야 한다.

결국 톨스토이 소설에서 경험의 이 두 양상은 호머와 톨스토이 사이의 대비를 가능케 하고 조명해 주는 특성 중 하나다. 『일리아스』와 『오뒷세이아』(여기서는 후자가 더 적당한 예일 터인데)의 시점은 원근법을 깊숙하게 사용한 저부조低浮彫, bas-relief를 떠올리게 한다. 또 에리히 아우어바흐가 『미메시스』에서 지적하다시피, 호머의 서술에서 사건의 동시성은 일단 "평면"적인 느낌을 준다. 그러나 이 표면 뒤로, 그리고 그것을 뚫고 나오는 어른거림 뒤로, 바다 세계와 전원 세계에 대한 거대한 조망이 있다. 호머의 시에서 심원한 암시의 힘과 비애감이 발산되는 것은 이 배경으로부터이다. 내 생각으로는 호머와 톨스토이의 장면들이 작법과 효과 면에서 신기할 정도로 일치하는 이유는 바로 이 특성 때문이다. 토마스 만은 레빈이 소작인들과 같이 밀 베는 광경을 서술한 장들을 톨스토이 철학과 기법의 원형이라고 보았다. 거기에는 많은 가닥들이 서로 짜여 있다. 말하자면 레빈이 자기 방식의 생활로 당당하게 돌아오는 것, 그가 토지와 그 토지의 경작자들과 이루는 말없는 조화, 농부들과 완력을 겨루어 보는 시합, 정신을 소생시키고 과거의 경험을 맑고 부드러운 추억으로 정리해 주는 극도의 신체적 피로 등이 그것이다. 이 모든 것이 토마스 만의 용어로는 순수하게 톨스토이적이다. 그런데 『오뒷세이아』 제18부에서 이와 밀접한 구절을 볼 수 있다. 오뒷세우스는 거지 차림으로 자기 집 벽난로 옆에 쭈그리고 앉아 있다. 아무도 그를 알아보지 못하고 페넬로페의 하녀들은 야단을 치고 에우리마쿠스는 조롱한다. 그는 이렇게 대답한다.

에우리마쿠스님, 어디 한번 우리 두 사람이 해가 긴 늦봄에 일을 겨루어보면 어떨까요. 풀 베는 일이라면 건초 목초지에서 각자 잘 드는 큰 낫 하나씩 들고 종일 시합을 하는 겁니다. 먹지도 못하면서 해가 진 뒤 어둑어둑할 때까지 해도 아직 베어야할 풀이 남아 있을 겁니다! 소 모는 일이라면 꼴을 잔뜩 먹어서 힘이 넘치나 펄펄 뛰는 황소로 합시다. 나이도 끄는 힘도 비등비등한 생생한 놈들로 말이오. 밭이라면 한 네 마지기 정도로하고 보습날이 쑥쑥 들어갈 그런 토양이면 좋겠소. 그러면 당신은 내가 간 고랑이 얼마나 길고 똑바른지 알게 될 것이오.

이는 페넬로페의 슬픔과 구혼자들의 비열한 약탈 행위 가운데서 하는 말로, 오뒷세우스는 이를 통해 20년 전 자기가 트로이로 떠나던 시절을 환기시키고 있다. 그러나 이 말이 폐부를 찌르는 것은 구혼자들이 결코 다시는 저녁 어스름에 풀을 베지 못할 것임을 우리가 알고 있기 때문이다.

두 구절을 나란히 놓고 그 어조와 거기에 담긴 세계의 모습을 비교해 보라. 이 둘에 필적할 만한 제3의 구절을 찾기는 어려울 것이다. 『전쟁과 평화』와 『안나 카레니나』가 근본적으로 호머적이라고 정의될 수 있다는 생각이 힘을 얻는 것도 바로 이러한 비교를 통해서다.

육체나 정신의 부활로 나아가는 여행 모티프와 톨스토이에게 현저하게 보이는 두 세계의 구별이 과연 서사시에 없어서는 안 될 요소인가 하는 점은 고찰해 볼 만하다. 이 질문은 매력적이고도 어려운 문제를 야기한다. 『오뒷세이아』, 『아이네이스』, 『신곡』에는 실제로 그리고 알레고리적 의미로 항해가 등장한다. 대부분의 주요 서사시에는―『실낙원』과 『복락원』에서 가장 뚜렷한데―축복의 땅의 주제, 즉 전원적인 비전이나 황금의 아틀란티스 주제가 발견된다. 이처럼 다양한 예들을 일반화하기는 쉽지 않다. 그러나 우리가 "서사시적 소설"이라고 하면 『돈키호테』, 『천로역정』, 『모비 딕』을 떠올리게 되는 것도 이런 항해와 분리된 세계라는 생각이 뒤에 깔려 있기 때문이다.

VI

톨스토이의 소설은 문학 형식 이론에서 해묵은 문제를 다시 제기한다. 즉 다중 플롯 혹은 분열된 중심의 문제이다. 다시 한 번 여기서도 형이상학적 혹은 적어도 철학적 의미에 주목하게 만드는 기법이 동원된다. 톨스토이 비평가들과 분개한 독자들 대다수의 관점에도 불구하고, 톨스토이 소설의 이중-다중 플롯은 그의 예술의 본질에 속하는 것이며, 문체상의 혼란이나 방종의 징후는 아니다. 1877년 스트라호프는 소설가에게 쓴 편지에서 "당신이 안나 카레니나에 열중해야 하는 판에 왜 레빈 같은 인물에 대해… 길게 늘어놓는가라고 따지는" 한 비평가를 경멸한다고 썼다. 물론 그 비평가가 고지식하게 독해했을 수도 있겠지만, 톨스토이의 방법을 지탱하는 근거도 스트라호프의 생각만큼 그다지 명백한 것은 아니다.

최초에 톨스토이는『안나 카레니나』의 서술 비중을 두 주요 플롯에 배분하려 했고, 제목을 결정하는 과정에서도 이 이중성이 엿보인다. 톨스토이가 책 제목으로『두 결혼』그리고 곧 이어『두 커플』을 고려해 보았다는 사실은 안나가 이혼을 하고 브론스키와 결혼한다는 최초의 초안과, 결혼의 본질을 대조적인 두 관점에서 조명한다는 근본 취지를 모두 반영한다. 처음에 톨스토이는 부차적 플롯을 안나 이야기에 가장 잘 융합시키는 방법에 대해 고심했다. 첫 번째 안에는 레빈(오르딘스테프로 했다가 이어 레닌으로 명명되기도 했다)이 브론스키의 친구로 되어 있다. 현재 우리 눈에 유기체의 일부처럼 불가피하게 여겨지는 상황과 플롯도 실은 조금씩 윤곽이 잡혀 나갔던 것이고 매력적인 초고에서 끌어낼 수 있는 소재를 더욱 발전시킨 결과물이었다. 거기에다 톨스토이는『안나 카레니나』집필 도중에 대중 교육 문제로 방향을 돌렸다. 일시적으로 소설 작업이 역겹게 느껴졌던 것이다.

엠프슨을 비롯한 비평가들이 지적했다시피 이중 플롯은 여러 방식으로 전개될 수 있는 복잡한 장치이다. 그것은 특정의 개념을 일반화하기 위해 쓰이는 수도 있는데, 이 경우 청중이나 독자가 예외적인 것이라고 간과해 버리기 쉬운 어떤 통찰을 반복이나 보편성의 의식에 의해 강화시키게 된다.『리어왕』이 그런 예다. 이중 플롯을 통해 공포, 욕정, 배신의 보편성이 전달된다. 인간의 마음이 리어 왕의 운명을 특이한 것으로 돌리지 못하게 만드는 것이다. 이 희곡을 보면 셰익스피어는 이중 구성을 꺼렸지만, 자기의 무서운 비전을 두 번씩이나 표현하여 이중으로 강렬하게 하려는 내적인 충동을 느꼈던 듯하다.

이중 플롯은 아이러니를 창출하기 위한 전통적 매체이다. 셰익스피어의 『헨리 4세』는 두 가지 용례를 다 보여준다. 다시 말해 이 작품은 민족 전체 및 시대의 모자이크 내지 초상화를 창조하기 위해 소재를 일반화하는 동시에, 두 주요 플롯을 아이러니하게도 병치시켜 두고 있다. 등장인물들과 그 특성들은 다른 각도로 설치된 거울에 비추어지고, 영웅주의는 슈루즈베리와 개즈힐* 사이 중간 지점에 존재한다.

마지막으로, 이중 혹은 다중 플롯은 분위기를 치밀하게 하고, 뒤엉킨 현실의 복잡성을 재생할 수도 있다. 『율리시즈』는 그 세련된 본보기로, 이 작품에서 서술 초점과 의식의 분열은 현대 대도시의 하루가 빽빽하고 다기하게 바글거리는 양상을 전해 준다.

『안나 카레니나』의 이중 플롯은 이상의 방향을 하나하나 따르고 있다. 이 소설은 발자크의 것보다 더 철저한 '결혼 생리학'**이다. 톨스토이의 처리가 폭넓게 받아들여지는 이유는 그가 세 종류의 상이한 결혼을 그렸다는 데 있다. 그가 플로베르

---

* 셰익스피어의 『헨리 4세』에 나오는 지명으로 슈루즈베리는 전투가 벌어진 곳, 개즈힐은 폴스타프가 부자들을 강탈한 곳. - 역주
** 발자크의 소설 제목이기도 하다. - 역주

처럼 한 사례에만 매달렸더라면 그 풍부하고 성숙한 논점도 다소 빛을 잃었을 것이다. 『안나 카레니나』는 톨스토이의 교육론을 일부 설명해 준다. 스트라호프는 가장 계몽된 교사들조차도 안나의 아들을 다룬 장들에서 "교육 이론을 위한 중요한 암시"를 끌어낼 것이라고 확신했다. 이 소설은 다중 플롯으로 인해 논증과 추상의 무게를 견딜 수 있다. 디킨스의 "표제" 소설들 몇몇이 수사적이고 평면적인 인상을 주는 것은 바로 소설 속의 허구 부분이 너무 제한되어 있어서 사회의 쟁점을 흡수하여 극화하지 못하기 때문이다.

두 커플, 안나-브론스키와 키티-레빈의 대결은 톨스토이가 그가 뜻하는 바를 전달하는 주된 장치이다. 두 이야기를 병치시켜 대비한다는 의식이 이 우화의 도덕성을 응집하고 있다. 여기에는 정숙한 결혼이나 경력을 방탕한 결혼이나 경력과 나란히 새긴 호가스William Hogarth의 판화 조각과 같은 면이 있다. 그러나 빛과 그림자는 선뜻 구별이 되지 않게 섞여 있어서, 안나는 고결한 마음을 끝까지 유지하고 소설 끝부분에서 레빈은 매우 어려운 길을 걷기 시작한다. 이는 엄밀히 말해 풍자와 아이러니의 차이이다. 톨스토이는 풍자가는 아니었다. 반면에 플로베르는 『부바르와 페퀴셰』에서 보이듯 풍자가에 가까운 인물이었다.

그러나 톨스토이의 소설에서 가장 비중 있는 것은 이중 혹은 다중 플롯의 세 번째 기능이다. 그것은 작품 구성을 치밀하게 하고, 변화를 주고, 복잡하게 만들어 사실성을 유발하는 기능이다. 톨스토이가 디킨스나 발자크, 혹은 도스토예프스키보다 "고전적" 작가로 간주되는 것은 다른 작가에 비해서 플롯의 기술적 사용, 우연한 만남, 분실한 편지, 느닷없이 천둥이 울리며 내리는 폭우 등을 덜 사용하기 때문이라는 것이 일반적 견해이다. 톨스토이의 줄거리 전개에서 사건은 자연스럽게 일어나고 19세기 소설가들이 내놓고 남용했던 우연의 일치의 도움을 받지 않는다는 것이다. 이는 일부만 사실이다. 톨스토이가 도스토예프스키나 디킨스 같은 다른 거장들에 비해 당대의 멜로드라마 기법에 영향을 덜 받았고, 발자크나 헨리 제임스에 비해 복잡한 줄거리 전개에 의미를 덜 준 것은 부정할 수 없다. 그러나 실제로 톨스토이의 플롯에는 여타 작가의 작품 못지않게 개연성 없는 사건들이 일어난다. 그리고 톨스토이는 있을 법하지 않은 우연한 일들을 알렉상드르 뒤마나 외젠 쉬 같은 작가가 악명 높게 보여준 것만큼이나 멋지게 구사하여 자신의 주요 장면들에 끼어 넣었다. 『전쟁과 평화』와 『안나 카레니나』에는 우연한 만남, 때맞추어 나타나는 출구, 곳곳에 보이는 우연의 일치 등이 중요한 역할을 한다. 『부활』의 모든 것은 전적으로 우연에 불과한 한 사건에 토대를 두고 있다. 즉 네흘류도프가 마슬로바를 알아보고 담당 판사와 약속을 하는 일이 그것이다. "현실 생활"에서 이런 일이 일어났다는 것도 사실이나—이 사건은 페테르부르크의 관리 A. F. 코니가 1877년 가을 톨스토이에게 제보했는데, 그 비운의 여주인공은 로잘리 오니란 이름이었다—그렇다고 사건 자체의 비현실적-멜로드라마적 성질은 달라지지 않는다.

톨스토이는 플롯의 주요 상황뿐 아니라 에피소드에도 헨리 제임스가 소설의 "조종 끈ficelles"이라고 명명한 수법을 사용했다. 안드레이 공작이 사방에서 번개가 치는 엄청난 폭풍을 뚫고 아내의 해산이 임박한 순간 볼드 힐스에 다시 나타난다든지, 나타샤가 모스크바의 소개疏開 기간 동안 그와 재회하는 일이라든지, 로스토프가 어쩌다 보구차로보로 말을 달리다 보니 마리아 공작 영애와 만난다든지, 브론스키가 안나와 그녀의 남편의 눈앞에서 말에서 떨어진다든지 하는 이 모든 장치들은 역량이 떨어지는 소설가들이 그들의 작품에 써먹는 들창문을 통해 엿들은 대화 따위와 거의 다를 바 없는 책략이다. 대체 다른 점은 무엇인가? 톨스토이의 서술이 자연스럽고 긴밀히 연결되어 있다는 인상을 주는 것은 무엇 때문인가? 그 해답은 다중 플롯의 효과에 있으며 톨스토이가 일부러 정연한 형식을 기피한 때문이기도 하다.

『전쟁과 평화』와 『안나 카레니나』의 서술은 갈래가 많고 온통 뒤엉켜 있어서 마치 빽빽한 그물눈 같은 느낌을 주며, 이로 인해 소설에 있기 마련인 우연의 일치와 교묘한 수법들이 소설 내부로 스며들면서 자연스럽게 받아들여지는 것이다. 태양계 기원설 중에는 우주 공간의 물질은 "반드시 일정 밀도"를 갖고 있어서 창조적 충돌이 일어날 수 있다는 가설이 있다. 톨스토이의 분열된 플롯은 이러한 밀도를 조성하고, 이 밀도로 인해 삶과 현실의 놀라운 환영幻影이 요란한 마찰음과 더불어 전달된다. 톨스토이의 소설에는 수많은 사건이 벌어지고, 수많은 인물이 갖가지 상황에서 엄청난 시간에 걸쳐 활동하기 때문에, 필경 서로 부딪히고 영향을 주고받기 마련이며, 더 미약한 수단에서라면 우리를 짜증나게 할 수도 있을 그런 개연성 없는 충돌을 경험하게 되는 것이다.

『전쟁과 평화』에는 우연한 대치가 무려 수십 장면이 나온다. 이 대치들이 플롯 구조의 일부라는 점은 입증될 수 있는데, 그에 앞서 우리는 톨스토이의 "공간"이 너무나 빈틈없이 삶으로 충만하기 때문에 그것들을 자연스럽게 수용하게 된다. 예를 들어 보자. 피에르가 보로디노 전투의 난투 중에 콜로차의 교량으로 다가가자, 성난 병사들이 자기들의 사선射線에서 벗어나라고 소리 지른다. "피에르는 오른쪽으로 갔다가 우연히도 안면이 있는 라에프스키의 조수 한 사람을 만났다." 우리가 이 사실을 받아들이는 것은 무척 오랫동안 피에르를 이런 식의 문맥에서 몇 번이고 보아 왔기 때문에 마치 우리 자신도 어느 앞 장에서 그 조수를 만났던 것 같은 느낌이 들기 때문이다. 잠시 후 안드레이 공작이 부상을 입고 수술용 막사로 옮겨진다. 그의 옆 자리 부상자의 다리가 절단되고 있었는데 그는 다름 아닌 아나톨 쿠라긴이다. 같은 시간에 후방의 수술용 막사에서는 수만 명의 사람들이 북적대고 있을 터인데 말이다. 톨스토이는 순간적으로 있기 힘든 일을 줄거리에 반드시 필요하고 나름대로 설득력도 있는 무엇으로 변형시킨다.

"그래. 바로 저 사람이야! 그래, 저 사람은 어쨌든 나와는 괴로운 인연으로 단단히 맺어져 있는 것 같아." 안드레이 공작은 눈앞에서 벌어지고 있는 일들을 제대로 이해하지 못한 채 이렇게 생각했다. "그런데 내 유년 시절과 내 삶이 저 사람과 대체 무슨 관계에 있었지?"그는 자문해 보았으나 해답을 얻을 수 없었다. 문득 안드레이 공작은 순수하고 정겨웠던 유년 시절의 세계에서 새로운 추억 하나를 떠올렸다. 그는 나타샤를 기억했던 것이다. 1810년의 무도회에서 생전 처음 보았던 그 모습이었다. 그는 지금 부은 눈에 눈물을 그렁거리며 멍하니 자기를 쳐다보는 이 남자와 자기의 관계를 생각했다. 이것저것 모든 것이 떠오르자, 그 남자에 대한 감격에 찬 연민과 사랑이 그의 행복한 가슴을 가득 메웠다.

공작의 마음속에서 회상이 차츰 진행되면서 독자의 마음속에서도 유사한 과정이 일어난다. 첫 무도회에 나온 나타샤의 모습이 언급되면서 소설 속의 긴 시간의 간격이 메워지고 다양한 주제들이 이 일관된 기억 속으로 모인다. 안드레이 공작이 맨 먼저 연상하는 것은 쿠라긴이 저지른 악행이 아니라 나타샤의 아름다움이다. 그 추억을 마음에 담으면서 안드레이 공작은 이번에는 쿠라긴에 대한 사랑으로 나아가고 신의 길을 인식하며 스스로 평화에 이른다.

그 심리 묘사가 너무나 확고한 믿음과 명백한 의미를 담고 있어서 실제 상황이 멜로드라마적이고 개연성이 부족하다는 사실은 잊혀지고 만다.

톨스토이의 소설에는 플롯들이 어지럽게 병립하며 서로 엮어져 있어서 잠깐 등장해서 사소한 역을 담당하는 인물들이 무수히 필요하게 된다. 하지만 가장 보잘것없는 배역에조차 강렬한 인간성이 부여된다. 『전쟁과 평화』를 가득 메운 인물들은 그 어느 누구도 쉽게 잊히지 않는다. 이는 가장 비천한 하인도 마찬가지다. 마리아 드미트리예브나의 "거인 같은 마부" 가브리엘이라든가, 미카엘 노인, 혹은 "너무 힘이 세어서 등으로 마차를 들어 올릴 정도이며" 니콜라스 로스토프가 전쟁에서 돌아올 때 홀에 앉아 짚신을 짜던 프로고피를 그 누가 잊을 수 있겠는가? 톨스토이는 그 어떤 인물도 이름을 주지 않거나 따로 떼어서 묘사하지 않는다. 아무리 하찮은 역에도 인물 하나하나마다 나름대로 과거의 고귀함을 가지고 있다. 일리야 로스토프 백작이 바그라치온 환영파티를 준비하면서 하는 말을 들어 보자. "라스굴랴이―마부 이파트카가 알 거다―한테 가서 집시 일류쉬카를 찾아보거라. 너도 기억하겠지만 하얀 카자크 코트를 입고 오를로프 백작 댁에서 춤을 춘 사람이야." 일류쉬카란 이름에 집착하면 톨스토이의 솜씨를 제대로 파악 못한 셈이다. 이 집시는 이 소설에서 스치듯이 간접적으로 언급될 뿐이다. 그러나 그 또한 나름대로의 생활이 있어서 아마 하얀 카자크 코트를 걸치고 또 다른 파티에서 춤을 추리라는 것을 우리는 알게 된다.

비중이 별로 없는 인물에게도 적절한 이름을 붙이고 잠깐 이 소설에 등장하는 모습 말고도 그들이 영위하는 생활에 대해 무언가를 말해 주는 기법은 매우 단순한 듯 보이지만 그 효과는 원대하다. 우화, 풍자극, 희극, 자연주의 소설 등에서는 인간을 동물이나 무생물로 변형하여 그 목적을 달성하는데, 톨스토이의 예술은 인간적이어서 결코 그런 일이 없다. 톨스토이는 인간의 고결함을 경배한 나머지 소설에서조차도 인간을 단순한 도구로 환원하려 들지 않았다. 프루스트의 방법과 명백히 대조를 이루는 것이 바로 이 대목이다. 프루스트의 세계에서는 비중이 없는 인물들은 종종 익명으로 남겨지고, 문자 그대로의 의미나 은유적인 의미로 활용된다. 『사라진 알베르틴』을 예로 들어 보자. 화자는 두 여성 세탁부(창녀)를 여인숙에 불러들인다. 그는 그들에게 정사를 벌이라고 하고는 상상 속에서 알베르틴의 레즈비언으로서의 과거를 재구성하기 위해 그들의 반응 하나하나를 면밀하게 관찰한다. 나는 현대 문학에서 여기에 비할 만큼 잔인한 장면은 없으리라 생각한다. 그러나 공포는 두 여자의 행위나 화자의 관음증에 있는 것이 아니라 오히려 두 여자의 익명성에 있다. 그 여자들은 프라이버시와 인간 본래의 가치가 박탈된 물체로 변형되어 있다. 화자는 완전히 무감각하다. 그는 두 여자는 "하여간 내게 아무런 정보도 줄 수 없었다. 그들은 알베르틴이 누군지 알지 못했다"라고 언급한다. 톨스토이라면 이런 문장을 절대로 쓰지 못했을 것이며, 사실 그의 위대성은 이런 무능에 대부분 근거하고 있다.

궁극적으로는 톨스토이의 접근 방법이 훨씬 큰 설득력을 가진다. 우리는 일리야 로스토프 백작과 그의 하인, 오를로프 백작과 집시 댄서 일류쉬카가 실재한다고 기꺼이 믿어마지 않는다. 반면 두 세탁부의 비실체성과 타락상은 이 장면 전체를 소름끼치는 자동증automatism으로 물들인다. 우리는 자칫 웃음을 터트리거나 아니면 믿지 않게 되는 지경으로까지 몰리게 된다. 톨스토이는 아담처럼 눈에 띄는 모든 사물에 이름을 붙였다. 그의 상상력은 그 사물들을 생명이 없는 것으로 생각할 수 없었기 때문에, 그것들은 우리에게 여전히 살아 있다.

톨스토이 소설의 활력은 다양한 플롯을 빈틈없이 구성한 곳에서뿐 아니라, 구조상의 말끔한 끝마무리를 의도적으로 무시해 버린 데서도 얻어진다. 톨스토이의 주요 소설들은 『오만과 편견』, 『황폐한 집』, 『보바리 부인』 등이 끝나는 식으로 "끝을 맺지"는 않는다. 그것들은 풀고 되감는 실타래라기보다는 눈앞에서 끊이지 않고 흘러내리는 강물에 비유될 수 있다. 톨스토이는 소설가 가운데 헤라클레이토스*이다.

톨스토이의 당대 사람들은 과연 『안나 카레니나』가 어떻게 끝이 날까에 대해 관심이 많았다. 최초의 창작 메모와 초안을 보면 안나가 자살하고 난 뒤 일종의 에필로그가 나오게 되어 있었다. 그러나 톨스토이가 제7부를 완결지은 후 1877년 4월 러시아-터키 전쟁이 발발했으며, 이 전쟁에 영감을 얻어 지금의 줄거리대로 소설 마지막 부분이 쓰였던 것이다. 처음 초안이 나왔을 때 제8부는 전쟁에 대한 러시아의 태도, 세르비아인과 몬테네그로인에게 퍼부어진 거짓 감정들, 전쟁 열기를 북돋우기 위해 전제 정권이 퍼뜨린 거짓말들, 탄약을 사기 위해 자금을 확보하고 그럴싸한 명분을 날조해서 사람들을 즐겁게 살육의 현장으로 내보내는 부유층의 허위에 찬 기독교 등을 준엄하게 공박하는 내용이었다. 톨스토이는 소설의 가닥들을 당대의 소책자라고 할 만한 이 주장(도스토예프스키가 신랄하게 이

---

* 그리스의 철학자 헤라클레이토스는 '만물은 유전流轉한다pánta rhei'라고 주장했다. – 역주

의를 제기한 주장) 속에 짜 넣었던 것이다.

다시 한 번 어느 철도 플랫폼에서 우리는 브론스키를 만난다. 그러나 이번에는 전쟁터로 떠나는 길이다. 한편 포크로프스코이의 영지에서 레빈은 새로운 인생vita nouova, 즉 삶에 대한 새로운 이해를 향해 나아가는 고통스러운 길을 몸으로 느끼고 있다. 쟁점과 심리적 모티프들이 충돌을 일으킨다. 레빈, 코즈니셰프, 카타바소프는 당대의 사건들을 두고 논쟁을 벌인다. 레빈은 전쟁이란 전제 도당徒黨들이 무지한 민중을 우롱하는 사기극이라는 톨스토이의 명제를 그대로 대변한다. 토론의 수준에서 보자면 레빈은 형의 웅변술에 압도당한다. 그러나 레빈은 오히려 이 때문에 지식 계급과 상류 사교계의 손가락질을 받을지라도 자신의 도덕률을 찾는 순례를 계속해야 하리라는 것을 다시 한 번 확인하는 것이다. 레빈과 손님들은 폭우를 머금은 구름이 몰려드는 가운데 서둘러 집 안으로 들어간다. 폭우가 몰아치는 순간 레빈은 문득 키티와 자신의 아들이 바깥 영지에 있다는 사실을 깨닫는다(발자크는 "우연이란 세계 최고의 소설가"라고 한 바 있다). 밖으로 뛰어나간 그는 모자가 참피나무 아래 오두막에 무사히 피신해 있는 것을 발견한다. 그는 이 걱정과 안도감을 통해 현학적인 논쟁의 세계에서 뛰쳐나와 자연의 세계와 가족에 대한 사랑으로 돌아오는 것이다. 소설은 목가적인 분위기에서 계시가 새벽처럼 밝아오면서 끝을 맺는다. 그러나 이는 단지 밝아옴일 뿐이니, 레빈이 고요한 밤의 심연을 노려보며 품게 된 의혹들은 여전히 풀리지 않은 채 남겨져 있다. 레빈도 그리고 그 당시로는 톨스토이 자신도 그 의혹에 대해 적절한 해답을 몰랐다. 구원이란 노력 속에서 얻어진다는 『파우스트』의 결론은 여기서도 울린다.

『안나 카레니나』 제8부는 전쟁에 반대하는 주장 때문에 당대인들에게 가장 강렬한 인상을 남겼다. 톨스토이는 잇달아서 두 번에 걸쳐 내놓은 개고 과정에서 어조를 완화했지만, 소설의 나머지 부분을 연재해오던 〈러시아 통신〉의 카트코프조차 그 가운데 어느 것도 싣기를 거절했다. 대신 그는 줄거리를 요약해서 짤막한 편집자 주와 더불어 수록했다.

"신사 지원자들"에 대한 설명과 포크로프스코이에서의 논쟁은 톨스토이의 평화주의의 표현이자 차르 체제에 대한 비교적 초기의 비판이라는 점에서 상당히 흥미롭다. 하지만 이보다 더 흥미로운 것은 이 마지막 장들이 소설 전체에 던지는 빛이다. 거대한 정치적 주제를 사생활의 망 속에 주입하는 방식이 『안나 카레니나』에만 해당되는 것은 아니다. 스탕달도 "음악회 중에 터져 나온 권총 소리"를 말하지 않았던가. 『나나』의 끝 부분이나 한스 카스트로프가 서부 전선에 가 있는 것을 보여주는 『마의 산』의 에필로그를 보아도 충분하다. 주목할 만한 것은 톨스토이가 작품의 8분의 7이 이미 완결되어 발표된 이후에 일어난 사건을 토대로 해서 결론 부분을 구성했다는 사실이다. 일부 비평가들은 이를 명백한 실패로 간주하고, 『안나 카레니나』 제8부는 개혁가와 팸플릿 필자의 기질이 예술가적 기질을 누르고 거둔 승리라고 믿는다.

내 생각은 다르다. 상상력으로 창조된 인물이 살아 있는가, 즉 책이나 연극 바깥에서 신비롭게도 그 자신의 생명을 획득하여 작가의 죽음을 훨씬 넘어서까지 살아 있는가를 시험하는 첩경은 그 인물이 시간이 흐름에 따라 성장해가는가와 배경이 달라져도 일관된 개성을 유지하는가의 여부이다. 오뒷세우스를 단테의 『지옥편』이나 조이스의 더블린에 데려다 놓는다 해도 여전히 그는 오뒷세우스일 뿐이다. 그는 신화라고 불리는 인간의 상상과 기억 활동 속에서 기나긴 항해를 계속하고 있다. 작가가 이 삶의 씨앗을 어떻게 인물들에게 나누어 주는가는 하나의 신비이다. 그러나 브론스키와 레빈이 그 씨앗을 갖고 있다는 것은 명백하다. 그들은 시대와 더불어, 그리고 시대를 넘어서 살아간다.

브론스키가 전장으로 떠나는 것은 어떤 영웅주의와 극기의 몸짓이다. 그러나 앞에서 살펴보았듯이 러시아-터키 전쟁에 대한 톨스토이의 생각을 고려하면, 브론스키의 행동은 근본적으로 경박한 충동에 또 한 번 굴복하는 것으로 우리에게 다가온다. 이 굴복으로 인해 소설의 주된 비극은 더욱 강조된다. 레빈의 경우에는 전쟁이란 자기 성찰을 촉진시키는 자극제의 하나다. 전쟁을 고찰함으로써 그는 더더욱 명료하게 지배적인 도덕률을 거부하고, 톨스토이적 기독교를 준비하게 된다.

따라서 『안나 카레니나』 제8부는 계획에 없던 논쟁문이자 소책자 같은 의도를 가지고 쓰였지만 소설의 주 구조에 덤으로 붙어 있는 부분은 결코 아니다. 그것은 소설 구조를 확장하고 명료하게 한다. 인물들은 "실생활"에서 상황이 바뀌면 으레 그러듯이 소설의 새 분위기에 반응하는 것이다. 톨스토이가 세운 건물 안에는 방이 무척 많아서 소설가와 설교가가 어깨를 나란히 하고 함께 산다. 이는 오로지 톨스토이가 규범이 된 구성 형식을 무시하고 나름의 방식대로 건물을 짓기 때문에 가능하다. 제임스의 『대사들』이 훌륭하게 유지하고 있는 균형 상태나, 조금도 가감이 불가능한 듯 보이는 『보바리 부인』의 자체 완결성은 톨스토이의 목표와는 거리가 멀다. 『안나 카레니나』에 제9부가 추가되어 전쟁을 통해 속죄를 구하는 브론스키나 새 생활을 시작하는 레빈이 자세히 묘사되어도 상관이 없을 것이다. 사실 1878년 집필을 시작한 『참회록』은 정확하게 『안나 카레니나』가 끝난 지점에서 시작된다. 아니 끝난 지점이 아니라 중도에 끊어진 지점이라고 하는 편이 더 정확할까?

『부활』의 마지막 구절은 톨스토이의 소설에는 막이 내려지지 않는다는 사실을 더욱 명료하게 예시해 준다. 이는 각각의 서술이 일부러 토막토막 분절되어 있어서 마치 살아 움직이는 연속체를 보는 듯한 효과를 내기 때문이다.

이날 밤은 네흘류도프에게는 새로운 인생의 시작이었다. 그가 다른 생활양식을 채택했다기보다 이때부터 그의 신변에 일어나는 모든 일이 그에게 지금까지와는 전혀 다른 의미를 띠게 되었기 때문이었다. 앞으로 그의 인생의 이 새로운 시기가 어떻게 끝날 것인지는 미래가 알려 줄 것이다.

톨스토이는 1899년 12월 16일 이 구절을 쓴 후 얼마 안 있어 논문 「우리 시대의 농노 제도」에 착수했는데, 여기에서 네흘류도프의 모험의 진정한 의미가 전면으로 대두한다.

『전쟁과 평화』의 집필 과정에서 작품의 구상, 역점, 시적 의도가 끊임없이 변화해 간 사실은 유명하다. 프랑스의 학자 피에르 파스칼은 이 작품에 대해서 이렇게 말한다.

처음에는 전쟁이라는 틀 속의 가정 소설, 다음에는 역사 소설, 마지막으로 철학적 성향의 시가 되었다. 처음에는 귀족 사회의 삶에 대한 묘사, 다음에는 민족 서사시가 되었다. 4, 5년에 걸쳐 연재 형식으로 발표되고 도중에 수정도 이루어졌다. 다음에는 작가 스스로 변형했으나 스스로 그 필요성을 확신하지 못했다. 원래의 상태로 되돌아갔지만 소설가가 여기에 직접 관여하지는 않았다. 이 작품은 사실 끝맺어지지 않았다.*

결정판이 없다는 점에서나 주제가 다 고갈되지 않았다는 점에서 이 작품은 끝나지 않았다. 긴 분량의 에필로그 두 편과 후기는 톨스토이의 창조력이 넘쳐흘러 『전쟁과 평화』 정도의 엄청난 규모에조차 다 담겨지지 않는다는 느낌을 준다. 톨스토이는 후기에서 선언했다. "이것은 소설이 아니며, 시는 더욱이 아니고, 역사 연대기는 더더욱 아니다. 『전쟁과 평화』는 작가의 희망에 따라 이런 형식에 의해서만 구현될 수 있었다. 만약 전통 형식을 무시하고 예술 작품을 쓴다는 이러한 공언이 미리 계획되었거나 전례前例가 없다고 한다면 다소 주제넘어 보일지

---

* 『전쟁과 평화La guerre et la paix』, 불역판 서문(H. 몽고의 번역, 플레이아드판, 파리, 1944).

도 모른다." 여기서 톨스토이는 엄격한 의미에서 소설로 분류할 수 없는 허구의 본보기로 『죽은 혼』과 『죽음의 집의 기록』을 예로 든다. 이 변명은 불성실하지만—고골의 작품은 단편斷片으로만 남아 있고, 도스토예프스키의 작품은 명백한 자서전이므로—톨스토이가 주장하는 바는 뚜렷한 논거를 얻는다. 이 소설의 방대함과 "전통 형식을 무시"한 데서 그 마력은 유감없이 발휘되는 것이다. 여기에는 모든 유형의 소설, 역사에 대한 작업, 교조적인 철학, 전쟁의 본질에 대한 논문이 모두 포괄되어 있다. 결국 상상적 삶이 뿜어내는 압력과 소재의 동력이 너무 강렬해서 『전쟁과 평화』는 첫 번째 에필로그로 넘쳐흘러 새 소설의 발단을 이루고, 두 번째 에필로그로 넘쳐흘러 톨스토이 역사철학을 세우려 하고, 다시 자서전의 서문처럼 읽히는 후기로 넘쳐흐른 것이다.

이 에필로그들이 톨스토이의 소설가로서의 실천과 관련하여 어떤 역할을 하는지는 별로 주목받지 못했다. 이사야 벌린은 두 번째 에필로그에 담겨 있는 역사의 필연성에 대한 사색의 기원과 의미를 명쾌하게 보여준 바 있다. 톨스토이의 시적 비전과 철학적 프로그램 사이에 드러나지 않은 대립이 존재한다는 그의 말은 소설 전체에 빛을 던져 준다. 톨스토이는 전투 장면에서 세부의 작은 조각들을 모아 전체상을 그리는 "모자이크" 기법을 사용하고 있다. 우리는 이 기법이 실상 군사적 행동이란 전체적으로 조망될 수도 통제할 수도 없는 개인적 몸짓들이 집적된 것이라는 믿음과 어떻게 조응하고 있는지 명백히 알 수 있다. 또한 이 소설이 곧바로 공식 사료 편찬에 대한 논박으로 받아들여진 경위도 이해할 수 있게 된다.

그러나 지금 당장은 다음의 것에 주목하기로 하자. 『전쟁과 평화』의 외견상의 무형식, 더 정확히 말하자면 궁극적인 끝맺음이 없다는 것은, 허구임이 분명함에도 삶의 들끓는 풍성함을 구현하고 강렬한 개인적 체험이 그러하듯이 우리의 추억을 사로잡고 마는 그런 한 편의 작품이 있다는 느낌을 주고 있다. 이런 관점에 비추어 볼 때 가장 비중이 큰 부분은 첫 번째 에필로그이다.

대개의 독자들은 이 에필로그를 접하고 당혹감을 느꼈고 심지어는 불쾌하게 여겼다. 첫 네 개의 장은 나폴레옹 시대 역사의 본질에 대한 짧은 논문이다. "7년이란 세월이 흘렀다"라는 첫 문장은 역사적 분석을 소설의 사건들과 연결할 요량으로 나중에 추가했을 것이라고 짐작된다. 톨스토이는 "서쪽에서 동쪽으로 갔다가 이후에는 동쪽에서 서쪽으로 움직이는 유럽 민족의 대이동"에 대한, 그리고 역사철학에서 "우연"과 "천재"의 중요성에 대한 자신의 견해를 범주별로 표현하는 것으로 『전쟁과 평화』를 마무리 지으려는 생각을 오랫동안 품고 있었다. 그러나 이 첫 네 장 이후 그는 이 생각을 일단 버리고 허구적 이야기를 다시 시작했다. 사료 편찬에 대한 논의는 에필로그 제2편으로 넘겨진 것이다. 그것은 왜일까? 등장인물들의 생활이 시간이 지남에 따라 어떻게 변했나를 여실하게 표현하고 싶은 어쩔 수 없는 충동의 결과였을까? 톨스토이는 창작을 그만두기가, 그의 영혼을 강하게 거머쥐고 있던 등장인물들 곁을 떠나기가 싫었던 것일까? 단지 추측만 할 수 있을 뿐이다.

1869년 5월 그는 시인 페트에게 『전쟁과 평화』의 에필로그는 "창작된" 것이 아니라 "그의 내장에서 찢어낸" 것이라고 썼다. 그가 에필로그에 엄청난 정력을 기울이며 고심했다는 사실은 여러모로 입증된다. 이 모든 부분적인 끝맺음들이 주는 효과는 베토벤의 교향곡에서 긴 종결부들이 주는 효과와 같다. 즉 침묵에 대한 저항이다.

이 소설의 주요부는 부활의 암시로 끝난다. 모스크바의 타버린 폐허조차 "아름다움"을 보여주며 피에르를 감동시킨다. 마부들, "새 집에 쓸 목재를 자르고 있는 목수들", 행상꾼들과 가게 주인들이 "모두가 즐거움에 넘친 빛나는 얼굴로 그를 바라보았다". 나타샤와 마리아 공작 영애 사이의 더할 나위 없는 마지막 대화에서 플롯이 지향해 가고 있는 두 결혼이 어떻게 진행될 것인지가 예고된다. "내가 그분(피에르)의 아내가 되고 당신이 니콜라스와 결혼한다면 정말 얼마나 행복할까요!" 나타샤는 너무나 즐거워 이렇게 소리친다.

하지만 첫 번째 에필로그에서 "밝음은 대기에서 떨어진다". 환희의 느낌과 1813년에 비치던 서광의 분위기는 완전히 꺼져 버린다. 5장의 첫 문장이 그 어조를 설정한다. "나타샤가 베주호프와 결혼한 것은 1813년의 일로 로스토프네 집안에서는 마지막 경사였다." 노백작은 재산의 두 배에 달하는 부채를 남기고 죽는다. 니콜라스는 자식으로서의 연민과 명예심으로 이 무서운 짐을 떠맡는다. "그는 아무것도 바라지 않았고 아무것도 기대하지 않았다. 그리고 마음속으로 깊이 자기의 입장을 불평 없이 견뎌 간다는 것에 어두운 자학의 즐거움을 맛보고 있었다." 어딘가 완고하고 오만해 보이는 이 어두운 정직성은 그가 마리아 공작 영애와 결혼하고 또 노동을 통해 재산을 회복한 이후에도 니콜라스의 성격으로 남을 것이다.

1820년 로스토프 부부와 베주호프 부부는 볼드 힐스에서 모인다. 나타샤는 "꽤 살이 오르고 몸집이 불었"으며 "그 얼굴에는 예전의 광채가 거의 나타나지 않았다". 더욱이 "단정치 못하고 자신을 돌보지 않는… 그녀의 다른 결점에다 구두쇠 기질이 가미되었다". 그녀는 위험할 정도로 시샘을 하며 피에르에게 페테르부르크 여행에 대해 캐물을 때는 그들의 밀월여행을 망쳐 버린 말다툼을 기억해낸다. 톨스토이는 "그녀의 눈동자는 앙심으로 차디차게 반짝이고 있었다"고 쓴다. 우리가 마지막으로 나타샤를 보았을 때는 "그녀의 눈빛은 환하게 빛나며 무언가를 묻는 듯했고 얼굴에는 야릇하게 장난기 섞인 상냥한 표정이 나타나 있었다". 톨스토이는 가차 없이 우상을 파괴하고 이제 영락해 버린 등장인물들을 묘사한다. 노백작 부인은 노망이 들어 있다. "그녀의 얼굴은 쭈글쭈글해지고. 윗입술은 푹 꺼졌으며, 눈망울은 흐릿해졌다." 이제 그녀는 비참한 노파가 되어 "코를 닦아 달라고 어린애처럼 울어대는" 것이다. 소냐는 "지쳤으나 야무진 태도로 사모바르 앞에" 앉아서 쓸쓸한 날을 보내며, 가끔 마리아 공작 영애에게 질투의 눈길을 번쩍이다가 니콜라스를 보며 순진하고 아름답던 옛 시절을 추억한다.

가장 슬픈 변신은 피에르의 그것이다. 나타샤와 결혼하면서 그는 딴판으로 변하여 부유하지도 별나지도 않은 인물이 되고 만다.

피에르는 아내에게 복종했기 때문에 다른 여자와 시시덕거리는 것은 고사하고 웃는 얼굴로 이야기를 나누어도 안 되었다. 잠깐 심심풀이로 클럽에 식사를 하러 가도 안 되고, 기분 전환을 위해 돈을 써도 안 되었다. 일할 때를 제외하고는 오래 집을 비울 수도 없었는데, 그의 아내는 스스로는 전혀 이해하지 못했지만 대단히 중요하게 여긴 그의 지적인 활동도 일에 포함시켰다.

이는 결혼의 생리에 대해 날카롭고도 냉소적인 질문을 던진 발자크에서나 나옴 직한 초상이다. 나타샤가 피에르의 혼란스러운 열의와 영원한 젊음을 이해하지 못하는 것은 하나의 비극이다. 이 때문에 그녀는 그들의 관계를 협소하게 만들고 집안일에만 얽매이게 되는 벌을 감수해야 하는 것이다. 어쨌든 피에르는 "그의 삶은 한순간도 예외 없이" 아내와 자식에게 바쳐져야 한다는 그녀의 요구에 굴복해 버렸다. 톨스토이가 날카롭게 꿰뚫고 있듯이, 그는 아내의 강청에 오히려 우쭐해지는 것이다. 이 인물이 바로 플라톤 카라타예프가 1812년의 저 지옥으로부터 인도해 나왔던 그 피에르이다.

톨스토이는 가혹할 정도로 솔직하게 인물들에 대한 우리의 이미지를 어둡게 만든다. 이는 마치 빛나는 한 인물이 먼지로 변하는 그 와해의 과정을 하나하나 묘사하는 스페인의 레타블로retablo*와 같은 소름 끼치는 효과를 낳는다. 이 11개의 장들에서는 소설가의 환상은 인간으로서의 회상과 개혁자로서의 신념 앞에 물러나 버린다. 대부분의 이야기가 1902년과 1908년 사이에 착수한 『회상록』의 초기 형태인 듯 여겨진다. 니콜라스가 로스토프 일리야 백작의 부채를 떠맡는 것은 톨스토이 부친의 전기와 일치한다. 톨스토이의 부친도 역시 "누이와 여타 친척에다, 사치가 몸에 밴 노모"와 함께 몇 년을 힘들게 지냈다. 톨스토이는 회고록에서 "가끔 금제 코담배갑에서 코담배를 조금씩 집어 냄새를 맡으면서, 긴 안락의자에 앉아 카드를 펼치던" 할머니에 대해 기록한다. 바로 이 카드와 "뚜껑에 백작의 초상이 그려진" 상자는 에필로그 제8장에도 나온다. 볼드 힐스에서 아이들이 노는 장면은 야스나야 폴랴나에서 하던 "여행자 놀이"를 바로 연상시킨다. 이 첫 번째 에필로그를 통해 이 소설의 중심 부분에서 독창적이고도 아름답게 그려진 가문의 역사에 찬사를 바치고 있는 것이다.

거기에다 톨스토이의 소설이 모두 그렇듯이 교리적인 요소도 한몫을 차지한다. 톨스토이는 니콜라스의 볼드 힐스 관리에 대한 설명, 마리아 공작 영애의 일기, 피에르와 나타샤의 결혼 생활 묘사에서 농촌 경영과 교육학, 부부간의 올바른 관계에 대한 그의 명제들을 극화하고 있다. 나타샤가 새로운 모습을 하고 나타난 것도 이런 맥락에서 모호성을 띠게 된다. 그는 시인 특유의 가혹한 아이러니를 구사하여 그녀가 인색하고 단

---

* 스페인의 성화로 제단 뒤편에 죄악의 위험에 빠진 인간들을 세밀하게 연속적으로 그린 것. – 역주

정치 못하고 성마른 질투심을 갖고 있다고 말한다. 그러나 바로 그녀를 통해 톨스토이의 핵심적인 교리가 선포된다. 우리는 상류 사회에 길든 여자들이라면 대개 결혼 생활에서도 간직하는 우아한 몸가짐과 교태를 송두리째 내던져 버린 나타샤를 지지할 수밖에 없게 된다. 또한 우리는 일부일처제라는 그녀의 가차 없는 기준에 동의하고, 육아와 가정생활의 자질구레한 일들에 완전히 몰두해 있는 그녀를 칭찬하게 된다. 톨스토이는 선언한다. "결혼의 목적이 가족이라면 아마도 남편이나 아내를 여럿 가지고 싶어 하는 사람이 더 큰 만족을 얻을지 모른다. 그러나 그런 경우 결코 진정한 한 가족을 가질 수는 없을 것이다." 에필로그의 나타샤가 이 믿음을 구현하고 있고 볼드 힐스의 전체적인 초상은 톨스토이가 『안나 카레니나』와 만년의 많은 저작에서 상술한 선한 생활의 그림에 대한 연구들 중의 하나이다.

그러나 자전적-윤리적인 요소가 첫 번째 에필로그의 성격은 규명하겠지만, 그 실체와 효과에 대해서는 완전히 설명해 주지 못한다. 이 효과의 배후에는 형식을 희생하고라도 진실을 말하겠다는 열렬한 탐구욕이 가로놓여 있다. 『전쟁과 평화』의 에필로그와 후기는 인생이란 연속적이고 단편적이며 끊임없이 갱신된다는 톨스토이의 신념을 표현한다. 모든 얽힌 실타래가 말끔하게 풀리는 막 내림이나 끝맺음이라는 관습적인 장치 자체는 오히려 현실에 폭력을 가하는 것이다. 첫 번째 에필로그는 시간이 야기하는 참혹한 파괴를 모방한다. 영원한 젊음이나 영원한 정열이라는 상상의 가공물에서 끝을 맺는 것은 동화에서뿐이다. 피에르와 나타샤에 대한 빛나는 추억을 흐려 놓음으로써, 그리고 냄새 나고 따분한 볼드 힐스의 "틀에 박힌 일상사"를 눈앞에 들이댐으로써, 톨스토이는 당당하게 자신의 리얼리즘을 예시한다. 균형과 관점 조정이라는 규범에 본질적으로 종속되어 있는 유형의 소설들이 있다. 여기서는 대포 소리 한 방이면 행동이 끝을 맺는다. 새커리는 『허영의 시장』 마지막 구절에서 자신의 꼭두각시들을 상자에 집어넣음으로써 이 개념을 실현한다. 극작가라면 반드시 형식상의 결말을 지어야 하고 "이제 이야기가 끝났소" 하고 확인해 주어야 한다. 그러나 톨스토이는 아니다. 그의 인물들은 늙어 가고 비참해지지, 오래오래 행복하게 살지는 않는다. 물론 아무리 긴 소설도 끝이 있기 마련이라는 것을 톨스토이가 모르는 바 아니었지만, 그러한 불가피성을 따르면 반드시 왜곡이 생기리라 보았다. 그 때문에 그는 끝 대목 속에 다음 작품을 위한 서곡을 만듦으로써 이 왜곡을 피해 보려 했다. 그림 하나마다 프레임이 있다는 것, 조각 하나마다 고정되어 움직이지 않는 틀이 있다는 것, 책마다 표지가 있다는 것, 거기에는 일종의 패배가 있고 삶을 모방함으로써 우리는 그것을 조각낸다는 사실에 대한 인정이 있다. 그러나 톨스토이는 어떤 소설가보다도 이 사실을 덜 의식하게 만든다.

『안나 카레니나』의 서두를 『전쟁과 평화』의 마지막 부분에서 찾아보는 것도 가능하다. 볼드 힐스에서의 니콜라스의 생활과 마리아 공작 영애와의 관계는 레빈과 키티의 초상을 그리기 위한 예비 스케치라 할 수 있다. 거기에는 이미 레빈과 키티의 모티프들을 대략적으로 표기해 둔 대목들이 있다. 마리아 공작 영애로서는 니콜라스가 "새벽에 일어나 아침나절 내내 들이나 타작마당에서 보낸 후, 씨를 뿌리거나 풀을 베거나 곡식을 거두어들이는 일을 하다가 돌아와서 그녀와 차를 마시는 때면 그다지도 생기가 넘치고 즐거워한다"는 사실이 거의 수수께끼처럼 느껴질 정도이다. 더욱이 첫 번째 에필로그에서 우리가 만나는 아이들은 톨스토이가 어른들에게서 조직적으로 박탈해 버렸던 어떤 신선함을 되살려 놓는다. 니콜라스의 세 살배기 딸 나타샤는 자기 숙모의 옛 모습을 그대로 되살린 화신이다. 이 딸애는 눈동자가 검고, 쾌활하고, 발걸음이 날렵하다. 이와 같은 영혼의 윤회에 의해, 이제 10년이 더 지나면 이제2의 나타샤는 『전쟁과 평화』의 여주인공처럼 빛나는 아름다움을 발산하며 남성들의 삶 속으로 뛰어들게 될 것이다. 니콜라스 볼콘스키 역시 새 소설에 힘을 주는 인물이다. 그가 니콜라스 로스토프와의 관계에서 겪는 어려움과 피에르에게 느끼는 사랑이 묘사되는 것을 우리는 본다. 그를 통해 안드레이 공작이 소설에 재등장하고 젊은 니콜라스가 결국 소설의 끝을 맺어줄 것이다.

로스토프, 피에르, 제니소프는 『안나 카레니나』의 끝 부분에 나오는 치열한 논쟁과 유사하게 정치 논쟁을 벌인다. 그러나 주제 면에서 보자면, 이 에피소드는 톨스토이의 작품들 간의 긴 시기를 이어주는 다리와 같다. 거기서 톨스토이는 『전쟁과 평화』에 착수하기 이전부터 소설로 쓰려 했던 데카브리스트의 음모 사건*을 언급하고 있다. 그러나 내 추측으로는 동시에 이 장은 톨스토이가 『전쟁과 평화』를 마무리 지었던 1869년과 『안나 카레니나』를 시작한 1873년 사이의 기간에 표트르 대제 시대에 대한 역사-정치 소설을 쓰고 싶었던 최초의 충동을 구체화한 것이라고 볼 수도 있다.

따라서 이 에필로그는 두 가지로 해석된다. 로스토프 집안과 베주호프 집안의 결혼들에 대한 신랄한 설명에는 톨스토이의 거의 병적인 리얼리즘, 시간의 경과로 야기된 변화에 대한 관심, 프랑스인들이 "문학적"이라 부르는 서술적 세련성과 완곡어법에 대한 혐오 등이 나타나 있다. 그러나 첫 번째 에필로그는 또한 서술 형식이란 실제 경험의 무한성—문자 그대로, 끝낼 수 없음—과 겨룰 수 있어야 한다는 톨스토이의 신념을 선포한다. 『전쟁과 평화』의 허구 부분의 마지막 문장은 미완성으로 남아 있다. 니콜라스 볼콘스키는 그의 망부亡父를 생각하며 중얼거린다. "그렇다, 난 무엇을 해야 해. 아버지까지도 만족해하실 일을…" 이 말줄임표 세 개는 적절하다. 흘러가고 있는 저 다양한 현실과 뛰어난 대결을 벌였던 이 소설은 마침표 하나만으로 끝맺어질 수 없다.

러시아의 문학사가 미르스키 공公은 『전쟁과 평화』와 『일리아스』를 비교하는 것은 이 점에서 다시 한 번 계몽적이라고 말한 바 있다. 톨스토이의 소설이든 호머의 서사시든 "아무것도

---

* 1825년 12월 러시아 황제 니콜라이의 즉위를 반대하고 입헌 정체 수립을 꾀하던 청년 장교들이 모체가 되어 무장봉기를 일으킨 사건. - 역주

끝나지 않으며, 삶의 물결은 끊이지 않고 흘러가기"때문이다. 호머의 시에서 "끝"을 논하기란 지극히 어렵다는 것은 당연하다.* 아리스타르쿠스는 『오뒷세이아』는 실상 제23부 296행에서 끝난다고 주장했고 오늘날의 대부분의 학자들도 여기에 동의하면서 나머지 부분은 다소 그럴싸하게 덧붙여 놓은 것에 지나지 않는다고 본다. 현존하는 『일리아스』의 끝맺음에도 의문의 여지가 많다. 내가 이러한 고도의 기술적 논쟁에 끼어들 준비는 안 되어 있지만, 공중에 정지된 채 행동이 끝나는 작품이 어떤 의미를 가지고 어떤 효과를 주는지는 명백하다고 본다. 루카치는 다음과 같이 설명한다.

호머의 서사시가 "중간부터" 시작해서 "결론 없이" 끝나는 것은 순수 서사시의 특성이 원래 형식적 구조를 무시한다는 사실에서 연유한다. 이질적인 소재가 끼어들어도 [진정한 서사시의] 균형 상태는 깨뜨려지지 않을 것이다. 왜냐하면 서사시에서 모든 사물은 그 나름의 삶을 살고 그들 나름의 의미에 따라 적절히 "마감"되고 완결되기 때문이다.**

이 미완결성이 우리 마음속에 반향을 일으키고 작품 바깥으로 퍼져 나가는 에너지를 느끼게 해준다. E. M. 포스터가 『전

---

* 이 어려운 문제에 대한 가장 명쾌한 논의 중 하나가 데니스 페이지의 『호머의 오뒷세이아』(옥스퍼드, 1955)이다.
** 죄르지 루카치 : 『소설의 이론』.

쟁과 평화』를 언급하며 적확하게 지적한 대로, 그 효과는 음악적이다. "무척 정리가 안 된 책이다. 그러나 이 책을 읽을 때면 우리 배후의 커다란 현絃들이 울리기 시작하지 않는가? 또 다 읽고 나면 모든 세목들—작전 계획의 목록조차—이 그 당시 가능했던 것보다 더 큰 존재를 영위하지 않는가?"*

『오뒷세이아』에서 아마 가장 불가사의한 대목은 오뒷세우스가 정해진 운명에 따라 주민들이 바다란 것은 구경조차 못했고 음식에 소금을 칠 줄도 모르는 땅으로 항해하는 것을 알게 되는 대목일 것이다. 이 대선단은 테이레시아스가 서슴없이 죽음에 대해서 말하면서 예언한 것으로, 주인공은 페넬로페와 재회하고 얼마 지나지 않아 함께 잠자리에 들기도 전에 이를 털어 놓는다. 더러는 이 누설을 텍스트상의 날조로 보기도 하고, 더러는 T. E. 로렌스가 오뒷세우스의 속성이라고 파악한 대로 상상력이 결핍되고 냉혈적인 자기중심주의를 예증한다고 보기도 한다. 나는 달리 보고 싶다. 여기에서 나는 호머의 전형적 특성인 운명에 대한 승복과 지극한 슬픔의 순간에도 시를 통어해주는 공평한 시각을 말해 주는 예를 발견한다. 주제 자체에는 고대적인 마법의 아우라가 감돈다. 학자들은 아직까지도 그 기원과 정확한 의미를 밝히지 못하고 있다. 가브리엘 제르맹은 호머의 모티프가 사방이 육지로 둘러싸인 어떤 신비한 나라에 대한 아시아적 신화의 기억들을 구상화한 것이

---

* E. M. 포스터 :『소설의 제 양상』(뉴욕, 1950).

라고 주장한다. 그러나 그 내력이 무엇이고 정확한 위치가 어디이든, 시 전체에서 이 대목이 주는 효과는 뚜렷하다. 그것은 오뒷세우스 궁전의 문을 속박 없는 바다로 향해 열리게 하고, 시의 마지막 부분을 동화의 마지막 부분에서부터 우리가 그 일부에 대해서만 들었을 뿐인 영웅담의 마지막 부분으로 변형시킨다. 베토벤의 〈황제〉 콘체르토 제2악장 끝 부분에서 우리는 베일에 싸인 듯 아득한 형식으로 론도의 테마가 갑작스럽게 위로 솟구치는 것을 듣게 된다. 이와 흡사하게 『오뒷세이아』의 끝부분에서 낭송자의 목소리는 새로운 시작 속으로 발을 끌며 멀어져 간다. 오뒷세우스가 포세이돈과 화해하려고 떠나는 저 신비한 마지막 항해 이야기는, 몇 세기에 걸쳐 사이비 호머 문학과 세네카 등에서 되풀이 나타나다가 단테에까지 이르렀다. 만일 『오뒷세이아』에 끝이 있다고 한다면 그것은 『지옥편』 칸토 26에 상술된, 헤라클레스의 기둥을 통과하는 저 비극적인 항해 속에서 발견될 수 있을 것이다.

　일반 독자들도 잘 알다시피, 『일리아스』와 『오뒷세이아』는 행동이 벌어지고 있는 도중에 급작스럽게 끝나 버린다. 트로이인들이 헥토르의 뼈를 묻고 나면 전쟁은 재개될 것이며, 제24부가 끝나는 순간 기습 공격을 막기 위해 척후병이 파견된다. 『오뒷세이아』는 납득하기 어려운 초자연적인 신의 힘deus ex machina이 개입하여 오뒷세우스 일족과 구혼자들의 원수를 갚으려는 사람들을 휴전시키면서 끝난다. 이는 "진짜" 끝맺음이 아닐지도 모른다. 그러나 현재 구할 수 있는 증거로는, 서사시나 연작시는 더 큰 모험담의 일부라고 이해되어야 할 것이다. 그리스의 서사 시인들과 톨스토이 양자에 있어, 등장인물의 최후를 결정하는 운명이란 예술가의 지식이나 예지의 범위를 넘어서 있는지도 모를 일이다. 이는 신화적인 개념이지만 또한 지극히 사실주의적이기도 하다. 호머의 시와 톨스토이의 소설의 다듬다 만 _끄트머리들_ 역시 이와 유사한 설득력을 가진다.

따라서 톨스토이 예술의 모든 요소들은 언어 세계의 현실과 실제의 현실 사이에 가로놓인 불가피한 장애를 최대한 줄이려는 방향을 취한다. 대다수 사람들에게 톨스토이는 어떤 소설가보다도 성공을 거둔 것처럼 여겨졌다. 휴 월폴은 『전쟁과 평화』 백 주년 기념판에 붙인 유명한 서문에서 다음과 같이 썼다.

피에르와 안드레이 공작, 니콜라스와 나타샤와 더불어 나는 그들의 살아 있는 세계로 들어간다. 나 자신이 살고 있는 이 불안스러운 세계보다 더욱 진실하고 사실적인 세계로… 전달이 불가능한 최후의 비밀이 바로 이 사실성이다…

키츠를 사로잡아 마치 자신이 아킬레스와 함께 참호 속에서 소리치고 있다고 상상하게 만든 것도 바로 이 사실성이다.

VII

톨스토이는 말년에 쓴 예술에 관한 글들—그 완고하고 자멸적이지만 야릇하게 감동을 주는 논문들—에서 호머를 부적과 같은 것으로 보았다. 호머의 시는 마지막까지 톨스토이와 철저한 우상 파괴 사이에 놓여 있었다. 특히 그는 현실에 대한 거짓된 묘사를 셰익스피어와 연관시키고 이를 『일리아스』와 『오뒷세이아』가 대표하는 진실한 표현과 구별하려 했다. 톨스토이는 교만과는 거리가 먼 당당한 태도로, 소설사에서 그가 차지하는 지위가 희곡사에서의 셰익스피어와 서사시에서의 호머의 지위에 비견할 만하다고 말했다. 그는 셰익스피어가 이 지위에 합당치 않음을 증명하려 무진 애를 썼다. 그러나 공격에 이처럼 열심인 것부터가 동등한 적수에게 바치는 경쟁자로서의 존중을 드러낸 셈이다.

톨스토이는 「셰익스피어와 희곡」이란 논문에서 셰익스피어와 호머가 핵심적인 지점에서 대비된다고 했다. 이 소책자는 그런대로 유명하지만, 많이 읽히기는 했어도 거기 비하면 제대로 이해되지는 않았다.[*] 이를 진지하게 다룬 것으로는 G. 윌슨 나이트의 「셰익스피어와 톨스토이」 강연과 조지 오웰의 「리어, 톨스토이, 그리고 바보」란 에세이 정도에 그친다. 둘 다 완전히 만족스러운 것은 아니다. 나이트의 해석은 정확하기는 하지만,

---

[*] 이 책이 인쇄되는 도중 조지 기비언의 논문 「톨스토이와 셰익스피어」(그레이브네이즈, 1957)가 입수되었다.

셰익스피어의 의미와 상징체계를 극히 개인적으로 해석하고 있다. 그는 사실 톨스토이의 동기에는 별 관심이 없고, 톨스토이의 논점에서 호머의 시가 맡고 있는 역할은 언급하지 않는다. 한편 오웰은 자신의 사회적 주장에만 치중하여 문제를 지나치게 단순화한다.

이 논문의 핵심은 "셰익스피어를 호머와 비교하면… 진정한 시와 그 모방작 사이의 무한한 거리가 특히 생생하게 드러난다"라는 톨스토이의 주장이다. 일생에 걸친 편견과 경험이 이 한마디 발언에 개재되어 있다. 이 발언은 그 자신의 성취를 바라보는 톨스토이의 시각과 직접적으로 연관이 되는데, 이 연관성을 이해하지 못하고는 이 말을 제대로 평가할 수가 없다. 거기에다 내가 톨스토이의 예술과 도스토예프스키의 예술 사이의 본질적인 적대관계라고 보는 것도 이 발언 속에 축약되어 있다.

우선 연극에 대한 톨스토이의 태도부터 이해해야 한다. 그의 태도에는 어딘지 청교도적인 구석이 있다. 그는 공연장 건물 구조부터가 뻔뻔스럽게도 사회의 속물성과 도시 상류 사회의 천박한 세련성을 상징한다고 보았다. 더 근본적인 면에서 톨스토이는 연극 행위의 핵심이라고 할 가장假裝의 규율이 진실과 허위, 환상과 현실을 가려내는 인간의 분별력을 고의로 왜곡시킨다고 생각했다. 톨스토이는 「바렌카, 아이들을 위한 이야기」에서, 본성이 진실하고 사회의 물이 들지 않은 어린이들은 아마 연극을 우스꽝스럽고 괴상하게 여길 것이라고 주장했다. 그러나 톨스토이는 무대를 비난했지만 동시에 거기에 매력도 느꼈다. 1864년 겨울 아내에게 보낸 편지 여러 통에 그의 당혹감이 나타나 있다. "나는 극장에 갔소. 2막이 막 끝나려 하고 있었소. 시골에서 갓 올라와서인지 내겐 그 모두가 괴이하고 어색하고 거짓투성이 듯했소. 그렇지만 그것도 익숙해지다 보면 좋아지지 않을까 싶소." 그리고 다른 편지에서 오페라를 보러 간 일을 적고 있다. "거기서는 음악을 듣는 일도 즐거웠고, 모두 상이한 유형으로 보이는 남녀 청중을 바라보는 일도 즐거웠소."

그러나 그의 소설을 검토하면 톨스토이의 관점은 명백하다. 연극이란 도덕적인 분별력의 상실과 관련된다. 『전쟁과 평화』와 『안나 카레니나』에서 오페라 하우스는 여주인공의 삶이 도덕적-심리적으로 위기에 처하게 되는 배경으로 제공된다. 나타샤와 안나가(마치 엠마 보바리처럼) 어수선하고 모호한 빛 속에서 보이는 것은 오페라의 지정석에 앉아 있을 때이다. 톨스토이의 분석에 의하면, 관중들이 공연이 원래 계획에 따라 인위적으로 이루어진다는 사실을 망각하고 자기의 생활을 그 허위 정서와 휘황찬란한 무대에 전이시키는 데서 위험은 발생한다. 『전쟁과 평화』 제8부에서 나타샤가 오페라를 구경하는 장면 묘사는 풍자의 축소판이다.

무대의 바닥에는 부드러운 널빤지가 깔려 있었고 양옆으로는 나무를 나타내는 채색한 마분지가 있었고 뒤에는 널빤지 위로 천이 내려뜨려져 있었다. 무대 중앙에는 빨간 조끼에 흰 스커트를 입은 처녀들이 앉아 있었다. 흰 비단 옷을 입은 몹시 살이 찐 처녀 하나가 뒤에 녹색의 마분지를 붙여둔 나지막한 벤치에 따로 떨어져 앉아 있었다. 처녀들은 모두 무엇인가를 노래했다. 합창이 끝나자 흰 옷차림의 처녀는 프롬프터 박스로 다가왔다. 그러자 굵은 다리에 비단 바지를 꽉 조이게 입고 깃이 달린 모자를 쓰고 비수를 든 사나이가 그녀 앞으로 다가서서는 팔을 이리저리 흔들어대면서 노래를 부르기 시작했다.

고의로 조롱하고 있는 것이 분명하다. 무성영화를 반쯤 얼이 빠진 채 설명하고 있는 그런 어조이니 말이다. 나타샤의 첫 반응은 "올바른" 것이었다. "이것이 무엇을 나타내는지는 그녀도 알고는 있었으나 너무도 의식적으로 과장되어 있고 또 부자연스러웠으므로, 그녀는 배우들이 가엾어지기도 하고 우스꽝스러워 보이기도 했다." 그러나 차츰차츰 연극의 숨은 마력 속에 끌려 들어가 "무아지경에 빠지기 시작했다. 그녀는 자기가 누구이며, 어디에 있는지, 눈앞에서 무엇이 행해지고 있는지 알지 못할 지경이었다". 그 순간 아나톨 쿠라긴이 "박차와 군도를 가볍게 절걱거리면서 향수 냄새를 풍기는 아름다운 턱수염을 높이 쳐들듯이 하고" 나타난다. 무대 위의 그 우스꽝스러운 인물들은 "아까는 흰 옷을 입었고 지금은 연한 하늘빛 옷을 입은 처녀를 끌고 나가려고 했다". 이 오페라 속의 행동은 나타샤를 유혹하려는 아나톨의 계획을 희화화하고 있다. 이 장면 조금 뒤에 독무^{獨舞}가 나오는데 한 남자가 "다리를 드러낸 채 엄청나게 높이 뛰어 올라 두 발을 재빠르게 흔들어대기 시작했다(이 사람은 이 기술 때문에 연봉을 6만 루블씩이나 받고 있는 뒤포르였다)." 톨스토이는 그 낭비와 비현실성에 모두 화를 내고 있다. 그러나 나타샤는 "이제 더 이상 이것을 기묘하다고 생각하지 않게 되었다. 그녀는 즐거운 웃음을 띠면서 기쁜 마음으로 주위를 돌아다보았다." 공연이 끝날 무렵에는 그녀의 분별력은 거의 완전히 흐려져 있었다.

> 이제 그녀의 눈앞에서 벌어졌던 모든 것이 그녀에게는 아주 자연스러운 것으로 보였다. 그러나 그 대신 미래의 남편이며 공작 영애 마리아며 시골의 생활들을 생각하는 마음은 마치 머나먼 옛 일처럼, 한 번도 그녀의 머리에 떠오르지 않았다.

"자연스러운"이란 단어는 여기서 결정적이다. 나타샤는 이제 진정한 자연, 즉 '시골의 생활'과 건전한 도덕의식을 무대 위에서 전개되는 거짓 자연에서 구별해 내지 못한다. 이처럼 분별력을 잃게 되면서 그녀는 쿠라긴의 유혹에 넘어가고 마는 것이다.

비극이 될 뻔한 이 장면의 제2막은 희곡 기술과도 연결이 된다. 아나톨은 헬렌 백작 부인의 야회에서 끈덕지게 사랑을 고백한다. 이 야회는 유명한 비극 여배우 조르주 양을 위해 베풀어진 것으로, 이 여배우는 여기서 "아들에 대한 죄스러운 사랑을 노래한 어떤 프랑스 시"를 낭송한다. 라신의 『페드르』라고 분명히 밝히고 있지는 않지만, 그 어조로 보아 분명하다. 톨스토이에게 『페드르』는 그 양식화된 형식과 근친상간의 테마 때문에 매우 "부자연스러운" 것으로 생각되었다. 그러나 나타샤가 듣게 되자 그녀는 "무엇이 옳고 무엇이 그른지 식별할 수 없는 이 기묘한 광기의 세계로" 깊이 빠져 버린다. 연극의 환상이 도덕적인 분별력을 부수어 버린 것이다.

『안나 카레니나』의 상황은 이와는 다르다. 안나는 파치의 자선 오페라 공연을 보러 감으로써 상류 사회의 가장 고고한 부분에 도전하고 있다. 브론스키는 그녀의 행동에 찬성하지 않는데, 여기서 처음으로 그의 사랑이 신선함과 신비스러움을 잃게 된다. 사실 그는 안나가 도전하려 하고 있는 그 사교계와 관습의 유리창을 통해 그녀를 바라보는 셈이다. 안나는 카라타소프 부인에게서 심한 모욕을 당하는데, 그날 밤 두 연인은 화해를 하지만 비극적인 미래는 여기서 분명히 예고된다. 이 장면이 야기하는 강렬한 아이러니는 그 배경 설정에서 나온다. 사회는 가장 경박하면서 노골적으로 미망에 빠져 있는 바로 그곳에서 안나 카레니나를 비난하고 있는 셈이다.

톨스토이를 끊임없이 괴롭혔던 것은 연극의 환상적인 성격이었다. 논문 「셰익스피어와 희곡」은 이 문제를 해결하려는 몇 가지 시도 중에서 하나일 뿐이다. 우선 그는 연극이 주는 환상의 기원과 본질을 이해하고, 그 다양한 환상을 종류에 따라 구분하려고 했다. 둘째로 그는 극적 모방mimesis의 힘은 사실적-도덕적 삶의 시각과 궁극적으로는 종교적 삶의 시각을 기르는 데 바쳐져야 한다는 점을 확인하고 싶었다. 그 주제에 대해서 쓴 그의 글들은 대개 딱딱하고 신랄하지만, 톨스토이 자신의 소설뿐 아니라 서사시와 연극의 특성을 대비하는 데 빛을 던져 준다.

비판의 첫 부분에서 톨스토이는 셰익스피어의 연극이 말도 안 되는 것투성이라는 점을 보여주려는 데서 시작한다. 그의 연극이 이성과 양식良識에 대놓고 맞서고 있고 "예술이나 시와는 아무런 공통점이 없다"는 것이다. 톨스토이의 변증은 "자연스러운" 것이 무엇인가의 개념에 바탕을 두고 있다. 셰익스피어의 플롯은 "부자연스럽고" 등장인물들은 "부자연스러운 언어로" 말한다. "그렇게 말한다는 것도 부자연스럽거니와 실재하는 사람이라면 어디에서도 그런 식으로는 말하지 않을 것이기 때문이다." 셰익스피어의 인물들이 "제멋대로 처해져 있는" 상황이라는 것도 "너무 부자연스러워서 독자든 관객이든 그들의 고통에 공감을 느낄 수 없거나 아니면 그들이 읽고 듣는 것에 흥미조차 갖지 않을 것이다". 이 모든 문제는 셰익스피어의 인물들이 "주어진 시대와 장소에서 동떨어져 살고 생각하고 행동한다"는 사실 때문에 더욱 두드러진다. 톨스토이는 자기의 명제를 입증하기 위해 이아고의 행위에 일관된 동기가 없다는 점을 지적한 후, 『리어 왕』에 대한 상세한 분석에 착수한다.

왜 『리어 왕』일까? 이 비극의 실제 플롯이 셰익스피어의 희곡들 중에서도 가장 환상적인 부류에 속하고, 불신을 가장 자발적으로 중지하려는* 사람들조차도 힘들게 만드는 에피소드들—예컨대 도버의 절벽에서 뛰어내리는 장면 같은 것—이

있기 때문인 점도 그 이유의 일부임은 의심의 여지가 없다. 그러나 이것 말고 다른 이유가 있었는데, 우리를 이를 통해 톨스토이의 천재성 가운데서 가장 사적이고 불투명한 요소로 접근하게 된다. 루소는『연극에 대한 서한』에서 몰리에르의『염세주의자』에 최대의 화력을 집중시켜 공격한 적이 있다. 그것은 루소가 소중히 품고 있던 자기 자신의 상을 몰리에르의 주인공 알세스트가 거슬릴 정도로 근접하게 구현하고 있기 때문이다. 이와 흡사한 혈연 의식이 톨스토이와 리어의 모습에 나타나 있는 듯하다. 이것은 톨스토이의 아득한 추억에까지 영향을 주었다.『소년 시대』제2장에는 폭풍에 대한 묘사가 나온다. 그 폭우는 한창 맹위를 떨치는데,

사람이 하나 불쑥 나타났다. 구멍이 숭숭 뚫어진 더러운 웃옷을 한 장 걸쳤을 뿐 푸둥푸둥 부어오른 멍청한 얼굴을 한 사내였다. 그는 빡빡 깎은 그 중대가리 같은 머리를 좌우로 흔들며, 뼈가 앙상한 휘어진 다리를 비비 꼬듯 하면서 손 하나가 있던 자리에 대신 들어선 붉고 번질거리는 뭉툭한 상처 부위를 마차 속으로 쑥 밀어 넣었다.

"나, 나, 나으리! 이 불쌍한 병신놈에게 제발 한 푼만 적선합쇼" 하는 고통스러운 목소리가 들려왔다. 거지는 한마디 한마디에 성호를 긋고, 코가 땅에 닿을 만큼 허리를 굽혔다.

(중략)

그러나 마차가 움직이려는 순간 눈부신 번개가 골짜기 전체를 휘덮어 말들을 그 자리에 멈춰 서게 했다. 이어서 곧바로 하

늘 전체가 우리들의 머리 위로 무너져 내리는 것 같은 엄청난 천둥소리가 뒤따랐다.

　이 사건과 회상 사이에 『리어 왕』 제3막이 가로놓여 있다.

　오웰도 주목한 바 있는 이 일치감은 톨스토이의 사신私信에 리어가 수없이 인용된다는 사실을 보아도 확인할 수 있다. 그리고 실제의 생활에서도 위엄을 지닌 늙은 톨스토이가 가정을 버리고 밤을 도와 정의를 찾아 떠나던 순간보다 더 『리어 왕』의 세계에 근접한 순간은 없을 것이다. 따라서 『리어 왕』에 대한 톨스토이의 공격에는 잘 드러나지 않지만 근원적인 분노가 깔려 있다는 인상을 지울 수 없다. 이를테면 자신의 그림자가 예지를 담은 모종의 마법을 통해 드리워진 것을 보는 사람의 분노라고나 할까. 톨스토이는 무언가 몸짓을 하며 자신을 설명하는 순간, 자신이 리어의 모습에 가까워진다는 것을 느꼈고, 삶의 위대한 상상가인 자기의 거울 속에서 상대방 천재의 창조물을 발견하고서 괴로워했음이 분명하다. 여기에는 자신의 삶의 핵심 부분이 자기 바깥에서—비록 신에 의해서일지라도—영위되고 있음을 알고서 암피트리온*이 느꼈던 당혹감과 그의 끈질기게 이어지는 분노와 닮은 점이 있다.

　정확한 동기야 무엇이든, 톨스토이는 『리어 왕』에 앞뒤가 안

---

* 암피트리온Amphytrion은 그리스 신화의 인물로, 전쟁에 출정한 사이 제우스가 그의 모습으로 변신하여 그의 아내와 동침했다. 몰리에르가 이 주제를 다룬 바 있다. – 역주

맞고 설명이 불가능하기까지 한 사건들이 들어 있다는 명백한 사실을 집요하게 공격했다. 톨스토이가 계속 이 노선의 주장만 했더라면, 이 소설가가 "명확한 사고思考 때문에 고통 받았다"고 한 윌슨 나이트의 말이 정당화되었을 것이다. 그러나 톨스토이는 셰익스피어의 희곡이 "자연주의적"이 아니라는 이유만으로 비난했던 것은 아니다. 그는 스스로도 예민하고 위대한 작가이므로 셰익스피어의 시각이 상식적 리얼리즘의 범주를 초월한다는 점은 인지할 수 있었다. 근본적인 공격은 셰익스피어가 "독자에게 예술의 주요 조건인 저 환상illusion을 제시하지 못한다"는 데 있었다. 이는 "저 환상"이 무엇을 의미하는지 정의되지 않은 점만으로 보자면 모호한 진술이다. 이 모호성의 배후에는 18, 19세기 미학사의 복잡한 한 장章이 놓여 있다. 흄, 실러, 셸링, 콜리지, 드퀸시 같은 예리하고 다양한 정신의 소유자들이 연극적 환상의 기원과 본질을 규명하기 위해 씨름했다. 톨스토이는 『예술이란 무엇인가?』에서 많은 미학자들이 연극에 대한 관객의 심리적 반응을 지배하는 "법칙들"을 규정하려는 과도한 시도를 했다고 주장했다. 그들은 가치 있는 것을 거의 내놓지 않았고, 현대 심리학이 게임과 판타지의 문제에 개입하여 많이 적용되긴 하지만 그것으로 우리에게 무슨 진척이 더 있는 것은 아니다. 무엇이 우리로 하여금 셰익스피어 연극의 사실성을 "믿게" 만드는가? 『오이디푸스 왕』이나 『햄릿』이 열 번씩 공연을 보아도 맨 처음 볼 때와 마찬가지로 흥미를 자아내는 것은 무엇 때문일까? 어째서 새삼 놀랄 것도 없으면서도 마음을 졸이게 만들 수 있는가? 우리는 모른다. 그런데 톨스토이는 "진정한 환상"이라는 제대로 정의 안 된 용어를 불러냄으로써 자신의 논점을 드러냈다.

논문 「셰익스피어와 희곡」은 결국 역설로 귀착된다. 톨스토이가 보는 견지에서 셰익스피어의 희곡은 분명 불합리하고 비도덕적이다. 하지만 그 희곡이 매력이 있다는 점은 부정할 수 없었고, 톨스토이 자신도 지나치게 열심히 공격함으로써 오히려 그 매력을 의식하고 있었다는 사실을 입증했던 셈이다. 따라서 그는 두 상이한 유형을 설정할 수밖에 없었다. 즉 하나는 오페라를 보던 나타샤의 가치관을 흐리게 만든 것과 같은 허위의 환상, 두 번째는 "예술의 주요 조건"을 이루는 "진정한 환상"이다. 그러면 이 둘은 어떻게 구별될 수 있을까? 그것은 예술가의 "성실성"에 달린 것으로, 예술가가 작품에 나타난 행동과 이념을 어느 정도까지 믿고 있는가를 판단함으로써 가능하다. 톨스토이가 현대 비평에서 말하는 "의도론의 오류intentional fallacy"에 연루되어 있음은 분명하다.* 그는 예술가를 창작에서, 창작을 의도에서 분리시키기를 거절했다. 톨스토이는 셰익스피어의 희곡에서 도덕적으로 중립을 지키는 한 천재를 깨달았기 때문에 그 작품들을 비난했던 것이다.

톨스토이는 매슈 아널드와 흡사하게 위대한 예술을 구별해주는 특성은 "고도의 진지성"이며, 윤리적인 가치관이 반영되거나 극화된 어떤 고양된 어조라고 주장했다. 그러나 아널드가

---

* '의도론의 오류'는 신비평의 개념으로, 작품을 작가의 의도에 입각해서 보는 비평 태도를 비판한다. – 역주

그의 판단을 작품에만 한정해서 적용한 반면, 톨스토이는 작가의 신념에까지 적용하려 했다. 톨스토이적인 의미에서 문학 비평 행위란 예술가와 작품과 그 작품의 대중에 대한 효과 등을 모두 대상으로 하는 도덕 판단 행위이다. 문학비평가나 문학사가의 관점에서 보자면, 그 결론이란 대개 괴상하거나 도저히 받아들일 수 없는 것이 된다. 그러나 톨스토이가 자신의 예술가적 기술에 대한 원칙을 표명한 것으로, 또한 『전쟁과 평화』와 『안나 카레니나』를 산출한 기질을 반영하는 것으로 본다면, 그의 셰익스피어론은 하나의 계시일 수가 있다. 이 논문을 한 늙은이의 격렬한 우상 파괴의 일환으로 간과해 버릴 수만은 없다. 셰익스피어에 대한 톨스토이의 혐오는 1855년까지 거슬러 올라간다. 자기 자신의 작품들이 악이 아닌가 하는 생각이 말년의 톨스토이를 괴롭혔고 그 때문에 문제가 복잡해지기는 했지만, 이 논문은 결국 한 생애에 걸쳐 지속된 본능과 사색을 구체화한 셈이다.

이 논문의 가장 중심적인 대목은 호머와 셰익스피어를 대비하는 부분이다.

호머가 우리 시대로부터 아무리 멀리 있다 해도 우리는 거의 힘들이지 않고서 그가 묘사하는 생활 속으로 우리를 옮겨 놓을 수 있다. 이처럼 옮겨 갈 수 있는 이유는 호머의 사건들은 아무리 우리에게 낯선 것이라 해도 호머 스스로 자신의 말을 믿고 자기가 그려내는 것에 대해 진지하게 말하고, 따라서 과장하는 법도 없거니와 항상 일정한 금도를 지키기 때문이다. 이로 인해서 아킬레스, 헥토르, 프리아모스, 오뒷세우스 같은 놀라울 정도로 두드러지는 인물이라든가 헥토르의 작별, 프리아모스의 방문, 오뒷세우스의 귀환 같은 감동 어린 불멸의 장면들은 말할 필요도 없고, 『일리아스』 전체 그리고 더욱이 『오뒷세이아』는 마치 우리가 신과 영웅들과 더불어 살아왔고 또 살고 있는 것처럼 우리에게 자연스럽게 다가오는 것이다. 그러나 셰익스피어는 그렇지 않다… 그는 자신이 말하고 있는 것을 믿지 않고, 말할 필요도 느끼지 않고, 사건들을 지어내고 있는 것이 분명하다… 따라서 우리는 사건들이건 행동들이건 등장인물들의 고통이건 어느 것이나 믿지 않는다. 호머와 비교해 보면 셰익스피어에게 미적 감정이 없다는 사실이 가장 뚜렷하게 드러나게 된다.

이 주장은 편견에 차 있으면서도 어이없을 정도로 단호하다. 도대체 어떤 점에서 호머가 셰익스피어보다 사건을 덜 교묘하게 다루었던가? 또한 톨스토이는 셰익스피어의 신념과 "성실성"에 대해 얼마나 알고 있었던가? 그러나 톨스토이의 논문을 두고 합리성이나 역사적 근거를 논하는 일은 무의미하다. 우리가 「셰익스피어와 희곡」에서 보는 저 분명하지 않은 선언문에는 자신의 천재성의 본질을 꿰뚫는 톨스토이의 통찰이 압축되어 있다. 우리가 기억해야 하는 것은 긍정적 요소, 즉 호머와 톨스토이의 혈연관계에 대한 확인이다.

루카치와 더불어 톨스토이 정신의 특질이 "진실로 서사시적이며 소설 형식과는 거리가 멀다"*고 말하려면, 현재 창조적 상상력의 양식과 구조에 대해 우리가 가지고 있는 것 이상의 지식이 필요하다. 아리스토텔레스의 『시학』은 그리스 이론이 서사시와 연극 사이의 수많은 실제적인 차이들을 인정하면서도 서사시인과 극작가 사이의 근본정신의 차이에는 생각이 미치지 못하고 있음을 알려준다. 확신을 가지고 이 일을 시도한 최초의 인물은 헤겔이다. 서사시 세계의 "대상의 총체성"과 희곡 세계의 "행동의 일체성"을 구별한 것은 매우 미묘하고 함축적인 비평적 사고다. 이것으로 횔덜린의 『엠페도클레스』나 하디의 『군주들Dynastes』 같은 혼합 형식의 작품이 실패하고 만 이유가 충분히 설명되고, 빅토르 위고 속에 있는 극작가로서의 기질이 어떻게 서사시인이고 싶은 그의 성향을 끊임없이 잠식했는지가 밝혀진다. 그러나 이것 외에는 근거가 그리 확실한 것은 아니다.

우리가 말할 수 있는 것은 톨스토이가 자신의 예술을 고찰할 때 서사시 특히 호머와의 비교를 도입했다는 점이다. 도스토예프스키의 소설들과는 아주 대조적으로 그의 소설들은 광범한 시간대에 걸쳐져 있다. 실상 호머의 서사시나 『신곡』의 줄기가 되는 사건들은 며칠 내지 몇 주의 단기간에 일어난다. 따라서 톨스토이와 서사시 양식이 유사하다는 우리의 느낌은 사건들이 걸쳐 있는 시간이 아니라 서술의 방법에 근거하고 있다. 둘 다 중심적인 서술의 축을 따라서 행동을 인지하며, 그

---

* 죄르지 루카치 : 『소설의 이론』.

둘레에 과거에 대한 회상, 도약적으로 제시되는 예언, 객담 등이 마치 나선처럼 둘러싸고 있다. 『일리아스』, 『오뒷세이아』, 『전쟁과 평화』는 얽히고설킨 복잡한 세부에도 불구하고 그 전체를 끌고 가는 형식은 단순하며, 현실은 존재하고 시간은 앞으로 진행한다는 우리의 무의식적인 믿음에 크게 의존하고 있다.

호머와 톨스토이는 전지적 화자들이다. 그들에게는 도스토예프스키나 콘래드 같은 소설가가 자신과 독자 사이에 배치한 독립적인 허구의 목소리도 없고, 완숙 단계의 헨리 제임스가 사용한 신중하게 통제된 "시점"도 없다. 톨스토이의 주요 작품들은 (『크로이처 소나타』라는 중요한 예외를 제외하면) 전통적인 3인칭 화자 스타일로 서술된다. 톨스토이는 자신과 등장인물들이 마치 전지적인 창조주와 그 창조물의 관계에 있다고 생각했음이 분명하다.

> 글을 쓸 때 나 스스로가 어떤 인물에게 갑작스럽게 동정을 느끼게 됩니다. 그러면 나는 그 인물에게 좋은 성질을 부여하거나 누군가 다른 인물에게서 좋은 성질을 박탈해 버리지요. 이런 식으로 그 인물이 다른 인물에 비해 너무 나빠 보이지 않게 하는 겁니다.*

---

* 톨스토이가 고리키에게 보낸 편지. 고리키의 『톨스토이, 체호프, 안드레예프의 회상』(캐더린 맨스필드, S. S. 코텔리안스키, 레너드 울프의 번역, 런던, 1934).

하지만 톨스토이의 예술에는 새커리의 꼭두각시나 꼭두각시놀이 같은 것은 없다. 셰익스피어와 톨스토이의 인물들은 창조주와는 별개로 "살아간다". 나타샤는 햄릿에 못지않게 "살아 있다". 못지않기는 하지만 그 방식은 다르다. 나타샤의 경우가 저 덴마크의 왕자보다도 작가에 대해 더 많은 것을 알려주는 것이다. 내 의견으로는 이러한 차이는 우리가 엘리자베스 시대 희곡 작가보다 러시아 소설가를 더 잘 알고 있어서가 아니라 그들 각자의 문학 형식의 본질과 관습이 다르기 때문에 생겨난다. 그러나 비평도 심리학도 이 차이를 완전히 설명해주지는 못한다.

헤겔의 용어를 쓰자면 톨스토이의 소설에는 주요 서사시들과 마찬가지로 "대상의 총체성"이 있다. 희곡은—그리고 도스토예프스키는—등장인물들을 분리시켜 본질적으로 적나라한 상태로 만든다. 말하자면 방에서 가구를 다 꺼내 버린 격이어서 움직이다 부딪칠 때 나는 소리를 완충해주지 못한다. 그러나 서사시 장르에서는 통상적인 삶에 따라다니는 부속물들, 즉 도구라든가 집이라든가 음식 등이 중요한 역할을 한다. 밀턴의 천국이 손으로 만질 수 있는 대포와 천사들의 소화를 돕는 음식들과 더불어 거의 희극적인 견고함을 획득하는 것도 이 때문이다. 톨스토이의 화폭은 세부 묘사로 넘쳐흐르는데, 이는 헨리 제임스가 다소 적대감을 품은 어조로『평화와 전쟁』이라고 불렀던 작품에서 특히 두드러진다. 사회 전체, 시대 전체가 시간에 뿌리를 둔 단테의 비전 못지않게 그려지는 것이다. 톨스토이와 단테 두 사람 모두, 시간의 특정한 순간에 닻을 내리고 있다는 바로 그 점 때문에 무시간성timelessness을 획득하는 예술 작품들이 존재한다는 역설, 되풀이 주장되어 왔지만 거의 제대로 이해되지 못한 역설을 증언해 준다.

그러나 톨스토이의 소설을 서사시, 주로 호머에 연결시켜 이해하려는 이 같은 접근 방식은 매우 현실적인 두 가지 난점에 봉착한다. 그의 생각이 최종적으로 도달한 곳이 어디이든, 톨스토이는 전 생애를 통해 열렬하게 그리스도의 모습과 기독교의 가치관에 몰두해 있었다. 그러면 그가 느지막이 1906년에 이르러서, 종교적인 중립성에도 불구하고 기독교의 상징과 인식 습관으로 가득 찬 셰익스피어의 세계보다는 호머의 다신론에 등장하는 "신들과 영웅들 가운데서" 더 마음의 평화를 느꼈다고 쓰게 된 경위는 무엇인가? 여기에는 앞에서 인용한 메레즈코프스키의 언급―톨스토이는 "타고난 이교도의 영혼을 지니고 있다"―이 야기하는 복잡한 문제가 깔려 있다. 나는 마지막 장에서 다시 이 문제에 관해 논할 생각이다.

두 번째 난점은 더 명백하다. 연극의 가치에 대한 톨스토이의 깊은 회의, 셰익스피어에 대한 비난, 그의 소설과 서사시 사이의 명백한 유사성 등이 엄연함에도 어떻게 우리는 희곡 작가로서의 톨스토이를 설명할 것인가? 이 질문은 톨스토이의 경우가 거의 유례를 찾기 힘든 것이기 때문에 더욱 답하기 어려워진다. 괴테와 빅토르 위고를 제외하고는 소설과 희곡 양장르에서 걸작을 낸 작가는 거의 전무하다. 그리고 위의 두 사람도 엄격히 말하면 톨스토이와는 비교가 되지 않는다. 괴테의 소설들은 주로 그 철학적 내용 때문에 관심을 끌고, 빅토르 위고의 소설들은 시끌벅적 흥겨운 영예를 누리지만 성인成人들에게는 내놓을 것이 없다. 우리는 『레 미제라블』과 『파리의 노트르담』을, 예컨대 『보바리 부인』이나 『아들과 연인』을 보는 눈으로 보지는 않는다. 톨스토이는 유일한 예외인 데다 이 예외성은 그 자신의 문학적-윤리적 원칙들 탓에 갈피를 잡지 못하는 형편이다.

제일 먼저 강조해 두어야 할 사실은 톨스토이가 설령 희곡밖에 쓰지 않았다 해도 문학사에서 한 자리를 차지했을 것이라는 점이다. 그의 희곡들은 발자크나 플로베르의 연극들이나 조이스의 『망명자들』처럼 주요 작품들에서부터 파생된 별종이 아니다. 톨스토이의 희곡 몇 편은 일급에 속한다. 이 사실은 그의 소설들이 너무 탁월하고, 『어둠의 힘』과 『살아 있는 송장』 같은 희곡들이 전체적인 자연주의 운동과 긴밀한 관계를 가진다는 점 때문에 대체로 망각되어 온 셈이다. 톨스토이가 쓴 희곡들의 유형으로 보면 우리는 먼저 하우프트만, 입센, 골스워디, 고리키, 버나드 쇼 등을 떠올리게 된다. 이런 관점에서 톨스토이의 연극들이 가지는 의미는 주로 소재, "밑바닥"*에 대한 대변, 사회에 대한 격렬한 항의 등에 있는 듯하다. 그러나 사실 이 작품들의 관심사는 자연주의의 논점을 훌쩍 뛰어 넘고 있고, 입센의 후기 작품처럼 그야말로 실험적이다. 1921년 쇼의 표현대로 톨스토이는 "더 좋은 용어가 없는 한 희-비극

---

* 1902년 발표된 고리키의 희곡 『밑바닥 *The Lower Depths*』을 암시하고 있다. – 역주

작가"*라 불릴 만하다.

희곡 작가로서의 톨스토이에 대한 만족할 만한 연구는 거의 없다. 그나마 그중 면밀한 것으로는 최근 소련의 비평가 K. N. 로무노프가 쓴 비평서일 것이다. 여기서는 몇 가지 중요한 요점만 언급하도록 하자. 톨스토이는 창작기의 대부분에 걸쳐 희곡에 관심을 기울였다. 결혼 직후인 1863년 두 편의 희곡을 썼고 유고 자료 가운데도 희곡의 구상들이 남아 있다. 희곡의 기법을 배우게 되자 셰익스피어에 대한 톨스토이의 태도도 논문에서 본 것과는 판이하게 달라졌다. 괴테, 푸시킨, 고골, 몰리에르와 더불어 셰익스피어도 톨스토이가 면밀히 관심을 가지고 연구하는 대가 중의 하나가 되었다. 1870년 2월 페트에게 쓴 편지에는 "나는 셰익스피어와 괴테, 그리고 희곡 일반에 대해 대화를 나누고 싶은 마음 간절합니다. 이번 겨울 내내 희곡에만 매달려 있었습니다…"라는 구절이 있다.

『어둠의 힘』은 톨스토이가 거의 60세가 되었을 무렵, 예술과 도덕이 마음속으로 격렬하게 갈등을 벌이고 있을 때 쓴 작품이다. 그의 희곡 중에서는 아마 가장 잘 알려진 작품일 것이다. 1866년 파리에서 이 작품의 초연을 성사시키는 데 큰 기여를 한 졸라는 여기서 새로운 희곡의 승리, 즉 "사회적 리얼리즘"이 고상한 비극의 효과를 지닐 수 있는 증거를 발견했다. 그리고 묘한 일은 이 희곡이 엄연히 아리스토텔레스적인 의미

---

* 조지 버나드 쇼 : 「톨스토이, 비극 작가인가 희극 작가인가」(『버나드 쇼 전집』, 제29권, 런던, 1930~8).

의 비극이면서도 아서 시몬스*의 작품만큼이나 낭만적 감수성을 새겨 넣었다는 사실이다. 『어둠의 힘』은 엄청난 작품으로, 톨스토이는 여기서 마치 니체처럼 "망치로 철학 이론을 세운다". 이 희곡은 톨스토이의 방대한 구체성, 즉 정확한 관찰을 집적함으로써 압도하는 힘을 예증한다. 이 작품의 진정한 주체는 러시아 농민이다. "러시아에는 당신과 같은 사람이 수백만이 있소. 그들 모두가 두더지처럼 눈이 멀어 있소―아무것도 모른단 말이오." 그리고 그들의 무지에서 야만성이 자라나온다. 다섯 개의 막은 노골적인 고발의 힘을 업고 앞으로 행진한다. 어조의 통일성에 그 기예의 모든 것이 있다. 서구 문학에서 이만큼 농촌 생활을 권위 있게 재창조하고 있는 희곡을 나는 알지 못한다. 톨스토이는 농부들에게 손수 『어둠의 힘』을 읽어주기도 했는데, 정작 이들이 작품 속에 나오는 그들 스스로를 인식하지 못했다는 것이 그에게는 큰 실망이었다. 하지만 마르크스주의 비평가들이 지적하다시피 그들이 그런 인식을 했더라면 혁명은 훨씬 더 빨리 왔을 것이다.

이 작품의 클라이맥스 부분은 리얼리즘을 넘어서서 비극적 제식祭式의 분위기로 들어선다. 기괴하지만 서정적인 니키타와 미트리치 사이의 장면(버나드 쇼가 극찬한 장면인데)은 속죄의 순간을 예비하게 한다. 『죄와 벌』의 라스콜니코프처럼 니키타는 대지에 엎드려 경악하고 있는 주위 사람들에게 자기의 죄

---

* 시몬스(Arthur Symons, 1865~1945) : 영국의 시인-비평가. 프랑스 상징파를 영국에 소개하고 상징주의 운동의 지도자가 되었다. ─ 역주

를 고백하고 "그리스도의 이름으로" 용서해주기를 빈다. 그의 행동이 무엇을 말하는지 속속들이 이해하는 사람은 아버지 아킴뿐이다. "여기에 하느님의 일이 이루어지고 있나이다…" 그리고 그는 그야말로 톨스토이적인 통찰력으로 경찰관에게 진정한 율법이 영혼에 낙인을 찍을 동안만 비켜 줄 것을 간청한다.

『어둠의 힘』에 비견할 어떤 것을 찾으려면 싱*의 연극을 반드시 살펴야 한다. 야스나야 폴랴나의 크리스마스 가족 모임을 위해서 불과 3년 뒤에 쓰인 『계몽의 열매』는 톨스토이가 몰리에르, 고골, 그리고 어쩌면 보마르셰를 읽었으리라는 사실을 알려준다. 이 작품은 톨스토이의 〈뉘른베르크의 명가수Die Meistersinger von Nürnberg〉**라고 할 만한 것으로 일반적인 경향에서 벗어나 쾌활한 분위기를 보여준다. 이 연극은 배역이 북적거릴 정도로 많고, 이야기도 복잡하게 엮여 있고 무대에서의 몸짓이 요란하며, 정신주의를 즐겁게 풍자하고 있다는 점에서, 오스트로프스키***나 쇼가 보면 여지없이 본격적인 희극이라

---

* 싱(John Millington Synge, 1871~1909)은 농어촌민을 그린 아일랜드의 리얼리즘 극작가. – 역주

** 바그너의 음악극으로 성숙기의 작품 중 유일한 희극이다.

*** 오스트로프스키(Alexandr Nikolaevich Ostrovskii, 1823~86) : 러시아의 극작가로 상인의 세태 풍속을 주제로 리얼리즘에 의한 러시아 국민 연극을 창시했다. 체호프 이전까지 러시아 연극계의 지배적 존재였다. – 역주

고 간주했을 것이다. 에일머 모드*에 따르면 톨스토이가 농부 역만은 진지하게 연기하기를 원했음을 알 수 있다. 그러나 웃음이 온 작품 속에 퍼져 있어서, 톨스토이의 작품으로서는 유일하게 진리 추구자의 목소리가 죽는다. 『십이야』처럼 이 작품은 크리스마스 시즌의 흥겨움을 반영하고 친밀한 사람들로 구성된 관객들에게 공연되는 것으로 여겨졌다. 『계몽의 열매』는 톨스토이의 영지에서 초연된 이래 크게 인기를 끌었으며, 귀족으로 구성된 아마추어 극단이 차르 앞에서 공연하여 갈채를 받기도 했다.

『살아 있는 송장』에 대해서는 어느 정도 상세하게 다루고 싶은 마음도 없지 않았다. 이 작품은 무시무시하면서도 매혹적인 희곡으로, 톨스토이와 도스토예프스키의 작품이 대개 그렇듯, 실제 법정 사건에 기초를 두고 있다. 쇼는 톨스토이에 대해 이렇게 말한 바 있다. "파괴하고 싶을 때 그보다 더 그 대상을 위축시키는 처리를 하는 극작가는 없을 것이다." 쇼가 의미하는 바는 바로 이 『살아 있는 송장』에서 가장 선명히 드러난다. 분위기, 그리고 수법까지 스트린드베리와 닮았다. 그러나 이 작품을 제대로 논하기 위해서는 희곡 작가로서의 톨스토이에 대해 따로 한 편의 논문을 써야 할 것이다.

---

* 에일머 모드(Aylmer Maude, 1858~1938) : 영국 문학자로 톨스토이의 작품 번역으로 유명하다. 톨스토이와의 친교가 깊어서 1902년 야스나야 폴랴나 방문 때 톨스토이가 모드를 자신의 공식 전기 작가로 지명했다. - 역주

마지막으로 저 훌륭한 미완성 유고遺稿『어둠 속에 비치는 빛』이 있다. 일설로는 몰리에르가『상상의 환자 Le Malade』에서 자신의 병약함을 풍자했고 사실과 공상을 반어적이고도 소름 끼치게 뒤섞어서 다가오는 자신의 죽음을 패러디했다는 말이 있다. 톨스토이는 이보다 더 잔인한 일을 했다. 그는 이 마지막 미완의 비극에서 대중들이 톨스토이 자신이 가장 신성시하는 신념을 비웃고 고발하게끔 했던 것이다. 버나드 쇼의 말에 따르면 그는 "치명적인 손길을 자기 자신에게 가하는 자살 행위"를 손수 저지른 셈이다. 니콜라스 이바노비치 사린체프는 톨스토이적인 기독교와 무정부에 대한 기획을 실현하기 위해 노력함으로써 자신의 삶과 그를 가장 사랑하는 사람들의 삶을 파멸에 빠뜨린다. 그렇다고 그가 순교한 성자로 묘사되는 것도 아니다. 톨스토이는 가차 없이 정확한 필치로 인간의 맹목성, 자기중심주의, 그리고 자신이 계시를 받았다고 믿는 예언자가 행사하는 무자비함을 그려낸다. 톨스토이가 철저한 정신적 고뇌를 겪고서야 썼던 것이 분명한 장면들이 있다. 체렘샤노프 공작 부인은 사린체프에게 그의 평화주의와 비폭력주의를 받아들인다는 이유로 곧 매질을 당하게 된 그녀의 아들을 구해 달라고 요구한다.

> **공작 부인 :** 당신에게 제가 바라는 건 이거예요. 그들은 내 아들을 교화 부대에 보내려 하고 있어요. 전 그걸 견딜 수 없습니다. 그렇게 만든 건 바로 당신이에요. 네 그래요. 당신, 바로 당신 때문이라구요!

사린체프 : 내가 아니오… 그건 하느님이 하신 일이오. 그리고 하느님께서는 내가 얼마나 가슴 아파하는지 알 겁니다. 하느님의 뜻에 거스르려고 하지 마시오. 그분은 당신을 시험하고 있소. 겸허하게 견디시오.

공작 부인 : 전 겸허하게 견디고 있을 수 없어요. 내 아들은 나의 모든 것인데, 당신이 그 애를 뺏어 갔죠. 그리고 파멸시켜 버렸어요. 난 그것을 조용히 보고 있을 수는 없어요.

결국 공작 부인은 사린체프를 살해하며, 개혁가는 죽어 가면서도 신이 정말 자기를 당신의 종이라고 생각하는지 확신을 못한다.

톨스토이의 공정함은 이 연극이 막대한 힘을 발휘하게 한다. 그는 반反톨스토이적인 이 사건을 무서운 설득력을 가지고 제시했다. 사린체프와 그의 아내 마리의 대화는 한마디 한마디가 작가 자신과 부인 사이의 논쟁을 그대로 반복하는 듯하다. 이 대화에서 더 설득력이 있는 쪽은 마리다. 하지만 톨스토이의 신조는 바로 이 "부조리성"에 비추어 이해되어야 한다. 『어둠 속에 비치는 빛』에서는 렘브란트의 말년의 자화상들처럼 자신에게 철저히 진실하려는 예술가의 모습이 엿보인다. 톨스토이가 이 이상 적나라하게 자신을 드러낸 곳은 없다.

그러나 극작가로서 이룬 톨스토이의 업적이 서사시적인, 즉 본질적으로 반反희곡적인 소설가라는 이미지와 어떻게 조화될 수 있을까? 명확하고 완전히 만족할 만한 해답은 불가능할지도 모르지만 우선 「셰익스피어와 희곡」에서 그의 주장이 혼선을 빚고 있다는 바로 그 사실에서 어느 정도 암시를 끌어낼 수 있다. 이 말년의 논문에서 톨스토이는 희곡은 "가장 중요한 예술 분야"라고 선언했다. 이 주장만으로는 톨스토이가 소설 가로서의 그의 과거를 거부하는 듯도 하나, 확실한 것은 아니다. 연극은 이 숭고한 지위에 걸맞게 "종교적 의식意識을 해명하는 데 기여해야" 하며, 그리스와 중세의 기원을 재확인해야 한다. 톨스토이의 관점에서 연극의 "정수"는 "종교적인 것"이다. 종교적이라는 말을 더 나은 생활과 더 진실한 도덕성을 옹호하는 것으로 확대하여 해석한다면, 이 정의가 톨스토이의 실천과 거의 바로 합치한다는 것을 알 수 있다. 왜냐하면 그는 자신의 연극을 종교적-사회적 기획을 공공연하게 전달하는 수단으로 삼았기 때문이다. 톨스토이의 소설에도 이 기획이 포함되기는 하지만 부분적으로는 예술 작품 속에 가라앉아 있다. 반면 연극에서는—톨스토이의 상속자들 중 하나인 브레히트가 무대를 장식한 플래카드와 광고판처럼—"메시지"가 귀먹은 세계를 향해 나팔을 불어댄다.

여기에 개입된 문제는 오웰이라면 "삶에 대한 종교적 태도와 인간적 태도 사이의 싸움"*이고 보았겠지만, 차라리 톨스토이의 완숙한 신조와 자신의 과거의 창작에 대한 관점 사이의 싸움이라고 해야 할 것이다. 그는 교훈주의가 다른 어느 것보다 앞서야 한다는 신념하에 자신의 소설들을 부정했다. 그러나

---

* 조지 오웰, 「리어, 톨스토이, 그리고 바보들」(『논쟁』 제7권, 런던, 1947).

그는 『전쟁과 평화』, 『안나 카레니나』, 기타 위대한 중편들이 여전히 당당하게 건재하리라는 점을 알고 있었다. 그래서 톨스토이는 명백히 도덕에 치중한 자신의 연극에서 위안을 찾고, 셰익스피어가 희곡의 올바른 기능을 왜곡하고 배신했다는 주장을 계속했다. 도덕성과 "삶의 지침"을 주는 일이 왜 유독 극작가의 책무인가 하는 의문에 대해서는 톨스토이는 아예 관심을 두지 않는다. 자신의 삶에 일관된 원칙을 부여하려는, 자신이 늘 한 마리의 고슴도치였음을 주장하려는 고집스러운 노력에 그야말로 엄청난 판돈을 걸었던 것이다.

그러나 그의 덫에 빠지지는 말자. 톨스토이의 천재를 단일하게 분석하는 것으로는, 셰익스피어를 배척하고 공연장을 타락한 무대라고 규정했던 사람과, 희곡 기법을 면밀히 연구한 흔적이 역력한 훌륭한 희극 한 편과 적어도 두 편의 일급 비극을 쓴 작가를 완전히 화해시킬 수는 없을 것이다. 여기서 말할 수 있는 것은 톨스토이는 셰익스피어에 이의를 제기하고 호머를 선택함으로써 자신의 생애와 예술을 지배한 정신을 표현했다는 점이다.

연극에서 엄청나게 많은 것을 배웠지만 희곡을 쓰지는 않았던(청년기에 쓴 단편으로 된 운문극을 빼고는) 도스토예프스키와는 달리, 톨스토이는 소설과 희곡을 모두 썼으나 두 장르를 엄격히 구분했다. 하지만 그의 시도는 가장 정교하고 포괄적이었으니, 산문 소설에 서사시의 요소를 도입했던 것이다. 말기의 논문에서 호머와 셰익스피어를 대결시킨 것은 자신의 소설에 대한 옹호일 뿐 아니라, 자기 몫의 구원을 확보하고 과거에 자

신이 무상無上의 마력으로 걸었던 마법을 풀어 버리려는 악마
적인 노마술사의 주문呪文이었다.

3

연극에까지 도달해야 합니다…

발자크가 한스카 부인에게 보낸 편지
1835년 8월 23~24일

I

　19세기가 숭고함과 일관성에 있어 고전 및 르네상스 희곡에 비할 만한 비극 형식을 창조하려 한 꿈은 바로 음악에서 이루어졌다. 베토벤 4중주의 엄숙함과 비탄, 슈베르트의 C장조 5중주, 베르디의 〈오텔로〉, 그리고 무엇보다 〈트리스탄과 이졸데〉에서 완벽하게 이룩된 것이다. 시적 비극을 "부활시키려는" 위대한 야망은 낭만주의 운동을 사로잡았지만 실현되지 않고 있었다. 입센, 체호프와 더불어 연극이 다시 활기를 찾자, 그 영웅주의의 낡은 양식은 회복할 수 없게 변해 버렸다. 하지만 19세기는 도스토예프스키라는 인물 속에서 위대한 비극의 대가를 배출해냈다. 연대를 따라 『리어 왕』과 『페드르』에서부터 앞으로 나가가던 우리의 정신은 『백치』, 『악령』, 『카라마조프가의 형제들』에 이르자, 아니 오직 이때서야 갑작스럽게 깨달은 듯 멈추어 선다. 브야체슬라프 이바노프가 결정적인 이미지를 찾던 끝에 말했듯이 도스토예프스키는 "러시아의 셰익스피어"이다.

19세기에는 서정시와 산문 소설이 탁월했지만, 희곡을 최상의 문학 장르로 간주했다. 이 견해에는 역사적 근거가 있었다. 영국에서는 콜리지, 해즐릿, 램, 키츠가 엘리자베스 시대 희곡의 이름으로 낭만주의의 규범들을 정식화했으며, 비니와 빅토르 위고를 위시한 프랑스 낭만주의자들은 셰익스피어를 그들의 수호성인으로 우러르고 연극을 신고전주의와의 주전장主戰場으로 택했으며, 레싱에서 클라이스트에 이르는 독일 낭만주의의 이론 및 실천은 소포클레스와 셰익스피어의 비극이 새로운 종합 형식으로 용접될 수 있으리라는 믿음에 사로잡혀 있었다. 희곡 문학의 상태는 낭만주의자들에게는 언어와 국가 양자 모두의 건강을 재는 시금석으로 생각될 정도였다. 셸리는 『시의 옹호*Defense of Poetry*』에서 이렇게 썼다.

> 인간 사회의 최고의 완전함은 언제나 최고로 우수한 연극의 발달과 일치했다는 것, 그리고 한때 연극이 번성했던 나라에서 연극이 부패하거나 소멸하는 것은 예절이 부패했음과 사회생활의 영혼을 지탱하는 활력이 소멸했음을 나타내는 것이라는 점은 논의의 여지가 없다.

세기말에 같은 생각이 바그너의 에세이들에서도 상술되고, 바이로이트*라는 바로 그 발상 자체에 구현되어 있다.

이 역사적-철학적 교리는 문학 사회학과 문학 경제학에 반영되었다. 시인, 소설가 공히 연극을 존경과 물질적 이득을 획득하는 주된 방법으로 보았다. 1819년 9월, 키츠는 형에게 보낸 편지에서 『오토 대제*Otho the Great*』에 대해 말하며 이렇게 썼다.

> 코벤트 가든에서는 욕먹기 십상이지요. 거기서 성공만 한다면 저는 이 진흙탕에서 뛰쳐나가게 될 겁니다. 끊이지 않고 일어나고 있는 저에 대한 나쁜 평판이라는 진흙탕 말입니다. 문학 애호가들에게 제 이름은 천박합니다. 그들에게는 내가 직조공 소년에 불과하니까요. 비극 한 편이면 이처럼 엉망진창인 상태에서 뛰쳐나갈 수 있어요. 실상 호주머니 사정으로 보자면 그야말로 엉망진창이니 말입니다.**

엘리자베스 시대의 모델에 너무 근접하게 작품을 쓰다 보니, 영국 낭만주의자들은 살아 있는 희곡을 창조하는 데 하나같이 실패했다. 『첸치 일가*The Cenci*』***와 바이런의 베네치아 비극들은 끈덕진 노력에 대한 불완전한 기념비 정도로 살아남아 있다. 프랑스에서 『에르나니*Hernani*』의 힘겨운 승리와 『성주

---

* 바그너는 이곳에서 〈니벨룽의 반지〉와 〈파르지팔〉 등 자신의 오페라를 상연하는 음악제를 시작했고 현재까지 매년 열려 바그너의 음악 팬들에게는 성지와도 같은 곳으로 자리 잡고 있다. - 역주
** 『존 키츠 서한집』(M. B. 포먼 편, 옥스퍼드, 1947).
*** 『첸치 일가*The Cenci*』: 낭만주의 시인 P. B. 셸리(1792~1822)의 시극. - 역주

들*Les Burgraves*』의 대실패* 사이에는 불과 13년이 지났을 뿐이다. 기세등등하던 독일 희곡의 개화도 괴테가 죽은 후 확대되지 않았다. 1830년 이후 연극과 순문학 사이에 가로놓인 틈은 깊어 갔다. 매크리디가 브라우닝을 연출하고 뮈세가 코메디 프랑세즈Comedie Française에 점차 파고들고 뷔히너라는 외로운 천재가 있었지만, 입센 시대에 가서야 비로소 이 심연에 다리가 놓여졌다.

그 결과는 멀리까지 영향을 미쳤다. 극작의 원칙들, 즉 대화와 동작을 우선하고, 갈등을 전략으로 하여 극단적 선언의 순간을 통해 등장인물들을 드러내고 비극적 대립이라는 개념을 사용하는 방식이 공연을 목표로 하지 않는 문학 형식들에도 응용되었다. 낭만주의 시의 역사는 대개 서정 양식을 극화해 간 역사이다(브라우닝의 극적 독백**이 가장 뚜렷한 예이다). 이와 함께 희곡의 제 가치와 기법은 소설의 발달에 중요한 역할을 했다. 발자크는 소설의 생존 여부는 소설가가 "희곡적 요소"를 숙달할 수 있느냐 여부에 달려 있다고 주장했고, 헨리 제임스는 시나리오의 "신성한 원칙"에서 그의 기술의 열쇠를 찾았다.

극의 영역은 광범하고 여러 이질적인 요소들이 분포되어 있으며, 소설은 다양하게 여기에 의존해왔다. 발자크와 디킨스는

---

* 『에르나니*Hernani*』는 1830년 상연되어 큰 성공을 거둠으로써 고전주의에 대한 낭만주의의 결정적 승리를 구가한 위고의 희곡이고 『성주들*Les Burgraves*』은 1843년 상연된 위고의 작품으로 크게 실패했다. – 역주

** 극적 독백dramatic monologue은 화자가 독백하는 형식의 시로 브라우닝이 즐겨 사용한 시작법. – 역주.

극적 조명의 기술자들이었다. 그들은 멜로드라마 스타일로 우리의 신경을 자극한다. 반면 『사춘기*The Awkward Age*』와 『대사들』은 복잡한 서사 리듬 때문에 다소 진행이 느려졌지만 "잘 만들어진" 연극이다. 이 작품들은 뒤마 피스, 오지에Émile Augier 및 제임스가 그토록 열심히 공부했던 코메디 프랑세즈 전통 전체의 예술적 기교에까지 거슬러 올라간다.

하지만 비극은 19세기 연금술사들에게는 좀처럼 뽑아내기 어려운 황금이었다. 우리는 많은 뛰어난 시인, 철학자에게서 일관된 비극적 시각의 단편들을 볼 수 있다. 보들레르와 니체가 명백한 예이다. 그러나 내가 믿기로는 우리가 문학 형식을 통해 삶에 대한 성숙하고 정교한 비극적 독해가 ―"구체적 표현을 얻으며"― 구현된 순간과 마주치는 것은 단 두 번뿐이다. 그리고 두 경우 모두 소설가를 통해서 이루어진다. 이들은 멜빌과 도스토예프스키이다. 그리고 바로 덧붙여 두어야 할 것은 두 사람은 방법상으로 보아―멜빌은 예외적인 경우에만 극작가였기 때문에―그리고 중심 문제로 보아 구별되어야 한다는 점이다. 멜빌이 인간 조건을 표현한 방식은 놀랄 만큼 격렬했고, 자신의 의도에 더 이상 적절한 상징적 등가물들과 배경을 설정한 작가는 거의 없을 것이다. 그러나 그 시각은 궤도를 벗어나 있고 마치 선박이 3년간의 항해 동안에는 육지와 격리되듯이 좀 더 일반적인 삶의 흐름에서는 격리되어 있다. 멜빌의 우주론에서 인간들은 스스로에 대해 거의 섬이기도 하고 선박이기도 하다. 도스토예프스키의 영역은 훨씬 거대하다. 그것은 인간사의 군도群島―비이성적인 극단과 고립―뿐 아니라

대륙까지 에워싼다. 19세기에 언어상으로는 『모비 딕』과 『카라마조프가의 형제들』보다 경험에 위대한 비극의 거울을 비추는 데 더 가까이 다가간 곳은 다른 어디에도 없었다. 그러나 모아진 빛의 질과 양은 매우 다르며, 이는 웹스터John Webster의 성취와 셰익스피어의 성취를 구별할 때 우리가 환기하게 되는 그런 차이다.

이 장에서는 『죄와 벌』, 『백치』, 『악령』, 『카라마조프가의 형제들』에서 희곡적 구조와 실체를 깨닫게 해 주는 도스토예프스키의 천재성의 그러한 양상들을 밝혀 보려 한다. 여기서도 톨스토이의 서사시 경우처럼, 기법에 대한 탐구는 바로 그리고 당연히 작가의 형이상학 논의로 이어진다. 위의 텍스트는 착수에 필수적인 것이다.

도스토예프스키의 초기 저술 중에는 두 편의 희곡 혹은 희곡의 단편이 있는 듯하다. 내가 알기로는 둘 다 남아 있지는 않다. 그러나 우리는 그가 1841년 내내 일종의 『보리스 고두노프』와 『메리 스튜어트』를 쓰고 있었다는 것을 알고 있다. 보리스 테마는 러시아 희곡 문학의 감초 격이었으며, 도스토예프스키는 틀림없이 알렉산더 수마로코프의 『왕위를 노리는 데메트리우스』와 푸시킨의 『보리스 고두노프』를 알았을 것이다. 그러나 보리스와 스코틀랜드 여왕을 병치시킨 것은 실러의 영향을 말해준다. 실러는 도스토예프스키 천재의 "수호신"의 하나로, 이 소설가는 형에게 실러라는 이름부터가 "사랑스럽고 친밀한 암호여서 온갖 추억과 꿈을 일깨워 줍니다"라고 털어놓았다. 그가 『마리아 스튜어트』와 미완의 『데메트리우스』―완성되었

226

으면 실러의 최고의 걸작이 되었을 법한―를 모두 알았으리
라는 것은 분명하다. 도스토예프스키가 차르이자 왕권 계승자
인 보리스 고두노프의 이야기를 극화하려 한 시도가 어느 정
도 진척되었는지는 모르나, 실러 및 데메트리우스 모티프의 반
향은 『악령』에서 울리고 있다.

연극이 도스토예프스키의 마음을 계속 사로잡았고, 사실 그
가 얼마간의 초고를 갖고 있었으리라는 추정은 1844년 10월
30일자 형에게 보낸 편지에 의해 증명된다.

형님은 나의 구원이 내 희곡에 있다고 하시는군요. 그러나
공연되기까지에는 시간이 오래 걸리고, 그것으로 돈을 얻는 데
는 더 오랜 시간이 걸릴 겁니다.

더욱이 이때까지 도스토예프스키는 발자크의 『외제니 그랑
데』를 번역했고, 『가난한 사람들』을 거의 마치기 직전이었다.
그러나 무대에의 경도傾倒가 완전히 끝난 것은 결코 아니어서,
1859년 겨울에 비극과 희극 각 1편씩을 계획한 바 있고, 창작
생활이 거의 끝날 무렵인 1880년 여름 『카라마조프가의 형제
들』 제11부를 쓰면서 도스토예프스키는 소설의 주 에피소드
하나를 연극으로 각색하면 어떨까 고려해 보기도 했다.

희곡 문학에 대한 그의 지식은 깊고 해박하다. 그는 셰익스
피어와 실러의 작품에 몰두했는데, 이는 이들이 낭만주의의 판
테온에서 전통적인 신이었기 때문이었다. 그러나 도스토예프
스키는 또한 17세기 프랑스 연극을 알았고 높이 평가했다. 그

는 1840년 1월, 형에게 매력적인 편지를 썼다.

　　그러나 형님이 형식에 대해 논하면서, 어떻게 라신도 코르네
유도 형식이 나쁘기 때문에 우리에게 즐거움을 못 준다는 주장
을 펼 수 있었는지 말해보세요. 형님은 정말 구제불능입니다!
그러고는 뻔뻔스럽게도 이렇게 덧붙이네요. "그렇다면 두 사람
다 나쁜 시인이었다고 생각하나?"라고. 라신이 시인이 아니라
니—열렬하고, 열정적이고, 이상주의자인 라신이 시인이 아니
라니! 감히 그런 질문을 하다니요? 『안드로마케』를 안 읽어 보
셨나요? 『이피게니』는요? 어쩌다가 그것이 장엄하지 않다고 주
장하게 된 겁니까? 그리고 라신의 아킬레스는 호머의 아킬레스
와 같은 종족 아닙니까? 라신이 호머를 도용盜用한 것은 인정합
니다만 그러나 그 얼마나 훌륭한 방식으로입니까! 그의 여인들
은 얼마나 멋있습니까! 그를 이해하도록 해보세요… 형님, 형님
이 『페드르』가 최고의, 최상으로 순수한 시라는 점에 동의하지
않는다면, 형님을 어떻게 보게 될지 모르겠어요. 글쎄 매체가
대리석이 아니라 파리의 석고라고 할지라도, 셰익스피어 같은
힘이 거기에 있어요.

　　이제 코르네유에 대해 말해 보죠… 그런데 형님은 코르네유
가 거인적인 모습과 낭만적 정신을 가지고 거의 셰익스피어에
근접한다고 생각하지 않습니까? 구제불능이에요, 형님은! 저
엉터리 조델—저 구역질나는 『클레오파트라』의 작자 말입니
다—과 롱사르—우리 시대의 트레쟈코프스키가 나올 것을 미
리 경고하는 인물이죠—이후 이제 불과 50년밖에 지나지 않아

서 코르네유가 등장했고 멋대가리 없는 엉터리 시인 말레르브도 그와 동시대인이라는 것을 알고나 계세요? 그에게서 어떻게 형식을 요구할 수 있습니까? 그에게 세네카한테 가서 형식을 빌려오라고 하는 것과 매한가지입니다. 그의 『킨나Cinna』를 읽으셨나요? 옥타비아누스의 신과 같은 거룩한 모습 앞에서 카를 무어도, 피에스코도, 텔도, 돈 카를로스도 도대체 무엇이겠습니까? 이 작품은 셰익스피어의 영광에 비견할 수 있을 겁니다. … 『르 시드』는 읽으셨나요? 읽으세요, 딱한 양반, 그래서 코르네유 앞에 이는 먼지에 파묻혀 보세요. 형님은 그분을 모독한 겁니다. 어쨌든 읽어 보세요. 낭만주의가 "시드"에서 최고에 이르지 않았다면, 대체 그 낭만주의란 것이 뭐라는 말인가요?*

이것이 바이런과 호프만의 열렬한 찬미자가 쓴 주목할 만한 기록이라는 점을 우선 짚어두자. 라신을 위해 선택한 수식어, "열렬한", "열성적인", "이상주의자인" 등을 눈여겨보라. 『페드르』의 탁월성에 대한 평가는 분명히 충분한 근거가 있다(실러가 이 연극을 번역했다는 사실이 도스토예프스키에게 더 강한 확신을 주었을 수도 있다). 코르네유에 대한 구절은 훨씬 더 많은 것을 알려준다. 도스토예프스키가 조델의 『클레오파트라』를 알았다는 사실은 무척 놀라운 일이다. 특히 인상적인 것은 이 작품을 언급하면서 코르네유의 기법에 나타나는 고풍스럽고 거친 요

---

* 『표도르 미하일로비치 도스토예프스키 서한집』(E. C. 메인 번역, 런던, 1914).

소들을 변호한다는 사실이다. 더욱이 그는 초기의 코르네유를 아티카 비극보다는 세네카에 관련시키는 편이 나을 것이며, 이로써 셰익스피어와의 비교도 가능하리라는 점을 파악하고 있었다. 마지막으로 도스토예프스키가 코르네유, 특히 『르 시드』를 낭만주의 개념과 연결시킨 점은 대단히 흥미롭다. 이 견해는 브라지야크Brasillach류의 코르네유에 대한 현대적 해석과 영웅시와 스페인적인 색채 그리고 프랑스 전前고전주의의 화려한 문체에는 "낭만주의적인" 특성이 있다는 우리 시대의 이해와 맥을 같이한다.

도스토예프스키가 라신과의 접촉을 끊은 적은 없지만—"그는 좋든 싫든 위대한 시인이다"고 『도박사』의 주인공은 말한다—코르네유는 더 깊게 영향을 끼쳤다. 예를 들어 『카라마조프가의 형제들』 마지막 부분의 초안 메모에는 다음 구절이 있다. "그루셴카 스베틀로바. 카챠 : 내 원한의 유일한 대상 로마." 이것은 물론 코르네유의 『호라티우스』에서 로마에 항거하는 카밀라의 저주를 보여주는 첫 행에 대한 언급이다. 도스토예프스키는 아마도 이 구절을 중심으로 하여 드미트리의 감방에서 그루셴카와 카챠가 만나게 하는 원재료를 배치했을 것이다. 『호라티우스』에서 따온 행이 적절하게 가차 없는 어조를 띠게 한다.

카챠는 재빨리 문 쪽으로 걸어갔으나 그루셴카 앞에 다다르자, 갑자기 멈추어 서서, 백지장처럼 창백해진 얼굴로 부드럽게 거의 속삭이듯이 울먹이며 말했다. "용서하세요!"

그루셴카는 그녀를 쏘아보다가 잠시 간격을 두고 복수심에 찬 독기 어린 목소리로 대답했다. "우린 증오심에 차 있어요, 아가씨, 당신과 나는 말이에요! 둘 다 증오심에 차 있어요. 마치 우리가 서로 용서할 수 있다는 식이군요! 그이를 구해 줘요, 그럼 난 평생 당신을 숭배할 테니까."

"넌 그녀를 용서할 입장이 못 돼!" 하고 미챠가 미친 듯이 소리치면서 꾸짖었다.

그러나 또한 도스토예프스키의 은밀한 메모가 카챠의 갑작스러운 복수에의 충동과 재판에서의 치명적인 증언을 언급하고 있을 수도 있다. 어느 경우에나 소설가는 코르네유를 읽은 기억에 의존해서 자신의 창작 속에서 하나의 무대를 구현하고 기록했다. 코르네유의 텍스트가 그야말로 문자 그대로 도스토예프스키 정신의 조직 내부로 들어온 것이다.

이를 다음의 주된 주장을 예증하는 많은 보기 중 하나로 생각하자. 즉 도스토예프스키에 필적할 만한 규모를 가진 어떤 소설가보다도, 그의 감수성, 상상력의 양식, 언어 사용법 등은 희곡에 접맥되어 있다는 것이다. 도스토예프스키와 희곡의 관계는 그 중심성에서 보나 영향에서 보나 톨스토이와 서사시의 관계와 유사하다. 이것이 그 특유의 천재성을 톨스토이의 천재성과 비교하게 할 정도로 강하게 특징짓는다. 그는 마치 디킨스처럼 글을 쓰면서 등장인물들의 몸짓을 따라하는 버릇을 가지고 있었는데, 이는 희곡 작가적인 기질이 밖으로 드러나는 몸짓이었다. 비극적 분위기를 자유자재로 구사하는 것, 즉 그의 "비극 철학"은, 소재를 극적으로 체험하고 변형시켰던 어떤 감수성의 특수한 표현이었다. 이는 도스토예프스키의 전 생애에 해당되는 것으로, 청년기 및 『죽음의 집의 기록』에서 이야기된 연극 공연에서부터 『카라마조프가의 형제들』의 동력학을 조절하기 위해 『햄릿』과 실러의 『군도』를 신중하고 면밀히 이용한 데까지 걸쳐 있다. 토마스 만은 도스토예프스키의 소설들이 "거대한 희곡들로서, 거의 전 구조가 연극적이며, 그 속에는 깊숙한 인간 영혼을 혼란시키는, 대개 며칠간에 벌어지는 어떤 행위가 초현실적이고 격앙된 대화를 통해 나타나 있다…"* 고 말했다. 이 "거대한 희곡"들이 공연을 위해 각색될 수 있다는 것은 일찍이 알려진 바로, 『죄와 벌』을 연극화한 작품이 1910년 런던에서 공연되었다. 그리고 지드는 카라마조프 형제들을 언급하면서 "모든 상상적 작품 가운데, 그리고 역사상 모든 주인공들 가운데, 이들 이상으로 더 무대에 올려질 만한 자격을 갖춘 경우는 없을 것"**이라고 말한 바 있다.

해가 갈수록 도스토예프스키 소설들의 각색 리스트는 더 길어지고 있다. 1956~7년에만 아홉 편의 "도스토예프스키 연극"이 모스크바에서 공연되었다. 도스토예프스키를 대본으로 한 오페라도 있고, 그중에는 프로코피예프의 〈도박사〉, 오타카르 예레미아슈의 〈카라마조프가의 형제들〉, 기괴하나 깊은 감

---

* 토마스 만 : 「도스토예프스키-마센과 더불어」(『새로운 연구』, 스톡홀름, 1948).

** 앙드레 지드 : 『도스토예프스키』(파리, 1923).

동을 주는 야나체크의 〈죽음의 집으로부터〉가 있다.

수아레스와 베르자예프, 셰스토프와 슈테판 츠바이크처럼 서로 상이한 독자들이 도스토예프스키에 대해 반응하면서 희곡의 어휘에 자주 의존했다. 그러나 일반 독자가 도스토예프스키의 방법에는 희곡적 요소가 상존하고 있음을 알게 된 것은 도스토예프스키 관련 문서들이 출판(그리고 부분적으로 번역)되면서였다. 이제 『죄와 벌』, 『백치』, 『악령』, 『카라마조프가의 형제들』이 헨리 제임스 학자들이 말하는 이른바 "시나리오의 원칙"에 따라 구상되었다는 것, F. R. 리비스가 "희곡으로서의 소설"을 거론할 때 염두에 둔 종류의 시야를 가진다는 것을 상세히 설명할 수 있게 되었다. 창작을 위한 조율 및 준비 작업을 조사해 보면, 대개의 경우 도스토예프스키가 연극을 썼으며, 대화의 골격을 유지했고, 무대 지시(그의 기법에서 명백한)를 일반적인 서술 산문에까지 확장시켰다는 인상을 받는다. 그의 소설 기법이 제대로 구사되지 않은 부분을 보면 실질적인 혹은 순간적인 문맥이 희곡적 처리를 하기에 어려운 대목이라는 것을 알게 될 것이다.

그렇다고 작품이 완성되어 출판된 책을 예비적인 그리고 본질적으로 사적인 습작들에 비추어 판단해야 한다는 말은 아니다. 이러한 증거는 판단에 관계되는 것이 아니라 이해에 관계된다. 케네스 버크의 말 그대로 "비평의 주된 이상은 이용 가능한 모든 것을 이용하는 데 있다."*

---

* 케네스 버크 : 『문학 형식의 철학』(뉴욕, 1957).

Ⅱ

도스토예프스키의 소재 선택도 그의 희곡 편향을 여일하게 드러내고 있다. 투르게네프는 등장인물의 이미지나 작은 집단의 인물들의 이미지를 그리는 데서 시작했다. 그들의 태도와 대립에서 적절한 플롯이 생겨나는 방식이었다. 반대로 도스토예프스키는 행동을 먼저 보았다. 그의 창작의 뿌리에는 아곤agon, 즉 극적 사건이 존재했다. 그는 항상 순식간의 격변이나 맹렬한 일진광풍과 더불어 시작했는데, 이 순간 통상적인 인간사의 질서가 전도顚倒되고 "진실의 순간moment of truth"이 드러난다. 도스토예프스키의 4대 소설은 모두 살인 행위를 중심으로 하거나 클라이맥스로 하여 전개된다.

『오레스테이아』,『오이디푸스 왕』,『햄릿』,『맥베스』를 보면 명백하듯이, 살인과 비극 형식은 예로부터 서로 부합되어 왔음을 알 수 있다. 어쩌면, 인류학자들이 말해왔다시피, 희곡의 기원 자체에 희생제의에 대한 희미하지만 지울 수 없는 기억이 스며 있는지도 모른다. 어쩌면 살인에서 징벌로의 진자 운동은 무질서한 행위에서 화해와 균형 상태로 나아가는 것, 바로 우리의 비극에 대한 생각들을 바로 연상시키는 그런 진전을 독특하게 표상하고 있는지도 모른다. 더욱이 살인은 프라이버시를 종결시킨다. 다시 말해 암살자의 집에서는 문이 언제라도 열어젖혀질 수 있다. 그에게는 벽이 셋뿐인데, 이는 곧 그가 "무대 위에서" 살고 있다는 말과 마찬가지이다.

도스토예프스키는 과거의 역사나 전설 속의 살인을 극화하지 않았다. 그는 당대의 범죄, 스탕달이 『적과 흑』의 토대로 삼았던 신문 사회면 같은 데서 그의 소재를 아주 세세한 부분에 이르기까지 끌어냈다. 도스토예프스키는 신문을 탐독했고, 그의 편지에는 해외에서 러시아 신문을 구하기 힘들다는 내용이 자주 나온다. 톨스토이가 역사가의 서술을 택했다면, 도스토예프스키는 저널리즘을 택했다. 그는 신문을 통해 현실을 보는 그 자신의 긴장된 시각을 뚜렷이 했다. 스트라호프에게 보낸 1869년의 편지에서 그는 언급했다.

어떤 신문이든 집어들게 되면 우리는 특별한 것으로 다가오지만 전적으로 근거 있는 사실들과 마주치게 됩니다. 우리 작가들은 그 사실들을 환상적으로만 보고 설명하려 하지 않아요. 하지만 그것들은 진실입니다. 사실이니까 말이지요. 그러나 누가 구태여 그 사실들을 관찰하고 기록하고 묘사하려고 합니까?

『죄와 벌』이 실제 사건과 연결되어 있다는 것은 역설적이고도 다소 무시무시하다. 도스토예프스키는 시베리아 유형 기간 동안에 이 소설의 전체 테마를 마음속에서 발전시켜 온 듯하다. 첫 연재분은 1866년 1월 〈러시아 메신저〉에 실렸다. 곧이어 1월 14일, 모스크바의 한 대학생이 도스토예프스키의 상상과 유사하다고 할 수밖에 없는 상황에서, 고리대금업자와 그 하인을 살해한 사건이 일어났다. 자연이 이처럼 빠르고 정확하게 예술을 모방한 경우도 드물 것이다.

보석상 칼미코프가 1867년 3월 마주린이라는 청년에게 살해된 사건이 『백치』에서 로고진이 나스타샤 필리포브나를 살해하는 장면의 소재가 되었다. 도스토예프스키의 유명한 몇몇 묘사—기름옷, 방부제, 나스타샤의 시체 위에 붕붕거리는 파리—는 신문에 설명된 범죄 장면과 정확하게 일치한다. 하지만 그렇다고 해서 그 상징적 기능에 관한 앨런 테이트의 명쾌한 탐구가 근거 없다는 뜻은 아니다. 다시 말해, 잔인한 현실 상황과 예술 작품 간의 관계는 복합적이고 기묘할 정도로 양면적이다. 붕붕거리는 파리는 『죄와 벌』에서 살인자 라스콜니코프 방의 꿈 이미지에서도 나타난다. 라스콜니코프가 눈을 뜨자 실지로 커다란 파리 한 마리가 그의 창문 유리를 두들기고 있다. 달리 말해 칼미코프 사건의 실제 상황이 도스토예프스키가 이전에 그려보던 장면과 부합했던 것이다. 라스콜니코프의 꿈에서처럼, 파리는 "외부 현실"과 소설의 상징체계 속에서 동시에 붕붕거렸다. 푸시킨은 「예언자」(도스토예프스키가 자주 언급했던 시)에서 우연의 일치라는 이치를 축복했으며, 도스토예프스키는 간질과 투시력을 서로 연결시키려 함으로써 이러한 평행 관계에 주목했다. 또한 우리는 『전쟁과 평화』 제11부에서 안드레이 공작의 몸 위를 붕붕거리면서 날아다니며 죽어가는 사람에게 현실감을 일깨우는 파리를 생각할 수도 있다.

『악령』의 기원에서 사실이 차지하는 몫은 훨씬 다양하다. 알다시피 이 소설의 구조에는 『위대한 죄인의 생애 *The Life of a Great Sinner*』를 위한 전체 계획의 단편들과 정치 범죄를 극화하려는 시도가 불안스럽게 절충되어 있다. 1866년 4월 차르의 목숨을 노린 카라코조프 사건이 『악령』을 쓰려는 창작 욕구를 불러일으킨 첫 계기라고 할 수 있다. 그러나 도스토예프스키에게 서술의 초점을 제공한 것은 1869년 11월 21일 허무주의 지도자 네차예프의 지령으로 대학생 이바노프가 살해된 사건이었다. 그는 드레스덴에서 구할 수 있는 모든 러시아 신문을 샅샅이 뒤져 미친 듯 네차예프 사건에 몰두했다. 다시 한 번 그는 범죄를 예견했다는 기묘한 감정을 체험했다. 직관을 통해 그리고 그의 정치 철학에 의거해 허무주의는 반드시 살인으로 발전해 간다는 그런 기묘한 감정 말이다. 『악령』을 위한 초고의 주요 부분들을 일관해서 나중에 표트르 스테파노비치 베르호벤스키로 명명되는 인물이 터놓고 "네차예프"로 지칭되어 있다. 1870년 10월 카트코프에게 보낸 편지에서 소설가는 자기가 실제 범죄를 모방한 것은 아니며, 그의 상상적 인물이 결국 저 총명하고 잔인스러운 허무주의자를 닮지는 않을 것이라고 주장했다. 그러나 메모나 스케치를 보면, 도스토예프스키가 이바노프의 죽음과 네차예프의 널리 알려진 철학을 기본 맥락으로 테마를 구상하고 발전시켜 나간 것이 명백하다. 게다가 작품을 쓰는 도중에 벌어진 사건으로 인해 다른 중요한 모티프가 추가되었다. 즉 1871년 5월 코뮌 중의 파리에서 발생한 대화재가 도스토예프스키를 크게 흥분시켰으며 그것이 1862년 상트페테르부르크의 화재를 환기시켰다. 이로써 이 대화재가 소설에 도입되어 도시의 일부를 파괴하고 리자를 죽게 하는 것이다.

네차예프 재판은 1871년 7월에 시작되었으며, 도스토예프스키는 『악령』 마지막 부분의 중요한 세부 묘사를 법정 기록에 의존했다. 작문의 가장 마지막 단계에서조차 그는 의외성이 있기 마련인 소재를 그의 서사와 결합시킬 수 있었다. 예를 들어, 초안을 보면 비르진스키가 샤토프를 살해한 후 외치는 유명한 절규—"이건 옳은 일이 아니야, 아니고말고, 절대로 아니란 말이다!"—는 보수적인 팸플릿 저자 T. I. 필리포프가 쓴 편지에서 나온 것임을 알 수 있다. 사실 『악령』의 구성에 대해 가해지는 비판은 그것이 너무 "개방되어" 있다는 것, 즉 당대에 일어난 사건에 너무 쉽사리 영향을 받았다는 것이다. 그 전체에 대한 도스토예프스키의 시각은 단편적이고 서사 윤곽의 일부는 불분명하다. 그렇지만 다른 한편 정말 보기 드물게도 예언자적 직관과 불안이 그의 눈앞에서 멜로드라마처럼 펼쳐진다. 『악령』이 바로 그 같은 일이 정확하게 일어난 경우다.

『악령』에 예언의 요소가 있다면 『카라마조프가의 형제들』에는 회상의 싹이 있다. 도스토예프스키의 부친은 세 명의 농노에게 피살당했는데, 많은 비평가 및 심리학자들이 이 소설에서 묘사된 것과 유사하다고 본 상황하에서였다. 그러나 부친 살해에 대한 도스토예프스키의 묘사에는 더 밀접하게 접했던 철학적이고 실제적인 요소들이 있다. 그는 투르게네프와 톨스토이처럼—톨스토이의 「두 경기병」의 원제는 "아버지와 아들"이었다—세대 간의 갈등, 즉 1840년대의 진보파와 과격해진 그 후예 간의 갈등을 지배적인 러시아적 테마로 삼았다. 이 갈등에서 보면 부친 살해는 절대적인 것의 상징이었다. 게다가 도스토예프스키는 집필 도중에 『죽음의 집의 기록』에 기록된 신문 사회면으로 다시 관심을 돌렸다. 같은 감방의 동료 중 하나였던 일린스키라는 귀족은 토볼스크 시에서 아버지를 살해한 혐의로 유죄 판결을 받았지만 사실 이는 착오였다. 일린스키는 약 20년의 유형 끝에 풀려났는데, 토볼스크는 실제로 소설 초기 메모에 가끔 나타난다.

당대의 두 범죄 사건이 또한 도스토예프스키가 표도르 파블로비치 카라마조프 살해를 다루는 데 기여했다. 1869년 11월 한 범죄 단체가 폰 존인가 하는 사람을 암살한 사건이 예비 초안에 여러 번 언급되어 있다. 1878년 3월 도스토예프스키는 베라 자술리치의 재판을 방청했는데, 이 인물은 악명 높은 경찰 총감 트레포프 암살을 기도했던 사람이다. 도스토예프스키는 여기서 드미트리 카라마조프의 재판 묘사를 위한 자료를 수집했다. 부친 살해라는 사적 행위와 차르—즉, 아버지—혹은 차르의 대변자들의 생명을 노리는 테러리스트의 기도 사이에는 정신적인 유대가 있다는 것이 그의 견해였다. 이 소설에서 부각되는 또 하나의 테마는 아이들에 대한 범죄 행위이다. 이는 부친 살해를 상징적으로 뒤엎어 놓은 것이다. 그 문학적 근거와 내포된 의미는 뒤에 상세히 논하겠지만, 우선 이반 카라마조프가 신을 고발하며 인용한 수많은 잔학 행위가 당시의 신문 및 재판 기록에서 따온 것이라는 사실은 지적해 둘 만한다. 더러는 『작가 일기』에서 사용했고, 또 더러는 『카라마조프가의 형제들』을 완료하고 나서야 알게 된 것도 있었다. 너무나도 비인간적인 두 사건, 즉 크론베르그 사건과 브룬스트 사건은 1879년 3월 카르코프에서 재판이 열렸으며, 도스토예프스키의 가장 가슴 아픈 세부 묘사를 위한 소재를 제공했다. 제

9부 "예비 심문"은 도스토예프스키의 줄거리 구상에는 원래 없던 것이었다. 이는 A. F. 코니와 우연히 만난 결과 추가된 것이다. 이 만남으로 인해 소설가의 소송 절차에 대한 지식은 전문적이라 할 만큼 심화되었다. 1887년 가을 톨스토이에게 『부활』의 플롯을 제시한 인물이 바로 코니였음을 생각하면, 톨스토이와 도스토예프스키는 기묘하게 서로 만날 뻔했던 셈이다.

개략적으로 요약했지만 이상의 것이 도스토예프스키의 주요 소설들의 사실적 배경이 된 주된 요소들에 해당한다. 이것들은 명백한 하나의 도덕적 판단을 지향한다. 즉, 도스토예프스키의 상상력은 격렬한 행동이라는 핵의 주위에, 성격도 스타일도 매우 흡사한 사건들의 주위에 결정結晶되어 있다는 점이다. 중간 중간에 끼어들어 범죄의 탐지를 추적하는 수사학을 동원하면서 테마가 죄에서 벌로 진행되는데, 이는 본질적으로 —『오이디푸스 왕』이나 『햄릿』 혹은 『카라마조프가의 형제들』에서나— 연극 형식을 내포하고 있다. 톨스토이의 소재 선택 및 취급 양식과 대조해 보면 그 차이는 근본적이고도 시사적이다.

도스토예프스키의 기법들과 그의 기교에 나타난 매너리즘적 특성은 희곡 형식을 따르는 데서 생겨난다. 대화는 몸짓으로 정점에 달하고 인물들의 갈등을 적나라하고 전형적인 형태로 제시하기 위해 쓸데없는 서술은 모두 잘라 버리며, 최소한의 시공時空에 최대한의 에너지를 투입하는 식으로 문장이 구성된다. 도스토예프스키의 소설은 헤겔이 희곡의 정의에서 언급한 "동작의 총체성"을 뛰어나게 예증한다. 도스토예프스키의 초안 및 메모를 살펴보면 그가 연극적으로 상상하고 창작했다는 것이 입증된다. 예를 들어 『악령』의 예비 스케치에서 두 항목을 살펴보자.

리자와 샤토프 간의 설명—
그리고 네차예프의 환영幻影을 클레스타고프의 스타일로
그리고 연극 형식—
그리고 한 노끈에 모두 연결되어 있는 상이한 장면으로 시작할 것.

클레스타코프—고골의 『검찰관』의 주인공—를 언급한 것은 분명히 의미심장하다. 도스토예프스키는 인물과 상황이 무대 위에서 벌어지는 것처럼 상상하면서 대강의 윤곽을 잡아나갔다. 네차예프-베르호벤스키의 등장은 공명共鳴의 과정을 통해 적절한 어조가 획득된다. 여기서 고골의 희극이 소리굽쇠 역할을 하는 것이다. 또는 도스토예프스키가—헨리 제임스처럼—자신과의 대화에 열중해 있는 이 메모를 보자.

서술 방식에서부터 난점이 생길까? "드로즈도프 씨 내외와 리자의 집에서 너의 기념일을 보낼 준비를 하고," 이다음은 연극적으로 계속해야 하지 않을까?

그리고 서술체 산문을 쓰는 경우에 도스토예프스키가 추진했던 방식이 정확히 이러하다.

앞으로 자세히 살펴보게 되겠지만, 극작가의 기질은 도스토예프스키의 화자가 어조가 확실하고 개성이 특이한 데서도 드러난다. 그 목소리는 직설 투로 말하고 아마도 가장 도스토예프스키적인 책이라고 할 『지하 생활자의 수기』에서는 "나"와 독자의 관계가 연극적인 수사로 꾸며져 있다. 1797년 12월 실러에게 쓴 편지에서 괴테는, 서간체 소설은 본질적으로 "완전히 연극적"이라고 말했다. 도스토예프스키의 처녀 소설과 가장 밀접한 관련이 있는 것이 바로 이 점이다. 『가난한 사람들』은 서간 형식의 이야기로, 연극을 위한 글을 쓰고자 한 도스토예프스키의 희망과 이후 산문 소설에 시나리오를 적용한 시도 사이의 어떤 과도기를 나타내고 있을지도 모른다. 괴테는 같은 편지에서 문학 장르들 사이의 구별을 더 세분하면서 "서술체 소설을 대화와 섞을 수는 없습니다"(그가 염두에 둔 것은 희곡의 대화이다)라고 덧붙였다. 『죄와 벌』, 『백치』, 『악령』, 『카라마조프가의 형제들』은 괴테가 틀렸다는 것을 보여주었다. 이 소설들은 문자 그대로 비극적 행동을 "모방"한다. 대화는 매우 중요한 의미를 띠어서, R. P. 블랙머가 말하는 이른바 "몸짓으로서의 언어"가 된다. 대화 사이에 낀 산문은 무대 구성을 복잡하게 만들지만 결코 완전히 가리지는 않는다. 오히려 그것은 내부에 초점을 맞춘 지문의 역할을 한다.

도스토예프스키에 대한 이상의 해석을 입증할 만한 증거는 그의 주요 작품들 어디에서나 넘쳐날 정도이다. 그러나 『백치』의 서장들만큼 그 증거가 명쾌하게 나타난 곳은 없을 것이다. 여기서 희곡의 관습과 가치 체계는 그야말로 가장 총체적으로 서술 속에 침투해 있는 것이다. 이 서장들이 24시간 동안 일어나는 일이라는 점도 기억해야 할 것이다.

Ⅲ

　문학에서 시간의 문제는 복잡하다. 가령 서사시라면 장기간 지속된다는 느낌을 주지만 사실은 『일리아스』와 『오뒷세이아』 둘 다 불과 50일 정도에 걸쳐 일어난 사건을 다뤘다. 『신곡』의 정확한 연대기는 논의의 여지가 있긴 하나 일주일에 불과하다는 사실만은 꽤 명백하다. 그러나 서사시는 진행이 느린 것이 관례여서, 주된 줄거리에 의례적인 무용담이나 낭송을 삽입하거나, 어떤 대상 혹은 인물의 과거사를 길게 늘어놓거나, 꿈이나 지하 세계로 빠져드는 등의 수법으로 플롯의 진행을 순간순간 지체시킨다. 괴테가 표현한 대로 "행동을 목적에서 유리시키는" 이러한 모티프들은 일찍이 그리스의 이론에서 서사시의 본질 중 하나로 규정되어 있다. 이 모티프들은 기억과 예언을 주된 도구로 하는 문학 장르의 특징이라고 할 수 있다.
　이와는 상반되는 것이 희곡이다. 그러나 그 이유는 명확하게 이해되지 못했던 셈인데, 그것은 르네상스 및 신고전주의 이론이 아리스토텔레스의 유명한 "시간의 일치"에 대한 고찰을 곡해한 데서 연유한다. 『시학』에 표현된 구절—"비극은 가능한 한 태양이 한 번 회전하는 동안 혹은 그에 근접한 시간 내에 이루어져야 한다"—은, 험프리 하우스의 면밀한 주석에서도 강조된 것처럼, "다른 종류의 두 작품 간의 실제 길이를 일단 비교해 본 것으로, 서사시는 수천 행에 달하는 데 비해 비극은 대략 1,600행을 별로 상회하지 않는다"*는 점을 말하려는 의도였다. 일부 신고전주의 이론과는 달리, 그리스의 작품에는 작품의 길이가 상상적 사건의 길이와 같아야 한다는 암시는 아무 데도 없다. 『에우메니데스』, 유리피데스의 『탄원자들』과 또 『콜로노스의 오이디푸스』에도 연속된 에피소드 사이에 실질적인 시간 간격time-gap이 있다. 아리스토텔레스가 통일성 개념—"행동의 일치"에 모두 포괄되는데—에 의해 표현하려 했던 바는, 희곡이란 산만하게 전개되는 정상적 경험으로부터 엄밀히 규정된, 인위적인 "전체주의적" 갈등을 농축하고 압박하고 분리해낸다는 인식이었다. 만초니는 카스텔베트로에서 시작된 아리스토텔레스 해석을 거부했을 때 이 점을 분명히 인식했다.** 그는 『M. C.에게 보낸 편지—비극에서 시공의 통일에 관해』에서 "3일치" 개념이 곡해된 나머지 희곡이란 총체적 효과를 얻기 위해서 현실의 시간적 공간적 좌표들을 축약하고 강화해야 하고 왜곡조차 불사해야 한다는 논의로 흐른 점을 지적했다. 희곡은 통상 불연속적이고 부적절한 것들과 뒤섞여 있기 마련인 것을 직선 운동으로 변형시킨다. 희곡 작가

---

* 험프리 하우스 : 『아리스토텔레스의 시학』(런던, 1956).

** 1570년 카스텔베트로는 아리스토텔레스의 『시학』에서 행동의 일치 외에 장소와 시간의 일치를 추가했다. – 역주

는 오캄의 면도날*로 작업한다. 엄격한 필연성과 적절성을 넘어서는 것은 아무것도 남아 있을 수 없다(리어의 아내는 어디 가고 없는가?). S. 존슨 박사가 『셰익스피어 서설』에서 주장하듯, "행동의 일치 외에 이 우화에 필수적인 것은 없다". 만약 행동의 일치만 유지되면, 연대기적인 시간이 실질적으로 경과하더라도 극적 환상은 손상되지 않을 것이다. 사실 셰익스피어의 연대기 사극史劇을 보면, 공연 소요 시간과 플롯 속의 시간 길이를 병치시키는 것이 풍부한 극적 결과를 빚는다는 것을 알 수 있다.

소설도 이러한 복잡한 개념과 오해를 물려받았고, 시간에 대한 인식이 서사시 전통을 향하는 소설가와 시간을 희곡적 양식으로 파악하는 소설가를 구별하는 것이 가능하다. 그 이유는, 산문 소설이란 낭송되거나 공연되는 것이 아니라 읽혀지지만, 존슨 박사가 말하다시피 "읽혀진 연극은 공연된 것처럼 의식에 작용하기" 때문이다. 역으로 읽혀진 소설은 보여진 행동처럼 상상력에 작용하게 된다. 따라서 산문 소설의 작가에게 실제의 시간과 상상의 시간이라는 문제는 극작가의 경우 못지않게 절실한 문제이다. 가장 독창적이고 의식적인 해결은 『율리시즈』의 경우인데, 이 작품은 하루라는―따라서 희곡적

---

* 오캄의 면도날Ockham's Razor이란 중세 철학자 오캄의 윌리엄의 이름에서 따온 방법론으로 어떤 현상을 설명할 때 불필요한 가정을 하지 말고 복잡한 설명보다는 간단한 설명을 택하라는 사고 절약의 원리Principle of Parsimony를 뜻한다. ─ 역주

인—시간적 골격을 그 구조 및 연상이 명백히 서사시적인 소재에 부과하고 있다.

도스토예프스키는 극작가의 관점에서 시간을 인식했다. 그는 『죄와 벌』을 위한 메모에서 "시간이란 무엇인가?"라고 묻고는 이렇게 대답했다. "시간은 존재하지 않는다. 시간이란 일련의 숫자다. 시간은 존재자가 비존재자와 가지는 관계이다." 얽혀 있는 무수한 행동을 최소한의 시간 속에 집중시켜 근사하게 조화시키는 일이란 그에게는 하나의 본능이었다. 이 집중은 악몽의 느낌을 자아낸다. 즉 완화해주고 지연시키는 모든 것을 제거해버린 후의 언어와 몸짓이 주는 느낌이다. 톨스토이가 파도처럼 서서히 움직이는 데 비해, 도스토예프스키는 시간을 쥐어짜 협소하고 비꼬이게 만든다. 도스토예프스키는 완화하거나 화해시키는 저 휴식의 마법을 시간으로부터 비운다. 그는 의도적으로 밤에도 낮만큼 사람이 몰리게 해서 수면을 통해 격정이 완화되거나 인물 간의 갈등으로 생긴 증오가 식지 않도록 막는다. 도스토예프스키의 주야晝夜는 압축되고 환각에 쌓인 낮과 상트페테르부르크의 "백야白夜"이다. 안드레이 공작이 쓰러져 있는 아우스털리츠 하늘에 떠 있는 커다란 달이나, 레빈이 평화를 느끼는 별이 빛나는 유현幽玄한 하늘이란 어디에도 없다.

『백치』의 주요 부분이 24시간 안에 벌어진다는 사실, 『악령』의 사건 대부분이 단 48시간에 걸쳐 있다는 사실, 『카라마조프가의 형제들』에서 재판을 빼면 나머지는 불과 닷새간의 일이라는 사실 등은 도스토예프스키의 시각과 의도를 중점적으로

드러낸다. 그것은 마치 너무나 단시간에 왕에서 거지로 전락하여 거의 두려움을 주기까지 하는 오이디푸스의 경우와 마찬가지다. 이따금 도스토예프스키의 집필 속도는—『백치』 제1부는 23일 만에 썼다—앞으로 내닫는 플롯의 리듬에 맞추어 몸이 반응하고 있는 것처럼 보이게 한다.

『백치』의 첫 문장은 전체의 속도를 규정해 놓는다. "11월 하순, 포근한 해빙기의 어느 날 아침 아홉 시경에, 바르샤바-페테르부르크 선로상에 한 열차가 전속력으로 페테르부르크를 향해 접근하고 있었다." 도스토예프스키의 사건 구도에 있기 마련인 우연의 일치에 의해, 미슈킨 공작과 로고진이 같은 삼등칸에 마주 앉아 있다. 이 근접 상태는 결정적인 의미를 내포하고 있는데, 그것은 이 두 사람이 원래 한 인물의 양면을 각각 대표하기 때문이다. 즉 이들은 "이중인물doubles"인 것이다. 물론 이 이중인물은 호프만 식의 중편 『분신』에 더 세련되게 다루어져 있기는 하지만. 로고진에서 미슈킨을 분리해내는 과정은 소설 초안에 불명료하나마 연속적인 단계를 거친다. 애초에 미슈킨은 양의적이고 바이런적인 인물—『악령』의 스타브로긴을 위한 스케치—로 그려져 있다. 그에게는(도스토예프스키적 형이상학의 핵심에서처럼) 선과 악이 불가분하게 섞여 있고, 그의 이름에서 "살인", "강간", "자살", "근친상간" 같은 단어를 연상하게 된다. 실제로 『백치』의 7번째 줄거리 윤곽에서 도스토예프스키는 자문한다. "그는 누구인가? 무서운 사기꾼인가 신비한 이상주의자인가?" 이어 위대한 통찰이 노트를 번득이며 지나간다. "그는 공작prince이다." 그리고 몇 줄 밑에 "공작, 순진무구한(어린애들과 더불어)?!"* 이것이 결정적인 것처럼 보일지도 모른다. 하지만 스타브로긴과 알료샤 카라마조프의 경우를 보면, 도스토예프스키의 언어에서 이 공작이란 호칭이 다소 양의적인 뉘앙스를 담고 있음을 알 수 있다.

미슈킨은 합성된 인물이다. 우리는 그에게서 그리스도, 돈키호테, 피크윅, 정교회의 전통적 여러 바보 성인聖人 등의 모습을 찾아낼 수 있다. 그러나 로고진과의 관계는 명확하다. 로고진은 미슈킨의 원죄原罪인 것이다. 공작이 인간이며 최초의 타락을 이어받은 한, 두 사람은 불가분의 동료로 남아 있어야 한다. 그들은 같이 소설 속에 등장하며 공통의 운명을 향해서 떠나간다. 로고진이 미슈킨을 죽이려 한 데는 자살의 가혹한 비통함이 서려 있다. 어쩔 수 없는 그들의 가까움을 통해, 도스토예프스키는 지식의 문에는 반드시 악이 존재함을 비유한다. 로고진이 떠나가자, 공작은 다시 백치 상태로 떨어지고 만다. 어둠이 없다면 어떻게 우리가 빛의 본질을 이해하겠는가?

또한 같은 칸에는 "마흔 가량의 허름한 옷차림의 사내가 있었는데 관청 서기쯤으로 보였고, 딸기코에 부스럼투성이 얼굴을 하고 있었다". 이 레베제프란 인물은 도스토예프스키가 주인공 주위에 배치해 두는, 기괴하지만 개성이 뚜렷한 조역들

---

* 플레이아드판 편집자들은 "공작prince"이란 말이 도스토예프스키가 주 모티프를 착상해냈다는 걸 인식한 증거라고 지적한다. 그러나 공작 호칭은 아직 미슈킨에게 주어진 것이 아니라 소설의 애초 구상으로 보면 부차적인 인물에게 주어진 듯하다. 도스토예프스키는 서서히 공작이 "백치" 자신이라는 것을 깨달았을 뿐이다.

중 하나이다. 이들은 도시에 수두룩하게 깔려 있는데 폭력이나 추문의 냄새만 맡아도 모여들어, 청중이 되기도 하고 코러스 역할도 한다. 레베제프는 고골의 『외투』에 등장하는 감상적感傷的인 서기와 미코버 씨*―도스토예프스키에게 깊은 감명을 준 인물―의 후예라고 할 수 있다. 『죄와 벌』의 마르멜라도프, 『악령』의 레뱌드킨, 『카라마조프가의 형제들』의 스네기료프 대위(그 이름부터가 굴욕감을 띠고 있다)처럼, 레베제프는 종종걸음을 치며 부유층이나 권력층의 손에서 보상이든 축출이든 얻어내려 한다. 그와 그의 종족은 사자 갈기에 둥지를 튼 기생물처럼 살아간다.

레베제프가 가진 재산이라고는 말하자면 이야기보따리 하나인데, 『백치』의 첫 부분에서 그 보따리를 열차 소리를 연상시키는 덜컹거리는 리듬으로 쏟아 놓는다. 그는 미슈킨이 약간 관계가 있는 예판친 집안에 대해 독자가 알아 두어야 할 사실을 모두 이야기한다. 그는 공작으로부터 미슈킨 집안의 혈통이 유서 깊고 매우 고귀하다는 암시를 끌어낸다(그리스도가 왕족 출신임을 은근히 떠올리게 한다). 레베제프는 로고진이 재산을 상속받았다는 사실을 알고 있고, 아름다운 나스타샤 필리포브나에 대해 이것저것 떠들어 댄다. 게다가 그는 그녀와 토츠키 사이의 관계와 토츠키와 예판친 장군간의 친교까지 알고 있다.

---

* 미코버 씨Mr. Micawber : 디킨스의 『데이비드 코퍼필드』에 등장하는 인물. 가난하면서도 호인이며 다혈질이고, 유쾌하면서도 게으름뱅이이고 무능하다. 역주

로고진은 이 소인배의 경솔한 행동에 화가 치밀어 나스타샤에 대한 그의 격렬한 열정을 드러내 보인다. 대화가 워낙 진행이 빠르고 꾸밈없이 맹렬해서, 우리는 본질적으로 다소 거친 표현 양식으로 인도된다. 우리는 문자 그대로 깜짝 동요動搖되어 희곡의 기본 관습을 받아들이게끔 되는 것이다. 즉 대화를 통해 가장 개인적인 지식과 정서를 "공표"하는 관습이 그것이다.

기차가 상트페테르부르크에 도착하자 레베제프는 로고진의 추종자가 되기로 한다. 이들은 광대, 낙오자, 깡패 무리들로 주인의 악마 같은 활력과 그가 뿌려대는 돈에 의해 살아간다. 레베제프는 별로 할 일이 없고, 미슈킨은 집도 없고 짐도 없다는 설정은 도스토예프스키적인 발상이다. 라이오넬 트릴링은 "도스토예프스키의 경우 모든 상황은, 아무리 정신적인 것이라도, 약간의 사회적 자부심과 얼마간의 돈과 더불어 전개된다"[*]고 지적한다. 이 말을 자칫 잘못 이해하면 발자크의 소설에서 발견되는 경제학과 안정적인 사회관계의 저 결정적인 핵심을 시사한다고 볼 수도 있다. 드미트리 카라마조프처럼 라스콜니코프에게는 얼마간의 돈이 절실하게 필요하며, 로고진의 재산이 『백치』에서 핵심적인 역할을 하는 것은 말할 나위도 없다. 그러나 여기서 돈은 어떤 분명한 방식으로 얻어진 적이 없다. 사람의 진을 빼는 직업상의 틀에 박힌 일이나 발자크의 자본가가 힘을 쏟는 고리대금업과도 무관하다. 도스토예프스키의 인

---

[*] 라이오넬 트릴링: 「양식, 모랄, 소설」(『진보적 상상력』, 뉴욕, 1950).

물들은—가장 궁핍한 사람조차도—혼란 상태로 빠져들거나 예기치 않은 일에 전적으로 매달릴 만한 여분의 시간이 늘 있다. 그들은 밤이나 낮이나 시간을 낼 수 있고, 공장이든 안정된 사업이든 거기 가서 빼내어 올 필요가 없다. 무엇보다도 그들은 마치 왕이나 된 것처럼 돈을 기묘할 정도로 상징적이며 빼딱하게 사용한다. 그들은 그것을 태우거나 가슴 위로 두르고 다닌다.

호머와 톨스토이는 "대상의 총체성", 다시 말해 매일의 일과와 습관적 체험을 포괄하는 규범들로 그들의 등장인물들에게 어떤 선을 그어 준다. 도스토예프스키는 인물들을 벌거벗은 절대로 환원시킨다. 연극에서는 벌거숭이가 벌거숭이와 대결하는 법이다. 루카치는 "극의 관점에서 보면, 어떤 인물이나 그 인물의 심리적 특성도 충돌의 살아 있는 역학에 꼭 필요한 것이 아니면 잉여물로 치부되기 마련"*이라고 쓴다. 이 원칙이 도스토예프스키의 기술을 지배하고 있다. 미슈킨과 로고진은 역에서 헤어져 각기 다른 방향으로 떠난다. 그러나 "충돌의 역학"은 그들을 좁은 궤도 속으로 유도하여 마침내는 부딪치게 만들고 최종적인 파국 가운데서 재결합하게 할 것이다.

미슈킨은 "11시쯤"에 예판친 장군댁 문 앞에 당도한다. 시간이 자주 언급되는 것은 주목할 만하다. 이를 통해 소설가는 그의 서술의 환각적인 속도를 적당히 조절한다. 문간방에서 공

---

* 죄르지 루카치:『소설의 이론』(베를린, 1920).

작은—이제 그의 무구한 지혜가 드러나기 시작하는데—하인에게 자신의 영혼을 토로하여 놀라게 만든다. 희극이 형언할 수 없는 슬픔을 주면서도 여전히 희극일 수 있는 분위기가 있다면, 이 장면에서의 도스토예프스키는 가히 그 대가급이다. 미슈킨은 천사 같은 직관력이 있다. 그의 앞에서는 삶의 비품들—신중한 태도, 안면을 익히는 예절, 미루고 모호하게 만드는 담론 책략—이 무시된다. 공작이 건드리는 것은 무엇이나, 금으로 변하는 것이 아니라 투명하게 되어 버린다.

그는 예판친 장군의 비서 가브릴라 아르달리오노비치(애칭 가냐)의 안내로 장군에게 인도된다. 극적 방법에 따르게 마련인 우연의 일치가 또다시 작용하여, 이날은 마침 나스타샤의 25번째 생일이며 그녀가 가냐와의 결혼을 승락할지 여부를 발표하겠다고 약속해 둔 날이다. 나름의 이유가 있어 장군은 그 결혼을 지지한다. 나스타샤는 자신을 찍은 큰 사진을 가냐에게 주었고 그는 그 사진을 그의 후견자에게 가져간다. 이 사진—『미성년』에서 카테리나 니콜라예브나가 등장할 때도 같은 수법이 쓰인다—은 종잡을 수 없이 다양하게 갈라진 서사들을 연결시켜 일관성을 부여하는 저 물리적 "재산들"(미슈킨의 십자가, 로고진의 칼) 중 하나이다.

미슈킨은 사진을 응시하며 "놀랍도록 아름답다"고 느낀다. 그는 실지로 그 여자를 아는 사람들보다 거기서 더 많은 것을 인식하는 듯 보인다. 주인에게 질문을 받자 그날 아침 기차 객실에서 로고진에게서 들었던 것을 설명한다. 다시 한 번 도스토예프스키의 묘사가 마치 처형대와 같은 무대에 올려지면서 우리에게 다소 명백하고 공들인 것으로 다가온다. 그러나 대화의 긴장으로 인하여 그리고 우리의 반응이 꽤 비중 있게 관여해온 소재에 극적인 정보가 끊임없이 작용함으로써 이 인상은 더 이상 힘을 얻지 못하게 된다.

결혼 제의에 대한 가냐의 감정은 이중적이다. 그는 이 계획이 토츠키와 장군이 음흉하고 심지어는 혐오스럽기까지 한 동기로 꾸며 놓은 것이라는 점을 알고 있다. 그러나 가냐는 나스타샤의 보호자들이 그녀를 위해 마련해 줄 재산을 갈망하고 있다. 12시 반이 되자 예판친은 방을 나간다. 그는 미슈킨이 생계를 꾸리는 데 도움을 주기로 약속하고 가냐의 집에 하숙하도록 주선해 준다. 비서와 "백치"는 사진과 더불어 남는다.

"이 얼굴에는 무서울 정도의 교만함이 엿보이는군요. 그러나 원래는 선한 사람인지도 모르죠. 아아 정말 선한 사람이라면 좋으련만! 그러면 만사가 잘될 수 있을 거예요!"

"하지만 당신이라면 이런 여자와 결혼할 수 있겠습니까?" 가냐는 타오르는 눈을 공작의 얼굴에 못 박은 채 연거푸 질문을 던졌다.

"나는 아무하고도 결혼할 수 없습니다. 건강한 몸이 아니니까요" 하고 공작은 대답했다.

"그럼 로고진이라면 결혼할까요? 어떻게 생각하시죠?"

"못할 게 있나요? 분명 결혼할 거라고 생각해요. 내일이라도 할 겁니다! 내일 결혼하고 일주일 후 죽일 겁니다!"

공작의 말이 미처 끝나기도 전에 별안간 가냐가 무섭게 몸을 떠는 바람에 공작은 하마터면 소리를 지를 뻔했다.

『백치』전체가 이 대화의 교환에 잠재해 있다. 미슈킨은 나스타샤의 병적이며 자멸적인 교만을 간파하고 그녀의 아름다움의 비밀을 풀려고 하고 있다. 그녀가 "선하기"(이 단어는 여기서 신학상의 의미로 받아들여야 한다)만 하다면 사실 "만사"가 잘될 것이다. 다른 인물들의 삶을 결정하는 것은 바로 나스타샤의 도덕성에 달려 있기 때문이다. 가냐는 그녀에 대한 공작의 공감에는 엄청난 비관습적 힘이 있음을 의식한다. 그는 그 순수성이 거침없이 근본적인 해결로 직진한다는 것을 어렴풋이 깨닫는다. 미슈킨과 나스타샤가 결혼하게 될지도 모른다는 생각이 마음 한구석에 맴돈다. 공작이 결혼할 수 없다고 확언한 말은 진실이었다. 그러나 그것은 세속적인 진실—사실의 세계에서 우연적으로 존재하기 마련인—이기 때문에 그를 속박하지는 못한다. 가냐가 몸을 떤 것은 나스타샤의 생명에 대한 공포 때문이 아니다. 종국적인 통찰력, 아무런 애도 쓰지 않고 이루어진 예언과 대면하게 된 것이다. 특출하게 총명한 가냐조차 제대로 진상을 파악 못했거나 겁에 질려 억눌러 두었던 인물과 상황의 현실을 이 '백치'는 단번에 꿰뚫고서 나스타샤의 살해를 예언하는 것이다. "무섭게 몸을 떠는" 가냐의 이 단 한 가지 몸짓이 우리로 하여금 그토록 분명하고 상세한 반응을 요구한다는 사실은 대화를 통해 도달된 희곡의 수준을 말해준다.

이어서 우리는 나스타샤의 어린 시절과 토츠키와 처음 얽히게 된 사연을 듣게 된다. 좀 따분해질 위험을 무릅쓰고 한 번

더, 복잡한 "배경 지식"이 끼어듦으로써 연극적 방법에 특별한 난점들이 생겨난다는 점을 짚어두고자 한다. 『백치』에서 설명 부분의 딜레마가 거슬리게 되는 것은 앨런 테이트가 고찰하듯이 "플롯 전개가 거의 예외 없이 '연극적'이기" 때문이다.*

토츠키는 예판친의 딸 중 하나와 결혼할 생각인데, 나스타 샤가 가냐와 결혼만 해주면 일이 쉽게 풀릴 판이다. 더욱이 예 판친 장군 자신이 나스타샤에게 반해 있으며, 그의 비서가 은 근히 협력해 주기를 기대한다는 "이상한 소문"마저 있다. 이 암시와 더불어 우리는 빈틈없고 멜로드라마적이기까지 한 상 황에서 한 가지 가장 중요한 환경을 제외한 모든 사실을 파악 하게 된다.

점심 무렵에 미슈킨은 예판친 부인과 세 딸 알렉산드라, 아 젤라이다, 아글라야에게 소개된다. 처녀들은 그의 맑은 순수성 에 매력을 느낀다. 그녀들의 질문 세례를 받고 공작은 1849년 12월 22일 도스토예프스키가 체험한 저 유명하고도 가슴을 찌르는 가짜 처형식 이야기를 엷은 허구의 베일을 씌워 들려 준다. 도스토예프스키의 장편 및 중편 몇 편에도 이와 유사한 이야기가 삽입되어 있다. 이것은 특정한 어느 순간에 도스토예 프스키의 문체에 필수 불가결한 열쇠를 제공하는 일종의 낙인 역할을 하는 듯하다. 『아가멤논』에 나오는 카산드라의 야수와 같은 울부짖음처럼 이 이야기는 실제로 체험한 무서운 진리가

---

* 앨런 테이트: 「날아다니는 파리」(『현대 세계의 문필가』, 뉴욕, 1955).

이 시의 핵심에 놓여 있음을 천명한다. 미슈킨이 독백을 끝내자 아글라야가 그에게 도전한다. "그런데 당신은 왜 그런 이야기를 하신 거죠?"라고. 이 명쾌한 질문은 공작의 수수께끼 같은 "순박함"을 그녀가 잇달아 공격하게 되리라는 점을 예상케 한다.

그러나 공작은 대답 대신에 이야기를 두 가지 더 하게 된다. 우선 사형 집행 장면을 본 느낌(이미 예판친의 문간방에서 하인에게, 따라서 독자에게 전달한 바 있는)을 이야기한다. 끝으로는 그가 스위스에 있을 때 직접 겪었던 노골적으로 디킨스적인 유혹과 용서의 이야기를 들려준다. 도스토예프스키가 이런 이야기를 잇달아 하는 동기는 다소 분명치 않다. 깨달음과 사랑을 얻게 된 타락한 여자와 어린이들의 테마를 통해 우리가 미슈킨의 모습을 그리스도와 연관시키는 동시에 그가 나스타샤를 남다르게 이해하고 있음을 미리 알려준다고도 할 수 있다. 그러나 아글라야는 공작이 취하는 행동과 테마 선택의 배후에는 무언가 나름의 "동기"가 있다고 주장한다(내가 생각하기로는 옳은 말이다). 도스토예프스키가 이 동기를 밝히지 않기 때문에 우리는 이 세 "이야기"의 소재를 그토록 절박한 수사로 다룬 것이 등장인물이 아니라 작가 자신에 기인하는 것이 아닌지 의심하게 된다. 미슈킨이 건드린 모티프 하나하나가 얼마나 근본적으로 도스토예프스키의 개인적 기억 및 강박과 연루되어 있는지 생각해보면 이 의심은 더욱 신빙성을 얻게 된다.

아글라야에 대해 공작은 "거의 나스타샤만큼이나 아름답다"고 한다. 그는 두 여자의 이름을 위태로울 지경으로 접근시켰고, 예판친 부인에게 그 사진에 대해 이야기하지 않을 수 없게 된다. 가냐는 이 경솔한 짓에 화가 치밀어 "백치"란 단어를 처음으로 사용한다. 이제 마치 하나의 섬광처럼 독자에게 분명해진다. 가냐가 자기 가족의 멸시를 받는 나스타샤에 대한 양가적인 감정 때문만이 아니라 아글라야를 향한 사랑으로 고통받고 있다는 것이다. 그야말로 온전히 극적인 맥락을 통해서 그것이 드러난다. 가냐는 아글라야에게 자기의 편지를 전해 달라고 부탁한다. 그 편지에서 그는 그가 가냘픈 희망이라도 가질 수 있도록 해 달라고 간청한다. 만약 그녀가 그에게 눈길을 돌려준다면 나스타샤와 그 재산에 대해 품고 있는 들뜬 그의 기대를 내던질 준비가 되어 있다는 것이다. 아글라야는 그 편지를 즉시 미슈킨에게 보여주면서 그의 면전에서 그 비서를 모욕한다. 이 행동은 "백치"에 대한 그녀의 관심이 싹트고 있음을 말해주며, 그녀의 기질을 어둡게 관통하고 있는 신경질적인 잔인성을 알려준다.

모욕을 당하고 화가 치민 가냐는 공작에게 비난을 돌려 그의 백치성을 욕한다. 하지만 미슈킨이 정중하게 나무라자 가냐는 화를 가라앉히고 공작을 자기 집으로 초대한다. 이들의 대화에는 도스토예프스키가 즐겨 사용하는 갑작스러운 분위기의 역전이 있다. 그는 중간 설명은 생략하고, 증오에서 바로 사랑으로, 진리에서 바로 가식으로 옮겨 가는 경우가 많은데, 이는 그가 마치 희곡을 창작하듯이 등장인물들이 무대 위에서 말하고 있는 것처럼 그들의 얼굴 표정과 몸짓을 보고 있기 때문이다. 같이 걸어가며 가냐는 미슈킨을 사나운 눈길로 노려본다. 상냥하게 초대한 것도 시간을 벌기 위해서였다. "백치"라 해도 쓸모가 있을지 모르니 말이다. 모든 육체적인 상호 작용이 거기에 있으면서 언어를 감싸고 있다. 도스토예프스키는 우리가 시각적 상상력을 쉴 새 없이 발휘하여 읽어야 할 소설가의 본보기다.

이제 오후가 된다. 가냐의 집은 도스토예프스키적인 바벨탑으로, 그 음산한 방들에서 일군의 등장인물들이 빛에 놀란 박쥐처럼 쏟아져 나온다. 만취한 서기들, 무일푼의 대학생들, 굶주리는 재봉사들, 정숙하지만 언제 위험에 빠질지도 모를 처녀들, 눈이 커다란 아이들은 친숙한 모습이다. 이들은 꼬마 넬*을 위시한 디킨스 화랑畵廊의 후예들이다. 『올리버 트위스트』에서 고리키에 이르기까지의 유럽 및 러시아 소설에 자주 나타나는 이들은, "낡은 소파 위에서… 찢어진 누더기를 덮고" 자며, 멀건 죽을 먹고, 하숙 주인과 고리대금업자를 두려워하고, 세탁물을 빨아 주거나 법률 문서를 대서해서 몇 푼 안 되는 돈을 벌고, 빽빽하게 들어선 좁고 어두운 방에서 놀랄 정도로 많은 식구를 먹여 살린다. 이들은 디킨스와 외젠 쉬가 수많은 사도使徒들을 파견했던 저 대도시란 지옥에 살고 있는 저주받은 소인들이다. 도스토예프스키가 이 전통에 추가한 것은 모멸에서 솟아나는 다소 맹렬한 희극이었고, 성경뿐 아니라 소설에서도 진리란 아이들의 입을 통해 가장 분명하게 들린다는 생각

---

* 디킨스의 『골동품 상점』에 나오는 여자 아이. – 역주

이었다.

미슈킨은 새로운 등장인물들이 우글거리는 곳에 들어선다. 즉 가냐의 모친, 누이동생 바르바라, 동생 콜랴(괴이하다는 생각이 들 정도로 눈치 빠른 도스토예프스키적인 소년들 중 하나), 프티친(바르바라의 찬미자), 페르디셴코(술 취한 미코버라 할 만한), 가냐의 부친 이볼긴 장군 등이다. 이 마지막 인물은 『백치』에서 가장 인간미 넘치고 아름답게 묘사되어 있다. 그는 "불우한 퇴역 장군"이라고 자기를 소개하는데 여기에는 의사 영웅시mock-epic의 어조가 실려 있다. 상대가 누구든 간에 털어놓는 그의 회고담은 터무니없는 거짓말에서부터 신문 기사 나부랭이까지 걸쳐 있다. 앞뒤가 맞지 않아 발각이 되거나 궁지에 몰리면, 이 공동주택의 폴스타프*는 애처로운 어조로 카르스의 포위전과 가슴에 박힌 총알 이야기를 꺼낸다. 미슈킨의 존재는 마치 촉매처럼 작용한다. 그의 손길이 닿는 인물은 모두 나름의 불을 켜고서 강렬한 빛을 발한다. 그의 본성—이것은 전체적으로 극화된 마술인데—은 어떤 자극이든 쉽사리 받아들이고, 또한 공작이 타인과 맺는 관계에 따라 규정된다. 하지만 그 본성은 순수하기 그지없는 뚜렷한 정체성을 가지고 있다.

가냐와 그의 가족들은 나스타샤와의 결혼 문제로 열을 올리며 다툰다. 미슈킨은 자리를 뜨다가 초인종 소리를 듣는다.

---

* 폴스타프Falstaff : 셰익스피어의 『헨리 4세』 1·2부에 등장하는 인물. 거대한 뚱보, 거리의 망나니, 술주정뱅이이며, 거짓말 잘하고 소심하며 비겁하지만 동시에 기지와 해학이 넘친다.─역주

공작은 빗장을 벗기고 문을 열었다. 순간 그는 깜짝 놀라 뒷 걸음쳤다. 거기에는 나스타샤 필리포브나가 서 있지 않은가. 그는 사진을 보았기 때문에 이내 그녀를 알아볼 수 있었다. 그녀는 분노에 타는 눈빛으로 그를 노려보았다.

이것이 첫 번째 극적인 돌발 사건으로 소설은 이를 중심으로 구축된다.

도스토예프스키는 어떤 "대大장면"을 위해 배역들을 집결시켜 왔다. (『악령』에서 스타브로긴 집으로의 집결 및 『카라마조프가의 형제들』에서 조시마 장로의 사실私室에서의 집결과 비교해 보라). 대화가 중단되는 것은 간간이 지문이 끼어들 때뿐이다. 즉 "가냐는 공포에 질려 꼼짝할 수조차 없었다". 혹은 바랴와 나스타샤가 "묘한 뜻이 담긴 시선"을 주고받았다는 식으로.

가냐는 증오심과 당혹감 사이에 짓찢겨 있다. 그의 부친이 연미복을 차려입고 나타나 신문에 난 사실을 자기가 한 일인 양 주워섬기기 시작하자 그의 고통은 발작 직전에 달한다. 나스타샤는 잔인하게도 그 이야기가 거짓말임을 밝힌다. 그녀 자신의 본성 속의 히스테리와 불안으로 인해, 인간들의 영혼의 태만함을 까발리고야 마는 것이다. "그때 요란한 초인종 소리가 금세 문을 부수기라도 할 기세로 울려댔다." 두 번째 주요 등장이다. 로고진이 도스토예프스키가 "코러스"라고 지칭한 패거리 12명을 이끌고 당당하게 들어온다. 로고진은 가냐를 "유다"라고 지칭한다(이로써 미슈킨과 연관되는 상징체계가 확립된다). 그는 가냐의 탐욕을 이용해 그에게서 나스타샤를 "사려고" 온 것이다. 그리고 만약 가냐가 로고진의 돈을 받고 나스타샤를 "팔아넘기게" 되면 미슈킨을 배반하는 셈이 될 것이라는 데 이 플롯의 미묘한 결이 있다. 한 번 읽고서 여기서 전개되는 행동의 모든 층위들을 파악하기 어려운 것은 연극을 처음 관람해서는 복잡한 구성을 가진 극적인 대화를 파악하기 어려운 것과 빈틈없이 일치한다는 점은 짚어두어야 할 것이다.

로고진의 어조는 야수 같은 교만과 다소 예민한 겸손 사이를 마치 경련을 일으키듯 오락가락한다. "오, 나스타샤 필리포브나! 날 내쫓지는 마시오!" 나스타샤는 "냉소를 품은 거만한 눈빛으로" 그녀가 가냐와 결혼할 생각이 없다고 잘라 말하고, 로고진을 충동질해 그녀를 위해 10만 루블을 제안하게 만든다. 가냐의 누이는 이 "경매"에 격분하여 나스타샤를 "수치심도 없는 년"이라고 매도한다. 가냐는 정신을 잃고 바르바라(바랴)를 때리려고 한다.

그러나 또 하나의 손이 밑으로 내리치려는 가냐의 손을 재빨리 붙잡았다. 두 남매 사이에는 공작이 서 있었다.

"이러시면 안 됩니다!" 하고 그는 강경한 어조로 말했으나, 그의 몸은 무서운 심적 동요로 인해 부들부들 떨고 있었다.

"오오, 네놈은 어디까지나 나를 방해할 셈이로구나!" 바랴의 팔을 놓은 가냐는 이렇게 부르짖더니, 극도에 달한 분노 속에서 있는 힘껏 공작의 뺨을 후려갈겼다.

사방에서 경악의 외침이 일어났다. 공작의 얼굴은 죽은 사람처럼 창백해졌다. 힐난에 찬 이상하고 거친 눈초리로 그는 가냐의 눈을 똑바로 응시했다. 그의 입술은 바들바들 떨며 무언가를 말하려고 애쓰고 있었으나, 격에 맞지 않은 야릇한 미소로 괴이하게 일그러질 뿐이었다.

"좋아요, 나한테는 무슨 짓을 한데도… 그러나 동생분을 때리게 둘 수는 없습니다!" 그는 가느다란 목소리로 겨우 이렇게 말했다. 그러나 그는 더 이상 참을 수 없었는지 두 손으로 얼굴을 가리고 한쪽 구석으로 물러나더니, 벽 쪽으로 얼굴을 향한 채 토막토막 끊어진 소리로 말했다. "하지만 당신은 나중에 자신의 행위를 얼마나 부끄러워할지 모를 겁니다!"

이 부분은 『백치』 전편에서─사실상 소설의 역사상─가장 위대한 구절 중 하나이다. 그러나 특정한 효과들이 한 편의 시나 음악에서처럼 작품 전체에 그 못지않게 의존하고 있는 마당에 얼마나 그것들이 면밀하게 검토될 수 있을까?

가냐는 상처 입은 동물의 본능으로 그의 진정한 적은 로고진이 아니라 "백치"라는 것을 깨닫는다. 그들 사이의 충돌에 개입되어 있는 것은, 가냐도 미슈킨도 충분히 의식하고 있지 않을 수 있지만, 나스타샤가 아니고 아글라야이다. 공작은 그리스도가 그러했듯이 뺨을 내주고, 로고진이 잠시 후에 그를 "한 마리의 양"이라고 부름으로써 상징이 명료해진다. 그러나 비록 공작은 용서는 하지만, 자신이 가냐의 고통과 굴욕에 끼어든 것이 견딜 수가 없다. 아글라야에 대한 통찰을 통해서 그는 이미 개입해 "있기" 때문이다. 공작이 그토록 많은 진실을 소유하고 있다는 것은 죄에 접촉하고 있다는 것과 다를 바 없고, 다시 한 번 우리는 로고진이 가까이 있을 때에 미슈킨의 지성이 날카로워진다는 점을 주목하게 된다. 공작을 벽(즉 궁지)으로 몰아붙인 저 슬픔에는 자신의 미래에 닥칠 고뇌에 대한 예견과 가냐에 대한 그의 감정이 교묘하게 뒤섞여 있다. 또한 "이상하고 거친 눈초리"와 떨리는 입술에서 간질에 대한 암시를 놓칠 수 없다.

나스타샤는 이 사태를 지켜보았다. "새로운 감정"이 그녀를 사로잡는다. (도스토예프스키가 우리 손을 약간 잡아끌고 있는 걸까?) 공작을 가리키며 그녀는 소리친다. "저분을 어디선가 꼭 본 것 같아요!"라고. 이것은 그야말로 압권이다. 다시 말해 나스타샤가 보았던 성상ikon에서 응시하고 있는 모습의 다른 왕자prince와 이 "백치"가 신비스러운 혈연관계가 있음을 가리킨다. 미슈킨은 나스타샤에게 지금 가장하고 있는 그 모습이 진정한 당신이냐고 묻는다. 그녀는 그렇지 않다고 속삭이고는 돌아간다. 그 순간 그녀가 진실을 말하고 있다고 해야 할 것이다. 그러나 그것은 진실의 일부일 뿐이며 로고진이 그 나머지를 알고 있다. 로고진과 미슈킨은 변증법적인 관계에 있으며, 각각 상반되는 절반의 지혜에 도달한다는 것이 진실일 수밖에 없다. 로고진은 나스타샤의 나머지 부분을 알아보고 거기에 10만 루블의 가격을 매긴 셈이다. 그는 패거리를 이끌고 질풍처럼 돈을 구하러 달려 나간다.

『백치』 제1부를 쓰던 당시의 심리적-경제적 압박감을 생각하면, 도스토예프스키의 필치가 적확하고 자신이 넘치는 데는 감탄할 뿐이다. 돌발적인 몸짓―가냐가 공작을 때리는 것, 샤토프가 스타브로긴을 때리는 것, 조시마가 드미트리 카라마조프에게 절을 하는 것 — 은 철회가 불가능한 언어이다. 그 몸짓이 있고 난 뒤에는 잠시 침묵이 따르며 대화가 다시 시작될 때에는 음가音價가 달라지고, 인물 상호간의 관계에 대한 우리의 인식이 달라진다. 긴장이 너무 커서 말을 넘어서 행동으로 발전할 소지는 언제나 있다. 때린다거나 입을 맞추거나 간질 발작을 일으키는 것이다. 문맥 속에서 오고가는 말들에는 에너지가 충전되어 있고 폭력이 잠재되어 있다. 그런가 하면 몸짓은 돌발적이어서 어느 정도 거리를 둔 채 서술된 신체적 현실이 아니라 구문(가장 폭넓은 의미에서의 구문)의 힘으로 풀려난 폭발적인 이미지나 은유처럼 언어 내부에서 반향을 불러일으킨다. 따라서 도스토예프스키의 신체 행동 묘사에는 다의적이고 환각적인 분위기가 감돈다. 우리가 마주한 것들은 실제로 입에서 나오거나 수행된 것이 아닌가? 우리가 머뭇거린다는 사실 자체가 도스토예프스키의 대화가 얼마나 연극적인 구체성을 띠고 있는지를 확인하게 해준다. 말은 움직여야 하고 동작은 말해야 하는 것이 희곡의 본질이다.

이제 가냐의 가족이 휩쓸려 있는 그 사건과 분규로 넘어가자. 저녁 9시 반경에 미슈킨 공작은 나스타샤의 야회에 도착한다. 초대받지는 않았지만 소용돌이의 현장으로 이끌려온 것이다. 예판친 장군, 토츠키, 가냐, 페르디셴코, 그 외 손님들이 긴장한 마음으로 결혼에 대한 나스타샤의 결정을 기다리고 있다. 그 시각에 도시의 어느 곳에선가 로고진은 여기저기 미친 듯이 돌아다니며 돈을 그러모으고 있다. 나스타샤의 집은 전형적인 도스토예프스키식 "연극 무대"로 설치되어 있다. 즉 벽이 3면뿐이며, 그야말로 개방되어 로고진이 떠들썩하게 뛰어들어올 수도 있고 공작이 조용히 들어설 수도 있다. 지루한 시간을 보내기 위해 "새롭고도 가장 즐거운 게임"(실제로 1860년대에 성행하던)을 하자고 페르디셴코가 제안한다. 모든 손님들이 차례차례로 자기가 일생 동안 저지른 "가장 나쁜 짓"을 고백하자는 것이다. 토츠키는 이 유별난 착상─도스토예프스키는 고딕풍 이야기 「보보크」에서 이를 다시 사용한다─이 "변태적인 자기 자랑에 불과할 뿐"임을 예리하게 지적한다. 페르디셴코가 첫 제비를 뽑아 그가 저지른 사소한 도둑질을 가엾은 하녀가 덮어쓰게 내버려둔 일을 회상한다. 소설가는 이 테마에 사로잡혀서 종종 이를 사용하는데, 예를 들면 『악령』에서 보다 추악한 형태로 재등장한다. 나스타샤가 자신의 생애 중에서 "어떤 대목"을 공개하겠다고 약속한 데 고무되어 예판친도 이야기를 한다. 그의 이야기는 도스토예프스키의 이전 작품 『도박사』에도 영향을 준 푸시킨의 「스페이드의 여왕」에서 따온 것이 거의 확실하다. 다음에 토츠키가 짓궂은 농담을 했다가 간접적이긴 하지만 한 젊은 친구를 죽게 만든 일을 고백한다.

이 세 이야기는 거의 병적일 정도의 정직한 고백의 분위기를 짙게 만듦으로써 도스토예프스키가 다가오는 클라이맥스를 신빙성 있게 묘사할 수 있게 해준다. 위의 이야기들은 소설 전체에서 보다 폭넓게 다루어지는 선과 악의 테마를 축소한 알레고리이자 고찰이다. 또한 행동이 이루어지지 않으면서도 피할 수 없이 긴장된 순간을 이어주는 역할을 한다. 그러나 토츠키가 이야기를 끝내고 나자 나스타샤는 자기 차례의 이야기를 하는 대신 미슈킨에게 불쑥 묻는다.

"제가 결혼을 할까요 말까요? 당신이 결정하는 대로 따르겠어요."
토츠키는 새파랗게 질려 버렸고, 장군은 몸이 굳어져 버렸다. 다른 손님들도 눈이 휘둥그레져서 귀를 곤두세웠다. 가냐는 얼어붙은 듯 꼼짝 않고 앉아 있었다.

대화 사이의 산문은 연극에서의 지문처럼 짤막하게 배우들의 위치를 정해 줄 뿐이다. 메레즈코프스키가 말하듯 "스토리는 정작 본문이라고 할 수 없고 말하자면 괄호 속의 작은 글씨이며 희곡에 대한 주석이다… 그것은 배경을 꾸미는, 연극에는 없어서는 안 될 설비이다. 여기에 인물들이 등장해서 말을 시작해야 비로소 작품이 시작되는 것이다".[*]

"누구와 결혼을?" 공작이 꺼질 듯한 목소리로 물었다.
"가브릴라 아르달리오비치 이볼긴과." 여전히 단호하고도 또렷또렷하게 나스타샤는 대답했다. 완전한 침묵이 몇 초간 지속되었다. 마치 무거운 어떤 것이 가슴을 짓누르기라도 하는 것처

* D. S. 메레즈코프스키: 『톨스토이의 인간과 예술 ― 도스토예프스키론과 함께』(런던, 1902).

럼, 공작은 무언가를 말하려 했으나 좀처럼 입이 떨어지지 않았다.

"아… 안 됩니다. 그와 결혼하면 안 돼요!" 그는 간신히 숨을 몰아쉬면서 마침내 이렇게 속삭였다.

나스타샤는 백치가 그녀가 지금까지 본 사람 중에서 "진실로 믿을 수 있는 영혼"을 가진 첫 번째 사람이기 때문에 그에게 자신의 운명을 맡겼노라고 설명한다. 소설의 역설—무구함과 지혜의 동등성이라는—로 보아서는 어쩔 수 없지만 그녀의 선언은 불공정하다. 로고진의 고결함 또한 미슈킨의 그것과 대등하며 거의 절대적이다. 그의 세례명 파르펜은 "순결하다"는 뜻이다. 공작의 권고를 듣자마자 그녀는 굴레를 떨쳐 버린다. 그녀는 토츠키의 돈을 거절하며, 예판친 장군의 진주도 받지 않을 것이다. 그런 것은 자기 부인에게나 주라지! 내일이면 그녀는 새로운 생활을 시작할 것이다.

바로 그때 누군가 세차게 초인종을 울리는 소리가 들리고 문이 요란하게 흔들렸다. 그것은 아까 낮에 가냐의 집에서 사람들을 놀라게 한 소리와 너무나도 흡사했다. "아아, 이것으로 클라이맥스야, 12시 반이야!" 하고 나스타샤 필리포브나는 소리쳤다. "여러분 자리에 앉아 주세요. 막 무슨 일이 벌어질 테니까요."

그날 아침 9시에 시작된 사건이 이제 멜로드라마적인 대단원으로 치닫고 있다. 다음에 전개되는 일은(이는 자세히 읽어 볼 필요가 있다) 현대 소설을 통틀어 가장 연극적인 에피소드에 속한다.

로고진은 "거칠면서"도 "얼빠진" 모습으로 들어선다. 그는 10만 루블을 마련해 왔지만 나스타샤의 "선고를 기다리는 듯" 몸을 움츠린다. 그녀의 생각으로는 그의 노골적인 제안이 성실성의 미덕을 지니고 있다. 그것은 성적 규범을 적나라하게 천명한 것으로, 토츠키와 예판친도 거기에 따라 살지만 더 세련된 방식으로 꾸며 대고 있을 뿐이다. 여기서 도스토예프스키의 사회 비판은 암시적으로 나타나 있기에 더더욱 효과적이다. 나스타샤는 가냐에게로 돌아선다. 의자에 붙박인 듯 꼼짝도 못하는 그의 자세로 인해 더 두드러지는 그의 비굴성에 그녀는 화가 치민다. 로고진이 제안한 결혼을 묵인하는 가냐를 야비하기 짝이 없게 만들기 위해서 그녀는 자신을 "로고진의 여자"라 부른다. "그래요, 페르디셴코라도 절 데려가지 않을 거예요!"라고 그녀는 부르짖는다. 그러나 이 미코버는 통찰력이 있다. 그는 미슈킨이 데려갈 거라고 낮은 소리로 말해준다. 그가 옳다. 공작은 청혼한다.

"…나는 이렇게 생각합니다. 우리들의 결혼은 당신에게가 아니라 도리어 내게 영광스러운 일이라고. 나는 정말 하잘것없는 인간입니다. 그러나 당신은 온갖 어려움을 겪고 그 지옥에서 순결한 몸으로 빠져 나왔습니다. 그것은 정말 힘든 일입니다."

나스타샤는 이런 생각은 "소설에서나 나오는" 얘기이며 미슈킨에게 필요한 것은 "아내가 아니라 보모"라고 비꼬는데, 이는 정확한 말이며 아마도 더 단호해야 했을 것이다. 그렇지만 이 말은 소동이 고조되는 바람에 아무도 알아채지 못한 채 지나가 버린다. 공작의 청혼이 실상 허황한 것이 아니라는 점을 입증하기 위해, 도스토예프스키는 당시의 대중 멜로드라마에서조차도 케케묵은 발상을 도입한다. 즉 오전에만 하더라도 예판친의 집에서 25루블을 빌렸던 그 "백치"가 주머니에서 편지를 꺼내어 자신이 막대한 재산의 상속자임을 밝힌다. 테마로 보나 논리로 보나 변호의 여지가 없는 수법이지만, 주위 여건이 워낙 강렬하다보니 "어쩔 수 없이 내던져진" 셈이다. 분위기가 너무 극렬하고 무슨 일이 터질지 모르는 혼돈 상태이기 때문에, 마치 회전무대가 한 바퀴 돌 때처럼 거지가 왕자로 변신하는 모습을 받아들이게 된다.

나스타샤는 웃음과 오만과 히스테리—일관된 뉘앙스를 유지하는 감정을 구태여 구분하자면—를 불꽃처럼 터뜨린다. 그녀는 공작 부인이 되어 토츠키에게 복수할 수 있고 예판친 장군을 집에서 몰아낼 수도 있다는 생각에 너무나 즐거워 제정신이 아니다. 도스토예프스키는 이런 식의 반#착란 상태에서의 독백 장면—자신의 영혼 주위를 돌며 춤을 추는—을 묘사하는 데는 타의 추종을 불허한다. 마침내 로고진은 사태를 이해한다. 그리고 그의 욕망의 진실성은 의심의 여지가 없다.

그는 두 손을 모아 쥐고 가슴속으로부터 무거운 신음소리를 토했다.

"양보하게, 제발!" 하고 그는 공작에게 말했다.

미슈킨은 로고진의 정열이 그보다 더 강렬하고 육체적으로도 더 확실하다는 것을 알고 있다. 그러나 그는 다시 한 번 나스타샤에게 말한다.

"당신에게는 긍지가 있습니다, 나스타샤 필리포브나. 그러나 당신은 너무 많은 고통을 당한 나머지 자신을 대책 없이 죄 많은 여자라고 여기고 있는지도 모릅니다."

그러나 아마 틀린 말이리라. 그녀의 모멸감은 사실들의 과잉으로 생겨난 듯 보인다. 자신을 저주함으로써 긍지가 가장 정제된 쾌감을 획득하는 것이 아닌가 하고 공작은 묻고 있고, 사실 이는 도스토예프스키 심리학의 주 모티프 중 하나이다. 차분하고도 명료한 그의 지적을 듣고 나스타샤는 비로소 그 황홀한 착란 상태에서 깨어난다. 그녀는 소파에서 벌떡 일어난다.

"…당신은 내가 이 착한 도련님의 청혼을 받아들여서 이분의 일생을 망쳐 놓을 것이라 생각했어요?" 그녀는 소리쳤다. "그런 짓은 토츠키 씨에게나 어울릴 거예요. 저 사람은 어린애들을 좋아하니까요."

그녀는 잔인하게도 토츠키가 일찍이 소녀 시절의 그녀에게 성적 관심을 보였던 사실을 암시하고 있다. 그녀는 자기에게는 수치심이란 것도 없고 "토츠키의 첩"이었다고 공표하면서, 공작더러 아글라야와 결혼하라고 권고한다. 도스토예프스키는 나스타샤가 어떻게 이 점에 생각이 미쳤는지 설명하지 않는다. 그녀는 눈이 멀 정도로 정신이 맑아져서 가냐에 대한 혐오감을 있는 대로 드러내 버린 셈일까? 혹은 "백치"가 예판친의 가족들에게 준 인상에 대해 뭐라도 들은 바가 있는가? 알 수 없는 일이다. 우리는 맹렬한 행동을 통해 인물들이 총체적인 통찰의 순간을 경험한다는 사실을 받아들인다. 언어 자체가 그 비밀들을 쏟아내고 있는 것이다.

로고진은 그가 이 대결에서 이겼음을 확신하고, 피로와 욕망으로 인해 숨조차 헐떡이며 그의 "여왕" 둘레를 과시하듯이 빙빙 돈다. 미슈킨은 눈물을 흘리고, 나스타샤는 자신의 타락상을 극화하여 그를 위로하려 한다. 그러나 그녀는 가냐와 그의 후원자들에게 아직 정리할 일이 남아 있다. 그녀가 오늘 밤 이렇게 더러운 정신 사이를 기어 다녔으니 다른 인간 하나도 몸으로 기어 다니게 만들어야 한다. 그녀는 로고진이 준 10만 루블을 불 속에 던질 것이다. 만약 가냐가 그것을 꺼내면 그의 소유로 한다는 것이다.

도스토예프스키는 어둠이 가지는 궁극적인 힘을 마치 마법사처럼 불러냈다. 그리고 이 장면은 그야말로 통렬하게 읽힌다. 이 장면의 기원은 아마도 실러의 발라드 「장갑Der Hand-schuh」일 것이다. 또 기묘한 일이지만 또 이 장면은 1860년대 파리의 사창가에서 실제로 벌어졌던 사건과 닮았다. 여자는 자기가 경멸하는 남자를 받아들일 때는 천 프랑짜리 지폐로 원을 그리게 하고 그 불꽃이 꺼지지 않는 동안만 사랑을 허락했던 것이다.

나스타샤의 손님들은 이 시험에 최면이 걸려 버린다. 레베제프는 정신을 못 차리고 머리부터 불속에 집어넣으려 한다. "앉은뱅이 마누라에 아이가 열셋이지요. 지난주에는 아버님이 굶주려 돌아가셨어요"라고 소리치면서. 물론 거짓말이지만, 그 목소리는 마치 저주받은 자의 울부짖음처럼 들린다. 가냐는 꼼짝도 않고 서서 "새파랗게 질린 입술"에 넋 나간 미소를 머금고 있다. 로고진만이 기뻐 날뛴다. 그는 이 고문에서 나스타샤가 야생적 정신과 상궤를 벗어난 지배력을 가진 여자라는 증거를 찾아낸 것이다. 페르디셴코는 이빨로 돈을 꺼내겠다고 제의한다. 이처럼 동물성을 강하게 암시함으로써 이 제안은 이 장면의 도덕적-심리적 야수성을 돋보이게 만든다. 페르디셴코가 가냐를 불 쪽으로 밀어붙이지만 가냐는 그를 옆으로 밀치고 방을 나선다. 몇 발짝 못 가 그는 기절한다. 나스타샤는 돈뭉치를 꺼내 그 돈이 가냐의 것이라고 선언한다. 행동과 고뇌(우리의 희곡 이론들은 이 두 단어의 관계를 토대로 하여 세워져 있다)는 이제 막바지에 다다른다. 나스타샤는 소리친다. "우리 떠나요, 로고진! 안녕히 계세요, 공작님. 전 평생 처음으로 인간을 보았습니다."

나는 사실 이 구절을 인용할 의도가 별로 없었다. 이 소설 어디에도 이만큼 번역본을 토대로 작업하는 것이 부적절해 보이는 곳은 없다. 콘스탄스 가넷의 번역 및 무세, 슐뢰저, 뤼노가 번역한 프랑스어 텍스트 모두가 다음과 같이 해석한다. "전 평생 처음으로 **한** 인간을 보았습니다!"라고. 이 해석에도 충분한 의미가 담겨 있다. 즉 나스타샤가 미슈킨 공작에게 찬사를 바치고 있으며, 그에 비하면 딴 사람들은 야수 같고 불완전해 보인다는 것이다. 이와는 다른 해석은(한 러시아 학자에게서 들은 것인데) 좀 더 풍부하고 적절한 의미를 담고 있다. 즉 나스타샤가 이 무서운 밤에 처음으로 문자 그대로 **인간**을 보았다는 것이다. 그녀는 고귀함과 타락이라는 양극단을 동시에 보았다. 인간 본성에 내재한 잠재력의 범위를 규정하고 있었던 셈이다.

나스타샤와 로고진은 소란한 작별 인사를 받으며 달려 나간다. 미슈킨은 황급히 쫓아나가 썰매를 잡아타고, 쏜살같이 달려가는 삼두마차를 뒤따른다. 예판친은 특유의 교활함을 발휘하여 공작의 재산을 헤아려보고 그가 아글라야와 결혼해야 한다는 나스타샤의 거두절미한 권고를 곰곰 생각하기 시작하면서 공작을 붙잡으려 하나 허사이다. 난리법석과 혼돈은 점차 물러난다. 낭만주의 연극의 무대 기법에서 전형이 되다시피 한 이른 새벽의 에필로그가 여기서도 전개된다. 토츠키와 프티친이 집으로 향해 가면서 나스타샤의 방종한 행위에 대해 대화를 나눈다. 막이 내릴 때 가냐가 그슬린 돈다발을 옆에 두고 마룻바닥에 누워 있는 모습이 보인다. 이 희곡의 세 주인공은 예카테린호프를 향해 난 도로 위를 달리고, 삼두마차의 종소리가 멀리 사라져 간다.

이상이 미슈킨 공작의 상트페테르부르크 체류 첫 24시간이다. 이 사실을 덧붙이는 것이 연관이 있는지에 대한 판단은 유보해 두겠지만, 소설가가 두 번에 걸쳐 특히 격렬한 간질 발작을 겪는 동안에 『백치』의 이 부분이 쓰였다는 점을 덧붙이고자 한다.

텍스트의 일부만 살펴보아도 희곡 양식이 인간 조건의 현실에 가장 근접해 있다는 도스토예프스키의 생각을 읽을 수 있다. 이제 여기에 이어서 그가 멜로드라마의 방법과 관습을 통해서 비극의 시점을 어떻게 실현했는지 보여줌으로써, 이 가정의 범위를 좁혀서 살펴보자. 역시 그 요체는 『백치』 제1부에 뚜렷이 나타나 있다. 대화가 우선이라는 원칙은 이미 확립되어 있다. "에피소드적인 클라이맥스"(앨런 테이트의 용어로)도 그 못지않게 드러난다. 즉 가냐의 집에서나 나스타샤의 야회에서나 행동의 요소와 수사의 요소가 엇비슷하게 배열되어 있다. 우리는 코러스, 주요 등장 두 장면, 절정의 몸짓—때리는 행위와 벽난로 옆에서의 시험—그리고 하나의 출구가 그야말로 최종적인 극적 추동력을 포착하기 위해 고안되어 있다는 것을 발견한다. 도스토예프스키의 대화는 그 에너지(이것은 러시아 비평가들이 환기시키는 것처럼 언어적 세련미와 같은 것이 아닌데)가 직접적이고도 충만하다는 점에서 연극의 감수성 및 전통에 상응한다. 메레즈코프스키는 "도스토예프스키가 비극을 쓰지 않은 이유는, 당시에는 마침 서사시적 서술 형식, 즉 소설 형식이 유행하고 있었고, 그에게 합당한 비극 무대도 없었고 심지어 그에게 합당한 관객마저도 없었기 때문인 듯하다"*고 지적한다. 나로서는 "서사시적 서술 형식"이란 용어에만 이의異意

가 있을 뿐이다.

　도스토예프스키가 연극적 수단을 사용하고 또 거기에 정통해 있다는 점에서, 그의 천재는 가히 셰익스피어의 천재에 비교할 만하다. 물론 일단 효과로부터 뒤로 물러나서 그 매체부터가 크게 다르다는 점을 애초부터 인정하지 않으면 비교 자체가 유지되기 어려울 것이다. 일단 생각해볼 수 있는 것은—내 생각도 그러한데—도스토예프스키는 특별히 희곡 양식을 구사하여 비극적 상황을 구체적으로 밝히고 인간 동기를 깊이 있게 통찰했는데, 이는 다른 어느 소설가의 성취보다도 셰익스피어의 성취를 환기시켜 준다는 것이다. 그리고 셰익스피어의 운문과 도스토예프스키의 산문을 곧이곧대로 비교할 수 없다는 데 초점을 맞추자면, 두 작가에 있어 대화가 가장 기본적인 실현 매체였음을 인정할 수 있게 된다. 소설가 자신도 셰익스피어와는 한번 비교해 볼 가치가 있다고 여겼던 듯하다. 그는 『악령』을 위한 메모에서 셰익스피어의 리얼리즘이—자신의 경우처럼—일상생활을 단순히 모방하고 있지만은 않다고 썼다. "셰익스피어는 신이 보낸 예언자로 우리에게 인간과 인간 영혼의 신비를 공표한다." 이 평가가 도스토예프스키 자신의 이미지를 나타내기도 한다는 점은 의문의 여지가 없다. 톨스토이가 셰익스피어를 비난한 사실과 대비해 보는 것은 모든 면에서 시사하는 바 크다.

---

* 『톨스토이의 인간과 예술—도스토예프스키론과 함께』.

이와 비슷한 정도—그 이상은 절대 아니다—로 도스토예프스키는 라신에 비교될 수 있다. 두 사람 모두 극적 행동과 극적 수사를 구사하여 의식의 음영陰影과 무수한 양상을 예민하게 통찰하고 표현한 점에서 서로 필적할 만하다. 라신과 도스토예프스키는 그들의 드문 정신과학에 연극적인 형체를 입혔고, 이성과 논증의 충돌을 통해 무의식이란 가면에 대한 그들의 가설을 입증할 수 있었다.

이상의 비교는 불완전하나마 근거가 없지 않다. 도스토예프스키의 소설에는 엘리자베스 및 신고전주의 비극 이후 서구 문학에서 쇠퇴해온 유형의 가치관, 개념, 행동 양식 등이 내재해 있다는 인식에서 비롯하기 때문이다. 도스토예프스키는 그 빛나는 전통 가운데서 태어난 "극작가"로 볼 수 있다. 그는 본능적으로 극적 테마를 찾아냈다. 그는 또한, 행동의 일치라는 원칙을 위하여 사실에 근접해야 한다는 작은 원칙들을 포기했다. 그는 멜로드라마적인 비개연성, 우연의 일치, 거친 고안 등을 마다하지 않고 꿋꿋이 나아갔다. 중요한 것은 갈등의 타오르는 빛에 비추어진 인간 경험의 진리와 광휘뿐이었다. 그리고 영혼 대 영혼, 영혼 대 자아 사이의 직접적인 대화가 변함없는 그의 매체였다.

Ⅳ

구조상으로 보면 『백치』가 도스토예프스키의 소설 중 가장 단순하다. 즉 프롤로그와 미슈킨이 운명을 예언한 데서부터 실제 살인까지 마치 도식에 따른 듯 명료하게 전개된다. 이 소설은 비극적 주인공이라는 오랜 수수께끼를 직접적이고도 전형적으로 다루고 있다. 공작은 무죄인 동시에 유죄다. 그는 예브게니 파블로비치에게 고백한다. "난 죄가 있어요, 그걸 압니다―그걸 안단 말입니다! 아마 온통 잘못투성일 겁니다―그 이유야 무어라 하기 어렵지만―그러나 잘못인 것은 틀림없어요." 미슈킨의 죄는 지나칠 정도로 사랑을 동정한 데 있다. 왜냐하면 사랑에 맹목이 있듯이(리어 왕의 경우), 연민에도 맹목이 있기 때문이다. 공작은 아글라야와 나스타샤를 둘 다 "사랑"하지만, 그 사랑은 아무도 감싸주지 못한다. 비극적인 결말로 흐르게 될 것을 상징하는 이 같은 삼각관계의 테마는 도스토예프스키가 애용한 것이다. 이는 『학대받는 사람들』(여러모로 『백치』의 예비 스케치로 봐도 좋을 책)의 중심 플롯이 되고, 『영원한 남편』, 『악령』, 『카라마조프가의 형제들』에서 보다 완벽히 탐구된다. 도스토예프스키는 두 인간을 엄청난 열정으로 그 어느 쪽도 배제하지 않으면서 동시에 사랑하는 일이 가능하다고 확신했다. 그는 여기서 사랑하는 능력의 일탈이 아닌 고양을 본다. 그러나 자비는 아무리 많은 사람들에게 베풀어도 그 질이 줄어들지 않지만, 사랑은 그렇지 않다.

이 문제들을 극적 형식, 즉, 직접 화법과 신체 행동을 통해서만 이루어지는 형식으로 표현하게 되면 명백한 난점이 생긴다. 도스토예프스키는 미슈킨의 사랑의 본성을 객관화하여 적절하게 극화하는 과정에서, 그 사랑을 육체의 뿌리로부터 격리시켰다. "백치"는 사랑의 화신이지만 그 사랑이 육체를 통해 표현되지는 않는다. 이 소설 몇몇 군데에서 도스토예프스키는 미슈킨이 통상적인 의미의 성적 능력이 없는 병약한 인물이라는 점을 거의 직설에 가깝게 말해준다. 그러나 이 암시는 독자의 의식에서, 그리고 여타 등장인물들의 의식에서 지워져 버린다. 아글라야와 나스타샤는 공작의 한계를 몇 번이고 깨닫지만, 다음 순간 이를 깡그리 잊고 결혼을 자명한 것으로 생각한다. 이러한 애매모호함은 미슈킨이 그리스도를 연상케 하면서 더 복잡한 양상을 띠게 된다. 이 연상에는 순결성의 모티프가 핵심을 이룬다. 그러나 이 모티프가 완벽히 표현된다 해도, 우리는 플롯을 읽으면서 불신을 멈출 수 없을 것이다. 앙리 트루아야가 『도스토예프스키』에서 주장하다시피, 공작의 성적 불능은 성적인 면을 꼭 집어서 말하기보다는 일반적으로 행동에 무능하다는 점을 통해서 표현된다. "그는 행동할 때마다 잘못을 저지른다… 자신을 인간 조건에 적응시키는 방법을 몰랐다. 그는 한 인간이 되는 데 실패한 셈이다."

이러한 상황은 『백치』에서 완전히 풀리지 않는 기법적 형식적 문제들을 제기한다. 이 문제들에 대해 진정으로 설득력 있는 해결에 훨씬 더 근접한 인물은 세르반테스였다. 플라톤적인 돈키호테의 사랑은 결핍에서 나오는 것이 아니라 행동의 미덕에서 나오는 것이며, 그의 인간관계의 특성인 "비실재성"도 우화라는 적극적 전달의 수단이지 『백치』에서처럼 아무 때나 소설 구조에 끼어드는 초자연적인 원칙은 아닌 것이다. 도스토예프스키는 『카라마조프가의 형제들』에서 이 난제에 다시 도전했다. 알료샤가 수도사의 신분을 떠나 속세로 나가는 행동은 그의 심리의 변화, 즉 순결함에서 벗어나 잠재적으로 죄에 가담하는 변화에 상응한다. 그는 수도사인 동시에 인간이고 따라서 하나의 총체적 인간성으로서 제시된다.

도스토예프스키는 오랫동안 어떤 식으로 『백치』를 끝맺을 것인가 고심했다. 어떤 구상에서는 나스타샤가 미슈킨과 결혼하며, 다른 구상에서는 그녀가 결혼 초야初夜에 매음굴로 달아나 버리는가 하면, 세 번째 구상에서는 로고진과 결혼한다. 그러나 또 다른 변형을 보면 나스타샤가 아글라야의 친구가 되어 공작과의 결혼을 주선하는 것으로 되어 있고, 심지어는 아글라야가 미슈킨의 정부가 될 가능성까지 고려해 본 흔적이 엿보인다. 이처럼 결정을 못 내리고 있는 것 자체가 도스토예프스키의 상상력이 얼마나 심원하고 자유분방한지를 말해준다. 톨스토이가 마치 신이 인간을 다스리듯 전지전능하게 등장인물들을 가차 없이 다룬 데 비해서, 도스토예프스키는 모든 진정한 극작가들이 그러하듯이 독립적이고 예견할 수 없는 행동의 역학에 내면의 귀를 기울인 듯하다. 그의 메모를 통해 우리가 살펴온 것처럼 도스토예프스키는 작품 속의 대화 및 대결이 스스로의 내재적 법칙과 잠재력에 따라 전개되도록 내버려둔다는 점을 알게 된다. 미켈란젤로는 대리석에는 이미 형태가 완벽하게 내재해 있으므로 예술가는 그 형태를 해방시켜줄 뿐이라고 말한 바 있다. 미켈란젤로에게 재료의 결과 미세한 주름인 것이 도스토예프스키에게는 극중 인물 속에 잠재한 에너지와 확신이었다. 때로는 그 잠재력이 지나치게 자유롭게 발휘되어 다소 의도가 모호해지는 경우도 생긴다(메디치 성당의 비스듬하게 누운 인물들의 반쯤 그려진 등들은 여자의 것인가 남자의 것인가?). 도스토예프스키의 소설은 다시 읽어도 마치 오래전부터 친숙한 연극을 다시 볼 때처럼 항상 예상 밖으로 일이 전개된다는 느낌을 받게 된다.

따라서 도스토예프스키의 장면에는 어디서나, 이것 아니면 저것이 선택되어야 하고 두 가능성이 상호 작용을 일으키기 때문에 자연히 긴장이 형성된다. 등장인물들은 작자의 의지도, 우리의 예상도 놀랄 정도로 뛰어넘는 듯하다. 결정적으로 네 명의 "주역들"이 모인 나스타샤의 집 에피소드를 생각하면서 이를 헨리 제임스의 『황금 그릇』 클라이맥스 부분의 저 굉장한 사중주와 비교해 보자.

마리우스 뷸리는 이 소설의 뛰어난 해석에서, 폰 가의 테라스에서 매기와 샬롯이 만나는 장면은 명백한 연극적 구조를 갖고 있다고 지적한다. 뷸리가 작품의 더할 나위 없는 조직성을 말하면서 형식적 제의祭儀가 낮게 깔려 있음을 인용한 것은 옳다. 제임스는 또 다른 정원에서 그리스도의 배신을 은연중에 암시함으로써 이를 심화시킨다. 『백치』와 비교가 가능한 부분이 바로 이곳이다. 두 경우 모두 두 여인이 일종의 대결을 치르고 있으며, 그 쟁점이 실상 그들의 삶을 결정한다. 양 장면에 문제의 두 남자는 끔찍하게도 미동도 않고 배석해 있다. 그들은 시합 장소를 정해 준다. 그들은 마치 무장한 입회자처럼 목숨을 걸고 끼어들었으나 잠정적으로 중립을 지킨다. 두 소설가 모두 매우 주의를 기울여 무대를 정한다. 제임스는 매기의 정신 상태를 "피곤한 여배우"의 그것으로 규정한다. 그는 인물들을 "어떤 역을 연습하고 있는 사람들"이라고 언명하고서, 두 여인이 불 켜진 창문 밖에서 서로 만나 창문을 통해 두 남자를 관찰하도록 설정함으로써 이 장면에 강렬한 모방 효과를 자아낸다. 이 장면은 빛과 어둠이란 이원성을 핵으로 하여 조직되어 있으며, 샬롯이 앞으로 나서는 장면—"눈부시게 빛나는 순한 동물이 우리cage에서 나왔다"—이 두드러지는 것은 그녀가 밝은 조명을 벗어나 어두운 곳으로 옮겨 가기 때문이다. 도스토예프스키도 이 양극성을 못지않게 암시한다. 즉 아글라야는 "밝은색 외투"를 걸치고 있고, 반면 나스타샤는 온통 검은색 차림이다(멜빌의 『피에르』에서의 클라이맥스도 "흑발"과 "백발"의 충돌로 갈등이 규정되며, 여기서도 등장인물들이 결정적으로 병치되어 사중주를 이룬다). 제임스는 언급한다.

이 현기증 나는 순간 동안, 괴물스러운 것에 대한 저 매혹, 무시무시하게도 가능한 것에 대한 저 유혹이 지배했다. 설명 없는 후퇴와 반작용으로 그러한 매혹과 유혹이 더 진행되지 않도록 하기만 한다면, 종종 우리는 갑작스럽게 터져 나오는 모습을 통해 그것을 감지하게 된다.

그러나 매기가 "간발의 차이로" 성실성 속으로 굴절하여 들어가지 않음으로써 "괴물스러운 것"을 회피한 반면, 나스타샤와 아글라야는 "무시무시하게도 가능한 것에 대한 저 유혹"에 굴복한다. 그들은 서로를 비웃으면서 일종의 반¾진리 상태로 들어서는데, 여기서는 후퇴란 없고 재앙만이 남아 있다.

나스타샤의 기분은 장면이 진행되는 동안 급작스럽게 변해 간다. 거친 감정을 보이다 즐거움으로 돌변하는가 하면, 비애 감에서 광기 어린 분노로 변화한다. 도스토예프스키는 이 만 남에 엄청난 가능성이 잠재해 있음을 전달한다. 우리는 이 장 면이 수많은 전혀 다른 방향으로 전개될 수도 있고 파국으 로 인도하는 격렬한 수사들도—마지막에 틀어지지만 않는다 면—화해로 인도될 수도 있었음을 깨닫는다. 에너지들이 복잡 하게 작용하는 가운데 대화는 지배적으로 작용한다. 그러나 대 화의 위와 아래에서 우리는 도스토예프스키가 잇단 초고들에 서 치던, 그리고 등장인물들이 스스로 자유롭게 계속하여 치는 저 다른 곡조들을 듣는다. (우리는 "살아 있는 텍스트"를 말하고 있지 않은가?)

아글라야는 나스타샤에게 미슈킨은 단지 연민 때문에 그녀 를 사랑하는 것이라고 말한다.

"내가 당신에 대해 공작님께 물어보았을 때 그분은 이렇게 말했어요. 나는 이미 오래전부터 그 여자를 사랑하고 있지 않 다, 그 여자에 대해 생각하는 것조차 괴로울 지경이다, 다만 나 는 그 여자를 가엾게 여길 뿐이다, 그 여자를 생각하면 마치 심 장을 찔린 기분이다 라고 말이에요. 이런 말씀을 드려야겠어요. 나는 고결한 순진성이라는 점에서, 그리고 무한한 신뢰라는 점 에서 공작님과 비길 만한 사람을 여태 한 번도 본 적이 없어요. 나는 알게 되었어요. 누구든지 원하기만 하면 쉽사리 그분을 속여 넘길 수 있겠지만, 그분은 자기를 속인 자가 누구든 모두 용서해 줄 거라고요. 바로 이 때문에 나는 공작님을 사랑하게 된 거예요."

그녀가 공작을 사랑한다는 사실은 예판친 장군 집에서 공작이 간질 발작을 일으켰을 때 드러났지만, 공식적인 사랑의 표명은 이것이 처음이다. 오셀로가 원로원에서 하는 연설을 염두에 둔 것은 분명한데, 도스토예프스키 자신도 초안에서 아글라야의 선언에는 무언가 저 무어인의 차분한 단순소박함이 실려 있어야 한다고 적었다. 그러나 두 경우 다 단순소박함은 맹목성과 접해 있다. 미슈킨은 다른 사람에게서보다도 자신에게 더 크게 속고 있다. 그의 경우 연민과 사랑의 분리는 그리 확고하지 않아서 아글라야의 이 투명한 묘사를 뒷받침하지 못한다. 더 성숙한 여인인 나스타샤는 이를 알고 총명하게 이용한다. 아글라야에게 계속 말하라고 부추기는 것이다. 나스타샤는 이 젊은 여자가 그야말로 "자신을 털어놓고" 모호한 광란 상태로 빠져들리라는 것을 꿰뚫고 있다. 아글라야는 나스타샤가 침묵을 지키며 설치해 둔 함정에 뛰어든다. 그녀는 나스타샤의 사적인 생활을 공격하고 빈둥거리며 살고 있다고 비난한다. 이 엉뚱한 일격은 마치 검술이 문득 빗나간 것처럼 나스타샤에게 반격의 기회를 제공한다. 그녀는 되찌른다. "그러면 당신은 빈둥거리며 살지 않나요?"

『백치』에 잠재해 있지만 아직 제대로 발전되지는 않은 사회비평이 전면으로 대두된다. 나스타샤는 아글라야의 순결이 부와 계급 덕택이라고 말한다. 결과적으로 자신의 타락은 사회 상황에서 빚어진 결과임을 암시하는 것이다. 아글라야는 화가 치솟고 자신이 더 이상 견고한 기반 위에 서 있지 않음을 깨닫고는 그녀의 적수에게 토츠키의 이름을 들이댄다. 나스타샤도 이제 분노를 느끼지만 이는 이성의 분노여서 재빨리 논쟁을 주도한다. 아글라야는 소리친다. "당신이 결백한 여자가 되려 했다면 세탁부라도 되어 나갔을 거예요!" 러시아 속어에 '세탁부'라는 말의 함의와 도스토예프스키가 메모에서 이 말을 쓰는 방식을 보면 아글라야의 공격이 특별한 뜻을 담은 무자비한 것임을 알 수 있다. 그녀는 매음굴을 은근슬쩍 떠올리게 만드는 것처럼 보인다. 만약 나스타샤가 정직하다면 철저히 자신의 역할을 하며 살아야 할 것이 아니냐는 것이다. 나스타샤 자신이 로고진과 함께 달아나며, 미친 듯한 즐거움 속에서 "세탁부"가 될지도 모른다고 했던 사실을 상기하면, 이 일격은 더욱 날카로운 것이 된다.

그러나 아글라야는 도를 지나쳤다. 미슈킨은 깊은 비탄에 잠겨 소리 지른다. "아글라야, 안 됩니다! 그건 옳지 않아요." 이 외침은 나스타샤가 승리를 거두었음을 알려준다. 도스토예프스키는 늘 경외감을 불러일으키는 그같이 완벽한 묘사에 이어 "로고진은 이제 미소를 짓지 않고 있었다. 그는 팔짱을 끼고 앉아 입술을 굳게 다문 채 귀를 곤두세웠다"고 덧붙인다. 나스타샤는 아글라야의 도전을 받아서 스스로 예상하지도 않았고 어쩌면 원하지도 않았을 승리를 거둘 수밖에 없다. 그녀는 예판친 장군의 따님에게서 미슈킨을 뺏을 작정이다. 이로써 그녀는 자신의 사형집행장에 서명한 셈이다. 여기서 다시 비극적인 체험 철학이 우위를 점한다. 비극의 대결투에는 승리란 없고 여러 등급의 패배가 있을 뿐이다.

나스타샤는 공격으로 나선다. 그녀는 아글라야에게 왜 이런 참을 수 없는 소동이 일어나게 되었는지 말한다.

"당신은 공작님이 나를 당신보다 더 사랑하고 있는지 어떤지를 자기 눈으로 확인하고 싶었던 거예요. 당신은 무서울 정도로 질투심이 강한 여자이니까요."

"그분은 이미 나한테 말했어요. 당신을 미워하고 있다고…" 아글라야는 간신히 입을 놀려 들릴 듯 말 듯 말했다.

"그럴지도 모르죠. 나는 그분의 사랑을 받을 자격이 없는 여자이니까. 그렇지만, 당신이 한 말은 거짓말일 거예요. 그분은 나를 미워할 리 없어요. 그러니 그런 말을 했을 리 만무해요."

이 말은 옳은 말이며, 아글라야의 거짓(여기서 약점이 매우 명백한데)으로 인해 나스타샤는 힘을 발휘하게 된다. 그녀는 한순간 처녀에게 미슈킨을 데리고 가라고 말한다. 그러나 복수심과 일종의 절망적인 변덕에 휩싸여, 공작에게 둘 중 한 사람을 택하라고 명령한다.

그녀도 아글라야도 초조하게 결과를 기다리며 미친 사람처럼 공작을 바라보았다.

그러나 나스타샤의 이 도전적인 말이 무엇을 의미하는지 공작은 똑똑히 이해하지 못한 것 같았다. 그는 다만 자기 눈앞에 가련한 절망적인 얼굴, 언젠가 아글라야에게 말한 것처럼 "심장을 찌르는 것 같은" 얼굴을 보았을 뿐이었다. 그는 더 이상 견딜 수 없었다. 그는 애원과 비난이 뒤섞인 얼굴로 나스타샤를 가리키며 아글라야를 향해,

"어쩌란 말입니까? 이 여자는 불쌍한 여자가 아닙니까?" 하고 중얼거렸다.

그러나 공작은 아글라야의 무서운 시선에 부딪혀 더 이상 말을 이어가지 못했다. 그녀의 눈에는 이루 헤아릴 수 없는 고통과 증오가 어려 있었다. 공작은 놀라 소리를 지르며 그녀에게로 달려갔다. 그러나 때는 이미 늦었다.

위기가 첨예하고 총체적으로 해결된다는 점에서는 헨리 제임스나 도스토예프스키 가운데 어느 한쪽을 선택할 필요는 거의 없다. 그러나 두 장면이 주는 효과는 완전히 다르다. 매기와 샬롯이 밝은 곳으로 다시 나와서 두 남자와 합류할 때의 장면은 매우 현실감을 얻고 있는데, 이는 제임스가 멜로드라마적인 것을 꺼린 결과이다. 세밀한 분석을 통해 오래 축적되고 세분된 압력이 가장 좁은 홈통 사이로 풀려 나왔다고 할까. 우리는 두 여자 중 누구라도 비록 잠시나마 자칫 제임스답지 않은 수사나 몸짓의 양식으로 일탈하지 않을까 걱정이 되어 숨을 죽이게 된다. 하지만 그런 일은 일어나지 않고 우리의 반응은 음악적 질서나 건축적 질서를 가지게 된다. 즉 조화로운 일련의 패턴들이 형식의 엄격한 명령 내에서 녹아들었거나 공간과 빛

속에 배치된 한 영역이 예정된 아치를 이룬다.

이와 대조적으로 도스토예프스키는 항상 멜로드라마의 유혹에 굴복한다. 마지막 순간까지도, 나스타샤가 공작을 자기 적수에게 양보할 것인지, 로고진이 끼어들 것인지, 공작이 두 여자 중에서 선택을 할 것인지 예측할 수가 없다. 이 인물들의 본성상 얼마든지 이 가운데 무엇이든 해치울 수 있을 테니 말이다. 그리고 우리는 텍스트를 읽어가면서 이 모든 가능성들을 염두에 두게 된다. 『황금 그릇』에서 작품의 효과는 방향이 빗나간 것을 제외시키는 데서 비롯한다. 우리는 "이렇게 될 수밖에 없었으리라"는 사실에 만족을 느끼게 되는 것이다. 『백치』에서 클라이맥스의 순간은 충격의 순간이다. 등장인물들의 운명은 미리 정해졌지만(인물들은 한번 정해지면 언어라는 매체 내에서만 존재한다), 그럼에도 이들은 연극의 특별한 기적이라고 할 저 자발적인 삶에 대한 감각을 전하고 있다.

이 장면의 마지막 부분은 순수한 연극이다. 나스타샤는 무대의 주인으로 남는다.

"당신은 내 것이에요, 내 것!" 하고 그녀는 외쳤다. "그 거만한 아가씨는 돌아가 버렸나요? 하하하!" 하고 그녀는 발작적으로 웃어댔다. "하마터면 이 사람을 그 아가씨한테 내줄 뻔했어! 왜? 무엇 때문에? 흥 미쳤지, 미쳤어. 이봐요, 로고진! 당장 내 눈앞에서 없어져 버려요. 하하하!"

아글라야는 뛰어 나가고, 로고진은 한마디도 없이 떠난다.

공작과 그의 "타락한 천사"는 혼란스러운 지복감에 잠긴 채 함께 남아 있다. 그는 나스타샤의 볼과 머리카락을 마치 "작은 어린아이"를 다루듯 어루만져 준다. 이 이미지는 피에타를 뒤엎어 놓은 격이다. "백치"가 고요한 지혜를 담은 눈으로 그녀를 지켜보고 있는 한편, 의지와 지성의 화신이었던 나스타샤는 이제 갈피를 잃고 누워 있는 것이다. 대개 비극에서 그렇듯이 거기에는 재앙을 불가피하게 한 사건들과 비극적 종말 사이에 평화스러운 막간, 즉 재앙과의 휴전이 있다. 리어와 코델리아가 흉악한 원수들 틈에서 즐거워하며 앉아 있는 것도 그런 연유에서다. 소설의 어떤 장면도 광란 이후의 일시적인 고요함에 대한 감각을 이보다 아름답게 전하는 곳은 없다. 도스토예프스키가 그의 모든 다른 작품들보다 『백치』를 더 좋아했다는 사실을 덧붙여도 좋겠다.

V

소설을 위한 메모 및 초안을 연구하면 많은 의미가 드러난다. 기억과 상상력의 희미한 충동들이 어떻게 처음에 생겨났는지 추적할 수 있는 것이다. 여기에서 소설가들이 나중에 인물들로 발전되어 나오는 임시적인 악령들을 불러내기 위해 주문呪文으로 사용한 듯한 이름 및 장소들의 리스트를 찾을 수 있다. 우리는 잘못 잡혀진 방향이라든가, 설익은 해결, 통찰을 얻기 전에 공들여 삭제해 간 과정 등을 따라갈 수 있다. 헨리 제임스의 메모에 나타난 자아와 비평 의식 간의 멋진 대화는 그 자체가 예술적 특성과 세련미를 띠고 있다. 소련의 도서관 및 아카이브들에서 출판한 페이퍼, 메모, 단편들 같은 문서에는 창작을 위한 원재료들이 정리 안 된 채 그대로 남아 있다. 키츠의 편지나 초안 혹은 발자크의 첨삭 원고처럼 이 기록들도 창작의 신비에 더 가까이 접근하게 해 준다.

『백치』의 초안은 여러 가지로 많은 것을 알려준다. D. H. 로렌스의 표현을 빌리자면 도스토예프스키는 추상과 용솟음치는 창조적 생명 사이에 균형을 취하고서, 특별한 힘을 가진 아포리즘들과 마주쳤다. 미슈킨-스타브로긴이란 이중인물을 설정한 바 있는 첫 스케치에는 다음과 같은 잊을 수 없는 언급이 보인다. "악마들은 신앙을 가지고 있으나 두려움에 떨고 있다." 도스토예프스키가 니체와 우선 비교될 수 있는 곳이 이 구절, 혹은 "그리스도는 여자들을 이해하지 않았다"(『악령』을 위한 메모에서)라는 아포리즘이라 할 수 있다. 그의 시나리오 여백에는 가끔 그가 확신하는 신념이 적혀 있다. "세상에는 단 한 가지가 있으니 오직 직접적인 연민이 있을 뿐이다. 정의란 차후의 문제다." 『백치』의 메모를 보면 도스토예프스키 소설의 모티프 및 테마는 늘 되풀이하여 나타난다는 점을 알 수 있다(프루스트는 도스토예프스키의 소설은 모두 『죄와 벌』이라고 제목 붙일 수 있다고 주장했다). 처음에 구상되기로는 "백치"는 스타브로긴의 성질을 많이 담고 있을 뿐 아니라, 비밀리에 결혼하고 공공연하게 모욕을 당한다는 점도 『악령』의 주인공과 빈틈없이 일치한다. 후기의 구상을 보아도 미슈킨이 "일단의" 아이들에 의해 받들어지고 있다. 이들은 플롯 전개상 중요한 역할을 하며, 미슈킨의 본성이 드러나게끔 해준다. 이것은 다시 『카라마조프가의 형제들』의 에필로그에 나오는 알료샤의 이야기가 된다. 질량 보존의 법칙은 자연뿐 아니라 창작의 시학에도 존재하는 듯하다.

문학 창작의 무의식적 혹은 반$\frac{1}{2}$의식적 단계들을 얼핏 볼 수 있다는 것은 특별히 흥미로운 일이다. 예를 들자면, 도스토예프스키는 "유대인들의 왕" 혹은 "유대아Judea의 왕들"이란 말을 되풀이하여 적어두고 있는데, 우리는 페트라셰프스키―소설가는 1848~9년 사이 그의 서클에 느슨하게 참여한 적이 있다―가 제임스 드 로스차일드를 "유대인들의 왕"이라 불렀고 『미성년』의 주인공이 "로스차일드 같은 인물"이 되려는 명백한 야망을 가졌다는 것을 알고 있다. 『백치』의 초기 초안의 맥락에서 보면 이 표현은 가냐가 관계하는 고리대금업자들을 지칭하는 듯하다. 소설 자체에서는 가냐가 그의 재정적 야심을 상징하는 것으로 단 한 번 이 표현을 쓴다. 그러나 도스토예프스키의 펜 아래서 계속하여 나타나는 것으로 보면 이 표현은 잠재의식적으로 그리스도 모티프에 대한 그의 인식으로 연결되었을 법하다.

더욱이 우리가 "독립된 인물"이라는 역설을 완전히 이해할 수 있는 것은 초안들을 통해서이다. 블랙머는 말하기를,

인물들은 상상적 작문의 최종 생산물이자 객관적 형태이며, 인물들의 창조는 심층에 자리 잡은 인간적 믿음들에 의존하는

데, 그 믿음들은 너무나 인간적이어서 오류로 가득하지만 때때로 나타나는 천재에 의해서 초인적으로 정당화된다.*

최종 생산물과 그 객관성은 매우 복잡한 창조적 노력의 귀결이다. 마지막 표현에서 "초인적으로 정당화"되는 것처럼 보이는 것은 작가의 천재와 그의 재료의 태생적인 자유나 "저항"이 작용하여 이루어진 탐구와 반격 과정의 결과이다. 『백치』의 최초의 발상―1867년 9월 올가 우메츠키의 범죄에 영감을 받아 작성한 메모―은 이후의 판본들과는 전혀 딴판이었을 뿐 아니라 일단 소설 첫 연재분이 카트코프의 〈러시아 통신〉에 실린 후에도 초점이 쉴 새 없이 옮겨졌다. 이러한 변화는 내부에서부터 생겨난 듯 보인다. 도스토예프스키는 아글라야가 맡은 역할에 대해 그야말로 문자 그대로 준비가 안 되어 있었고, 로고진이 숙명적으로 범죄를 저지를 수밖에 없는지 수많은 초안을 작성하고 다시 검토했다.

사르트르는 『문학이란 무엇인가?』란 질문을 통해, 상상적 인물이 어떤 이유를 대든 "자체적인 삶"을 갖는다는 생각을 거부한다.

그리하여 작자는 그의 지식, 그의 의지, 그의 계획, 요컨대 그 자신 외에는 아무것도 만나지 않는다. 그는 단지 그 자신의 주

---

* R. P. 블랙머: 「영원한 노력」(『사자와 벌집』, 뉴욕, 1955).

관성만 파악할 따름이다… 프루스트는 결코 샤를뤼의 동성애를 "발견한" 것이 아닌데, 그가 책에 착수하기도 전부터 그렇게 하기로 정해 놓았다.

상상력의 작동에 대해서 우리가 가지고 있는 어떤 증거도 사르트르의 논리를 지지하지는 않는다. 사실상 인물은 작가의 주관성의 창조이지만 그 인물은 작가도 완전히 알지 못하는 자신의 일부를 대표하는 듯 보인다. 사르트르는 문제의 구성 자체에 이미—미지수를 구하는 대수 방정식처럼—해답과 그 해답의 본질이 내포되어 있다고 말하고 있다. 그러나 그렇다 하더라도 그 과정은 창조적이다. "해답"을 찾아낸다는 말 자체가 이상적인 의미에서만 동어반복일 뿐이다. 콜리지는 『정치가 입문서 *The Stateman's Manual*』 부록에서 "우리 주위의 모든 일, 우리에게 일어나는 모든 일에는 단 한 가지 공통된 최종인 最終因이 있으니 곧 의식을 증가시켜 나가는 일이다. 증가된 의식이 우리 본성의 어떠한 미지의 영역 terra incognita을 발견한다 해도, 우리의 의지가 정복하여 이성의 지배 아래 종속시킬 수 있도록"이라고 썼다. 돈키호테, 폴스타프, 엠마 보바리가 의식의 이 같은 발견을 대변한다. 즉 세르반테스, 셰익스피어, 플로베르는 이 인물들을 창조함으로써, 그 창조 행위와 구성된 것의 발전을 상호적으로 조명함으로써, 이전에는 깨닫지 못했던 자신의 "일부"를 알게 되었다. 독일의 극작가 헤벨은 시인이 창조한 인물이 과연 어느 정도까지 "객관적"일 수 있는지 질문했다. "인간이 신과의 관계에서 자유로운 정도까지." 이것이 그 자신의 대답이었다.

미슈킨의 객관성의 정도, 즉 그가 도스토예프스키의 전체적인 통어統御에 어디까지 저항했는지는 초안들에서 엿볼 수 있다. 공작의 성불능이라는 문제는 도스토예프스키 쪽에서 불명료하게 인식한 것 중 하나다. 그는 메모에서 아글라야가 "백치"의 정부인가라고 묻고 있는데, 한편으로는 소설가가 스스로에게 물어보는 것이지만 다른 한편으로는 그의 소재를 심문하고 있는 셈이다. 미슈킨의 대답이 분명하지 못한 것은 극적 방법의 어쩔 수 없는 한계이다. 극작가는 그의 인물들에 대해 "무척 많이" 알고 있을 뿐이다.

헨리 제임스는 톨스토이를 언급하면서 "삶의 놀라운 덩어리 mass"에 둘러싸인 인물들에 대해서 말한 바 있다. 이 덩어리는 그들의 활력을 반영하고 또 동시에 흡수한다. 이를 통해 "저 무시무시하게 가능한 것들"의 유입을 억제한다. 극작가는 이 두터운 방벽이 없는 상태에서 작업한다. 따라서 그는 공기를 희박하게 하고, 현실을 언어와 몸짓이 경고하는 갈등의 분위기에 국한시킨다. 물질의 형체부터가 그리 실하지 않다. 담장이란 담장은 카라마조프가의 형제들이 뛰어 넘을 정도로 나지막하거나, 표트르 베르호벤스키가 사악한 임무를 띠고 뚫고 들어올 수 있도록 판자가 엉성하다. 이처럼 행동이 우선되는 조건에서 복잡한 인물들을 자세하고 설득력 있게 제시하기란 연극에서는 무척 힘들다(T. S. 엘리엇이『햄릿』의 "예술적 실패" 운운한 것을 보라). 아무리 "극화되어" 있다 해도, 서사적 산문이라는 매체로는 더더욱 어려운 일이다. 산문 특유의 여유로움, 즉 소설을 읽다가 치워 두고는 다시 다른 분위기에서 집어 드는 그런 여유로움(연극에서 이런 일은 있을 수 없다)으로 인해, 도스토예프스키적인 작품의 토대가 되는 행동의 연속감과 일관성 있는 긴장감은 위험에 처한다.

도스토예프스키가 이 난점을 어떻게 해소했는가를 살펴보기 위해 『악령』의 마지막 60시간을 들여다보기로 하자. "거의 기괴한 사건들로 시종한 이 밤과 무서운 결말을 가져온 그 새벽녘은 아직도 마치 뒤숭숭한 악몽처럼 뇌리에 어른거린다"고 화자話者는 말한다(이 소설에는 한 인물이 화자가 되어 자신이 본 사건을 회상하고 있다. 이 때문에 극적 표현이란 과제가 더 복잡해진다). 이 서두에 이어 전개되는 거칠고 혼란스러운 해프닝들 내내 도스토예프스키는 마치 악몽을 꾸는 것 같은 강렬한 어조를 시종 유지할 것이다. 믿을 수 없다는 느낌을 주지 않아야 하고, 그것도 60페이지의 산문 내내 극작가라면 환상을 불러일으키는 데 활용할 수 있는 장치의 도움도 없이 그래야 한다.

도스토예프스키는 곧 다가오게 되는 혼란에 우리의 반응을 적응시켜 두려고 외부에서 일어난 두 사건을 사용한다. 그것은 지사知事의 야회를 엉망진창으로 만들어 버린 "문학적 카드리유literary quadrille"와 강변 구역에서 일어난 화재이다. 둘 다 이야기에 없어서는 안 되지만, 한편으로 상징적 의미도 담고 있다. 이 카드리유는 도스토예프스키가 다가오는 격변의 주요인으로 보는 지적 허무주의와 불경스러운 영혼의 형상figura(옛 수사학적 용어 가운데는 버려서는 안 될 것도 있는 법이다)이다. 화재는 반란의 전조로서 정상적 생활 방식에 대한 악의적이고 신비로운 위반이다. 플로베르는 코뮌의 방화에서 뒤늦게 터져 나온 중세의 발작을 본 바 있는데, 도스토예프스키는 이보다 더욱 예민하게도 이 대화재가 구도시를 완전히 파괴하고 대신 새로운 정의의 도시를 세우려는 거대한 사회적 반란의 징후라고 보았다. 그는 미친 듯 타오르는 저 파리의 화재를 불의 계시라는 전통적인 러시아적 주제와 연결시켰다. 렘브케 지사는 화재 현장으로 달려가 공포에 질린 주위 사람들에게 소리 지른다. "이건 죄다 방화다! 이건 허무주의다! 무엇이건 타고 있다면 그건 허무주의다!" 그의 "광기"를 보고 있는 화자는 두려움과 연민을 동시에 느낀다. 그러나 사실 이것은 히스테리에 이를 정도로 과장된 형태의 통찰력이다. 렘브케가 공포 어린 환각 상태에서 "불은 건물 지붕 위에 있는 것이 아니야, 불은 사람들 마음속에 있어"라고 소리친 것은 옳다. 이는 『악령』의 제사題詞로 채택해도 손색이 없는 구절이다. 이 소설 속의 행동들은 와해되고 있는 영혼의 몸짓들이다. 악령들이 영혼 속으로 스며들어 어떻게 일어난 것인지 드러나지 않은 어떤 우연한 사고로 인해 불티가 인간들에게서 튀어 나와 건물에 옮겨 붙었을 따름이다.

불길이 가라앉은 후 레뱌드킨, 그의 누이 마리아, 늙은 하녀가 살해된 채 발견된다(여기서 살인은 다시 한 번 비극적 비전을 전달해주고 있다). 적어도 이런 화재들 중 하나는 이 범행을 덮기 위해서 꾸며진 것이라는 암시가 완연하다. 이어서 도스토예프스키는 그의 행동 공간의 중심부에서 이 화재를 봉화로 삼아서 우리를 스크보레쉬니키에 있는 스타브로긴 집의 한 창문으로 데려간다. 때는 새벽이고, 리자가 꺼져가는 불을 바라보고 있다. 스타브로긴이 이어 등장한다. 우리는 그녀의 옷 단추 몇 개가 채워져 있지 않다는 것밖에 듣지 못하지만 그 온 밤이 옷 단추라는 디테일에 들어 있다. 도스토예프스키의 상상력이 순결하다는 것은 의미가 깊다. 그는 D. H. 로렌스처럼 성적 경험을 너무 강렬하고 없어서는 안 될 것으로 보았기 때문에, 사물 자체에 대한 묘사보다 더 엄격한 수단은 사물의 의미를 환기시키기 위해서 사용되어야 함을 깨닫고 있었다. 성적인 것에 대한 직접적 재현이 다시 한 번 중요성을 획득하게 된 것은 졸라의 경우에서 볼 수 있듯 리얼리즘이 거친 묘사를 일삼게 되면서이다. 그 결과는 기법과 감수성의 빈곤이다.

그 밤은 처참했다. 리자는 스타브로긴의 파괴적인 비인간성을 깨달은 것이다. 도스토예프스키는 섹스의 실패가 어떤 식이었는지 말하지는 않지만, 완전한 황폐함이 준 충격은 철저하게 전달된다. 이 충격은 리자를 흔들어 놓는다. 그 전날 자기가 무슨 동기로 스타브로긴의 마차에 뛰어올랐는지 갈피를 잡지 못한다. 그녀는 눈앞에서 점잔을 부리며 예절 바르게 사랑에 빠졌음을 넌지시 말하는 그의 태도를 조롱한다. "그래, 이분이 스타브로긴이로군요. '흡혈귀 스타브로긴' 이게 당신 이름이죠…" 이 조소는 양면에 날이 서 있다. 리자는 살려는 의지를 흡혈당한 터이니까. 그러나 한편 그녀는 스타브로긴의 핵심을 꿰뚫는다. 그녀는 스타브로긴을 긴장시키고 부식腐蝕시키는 어떤 끔찍하고도 우스꽝스러운 비밀이 있음을 안다.

저는 말이에요, 뭔가 마치 사람 키만 한 커다란 거미가 살고 있는 무시무시한 곳에 당신에게 끌려가서 둘이 평생 그 거미를 바라보면서 공포에 떨며 살아야 한다는 그런 기분이 항상 들었던 거예요. 우리 사랑은 그런 식으로 소모될 거라고요.

이 대화는 반음semi-tone으로 그리고 단편적으로 이루어진다. 그러나 대기 중에는 무언가 찢어지는 듯한 소리가 떠 있다. 표트르 베르호벤스키가 들어오고 스타브로긴은 말한다. "리자, 만약 당장 무슨 소리를 듣는다면, 그것은 내 탓이라는 걸 알아 둬요!" 표트르는 자신에게 죄가 있다는 스타브로긴의 생각을 논박하려고 애쓴다. 그는 거짓말과 위험스러운 반쪽 진실과 악의적인 예견이 뒤죽박죽 엉켜 있는 말을 혼자서 지껄이기 시작한다. "눈치채지 못하게" 살인자들을 위한 배경을 잡아 준 사람이 바로 그다. 그러나 화재가 너무 때 이르게 일어나 버렸다. 그의 패거리 중의 몇몇이 서투른 솜씨로 이 사태에 끼어들 수 있었던 걸까? 이어서 표트르가 숨기고 있는 신조 중 하나가 튀어나온다.

"어림없죠, 저 5인조인가 뭔가를 우두머리로 하는 민주적인 어중이떠중이들은 그다지 믿을 게 못 됩니다. 우리에게 필요한 것은 무언가 근본적이고 영구적인 것에 토대를 둔, 마치 우상과 같이 장대한 단 한 사람의 전제 군주입니다."

표트르는 기를 쓰고 그 우상이 자멸하지 않도록 막으려 한다. 스타브로긴은 살인을 자기가 저지른 것으로 할 수는 없으나, 죄의 대가는 나누어야 한다. 그리하여 그와 표트르가 더욱 밀접하게 얽히게 해야 한다. 사제는 그의 신(사제 자신이 그 신을 창조하지 않았던가?)에게 없어서는 안 될 존재이지만, 그 신은 외관상으로 흠집 하나 없어야 한다. 이 허무주의자가 스타브로긴에게 구사하는 전략은 이 소설에서 가장 뛰어난 모놀로그의 하나로 발전한다. 놀라운 솜씨로 의도의 분리와 의미의 이중성이 구현되는 것이다. 표트르는 표현을 변조해가면서 도덕적 순결에서부터 법률적 무죄라는 현실로 옮겨 간다.

“엉터리없는 소문이야 금방 퍼지기 마련입니다. 그러나 사실 당신은 결코 두려워하실 건 없어요. 법률적으로 본다면 당신은 전적으로 결백하고, 양심상으로 보아도 마찬가지죠. 당신은 그런 일이 저질러지는 것을 원하지 않았잖아요? 단서는 아무것도 없고 우연밖에 없으니까… 그러나 어쨌건 당신이 그렇게 침착하게 있는 것이 기쁩니다… 하기는 당신은 이 사건에 아무런 관련이 없고 또 그럴 의향조차 없었다고는 하지만, 그래도 말씀이에요… 게다가 생각해 보세요, 모든 일이 당신을 위해서는 아주 잘 되어 가고 있지 않나요? 당신은 갑자기 홀아비로 자유스러운 몸이 되었으니 굉장한 재산을 가진 미모의 아가씨와 당장이라도 결혼할 수 있으니까 말입니다. 게다가 그 사람은 벌써 당신 수중에 들어 있지 않습니까? 보세요, 하찮은 우연한 사건들이 교묘하게 연결되어 이런 결과를 빚어내지 않습니까?”

“당신 날 협박하고 있소? 천치 같으니라고.”

고뇌하고 있는 스타브로긴의 질문은 협박을 두려워해서가 아니다. 위협은 사실 스타브로긴의 자아 각성의 잔재를 파괴해 버리려는 표트르의 힘에 있다. 표트르는 자신의 비열한 이미지에 따라 신을 재조형하겠다고 대드는 것이다. 야금야금 다가오는 어둠―광기의 은유―을 두려워하는 스타브로긴에게 표트르는 잽싸게 멋진 답변으로 받아 넘긴다. "당신은 빛이요 태양이십니다…"

더 길게 인용해도 좋지만 이로써 요점은 분명해졌으리라 생각한다. 여기서 대화는 시극詩劇에서와 같은 양식으로 진행된다. 그리스 비극의 "격행 대화隔行對話, Stichomythia",* 『파이돈』의 변증법, 셰익스피어의 독백, 신고전주의 연극의 장광설 등은 완벽한 수사 전략이며 담론의 극화로서 여기서는 부분적인 표현 형식이 전체의 의미와 분리될 수 없다. 비극은 인간사에 대한 가장 영속적이고 포괄적인 표현 방식이지만 본래 언어 수단을 통해 달성되는 것이다. 그것이 사용하는 수사 양식은 연극의 개념 및 실질적인 상황에 따르게 된다. 그러나 이 양식은 기법적이거나 신체적인 의미에서 연극적이지 않은 배경에도 옮겨져 활용될 수 있다. 즉 웅변에서, 플라톤의 대화에서, 극시에서도 이런 일이 일어난다. 도스토예프스키는 희곡의 언어와 문법을 산문 소설로 번역했다. 이것이 도스토예프스키적인 비극이란 말이 의미하는 바이다.

---

* 그리스 연극에서 두 인물이 번갈아 한 행씩 말하는 방식의 대화.―역주

스타브로긴은 표트르에게 "리자는 내가 자기를 조금도 사랑하고 있지 않다는 것을 어젯밤 알아챈 것 같소. 하긴 예전부터 알고 있었겠지만…" 하고 말한다. 이 꼬마 이아고는 이 모두를 "끔찍스럽게 추레한" 일로 본다.

스타로브긴은 갑자기 웃음을 터뜨렸다. "난 내 원숭이를 보고 웃었단 말이오." 그는 곧 이렇게 설명했다.

이 구절은 잔인스러울 정도로 정확하게 두 사람의 자리를 정해 준다. 표트르는 스타브로긴의 더러운 면이다. 그는 스타브로긴이 자신의 이미지를 더럽히거나 부숴 버리도록 그의 "흉내를 낸다"(예술가 및 모델들을 그린 피카소의 유명한 연작 소묘에서 개코원숭이가 하는 역할을 상기해도 좋다). 표트르는 그날 밤이 "전적인 실패로" 돌아갔음을 훤히 아는 척한다. 그것이 또한 그를 즐겁게 한다. 그의 사디즘—관찰자의 사디즘—은 리자의 굴욕을 곰곰이 새기게 한다. 스타브로긴의 명백한 성불능은 그를 더욱더 내놓고 야비하게 만들 것이다. 그러나 베르호벤스키는 그의 신이 완전히 지쳐 있다는 점을 과소평가했다. 스타브로긴이 리자에게 진실을 말해 버린다. "난 그들을 죽이지는 않았소. 그리고 그런 흉계에 반대했지. 하지만 그 사람들이 살해된다는 것을 알고 있으면서도 그 살인자들을 제지하지 않았던 거요." 이러한 간접적인 범죄의 주장—『카라마조프가의 형제들』에서 보다 완벽하게 탐구된 모티프인데—에 표트르는 격분한다. 그는 "입가에 거품을 물고 밑도 끝도 없는 말을 내뱉으며" 그의 우상에게로 몸을 돌린다. 그는 권총을 꺼내나 차마 그의 "왕자"를 쏘지 못한다. 이윽고 극도의 흥분이 터져 나오고 숨겨진 진실이 드러난다. "나는 어릿광대입니다. 그러나 나의 우월한 반쪽인 당신이 어릿광대가 될 수는 없습니다! 이해하시겠습니까?" 스타브로긴은 이해한다. 아마도 모든 등장인물들 가운데서 그 혼자만이 이해할 수 있었으리라. 표트르의 비극은 자신의 이미지에 따라 신을 세운 사제의 비극이며, 스타브로긴이 "자아 이제 악마에게나 가버려… 빨리 꺼지란 말이야, 빨리!" 하고 그를 버리는 장면은 강한 극적 아이러니를 유발한다. 대신 이 광대는 리자에게 분풀이를 한다. 그 순간 정원에서 밤을 새며 기다렸던 그녀의 찬미자 마브리키 니콜라예비치가 그 조롱에서 그녀를 구한다. 리자는 그와 함께 살인이 일어난 장소로 간다.

그들이 도착했을 때는, 수많은 군중이 밀려다니고, 범행에서 스타브로긴이 맡은 역할에 대한 억측이 한창 분분할 때이다. 이 장면은 실제의 폭동—근대 러시아사 최초의 파업—에 기초한 것이다. 리자는 누군가에 맞아서 죽는다. 화자는 이 사건이 "지극히 우발적으로 일어났고, 게다가 관련자는 모두 취해 정신이 없는 상태여서 자신들이 무슨 짓을 하는지 의식하지도 못했다"고 진술한다. 그러나 이 모호한 진상은 리자가 속죄 의식을 치르기 위해 죽음을 추구했다는 우리의 인상을 짙게 해줄 뿐이다. 그녀는 다른 세 사람이 스타브로긴의 비인간성 때문에 희생된 바 있는 그 자욱하게 타오르는 불길 가까이에서 죽는다.

그 가슴을 찌르는 새벽부터 밤이 내릴 때까지 표트르는 사람들에게 그가 이번 사건에서 고귀한 역할을 했음을 설득하려고 동분서주한다. 2시에 스타브로긴이 페테르부르크로 떠났다는 소식이 순식간에 시가지에 퍼진다. 5시간 후 표트르는 공모자들 중 자기 조직원들과 만난다. 이틀 밤 동안 아무도 한잠도 자지 않았으니, 도스토예프스키가 차차 이성이 흐려져 간다는 점을 암시하는 것은 경탄할 만한 수법이다. 이 소도시의 로베스피에르는 다시 한 번 그에게 대드는 대원들을 위협하여 복종시킨 후, 샤토프를 죽여야 할 필요성을 역설한다. 그러나 내면적으로 표트르는 텅 빈 그릇이다. 스타브로긴이 달아남으로써 그의 냉랭하고 광기 어린 논리를 지탱하던 축이 무너져 버렸기 때문이다. 표트르는 그의 추종자 한 사람과 떠나는데, 그 장면은 그의 정신 상태를 상징적으로 비춰 준다. 케네스 버크의 표현을 빌리자면, 그것은 문자 그대로 "태도의 춤추기dancing of an attitude"이다.*

표트르 스테파노비치는 거의 리푸친을 안중에 두지 않고 그 보도 한가운데를 걸어갔다… 그는 갑작스럽게 생각이 났다. 얼마 전에 그 자신도 스타브로긴의 뒤를 따라가느라고 진창을 조심스럽게 걸어갔던 적이 있었다. 한편 스타브로긴은 마치 지금의 그처럼 보도를 온통 차지하고 걸었다. 그때의 광경을 머리에

---

* 버크의 "태도의 춤추기"란 태도를 통해서 그 상징적 의미가 드러나는 것을 뜻한다. – 역주

떠올리니 광포한 분노에 숨이 막힐 듯했다.

한편 리푸친도 표트르의 경멸에 화가 치밀어 "러시아에 몇 백씩 있다는 비밀조직이란 것은 거짓말이고, 우리 조직이 그나마 유일한 것이며, 연락망이란 것도 터무니없는 거짓"이라는 자신의 신념을 토로한다. 그러나 표트르의 독재는 더 하급의 인간의 의지쯤은 부숴 버릴 수 있었고, 리푸친은 성난 개처럼 씩씩거리면서 바싹 뒤를 따른다.

표트르가 떠나기까지의 36시간 동안, 샤토프의 피살, 키릴로프의 자살, 스타브로긴의 아들 탄생, 렘신의 바보짓, 혁명 단체의 와해 등등이 잇달아 일어난다. 『악령』의 이 부분은 도스토예프스키 최고의 성취 중 하나다. 즉 키릴로프의 악몽 같은 죽음을 향해 고조되는 표트르와 키릴로프의 두 번에 걸친 만남, 마리아와 샤토프의 재결합과 그녀의 아이가 태어난 후 되살아나는 사랑, 밤의 공원에서 벌어지는 살인, 그리고 살인자 중 가장 애처로운 어린 에르켈에게 하는 표트르의 위선적인 작별 등이다. 나는 이 에피소드 중 일부를 도스토예프스키에 있어서의 고딕적인 것을 다룰 때, 그리고 톨스토이와 도스토예프스키의 신의 이미지를 비교할 때 아주 상세하게 고찰할 생각이다.

여기서는 주로 도스토예프스키가 연극적인 통제와 시간의 조직화를 멋지게 구사하여 플롯이 혼란과 불신에 빠지지 않게 하고 있다는 점에 주목하고자 한다. 톨스토이의 서사시에서 계절의 리듬과 정상적인 생활의 요소들이 제공하는 인간을 위한 전통적인 거울이 도스토예프스키에게는 없다. 그 때문에 도스토예프스키는 무질서를 오히려 미덕으로 삼는다. 이 소설에서 일어나는 난리법석의 해프닝들은 현실의 표면 위에서 마음속 카오스의 패턴들을 추적한다. 예이츠의 표현을 쓰자면 "중심을 잡을 수가 없다".* 도스토예프스키의 플롯은 "순전한 무질서가 세상에 풀려 있을" 때 겪게 되는 경험의 형태들을 형상화한다. 퍼거슨이 『연극의 이념The Idea of a Theatre』에서 지적하다시피, 예술가 혹은 그 누구라도, 주변에서 볼 수 있는 인간 생활에서 의미를 찾기가 어려워져 가는 순간 비극은 실패하게 되는 것이다. 도스토예프스키는 이 난점을 새로운 이해의 초점으로 삼았다. 경험에 별 의미가 없다면 이번에는 무질서와 부조리의 비극을 전달하는 예술 양식이 가장 리얼리즘에 가까운 것이 될 것이다. 우연의 일치와 극단적 어조를 거부하는 것은 삶을 일종의 조화로 읽어내는 것으로 실제로는 존재하지 않는 개연성에 경의를 바치는 꼴일 터이다. 그리하여 도스토예프스키는 거리낌 없이 환상적인 것 위에다 일어날 법하지 않을 일들을 쌓아올린다. 마리아가 마침 샤토프가 죽는 날 밤에 돌아와 스타브로긴의 아들을 낳게 되는 것은 괴상한 일이며, 표트르의 겁에 질린 공범자들이 아무도 그와 그의 비밀을 누설하지 않도록 한 설정이나 키릴로프가 샤토프에게 무슨 흉계가

---

* 종말을 노래한 예이츠의 「재림The Second Coming」의 첫 연에서, "모든 것이 무너지고 중심은 잡히지 않는다/ 순전한 무질서가 세상에 풀려 있다" 참조. ‒역주

꾸며지고 있다는 것을 말해주지 않는다는 상황은 거의 개연성이 없다. 또한 비르진스키와 그 아내—이 여자가 마리아의 아이를 받는다—가 샤토프가 배신한다고 단정하는 표트르의 말이 거짓임을 알아채고서도 그 범행을 막지 않는다는 사실은 거의 믿을 수 없을 지경이다. 마지막으로, 키릴로프가 "광명"을 경험한 후에, 그것도 표트르가 그에게 살해 의사를 밝히고 나서도 자살을 결행한다는 것도 있을 법하지 않다.

그러나 우리는 『햄릿』의 유령, 『오이디푸스 왕』, 『맥베스』, 『페드르』에 나오는 결정적인 예언들, 『헤다 가블러Hedda Gabler』의 교묘하게 연결된 일련의 사고事故와 우연한 폭로 등을 받아들이듯이, 이 모든 것들을 받아들인다. 왜냐하면 아리스토텔레스, 하위징아, 프로이트 등이 말했듯(매우 다양한 문맥에서), 연극은 게임 개념과 관련이 있기 때문이다. 게임에서처럼 연극에는 나름의 규칙들이 있는데, 그 결정적인 규범이 내적 통일성이다. 그 규칙들이 유효한가의 여부는 게임을 치르는 과정에서만 검증될 수 있다. 더욱이 게임과 연극은 경험의 한계를 자의적으로 설정하고, 그 한도 내에서 현실을 관습화 내지는 양식화한다. 도스토예프스키는 자신의 "진실하고 깊이 있는 리얼리즘"이 수축과 강화를 통해서 그가 묵시록적인 상황이 도래하리라고 본 그 역사적 시기를 설득력 있게 제대로 묘사해줄 것이라고 믿었다.

도스토예프스키는 담담하게 대혼란의 연대기를 기록한다. 즉 샤토프는 7시경에 피살되고, 표트르는 새벽 1시경에 키릴로프의 집에 도착하며 키릴로프는 2시 반경에 자살한다. 그로부터 10분 후 이 허무주의자는 일등칸에 오른다. 소설가의 말마따나 그야말로 "분주한 밤"이었다. 이런 일들이 이런 페이스로 일어날 수 없다는 법은 없겠으나 그 가능성은 높지 않을 것이다. 그러나 아무런 상관이 없다. 숙명성에 대한 의식과 앞으로 나가고 있다는 느낌은 유지된다. 즉 기차는 출발하고 속력을 내는 것이다.

도스토예프스키 소설의 극적 요소를 포괄적으로 살피려면 『카라마조프가의 형제들』의 구조 또한 다루지 않을 수 없다. 사실상 이 소설은 『햄릿』, 『리어 왕』, 실러의 『군도』와 뚜렷이 관련을 맺는 것으로 이해되어 왔다고 볼 수 있다. 어떤 경우에는—예를 들어 그루셴카가 수녀원에 들어가 버리겠다고 소리지르는 장면에서—도스토예프스키적 텍스트는 이미 예전에 희곡에 표현된 테마를 변조시키고 있다. 그러나 이러한 점은 종래의 도스토예프스키 연구서에서 이미 규명된 바 있으므로, 나로서는 대심문관 전설을 논할 때 다소 다른 각도에서 이 문제를 재고해 볼 생각이다.

어떤 종류의 연극적 비전이 도스토예프스키에게 가장 강한 영향을 주었을까? 이는 도스토예프스키가 한 사람의 "극작가"라면 어떤 유파와 시대에 속한 극작가일 터이기 때문인데, 사실 가장 도스토예프스키적인 특징이라 여겨지는 모티프들도 대부분 당시에 흔히 사용되던 것이었다. 도스토예프스키의 "초현실주의"("나를 심리학자라고들 하는군요. 하지만 그건 잘못입니다. 나는 고도의 의미에서 리얼리스트일 뿐입니다"라고 그는 1881년 말했다)는 부분적으로는 개인적 체험의 주형鑄型에서 나왔다. 부분적으로는 그것은 신과 역사에 대한 그의 해석에 반드시 있어야 하는 매개체였다. 그러나 또한 그것은 우리 대부분에게는 이제 그리 친숙하지 않은 주요한 문학 전통을 구현한 것이었다.

시베리아 유형, 간질, 궁핍과 무절제에 빠진 시절 등 도스토예프스키의 처참한 삶 속에 그의 소설의 세계상世界像이 잠재해 있었다. 팽팽하고 현란한 도스토예프스키 인물들 간의 사랑은 대개 자신과 마리아 이사예바 및 폴리나 수슬로바 사이의 관계를 거의 꾸밈없이 표현한 것이다. 어디를 봐도 고양되고 창안된 것처럼 보이는 소설 속의 에피소드들이 지극히 자서전적이라는 것이 밝혀지는 경우도 흔하다. 도스토예프스키는 그가 나중에 지어낸 이야기처럼 말하고 또 말했던 사형 집행 소총 분대 앞에서의 저 모든 계시들과 영혼의 부분적인 죽음을 겪었다. 이와는 성격이 다르지만 또 도스토예프스키는 1846년 1월 브옐고르스키 부부의 화실에서 유명한 미인 세냐비나를 처음 봤을 때 강렬한 인상을 받고서 기절하기도 했다. 도스토예프스키의 대화—극적 의도가 뚜렷하게 작용하고 있는—도 자신의 개인적 습관과 관련이 있었다. 이는 해즐릿이 콜리지의 문체와 형이상학을 어슬렁거리는 그의 걸음걸이와 연결 지은 것과 어느 정도 대응한다. 저명한 수학자 소피아 코발레프스키는 소설가와 그가 당시 구애하던 자기의 언니 사이에 교환된 대화를 기록했다.

"어젯밤에 어디 갔었소?" 도스토예프스키는 시무룩한 표정으로 묻는다.

"무도회에 갔어요." 언니가 별 생각 없이 말한다.

"춤을 추었소?"

"그야 물론이죠."

"사촌과?"

"그하고 또 다른 사람과도."

"춤추는 게 즐겁소?" 도스토예프스키는 계속 질문을 던진다.

"네, 그런대로 즐거운 일이죠." 그녀는 대답하고는 다시 뜨개질을 시작한다.

도스토예프스키는 잠시 동안 말없이 그녀를 지켜보다가 갑자기 선언해 버린다.

"당신은 천박하고 바보 같소."[*]

"그들의 대화의 대부분은 이런 투"였으며 대개는 도스토예프스키가 집에서 뛰쳐나가는 걸로 끝을 맺었다.

그러나 도스토예프스키 소설의 자전적 경향이 중요하기는 하지만 그렇다고 과장되어서도 안 된다. 1869년 2월 스트라호프에게 쓴 편지에서 소설가는 단언한다. "내 나름의 예술관을 말해 본다면 다음과 같습니다. 즉 대개의 사람들이 환상적이고 보편성이 없다고 보는 것을, 나는 진리의 가장 깊숙한 본질로 본다는 것입니다." 그리고 덧붙였다. "나의 환상적인 '백치'

---

[*] 『표도르 미하일로비치 도스토예프스키 서한집』에 인용된 「소피 코발레프스키의 회상」에서.

가 사실 가장 일상적 진리가 아니겠습니까?" 도스토예프스키는 극단의 형이상학자였다. 개인적 경험에 의해 그의 환상 감각이 확립되고 예리해졌으리라는 점은 의문의 여지가 없다. 그러나 도스토예프스키의 것처럼 끈질기고도 미묘한 시적 방법 및 철학을 전기적 사실이라는 한층 제한된 영역과 동일시해서는 안 된다. 이 동일시의 결과 생긴 편견이 바로 『카라마조프가의 형제들』에 대한 프로이트의 연구로서 여기서 극적 이데올로기적 내용으로 충전된 객관적 현실인 부친 살해의 테마가 개인적 강박관념이라는 흐릿한 영역으로 떨어져 버린다. 예이츠는 "무용에서 어떻게 무용수를 구분해 낸단 말인가?"라고 물었다. 부분적으로야 구분이 가능하지만, 그 부분을 빼고서는 합리적 비평은 가능하지 않을 터이다.

잠시 예이츠의 이미지를 좀 더 사용해 보자. 무용수는 무용에 자기 특유의 개별성을 부여한다. 두 무용수가 똑같은 방식으로 같은 춤을 추는 것은 도저히 불가능하다. 그러나 이 다양성을 넘어선 곳에 불변하고 전수도 가능한 무용술 일반이 존재한다. 문학에도 무용술이 있다. 즉 문체의 전통과 공인된 관례, 일시적 유행, 가치 체계 속에서 특정한 작가는 작업하게 된다. 도스토예프스키의 천년지복설로도, 그의 전기로도, 그의 작품에 나타난 기법상의 성취를 다 설명할 수는 없을 것이다. 도스토예프스키의 소설들은 하나의 문학적 전통, 고도로 정교한 관습이 없었다면 현재의 모습을 지니지도 않았을 것이고 쓰이지도 않았을지 모른다. 그것은 1760년대에 프랑스와 영국에서 발생한 데 이어 전 유럽에 퍼지고, 마침내 러시아 문학이라는 변방에까지 다다랐다. 『죄와 벌』, 『백치』, 『악령』, 『미성년』, 『카라마조프가의 형제들』, 그 밖에도 주요 중편들은 모두 이 고딕 전통을 이어받고 있다. 도스토예프스키의 무대 설정도 여기서 생겨난다. 즉 다락방에 박혀 있거나 밤거리를 헤매는 살인자들, 가난하지만 선량한 사람과 탐욕스러운 호색가, 도시의 거대한 밤에 영혼을 부식시키는 수수께끼의 범죄와 자석과 같은 끌림이 존재하는 도스토예프스키적인 세계의 모습과 냄새가 나온다. 그러나 고딕적인 것이 너무 퍼져 있고, 근대적 키치의 관습으로 너무 쉽사리 흡수되었기 때문에, 우리는 그 특유의 음조와 19세기 문학의 풍토를 형성하는 데 그것이 행사한 엄청난 역할을 간과해 버린 것이다.

빅토르 위고의 『아이슬란드의 한스』(스타브로긴은 아이슬란드를 찾게 된다), 발자크의 『상어 가죽』, 디킨스의 『황폐한 집』, 브론테 자매의 소설, 호손과 포의 중단편, 실러의 『군도』, 푸시킨의 「스페이드의 여왕」 등은 그 테마 및 묘사 방식이 고딕적이다. 정제되고 "심리 묘사가 이루어지는" 공포 소설은 모파상의 예술 속에, 헨리 제임스와 월터 드 라 메어Walter de la Mare의 유령 이야기에 살아 있다. 문학사가들의 말에 의하면 형식적 비극이 쇠퇴하자 멜로드라마가 19세기 연극계를 지배했으며, 마침내는 영화, 라디오 극, 대중 소설 등의 세계 그림을 창출했다. T. S. 엘리엇은 윌키 콜린스와 디킨스를 다룬 에세이에서 "연극적 멜로드라마가 영화적 멜로드라마로 대체되었다"고 말한다. 두 경우 다 그 토대는 고딕이다. 거기에다 우리가 알기로는 멜로드라마의 우주론은 고딕 양식을 산업적 대도시라는 환경으로 각색해 놓은 것이다. 즉 널따란 망토를 걸친 악마적인 주인공들, 고통과 치욕 사이에 놓여 있는 처녀들, 거지 신세의 선인과 악의에 찬 부자, 안개 자욱한 뒷골목에 음산한 빛을 뿌리는 가스등, 결정적인 순간에 지하 인간들이 튀어나오는 하수구, 마약과 월장석들, 스벤갈리와 분실된 스트라디바리우스[*] 등이 어울려 있는 세계다.

『올리버 트위스트』와 호프만의 설화,『일곱 박공의 집』과 카프카의 『소송』 같은 다양한 작품들에서 고딕적인 내용을 찾아낼 수 있다. 그러나 이제 와서는 문학사의 각주脚註 정도로 혹은 박물관에 처박혀서 색 바랜 연극 프로그램처럼 취급되는 작품 및 작가들이 발자크, 디킨스, 도스토예프스키 같은 위대한 작가들이 지침으로 삼은 감수성의 모델이었다는 사실은 전문가만이 알 수 있을 뿐이다. 우리는 발자크가―『파르마의 수도원』에 나오는 한 에피소드를 특히 칭찬하려는 생각으로―스탕달의 성취를 "승려" 루이스와 "앤 래드클리프의 마지막 작품들"과 비교하게 한 그런 가치 기준에 전혀 동감할 수 없게 되었다. 우리는 루이스와 래드클리프 부인의 "공포 로맨스들"이, 아마도 루소의 『참회록』과 괴테의 『베르테르』를 제외하고는, 어떤 다른 작품보다 널리 읽혔고 19세기 유럽의 취

---

[*] 스벤갈리는 프랑스계 영국 작가인 조지 뒤 모리에의 1895년작 『트릴비Trilby』에 나오는 인물로 타인을 과도하게 조종한다. 분실된 스트라디바리우스는 영국 작가 존 미드 포크너John Meade Falkner의 유령 소설인 1805년작 『사라진 스트라디바리우스The Lost Stradivarius』를 가리킨다. ―역주

향을 좌우했다는 사실을 잊고 있다. 도스토예프스키는 어렸을 때, "잠들기 전에 양친께서 앤 래드클리프의 소설을 큰 소리로 읽어 주면 황홀하면서도 공포에 질려 입을 벌린 채 귀를 기울이며 긴 겨울밤을 보내고는 했다. 잠이 들어서도 정신을 못 차리고 잠꼬대를 하고는 했다".『숲의 로맨스*The Romance of the Forest*』와『우돌포의 비밀*The Mysteries of Udolpho*』이 러시아의 아시아 변경 지역에까지 알려져 있었다는 사실을 확인하려면 푸시킨의 설화『두브로프스키』의 여주인공을 생각해 보기만 하면 된다. 오늘날 누가, 생트뵈브가 "다작의 능력과 작법에 있어" 발자크에 비견한다고 본 외젠 쉬를 읽을 것이며 그의『방랑하는 유대인』과『파리의 비밀』이 12개 국어로 번역되어 마드리드에서 페테르부르크에 퍼져 있는 그야말로 수백만에 달하는 팬들이 탐독했다는 사실을 기억할 것인가? 지금에 이르러 엠마 보바리로 하여금 저 치명적인 꿈에 빠지게 만든 공포 로맨스 작품의 이름을 그 누가 기억할 수 있겠는가?

하지만 바로 이 끔찍스럽고 마술적인 것의 장인들, 결코 실재하지 않았던 그런 중세 세계를 복원해놓은 이 가짜 골동품 애호가들이 해외에 뿌려 놓은 그 소재를 바탕으로, 콜리지가 『노수부老水夫의 노래』와『크리스타벨』을, 바이런이『만프레드』를, 셸리가『첸치 일가』를, 빅토르 위고가『파리의 노트르담』을 쓸 수 있었다. 더구나 오늘날의 문학 산업의 수장들, 역사 소설 및 범죄 소설의 공급업자들은 호레이스 월폴, 매슈 그레고리 루이스, 앤 래드클리프, 찰스 매튜린(엄청난 반향을 일으킨『방랑자 멜모스』의 작자)* 등의 직계 후손이다. 과학공상소설

장르는 셸리 부인의 『프랑켄슈타인』의 고딕적 충동과 포의 고딕적 상상 활동에서 비롯된 것이다.

고딕주의와 멜로드라마 전통 일반에는 뚜렷한 형태의 감수성이 있었다. 마리오 프라츠가 그 주요 양상의 하나를 『낭만주의의 고뇌The Romantic Agony』에서 다룬 바 있다. 그것은 사드 및 18세기의 에로티시즘 작가들과 더불어 시작되고, 플로베르, 와일드, 단눈치오의 시대에 이르기까지 방대한 양의 문학과 그래픽아트를 만들었다. 이 계열의 고딕주의는 키츠의 「무자비한 미녀」와 『오토 대제』, 플로베르의 『살람보』, 보들레르의 시, 프루스트의 한층 어두운 분위기, 그리고 희화화된 형태로 카프카의 「유형지에서」 등에서 뚜렷이 부각된다. 도스토예프스키는 사드의 작품과 『테레즈 필로소프Thérèse Philosophe』 같은 고전적 외설 작품(몽티니의 이 책은 『백치』 및 『악령』을 위한 메모에서 되풀이 언급된다)을 읽었다. 그는 역사적-기법적 의미에서 "퇴폐적인" 테마들을 눈여겨보았다. 그의 "거만한 여자들"은 『낭만주의의 고뇌』에 인용된 요부femme fatale와 뱀파이어에 관련된다. 또한 도스토예프스키가 성범죄를 다룬 부분에는 사디즘의 요소가 있다. 그러나 우리는 도스토예프스키가 고딕 관습을 아주 독특하게 재현하고 있음을 분별하고 멜로드라

---

* 호레이스 월폴(Horace Walpole, 1717~97), 매슈 그레고리 루이스(Mattew Gregory Lewis, 통칭 Monk Lewis, 1775~1818), 앤 래드클리프(Ann Radcliff, 1764~1823), 찰스 매튜린(Charles Robert Maturin, 1782~1824)은 모두 고딕파의 대표적인 작가들이다. – 역주

마 기법 배후에 자리한 도스토예프스키의 형이상학을 이해하도록 주의를 기울여야 한다. 그러할 때 "질 드 레*에서 도스토예프스키에 이르기까지 악의 포물선은 항상 동일하다"는 프라츠의 주장을 받아들이기 어렵게 된다.

하지만, 도스토예프스키의 소설에서 발견되는 이 극단적이고 은폐된 형태의 고딕주의를 살피기에 앞서, 19세기 멜로드라마에 나타난 좀 더 "공공연한" 고딕 양식에 대해서 잠시 고찰해보자.

고딕 양식은 18세기에 발생했는데 그 당시에는 중세풍이며 목가적이었다. 콜리지가 1797년 3월 윌리엄 릴 볼스에게 쓴 편지에서 설명했듯이 이 양식은

> 지하 감옥, 고성古城, 해변의 호젓한 저택, 동굴, 숲, 기이한 인물, 공포와 신비의 대상인 온갖 종족⋯

과 더불어 시작되었다. 그러나 처음에 환영받았던 이국정취와 고대풍에 대한 흥미가 가시자 그 배경 설정이 달라졌다. 19세기 중엽의 독자와 관중들이 알고 또 두려움을 느꼈던 것은 도시가 주변을 잠식하며 점점 거대해져 간다는 사실이었다. 특히 산업혁명의 되풀이되는 위기로 도시가 어두운 빈민가와 굶주림의 광경으로 가득 차게 되자 특히 그러했다. 인간이 은총

---

* Gilles de Rais(c.1405~1440)는 프랑스의 영주로 어린이 연쇄살인자로 악명 높다. – 역주

314

의 동산에서부터 추락하는 것보다 절망적이고 어찌할 도리가 없는 것은 없다. 발자크의 밤의 파리, 빅토리아 시대 스릴러물의 "음산한 일몰", 하이드 씨의 에딘버러, 카프카의 K가 서둘러 운명을 재촉하는 저 미로 같은 거리와 공동주택들의 세계—이것들은 밤이 뒤덮고 있는 바빌론의 이미지 바로 그것이다. 그러나 유령적이고 야만적인 모습을 한 대도시의 연대기를 그려낸 모든 작가들 가운데서도 도스토예프스키가 가장 탁월하다.

그에게 영감을 준 대가를 모아 보면 매력적인 화랑이 될 것이다. 레스티프 드 라 브레톤—잊혀져서 평가가 곤란하지만, 그의 분노와 다양한 면모가 거의 천재의 경지에 가까운 재능을 보여준 인물이다—은 고딕이 개화하기 전에 이미 해가 진 후의 도시는 근대사회의 미지의 영역terra incognita이 될 것임을 간파했다. 『파리의 밤*Les nuits de Paris*』(1788)에는 새로운 신화 체계를 구성하는 주된 요소들이 분명하게 제시된다. 즉 지하 세계와 창녀들, 꽁꽁 언 다락방과 지하실의 독기, 창문에 어른대는 얼굴들과 부잣집의 사치스러운 연회 사이의 멜로드라마적인 불일치 등이다. 레스티프는 블레이크처럼 밤의 대도시에 재정적 법적 비인간성의 상징들이 집중되어 있음을 보았다. 그는 가난하고 박해받는 사람들은 거대한 전함처럼 늘어선 저택들 가운데서 더욱 더 "집 없는 처지"에 빠진다는 역설에 부딪힌다. 그의 뒤를 이어 빅토르 위고와 에드거 앨런 포의 밤의 배회자, 아편 중독자와 셜록 홈즈, 기싱 및 졸라의 인물들, 레오폴드 불룸과 샤를뤼 남작*이 나타났다. 도스토예프스키의

「페테르부르크의 백야」 첫 페이지에는 레스티프의 강력한 영향이 느껴진다.

도스토예프스키의 선행자들 중 한 사람이 드퀸시였다. 드퀸시는 시인의 눈은 공동주택들과 공장 지대에서도 고딕적인 숲과 낭만적인 신비의 동양에서만큼이나 그럴싸한 환각과 타오르는 비전의 순간들을 마주칠 수 있다는 것을 보여주었다. 그는 보들레르와 더불어 극도의 소외감을 불러일으키는 도시 이미지를 그려내고는 했는데, 이는 니네베와 바빌론을 대상으로 한 묵시黙示의 느낌을 연상시킬 정도다. 드미트리 그리고로비치의 회상에 의하면 젊은 시절에 도스토예프스키가 애독하던 책 중의 하나가 『어느 영국인 아편 중독자의 고백 Confessions of an English opium-eater』이었다고 한다. 이 책은 그의 초기 작품 및 『죄와 벌』에 흔적을 남겼다. 소냐의 모습 배후에서 우리는 옥스포드가의 "작은 앤"의 모습을 찾을 수 있다.

발자크와 디킨스의 영향은 너무 뚜렷하고 폭넓어서 자세한 예를 들 필요조차 없다. 도스토예프스키가 1863년 『겨울에 쓴 여름의 인상』(소련의 논평자들이 특히 좋아하는)에서 묘사한 파리와 런던은 『고리오 영감』, 『잃어버린 환상』, 『황폐한 집』에 비추어본 도시였다.

그러나 도시의 고딕이 가장 완벽한 표현을 얻은 것은 외젠 쉬의 『파리의 비밀』(1842~3)에서였다. 벨린스키가 이 작품을

호평했고, 유럽 전역뿐 아니라 러시아에서도 널리 읽혔다. 톨스토이는 『유년-소년-청년시대』에서 그가 외젠 쉬의 기묘하게도 힘찬 삼류 소설에 얼마나 매혹되었는지를 회고한다. 도스토예프스키는 『파리의 비밀』과 『방랑하는 유대인』을 모두 읽었다. 1845년 5월 형에게 보낸 편지에는 외젠 쉬가 "범위가 매우 한정되어 있다"고 적었지만, 도스토예프스키는 쉬에게서 많은 것을 배웠다. 이는 특히 『미성년』 제1부의 여러 장면에서 그대로 드러난다. 물론 모방과 패러디는 구별이 어려운 경우도 많지만 쉬는 19세기 소설을 수렁 속으로 빠뜨린 저 멜로드라마와 박애주의의 혼합물에 새로운 비애감을 불어넣었다. 『파리의 비밀』의 유명한 장 "비참" 편에서 짧은 문장을 인용해보아도 지배적인 어조를 알 수 있다.

둘째 딸은… 결핵으로 쇠잔해진 몸으로, 다섯 살 위의 언니의 싸늘한 가슴에 그 창백하고 병들어 비참한 느낌이 드는 작은 얼굴을 힘없이 기대고 있다.

우리는 마르멜라도프의 집에서, 그리고 알료샤 카라마조프가 자선을 베푸는 저 누추한 방 안에서, 그녀가 여전히 쇠잔해가고 있는 광경을 보게 된다. 쉬의 혁명적인 몇몇 진술은 거의 그대로 도스토예프스키에서 울리고 있다. 『카라마조프가의 형제들』에도 "할 일 없이 빈둥대는 부자들… 어떤 것도 지루함으로부터 그들을 구해주지 못한다... 쓰라린 고통에서 지켜줄 것도 아무것도 없다"는 말이 그대로 복사되어 있다. 플뢰르 드

마리(『파리의 비밀』의)와 도스토예프스키의 유순한 여주인공, 그리고 마르키 다르빌의 간질에 대한 외젠 쉬의 언급과 『백치』에서의 결혼의 딜레마 사이에는 소재 및 표현이 유사한 데가 많다.

그러나 도스토예프스키가 상속한 것은 특수한 영감의 사례들에 그치지 않는다. 그것은 소설가로서의 그의 전 경력과 관계된다. 그는 당시의 어떤 러시아 작가보다 더 유럽 문학에 정통했으며 더 즉각적으로 그것을 이어받았다. 디킨스와 발자크, 외젠 쉬와 조르주 상드의 작품이 없었다면 도스토예프스키 같은 작가가 나올 수 있었을까? 상상조차 힘든 일이다. 이들은 지옥 같은 도시를 그려내는 작업에 없어서는 안 될 밑바탕이 되었다. 도스토예프스키는 이들에게서 멜로드라마의 관습을 찾아내어 터득한 후 이를 심화시켰다. 『가난한 사람들』, 『죄와 벌』, 『미성년』, 「페테르부르크의 백야」, 『학대받는 사람들』은 레스티프 드 라 브레톤과 더불어 그리고 『절름발이 악마』(1707)에서 이루어진 르 사즈*의 도시적 삶에 대한 면밀한 검토와 더불어 시작된 계보에 속하며, 이 계보는 오늘날 미국의 빈민가 소설로 이어지고 있다.

톨스토이는 타서 무너져버린 도시에서 거의 완벽하게 편안

---

* 『절름발이 악마 *Le Diable boiteux*』는 프랑스 작가-극작가인 르 사즈(Alain René Le Sage, 1668~1747)가 스페인의 벨레스 드 게바라의 작품에서 암시를 받아 쓴 사회 풍자 소설. 르 사즈는 이외에 『질 블라스』를 써서 풍속 소설의 수준을 높였다. – 역주

함을 느꼈다. 도스토예프스키는 공동주택, 다락방, 철도변, 더듬이처럼 뻗어나간 근교 등과 같은 미로 사이를 자신 있고 익숙한 걸음으로 걸어갔다. 그 지배적인 어조가 『학대받는 사람들』의 첫 페이지에서 울려 나온다. "그날 나는 하숙을 구하려고 시내를 돌아다녔다. 내가 그때까지 들어 있던 하숙집은 낡아 빠졌고 습기가 가득 차서 축축한 느낌을 주었다." 도스토예프스키가 자연스러운 아름다움을 환기하는 곳은 바로 도시다.

나는 페테르부르크의 3월 햇빛을 사랑한다… 거리가 온통 눈부신 햇살 아래 반짝이기 시작한다. 집이란 집은 느닷없이 마치 불꽃을 튀기는 듯하다. 이 순간 잿빛, 누런 빛, 우중충한 녹색빛은 잠시 그 황량함을 감추어 버린다.

도스토예프스키의 소설에는 풍경이 거의 없다. 시몬스 교수가 지적하듯 독특한 "밝은 야외의 대기"가 「작은 영웅」을 가득 채운다. 도스토예프스키가 페테르부르크에 유폐되어 있을 때 이 소설을 썼다는 사실은 의미심장하다. 이 소설가가 자연을 지나치게 열렬히 사랑했기 때문에 오히려 그것을 묘사해 내지 못했다는 메레즈코프스키의 주장은 별 근거가 없다. 도스토예프스키에서 목가적인 것은 한 구석에서 소박한 형태로 존재한다. 『가난한 사람들』에서 그가 자연을 묘사하려고 한 대목은 곧바로 고딕적인 공포로 이어진다.

저는 가을을 몹시 좋아했어요—곡식들은 이미 거둬들여 농사일도 끝나고 여기저기 농가에서는 저녁마다 마을 사람들이 모여 앉아 재미있게 시간을 보내며 겨울을 기다리는 늦은 가을을 제일 좋아했습니다. 그때가 되면 만물은 더욱 신비로워지고, 하늘은 구름에 덮여 음산하게 흐리고, 노란 낙엽은 벌거숭이가 된 숲 기슭 오솔길에 곱게 깔리고, 숲은 더욱더 검푸른 빛을 띠게 됩니다.—특히 황혼이 깃들 무렵에는 축축한 안개가 퍼져 나가고 나무들은 어둑한 깊은 곳에서 마치 거인들처럼, 형체 없고 무서운 유령들처럼 언뜻 나타났다 사라지고는 합니다. 마치 거인이나 정체 모를 무서운 유령과 같은 모양을 나타냈다가는 없어지고는 합니다… 오, 얼마나 무시무시했는지. 마치 텅 빈 어두운 나무에서 누군가 이상한 사람이 노려보고 있다는 생각이 들어서 온 몸이 오들오들 떨려 왔습니다… 그때 이상한 느낌이 닥쳐오지요. 마치 누군가가 이렇게 속삭이는 소리를 듣는 것처럼요.

"얘야, 어서 어서 빨리 달려라! 우물쭈물하면 큰일이다. 이제 곧 무서운 일이 일어날 테니까 빨리빨리 도망쳐라! 어서 빨리!"

"이제 곧 무서운 일이 일어날 테니까"란 구절에 고딕적 분위기와 멜로드라마의 기법이 축약되어 있다. 도스토예프스키가 이 양쪽에 다 빚지고 있다는 점을 염두에 두면서, 그의 글에서 주 모티프로 여겨져 온 것—어린이들에 대한 폭력 행사—으로 방향을 돌려 보기로 하자.

VII

19세기 소설은 적어도 졸라 이전에는 외설적이거나 병리적인 성적 경험의 양상을 기피해왔다고 생각되었다. 또한 도스토예프스키는 프로이트가 넘칠 정도로 우리의 의식을 열어주었던 억압과 "변태적인" 성욕이 도사리는 저 지하 세계를 드러낸 개척자로 불렸다. 그러나 이는 사실과 다르다. "고급" 소설, 말하자면 발자크의 『사촌 베트』와 헨리 제임스의 『보스턴 사람들』 같은 걸작들에서도 위태로운 성적 테마들이 분방한 정신으로 다루어지고 있다. 스탕달의 『아르망스』와 투르게네프의 『루딘』은 성불능의 비극이며, 발자크의 보트랭*은 프루스트의 변태자들invertis을 거의 75년 앞지르고, 멜빌의 『피에르』는 종잡을 수 없는 사랑으로의, 실현은 되지 않지만, 전격적이고도 색다른 진입이다.

이 모든 것은 "저급" 소설, 즉 고딕풍의 음침한 소설roman noir들 및 시리즈로 쏟아져 나온 헤아릴 수 없는 공포 로맨스에서는 배倍로 심해진다. 사디즘, 성도착, 변태적인 범죄, 근친상간, 유괴와 최면 도구 사용 등은 흔하디흔한 모티프였다. 발자크의 뤼시앵 드 뤼방프레**가 처음 파리에 도착했을 때 "래드클리프 여사 식으로 무엇이든 써보라"고 한 서점 주인의 요

---

* 발자크의 〈인간 희극〉 여러 편에 나오는 캐릭터.

** 뤼시앵 드 뤼방프레(Lucien de Rubempré)는 발자크의 『사라진 환상』, 『창녀들의 영광과 비참』의 작중 인물. ─ 역주

구는 문학적 법칙의 법전에 새겨졌다. 이 야심만만한 소설가가 선뜻 받아들일 수 있는 정해진 플롯이 있었던 것이다. 즉 비탄에 빠진 처녀들, 호색적인 박해자들, 가스등불 옆에서의 살인, 사랑을 통한 구원 등이 그것이다. 그가 천재를 가졌다면 그 플롯을 『골동품 상점*The Old Curiosity Shop*』과 『금빛 눈의 아가씨*La Fille aux yeux d'or*』로 만들 수 있을 것이고, 재능을 가졌다면 『트릴비*Trilby*』와 『파리의 비밀』로 만들었을 것이다. 그리고 달랑 기술만 가지고 있다면 지금은 서지학자들에게서조차 잊혀진 수백 수천에 달하는 신문 연재소설 중 하나로 만들었을 것이다. 도스토예프스키에게 되풀이해 나타나는 테마와 극적 상황들 중의 일부가 독특하고도 병리적인 것으로 보이는 것은 우리가 위의 사실을 잊고 있기 때문이다. 사실 그의 플롯들은 순수하게 원료로서 혹은 요약될 수 있는 스토리로 간주되는데, 셰익스피어의 플롯들 못지않게 당대의 전통 및 관습에 의존하고 있었다. 이 플롯들을 개인적인 강박관념의 소산으로 읽어내는 것도 밝히는 바가 없지는 않겠지만, 이런 해석은 입수 가능한 자료를 모두 알고 나서 시도해야지 거기에 선행해서는 안 된다.

많은 작가들의 경우 그들의 작품 대부분에는 어떤 이미지나 전형적 상황들이 공공연히 혹은 숨겨진 형태로 되풀이해 나타난다. 예를 들어 바이런의 시와 희곡에서의 근친상간의 암시가 그것이다. 도스토예프스키의 경우 나이 든 남자가 어린 소녀나 젊은 여자를 성적으로 공격하는 상황을 되풀이하여 언급하는 것은 잘 알려져 있다. 그의 모든 저작들에서 이 테마를 추적하여 그것이 어떻게 감추어진 상징적 형식으로 존재하고 있는지 밝히려면 별개의 논문이 필요할 것이다. 이 테마는 첫 소설 『가난한 사람들』에서부터 나타나는데 여기서는 고아가 된 바르바라가 무슈 부이코프에게 시달림을 당한다. 또한 분명하게 밝혀지지 않은 죄 때문에 무린과 카테리나의 관계가 그늘져가는 이야기인 『하숙집 여주인』에도 이 테마가 암시되어 있다. 「크리스마스 트리와 결혼」에서는 한 늙은이가 11세짜리 소녀에게 관심을 두다가 그 소녀가 16세가 되자 결혼을 신청한다는 속 보이는 가면을 쓰고 나타난다. 유사한 모티프가 저 멋진 중편 『영원한 남편』에도 작용하고 있다. 한편 미완으로 남아 있는 소설 『네토치카 네즈바노바』의 여주인공은 술 취한 제부의 유혹에 넘어간다. 『학대받는 사람들』에서는 이 테마가 지배적이다. 즉 넬리(디킨스의 인물을 쏙 빼놓은)는 아슬아슬하게 강간을 피하는가 하면 발코프스키는 "남모르게 방탕"을 저지르고 "메스껍고도 수상쩍은 죄악"에 빠져 있었다는 얘기가 나돈다. 『죄와 벌』을 위한 메모에는 스비드리가일로프가 어린 소녀를 강간했다고 고백하는 무시무시한 구절이 여러 번 나온다.

강간은 우연히 저질러지도록. 별 특별한 일도 아닌 것처럼, 라이슬러에 대해 말하는 식으로 느닷없이 말할 것. 애들을 욕보이는 일에 대해, 태연스럽게…[딸이 강간당하고 익사한 하숙인에 대해 말함. 하지만 그 하숙인이 누군지는 알리지 않고 뒤에 가서야 그라는 설명을 함.]
　　주의 : 그는 그녀를 매질해 죽였던 것.

최종본에는 이 세부 묘사들이 그대로 살아 있지는 않다. 스비드리가일로프는 대수롭지 않은 난봉에 대해 말하며, 성적 공격의 테마는 루진이 두냐에게 구애하고 스비드리가일로프가 두냐를 유혹하려 하는 것으로 변환되어 있다. 앞에서도 살펴본 것처럼『백치』에서 나스타샤와 토츠키가 처음 관계를 맺은 것도 어른인 연인이 어린 소녀를 성적으로 타락시키는 데서 비롯된다. 이 모티프는『위대한 죄인의 생애』―이 소설은 1868년 말에 총 5부로 계획되었는데,『악령』,『카라마조프가의 형제들』은 여기서 분리되어 나온 단편斷片인 셈이다―에서 주요한 위치를 차지하게 되어 있었다. 여기서는 주인공이 불구인 소녀를 집적이며 한동안 잔학하고 변태적인 짓을 저지르는 것으로 되어 있다. 스타브로긴의 "고백"은 바로 이런 생각을 구체화한 것이며, 도스토예프스키가 사디스트적 관능을 가장 기막히게 표현한 대목이다. 그러나 이처럼 끔찍스러운 초상을 그리고도 도스토예프스키는 계속 이 테마를 다룬다. 아이들에 대한 가혹 행위는『작가 일기』에 조목별로 자세히 취급되어 있다.『미성년』의 베르실로프는 무언가 야비한 짓에 관여하고 있다.『카라마조프가의 형제들』을 착수하기 전에 도스토예프스키는 완전히 고딕풍인 두 편의 이야기「보보크」와「우스운 인간의 꿈」을 썼다. "우스운 인간"은 자살을 하려는 순간, 한 어린 소녀에게 지분거렸던 옛일을 회상한다. 이제 마지막으로, 그의 최후의 소설 속에 이 테마가 온통 퍼져 있는 것을 볼 수 있다. 이반 카라마조프는 아이들에게 가해진 야만 행위는 신에 대한 더할 나위 없는 고발이라고 선언한다. 그루셴카가 어린 소녀 시절 유린되었음이 암시되어 있는가 하면, 리자 호홀라코바는 알료샤에게 한 어린 아이를 십자가에 못 박는 꿈을 꾼다고 말한다.

> "그 아이는 거기 매달려서 신음하고 있고 전 반대쪽에 앉아서 파인애플 콩포트를 먹는 거지요. 전 파인애플 콩포트를 너무 좋아하거든요."

(이와 흡사한 장면이 실제로 피에르 루이*의 『아프로디테』에 나온다.) 게다가 카챠가 아버지의 공적 불명예를 막기 위해 드미트리 카라마조프를 찾아가는 장면에는 성애적인 굴종과 강요된 성의 문제가 암시되어 있다. 도스토예프스키가 살아 있는 동안에도 이 반복되는 모티프가 작가 자신이 과거에 빠져 있던 방탕 생활에서 연유한 것이라는 소문이 나돌았다. 그러나 이러한 주장을 뒷받침할 증거는 하나도 없다. 후에 심리학자들이 그 냄새를 맡고 끌리게 되었다. 이들은 무언가 밝혀 놓기는 했지만, 소설가의 개성을 밝히는 데 빛을 던질 수도 있고 아닐 수도 있다. 하지만 작품에 적용하기에는 본질적으로 합당하지가 않다. 그의 작품은 객관적인 현실을 구성하며 기법과 역사적 상황이라는 조건에 따른다. 예술 작품은 공식적이고 공적인 것이

---

* 피에르 루이(Pierre Louÿs, 1870~1925)는 프랑스의 상징파 시인이자 소설가. 그의 운문 소설 『아프로디테*Aphrodite*』는 1895년작으로 알렉산드리아 양식의 걸작이다. - 역주

되는 점에서는 표면이라고 할 수 있는데, 심층부를 파헤치다보면 표면에 흠집이 날 수 있다. 도스토예프스키의 소설에서 어린 아이에 대한 성애적-사디스트적 학대의 테마는 분명하고도 보편적인 의미를 가지고 있고 도스토예프스키에 준 영향이 풍부한 문서로 입증될 수 있는 문학 전통의 뒷받침을 받고 있다.

도스토예프스키는 어린이들에 대한 학대, 특히 그들의 성적 타락은 순전하고 돌이킬 수 없게 작동하는 악의 상징이라고 보았다. 그는 거기서 용서받을 수 없는 죄의 화신—어떤 비평가들은 이를 "구체적 보편성concrete universal"이라고 부르기도 했다—을 보았다. 어린이를 괴롭히고 범하는 것은, 인간 속의 신의 이미지 중에서도 가장 빛나는 부분을 더럽히는 셈이다. 그러나 더욱 두려운 것은 그런 행위가 신의 가능성을 회의하게 한다는 것, 엄밀히 말하자면 신과 피조물 사이의 유대감을 존속시킬 가능성을 회의하게 한다는 것이다. 이반 카라마조프가 이 모든 것을 분명히 밝혀준다.

너는 이것을 이해할 수 있겠니? 자기가 무슨 일을 당하고 있는지조차 똑똑히 모르는 조그만 어린 여자아이가 그 춥고 어두운 곳에서 조그만 주먹으로 터질 듯한 자기 가슴을 두드리기도 하고 아무도 원망할 줄 모르는 순진한 눈물을 흘리면서 하나님 아버지께 구원을 빌기도 하는 이 기막힌 일을?… 나는 어른의 고통에 대해서는 말하지 않겠다. 어른들은 금단의 사과를 따먹었으니 어찌 되어도 상관없어. 모두 다 악마의 밥이 되어도 좋아! 그러나 이 어린애들은 어쩌겠느냐 말이야! …이 어린애들이 이다지도 괴로움을 당하는 터에 선善이란 건 무슨 헛소리야?

인간이 단지 어른이 되는 과정만으로 은총에서 멀어지게 된다는 원리는 이상한 신학이다. 그러나 도스토예프스키가 뜻한 바는 명백하며, 그 근저에 무슨 개인적인 강박관념 같은 게 얽혀 있을 것으로 보고 이를 들춰내려고 드는 것은 제대로 된 반응이 아니다. 중요한 것은—『오레스테이아』, 셰익스피어 후기 희곡의 "폭풍"과 "음악", 『실낙원』, 많이 다르기는 하지만 『안나 카레니나』에서처럼—신정론神正論*의 문제이다. 톨스토이는 원수 갚는 일은 주主의 일이라는 언약을 인용한다. 도스토예프스키는 "저 어린애들이 이미 고문을 받아 온 터에" 그런 원수 갚음에 무슨 공평성이 있고 의미가 있는 것인지 질문한다. 우리는 그의 도전을 어떤 무의식적인 속죄 의식 탓으로 돌림으로써 거기 숨어 있는 엄청난 공포와 연민을 격하시킨다.

더구나, 앞에서 말했다시피, 아이들에 대한 범죄는 실제에서나 상징에서나 부친 살해에 대응한다. 도스토예프스키는 이 이원성을 통해 1860년대 러시아에서 아버지들과 아들들 사이의 갈등의 이미지를 보았다. 셰익스피어는 『헨리 6세』 제3부에서 장미전쟁이 서로를 파멸로 몰고가는 전체적인 양상을 전달하

---

* 신정론神正論 : 원래 라이프니츠의 저서명에서 나온 신학 용어로, 신성神性을 옹호하는 이론. 악의 존재조차도 신의 섭리 속에 포함되는 것으로 간주함으로써 신의 존재를 정당화한다. - 역주

기 위해 이와 동일한 장치를 사용한다.

도스토예프스키는 그의 철학적-도덕적 비전을 객관화하기 위해 성애적 잔인성의 모티프를 선택함에 있어 어떤 자율적이고 비정상적인 충동에 굴복하지는 않았다. 그는 당대의 실제적 현실의 주류 가운데서 작업하고 있었다. 사실 그가 소설을 발표하던 당시에는 돈이나 협박을 사용해서 아이들을 학대하고 여자들을 유혹하는 이야기는 유럽 소설에서 흔해 빠진 것이었다. 고딕주의의 효시嚆矢라 할 『우돌포의 비밀』에는 정숙한 미모의 처녀가 지하 감옥에 유폐되어 고문당한다. 고딕의 유행이 바뀌어서 지하 감옥이 브론테 자매의 멜로드라마에서처럼 호젓한 장원이 되거나, 발자크의 『랑제 공작 부인』에서처럼 숨겨진 골방이 된 것이다. 이에 못지않게 유행하던 것이―프라츠가 지적하다시피―불구의 아이와 알거지 신세의 고아를 다룬 우화이다. 보들레르의 빨강머리 거지 여자애mendiante rousse와 『크리스마스 캐롤』의 꼬마 팀은 먼 친척지간이다. 도스토예프스키 훨씬 이전에 서스펜스와 비애감을 다룬 장인匠人들은 불구와 무력함이 타락을 초래할 수 있다는 심리학적 진실을 활용한 바 있었다. 비극의 차원으로 이 통찰을 도스토예프스키에 견줄 만하게 그려낸 작업을 찾으려면, 고야의 에칭 판화와 후기의 그림들을 보기만 하면 된다.

도스토예프스키의 학대받는 처녀들―바르바라, 카테리나, 두냐, 카챠―은 대개 이 진부한 테마를 새롭고 미묘하게 변형시킨 것이다. 『학대받는 사람들』의 넬리는 분명히 디킨스의 인물을 모델로 하고 있다. 라스콜니코프가 소냐를 보호하고, 로

돌프 공작이 라 구알뢰즈를 구조(『파리의 비밀』에서)할 때, 이들은 보편성으로 인해 의식儀式으로 화한 그런 플롯을 시연하고 있는 셈이다. 도스토예프스키는 가장 복잡하고 급진적인 목적을 가진 경우에도 당시 멜로드라마의 상투적인 상황 설정에 한사코 의존했다. 철모르는 소녀를 구슬리는 늙은 호색가, 방탕에 빠진 아들, 악령에 사로잡힌 악마 같은 주인공, 순정을 지닌 "타락한 여자"—이상이 멜로드라마 레퍼토리의 관례적인 배역들이었다. 이 배역들에 천재의 마법이 닿아 『카라마조프가의 형제들』에 나오는 극적 인물들이 되었다. 그리고 스비드리가일로프와 스타브로긴의 고백이 문학에서 전대미문의 것이며 도스토예프스키의 꾸밈없는 영혼에서 생겨난 것이 틀림없다고 조장하는 사람들은 필시 발자크의 『낚시꾼』(1842)을 읽어보지 않았을 것이다. 이 작품에서는 나잇살 먹은 남자가 열두 살짜리 소녀에 대해 품은 욕망이 다소 건조하게 제시되어 있다.

우리는 이처럼 전통을 인식함으로써 도스토예프스키의 주인공들, 구원의 기억과 지옥의 원한이 번갈아 나타나는 저 패배한 천사들을 이해해야 한다. 이들의 조상 가운데는 밀턴의 사탄, 고딕 소설과 낭만적 발라드의 정열적인 연인들, 라스티냐과 마르상 같은 발자크의 "권력자들", 푸시킨의 오네긴, 레르몬토프의 페초린 등이 포함된다. 흥미롭게도 도스토예프스키 자신은 『전쟁과 평화』의 안드레이 공작을 낭만주의 신화 체계에 나타나는 전형적인 "미지의 주인공"으로 보았다.

스비드리가일로프에 대한 초기의 스케치는 마치 바이런이

나 빅토르 위고의 모방처럼 읽힌다.

주의. 필수적임 — 스비드리가일로프는 어떤 불가사의한 잔
학 행위를 알고 있으나 아무에게도 터놓지 않으며, 단지 행동을
통해 은근히 드러날 뿐이다. 즉 냉정하게 지켜보다가 발작적으
로 찢어 죽이는 짐승 같은 충동이다. 야생 짐승. 호랑이.

『학대받는 사람들』의 발코프스키는 고딕적인 어조를 더욱
짙게 한다. 그에게는 바이런이 『만프레드』에서 드라마화했고,
그리고 외젠 쉬가 『방랑하는 유대인』에서 극화한 바 있듯이,
야수성과 자기모멸이 충돌한다.

난 박애주의자였어. 그래, 난 그의 여편네 때문에 그 농사꾼
녀석을 흠씬 두들겨 팼지… 내가 낭만적 상태에 있었을 때 그
짓을 했어.

‥‥‥‥

난 비밀을 좋아해, 숨겨둔 나쁜 짓거리 말이야. 뭔가 좀 괴이
쩍고 독창적인 것, 그리고 다양하기만 하다면 다소 추하더라도
말이야. 하 하 하!

고딕적인 악한은 미친 듯이 웃음을 터뜨리는 때가 많았다.
고딕풍에만 전념했던 토머스 로벨 베도스의 메모에는 스비
드리가일로프, 발콘스키, 스타브로긴, 이반 카라마조프에 적확
하게 들어맞는 하나의 공식이 있다.

그들의 언어는 어둡고 깊고 교활해야 한다. 다시 말해 가끔은 솔직한 척 가장하고, 거친 언어로 갑작스레 독기 어린 야유를 보내거나 불경스러운 조소를 터트리는 것이다.

로고진 또한 바이런적인 인물을 크게 이어받고 있다. 그는 세속적인 이익을 모두 버리고 자신의 순수한 정열을 추구하며, 찬미와 증오가 끓어오르는 순간 그가 사랑하는 사람을 죽이는 어둡고 우울한 청년이다. 그의 눈은 자성磁性을 띠고서 미슈킨이 페테르부르크를 돌아다니는 동안 어디서나 그 곁에 달라붙는다. 이는 고딕적 양식이라고 공인되다시피 한 특성이다. 콜리지 이전에조차도 최면을 거는 시선—노수부의 번쩍이는 눈*—은 낭만적인 카인의 전통적 표지標識 중 하나가 되었다.

그러나 이 전통적인 소재가 가장 솜씨 있게 다루어진 인물이 스타브로긴이란 사실에는 의문의 여지가 없다. 그의 종족이 모두 그러하듯, 스타브로긴에 있어서도 먼저 차마 입 밖에 낼 수 없는 범행에 관련되어 있다는 소문이 나돈다. 그리고 여기서 도스토예프스키는 당시의 유행이긴 하지만 매우 기묘한 모티프를 사용한다. 스타브로긴이 한때 악마적인 광란에 참여했던 13인 비밀 결사에 속해 있었음을 넌지시 알려주는 것이다.

---

* 영국 낭만주의 시인 콜리지Samuel Taylor Coleridge의 시 『노수부의 노래 *The Rime of the Ancient Mariner*』(1798)에서 노수부는 결혼식 하객을 그의 "번쩍거리는 눈"으로 사로잡아서 자기의 기구한 경험담을 듣게 만든다. – 역주

대개 12~13명으로 구성되는 이런 유의 비밀 결사는 도스토 예프스키의 작품 중 다른 곳에서도 나타난다. 예를 들어 『학대 받는 사람들』에서 알료샤는 그 시대의 문제들에 대해 토의하 려고 모인 "약 12명의 친구"로 구성된 단체에 대해 열정적으 로 말하고 있다. 소설가가 이 개념에 끌린 것은 그 종교적 상징 성―그리스도와 12제자―과 러시아 분파주의 전통과의 관련 때문이었을 것이다. 그러나 여기서도 마찬가지로, 도스토예프 스키가 이 테마를 다룬다고 해서 그 문학적 배경이 흐려지지 않는다. 고딕 소설에는 마법을 실행하고 정치적 개인적 일에 영향력을 행사하는 악마적인 집회와 주술적인 회합에 대한 이 야기로 가득하다. 클라이스트의 『케첸 폰 하일브론』이 그 유명 한 보기이다. 발자크는 세 편의 멜로드라마적인 소설에서, 비 밀 엄수와 상호 부조로 결탁한 이러한 연맹의 활동상을 그렸 다. 〈13인조의 역사〉란 제목으로 통합된 이 책들은 고딕적 감 수성이 "고급" 소설의 조직組織 속으로 침투한 하나의 본보기 였다. 이와 뚜렷이 대비되고 본질적으로 고전적인 조망을 얻으 려면, 『전쟁과 평화』에서 프리메이슨 단의 규율이 아이러니하 게 다루어진 점을 기억하면 족하다.

도스토예프스키는 『악령』의 최종본에서는 "공작Prince"이라 는 칭호를 한 번밖에 쓰지 않지만 초고들을 검토하면 그가 스 타브로긴을 "공작"으로 구상한 것이 명백하다. 여기에 함축된 의미는 매우 미묘하다. 즉 미슈킨과 로고진이라는 이중인물도 공작이었으며, 그루셴카는 알료샤 카라마조프에게도 동일한 칭호를 붙인다. 도스토예프스키에 있어 이 용어는 특수하면서도 얼마간 사적인 질서에 담긴 의식儀式적 시적 가치관을 함유하고 있다. 세 인물 모두에 구세주 그리스도의 모습이 숨어 있다. 다음 장에서 상술하겠지만, 스타브로긴은 은총과 저주 모두의 도구이다. 마리아에게 그는 행동 하나하나가 왕자와 같은 구원자였고, 매와도 같은 기사였다. 그러나 스타브로긴을 이런 의미의 차원에서 본다고 해도, 그에게 『데이비드 코퍼필드』의 스티어포스를 빌려온 요소가 있다는 점을 잊어서도 안 되고, 그 칭호가 『파리의 비밀』에 나오는 로돌프 왕자의 칭호의 먼 반향일 수 있다는 추정을 막아서도 안 된다. 셰익스피어 이전에 이미 "레이어 왕King Leir"이 있었으니까.

도스토예프스키는 그가 모방한 부분이 있음을 결코 부정하지 않았을 것이다. 『카라마조프가의 형제들』에서 래드클리프 부인의 『우돌포의 비밀』을 언급한 구절은 마치 아득하긴 하지만 조상임이 분명한 사람에게 아이러니한 태도로 알아본다는 투로 보내는 목례와 같다. 그는 발자크, 디킨스, 조르주 상드가 그들의 가장 감상적이고 멜로드라마적 부분에서 그의 기법에 영향을 주었다는 사실을 숨기려 하지 않았다. 그는 실러의 『군도』가 광란스럽고 공포를 수반한다는 이유로 그 시인의 다른 완숙한 작품보다 더 칭찬했다. 도스토예프스키의 메모에는 온통(그 일부는 아직 미간행) 고딕 양식의 창들과 탑들이 펜으로 스케치되어 있었다고 하며, 그의 아내의 회고록에 따르면 그가 종교재판의 현장과 같은 멜로드라마의 주 테마에 매혹되어 있었다는 사실을 알 수 있다. 이는 도스토예프스키의 고딕적 상상력과 에드거 앨런 포—도스토예프스키가 러시아 대중에게 소개하는 데 도움을 주었던 작가―의 그것의 유사성을 말해 주는 한 예일 뿐이다.

도스토예프스키의 시각 속에 이 동시대의 특성이 나름대로 존재함을 알았던 사람들, 그리고 그것을 개탄하는 사람들은 늘 있었다. 콘래드는 에드워드 가넷에게 보낸 편지에서 이 체험의 전체적인 이미지는 "동물원의 이상한 동물들, 혹은 스스로를 박살내는 저주받은 영혼들"의 이미지라고 비난했다. 헨리 제임스는 스티븐슨에게 『죄와 벌』을 끝까지 읽을 수가 없었다고 말했다. 이『지킬 박사와 하이드 씨』의 작가는 도스토예프스키의 소설에 의해 거의 "끝장이 나버린" 사람은 바로 그―스티븐슨―라고 대꾸했다. D. H. 로렌스가 도스토예프스키의 방식을 꺼려한 것은 잘 알려져 있다. 그는 그 찍찍대는 쥐와 같은 폐쇄성이 싫다고 했다.

다른 이들은 도스토예프스키의 천재가 고딕 전통에 관련된 것은 사실이더라도 될수록 그 연관성을 최소화하려고 했다. 프루스트의 『죄수』에서 화자의 논평을 들어 보라.

도스토예프스키의 독특한 기여는 그가 저택을 그려낼 때 보여주는 새롭고도 무시무시할 정도의 아름다움이고, 여인의 용모를 그려낸 새롭고도 애매모호한 아름다움이다. 문학비평가들은 도스토예프스키와 고골 혹은 도스토예프스키와 폴 드 코크 사이의 친연성을 지적한다. 그러나 이런 친연성은 이 신비로운 아름다움의 외관에 나타난 유사성에 불과하기 때문에 일고의 가치도 없다.

이 "친연성affinities"은 고딕 및 멜로드라마적 세계관의 전통 속에서 통상 나타나는 것이다. 프루스트는 "신비로운 아름다움"이란 표현으로 삶에 대한 비극적 인식을 통한 도스토예프스키적 현실의 변용을 말하려 한 듯 보인다. 삶에 대한 비극적 인식이 없었다면 현실의 변용도 일어날 수 없었을 것이라는 점은 나도 인정하는 바다.

도스토예프스키가 부딪친 문제는 이것이었다. 극단적이고 결정적인 위기들이 잇따르는 가운데 인간 조건의 현실을 이해하고 이를 구체화하는 것, 경험을 비극 양식—도스토예프스키가 입증 가능한 유일한 양식으로 보았던— 속으로 옮겨내는 것, 그러면서도 근대 도시의 삶의 자연주의적 배경 내에 머무르는 것이었다. 도스토예프스키는 그의 독자들이 비극에 적합한 습관과 분별력을 소지하지 못한 점 때문에 거기에 의존할 수 없었다. 이는 당시 그런 습관이 널리 퍼져 있고 전통적인 것이어서 여기에 의존할 수 있었던 엘리자베스 시대의 극작가들과는 다른 처지였다. 또 비극 시인들이 과거에 사용할 수 있었던 역사적-신화적 무대 장치로 자기의 뜻을 완전히 나타낼 수도 없었다. 결과적으로 도스토예프스키는 당시 존재하던 멜로드라마적 전통을 활용하는 쪽으로 기울 수밖에 없었다. 멜로드라마는 분명히 반反비극적이다. 비극성이 뚜렷한 네 개의 막에 구출 혹은 구원이 벌어지는 제5막이 추가되는 것이 하나의 기본 공식이다. 도스토예프스키의 두 걸작 『죄와 벌』과 『카라마조프가의 형제들』에서 행동이 멜로드라마적 해피엔딩의 특징인 "상승곡선"으로 끝나는 것도 이 장르의 이런 속성 탓이다.

이와는 반대로 『백치』와 『악령』은 황량하고도 현실감이 살아 있는, 절망으로 고요해진 저 황혼녘 연옥에서 끝나는데, 우리가 대개 비극적이라고 인식하는 것은 바로 이런 것이다.

도스토예프스키가 자신의 비극적 관점을 전달하는 우화, 에피소드, 대결 장면을 몇몇 생각해 보자. 즉 로고진이 공작을 추적하다가 그를 죽일 뻔한 일, 폭풍이 몰아치는 다리 옆에서 스타브로긴과 페드카가 만나는 장면, 이반 카라마조프와 악마의 대화 같은 것이다. 어느 하나 예외 없이 합리주의나 전적으로 세속적인 관습의 차원을 벗어난다. 그러나 고딕 소설가들과 멜로드라마 작가들이 독자의 감수성을 이런 식으로 단련시켜 두었기 때문에 이 장면들은 무리 없이 받아들여진다. 『황폐한 집』이나 『폭풍의 언덕』을 읽은 독자라면 처음부터 친근감을 가지고 『죄와 벌』을 접하게 되는데, 사실 이런 친근감이 없이는 저자와 독자 사이의 살아 있는 관계는 수립될 수 없다.

요약하자면 도스토예프스키는 벨린스키의 입장을 따라서 러시아 소설의 주된 임무는 리얼리즘의 방식으로 러시아적 삶의 사회적-철학적 딜레마를 현실에 근거하여 묘사하는 일이라고 보았다. 그러나 도스토예프스키는 그의 리얼리즘이 곤차로프, 투르게네프, 톨스토이의 것과는 다르다고 주장했다. 곤차로프와 투르게네프는 피상적이고 전형적인 것만 그리는 화가라고 그는 보았다. 이들의 시각은 당대 경험의 혼란스럽지만 본질적인 심층을 꿰뚫지 못했다는 것이다. 다른 한편 톨스토이가 묘사한 현실은, 도스토예프스키의 입장에서는, 당대의 고뇌에 대처하기에는 낡고 부적절했다. 도스토예프스키의 리얼리즘은—『백치』초고에서 자신이 썼던 용어를 쓰자면—"비극적이면서 환상적tragico-fantastic"인 것이었다. 그것은 러시아적 위기의 초기적 요소들을 연극과 극단적인 계시의 순간들 속으로 집중시킴으로써 총체적이고 진실한 초상을 그려내고자 했다. 도스토예프스키기 이 집중을 얻어내는 데 사용한 기법들은 상당한 정도까지 다소 진부해지고 신경질적인 문학 전통으로부터 번역된 것이었다. 그러나 고딕주의와 멜로드라마를 천재적으로 활용함으로써 그는 괴테와 헤겔이 동시에 제기했던 질문에 긍정으로 대답할 수 있었다. 즉 볼테르 이후 시대에 과연 체험의 비극적 비전을 창조하고 제시하는 일이 가능할까? 시장, 사원의 회랑, 그리스 및 르네상스 희곡의 성벽城壁이 현실성을 상실한 세계에서 과연 비극의 곡조가 울릴 수 있을까?

엘시노어*의 요새 망루, 라신의 인물들이 장엄하게 운명을 연기하던 저 대리석 사이 공간에 울리던 진동 이래로, 도스토예프스키의 도시만큼 비극의 장소와 무대에 더 다가간 것은 없었다. 릴케는『말테의 수기』에서 이렇게 썼다.

그 도시는 나에게 맞섰다. 내 목숨을 노리면서. 그것은 내가 통과하지 못한 시험과 같았다. 도시의 비명, 저 끝없는 비명이 내 침묵 속으로 뚫고 들어왔다. 도시의 끔찍스러움은 나를 따라 내 황량한 방까지 찾아왔다.

---

* 엘시노어의 성The Castle at Elsinore은『햄릿』의 무대이다. ─역주

도시의 끔찍스러운 모습과 그 "비명"(에드바르트 뭉크의 유명한 그림을 연상시킨다)은 발자크, 디킨스, 호프만, 고골의 예술을 관통하며 울렸다. 도스토예프스키는 『학대받는 사람들』 서두에서 그 무대장치가 "가바르니가 삽화를 넣은 호프만의 몇몇 페이지에서 걸어 나왔다"고 썼을 때, 자신이 무엇에 빚졌는지를 솔직하게 인정했다. 그러나 그는 저 "도시의 비명"에 그 합창적인 의미를 부여했다. 도시는 그의 손을 거쳐 멜로드라마의 수준을 넘어서 비극적이 될 것이다. 『황폐한 집』이나 『어려운 시절』을 도스토예프스키적 방식의 명백한 추종자들이라고 할 릴케와 카프카가 획득한 효과와 비교해보면 그 차이가 드러날 것이다.

도스토예프스키의 소설에서는 "비극적인 것"에서 "환상적인 것"을 분리해 낼 수 없다. 사실상 환상적인 것에 의해서 비극적 제의祭儀는 경험의 단조로운 일상성을 넘어서 제시되고 고조된다. 비극적 고통이 어떻게 멜로드라마적 몸짓을 관통하고 궁극적으로는 변형시키는지 분명히 보여주는 순간들이 있다. 하지만 그 몸짓은 변형이 되었다 해도 도스토예프스키에게는 기본 수단이었으며, 이는 기존 신화가 그리스 극작가에게 혹은 정가극正歌劇, opera seria이 초기 모차르트에게 그런 것과 마찬가지다.

『악령』에서 키릴로프의 죽음 에피소드는 어떻게 고딕적인 판타지와 공포의 장치가 우리를 비극 효과로 데려가는지 그야말로 세세하게 예증한다. 이 장면은 멜로드라마를 아예 전제하고 있다. 즉 표트르는 키릴로프가 자기 자신을 샤토프의 살인자라고 고발하는 서류에 서명하고 나서 자살을 하게끔 해야 한다. 그러나 그 엔지니어는 형이상학적 무아지경과 원색적인 경멸감 사이를 오락가락하고 있어서 자살을 해내지 못할지도 모른다. 메피스토펠레스와 어디로 튈지 모르는 그의 파우스트는 둘 다 무기를 소지하고 있다. 표트르는 교활하기 짝이 없어서 키릴로프를 너무 몰아세우면 그들 사이의 악마적 거래가 깨지리라는 점을 알고 있다. 열띤 대화 끝에 키릴로프는 절망의 유혹에 굴복해 버린다. 그는 권총을 집어 들고 옆방으로 달려 들어가 문을 닫는다. 이어 벌어지는 일은―문학적 기법으로 보아―어셔의 저택에서의 클라이맥스 대목이나 발자크의 『상어 가죽』의 주인공이 광란하며 죽는 장면과 그야말로 흡사하다. 고통스러운 기대감이 어린 10분이 지나자, 표트르는 이제 사그라들고 있는 촛불을 움켜쥔다.

바스락 소리도 들리지 않았다. 그는 느닷없이 문을 열고 촛불을 치켜들었다. 그랬더니 무엇인가가 신음소리를 내면서 그를 향해 달려들었다. 그는 있는 힘을 다해 문을 쾅 닫고, 다시 그 문을 어깨로 힘껏 밀어서 열리지 못하게 했다. 그러나 주위는 쥐 죽은 듯 고요해졌고 다시 죽음과 같은 정적이 흘렀다.

표트르는 이 형이상학자가 내키지 않아 한다면 자신이 그와 이 정적을 쏘아서 없애야 한다고 생각하고서, 총을 들고 문을 활짝 열어젖히며 뛰어든다. 무시무시한 광경이 그를 맞는다. 키릴로프는 벽에 기대어 꼼짝도 않고 서서, 백지장처럼 창백한 얼굴을 하고 있다. 표트르는 갑자기 분노에 휩싸여 그의 얼굴을 태울 듯이 촛불을 갖다 대보고 그가 살아 있음을 확인한다.

그런 후 뭔가 추악한 일이 전광석화처럼 일어나서 표트르 스테파노비치는 훗날 이때의 기억을 일관성 있게 되살리지 못했다. 그가 키릴로프에게 손을 대려는 순간 이쪽은 재빨리 목을 앞으로 숙이고 머리로 촛불을 쳐서 표트르 스테파노비치의 손에서 떨어뜨렸다. 촛대는 쨍그랑 하고 소리를 내면서 마룻바닥에 떨어지고 불은 꺼지고 말았다. 그 순간 그는 자기 오른손 새끼손가락에 무섭게 아픈 통증을 느꼈다. 그는 소리를 질렀다. 그러고 난 다음에는 그에게로 숙이면서 그의 손가락을 물고 있었던 키릴로프의 머리를 그냥 정신없이 서너 번 권총으로 힘껏 내리쳤다는 것을 기억하고 있을 뿐이었다. 겨우 물린 손을 빼내고 나자 그는 어둠 속을 더듬으면서 뒤도 돌아보지 않고 방을 뛰쳐나왔다. 그 뒤에서는 뒤쫓아 오듯이 무서운 고함소리가 방 안으로부터 울려 나왔다.

"당장, 당장, 당장, 당장!" 이런 소리가 열 번이나 되풀이됐다. 그러나 그는 계속 달렸고 현관을 뛰어나갈 때 갑자기 총소리가 크게 울려 퍼졌다.

깨물기라는 모티프는 기묘한 것이다. 그것은 아마 『데이비드 코퍼필드』에서 따왔을 것이며, 『죄와 벌』의 라주미힌의 모습을 위한 초기 스케치에서 보인다. 『악령』에는 세 번 나온다. 우선 스타브로긴이 지사의 귀를 물며, 상관을 문 젊은 관리 이야기가 나오고, 표트르가 키릴로프에게 물린다. 마지막 경우는 특이한 공포를 동반한다. 그 엔지니어는 인간의 의식이 빠져나간 듯하다. 정신 속의 이성적인 부분이 자신의 파멸을 의식하고 얼어붙어 버린다. "울부짖으며" 흉포한 이빨을 드러내는 짐승처럼 죽음이 그의 의식을 지배한다. 인간의 목소리가 솟아나오자, 그것은 한마디 외침을 열 번이나 되풀이한다. 키릴로프의 미친 듯한 "당장"은 리어 왕의 다섯 번에 걸친 "결코"에 대응한다. 리어의 경우 영혼이 무로 돌아감을 거부하고 생명의 문에 매달리듯 이 한마디 단어에 매달린다. 키릴로프의 경우에는 어둠을 껴안고 있는 모습으로 나타난다. 키릴로프는 자유를 확인하면서 자살할 수 없었기 때문에 천박한 절망을 느끼며 자살하게 된다. 두 절규는 모두 완전히 환상적인 상황하에서 터져나오지만, 형언할 수 없을 정도로 우리를 감동시킨다.

표트르는 살그머니 다시 돌아와서 마룻바닥 위에 "피와 머릿골이 튀어 있는" 것을 발견한다. 촛농이 흘러내리는 촛불, 죽어 넘어진 엔지니어, 손가락에서 피가 흐르는 비인간적인 모습의 표트르—여기서 우리는 창문에 어른거리는 페이긴*의 모습이나 콘래드의 『노스트로모』에 나오는 소름끼치는 고문 장면만큼이나 뚜렷한 하나의 멜로드라마를 찾을 수 있다. 그러나 이러한 전통은 비극적 의도를 둔화시키거나 왜곡하기는커녕 강화시킨다. 이 에피소드는 아리스토텔레스가 『시학』에서 제

---

* 디킨스의 소설 『올리버 트위스트』에 나오는 인물로, 어린이들에게 소매치기를 시키는 등 악행을 저지른다. – 역주

시한 구별을 확인해준다. "그저 무시무시할 뿐 공포감을 일으키지 못하는 장관壯觀을 제시하려 하는 작가는 비극의 목적을 모르는 작가이다." 도스토예프스키의 소설은 "공포 소설"이지만, 이 공포란 말은 조이스가 『젊은 예술가의 초상』에서 정의한 의미를 갖고 있다.

공포란 인간의 고통 속에 있는 엄숙하고 영속적인 일체의 것 앞에서 마음을 사로잡으며, 그것과 감추어진 원인을 결합시키는 감정이다.

도스토예프스키의 "비극적이면서 환상적인" 리얼리즘과 그 고딕적인 성격은 그의 소설 예술의 개념을 톨스토이의 개념과 화해할 수 없게 구별시킨다. 톨스토이의 작품들 가운데, 특히 후기의 중편에는 멜로드라마의 한계점까지 서사를 밀어붙이는 악마적이고도 강박적인 요소들이 있다. 사후 발표된 단편斷片 「한 미치광이의 회고」에서는 순전한 공포의 효과가 발견된다.

삶과 죽음이 서로서로 흘러들고 있었다. 무언가 미지의 힘이 내 영혼을 갈기갈기 찢으려 하고 있었으나 찢을 수는 없었다. 나는 다시 복도로 나가서 자고 있는 두 사람을 바라보고서 나도 잠이 들려고 애를 썼다. 한결 같은 공포가 밀려와 이제 열에 들뜨는가 싶으면 곧이어 새파랗게 질려 굳어지기도 했다.

그러나 고딕주의가 이후에 어떻게 초현실주의로 넘어가게 될 것인지를 시사하는 이런 어조는 톨스토이에게는 지극히 드문 일이다. 전체적으로 보아 그의 소설 분위기는 정상적이고 건강한 느낌으로 가득 차 있다. 맑고 뚜렷한 빛이 관통하고 있는 것이다. 명백한 차이점들이 있기는 해도 이 조망은 D. H. 로렌스가 『무지개』에서 "창조의 순환은 여전히 교회 역년歷年에 맞추어 돌아갔다"고 말할 때 의도한 것과 유사하다. 『크로이처 소나타』, 「신부 세르기우스」를 제외하고는, 톨스토이가 고딕적인 것에 어울리는 악과 도착倒錯의 모티프를 의도적으로 피했다는 점은 분명하다. 경우에 따라서는 묘사가 풍부해진다는 이점을 포기하고서라도 그렇게 했다. 『전쟁과 평화』에서 그 예를 찾을 수 있다. 초기의 초고에는 아나톨 쿠라긴과 헬렌 쿠라긴이 근친상간적인 관계에 있다는 암시가 강하다. 그러나 그 후의 전개 과정에서 톨스토이는 이 테마의 흔적을 모조리 지우기 시작해서, 최종본에는 단지 몇몇 간접적인 언급만 남아 있을 뿐이다. 피에르는 파탄에 빠진 그의 결혼생활을 뒤돌아보며, "아나톨이 그녀에게 돈을 빌리러 오고는 했는데, 그때마다 그녀의 드러난 어깨에 입을 맞춘" 사실을 기억한다. "그녀는 돈을 주지는 않았지만 입맞춤은 허용했다."

톨스토이의 "전원 취향"은 당시의 멜로드라마를 거부한 것과 분명히 관계가 있다. 피에르는 활짝 트인 차가운 하늘에서, 혹은 폐허가 된 상태에서만 모스크바의 아름다움을 찾아낸다. 레빈은 모스크바에 도착하자마자 농촌의 배경에 최대한 가까운 곳—얼어붙은 연못—으로 서둘러 간다. 톨스토이는 도시의 비참함과 어둠을 강렬하게 의식했다. 그는 수렁 같은 빈민굴과 자선병원에서 많은 시간을 보냈다. 그러나 이런 의식을 그의 예술의 소재로 쓰지는 않았고 특히 그의 예술의 개화기에는 더욱 그러했다. 서사시 양식이 반드시 전원 배경을 가져야 하는지의 여부는 앞에서도 언급했다시피 매우 복잡한 문제다. 그러나 필립 라프를 비롯한 많은 비평가들은 톨스토이의 예술과 도스토예프스키 예술 사이의 구별―세계상世界像뿐 아니라 기법에 있어서도―은 결국 전원과 도시 사이의 영원한 대비로 용해될 수 있다고 주장해왔다.

VIII

포기올리 교수가 도스토예프스키의 "벽돌과 석회의 단자들monads"*이라고 불렀던 것에 서식하는 모든 생물체들 가운데서 가장 유명한 것이 "지하 인간"이다. 그의 상징적 의미와 다양한 변형들의 의미에 대해서는 많은 비평에서 검토되었다. 그는 이방인l'étranger, 반항인l'homme révolté, 방랑자der unbehauste Mensch, 추방자, 국외자이다. 도스토예프스키는 그를 자신의 창조물들 가운데 가장 통렬한 인물로 보았다. 그는 『미성년』을 위한 메모에서 선포했다.

---

* R. 포기올리 : 「카프카와 도스토예프스키」(『카프카 문제』, 뉴욕, 1946).

나는 다만 지하 인간의 비극적 상황을, 그의 고통과 자기 단죄와 이상을 갈망하면서도 그것을 이룰 길 없는 무능력에서 생긴 저 비극을 환기했을 뿐이다. 나는 다만 이 비참한 존재들이 그들이 처한 상황의 숙명성을, 거기에 맞선다는 것이 아무 소용이 없을 그런 숙명성을 투명하게 통찰하고 있다는 점을 환기했을 뿐이다.

도시의 드라마에서 이 지하 인간은 굴욕을 당하는 자이자 아이러니한 논평으로 위선적 관습을 까발리는 필수적인 코러스이기도 하다. 아몬틸라도의 통* 속에 그를 집어넣어 보라. 그가 숨이 막혀 속살대는 소리에 집이 무너져 버릴 것이다. 저 어두운 심연에서 나온 이 인간은 힘없는 지력知力과 이룰 수단이 없는 욕망만 가지고 있다. 산업혁명이 그에게 읽는 법을 가르쳤고 최소한의 여가를 주었지만, 동시에 자본과 관료주의가 득세하자 그는 외투 한 벌 없이 버려졌다. 그는 서기 책상에 뺨를 치고 앉아—월 가街의 바틀비나 사무실의 요제프 K—독기를 머금고도 비굴하게 마지못해 일을 하고, 더 풍성한 세계를 꿈꾸며 저녁이 되면 발을 질질 끌면서 집으로 간다. 그는 마르크스가 말한 바 있는 프롤레타리아와 진짜 부르주아의 중간 지대인 저 고통스러운 연옥에서 살아간다. 고골은 그가 마침내

---

* 아몬틸라도의 통The Cask of Amontillado이란 E. A. 포의 같은 이름의 단편 소설에 나오는데, 주인공이 자기의 원수를 지하실에 있는 이 통 속에 가두고 벽을 쌓아 내린다. – 역주

외투를 얻었을 때 무슨 일이 일어나는지 상세히 전해준다. 이 아카키 아카키예비치 바쉬마츠킨의 유령은 페테르부르크의 관리들이나 야간 경비원들에게뿐 아니라, 카프카와 카뮈의 시대에 이르는 유럽 및 러시아 문학의 상상력에도 자주 출몰한다.

고골의 원형도 중요하고 『지하 생활자의 수기』가 독창적인 작품이라는 도스토예프스키의 주장도 일리가 있지만, 지하 인간은 아득한 옛날에 그 뿌리를 둔다. 그를 영원한 부정否定 정신ewig verneinende Geist, 즉 창조의 옆구리에 박힌 멸시의 가시로 본다면 카인만큼이나 연륜이 오래되었다. 사실 그는 최초의 인간 아담과 한몸이다가 타락 이후 모든 인간의 한 부분으로서 지하로 내려온 것이다. 도스토예프스키의 인물을 표상하는 몸가짐, 비웃는 투의 어조, 비굴과 분개가 섞인 태도 등은 호머의 테르시테스, 로마의 풍자극과 희극에 나오는 아첨꾼들, 전설의 디오게네스, 루카누스*의 대화집에서도 볼 수 있다.

이 유형의 인물은 셰익스피어에도 두 번 나온다. 즉 아페만투스와 테르시테스가 이들이다. 티몬의 융숭한 영접에 이 "막돼먹은 철학자"는 대답한다.

아닙니다.

---

* 루카누스(Lucanus, 39~65) : 로마 시대의 시인으로 네로의 암살을 꾀하다 자살의 형벌을 받은 인물. 서사시 『내란기Bellum Civile』의 작자. - 역주

절 환영하다니 그러시면 안 됩니다.
저는 문밖으로 내쫓기려고 왔으니까요.

아페만투스도 도스토예프스키의 화자처럼 "어떤가 보려고"
온 것이며, 부자의 음식을 먹어야 하는 데 대해 화가 치민다.
그는 상처받은 진실을 높이 사며, 앙심을 품고서 고지식함을
견지하는 것이다. 테르시테스의 경우를 보자. 『영원한 남편』의
트루소츠키는 자신을 테르시테스라고 칭하며 실러의 『전승 축
하연』의 유명한 대구를 인용한다.

파트로클로스가 묻혀 있으니,
테르시아테는 고국으로 배를 띄우는구나.

도스토예프스키가 셰익스피어의 테르시테스 대목을 알았을
가능성이 높으나 확실한 것은 아니다. 『트로일로스와 크레시
다』에는 『지하 생활자의 수기』의 제사題詞로 삼아도 좋을 만한
테르시테스의 독백이 나온다.

왜 그러지, 테르시테스! 분노의 미로 속에서 길을 잃었다고!
그 코끼리 같은 아이아스가 영 이 꼴로 놀 것인가? 놈은 나를
때리고 나는 놈에게 욕을 하고, 오, 더할 나위 없이 만족스럽군!
이것이 뒤바뀌었으면, 내가 놈을 때리고, 놈이 나를 욕했으면.
그까짓 것, 마법이나 배워 악마나 불러낼 수 있다면 원한에 사
무친 저주나 해줄 텐데.

테르시테스와 마찬가지로 지하 인간도 쉴 새 없이 혼잣말을 한다. 그의 소외감은 너무 커서 거울에 비친 자기 모습조차 "생소하게" 느낄 지경이다. 그는 나르시스와 정반대로서 자기처럼 야비한 인간이 신의 모습에 따라 창조되었다는 사실을 믿을 수 없다고 도리어 창조를 욕한다. 그는 부자의 재산과 권력을 시샘하지만, 아이러니가 거울의 냉기를 물리치지는 못할 것이다. 그러나 그는 지하실, "분노의 미궁" 속에서 복수를 궁리한다. 그는 "악령을 불러내어" 언젠가는 그를 부리는 상사들이며, 흙탕물을 튀긴 마부들이며, 면전에서 문을 쾅 닫아 버리는 거만한 문지기며, 그의 낡아 빠진 제복을 보고 킬킬대는 여자들이며, 불 꺼진 계단 위에서 달려드는 셋집 주인들이며, 이 모두를 그의 정복의 발길 아래 기게 할 작정이다. 이는 라스티냑과 쥘리앵 소렐의 꿈이며, 19세기 소설에서 창문을 통해 안에서 벌어지는 잔치를 엿보고 있는 모든 서기들과 가정교사들이 품고 있는 환상이다.

그러나 지하 인간은 보다 나은 사람들에게 없어서는 안 될 존재다. 그는 분노가 터져 나오는 순간에 유한성을 일깨우는 자이며, 진실을 말하는 광대이자 환상을 무너뜨리는 믿음직한 지기知己이다. 그에게는 산초 판자, 지옥 문 앞에서도 급료를 요구하는 돈 주안의 르포렐로, 파우스트의 바그너의 모습이 있다.* 그는 그의 주인에게 장단을 맞추거나, 반박하거나, 질문

---

* 산초 판자는 돈키호테, 르포렐로는 돈 주안, 바그너는 파우스트의 시종 내지 조수 역. – 역주

을 던짐으로써 자아를 찾는 데 조력하며, 실상 이 자아 확인의 과정—『리어 왕』에서 광대의 역할을 보라—이 비극을 움직이는 주 동력의 하나이다. 지하 인간은 신고전주의에 내재된 적정률decorum의 규범을 통과하자 점잖은 아첨꾼이 되었다. 그러나 근본 기능은 변함이 없어서 고상한 수사학의 위선을 까발리고 대단한 인물들이 진실한 순간을 살게끔 강요했다(『페드르』에 나오는 보모를 생각해 보라). 그리하여 코르네유와 라신에 있어 이 믿음직한 벗들은 "국외자"라는, 문자 그대로 별개의 개인이라는 관점에서 진일보하여 정신psyche을 형상화한 인물 중 하나라는 인식에 이르게 된다.

이런 인식이 잠재적으로 드러나는 것은 중세의 도덕극이나 르네상스와 바로크 시대의 연애시와 철학시로까지 거슬러 올라간다. 전자에서는 만인萬人이나 파우스트의 영혼을 두고 벌이는 선한 마음과 악한 마음 사이의 씨름으로 외형적으로 제시되는 가운데 나타나고, 후자에서는 "이성"과 "정열" 사이의 알레고리적인 대화에 암시되어 있다. 그러나 인간의 내면에는 갈등을 벌이는 몇 개의 인격이 있으며, 바깥으로 표출된 통일되고 합리적인 외양보다는 내부의 한층 저열하고 냉소적이고 비합리적인 성향이 더 근거 있는 것이라는 확신이 생겨난 것은 18세기에 들어서였다. 베르자예프가 도스토예프스키 연구에서 쓰고 있다시피 "인간 자신의 심연 속에서 어떤 틈이 열렸고 그 틈에서 신과 천국, 악마와 지옥이 새롭게 드러난" 것은 그때였다. 그 첫 "근대적" 인물은 헤겔이 지적하다시피 디드로의 상상의 대화에 나오는 라모의 조카*였다. 더구나 그는 지하 인간의 직계 조상이었다.

음악가, 광대, 아첨꾼, 철학자를 겸한 라모의 조카는 거만하면서도 아첨을 떨고, 정력적이면서도 빈둥거리고, 시니컬하면서도 정직하다. 그는 바이올린 악사가 그의 악기에 귀를 기울이듯 스스로에게 귀를 기울인다. 외관상 그는 분명히 지하 종족의 전형이다.

나라는 이 불쌍한 녀석은 저녁이 되자 담요를 다락방으로 도로 가져와서 그 짚으로 만든 요 속으로 기어 들어가 담요를 덮고 벌벌 떨며 누워 있다. 나의 가슴은 앙상하고 숨은 가쁘다. 숨이라고 해야 거의 들릴 듯 말 듯 미약한 탄식으로 나오는 것이다. 이와 반대로 자본가는 숨소리가 온 방 안을 울리고 그 떠들썩한 소리로 온 거리를 놀라게 한다.

건축물을 상징적으로 보자면 다락방이란 지하실을 뒤집어 놓은 것이다. 도스토예프스키가 마룻바닥 바로 밑의 공간이라고 표현한 지하실은 좀 더 강한 이미지를 준다. 우리는 영혼에 여러 층이 있는 것으로 그리고서 저항과 비이성의 힘들은 "아래로부터" 올라온다는 것을 상정하는 언어 습관을 형성하는 경향이 있다.

라모의 조카는 분열적 자의식에서뿐 아니라 이전의 문학 관

습이 호도하거나 억눌렀던 일종의 친밀한 진실들을 공표한 점에서 예언적이었다. 또한 그는 현대적 의미에서의 최초의 고백자들 중 하나이고 어떤 긴 전통의 수원水源에 서 있다.『지하생활자의 수기』에는 이 전통이 명백히 환기된다. 그러나 도스토예프스키는 루소를 포함한 그의 선배들이 솔직했다고 볼 수 없다고 주장했다. 더러는 누더기로 자신을 감싸는가 하면, 진정으로 발가벗은 경우는 없었다는 것이다.

니자르Nisard의 유명한 재담에 따르면, 낭만주의는 귀족nobility의 언어가 반드시 언어의 고귀함nobility과 동격은 아니라는 점을 입증했다. 지하 인간들은 한 발 더 내딛었다. 그들은 공적 행동과 응접실—실제 집의 응접실만이 아니라 영혼의 응접실도—만 다루는 문학은 위선의 부속물일 뿐이라고 선언했다. 인간에게는 합리주의적 심리학이 추정한 이상의 어둠이 있었다. 그들은 정신이 그 심연으로 떨어지는 것을 자랑으로 여겼다. 그것은 너무나 큰 모험이어서 외부 현실이 오히려 비현실적으로 보이게 만든다. J. M. 샤세뇽은 1799년 『상상력의 폭포Cataractes de l'imagination』라는 의미심장한 제목의 책에서 부르짖었다.

나는 존재하는 어떤 것보다도 나 자신을 택하겠다. 생애의 가장 정선精選된 순간들을 오직 이 자아와 함께 보냈기 때문이며, 무덤에 둘러싸인 채 대존재Great Being를 환기시키는 이 독립된 "나"야말로 우주의 폐허 가운데서 나를 만족시키기에 충분하기 때문이다.

이 마지막 이미지는 유아론唯我論이 다다를 수 있는 극단에 대한 예언이다. 또한 이는 도스토예프스키의 화자의 신념을 정확하게 예측하고 있기도 하다.

사실 세계가 종말을 맞이하는 것과 내가 차를 마실 수 있는 자유를 유지하는 것 사이에 하나를 선택하라고 한다면, 나는 말하겠다. 내가 계속 차를 마실 수 있기만 하다면 우주 따위는 악마에게 가버려도 좋다고.

그러나 디드로의 계승자들과 도스토예프스키 자신이 개별 영혼의 다중 이미지에 도달했고 무의식의 어휘 속으로 깊이 진입했다 해도 지하 인간의 모습은 기괴한 중간 단계를 거쳤다. 고딕 문학에 보이는 "이중인물double"은 새로운 심리학을 분명히 하고 구체화하려는 시도였다. "이중인물"의 절반은 인간의 습관적-합리적-사회적 면을 구현한다. 나머지 절반은 인간의 악마적-무의식적-반이성적-잠재된 범죄적 면을 체화한다. 때때로—포와 뮈세의 이야기들, 에이허브와 페달라, 미슈킨과 로고진의 경우처럼—"이중인물"은 사실 상호의존하면서도 구별되는 존재들의 숙명적인 공존을 뜻한다. 또 어떤 경우에는 이중인물은 가령 지킬-하이드나 도리언 그레이처럼 한 인물 속에 결합되어 있다. 도스토예프스키는 『분신』이나 악마와 이반 카라마조프의 대화에서처럼 이 신화를 별로 현학적으로 활용하지 않는 경우에조차 정신분열증에 대한 생도 가운데 선두주자 중 하나로 우뚝 선다. 그러나 그가 한 단일한 목소리를 통해 인간의식의 다성적인 혼돈을 극화하는 문제를 결정적으로 해결한 것은 바로『지하 생활자의 수기』에서다.

나는 기술적인 차원에서 이 작품의 철학적 의미를 다루려는 시도는 하지 않을 것이다. 도스토예프스키가 다른 어떤 것도 쓰지 않고 이 작품 하나만 썼더라도 그는 근대 사상을 형성한 대가 중 한 사람으로 기억되었을 것이다. 잘 알려져 있다시피『지하 생활자의 수기』는 두 부분으로 되어 있고, 제1부는 주로 자유의지와 자연법 사이의 역설에 대한 모놀로그이다. 라인하르트 라우트는 방대한 논문집『도스토예프스키의 철학 *Die Philosophie Dostojewskis*』에서 이 텍스트의 인식론적 의미를 논의한다. 그는 이 작품의 논점의 대부분은 벤담과 버클의 공리주의적-경험론적 낙관론을 공박하기 위한 것이라고 주장한다. (도스토예프스키는『카라마조프가의 형제들』을 위한 메모에서 여러 번 버클에 이의를 제기한 바 있다). 라우트는 더 나아가『지하 생활자의 수기』에 대한 실존주의적 읽기—예를 들어 셰스토프의 읽기—는 도스토예프스키 어조의 아이러니와 역설과 개인적 주장의 보수성을 무시한 점에서 잘못이라고 주장한다.

『지하 생활자의 수기』의 심리학적 정신분석학적 소재에 대해서도 방대한 문헌이 있다. 도스토예프스키의 모든 "표층들" 중에서도 이러한 접근 방식에 이보다 덜 저항을 불러일으킨 것은 없다. 여기에 이 작품이 작가가 비통한 정서적 격동기를 치르고 있을 때 쓰였다는 사실이 보태어져서 더욱 타당성을 얻게 된 셈이다.

그러나 형이상학 및 심리학의 관점에서『지하 생활자의 수기』가 남달리 매력을 가지고 있다는 점을 인정하더라도, 도스토예프스키가 지배적인 문학 장치들과 관습들을 자신의 특정한 목적에 부합하게 전환시켰다는 것을 간과해서는 안 된다. 생매장, 동굴로의 추락, 큰 소용돌이나 하수구, 구원받는 창녀의 모습 등은 낭만적 멜로드라마에 통상적인 것들이었다. 화자가 "자신 속에 담고 있는" 지하 세계는 특수한 문학적-역사적 억양이 있으며, 도스토예프스키만의 전유물이 아니다. 소설가는 실제로 짧은 서언序言에서, 자신은 "우리 시대 특유의" 인물을 그리고 있고, 그 인물의 개성은 "우리 러시아인 모두가 함께하고 있는 환경에서 나온" 것이라고 말한다. 이러한 면에서 이 작품 전체는 도스토예프스키적인 다른 논점들과 같이 정신적 허무주의에 반대한다.

제1부 끝 부분에서 도스토예프스키는 문학 형식의 문제를 고찰한다. 화자는 완전한 정직함의 매뉴얼을 세울 것을 제안한다. "특히 나는 과연 나 자신에 대해 그야말로 숨김없는 태도를 취할 수 있는지, 진실의 어느 세부에 대해서든 진정으로 두려움을 갖지 않을 수 있는지 시험해보고 싶다." 이 문장에는 루소의 『참회록』의 유명한 첫 구절이 메아리처럼 울리고 있는데, 도스토예프스키의 화자는 하이네가 루소를 "부분적으로는 특정 의도 때문에, 부분적으로는 허영심 때문에" 거짓말쟁이라고 생각했다고 곧바로 이어서 쓴다. 그는 "나는 하이네의 주장이 옳다고 믿는다"고 덧붙인다. 이 맥락에서 하이네가 나오는 것은 상징적 상상력이 어떻게 작용하는지를 예시해 준다. 즉 하이네는 "침대 무덤"에서—문자 그대로 병자의 납골당에

서—길고도 잔인하게 매장되어 있었던 탓에 지하 인간의 원형이 되었다.* 몽테뉴나 첼리니나 루소와는 반대로,

나는 비록 독자의 눈을 상대로 쓰고 있는 듯 보일지 몰라도 그것은 어디까지나 그런 척하는 것일 뿐이다. 또 그런 종류의 글쓰기가 더 쉽다는 것을 알기 때문이기도 하다. 그것은 모두 순전히 형식, 텅 빈 형식에 불과하며, 그런 형식을 위해서는 독자란 것을 가지지 않을 것이다.

이 소설은 에드거 앨런 포가 사용한 바 있는 전통적 장치를 써서 유사한 효과를 획득하고 있다. 우리는 출판할 의도가 전혀 없던 원고가 익명으로 "전사되어" 나왔다고 믿도록 요청받고 있다.

물론 이런 식으로 사적인 정보를 주장하는 것도 하나의 수사이다. 그러나 진정한 문제는 여전히 남아 있다. 무의식이 시학으로 뛰어들면서, 등장인물들을 분열된 종합체로 그리려고 노력하면서, 고전적 방식의 서사와 담화가 부적합하게 된 것이다. 도스토예프스키는 부적합한 형식—루소의 『참회록』—이라는 딜레마는 결국 부적합한 진실이라는 더 큰 딜레마를 수반한다고 생각했다. 현대 문학은 이 문제를 해결하기 위해 다양한 방식을 시도했다. 그러나 유진 오닐이 『이상한 막

---

* 하이네는 만년에 몸이 마비되는 병으로 침대에서 벗어나지 못한 채 8년을 지내다가 사망했다. – 역주

간 *Strange Interlude*』에서 "공적" 언어와 "사적" 언어를 번갈아
사용한 것도, 조이스와 헤르만 브로흐가 완성한 의식의 흐름도
전적으로 만족스럽지는 않은 것으로 드러났다. 무의식의 언어
중 우리가 들을 수 있는 것은 우리의 문장 속에 아주 잘 담긴
다. 다만 우리가 아직 듣는 법을 모르지 않나 싶다.

『지하 생활자의 수기』는 서술 형식의 변위나 심화에서보다
는 내용의 영역에서 더 실험적이다. 다시 한 번 주된 양식은 연
극이 된다. 즉 도스토예프스키는 이 외적인 해프닝들의 과정을
일련의 위기 속에 압축시킴으로써, 상황이 덜 최종적이라면 차
마 발설하지 않았을 생각까지도 미친 듯이 솔직하게 말해 버
리도록 만든다. 『지하 생활자의 수기』에서는 영혼과 비이성이
서로 첨예하게 대결하며, 독자는 단테가 지옥에서 엿들은 진실
만큼이나 소름끼치는 진실을 엿듣게 된다.

무대 장치는 도스토예프스키에게 전형적인 것이다. "우리의
이 지구상에서 가장 추상적이며 가장 기만적인 정신의 도시"
인 페테르부르크 변두리의 "누추하고 지저분한 방"이다. 기후
도 적절한 분위기를 풍긴다.

오늘, 흠뻑 젖은 누렇게 더럽혀진 눈이 내리고 있다. 어제도
내렸고, 거의 매일 그런 식이다. 바로 저 진눈깨비가 지금 내 머
릿속에 눌어붙어 떨어지지 않는 그 에피소드를 상기시켰다고
나는 생각한다. 그럼 이 고백은 진눈깨비가 내리는 날에 부친
이야기라고 해두자.

그다음 문장은 제2부의 첫머리로 다음과 같이 시작된다.

그때 나는 겨우 스물네 살이었다. 나는 그때까지 야생에 가까울 만큼 고독한 삶을 무절제하고 무미건조하게 살아왔다.

이 구절은 유럽 대도시의 지하에서 울려 나온 위대한 첫 목소리라고 할 비용을 떠올리게 한다. 비용에게서도 "지난해의 눈"과 "내 나이 서른에 이른 해"*에 대한 명상이 따랐다(비용의 몇몇 시에 나오는 이집트 여인 마리아에 대한 옛 성인 이야기가 『미성년』에 나오는 것은 멋진 우연의 일치가 아닐까?).

『지하 생활자의 수기』의 "나"는 자기의 철학이 "지하세계에서 살아온," 자기 탐색의 고독 속에서 보낸 "40년 세월의 결실"이라고 되풀이해서 말한다. 여기에 이스라엘 민족이 광야에서 지낸 40년과 예수가 황야에서 보낸 40일이 메아리처럼 울리고 있음을 놓치기는 어렵다. 『지하 생활자의 수기』는 독립적으로 고찰될 수 없다. 그것은 도스토예프스키의 주요 소설의 상징적 가치 체계및 테마상의 자료와 밀접한 관계를 가진다. 따라서 창녀의 이름도 리자다. 마지막 장면에서 리자는 방바닥에 주저앉아 흐느낀다.

이번에야말로 그녀는 모든 걸 죄다 알았을 것이다. 내가 철

---

* 프랑수아 비용(François Villon, 1431~1489?)의 시집 『유언 *Le Testament*』에 나오는 시행. - 역주

저하게 그녀를 짓밟았다는 것, 그리고 (내가 이걸 어떻게 표현할 수 있단 말인가?) 짧게 타올랐던 나의 정열이 복수를 향한 욕망에서부터, 그녀에게 새로운 굴욕을 가하고자 하는 열망에서부터 솟아났을 뿐이라는 것을 그녀는 알게 된 것이다.

이 구절은 『악령』의 리자와 스타브로긴 사이의 장면을 설명해주고 있으며 『죄와 벌』에서 도스토예프스키가 라스콜니코프와 소냐의 관계를 어떻게 다루게 될 것인지를 미리 알려준다. 도스토예프스키의 원초적 악의 표상이 화자의 이야기에 결여된 것도 아니다. 그가 리자에게 어떻게 자신의 부친의 집을 떠나 매음굴에 오게 되었냐고 묻자, 그녀는 무언가 파렴치한 일이 있었음을 암시한다. "하지만 집이 여기보다 못하다면 어떻게 되죠?" 무의식적으로 ― 셰익스피어에서처럼 극화dramatization는 가치의 모든 변화에 대해 민감하고 열려 있어야 하므로 ― 지하 인간은 그녀의 암시를 간파한다. 그는 자신이 딸을 가졌다면 "아들보다도 훨씬 더 사랑할 것"이라고 말한다. 그는 "잠이 든 딸아이"의 손발에 키스하고 "두 팔로 껴안는" 한 아버지의 이야기를 한다. 발자크의 『고리오 영감』이 즉각적으로 연상될 법하다. 이 너머로 부녀간의 근친상간이라는 모티프가 있다. 이것은 첸치 사건*이라는 모습을 하고 셸리, 스탕달, 랜

---

* 첸치 사건은 16세기 이탈리아에서 일어난 사건으로, 아버지에게 감금되어 성적 폭행을 당하던 딸이 다른 형제들과 공모하여 아버지를 살해했다. ― 역주

더, 스윈번, 호손, 그리고 멜빌까지도 사로잡은 바 있다. 화자는
드러내놓고 시인한다. 그러면 딸이 결혼하지 못하게 할 것이라
고.

> 왜냐하면 맹세코 말인데 그건 질투심이 일어나기 때문일 거
> 야. 자기 딸이 딴 남자하고 키스하다니, 생판 남인 남자를 아버
> 지보다 더 사랑하다니? 도대체 그 꼴을 어떻게 봐! 그건 상상만
> 해도 고통스러운 일이야!

그리고 그는 고전적인 프로이트식 통찰로 말을 맺는다. "딸
이 좋아하는 사내란 아버지의 눈에는 영락없는 쓰레기로 보이
는 법이거든."

『지하 생활자의 수기』에서 우리는 인간 영혼에 대한 도스토
예프스키의 개념으로 사실상 케케묵은 것이 되어버린 "이중인
물"의 신화조차 찾아볼 수 있다. 무뚝뚝한 아폴론은 지하 인간
의 하인이자 불가분의 그림자다.

> 지금의 내 셋방은 따로 떨어져 있어서 나의 칼집이자 나의
> 상자가 되어 나는 그 속에서 온 인류를 피해 숨어 살고 있었다.
> 그런데 아폴론은 어쩐지 내 거처의 부속물같이 생각되었고, 그
> 때문에 나는 만 7년 동안이나 이 사나이를 쫓아낼 수 없었다.

하지만 『지하 생활자의 수기』에서 전통적 문학의 요소를 제
쳐두고 도스토예프스키의 여타 작품과의 밀접한 관련성에 주

목하게 되면, 그 심원한 독창성이 드러나기 시작한다. 전에 듣지 못했던 화음이 놀랄 만큼 정확하게 울려 나오는 것이다. 도스토예프스키의 저작 중에서 20세기의 사상 및 기법에 이 이상 영향을 준 작품은 없다.

화자의 묘사는 그야말로 선례를 찾을 수 없는 성취다.

> 나는 신사 여러분께 말하고 싶다(뭐 듣건 말건 상관할 바도 아니지만). 왜 내가 벌레가 될 수는 없었는가를. 나는 자주 한 마리 벌레가 되고 싶었으나 내 뜻을 이룰 수가 없었노라고 엄숙히 선서하는 바다.

카프카의 『변신』의 싹을 내포하고 있는 것이 명백한 이 생각은 서술 전체에서 일관적으로 추구된다. 다른 인물들은 화자를 "흔히 눈에 띄는 파리" 정도로 본다. 화자 자신은 스스로를 "지상에서 가장 더럽고… 가장 해로운 벌레"라고 묘사한다. 이 이미지는 원래 새로운 것은 아니다. 도스토예프스키의 벌레 상징주의의 근원은 실상 발자크에까지 거슬러 오른다.* 새롭고도 무서운 점은 이러한 표상이 인간을 "비인간화하고" 탈인간화하기 위해 방법적으로 사용된다는 점이다. 화자는 그의 굴속에 "웅크리고" 있으며 "틈새에서" 기다리고 있다. 동물성에 대한

---

* 도스토예프스키의 형상화imagery의 이 측면은 R. E. 매틀로의 「도스토예프스키의 반복 이미지」(『하버드 슬라브어 연구』 3권, 1957)에 철저하게 다루어져 있다.

감각이 그의 의식을 물들인다. 인간을 벌레나 해충에 연결시키는 것은 역사가 오랜 은유로『리어 왕』에서는 인간의 죽음을 마구 학살당하는 파리로 재현했다. 도스토예프스키는 이 오랜 은유를 변형시켜 여기에 심리학적 현실성을 부여하고 이를 정신의 실제 조건으로 만들었다. 지하 인간의 비극은 문자 그대로 인간임을 포기한 데 있다. 이 후퇴는 리자를 강간하려다 잔인하게도 불능에 그쳐 버리는 데서 선명해진다. 결국 그는 문제를 명백하게 보게 된다.

우리는 자기가 인간이라는 것조차, 각자가 개별적인 살과 피를 가진 인간이라는 것조차 싫증이 나게 된다. 우리는 인간임을 부끄럽게 여긴다. 우리가 인간이라는 사실이 우리의 품격을 하락시킨다고 보는 것이다.

근대 문학이 우리의 세계관에 기여한 한 가지 주요한 요소가 있다면, 그것은 바로 이 비인간화의 의식이다.

어떻게 이러한 상황이 벌어졌을까? 아마도 그것은 산업화된 생활, 즉 황량하고 이름도 없이 단조로운 산업 공정을 통해 격하된 인간의 삶 때문에 나타난 결과일 것이다.『지하 생활자의 수기』에서 도스토예프스키는 "떼를 지어 젠 걸음으로 걸어가는 노동자와 직공들(지쳐빠진 얼굴들마다 거의 짐승같이 거칠어진)"을 묘사한다. 그는 엥겔스 및 졸라와 더불어 공장 노동이 인간의 얼굴에서 개성적 표정이나 지성의 작용을 지워버리기 위해 무엇을 할 수 있는지를 인식한 최초의 인물들 중 하나였다. 그러나 그 기원이 무엇이든 간에 "인간임을 부끄럽게 여기는 것"은 금세기 들어 도스토예프스키의 예상보다 더 심각한 지경으로 치달았다. 피에르 가스카르는 그의 우화『짐승들 Les Bêtes』에서 포로수용소와 가스실의 세계에 짐승의 왕국이 들어서서 인간의 왕국을 밀어내 버리는 이야기를 쓴다. 한편 제임스 서버는 더 슬프지만 무거워진 어조로 불완전하고 찢어져 있는 인간의 살갗 속에서 동물들이 깨어나고 있음을 보여 준 바 있다. 왜냐하면『지하 생활자의 수기』이래로 곤충이 인간의 한 부분을 갉아 먹고 있다는 것을 우리는 알고 있으니까. 고대의 신화는 반신半神인 인간을 다루었으나, 도스토예프스키 이후의 신화는 반인간半人間인 바퀴벌레를 묘사한다.

『지하 생활자의 수기』는 비영웅non-heroic 개념을 새로운 극점까지 몰아갔다. 마리오 프라스는 영웅 유형을 포기한 것이 빅토리아 소설의 주 경향 중 하나임을 보여준 바 있다. 고골과 곤차로프는 비영웅적 주인공을 당대 러시아를 상징하는 인물로 만들었다. 그러나 도스토예프스키는 더 나아갔다. 그의 화자는 전락과 자기혐오의 느낌을 줄 뿐 아니라 철저하게 추악하다. 그는 자신의 비천한 체험을 "받아 마땅한 업보"라고 설명하는데, 그것도 신경질적인 악의를 품고서 말한다. 고골의 끔찍스러운『광인 일기』와 투르게네프의『잉여 인간의 일기』를 생각해 보라. 둘 다 비영웅적 에세이지만, 세련되고 아이러니한 표현을 통해 연민의 감정을 일으킨다. 톨스토이의 이반 일리치는 철저하게 평범하고 이기적인 인간이지만, 나중에 가서 끈질기게 달라붙는 절망 때문에 고결해지게 된다. 하지만

『지하 생활자의 수기』에서 도스토예프스키의 손길은 자신의 소재가 힘을 잃어버리게 만든다. "필사자"는 후기에서 "이 역설꾼"이 일기를 더 쓰긴 했지만 이것들은 보존할 가치가 없다고 말한다. 우리는 의도된 무無와 더불어 남겨지는 것이다.

"반영웅anti-hero" 묘사에서 도스토예프스키는 일군의 제자들을 가지게 되었다. 그의 방법에 더 오래된 피카레스크 전통을 가미하면 지드 소설에 나타난 죄에 물든 고백자가 나타난다. 카뮈의 『전락』은 『지하 생활자의 수기』의 어조와 구조를 모방한 것이 분명하다. 장 주네에 있어 언약과 타락의 논리는 배설물에까지 뻗쳐져 있다.

마지막으로 『지하 생활자의 수기』는 낭만주의 예술에서 추진력을 모아오고 있었던 순수이성을 극히 명료하게 비판했다는 점에서 엄청난 중요성을 띤다. 화자가 자연법칙에 반기를 든 구절들은 20세기 형이상학의 시금석이 되었다.

제기랄, 도대체 자연법칙이니 산술이니 하는 게 나한테 무슨 상관이냐 말이다! 이 법칙과 2×2는 4라는 식의 공식을 내가 용납할 수 없는데, 물론 나한테 그만한 힘이 없다면 내 이마빼기로 이 벽을 들이박지는 않을 것이다. 하지만 나는 결코 이 벽을 받아들이지는 않겠다. 왜냐고? 내가 그 벽에 마주쳤고 나에게 그걸 무너뜨릴 힘이 없다는 이 한 가지 이유만으로 충분하다.

인간의 의지가 "벽을 꿰뚫지 않고는" 어떻게 완전한 자유를 얻겠는가고 에이허브는 질문했다. 반유클리드 기하학과 근대 대수학의 한층 난해한 망상은 이 공리의 벽 일각을 무너뜨리고자 했다. 그러나 도스토예프스키의 화자가 일으킨 반란은 전체에 걸친 것이다. 그는 학자들, 즉 헤겔류의 이상주의자와 합리적 진보의 신봉자들을 조롱하고 거부하면서 이성으로부터의 독립을 선언했다. 실존주의자들이 뒤를 따르기 오래전에 지하에서 온 인간은 부조리의 장엄함을 선포했다. 도스토예프스키가 파스칼, 블레이크, 키르케고르, 니체 같은 자유주의 경험론에 반기를 든 인물들과 함께 현대 형이상학의 판테온에 종종 불려나오게 된 것은 이 때문이다.

도스토예프스키의 변증법의 원천을 탐구하는 일은 무척 흥미로울 것이다. 콩도르세는 인간이 수치에 따라 말하기만 하면, 뉴턴적인 세계에서 이성의 도구들을 제대로 파악만 한다면 자연이 스스로 해답을 줄 것이라고 주장했다. 도스토예프스키는 "아니다"라고 했다. 그는 스펜서류의 진보에 대한 신념에 그리고 클로드 베르나르(드미트리 카라마조프가 특히 화가 나서 언급한 천재)의 합리적 심리학에 "아니"라고 말한 것이다. 지하 인간은 형식적 권위를 경멸하고 의지가 최우선이라는 생각에 사로잡혀 있다는 점에서 그에게서 루소주의의 요소를 찾아볼 수도 있다. 왜냐하면 개인의 양심은 "선악을 오류 없이 판단하는 판관이며, 인간을 신과 유사하게 만들어준다"는 루소의 선언과, 자연법과 전통적 논리학의 범주는 내던질 수도 있다는 화자의 신념 사이에는, 복잡하지만 확실한 연계가 있기 때문이다. 하지만 이런 문제는 더 전문적인 연구가 필요하다.

강조해 두어야 할 사실은『지하 생활자의 수기』가 문학 형식 속의 철학적 내용의 문제에 대한 멋진 해법이었다는 것이다. 계몽주의의 철학적 단편conte philosophique이나 괴테의 소설에서는 사색이 의도적으로 허구의 외부에서 일어나는 데 비해,『지하 생활자의 수기』는 추상과 극화된 부분을 일치시킨다. 아리스토텔레스의 용어를 쓰자면 "사고"를 "플롯"과 융합시키는 것이다. 장르로 보아서 니체의『차라투스트라』나 키르케고르의 신학적 알레고리도 이만큼 깊은 인상을 주는 데는 미치지 못한다. 도스토예프스키는 그가 늘 모범으로 삼았던 실러와 더불어 시적 힘과 철학적 힘 사이에 창조적인 균형을 유지한 희귀한 예가 된 것이다.

　『지하 생활자의 수기』는 비록 화자의 견해가 소설가 자신의 정치 강령 및 공식적 정교와 일치하지 않는다는 점은 인정하더라도 사실상 도스토예프스키의 총화이다. 톨스토이와의 대비가 여기서만큼 결정적인 곳은 없다는 지적은 적절하다. 톨스토이의 인물은 아무리 영락한 경우라도 인간으로 남는다. 치욕스러운 어떤 것이 있다 해도 그 때문에 인간성은 더욱 심화되고 빛을 발한다. 이사야 벌린이 말했듯이 톨스토이는 인간을 "자연스럽고도 변함없는 햇빛"에 비추어 보았다. 인간이 야수 상태로 전락한다는 따위의 환각은 그의 관점과는 거리가 멀었다. 톨스토이의 비관론은 제일 기세등등할 때조차 인간 존재란, 포크너의 구별법을 사용하자면, "견뎌나갈" 뿐 아니라 "이겨나간다"는 중심적 신념에 의해 교정되었다.

　가령『크로이처 소나타』의 화자와 같은 톨스토이의 "비영웅들"은 고통 속에서도 인간다움을 유지하며 확고한 도덕적 믿음을 가지고 지하 인간의 까다로운 마조히즘과는 동떨어진 세계에 거주한다. 그 차이점은 셰익스피어에서 아페만투스와 타락한 티몬이 주고받는 대화에서 일순간 아름답게 비춰진다. 티몬은 증오와 자조에 떨어져 있을 때조차도 그 "황량한 공기"가 마치 그의 "원기왕성한 시종"처럼 보이는 것이다.*

톨스토이의 철학은 학교 선생들과 이상주의자들을 거부하지만 실상 철저하게 합리주의적이다. 그는 평생에 걸쳐 관찰한 경험들의 다양한 개별성을 질서 의식과 화해시킬 수 있는 통합 원칙을 모색했다. 도스토예프스키가 부조리를 숭상하고 동어반복과 의미 규정이라는 통상의 기계적인 방식을 공격한 것은 톨스토이에게는 괴팍스럽고 미친 짓처럼 보였다. 브야젬스키의 말을 빌리면 톨스토이는 "부정否定주의자"였다. 그러나 그의 부정은 빛이 들어오도록 개간지의 나무를 잘라 내는 도끼질이었다. 삶에 대한 그의 묘사는 휴머니즘 속에서, 다시 말해 몰리 블룸**의 독백 중의 저 최종적인 "그렇다"는 말 속에서 정점에 달한다. 1896년 7월 19일자 일기에서, 톨스토이는 갈아엎은 들판 한가운데서 무리를 이룬 우엉을 본 일을 기록했다. 새싹 하나가 살아 있었다.

---

* 티몬은 셰익스피어의 희곡 『아테네의 티몬』의 주인공으로 부유한 귀족으로 낭비벽이 있는 인물이고, 아페만투스는 냉소적인 박애주의자. - 역주

** 몰리 블룸은 조이스의 소설 『율리시즈』의 주인공 레오폴드 블룸의 아내. - 역주

먼지 때문에 검게 보였지만 아직 살아 있었고 중심부는 발그스름했다… 그것이 나로 하여금 글을 쓰고 싶게 한다. 그것은 끝까지 생명을 주장하고 전체 들판 한가운데 혼자서 어떡하든 그 생명을 관철해온 것이다.

『지하 생활자의 수기』의 화자는 행동과 언어를 통해 최종적인 "아니다"를 표현한다. 톨스토이가 고리키에게 도스토예프스키는 "공자와 부처의 가르침을 알았어야 했을 겁니다. 그랬다면 그의 마음이 가라앉았을 겁니다"라고 말했을 때, 지하 인간은 굴속에서 비웃으며 으르렁거렸을 것이다. 우리의 시대는 이 비웃음에 실체를 부여했다. 갇힌 세계, 저 죽음의 캠프의 세계는 부정을 넘어서서 인간의 야만성을, 개인으로서든 집단으로서든 그들의 내면에서 인간성의 불씨를 짓밟아 버리려는 성향을 꿰뚫는 도스토예프스키의 통찰력을 확인시켜 준다. 지하의 화자는 자기 종족이 "두 다리로 걸으며 감사하는 마음이 없는 동물"이라고 정의한다. 톨스토이 역시 감사하는 마음이 많지 않다는 점은 알았지만, 그라면 "동물"이란 말 대신에 항상 "인간"이란 말을 썼을 것이다.

때때로 그가 구식이라 느껴지는 것은 그만큼 우리의 영토가 더럽혀졌다는 말이 된다.

4

예술 작품을 예술적 혹은 종교적 기준으로 판단하는 것,
종교를 종교적 혹은 예술적 기준으로 판단하는 것은
결국 같은 일이다.
비록 어떤 인간도 도달할 수 없는 목표이기는 하지만.

T. S. 엘리엇
「문화의 정의에 관한 소론」

I

　인류학자와 예술사가들이 알고 있다시피 신화는 조상彫像이 되고 그 조상은 새로운 신화를 탄생시킨다. 신화 체계들과 신조들 그리고 세계상世界像들은 언어나 대리석 속으로 들어가며, 단테가 정신의 운동moto spirital이라 불렀던 영혼의 내적 움직임은 예술의 틀 속에서 구현된다. 그러나 그 구현의 과정을 거치면서 신화는 변형되거나 재창조될 것이다. 소설의 기법을 통해 형이상학적 체계와 체험의 바탕이 되는 철학을 되짚어 볼 수 있다는 사르트르의 지적은 두 가지 흐름 중에서 하나만 가리킨 셈이다. 이와 역으로 예술가의 형이상학을 통해서 그의 예술의 기법을 되짚어 볼 수 있다. 우리는 지금까지 주로 이 기법―톨스토이 소설에서 서사시 양식과 도스토예프스키에 있어 연극적 요소―에 초점을 맞추어 왔다. 이 마지막 장에서는 이러한 외적 형태들의 배후에 자리한 신념과 신화 체계를 고찰하게 될 것이다.

그러나 "배후"라고 말하는 것, 즉 소설이란 철학적 주장을 펴기 위한 외양 혹은 가면이라고 가정하는 것은 우리를 오류로 이끈다. 사고와 표현 사이의 관계는 항상 상보적이며 역동적이다. 이 관계를 보여주는 가장 적절한 이미지를 무용에서 찾을 수 있다(르네상스 시대에 무용을 창조의 알레고리로 본 것도 같은 이유에서다). 즉, 무용수는 정열이나 현실에 대한 명상을 동작의 언어로 옮긴다. 형이상학이 안무를 거쳐 기법으로 옮겨지는 것이다. 그러나 춤을 추는 순간마다 몸짓의 형태 및 유려함이 새로운 통찰, 새로운 신화를 유발한다. 마음에서 우러나온 기쁨은 신체의 떠오를 듯한 움직임으로 드러나지만, 형태적인 스타일 즉 되풀이 될 수 없는 매 순간의 특수한 몸짓들은 그 자체가 신화와 무아지경의 창조자이다. 해즐릿은 콜리지가 보도 한쪽 편에서 다른 쪽으로 쉴 새 없이 왔다 갔다 한 반면, 워즈워스는 똑바로 안정되게 걸어가면서 창작했다고 말한다. 이 이야기는 형식과 내용이 어떻게 끊임없이 상호 작용하면서 서로에게 영향을 미치는지를 우화적으로 표현하고 있다.

신화란 우리가 의지나 욕망을 통해 혹은 우리의 공포의 그림자 속에서 그렇게 하지 않으면 통제할 수 없을 체험의 혼돈에 부과하고자 하는 틀이다. I. A. 리처즈가 『콜리지의 상상력』에서 환기시키다시피, 신화란 순전히 환상은 아니지만,

인간의 온 영혼의 발화이며 그러하기에 끝이 없는 명상이 되는 것이다. …신화가 없다면 인간은 영혼이 없는 잔인한 동물에

불과할 것이다. …질서도 없고 목표도 없는 가능성들의 덩어리
일 뿐이다.

이러한 신화(사르트르의 용어로는 "형이상학", 독일 비평의 용어
로는 세계관Weltanschauungen)에는 다양한 계보가 있다. 즉 정치
적, 철학적, 심리학적, 경제학적, 역사적, 종교적 계보가 그것이
다.

예를 들자면 아라공의 소설과 브레히트의 희곡은 상상적 사
건들을 통해 표현된 마르크스주의의 정치적-경제적 신화이다.
마르크스주의의 관점에서 보면 그들의 미덕은 공식적 신화를
명쾌하고 충실하게 재연한 데 있다. 이에 마찬가지로 엘리트주
의란 신화가 있다(예를 들어 몽테를랑의 소설 및 희곡 같은). 라이
오넬 트릴링의 소설 『여정旅程의 중간』은 자유주의 신화를 구
현하고 있다. 이 미묘한 우화는 제목부터가 전략적이다. 단테
에게서 빌려온 제목이기도 하거니와 자유주의가 원래 "중간
입장"을 취한다는 점을 환기시키는 것이다.

루크레티우스의 『사물의 본성에 관하여De Rerum Natura』,
포프의 『인간론Essay on Man』, 셸리의 『알라스토르Alastor』는
시로 구현되어 있고, 시를 통한 특정한 형이상학의 재창조라
고 할 수 있다. 이들을 평가할 때는 원자론이나 낭만적 신플라
톤주의의 장점들을 천착하기보다는 과연 그 추상적 세계관이
어느 정도 적절하게 시적 도구와 조화를 이루었는가를 살피게
된다. 토마스 만이 초기 소설에서 쇼펜하우어의 철학을 다룬
방식에서도 이와 비교할 만한 반응을 볼 수 있다.

심리학의 여러 신화도 현대 예술에 지대한 역할을 한다. "프로이트적" 소설이 있는가 하면, 어떤 시인들은 시작 과정에서 잠재의식을 혼란된 상태 그대로 표출하기도 하고, 화가들도 대체로 불구가 되거나 벌거벗은 정신을 시각화하려고 해왔다. 이 계보의 신화는 전혀 새로운 것이 아니다. 이는 인간이 영혼을 합리적으로 이해하려는 첫 시도와 더불어 시작된 것이기 때문이다. "체액humours"*과 성좌의 영향력이라는 신화 체계는 엘리자베스조 희곡을 성격 짓는 데 강력한 힘을 발휘했다. 벤 존슨의 『연금술사』와 웹스터의 『말피의 공작 부인』은 연극의 기법을 통해서 인간 의식에 특별한 이미지들을 재현한 경우이다. 이와 다른 이미지들—대안적인 신화들—은 몰리에르의 희극이나 고야의 판화 연작 〈우행The Follies〉에 잘 나타나 있다.

  하나 더 구별해 두어야 할 신화가 있다. 우선 개념적 내용과 상징적 형식이 사적이고 독특한 신화들이 있다. 블레이크와 예이츠는 고도로 복잡한 그야말로 그들 특유의 신화 체계를 발전시켰다. 이와 대조적으로 역사상 오랜 기간에 걸쳐 집적되고 성문화되어 시인의 창조성도 그 유산이라 볼 수 있는 거대한 신화가 있다. 가령 단테는 라틴 중세기의 기성 신화 체계들 내에서 작업했다.

  그러나 아무리 전통적인 신화라 해도 특정 예술가의 연금술을 통해 그리고 특정 예술 형식의 소재 및 기법에 따라 변형되

---

* 근대 생물학과 심리학 발전 이전에 체액humours으로 인간의 기질을 판별하는 방식이 성행했다. – 역주

기 마련이다. 브레히트는 그의 연극 스타일이 공식적인 프롤레타리아 "메시지"에 웃음을 통해 의문을 제기하거나 비애를 통해 그것을 자유화하는 경향이 있다는 바로 그 이유로 그의 비판자들로부터 형식주의의 혐의를 받았다. 마르크스주의적 강령에 따르면, 예술가란 정확하고도 일관성 있게 지배적 신화를 전달해야 한다. 춤의 스텝들 혹은 최소한 그 정확한 한계들이 무대 마루 위에서 추적되어야 한다는 것이다. 이러한 태도 속에서 위대한 예술이 과연 꽃필 수 있을지는 매우 의문스럽다. 진정한 시인이란 항상 신화를 변형시키거나 고안해 내는 사람이니까 말이다. 단테의 토미즘Thomism은 단테 자신의 것으로 인정된다. 토미즘 신화가 시 속에 들어왔으나, 그것은 단테의 언어 및 시적 실천의 특수한 매개를 거쳐서 굴절된 것이다. 제도사가 "선"을 하나 긋는 데도 인식 형태들을 본뜨듯, 작시법—삼운구법三韻句法, 영웅 대구, 알렉산더 격格 등—은 이성의 형태들에 특정의 윤곽선을 그어 준다.

언어의 영역에서 신화와 표현 기법 사이의 상호 작용을 가장 순수한 형태로 표현한 저술은 플라톤의 〈대화편〉들이다. 이 대화편들은 연극적인 상황에 놓인 정신을 읊은 시라고 할 수 있다. 『공화국』, 『파이돈』, 『향연』 등에는, 인간적 만남을 극적으로 처리함으로써 변증법적 과정, 즉 주장의 충돌과 시험이 각각의 주어진 질문에 집중되게 한다. 철학적 내용과 연극적 실현은 불가분하다. 플라톤은 이 통일 단계에 도달함으로써 그의 형이상학을 음악의 일체성에 근접시키는데, 음악에서는 내용과 형식(신화와 기법)이 동일한 까닭이다.

한 예술 작품에는 여러 신화가 동시에 실현될 수도 있다. 『지하 생활자의 수기』는 철학적 신화, 즉 실증주의에 대한 반항과 심리학적 신화, 즉 인간 영혼의 어두운 곳으로의 하락을 둘 다 구현한다. 『전쟁과 평화』에서도 신화의 충돌을 볼 수 있는데, 한 목소리는 비개성적이고 통제할 길 없는 역사의 신화를 공표하고, 다른 목소리는 호머적인 운율로 개인적인 용기와 사건 과정에 미치는 개인들의 영향력이라는 고전적-영웅적 신화를 일깨운다.

톨스토이와 도스토예프스키의 작품 및 생애에 중심을 이루는 신화는 종교적인 것이다. 이 두 소설가는 전 생애를 통해 천사와 씨름하면서, 신에 대한 일관된 신화와 인간의 운명에 미치는 신의 역할에 대한 근거 있는 설명을 요구했다. 이들이 열성적인 질문으로 얻어낸 답변들은, 내가 제대로 이해하고 있다면, 서로 화해할 수 없는 것이다. 톨스토이와 도스토예프스키의 형이상학은 파스칼의 저 유명한 영원한 적대 관계의 두 이미지처럼 마치 죽음과 태양처럼 상반된다. 더욱이 이 두 형이상학은 20세기에 일어난 이데올로기 전쟁 혹은 의사-종교 전쟁의 바탕에 깔려 있는 저 근본적인 목적의 분리를 미리 그려낸다. 톨스토이와 도스토예프스키의 세계 및 인간 조건에 대한 해석 사이의 대립성은 소설 작가로서의 그들의 대조적인 방법 속에 구현되어 있고 그것을 통해 표현되고 있다. 화해할 수 없는 신화는 바로 대조되는 예술 형식을 가리킨다.

뤼시앵 골드만은 『숨은 신』에서 장세니즘*적인 신의 이미지와 라신 희곡 속의 비극 개념이 일관되게 일치하고 있음을 말한다. 나로서는 이 정도로까지 엄밀하기를 바랄 수는 없다. 특히 톨스토이의 신학과 그의 소설의 세계상 사이의 불가사의한 친연성에 대해서는 그저 잠정적이고 예비적인 증거만 내세울 수 있을 뿐이다. 도스토예프스키의 경우에는 근거가 확실하다고 본다. 그러나 그의 경우에도 비극적 형이상학과 비극 예술 사이의 상응 관계에 대해서는 최대한 주의를 기울여 해석해야 한다.

우리 시대에는 종교 예술에 충분히 반응하기란 어렵다. 우리 시대는 사이비 신학자들이 종교랍시고 진부하고 장황하게 떠들어대는 것을 환영하고, 흥행몰이 예언자들과 구원을 팔아먹는 행상꾼들이 주는 사소한 위안을 들으려고 대규모의 군중이 운집하는 시대이니 말이다. 그러나 우리의 정신은 전통적 교리의 난삽한 엄격성 앞에서, 학문화된 신학에서 이루어지는 엄혹하고 위압적인 신의 학문 앞에서 멈칫거린다. 키토 교수는 이렇게 말한다.

오늘날은 물론 수세기 동안 이미 우리는 직접적이든 상상력을 통해서든 종교 문화—그 정신적 습관과 자연스러운 표현 수단—와 접촉하지 못해왔다. 엘리자베스 시대 이래 무슨 일이 일어났는지 되돌아보아도 좋을 것이다. 그 시대는 중세 후기와의 접촉을 잃어버리지 않았던 시기로, 그 시대의 연극은 문자

---

* 장세니즘은 17세기 네덜란드 신학자 얀센이 주창한 신학으로, 원죄를 타고난 인간은 신의 은총에 의해서만 구원받을 수 있다고 했다. – 역주

그대로 2차원이 아닌 3차원으로, 즉 천국, 지상, 지옥이 어깨를 나란히 하는 가운데 공연되었다. 그것은 가장 폭넓은 참조항을 가진 연극이었다. 그러나 뒤이어 온 이성의 시대에는 이 접촉이 완전히 끊어진다…*

낭만주의는 이러한 소외에 반발했다. 그러나 19세기는 종교적 체험에 대한 유기적 파악으로 복귀하는 대신에 종교와 예술의 관계에 대해 혼란스럽고 때로는 터무니없는 이론을 산출했다. 이성의 시대에 이어서 적어도 한 위대한 시인이 진리와 미를 동일시할 수 있었던 시대가 온 것이다. 이 시대의 혼란상은 매슈 아널드의 「시의 연구The Study of Poetry」 속에 요약되어 있다.

우리의 종교는 사실 속에서, 가정된 사실 속에서 실체를 얻는다. 종교는 그 정서를 사실에 의존해왔는데 이제 그 사실이 종교를 약화시키고 있다. 그러나 시에서는 이념이 전부이며, 그 나머지는 환상의 세계, 성스러운 환상의 세계이다. 시는 그 정서를 이념에 의존하며 이념이 바로 사실이다. 오늘날 우리 종교의 가장 강한 부분은 그 무의식적 시이다.

이처럼 교리와 미학을 동일시한 데서 19세기 말엽의 "예술-

---

* H. D. F. 키토 : 『희곡의 형식과 의미』(런던, 1956).

종교"가 생겨난 것은 불가피했다. 아널드의 이론은 바그너에 이르러 최종적인 결과를 낳았다. 바그너는 에세이 「종교와 예술」에서 예술가들이 현대 정신에 대한 지배력을 잃어버린 고대의 종교적 상징들을 감각적으로 재창조하여 종교를 구원할 것이라고 선언했다. 기독교의 근본적 표상들이 〈파르지팔〉의 마술에 현혹된 마음에 전달됨으로써 다시 한 번 "그 숨은 진실"을 드러내게 될 것이다.

아널드의 "무의식적 시unconscious poetry"와 바그너의 "이상적 표현ideale Darstellung"(이 둘 다 당시의 지적 조류의 대표적 산물이다)은 단테와 밀턴이 이해한 종교와는 거의 공통점이 없다. 그것들은 신앙 및 영적 인식이라는 일관된 구조에는 도무지 도움이 되지 않았다. 〈파르지팔〉에도 불구하고 오페라하우스가 사원이 되지는 않았던 것이다. 아테네 및 중세 무대의 신성함은 바이로이트에서조차 다시 포착되지 않았다.

우리 시대에 이르러 과거의 순수 종교와 "직접적으로든, 상상력을 통해서든 접촉"하려는 다양한 시도가 있었다. 프레이저와 그 제자들은 인류학과 제의祭儀 연구를 통해서, 죽은 해year의 재생을 불러오기 위한 신성한 의식에서 연극이 발생했다는 생각을 확고히 한 바 있다. 또한 일부 학자들은 셰익스피어 연구에 "플롯이 어떠하든 고대의 전통적 유령처럼 연극 속에 출몰하고 음영을 드리우는… 제의 형식"*에 대한 탐구를

---

* J. E. 해리슨 : 『고대 예술과 제식』(뉴욕, 1913).

끌어들였다. 이런 유의 탐구가 진행되면서 그리스 및 중세 연극에 대한 우리의 감각은 더 풍부해졌다. 더 수수께끼 같은 면모를 띠었던 셰익스피어 후기 희곡을 해명하는 실마리를 준 것이다. 그러나 인류학적 방법의 범위와 그 적절성에는 한계가 있다. 즉 연극 외의 장르에 대해서는 별로 큰 빛을 못 주며, 단지 시기적으로 고대이거나 스타일이 고대적인 희곡에만 적합한 것이다.

종교적 감수성은 합리주의와 유물론이라는 "과학적 철학"이 득세하면서 지배적인 정신 습관으로부터 추방되어 흐릿한 지하의 형태를 취했다. 심리학과 정신 의학이 그 발자국을 쫓아 무의식의 입구까지 도달한다. 현대 비평가들은 이 심리학의 탐침봉探針鋒을 갖고서 심층에 이르기까지 읽어내고 종종 빛나는 총기로 그 심도를 측정하기도 한다. 그러나 이런 유의 통찰 역시 특정한 문학 유파 및 전통에만 적용된다. 예를 들자면, 멜빌, 카프카, 조이스 등은 신비주의자들이었다. 그들의 수사학은 숨겨진 의미를 향해 내면으로 물러나며 그 의미의 대부분은 종교적인 성격을 띠기 쉽다. 그러나 명백하게 종교적 감정에 따라 형성되고 소재도 분명히 신학에서 따온 것이며, 그것도 전통적 용어로 구성된 작품들을 이러한 방식으로 접근하는 것―말하자면 "약호 해독decode을 하는" 것―은 잘못일 것이다.

요약하자면, 인류학 및 정신 의학의 마법에 의해 우리는 『황무지The Waste Land』에 암시된 풍요 제식과 포크너의 사냥 이야기에 보이는 통과의례의 모호한 형태를 찾아낼 수 있다. 그러나 이것들로는 『실낙원』의 신학적 구조를 이해하는 데 전혀 도움이 되지 않으며, 『연옥편』 칸토 30에서 베아트리체가 단테에게 다가갈 때 통과하는 빛의 점증적인 변화에 대해서는 아무것도 말해 주지 않는다. 사실상—그리고 이것이 요점이다—제식 비교 연구와 정신에 대한 20세기적 해부로 인해, 우리는 개방적이면서 자연스러운 표현 양식으로 종교적 감수성에 대응하기가 훨씬 더 어려워졌다. 아이스킬로스에서 드라이든까지 문학과 지성의 삶이 중심으로 삼아 그 주위를 돌았던 사상들—신정론, 은총, 저주, 예견, 자유의지의 역설 등—은 현대의 독자 대부분에게는 흥미 없는 신비이거나 죽은 언어의 유물이 되었다.

현대 비평 이론은 이러한 혼란과 무지의 유산에 대처하고자, 초연함의 기법이라 부를 만한 것을 개발했다. 그 결정적 발언이 I. A. 리처즈의 『실천 비평 *Practical Criticism*』의 다음 구절이다. "우리가 시를 잘 읽고 있을 때는 지적인 의미에서 믿느냐 믿지 않느냐의 문제는 절대 제기되지 않는다. 그러나 불행히도 시인의 잘못이든 우리의 잘못이든 이 문제가 제기된다면 우리는 그 순간 시를 읽는 것을 멈추고 점성가나 신학자, 도덕주의자 등 전혀 다른 유형의 활동에 종사하는 사람이 된다."

하지만 이러한 중립이 과연 유지될 수 있을까? 클리언스 브룩스도 지적했듯이 시나 소설은 결코 자율적이지 않다. 우리는 바깥에서부터 텍스트에 접근하고 마음속에 기존의 믿음들을 잔뜩 챙기고 있다. 독서 행위는 우리의 기억들과 총체적인 의식에 연루되어 있다. T. S. 엘리엇은 단테에 대한 논평에서 가

톨릭 신자가 불가지론자보다 시를 더 쉽게 이해할 수도 있다는 것을 시인하면서도, 이것은 "지식 및 무지의 문제이지 신념이냐 회의주의냐의 문제가 아니"라고 주장한다. 리처즈도 그렇게 주장할 법하다. 하지만 과연 우리가 믿음에서 지식을 분리해 낼 수 있을까? 양쪽 다 유물론과 변증법적 과정에 정통한 경우에도 마르크스주의자는 비마르크스주의자와는 딴판으로 브레히트의 희곡을 해석할 것이다. 지식은 믿음의 서곡이며, 앞에서 믿음을 이끈다. 더욱이 순수한 중립 정신이란 인간의 신념에 직접 호소하는 저 문학의 질서에서는 닫혀 있는 것일 터이다. 『파이돈』도 『신곡』도 우리를 불편부당한 입장에 서도록 하지 않는다. 그들은 주장을 통해 우리의 영혼에 구애한다. 대부분의 위대한 예술은 믿음을 요구한다. 우리가 목표로 삼아야 할 것은 우리가 세심한 지식과 자비로운 통찰로 최대한 광범한 설득에 이르도록 상상력을 가능한 한 자유롭게 구사하는 것이다.

그러나 예술과 종교의 이 문제들이 현대 소설에도 합당한 것일까?

소설의 세계관이 대체적으로 세속적인 성격을 띠고 있다는 것은 흔히 지적되어 왔고 그 지적은 옳다. 18세기에 종교적 감정이 퇴색되는 것과 때를 같이해서 유럽의 산문 소설이 팽창해 간 사실도 이를 말해준다. 소설은 합리주의적이고 현실에 대해 본질상 사회적인 해석과 보조를 맞추어 퍼져 나갔다. 라플라스는 그의 천체 역학론을 나폴레옹에게 바치면서 거기서 "신이라는 가정"은 필요 없다고 말했다. 몰 플랜더스의 세계에도 마농 레스코의 세계에도* 그럴 필요는 진정 없었다. 발자크는 월터 스콧 경과 더불어 근대 소설의 기술을 위한 영역을 구획한 바 있는데, 소설에 적합한 주제란 "사회의 역사와 그에 대한 비판, 그 병폐에 대한 분석과 원칙들에 대한 논의"라고 썼다. 그는 나중에야 중요한 영역이 하나 누락된 것을 깨닫고 몇 번이나 〈인간 희극〉 속에 종교적-초월적 경험을 삽입하려 했다. 그러나 세속적 경향의 성취가 너무 커서 『플랑드르의 예수 그리스도』와 『세라피타』 같은 실험들을 압도해 버린다.

워즈워스는 저 고귀한 소네트들 중 하나에서 세상은 인간에게 너무 벅찰 수도 있다고 말한다.** 발자크의 후예들—플로베르, 헨리 제임스, 프루스트—은 그 반대를 주장한다. 세상이란 소설가에게는 너무 벅찰 리 없다고 선언하는 것이다. 그 구체성과 세속적 풍요로움에 있어 세상은 소설가의 예술의 주형鑄型이니까. 더욱이 19세기 말엽에 이르러서는, 콜리지와 조지 엘리엇 같은 작가의 정신을 사로잡았던 신학적 가치관에 대한 풍성한 접촉과 종교의 어휘는 일반적으로 통용되는 것에서 신학자와 학자들의 전유물로 넘어가 버렸다. 이 결과 유럽 소설의 주된 전통에서 종교적 테마는 아나톨 프랑스의 『타이스』처럼 낭만적으로, 혹은 졸라의 『로마』처럼 사회적-정치적으로

---

* 『몰 플랜더스Mol Flanders』(1722)는 영국 소설가 대니얼 디포의 사회 풍자 소설. 『마농 레스코Manon Lescaut』(1733)는 아베 프레보의 작품. 둘 다 표제와 동명同名의 여인이 주인공이다. - 역주

** 워즈워스의 소네트, 「세상은 우리에게 너무 벅차다The world is too much with us」. - 역주

다뤄지는 것이 일반화된다. 공쿠르 형제의 『제르베제 부인』과 험프리 워드 여사*의 『로버트 엘스미어』(글래드스톤을 무척이나 괴롭힌)는 이 규범의 예외들이다. 앙드레 지드가 말했다시피 서구 소설은 사회적이다. 사회 속의 인간들의 상호 관계는 묘사하지만, "자기 자신이나 신에 대한 관계는 절대로, 거의 절대로 묘사하지 않는다".**

그 정반대에 선 사람들이 톨스토이와 도스토예프스키이다. 그들은 대성당을 세운 건축가처럼, 아니면 시스티나 성당에 그의 영원한 상像을 새겨 넣은 저 미켈란젤로처럼 종교적인 예술가였다. 그들은 신의 이념에 사로잡혀 마치 다마스쿠스로 순례하듯 삶을 여행했다. 신에 대한 생각, 그 존재의 수수께끼가 그들의 영혼을 맹목적일 정도로 몰고 갔다. 그들은 맹렬하고도 겸손한 자부심을 가지고서 자신들을 단순한 소설가나 문필가로 보지 않고 선지자-예언가-밤의 파수꾼으로 보았다. 베르자예프는 이렇게 썼다. "그들은 구원을 찾는다. 그것은 러시아의 창조적 작가의 특성이다. 그들은 구원을 찾는다… 그들은 세상을 위해 고통을 겪는다."***

그들의 소설은 계시의 단편들이다. 그들은 레어티스가 햄릿

---

* 험프리 워드 여사(Mrs. Humphry Ward, 1851~1920)는 사회적-박애주의적 작품을 쓴 작가로 『로버트 엘스미어*Robert Elsmere*』(1888)가 대표작. 기적적 요소를 버리고 사회적 사명에 매진할 때 기독교가 부흥한다고 역설했다. ─역주

** 앙드레 지드 : 『도스토예프스키』(파리, 1923).

*** N. A. 베르자예프 : 『도스토예프스키의 정신』(파리, 1946).

에게 소리치듯 "자 한 대 들어갑니다"라고 말하면서 우리의 마음속 깊은 신념을 피할 길 없는 심판에 회부한다. 톨스토이와 도스토예프스키를 잘 읽으면(리처즈의 말을 바꾸자면) 믿느냐 믿지 않느냐의 문제는 그들의 "잘못"이나 우리 자신의 잘못 때문이 아니라 그들의 위대성과 우리의 인간성 때문에 끊임없이 제기된다.

그러면, 그들을 어떻게 읽어야 할까? 발자크나 심지어 헨리 제임스를 읽는 방식이 아니라 아이스킬로스나 단테를 읽듯이 읽어야 할 것이다. 퍼거슨은 종교 소설에 아주 가까운 『황금 그릇』의 끝 부분을 논평하면서, "매기에게 공작을 부탁할 신이 없는 것은 제임스 자신에게 신이 없었다는 것과 마찬가지"*라고 지적한다. 신에게 의탁하고 영혼의 삶에 신이 무서울 정도로 근접해 있다는 이러한 인식은 이 러시아 대가들의 예술의 바로 핵심이자 토대를 이룬다. 『안나 카레니나』와 『카라마조프가의 형제들』의 우주론은, 고대와 중세의 무대 위에서 그려진 것처럼 저주의 위험이든 은총의 내림이든 어느 쪽에도 열려 있다. 우리는 『외제니 그랑데』, 『대사들』, 『보바리 부인』에 대해서 이와 똑같이 말할 수는 없다. 이것은 가치에 대한 진술이 아니라 사실에 대한 진술이다. 톨스토이와 도스토예프스키는 우리에게 대체로 17세기 중엽 이후 유럽 문학에서 사라졌던 감수성의 습관과 이해의 형식을 요구한다. 도스토예프스키

---

* 프랜시스 퍼거슨: 「『황금 그릇』 재고찰」(『희곡 문학에서의 인간 이미지』, 뉴욕, 1957).

의 문제 제기는 여기서 한 걸음 더 나아간다. 그의 세계관에는 반半이교적 성격을 가지는 동방정교회의 어휘와 상징주의가 스며들어 있다. 대개의 서구 독자들은 그의 주된 소재가 무엇인지 거의 모르고 있는 셈이다.

한 현대 비평가는 말하기를, 문학과 종교는 "상이한 권위와 상이한 계시를 갖고" 있지만, 다 같이 우리에게 주요한 "이론적 형식들"과 우리의 삶의 모습을 제시해 준다고 한다.* 문학과 종교는 유한한 우리의 시각에 영속되는 아마도 유일한 초점을 부여한다. 『오레스테이아』, 『신곡』, 톨스토이와 도스토예프스키의 소설 같은 탁월한 사례에서 이 권위와 계시는 단일한 연결고리로 합치되어 있다. 이 결합—이성의 두 주요 통로를 통해 로고스에 다가서는 일—은 중세 초기에 성 베르길리우스-시인의 날이 교회 달력에 포함됨으로써 기림을 받은 바 있다. 나는 그의 후원 아래 논의를 진행할 것이다.

Ⅱ

톨스토이의 정신이 변모해 간 역사와 톨스토이적 기독교가 성장해 간 역사는 흔히 잘못 이해되어 왔다. 톨스토이는 1879~80년에 걸친 겨울에 단호하게 문학을 비난했는데, 이로

---

* R. P. 블랙머 : 「뉴멘과 모하 사이Between the Numen and the Moha」(『사자와 벌집』, 뉴욕, 1955).

인해 이를 분기점으로 그의 생애를 두 시기로 나눌 수 있다는 생각이 들 만했다. 하지만 사실은 후기에 톨스토이가 상세하게 밝힌 생각과 신념의 대부분은 그의 초기 작품에 이미 나타나 있고, 그의 도덕성의 생생한 내용 또한 습작기의 작품에 분명히 드러나 있었다. 셰스토프가 『톨스토이와 니체』에서 지적하다시피, 특기해 둘 만한 사실은 초기와 후기 톨스토이 사이의 겉보기의 대비가 아니라 오히려 톨스토이적인 사고의 통일성과 일관성이다.

그렇다고 톨스토이의 일생을 세 국면—문학 창작기와 그 시기를 전후한 철학 및 종교 활동을 벌인 수십 년—으로 구분하는 것도 잘못일 것이다. 톨스토이에 있어 두 개의 형성력을 분리할 수 없으니, 도덕가와 시인은 서로 근접하여 공존하면서 고통스러운 창조의 길을 열어 나갔다. 종교적 충동과 예술적 충동은 그의 온 경력을 통해 우위를 점하기 위해 갈등을 벌였다. 이 갈등은 톨스토이가 『안나 카레니나』를 집필하던 무렵에 가장 첨예했다. 그의 큼직한 영혼이 한순간에는 상상력의 삶으로 기우는가 하면 다음 순간에는 입센이 지칭한 소위 "이상의 요구"에 굴복했다. 육체적 활동 그리고 육체 에너지를 난폭하게 발산하는 것만이 톨스토이에게 평온과 균형을 주었다는 인상을 우리는 받게 된다. 신체를 소모함으로써만 마음속에서 들끓는 저 논쟁을 잠시나마 가라앉힐 수 있었던 것이다.

『고슴도치와 여우』에서 이사야 벌린은 톨스토이에 대해 이렇게 말한다.

그의 천재는 사물의 특수한 성질들, 즉 주어진 대상을 모든 다른 대상들과 구별시키는 독특하고 거의 표현이 불가능한 개별적인 성질을 인지하는 데 있었다. 그럼에도 불구하고 그는 보편적인 설명 원칙을 희구했다. 그것은 겉으로 봐서는 다양하고 상호 배타적인 조각들로 보이지만 세계의 가구를 만드는 그 조각들 속의 유사성이나 공통의 기원이나 단일한 목적이나 통일성을 인지하는 일이다.

특수와 전체를 동시에 인지하는 일은 톨스토이의 예술적 기교, 그 대적할 자 없는 구체성을 특징짓는 표지이다. 그의 소설에서 세계의 가구 하나하나는 그 각각이 뚜렷이 구별되고 단단한 개별적 실체로 서 있다. 그러나 이와 동시에 톨스토이는 궁극적 이해에의 갈망, 즉 신의 길을 포괄적이고 정당하게 밝히고자 하는 갈망에 사로잡혀 있었다. 이 갈망이 그를 논쟁하고 해석하는 데 온 힘을 기울이게 했다.

톨스토이는 감각적 경험의 드문 순간이나 자연스러운 환희의 회상 속에서 자신의 호전적 충동을 다스리기도 했다. 그러나 결국 그의 천재의 양극성은 견딜 수 없는 긴장을 가져다주었다. 그는 캄캄한 이성의 땅에서 궁극적인 화해의 비전을 찾아 떠났다. 『안나 카레니나』에 세 번에 걸쳐 나오는 철도 플랫폼은 결정적 행동이 벌어지는 현장이다. 이 선택은 하나의 예언처럼 작용하여 톨스토이의 인생은 자신의 예술을 본떠 아스타포보라는 시골 역에서 종막을 고했다.

톨스토이에 있어 상상적 현실과 경험적 현실은 우연하게도 일치하는 경우가 많다. 이것은 톨스토이의 소설 전개 방식이 가지는 순환적인 패턴, 즉 많지 않은 수의 결정적인 모티프들과 표상적 행동들이 되풀이해 나타나고 있음을 상징하고 있다. 프루스트는 『독서 일기』에서 지적했다.

모든 것을 인정하더라도 톨스토이는 겉보기에 끝이 없는 창조 행위를 하고 있는 가운데서도 자기 자신을 되풀이하고 있는 듯 보인다는 것이다. 그가 마음대로 사용할 수 있는 테마는 숨겨져 있고 갱신되지만 늘 동일한 단 몇 개에 불과했음이 분명하다.

그 이유는 통일성을 향한, 총체적인 의미를 드러내고자 하는 추구가 톨스토이의 육감적 지각이 인생의 한량없는 다양성에 가장 매혹되어 있을 때조차도 그의 예술의 밑바탕에 깔려 있기 때문이다.

주된 모티프들은 처음부터 분명했다. 그가 고작 열아홉 살이던 1847년 1월 톨스토이는 자신의 행위 규범을 적어놓았는데, 이것은 톨스토이적인 기독교의 성숙한 계율들을 명백하게 예기하고 있다. 같은 달에 그는 엄격한 영혼과 반항하는 육신 사이의 일생에 걸친 대화를 증언하는 일기를 시작했다. 그해 겨울에는 소작인들의 조건을 개선해 보려고도 했다. 1849년 톨스토이는 자기의 영지에 소작인의 아이들을 위한 학교를 세우고, 그가 만년에 열중하게 되는 것과 유사한 교육 이론을 실험했다. 1851년 5월 그는 일기에 모스크바 상류 사교계의 생활은 그저 역겨울 뿐이라고 기록했다. 우리는 그의 마음이 "끊임없는 내적 갈등"에 사로잡혀 있음을 읽게 된다. 이듬해 10월, 톨스토이는 「지주의 아침」의 초기 판본을 쓰기 시작했다. 이 작품의 주인공이 『부활』의 주인공과 동명同名이라는 사실보다 그의 노력의 일관성을 적절하게 전달해주는 것은 없다. 네홀류도프 공작은 톨스토이 문학 경력의 시작과 끝에 서 있다. 그 양극단에서 그는 유사한 종교적-도덕적 딜레마에 휩싸여 있다.

1855년 3월, 톨스토이는 죽음의 순간까지 그를 지배하게 된 명백한 사상을 형성하게 되었다. 그는 인류의 현 상태에 부합하는 새로운 종교를 건설한다는 "어마어마한 이상"을 품게 되었다. 그것은 그리스도의 종교이긴 하지만, 도그마 및 신비주의가 일소된, 미래의 지복至福을 약속하는 대신 지상에서의 지복을 주는 종교였다. 이것이 톨스토이의 신조로서, 1880년 이후 집필-출판된 작품들은 이 신조에 옷을 입힌 데 불과하다.

톨스토이는 주요 소설을 쓰기 이전에 이미 순수 문학은 철저히 배격하려는 생각을 가졌다. 1865년 11월 그는 "문학적 삶"과 그것이 번성하는 사회적 환경에 깊은 혐오감을 표명했다. 같은 달에 발레리아 아르세니예바(약혼 상태라고 여겼던 상대)에게 쓴 편지에는 비극적인 면이 있지만 전형적으로 톨스토이적인 계율을 찾을 수 있다. 즉 "완전하게 되는 것에 절망하지 마세요".

그의 완숙한 종교 및 도덕 개혁의 프로그램은 1857년 3월부터 1861년 후반에 걸쳐 그 기초가 다져졌다. 1857년 4월 6일

파리에서, 톨스토이는 처형을 목도했다. 그는 깊은 분노를 품고 그 도시를 떠났다. 삶에 대한 그의 경외감은 무참하게 모욕받았다. 그는 "이상理想이란 무정부다anarchy"라고 결론짓고, 러시아 비평가 보트킨에게 편지를 보냈다.

나는 캅카스에서뿐 아니라 여러 전쟁터에서 잔인무도하고도 끔찍한 광경을 수없이 보아 왔습니다. 그러나 바로 내 눈앞에서 한 인간을 갈기갈기 찢는다 해도 이 독창적이고 세련된 기계가 순식간에 튼튼한 체구의 젊은이를 죽이는 광경을 지켜보는 충격보다는 덜 소름끼쳤을 것입니다. …나는 한 가지 결심을 했습니다. 오늘부터 나는 절대로 이런 행사 따위는 참관하지 않을 것이며, 뿐만 아니라 정부의 형태가 어떠하든 간에 어떤 일이 있어도 다시는 거기에 봉사하지 않을 것입니다.

1859년 10월 톨스토이는 저명한 출판업자이자 개혁가인 치체린에게 이제 자신은 영원히 문학에서 손을 떼겠다고 말했다. 일 년 후에 따라온 형의 죽음이 그 결심을 더욱 굳혀 준 듯했다. 1861년에는 그가 순수한 일상적 예술의 일인자로 보았던 투르게네프와 격렬한 논쟁을 벌였고, 교육에 대한 체계적인 연구에 몰두했다.

그의 『참회록』에서 톨스토이는 기요틴의 사형 집행 목격과 니콜라스 톨스토이의 죽음이 그를 종교적 각성으로 이끈 두 결정적인 계기였다고 말한다. 이와 그야말로 흡사한 두 경험—공개 처형과 형의 죽음—이 도스토예프스키의 "개종"에 큰 영향을 미쳤다는 사실은 흥미롭다. 『참회록』의 이 구절은 미슈킨 공작이 한 죄수가 리옹에서 넋을 잃고 지켜보는 군중들 앞에서 처형되는 광경을 이야기해주는 장면을 상기시킨다. 톨스토이는 전통적인 이미지를 통해 내적 위기를 표현했지만, 그것은 캅카스에서의 기억과 단테를 읽은 경험이 반영되었을 것이다. "인생의 의문에 해답을 구하면서 나는 마치 숲에서 길을 잃은 듯한 느낌이 들었다." 그러나 톨스토이는 즉시 연옥으로 들어가거나 신학으로 방향을 돌리는 대신 "1805년 무렵에 대한 책"을 쓰기 위한 메모를 시작했다. 그것이 『전쟁과 평화』가 되었다.

따라서 톨스토이의 소설은 그 가운데 일부는 문학과 상치되는 도덕적-종교적 힘들의 기반 위에 세워져 있다고 할 수 있다. 후기 톨스토이가 보여주는 엄격성—순문학 비난, 대부분의 예술에는 도덕적 진지함이 결핍되어 있다는 확신, 미에 대한 회의—은 주요 작품들이 쓰이기 전부터 갖고 있던 특징적인 면모였다. 『전쟁과 평화』와 『안나 카레니나』에서는 불완전하게나마 해방된 상상력이 예술의 효용성에 대한 괴로운 회의를 극복해냈다. 그러나 톨스토이가 인간의 삶의 목적, 그 진정한 결말에 대한 질문을 추구함에 따라 회의는 점점 더 커졌다. "다른 무엇보다도 자주 그리고 현저하게 그를 괴롭힌 생각은 신에 대한 것"이었다고 고리키는 말했다. 『부활』에서 이 생각은 참을 수 없을 정도로 밝게 타올라서 서술의 구조를 거의 태워 없앨 지경이다.

자신의 시적 천재를 부패한 것으로, 배반의 요인으로 보게 된 데에 톨스토이 특유의 비극이 있다. 『전쟁과 평화』와 『안나 카레니나』는 그 포괄성과 활력의 힘으로, 톨스토이가 단일한 의미와 완벽한 일관성을 찾아내기로 되어 있었던 현실의 이미지를 분쇄하기에 이르렀다. 이 작품들은 현자의 돌*을 구하는 필사적인 그의 탐색과 배치되게 미의 무질서함을 내세웠다. 고리키는 그를 좌절한 노老 연금술사로 묘사했다.

> 늙은 마법사가 내 앞에 서 있다. 모두에게서 동떨어진 채, 결국은 찾지 못한 저 모든 것을 아우르는 진리를 찾아 모든 사색의 사막을 끝없이 헤매는 외로운 여행자가…

이 사막 횡단은 톨스토이가 상상력의 삶을 산 20년의 기간 이전에 이미 시작된 것이 분명했다. 그러나 과연 『전쟁과 평화』와 『안나 카레니나』가 톨스토이의 형이상학적 고민을 반영하고 있다고 말할 수 있을까? 19세기 소설에 지배적이던 세속적 관점의 전형은 아닌가?

톨스토이의 개인적 삶과 정신의 역사를 잘 아는 사람이라면 누구라도 그의 모든 저술 속에 문제적이고 교조적인 요소들이 함축되어 있다는 것을 쉽게 ― 아마도 너무나 쉽게 ― 깨닫게 될 것이다. 전체적인 맥락에서 보자면 그의 소설들은 본질적으로 종교적-도덕적 변증법에서 시적 비유들과 설명적 신화들

---

* 일반 금속을 금으로 만드는 마력을 지닌 것으로 믿고 연금술사들이 찾던 돌. ―역주

의 역할을 한다. 그것들은 긴 순례 여행에서의 비전의 단계들이다. 그러나 『부활』을 논외로 하면 종교적 테마와 종교적 인물의 행동은 톨스토이 소설에서 그리 중요한 역할을 하지 않는다. 『전쟁과 평화』와 『안나 카레니나』는 경험 세계의 이미지들이며, 인간들의 현세적인 일과 날들의 연대기다.

도스토예프스키에게서는 얼핏 보기만 해도 이와 대조되는 어조가 발견된다. 도스토예프스키의 소설에서는 이미지와 상황, 등장인물들의 이름과 언어 습관, 일반적으로 언급되는 용어들, 행동의 성격들은 압도적으로 그리고 극적으로 종교적이다. 도스토예프스키는 신앙이냐 부정이냐의 위기에 처한 인물을 묘사했으며, 대개의 경우 부정을 통해 등장인물들은 신의 등장을 가장 강력하게 목도하게 된다. "도스토예프스키의 작품에서 종교적 요소를 다루려고 하는 사람은 누구나 어느새 그 주제가 도스토예프스키의 세계 전체를 포괄하고 있음을 깨닫게 된다."* 톨스토이에게는 이런 단언이 적용되지 않는다. 『전쟁과 평화』와 『안나 카레니나』는 역사적 사회적 소설의 선봉으로 읽을 수 있고 그 철학적-종교적 취지는 단지 어렴풋하게 인식될 뿐이다.

대부분의 비평가들은 감각적인 활력, 군대와 사회와 농촌의 삶에 대한 그 생생하고 치밀한 묘사를 톨스토이 예술의 탁월한 점으로 보았다. 병약함 때문에 잠시도 고통을 벗어난 적이

---

* 로마노 구아르디니 : 『도스토예프스키 작품의 종교적 측면』(뮌헨, 1947).

없었던 프루스트는 톨스토이를 "평온한 하느님"처럼 올려다 보았다. 토마스 만은 톨스토이를 마치 괴테가 그런 것처럼 자연의 총아, 다함없는 건강을 타고난 저 올림피아 산의 신족神族으로 보았다. 그는 "톨스토이 서사시의 강렬한 관능", 그 안에 들어 있는 빛과 바람 속에서 노닐던 저 그리스적인 기쁨을 언급했다. 앞에서 말했듯이 종교적 성향의 러시아 비평가들은 좀 더 과격한 추론을 던졌다. 메레즈코프스키는 톨스토이가 "타고난 이교도"의 혼을 가졌다고 선언했고, 베르자예프는 "톨스토이는 전 생애에 걸쳐 마치 이교도가 그런 것처럼 신을 찾았다"고 주장했다.

그렇다면 톨스토이에 대한 이러한 전통적 해석이 결국 정확한 것이라고 보아야 하는가? 『전쟁과 평화』에 나타난 "이교적" 창조자와 『부활』 및 만년에 드러난 기독교적 금욕주의자 사이에 어떤 결정적인 단절(아마도 1874~1878년 사이에)이 있었을까? 나는 아니라고 생각한다. 톨스토이의 전기와 자신이 남겨 둔 정신생활의 기록을 보면, 그의 삶의 밑바탕에는 일관성이 있다는 인상을 받게 된다. 『전쟁과 평화』와 『안나 카레니나』가 플로베르보다도 호머에 가깝다는 우리의 가정이 옳다면 이교주의의 개념은 충분히 예상된다. 사실 이 개념이 톨스토이와 호머의 유사성을 떠받치는 형이상학의 가장 중요한 부분이 된다. 톨스토이적 기독교, 특히 신의 이미지에는 이교적 요소가 있다. 『일리아스』와 『전쟁과 평화』가 형식면에서 비교될 수 있다면(이미 다룬 바 있다시피), 그 지배적 신화 또한 비교될 수 있다. 선입관을 가지지 않고 주의 깊게 보면 톨스토이적 이교주의와 톨스토이적 기독교는 정반대의 대립항이 아니라 한 지성의 드라마 속의 상호 연관된 연속적인 막幕이라는 점을 깨닫게 될 것이다. 『전쟁과 평화』, 『안나 카레니나』, 초, 중기의 중편들은 감각적이면서 감탄할 정도로 평온한 효과를 얻고 있지만, 그렇더라도 톨스토이의 희생 신학을 선도하고 예비하는 것이었다. 이 작품들은 후에 그 신학이 해석하게 될 세계상을 수립한다. 역으로 후기 톨스토이의 교리들은 그가 황금기의 저작들에서 세운 전제들을 어리석은 결론으로 이끌어간다.

추상적 사고에서 예술적 구현으로의, 그리고 시적 형식에서 새로운 신화 체계로의 변조를 고려하다보면, 지나치게 단순화하기 쉽다. 따지고 보면 아라베스크 무늬인 어떤 것에서 직선과 직선적 배열만 찾는 격이 되는 것이다. 이 때문에 그 자신 형식의 창조자인 고리키의 증언이 무척 소중하다. 그의 톨스토이관을 들어 보자.

어느 누구도 모든 면에서—그렇다, 모든 면에서—그보다 복잡하고 모순되고 위대한 사람은 없다. 신비로울 정도로 위대하고, 형언할 수 없으리만치 폭넓어서, 그에게는 나로 하여금 모든 이에게 이렇게 외쳐 대고 싶은 욕망을 불러일으키는 무언가가 있다. "보라, 얼마나 놀라운 인간이 이 지상에 살고 있는가?"

모순적인 성격이 있는 것은 분명하다. 그렇지만 동시에 그것은 기묘하게 통합되어 있고 그 중심에는 오래된 딜레마가 놓여 있다. 즉, 신이 창조자, 즉 가장 큰 신화의 시인이라면 유

한한 예술가 역시 창조자라는 것이다. 그러면 이 두 창조자는
어떤 관계에 있을까?

III

나는 톨스토이의 신학을 체계적으로 개괄할 생각은 없다.
그 신학의 교리는 정교한 소논문들에 자세히 설명되어 있다.
톨스토이는 간결하고 반복적인 문체의 힘을 믿은 논객이자 팸
플릿 집필가였다. 그는 복잡한 개념을 단순한 이미지와 선명한
비유를 통해 제시하는 기술의 대가였으며, 그의 주요한 의미는
모호한 적이 거의 없다. 레닌과 버나드 쇼는 그에게서 열의를
담는 기술을 어느 정도 배웠을 법하다. 나는 톨스토이의 형이
상학 중에서 그의 소설 시학의 관련성이 가장 확실한 부분만
다루려 한다.

앞에서 고찰한 바대로 모든 성숙하고 완결된 예술 작품에는
비전의 총체성이 내포되어 있다. 짤막한 서정시 한 편조차도
현실의 두 영역, 즉 시 자체와 시 외부의 것을 구별하는 (꽃병
이 공간을 두 부분으로 나눈다는 의미에서) 진술을 하고 있다. 그
러나 대부분의 경우에 우리는 하나의 신화와 그 미적 구현 사
이의 연속성을 완전히 기록할 수는 없다. 우리는 추측하고, "행
간"을 읽고(시는 렌즈여야 하지만 그렇지 않고 장막이라도 되는 것
처럼), 작가의 전기나 그 당시의 지적 풍토에 대해서 우리가 아
는 것으로부터 추론한다. 하지만 이런 식의 점치기는 완전히

실패하기 일쑤다. 셰익스피어의 경우를 보자. 그의 예술의 장대함, 인간 조건의 주요 테마들에 던지는 그의 꾸준하고 폭넓은 조명을 보면, 그가 심원하고도 정연한 하나의 철학에 이르렀음을 알 수 있다. 문학이 제시한 모든 "삶의 비평" 중에서 셰익스피어의 것이 가장 포괄적이고 예언적이라는 인상을 준다. 하지만 일단 그의 통찰을 체계화하려 하면, 다시 말해 연극 매체의 영구적인 유동성에서 형이상학의 프로그램을 분리해 내려 하면, 표현이 완벽한 점 외에는 공통점이 거의 없는 유명한 시행들을 엮어 놓은 허접한 결과가 되고 말 것이다. 셰익스피어의 일반적인 사색 경향을 염두에 두고 낭만주의자들은 그를 햄릿과 동일시했다. 최근 우리는 『잣대에는 잣대로*Measure for Measure*』의 빈센쇼 공작과 『템페스트』의 프로스페로에 대한 연구로 끌리기도 한다. 이는 시인 자신의 철학이 이 인물들을 통해 선언되고, 지속적인 논점의 구조가 주어졌다는 추정에서이다. 그래서 퍼거슨은 셰익스피어가 빈 공작의 가면을 쓰고 나타나 "다방면에서 한꺼번에 자신의 위대한 테마를 조명하고"[*] 있는 것이 아닌가라고 상상한다. 그러나 『잣대에는 잣대로』에서 셰익스피어를 또한 안젤로로 볼 수 없다는 법이 어디 있는가? 괴테는 1813년 여름 짧은 글에서 "셰익스피어처럼 자연스러운 경건함을 지닌 사람은 어떤 특정 종교에도 얽매이지 않고도 내적 존재를 종교적으로 발전시킬 수 있는 자유를 가

---

[*] 프랜시스 퍼거슨 : 「잣대에는 잣대로*Measure for Measure*」(『희곡 문학에서의 인간 이미지』, 뉴욕, 1957).

졌다"고 썼다. 그러나 이 또한 가정에 불과하고, 셰익스피어의 인생 해석, "그의 조건부 신앙provisional faiths"에 대한 열쇠는 그 보편성catholicity에 있는 것이 아니라 감추어진 가톨릭주의 Catholicism에 있다고 믿은 학자들도 있다.

다른 한편, 작품 속에 특수한 철학과 문학적 실행 사이의 친족 관계가 분명하고 실제 텍스트에서도 이를 입증할 수 있는 작가들이 있다. 단테, 블레이크, 톨스토이가 그런 작가들 가운데 포함될 것이다. 톨스토이의 편지, 초안, 일기 등을 보면, 어렴풋한 인식으로부터 최종적인 원리의 형태로까지 발전해가는 일련의 사고를 따라갈 수 있다. 경우에 따라서는 소설 구조를 통해서도 너무나 명백하게 그 전부를 따라갈 수도 있다. 추상적 요소들이 어디서나 소설로 변환되는 것은 아니다.『부활』에서 그리고『전쟁과 평화』에서조차 도덕적 명령과 이론의 단편斷片들이 상상의 풍경에 떨어진 운석隕石처럼 우뚝우뚝 서 있다. 소논문이 시를 침범하는 것이다.『안나 카레니나』에는 이와 반대로 조화가 완벽하다. 즉 줄거리의 진행에 따라, 최후에 내려질 은총을 비극적으로 느끼며 연옥의 고통을 치러 나가는 과정이 그려진다.

톨스토이의 신학에는 4개의 주요 테마가 있다. "죽음, 신의 왕국, 그리스도라는 인간, 아버지 하느님과 소설가 자신의 만남"이 그것이다. 이상의 문제들에 대한 톨스토이의 최종 판단을 확정하는 것은 늘 가능하지는 않다. 그의 신념 자체가 1884~1889년 사이에 어느 정도 변경되었거니와, 더구나 독자의 지적 이해력에 알맞게 다양한 방식으로 자기의 뜻을 표명했다. 베르자예프가 톨스토이의 신학이 종종 단순소박하다고 느낀 것도 이런 까닭에서다. 그러나 핵심이 되는 정전들, 즉 『참회록』, 『복음서 주해』, 『내가 믿는 것』, 『인생론』, 『그리스도의 가르침』, 일기(특히 1895~1899년까지의)에는 근거가 분명하고 단단한 구조를 가진 형이상학이 제시되어 있다. 여기에는 고리키를 감동시켜 다음의 말을 하게 한 요소들이 있다. "그는 자기 자신도 두려워한 어떤 사상을 가졌음에 분명하다."

고야와 릴케처럼 톨스토이도 죽음의 신비에 사로잡혔다. 이 사로잡힘은 해가 갈수록 깊어졌는데, 톨스토이에게는 마치 예이츠가 그렇듯 노년과 더불어 삶이 더욱 뜨겁고도 반항적으로 타올랐기 때문이다. 톨스토이의 육체적-지적 삶의 체험은 영웅적 규모를 지녀서, 그의 전 존재가 유한성의 역설에 항거했다. 그가 주로 느낀 공포는 육체의 공포는 아니었다(그는 군인이었고 무척 대담한 사냥꾼이었다). 그는 인간의 삶이 질병이나 폭력이나 미칠 듯한 시간의 흐름을 통해 돌이킬 수 없는 소멸의 운명에 처해 있다는, 이반 일리치가 그의 고통스러운 최후의 순간에 기록하고 있는 저 "깜깜한 자루" 속으로 야금야금 사라져 가야 할 운명이라는 생각에 이성의 절망을 겪은 것이다.

비록 "그리스도가 진리의 바깥에 서 있음을 누군가가 입증했다" 해도 그리스도와 함께할 것이라고 고백한 도스토예프스키와는 정반대의 입장에서 톨스토이는 선언했다. "나는 세상 무엇보다 진리를 사랑하노라"고. 그의 가차 없는 진실성은 영혼의 불멸이나 어떤 형태의 의식으로든 살아남을 수 있다는 것을 입증할 어떤 확실한 증거도 없다는 것을 인식하게 했다. 안나 카레니나가 달려드는 바퀴에 깔려 죽는 순간, 그녀의 존재는 돌이킬 수 없게 어둠의 손 안으로 던져진다. 소설가를 마치 거울처럼 비추는 인물로 종종 그려지는 레빈처럼 톨스토이도 인간 존재의 명백한 부조리성 때문에 자기 파괴의 문턱에 섰을 정도로 시달렸다. 그는 일기에서 자살의 가능성을 검토했다.

예외적으로 강하고 견실한 극소수의 사람들만이 그렇게 행동한다. 그들이 당해온 이 장난의 우매함을 이해했기 때문에, 살기보다 죽는 것이 낫고 결국 존재하지 않는 것이 최상이라는 것을 이해했기 때문에, 그들은 그에 따라 행동하고 그럴 수단이 있으면 이 어리석은 삶을 즉각 끝장내버린다. 목을 걸 밧줄이든 물이든 가슴을 찌를 칼이든.

이 절망적인 명상에서 위안을 주는 신화가 자라났다. "신은 생명이다" 그리고 "신을 아는 것과 사는 것은 동일한 것이다"고 선언하면서 톨스토이는 죽음의 실체를 거부하게 되었다. 1895년 12월 그는 인간은 "결코 태어나지도 않고 죽지도 않으며 영원히 존재한다"고 일기에 썼다. 그리고 죽음에서 정의 내릴 수 있는 경험을 인식할 준비가 되어 있었던 곳에서조차도 그는 그 경험을 생명력의 축성祝聖으로 보았다. 1898년 5월 그는 아내에게 쓴 편지에서 무성해지는 초여름의 숲속을 거닌 일을 묘사했다.

그러고 나서, 늘 그러듯이 죽음에 대해 생각했소. 죽음 저편에서도 다른 식으로나마 여기만큼이나 좋을 것이라는 것이 나한테는 너무나 분명했고, 유대인들이 천국을 왜 동산이라고 했는지 알 수 있었소.

그다음 달에는 찬란한 계절의 영광 가운데서, 그리고 그답지 않게도 연극의 세계에서 끌어온 용어로, 톨스토이는 자신의 가장 훌륭한 비전 중 하나를 기록했다.

죽음이란 한 의식에서 다른 의식으로, 한 세계상에서 다른 세계상으로 가로지르는 일이오. 그것은 마치 한 장면에서부터 그 배경과 더불어 다른 장면으로 넘어가는 것과 같소. …바로 이 가로지르기의 순간에 가장 실제적인 현실이 분명해지거나 적어도 그렇게 느끼는 것이오.

나는 동양적이고 정적주의가 함축된 이 믿음이 톨스토이의 고뇌를 송두리째 몰아냈다고 생각하지는 않는다. 하지만 시간을 부정하고 산 자와 죽은 자 사이의 끔찍한 간극도 부정하는 이 같은 형이상학은 시적 창작의 비밀에 날카로운 빛을 던진다. 톨스토이는 소설을 쓰는 행위에서 신의 작업과 흡사한 면을 보았다. 신과 시인 모두에게 태초에는 말이 있었다. 『전쟁과 평화』와 『안나 카레니나』의 인물들은 생명력으로 잔뜩 무장하고서 톨스토이의 의식으로부터 솟아났고, 그들의 내부에는 불멸의 씨앗이 담겨 있었다. 안나 카레니나는 소설의 세계에서는 죽지만, 우리가 책을 읽을 때마다 그녀는 부활하고 책을 덮고 나서까지 우리 기억 속에서 또 다른 삶을 영위해간다. 문학 속의 인물들 하나하나는 죽지 않는 불사조와 같다. 인물들이 이처럼 내세에서까지 생명을 영위함으로써 톨스토이 자신의 존재도 영원을 향한 시발점에 선 것이다. 따라서 우리가 그의 창작의 활력과 그의 소설의 형식상의 "끝없음"에 경탄한다면, 우리는 그가 죽음을 지배하려는 의도를 가졌다는 점을 염두에 두어야 한다. 톨스토이는 자신의 문학 작품들을 비난하고 나서도 오랫동안 그 작품들이 인간의 유한성에 대한 도전이었다는 믿음을 몰래 간직했다. 1909년 9월의 일기에서 그는 "문학 집필로 다시 돌아가고 싶다"고 고백했으며, 마지막 순간까지 소설과 희곡을 위한 계획을 마치 장수長壽의 부적처럼 적어놓고 있었다.

톨스토이의 신의 왕국 개념은 죽음으로 끌려들어가는 영혼을 사로잡아 영원히 현실이라는 구체적인 세계 안에 잡아두고자 하는 그의 집요한 시도로부터 비롯했다. 그는 신의 왕국이 "어떤 다른 곳에" 있어서 삶 자체의 초월을 통해서 거기에 들어갈 수 있다는 생각을 단호하게 거부했다. 서구 사상의 대부분은 유한한 감각의 그림자 세계와 이데아와 궁극적인 빛의 "진정한" 불변의 세계를 구분한 플라톤의 개념에 토대하고 있다. 시학을 지탱해 온 신념도 예술이란 알레고리와 은유를 통해 우리 자신의 세계가 그 타락한 혹은 부서진 모습에 불과한 그 "진정한" 세계를 드러낸다. 단테가 빛의 장미로 오르는 것*도 전체적인 서구 정신의 주요한 행동을 모방하는 것이며, 이는 우리가 가진 가장 미묘하고 가장 일관된 모방이다. 즉 철학이나 과학, 혹은 시와 은총의 갑작스러운 조명을 통해 덧없는 것에서부터 진정한 것으로 올라가는 것이다.

톨스토이의 소설에는 "이중 의식"이 있으나 그 핵심적 은유의 양 항목은 둘 다 이 세상에 관여되어 있다. 즉 우리의 지상의 삶과 사후의 더 초월적이고 더 진실한 경험이 병치되는 것이 아니라 실제 시간의 흐름 속에서 여기 지상에서의 좋은 삶과 나쁜 삶이 병치되는 것이다. 톨스토이의 예술은 반反플라톤적이며, 이 세상이 완벽히 "실재하고 있음"을 찬미한다. 또한 신의 왕국은 지금 이곳, 이 지구상에서 우리가 부여받은 실제의 삶 위에서만 세워져야 한다고 누누이 말한다. 이 주장의 배후에는 새로운 예루살렘을 건설하려는 실천적 개혁가의 프로그램과 상상 활동의 현실과 영구성에 보내는 한 문필가의 비밀스럽고도 고통스러운 신념이 놓여 있었다.『전쟁과 평화』와『안나 카레니나』의 시인은 이 창조물들이 "유령 같은 사물의 범례範例 위에 떠다니는/ 거품에 지나지 않는 것"**으로 볼 생각은 없었다.

톨스토이는 다른 세계가 존재한다는 증거란 없고, 신의 왕국은 인간의 손에 의해 세워져야 한다는 가르침을 지치지 않고 설명했다. 그는 그리스도의 목소리를 "인간의 모든 합리적

---

* 단테의『신곡』에서 단테는 천국에 도달하기 전에 신의 사랑을 상징하는 빛으로 된 흰 장미를 본다. ─ 역주

** W. B. 예이츠의「학동들 사이에서Among School Children」의 시행.

의식"과 동일시했고, 산상수훈을 다섯 개의 기초적인 행위 지침으로 줄여 버렸다.

이 다섯 가지 계율에 표명된 그리스도의 가르침이 완성되면 신의 왕국이 도래할 것이다. 지상에 신의 왕국이 서면, 모든 사람은 타인과 더불어 평화를 누리게 된다. …그리스도의 가르침은 신의 왕국, 다시 말해 평화를 인간에게 준다는 데 있다.

그리스도의 설교의 핵심은 무엇인가? 그리스도는 인간에게 "어리석음을 범하지 말라"고 가르친다. 톨스토이의 철저한 경험론과 귀족적 조바심의 모든 것이 이 특별한 답변에서 울리고 있다. 이와 반대로 도스토예프스키의 그리스도는 인간에게 가장 어리석은 짓을 저지르라고 가르친다. 그리스도의 눈에 지혜로 보이는 것이 세상의 눈으로는 백치의 짓일 수 있다.

톨스토이는 내세에 정의가 이루어질 것이라는 기대를 내세워 지상에서의 범죄, 어리석은 짓, 비인간적 행위 등을 허용하는 "죽은 교회"와는 타협할 수 없었다. 보상의 신정론, 즉 고통받는 자와 가난한 자들이 다른 왕국에서는 아버지 하느님의 오른편에 앉으리라는 믿음은 그에게는 한낱 현존 사회 질서를 유지하기 위해 꾸며낸 기만적이고 잔인한 이야기로 보였다. 정의는 바로 이곳에서 실현되어야 한다. 톨스토이가 그린 그리스도의 재림이란 인간들이 각성하여 합리적 도덕성의 명령에 따르게 될 지상의 황금시대이다. 요한복음에 따르면 신이 하는 일이란 "그가 너희에게 준 삶을 믿는" 데 있다고 하지 않는가?

Tolstoi's Excommunication
Hinaus mit ihm! Sein Kreuz ist viel zu groß für unsre Kirche!

"톨스토이를 내보내! 그의 십자가는 우리 교회에는 너무 커."

톨스토이는 침통하게도 본능적으로 신이 달리 줄 것이 없으리라고 느꼈다. 우리가 가진 삶은 가능한 한 온전하고 완벽한 것이 되어야 한다.

톨스토이는 그의 원리들이 성경에 단단히 뿌리를 두고 있다고 확신했다. 초기의 주석자들은 단지 왜곡시켰거나 우둔함 때문에 해당 텍스트들을 오독했을 뿐이다. 1859년 벤자민 조잇은 성서 해석상의 문제에 대해 "보편적 진리란 시간과 장소라는 우연적 조건으로 말미암아 쉽게 깨진다"고 말했다. 톨스토이는 이 신념을 극단적일 정도까지 밀고 나갔다.

마태복음 5장 17, 18절에 대한 일반적 해석(그 모호함에 놀란 바도 있지만)이 부정확하다는 점은 분명하다. 그런데 내가 이 행들을 재독하는 순간… 그 단순하고도 분명한 의미가 의외로 쉽게 드러나는 데 놀람을 금치 못했다.

그의 해결책들은 내놓고 독단적이다. "텍스트를 보고 내 가정을 확신했으므로 여기에는 추호의 의심도 있을 수 없었다." 성서에 나타난 언어 및 교리상의 모호한 성격을 함부로 무시해 버린 태도는 단순히 기질상의 문제는 아니다. 이는 톨스토이가 급진적인 우상 파괴 운동―11세기에서 16세기 말에 걸쳐 지복천년의 정의와 지상의 신국 건설을 내세우며 공인된 교회를 공격했던―과 깊은 관계가 있음을 말해준다. 이 반란들 하나하나가, 그리고 종교 개혁 자체까지도 성경의 의미란 명백하고 누구에게나 쉽게 이해되는 것이라고 선언하면서 시작되었다. 이 "내부의 빛"은 텍스트 연구의 수수께끼는 인정하지 않는다.

역사를 통틀어서 정의와 이상국가의 신화는 다음의 두 방향 중 하나를 택해 왔다. 그 하나는, 인간이 본래 오류에 빠지기 쉽다는 점, 인간사에 부정의와 부조리는 언제 어디서나 있기 마련이라는 점, 권력의 메커니즘이란 모두 불완전할 수밖에 없다는 점, 지상의 유토피아를 건설하려면 필연적으로 위험이 따른다는 점 등을 가정하는 것이다. 다른 하나는, 인간은 완전해질 수 있으며, 이성과 의지를 통해 사회 질서의 불평등을 극복할 수 있으며, 신의 왕국civitas Dei은 현재 지상에 세워져야 하고, 신의 길을 초월적으로 정당화하는 것은 피억압자들의 혁명 본능을 억누르려는 교활한 신화에 불과하다는 것 등을 긍정하는 일이다. 첫 번째를 선택한 사람 중에는 경험주의자 혹은 자유주의자로 규정되는 정치 사상가 및 통치자들, 궁극적 해결이란 없고 역사적 현실은 불완전할 수밖에 없다고 믿는 사람들이 모두 포함된다. 또한 소수가 열렬한 지성과 격분한 인도주의로 다수를 다스리는 식의 어떤 이상적 통치도 결국에는 치명적인 엔트로피 역학 법칙에 따라 추악한 악정으로 타락할 것이라고 믿는 사람들도 여기에 속한다. 이러한 회의주의 내지 체념적 태도의 정반대편에 『공화국』의 도당들, 천년왕국설의 신봉자들, 제5왕국Fifth Monarchy의 환상가들, 콩트 철학파들이 있다. 이들은 모두 개방되고 불완전한 사회의 적들이다. 이 인간들은 인간사에 만연한 죄악에 항상 시달리고 있다. 그들은 묵시록적 전쟁과 광신적 자기 부정을 치르고서라도 타락의 오랜 성채를 뿌리째 허물고, 필요하다면 "피의 바다"(중세 타보리트파Taborites의 영원한 이미지)를 거쳐서라도 새로운 "태양의 도시"로 헤쳐 나갈 준비가 되어 있다.

이 갈등의 핵심은 신의 왕국의 신비이다. 이 왕국이 유한성을 넘어 존재한다면, 보상적 판결이 있다고 믿는다면, 우리는 이 세상에 악이 지속되는 것을 받아들일 수도 있을 것이다. 이 경우 우리는 현재의 삶이 완벽하지 못하거나 완전한 정의나 도덕적 가치의 승리를 보여주지 못하는 현실을 참을 만하다고 여길 수도 있다. 이런 점에서 악 자체가 인간의 자유에 필수적인 부수물이 된다. 그러나 "다른 삶"이란 게 없다면, 신의 왕국은 인간의 고통에서 탄생한 판타지에 불과하다면, 우리는 세상의 잘못들을 정화하고 지상의 벽돌로 예루살렘을 건설하기 위해 우리 힘으로 할 수 있는 모든 일을 다 해야 한다. 이를 달성하기 위해서 현존 사회를 전복시켜야 할 수도 있다. 잔인성, 불관용, 광신적인 엄격성 등도 혁명의 이상에 도움이 되는 것이

라면 일시적이나마 덕목이 된다. 역사는 수십 년간 아마겟돈이
나 정치적 테러의 수십 년을 통과해야 할 수도 있다. 그러나 결
국에는 국가란 소멸되고 인간은 다시 한 번 태초의 동산에서
깨어날 것이다.

이는 오래된 꿈이다. 중세 종말론자들, 재세례파 교도들, 아
담파 신도들, 랜터파 교도들, 급진적인 청교도 신정주의자들이
이 꿈을 꾸었다. 현대에 와서 이 꿈은 생시몽의 제자들, 카베의
추종자들, 아나키스트 운동의 종교적 분파들에게 영감을 주었
다. 지복천년설은 대개 복음에 충실하다고 선언하고 그리스도
의 진정한 메시지를 실천하고 있다고 주장했지만, 기성 교회는
거기서 최대의 이단사상을 포착해왔다. 인간들이 살아생전에
완전한 정의와 안식을 얻는다면, 위로하고 보상하는 신이 대
체 무슨 소용일 것인가? 신의 개념부터가 육체의 고통과 영혼
의 고뇌로 말미암아 형성되지 않았던가? 1525년 토마스 뮌처*
는 뮐하우젠이라는 도시를 신의 나라의 이미지나 묵시의 이미
지 안에서 통치해 보려 했다. 루터는 이 실험을 준엄하면서도
명쾌하게 비난했다. 그는 뮌처의 헌법 조항들에 대해서 이렇게
말했다.

---

* 뮌처(Thomas Munzer, 1489~1525)는 독일 농민 전쟁의 지도자이자 신
  부로서, 처음에는 루터에 동조했으나 후에 천년왕국의 신봉자가 되어
  사유 재산과 계급을 배척했다. 1524년 뮐하우젠에서 농민 반란이 일어
  나자 이에 가담하여 뮐하우젠 의회를 정복하고 그 의장이 되었으나 후
  에 참수되었다. – 역주

그 조항들은 모든 인간을 동등하게 만들며, 정신적인 그리스도의 세계를 이 지상의 왕국으로, 외형적인 왕국으로 만드는 것을 목표로 한다. 그런데 이것은 불가능하다.[*]

톨스토이의 신학과 도스토예프스키의 신학, 『부활』의 희망과 『악령』의 비극적 예언 사이에 존재하는 화해할 수 없는 갈등의 대부분은 이 판정에 함축되어 있다. "정신적인 그리스도의 세계를 지상의 왕국으로 만드는"것이 톨스토이가 주로 기울이는 노력이라면, 도스토예프스키는 『악령』과 『카라마조프가의 형제들』에서 "이것은 불가능하다"고 잘라 말했을 뿐 아니라, 이 시도가 결국에는 정치적 야수성과 신의 개념의 파괴로 끝나리라고 굳게 믿었다.

우리 시대에 이르러 이 갈등은 묵시적인 폭력과 함께 터져 나왔다. 국가사회주의의 "천년" 제국Reich과 계급 없는 소비에트 공산주의 국가―이것도 궁극적으로는 소멸되지만―가 오래전부터 추구되어 온 지복천년설의 종말론적 모습이자 새로운 목표가 된 것이다.[**] 이 종말론은 신을 부정하는 데서 비롯되므로 세속적이다. 그러나 그 토대를 이루는 비전은 모든 지복천년적 유토피아 운동들의 그것이다. 다시 말해, 인간은 여기

---

[*] 마르틴 루터 : 『12개조에 답하여 평화를 권고함*Ermahnung zum Friedem auf die zwölf Arfikel*』.

[**] 현대 전체주의 철학과 재림설의 전통 사이의 관계에 대해서는 노먼 콘의 『지복 천년의 추구』(런던, 1957)에 제시되어 있다.

지상에서 좋은 삶을 창조하거나 그렇지 않으면 어둠의 양극 사이에서 무질서하고 부당하고 이해할 수 없는 때도 많은 여정 속에서 제 몫의 고통을 감내해야 한다. 신의 왕국은 인간의 왕국으로 실현되어야 한다는 것, 이것이 바로 전체주의적 유토피아의 신학이다. 이 신학이 과연 불완전하고도 분열된 반대자들을 물리칠 것인가는 이 괴로운 세기에 피할 수 없는 질문처럼 보인다. 다른 식으로 질문하자면, 인간 본성에 대한 더 진정한 상像과 역사에 대한 더 예언적인 설명을 제시한 사람이 톨스토이냐 도스토예프스키냐라는 것이다.

톨스토이가 지상에서의 신의 왕국을 마음에 품었다는 점은 분명하다. 하지만 실제로 그가 이 왕국을 어떻게 보았는지 규정하기는 그리 쉽지 않다. 그가 자주 언급한 사도使徒의 명단은 미심쩍다.

모세, 이사야, 공자, 초기 그리스인, 부처, 소크라테스, 그리고 파스칼, 스피노자, 피히테, 포이어바흐에 이르기까지, 아울러 증거도 없는 믿음만으로는 가르치지 않으면서 삶의 의미에 대해 성실하게 사유하고 발언한, 대개 주목받지 못했던 무명의 모든 사람들.

톨스토이는 철학적 탐구를 시작하던 초기 단계에서는 좋은 삶에 대한 상이 자신의 기독교 신앙의 필수적인 일부라고 믿었음이 분명하다. 그러나 뒤로 갈수록 그의 정신은 점점 비밀스러워졌고 때로는 정의와 사회 개혁에 대한 그의 열렬한 희구를 끝까지 추구하는 일을 두려워한 듯 보이는 순간들도 있다. 톨스토이가 "보편적 복지를 위한 희망… 은 우리가 신이라 부르는 것"이라고 썼을 때, 그는 파스칼보다는 포이어바흐로 상당한 정도까지 더 다가갔다. 레닌은 톨스토이를 "러시아 혁명의 거울"이라 표현했고, 톨스토이 자신도 1905년 11월 다가오고 있는 폭동과 국가의 궁극적 "소멸"에 관한 마르크스주의의 이론을 받아들인 듯 보인다. 그러나 이 모든 점들에서 그의 자학적인 지성과 명석함은 모순으로 치달렸다. 인간은 완전해질 수 있다는 점과 근본적 유토피아의 토대에 대해서 열렬하게 설교를 하고 있는 순간조차도, 그는 헤르첸과 도스토예프스키를 끊임없이 괴롭혔던 저 재앙의 가능성에 눈을 두었던 것이다. 1898년 8월 그는 일기에 이렇게 적었다.

마르크스가 예언한 일이 실현된다 할지라도 일어나게 될 유일한 사건은 그것으로 전제 정치가 종식되리라는 것뿐이다. 지금은 자본가가 지배하지만 그때는 노동자들의 지도자들이 지배하게 될 것이다.

복잡하게 뒤섞여 있는 증거들을 잘 걸러서 보면 톨스토이가 수많은 지복천년 신봉자들과 임박한 종말의 예언자들과 마찬가지로 성취의 방법이나 조직체의 일시적 단계들보다는 개혁의 필요성 및 성취해야 할 궁극적 이상을 더 분명히 했다는 인상을 받게 된다. 톨스토이가 가장 설득력 있는 분석을 보여주는 경우 "이상은 무정부"이지 임시적 신정이 아님이 분명해진다. 그러나 근본적인 문제에서는 동요하지 않았다. 즉 은총과 정의의 약속은 이 세상에서 이성의 발휘를 통해서 실행되어야 한다는 것이다.

내가 지금까지 톨스토이 형이상학의 정치적 측면에 초점을 맞추어온 것은 이 측면에서 톨스토이와 도스토예프스키의 근원적인 적대 관계가 극적으로 드러나기 때문이다. 더욱이 톨스토이의 종말론은 그의 소설의 관점과 기법에 직접 관련되어 있다. 그는 예술 작품이 초월적 실체의 반영이라는 생각을 비난했다. 시합은 지금 이곳에서 합리적-역사적 경험의 영역 내에서 치러져야 한다. 이는 철학자로서나 소설가로서나 마찬가지였다. 지상은 우리의 유일한 영토이자, 때로는 감옥이다. 1896년 2월 일기에서 톨스토이는 무서운 우화를 만들어냈다.

당신이 이곳의 상황에서 떠나 버린다면, 자살을 한다면, 그때는 그곳에서도 지금과 똑같은 상황이 당신의 앞에서 벌어질 것이다. 따라서 갈 곳이란 어디에도 없다. 전생에 자살한 사람이 현생을 어떻게 사는가 써보는 것도 좋을 것이다. 이전의 삶에서 짊어졌던 것과 똑같은 요구에 처해져서, 어떻게 그가 결국 그 요구에 순응해야 한다는 것을 깨닫게 되는가를.

그러나 톨스토이는 시적 창조의 시기에 "이곳의 상황"을 떠날 생각이 없었다. 그는 감각의 세계에, 그 끝없는 다양성에, 사물의 견실성에 즐거움을 느꼈다. 베르쟈예프는 도스토예프스키에 대해 "경험 세계에 이보다 매몰되어 있지 않았던 사람은 없었고… 그의 예술은 정신적 우주의 심원한 현실성에 완전히 몰입해 있었다"*고 썼다. 반대로 톨스토이의 예술은 감각적 현실에 빠져 있다. 어떤 상상력도 그보다 더 육욕에 젖어 있지 않았고 D. H. 로렌스가 "피의 지혜"라 부른 것을 그보다 더 평온하게 소유하지 못했다. 톨스토이는 늑대 사냥을 하거나 자작나무를 찍어 넘어뜨리는 식으로 소설을 썼다. 육체를 통해서 사물의 "사물다움"을 이해했던 것인데, 여기 비하면 여타 소설가들의 창안들은 실체 없는 유령처럼 보인다.

『악령』을 위한 메모에서 도스토예프스키는 한 토막의 대화를 적어두었는데, 냉소를 던지고 있음이 분명하다.

> **리푸친** : 이제 신의 왕국은 코앞이야.
>
> **네차예프** : 그래, 6월이지.

그달, 혹은 그달에 대한 기대는 톨스토이의 연대기에 크게 드리워져 있다. 그는 자신의 예술과 종교적 신화를 통해 세상을, 그 황금처럼 빛나던 과거와 다가오는 혁명을 찬미했다. 그는 세상 사람들이 단지 실체 없는 그림자에 불과하다고는 믿고 싶지 않았을 것이다.

게다가 세상은 어리석음과 죄악에도 불구하고 이성이 통하는 곳이었다. 사실 이성은 현실을 결정하는 최고 조정자였다.

---

* N. A. 베르자예프 : 『도스토예프스키의 정신』.

톨스토이는 에일머 모드에게 물었다. "이 양반들이 죽음을 앞두고서라도 2×2는 여전히 4라는 것을 이해 못하다니… 어찌 된 노릇인가요?" 문제의 "양반들"이란 소설가를 다시 교회로 끌어들이려던 정교회 성직자들이었다. 그러나 이 도전은 오히려 도스토예프스키가 제시한 비이성의 형이상학에 던져진 것이었다. 『지하생활자의 수기』의 화자는 말했다. "자연법칙이니 산수니 하는 것이 나와 무슨 상관이란 말인가! 그런 자연법칙들과 2×2는 4라는 공식이 나의 성에 차지 않는 마당에." 이 불일치에는 많은 문제가 걸려 있다. 지식의 이론, 역사의 해석, 신의 이미지, 그뿐 아니라 소설의 개념까지도. 어느 것 하나도 따로 떼어낼 수 없다. 여기에 톨스토이와 도스토예프스키 소설의 위업과 품격이 있다.

톨스토이의 상상적 천재와 철학적 사고가 가장 긴밀하게 얽혀 있는 곳은 그리스도의 인격과 신의 신비에 대한 그의 태도에서다. 우리는 여기서 작가적 능력과 신학자적 신념 그리고 인간적 기질이 불가분하게 결합된 그의 창조적 삶의 핵심을 접하게 된다. 그리스도와 아버지 하느님은 러시아 문학 배경에 큰 자리를 점하고 있다. 『죽은 혼』에서 『부활』에 이르는 러시아 소설들은, 많은 예민한 정신의 소유자들이 고뇌하며 구세주를 찾아다니면서 적그리스도의 공포 속에서 살았던 그러한 문명에 대해 말하고 있다. 여기서 다시 톨스토이의 입장은 도스토예프스키의 입장과 대비될 때 가장 정확하게 규정될 수 있다. 도스토예프스키는 마지막 메모 중 하나에서 이렇게 적었다.

구세주는 구태여 외형적인 기적을 보여주기보다는 자유로운 믿음을 통해 인간을 개조하기를 원했기 때문에 십자가에서 내려오지 않았다.

톨스토이는 이 거부, 이 최상의 관대함에서 인간 정신을 괴롭혀 온 혼돈과 맹목성의 기원을 보았다. 그리스도는 이성의 직선도로를 가로질러 그의 수수께끼와 같은 침묵을 던짐으로써 그의 왕국을 건설하려는 사람들의 작업을 한없이 복잡하게 만들었다. 만약 그리스도가 메시아다운 찬란한 모습으로 나타났다면, 인간들의 믿음은 어떤 의미에서는 강제되었다고 할 수도 있겠지만, 의심을 완전히 떨쳐 버리고 악마의 유혹을 뿌리쳤을 것이다. 그리스도의 방침은 톨스토이에게는 마치 한 군주가 누더기를 걸치고 몰래 나타나 왕국이 무질서에 빠지게 두었다가 자기 신하들 가운데서 변장한 그의 모습을 알아채는 극소수의 예리한 사람들만 죄를 사해 주는 것과 같아 보였다. 고리키는 이렇게 말한다.

그가 그리스도에 대해 말할 때는 항상 유난히 어휘가 빈약해진다. 그의 언어에는 열광도 감정도 없으며, 진정한 불꽃의 번쩍임도 없다. 그는 아마 그리스도를 소박하며 동정 받을 만한 사람이라고 여긴 듯하다. 가끔 그리스도를 찬양하기는 하지만 사랑은 거의 느껴지지 않는다.

톨스토이로서는 그의 왕국이 이 세상의 것이 아니라고 선언한 예언자를 사랑할 수 없었으리라. 그의 귀족적 기질, 신체적 정력, 영웅주의에 대한 사랑 등은 그리스도의 온순함과 비애에 반기를 들었다. 어떤 예술사가들에 따르면 베네치아 회화에서 (틴토레토를 제외하고) 예수의 얼굴은 창백하고 마뜩지 않게 그려져 있다고 지적한다. 그들은 이 사실을 베네치아에 넘치던 세속성 탓으로 돌린다. 즉, 물을 대리석으로 변환시킨 문화를 거부하고 지상의 부가 쓰레기에 불과하다거나 노예들도 다른 세상에서는 대집정관 앞을 통과할 수 있어야 한다고 믿게 했던 탓이라고 말이다. 이와 유사한 거부가 톨스토이에게도 있었다. 이 거부로 인해 자신조차도 분명히 두려워하던 사유로 나아가게 되었다. 그는 『내가 믿는 것』에서 고백했다.

말하기조차 끔찍스러운 일이지만 가끔 이런 생각이 들고는 한다. 만약에 그리스도의 가르침과 여기서 자라나온 교회의 가르침이 아예 존재하지 않았더라면, 현재 기독교인이라 불리는 사람들은 그리스도의 진리―다시 말해 삶에서의 선을 합리적으로 이해하는 일―에 지금보다 더 가까웠을지도 모른다고 말이다.

이를 더 분명한 말로 하자면, 그리스도가 존재하지 않았더라면 인간들이 톨스토이적인 합리적인 행실의 원칙들에 더 쉽게 다다랐을 것이며, 따라서 신의 왕국도 더 쉽게 실현되었을 것이라는 의미다. 그리스도는 겸허하게 모호한 모습으로 나타나고 전투적인 영광에 싸여 현현하기를 마다했기 때문에 인간사를 한없이 더 어렵게 만들었던 것이다.

톨스토이는 7년이 지난 후 정교회의 최고종교회의Holly Synod가 그에게 내린 파문 선고에 답하면서 그의 신조를 공개적으로 밝힌 바 있다.

내가 믿기로는 신의 의지가 인간 예수의 가르침 속에 가장 분명하고도 알아볼 수 있게 표현되어 있긴 하지만, 그를 신으로 보고 경배하는 일은 가장 지독한 신성 모독입니다.

톨스토이 자신부터가 마음속에서도 이 말에 동조했을지는 의문스럽다. 더군다나 "인간 예수의 가르침"이란 표현을 사용한 것부터가 그가 복음서들을 너무나 개인적으로 그리고 종종 자의적으로 독해했음을 말해준다.

기록된 영혼의 드라마들 가운데서 톨스토이가 신과 맺는 관계에 대한 드라마는 가장 흥미진진하고 장엄한 것에 속한다. 이 드라마를 자세히 들여다보면 양편의 힘의 크기가 무한하게 차이가 나는 것은 아니라는 생각이 뇌리를 떠나지 않게 된다. 이런 생각을 불러일으키는 일군의 위대한 예술가들이 있다. 나는 음악을 공부하는 학생들이 베토벤의 후기 작곡들로부터 이와 유사한 대면을 하게 된 것을 들은 적이 있고, 미켈란젤로의 조각 작품 가운데는 신과 신보다 더 신 같은 신의 창조물들 사이의 어떤 놀라운 조우가 엿보인다. 메디치 성당에서 인물들을 조각한다는 것, 햄릿과 폴스타프를 상상해낸다는 것, 귀가 먹은 가운데서 〈장엄미사Missa Solemnis〉를 듣는다는 것은 유한

하지만 더 이상 범접할 수 없는 방식으로 "빛이 있으라"고 말하는 것이다. 그것은 천사와 씨름하는 일이다. 예술가 내부의 무언가가 이 전투에서 탕진되거나 절단된다. 자기가 치른 무서운 시합 끝에 축복받고 상처 입고 변형된 채 저 얍복 강변에서 절뚝거리며 멀어져 가는 야곱의 모습—예술의 표상이란 바로 이것이다. 아마도 이것이 우리가 밀턴의 눈멂, 베토벤의 귀먹음 혹은 죽음을 향한 톨스토이의 마지막 순례에 어떤 무시무시하지만 적절한 정의正義가 있다고 생각하게 되는 이유일 것이다. 인간은 과연 어디까지 창조를 지배하고도 상처 입지 않고 남을 수 있는가? 릴케가 『두이노의 비가』 1편에서 천명했듯이 "천사는 하나하나가 다 두렵도다".

톨스토이가 신과 나눈 대화는 파스칼이나 키르케고르의 경우와 마찬가지로 연극의 요소들을 모두 가졌다. 거기에는 위기와 화해, 퇴장과 경종이 있었다. 1898년 1월 19일자 일기에서 그는 이렇게 썼다.

> 굽어 살피소서 아버지시여. 제 마음속에 오셔서 머무소서. 당신께서는 이미 제 속에 살고 계십니다. 당신은 이미 "나"입니다. 제 일이란 당신을 알아차리는 일뿐입니다. 이 구절을 쓰고 나니 소망이 넘치나이다. 그러나 저는 제가 누구인지도 알고 있습니다.

이것은 기묘한 기도이다. 톨스토이는 자기 인식이 즉각 신에 대한 인식으로 이어진다고 믿고 싶어 했다. 지금껏 몰랐던 영광이 그를 덮쳤다. 하지만 반쯤은 절망이 반쯤은 호기로움이 묻어 있는 단언, "그러나 저는 제가 누구인지도 알고 있습니다"에는 의혹과 반항의 기미가 있었다. 톨스토이는 신의 부재를 받아들일 수 없었고 그렇다고 자기 바깥에 따로 신이 실재한다는 것도 받아들일 수 없었다. 고리키는 놀라운 통찰력으로 이 분열된 감정 상태를 포착했다.

그가 읽으라고 준 일기에서 나는 "신은 나의 욕망이다"라는 이상한 경구 하나와 마주쳤다.

그래서 일기를 돌려주며, 그 말이 무슨 의미인지 물어보았다.

"아직 다듬지 못한 생각이오"라고 말하면서 그는 눈을 찌푸리며 그 페이지를 찬찬히 들여다보았다. "이렇게 말하고 싶었던 것 같소, '신은 그를 알려는 나의 욕망이다'라고… 아니, 그것도 아니오…" 그는 웃음을 터뜨리고는, 일기장을 둘둘 말아서 통째로 상의 호주머니에 집어넣었다. 그와 신의 관계는 미심쩍은 점이 많다. 나는 "한 굴속에 사는 두 마리의 곰"을 연상한 적이 한두 번이 아니다.

바로 이런 반항적이고 비밀스러운 이미지를 통해서 톨스토이 자신도 그의 진실의 순간에 그 관계를 인식했을지도 모른다. 1896년 5월 일기에서처럼 그는 몇 번이고 "인간 속에 갇힌 이 신"에 대해 언급했다. 신의 존재부터가 인간적 정체성의 맥락에서만 받아들여질 수 있는 듯 보인다. 시적 에고티즘과 정신적 거만함—톨스토이는 그야말로 빈틈없이 왕이었다—이 복합되어 있는 이 같은 생각은 그를 다양한 역설로 이끌었다. 그는 1896년 여름의 체험을 이렇게 썼다.

　나는 처음으로 신을 분명히 느꼈다. 그분이 존재했고 내가 그분 안에 존재했다는 것을. 존재했던 유일한 일은 그분 안의 나였다는 것을. 다시 말해 마치 무한한 것 속의 유한한 것처럼 그분 안에서, 또한 그분이 존재했던 유한한 존재처럼 그분 안에서.

　이런 종류의 구절 때문에 톨스토이 연구자들은 그의 사상이 동양의 접신론接神論과 도교와 연결된다고 보기도 한다. 그러나 대개의 경우 톨스토이는 이성에 의존했고 무엇이든 명확한 이해를 추구했다. 그에게는 볼테르적인 요소가 너무 현저해서 성스러운 존재의 길고 흐릿한 고지告知를 그대로 받아들일 수는 없었다. 신이 존재한다면 그는 인간이 아닌 "다른" 어떤 것이었다. 신의 실재에 대한 수수께끼가 그의 자신만만하고 철두철미한 지성을 괴롭혔다. 르낭과 스트라우스*의 궤적을 따라 "인간 예수"는 인간의 지위로 끌어내려질 수 있었다. 그러나 신은 더 가공할 만한 적수였다. 아마도 이 때문에 신의 왕국

---

* Joseph Ernest Renan(1823~1892)은 프랑스의 철학자 신학자로 『예수의 생애Vie de Jésus』에서 예수의 인간적 면모를 그렸다. David Friedrich Strauss(1808~1874)는 독일의 자유주의 신학자로 『예수의 생애: 비판적 검토Das Leben Jesu, kritisch bearbeitet』에서 예수의 삶을 역사적으로 묘사했다. – 역주

은 지상에 세워져야 한다는 그의 요구가 나왔을 것이다. 이것이 이루어지면 신은 다시 한 번 동산을 거닐고 싶어질지도 모른다. 거기서 톨스토이는 욕망을 숨긴 채 그를 기다릴 것이다. 그리하여 두 곰은 마침내 한 굴속에 살게 될 것이다.

그러나 톨스토이가 열의를 가지고 지켜보았던 1905년의 거센 혁명적 움직임과 인도에서의 간디의 진척에도 불구하고 신의 왕국의 실현은 조금도 더 다가오지 않았다. 신 스스로가 톨스토이의 끈질긴 소망 앞에서 물러나 버린 듯했다. 톨스토이가 결국 집을 버리고 떠난 것은 "나쁜 삶"에 대한 그 나름의 실제적인 항의이자 잡힐 듯 잡히지 않는 신을 쫓는 미친 영혼의 한층 비밀스러운 순례이기도 하다. 그러나 톨스토이는 쫓는 자였을까 쫓기는 자였을까? 고리키는 그를 "순례자"의 한 사람으로 생각했다.

그들 순례자들은 평생토록 손에 지팡이를 들고 지구를 걷는다. 수도원에서 수도원으로, 성지에서 성지로, 집도 절도 없이 모든 사람들과 사물들에게서 동떨어진 채 수천 마일을 여행한다. 세상은 그들을 위한 것도 신을 위한 것도 아니다. 그들은 습관적으로 신에게 기도하지만, 마음속 깊은 곳에서 신을 증오한다. 어찌하여 신은 그들을 이 땅의 이 끝에서 저 끝으로 몰아댄단 말인가?

이처럼 사랑과 증오, 현현顯現과 회의론이 번갈아 나타나기 때문에 톨스토이의 신학을 엄밀히 규정하기란 어렵다. 인간 그리스도의 이미지, 인간 속의 신의 내재성에 대한 고찰, 천년왕국의 계획 등을 보아 톨스토이의 신학을 초기 및 중세 교회의 대표적 이단 사상과 연결 지을 수는 있다. 그러나 진정한 난점은 훨씬 깊은 데 있으며, 여기에 대해서는 거의 어떤 논평자도 제대로 다룰 준비가 안 되어 있었다. 톨스토이가 구사하는 종교 용어들은 위험스러울 만큼 유동적이다. "신은 교묘하게 '선
善'으로 대체되고, 이번에는 '선'이 인간들 사이의 형제애로 대체되어 있다. 사실 이런 신조는 철저한 무신론도 전적인 불신앙도 배제하는 것이다."* 이것이 사실임은 부정의 여지가 없다. 기본 개념들부터 서로 바꾸어질 수 있고 차츰 동등하게 되면서 결국 신 없는 신학에 도달한다. 혹은 인간들이 그들의 형상대로 신을 창조했다는 유한한 인간의 위대함에 입각한 인류학에 도달한다. 신이란 인간의 본성을 최대한 투영한 것으로, 때로는 명목상의 수호자가 되고 때로는 노회하기 짝이 없고 느닷없이 복수를 퍼붓는 적이 되기도 한다. 이러한 신의 비전과, 여기서 비롯한 신과 인간의 만남의 드라마는 기독교적인 것도 아니고 무신론적인 것도 아니다. 그것은 이교적이다.

나는 이 신인동형神人同形의 신학이 톨스토이 형이상학 전체를 결정했다고 보지는 않는다. 상당한 기간 동안 그의 신의 이미지는 기존 기독교 교리의 그것과 흡사했다는 것은 틀림없는 사실이다. 그러나 복잡하고 유동적인 톨스토이의 정신에는 도

---

* 레온 셰스토프 : 『톨스토이와 니체』(N. 스트라서 역, 쾰른, 1923).

스토예프스키라면 "인신人神" 개념으로 불렀을 법한 것의 요소들이 강하게 자리 잡고 있었다. 유사한 개념이 호머의 세계를 지배했다. 트로이 성문 앞에서 인간들과 신들은 대등한 관계로 거래하고 호적수로서 마주친다. 신들이란 인간의 용기나 완력이나 계략이나 욕망을 확대해 놓은 것이나 다름없다. 신과 영웅 사이에서 층층이 초超영웅과 반半신을 볼 수 있다. 인성과 신성 간에 본질적인 차이가 없기 때문에 몇 가지 원형적인 신화가 가능했다. 즉 신과 인간 여인의 교섭, 영웅들의 신격화, 헤라클레스와 죽음과의 씨름, 프로메테우스와 아이아스의 반란, 오르페우스 전설에서 음악과 물질적 카오스 사이의 대화 등이 그것이다. 그러나 신들의 인간성이 의미하는 바는 무엇보다도 현실―인간 경험을 지탱하는 축―이 자연계에 내재한다는 것이다. 신들은 올림포스에 산다. 그러나 올림포스란 악마와 거인들의 공격을 받을 수도 있는 고산에 불과하다. 신들의 목소리는 지상의 나무나 물의 중얼거림처럼 들린다. 이러한 것은 바로 우리가 이교적 우주론을 말할 때 환기하는 전통적 믿음의 일부이다.

이러한 우주론은 보다 세밀하고 모호한 용어로 번역되어 톨스토이의 예술 속에 내재해 있다. 톨스토이가 신을 사회적-이성적 유토피아의 은유적인 등가물로 보지 않았던 경우에는, 고독이나 사랑의 어떤 은밀한 신성모독을 통해 신을 어느 정도 자기 자신과 유사한 존재로 보았다. 내 느낌으로는 이것이 그의 철학의 핵심적인 수수께끼였고 그 자신이 가장 두려워한 생각이었다. 체호프가 극작가 겸 편집인인 A. S. 수보린에게

424

보낸 1891년 12월 11일자 편지에는 톨스토이적 장엄함의 이교적 성격이 너무나 정확하게 표현되어 있다. "오, 저 톨스토이, 저 톨스토이를 보세요! 그는 지금 이 순간 인간이 아니라 초인이며 주피터입니다." 톨스토이는 신과 인간이 비견될 만한 제작자 혹은 적수라고 생각했다. 그의 영혼의 은총과 어떤 관계가 있든 이 이교적이며 진정한 호머적인 재현은 소설가로서의 천재성과 떼어 놓을 수 없는 것이었다.

내가 지금까지 역점을 두어 온 것은 이러한 천재성에 대해서였다. 즉 그 천재성의 감각적 범위와 포용력에 대한, 톨스토이 창작의 풍요로움과 인간다움에 대한 것이었다. 그러나 한 예술가가 만든 신화 체계가 그의 예술의 장점 및 기법적 성취에 기여했다면, 반대로 예술의 실패 및 불완전성과도 관련이 있을 것이다. 결함이 자주 되풀이되거나 특징적으로 나타나는 경우, 다루는 솜씨가 불안정하거나 형상화가 부적절한 경우, 우리는 그에 상응하는 형이상학의 실패를 찾아낼 수 있다. 오늘날 비평가들이 낭만주의 시인들에 대해서 그들의 시적 기법상의 약점과 언어 사용에서의 부정확성은 낭만주의 시대의 일관성 없는 철학을 곧바로 보여준다고 한 것도 이런 맥락에서다.

특정의 서사적 테마와 특수한 행동의 양식에 대면했을 때 톨스토이의 소설은 어김없이 불완전성을 드러내거나 힘을 상실한다. 작법이 흐릿해지고 표현이 멈칫거리는 영역들이 확연히 눈에 들어올 정도다. 이런 사례들을 하나하나 들여다보면 그 서술은 톨스토이의 철학이 적대적이거나 충분한 설명을 하지 못한 가치관이나 재료의 유형들에 관여되어 있음을 알게 될 것이다. 의미심장하게도 도스토예프스키는 바로 이런 영역 들에서 탁월하다.

IV

『전쟁과 평화』에서 세 대목을 살펴보려 한다. 첫 번째는 안드레이 공작이 아우스털리츠 전투에서 쓰러지는 순간을 묘사한 유명한 구절이다.

"이건 어떻게 된 걸까? 나는 쓰러지고 있는 것일까? 어쩐지 다리에 맥이 없군." 안드레이 공작이 이렇게 생각하는 순간 뒤로 벌렁 넘어지고 말았다. 그는 프랑스 병사와 포수의 싸움 결과가 어떻게 되었는지, 빨간 머리의 포수가 죽음을 당했는지 어떤지, 포는 빼앗겼는지 구해냈는지 그걸 볼 생각으로 눈을 떴다. 그러나 아무것도 보이지 않았다. 그의 머리 위에는 드높은 하늘, 맑게 개지는 않았지만 끝없이 높은 하늘과 거기에 유유히 흐르고 있는 회색빛 구름 외에는 아무것도 없었다. "어쩌면 이렇게도 조용하고 평온하고, 엄숙할까. 내가 달리고 있었던 때와는 전혀 딴판이 아닌가" 하고 안드레이 공작은 생각했다. "우리들이 이리저리 뛰면서 고함치고 싸우던 때와는 정말 다르구나. 그 포수하고 프랑스 병사가 적의에 불타고 겁에 질린 낯으로 서로 포문을 소제하는 막대기를 잡고 아등바등 다투던 때와는 말이다. 이 드높고 끝없는 하늘을 미끄러지듯 흘러가고 있는 구름은 얼마나 다른가! 어째서 나는 여태까지 이 높은 하늘을 보지 못했을까? 그러나 이제 간신히 그것을 깨달은 나는 얼마나 행복한가! 그렇다! 이 끝없는 하늘 이외의 것은 모두 허무하다. 모든 것이 기만이다. 이 하늘 외에는 아무것, 아무것도 없어. 그러나 그 하늘마저도 없어지는구나. 정적과 평안 이외에는 아무것도 없어. 하느님 감사합니다!

두 번째는(제8부 22장에서) 피에르가 나타샤에게 그녀가 사랑을 받을 가치가 있고 그녀 앞에 창창한 인생이 남아 있음을 깨닫게 한 후 썰매를 타고 돌아오며 느끼는 감정을 묘사한 대목이다.

꽁꽁 얼어붙은 맑은 밤이었다. 지저분하고 어두컴컴한 한길이며 거뭇거뭇한 지붕 위에는 별이 총총한 어두운 밤하늘이 펼쳐져 있었다. 하늘을 우러러보는 동안은 피에르도 지금 그의 영혼이 도달한 숭고한 높이에 비해 모욕스러울 정도로 지저분한 지상의 비천함을 느끼지 않았다. 아르바트 광장에 들어서자, 별이 총총한 어두운 하늘의 광대한 공간이 그의 눈앞에 활짝 펼쳐졌다. 이 하늘의 거의 한복판, 페르치스첸스키 가로수 길의 위쪽에, 사금을 뿌려 놓은 듯한 별들에 둘러싸여, 다른 것보다도 지구에 가깝고, 하얀 빛과 위로 추켜진 긴 꼬리 때문에 눈에 띄는 1812년의 거대하고 찬란한 혜성이 빛나고 있었다. 이 세상의 모든 재난과 종말을 예언한다고 이야기되고 있는 그 혜성이었다. 그러나 이 긴 빛의 꼬리를 끌고 있는 휘황한 별도 피에르의 내부에는 조금도 무서운 감정을 불러일으키지 않았다. 아니, 그러기는커녕 피에르는 눈물에 젖은 눈으로 기쁜 듯이 이 밝은 별을 바라보았다. 그것은 형언할 수 없을 만큼 빠른 속력으로 포물선을 그리면서 무한한 공간을 날아가더니 갑자기 대지에 꽂힌 화살처럼 자기가 선택한 검은 하늘의 일점에 쿡 박혀 꼿꼿이 힘차게 꼬리를 치켜세우고, 수없이 반짝이는 다른 별들 사이에서 백광을 내뿜고 튀기면서 멈추어 있었다. 그러자 피에르에게는, 이 별이야말로 자기 자신의 새 생활을 향해서 꽃피고, 부드러우면서도 고무된 그의 영혼과 완전히 호응하고 있는 것처럼 여겨졌다.

마지막으로 제13부에 나오는 피에르의 포로 생활 묘사 부분에서 짤막한 문단을 인용한다.

조금 전까지도 모닥불이 튀는 소리며 사람의 이야기 소리로 시끄러웠던 광대한 끝이 없는 노영지露營地는 차차 조용해졌다. 새빨간 모닥불은 하나 둘 희미해지고 꺼져갔다. 밝은 하늘에 높이 보름달이 걸려 있었다. 조금 전에는 보이지 않던 야영지 밖의 숲과 들이 이제 저 멀리 모습을 드러냈다. 그리고 이러한 숲과 들보다도 더 먼 건너편에는 밝게 흔들리는 먼 풍경이 손짓을 하는 것 같았다. 피에르는 저 멀리 깊디깊은 하늘이며 그 심연에서 반짝거리는 별들을 바라보았다. "이것은 모두 나의 것이야. 이것이 모두 나의 속에 있는 것이지. 이것이 모두 나인 거야!" 피에르는 생각했다. "그리고 이 모든 것을 녀석들은 판자를 두른 바라크 속에 처넣어 버린 것이지." 그는 빙그레 웃고는 잠을 자기 위해 동료들 옆에 가서 누웠다.

이상의 세 대목은 "다른 문학예술과 마찬가지로 소설 또한 이른바 그 기법 내지 작법 형식의 최종 목적은 삶에 관련된 느낌의 한 사례를 제시하는 것, 즉 작가와 독자에게 시현하는 것이라는"* 점을 예증하고 있다. 세 대목 모두에서 기법적 형식은 의식의 중심―그 장면을 표면적으로 지각하는 등장인물의 눈―으로부터 바깥으로 달려 나갔다가 결국은 땅으로 복귀하는 커다란 곡선 운동이다. 이 운동 자체가 우의적이다. 이 운동은 플롯의 가치와 시각적 현실을 그것대로 전하는 동시에 문체적인 비유이자 영혼의 동태를 전달하는 수단이다. 두 개의 몸짓이 서로서로를 비추는데, 위로 향하는 시선과 아래로 향하는 의식의 결집이 그것이다. 이 이원성은 톨스토이 특유의 기발한 착상을 목표로 한다. 즉 이 세 구절은 폐쇄 회로를 그리고 출발점으로 되돌아온다. 그러나 그 출발점은 엄청나게 확장되어 있다. 시선이 다시 내부로 돌려져서 광대한 외부 공간이 영혼 속으로 들어와 있음을 발견하게 된다.

세 에피소드 모두 땅과 하늘의 분리를 중심으로 하여 표현된다. 광대무변한 하늘이 쓰러진 공작 위에 펼쳐져 있다. 피에

---

* R. P. 블랙머 : 「헨리 제임스의 느슨하고 헐렁한 괴물들」(『사자와 벌집』, 뉴욕, 1955).

르가 모피 깃에 머리를 묻을 때, "별이 총총한 어두운 밤하늘"이 그의 눈에 가득 차고, 보름달이 거기에 걸려 그의 시선을 깊디깊은 하늘 속으로 이끌어 간다. 톨스토이의 세계는 야릇하게도 프톨레메우스적이다. 천체가 지구를 둘러싸고 인간의 정서와 운명을 비춰 준다. 이 이미지는 점성술과 상징적 투사를 상정하는 중세 우주도宇宙圖의 이미지와 다르지 않다. 혜성은 지구에 꽂히는 화살로 비유되는데, 이 이미지는 영원한 욕망의 상징체계를 암시한다. 지구가 중심이라는 점이 강조된다. 달은 그 위에 등불처럼 걸려 있고, 아득한 별들조차 모닥불의 반사체로 나타난다. 그리고 지구의 중심에는 인간이 있다. 따라서 모든 비전은 신인동형적이다. "힘차게 꼬리를 치켜세운" 혜성은 지상의 풍경에서는 말馬을 암시한다.

테마의 움직임은 "드높고 끝없는" 하늘, "어두운 밤의 광대한 공간" 또는 "흔들리는" 먼 풍경에 도달한 후 다시 아래로, 땅으로 내려온다. 이는 마치 그물을 넓게 던졌다가 끌어들이는 것과 같아 보인다. 하늘의 광대함이 공작의 상처 입은 의식 속으로 무너져오고, 그의 육체적 입지는 매장에 가깝게, 지상에 갇혀 있다. 세 번째 예에서도 이는 마찬가지다. "판자를 둘러친 바라크"는 피에르를 가두어 둔 헛간 이상의 어떤 것을 표상한다. 즉 그것은 관棺의 이미지를 불러일으킨다. 이 연상은 피에르가 동료들 옆에 드러눕는 행위에서 재차 강조된다. 두 번째 인용문에서 이 축약의 효과는 더 풍부하고 완곡하다. 우리는 혜성으로부터 재빨리 피에르의 "새 생활을 향해서 꽃피고, 부드러우면서도 고무된 그의 영혼"으로 옮겨 간다. 즉 그의 영혼은 새로 갈아엎은 땅처럼 부드러워지고 고무되어 대지에 뿌리박은 식물처럼 꽃을 피운다. 여기에 내포된 모든 대비들, 즉 천체의 운행과 땅에 기반을 둔 성장 사이, 통제할 길 없는 자연 현상의 작용과 질서 있게 인간화된 농업 주기 사이의 대비는 적절하다. 대우주에서는 혜성의 꼬리가 치켜 들려져 있고, 소우주에서는 영혼이 고양되어 있다. 그런 후 가치관의 근본적인 변형을 통해서 우리는 영혼의 우주가 더 광대함을 깨닫게 된다.

세 보기 모두에서 자연 현상은 관찰하는 정신을 어떤 형태의 통찰이나 계시를 향해 움직이게 한다. 아우스털리츠의 하늘과 그 위를 떠다니는 회색빛 구름은 안드레이 공작에게 모든 것이 공허하다고 이야기하며, 그의 마비된 감각들은 그 복음서의 목소리로 소리친다. 밤의 장엄함이 피에르를 세속 사회의 잡사雜事와 악의로부터 구조한다. 그의 영혼은 문자 그대로 나타샤의 결백을 믿을 만큼의 높이로 고양된다. 혜성 모티프에는 하나의 아이러니가 있다. 혜성은 러시아의 "온갖 종류의 재난"의 전조였다. 하지만 그로서는 알 수 없지만 이 재난이 피에르에게 구원을 가져다주는 것이다. 그는 나타샤에게 둘 다 자유의 몸이 되면 청혼하겠다고 했던 참이다. 혜성이 하늘 깊은 곳으로 멀리 사라지고 연기가 모스크바를 뒤덮게 될 때면, 피에르는 자신의 충동을 실현하게끔 운명 지어져 있다. 따라서 혜성은 고전에 나오는 신탁들이 그렇듯이 모호성을 띠고, 피에르는 예언적이면서도 동시에 혜성에 대한 해석에서는 잘못을 저지른다. 마지막 인용문에서 광대하게 펼쳐진 숲과 평원과 어른거리는 지평선의 장관壯觀은 그에게 만유의 일체감을 환기시킨다. 그의 사로잡힌 신체로부터 바깥으로 인식의 동심원들이 방사된다. 순간적으로 피에르는 아득한 거리의 마법에 최면이 걸린다. 그는 마치「나이팅게일에 바치는 송가」의 키츠처럼 그의 영혼이 쏠려나가며 용해되는 것을 느낀다. 그물이 어부를 질질 끌어가는 것이다. 그러나 그때 하나의 통찰이 번쩍인다. "이것이 모두 나의 속에 있는 것이지." 즉, 외부 현실이란 자아의 각성에서 비롯된다는 즐거운 확신이 그것이다.

외부로의 움직임과 용해의 위협을 거쳐 유아론唯我論에 이르는 전개는 전형적으로 낭만적이다. 바이런은『돈 주안』에서 이를 조소했다.

> 얼마나 숭고한 발견인가, 우주를
> 보편적 에고티즘으로 만드는 일이란.
> 그것은 순전한 이상―순전히 우리 자신…

하지만 톨스토이의 예술에서 이 "발견"은 사회적-윤리적 의미를 띤다. 구름이 피어오르는 고요한 하늘, 차갑고 투명한 밤, 눈부시게 펼쳐지는 들판과 숲은 세속사의 추악한 비현실성을 드러낸다. 이것들은 또한 전쟁이란 잔인한 우매함이며, 나타샤에게 슬픔을 준 사회 관습이란 무자비한 공허함임을 선명히 보여준다. 이것들은 극적인 신선함으로 오래된 두 개의 도덕성, 즉 어느 누구도 완전히 타인의 포로가 될 수는 없다는 것, 그리고 침략군이 죽어 흙으로 돌아간 오랜 뒤에도 숲은 소곤

거리리라는 것을 선포한다. 톨스토이에 있어 기후와 자연 배경은 인간 행위를 반영하고 동시에 논평한다. 마치 플랑드르 화가들이 인간적인 폭력이나 고뇌를 그릴 때 그 배경으로 사용한 평화로운 전원 풍경이 그러하듯이.

이 세 인용문에는 톨스토이의 천재와 주된 신념이 나타나 있지만 동시에 어떤 한계를 느끼게도 한다. 램은 웹스터의『하얀 악마』에 나오는 장송곡에 대해 유명한 해석을 달았다.

> 나는『템페스트』에서 퍼디난드에게 익사한 아버지를 생각하게 하는 저 민요를 제외하고는 이 장송곡과 같은 것을 본 적이 없다. 전자가 물이요 수성水性이라면 후자는 땅이요 토성土性이다. 둘 다 강렬한 감정을 가지고 있고 그것이 관조하는 요소들 속으로 녹아드는 듯하다.

『전쟁과 평화』와『안나 카레니나』는 "땅이요 토성"이다. 이것이 이 작품들의 힘이자 한계이다. 톨스토이는 구체적 사실에 근거하고 명료한 인식과 경험을 통한 확인을 요구함에 있어 타협을 몰랐던바, 여기에 그의 신화 및 미학의 강점과 약점이 동시에 존재한다. 톨스토이의 도덕성에는 무언가 차갑고 단호한 면이 있다. 이상적인 요구들이 최종적인 것으로 성마르게 제시된다. 버나드 쇼가 톨스토이를 자신의 예언자로 삼은 이유도 아마 여기에 있을 것이다. 이 두 사람 모두에게는 근육질의 강건함과 갈피를 못 잡는 데 대한 경멸이 있었으니, 이는 자비와 상상력이 결핍되어 있음을 말해준다. 오웰은 톨스토이가

"약자에 대해 정신적 괴롭히기"를 하는 경향이 있다고 지적했다.

이 세 인용문 모두에서 우리는 어조가 멈칫거리고 서술이 무언가 그 리듬과 정확성을 잃는 지점에 마주치게 된다. 우리가 행동에 대한 묘사에서 내적 독백으로 넘어가는 때에 이런 일이 일어난다. 매번 독백 자체는 부적절하다는 느낌을 준다. 그 어조는 마치 두 번째 목소리가 끼어들고 있는 것처럼, 증거를 찾는 듯한 어조를, 중립적인 울림을 가진다. 우선 충격을 받아 흐려져 가는 안드레이 공작의 의식, 갑자기 허물어지는 생각을 되살려보려는 그의 시도가 아름답게 묘사된다. 그러다 느닷없이 서술은 도덕적-철학적 경구를 추상적으로 쏟아낸다. "그렇다! 이 끝없는 하늘 이외의 것은 모두 허무하다. 모든 것이 기만이다. 이 하늘 외에는 아무것, 아무것도 없어." 여기서 초점의 변화는 중요하다. 이것은 톨스토이가 순전한 무질서를 전하는 데는, 즉 자신의 문체로 정신의 혼돈을 그려내는 데는 무능하다는 점을 말해준다. 톨스토이의 천재는 상상의 여지를 일체 주지 않았다. 그가 소장하고 있던 『햄릿』의 "유령 들어오다"라는 지문 뒤의 여백에는 물음표가 달려 있다. 『리어 왕』에 대한 그의 비판과 안드레이 공작이 의식을 잃어 가는 장면의 묘사는 서로 상통한다. 그는 명쾌한 설명이 어려운 에피소드나 심리 상태에 마주치게 되면 슬쩍 피해가거나 줄여 버리고는 했다.

혜성을 보는 것과 나타샤와의 만남에서 생겨난 즉각적인 인상들은 피에르의 정신 상태와 사물에 대한 그의 시각에 복잡한 반응을 불러일으킨다. 너그러우면서도 동시에 예언적인 충동에 따라 이루어진 그의 구혼은 이미 피에르의 감정에 영향을 미치고 있다. 그러나 그의 주인공의 영혼이 "새 생활을 향해 꽃피고 있다"는 톨스토이의 단언은 이 같은 변화들에 거의 아무런 빛도 던져주지 않는다. 단테나 프루스트라면 이런 내적 드라마를 어떻게 표현했을까 생각해 보라. 톨스토이는 인식의 단순화에 이르기 전까지의 정신적 과정을 제시하는 데는 완벽한 역량을 갖추었다. 이는 안나 카레니나가 남편의 귀를 보고 갑작스럽게 거부감을 느끼는 유명한 장면 하나만 생각해도 분명히 입증된다. 그러나 그는 너무나 많은 경우에 수사적이고 외적인 진술을 통해서, 혹은 인물들의 마음속에 때 이른 교훈조로 여겨지는 일련의 생각을 주입하는 식으로 심리적 진실을 전달했다. 영혼을 꽃을 피우는 식물이라는 이미지로 일반화하고 도덕화하는 것은 그 바탕을 이루는 행동의 미묘하고 복잡한 성격을 제대로 전달하지 못하게 한다. 빈약한 형이상학 때문에 기법이 허술해진 것이다.

톨스토이가 지식의 이론 및 감각의 인식 문제에 어떻게 접근했는가를 알게 되면 우리는 피에르의 선언―"이것은 모두 나의 것이야. 이것이 모두 나의 속에 있는 것이지. 이것이 모두 나인 거야!"―의 기원을 재구성할 수 있다. 그러나 서술의 맥락(오직 이것만이 결정적인데)에서 보자면, 피에르의 주장은 잘못 끼어들어 있고 상투적인 가락을 띤다. 이처럼 물밀 듯 밀려오는 감정은 더 복합적인 순간 가운데서, 화자의 개별성에 의해 더욱 충전된 언어로 절정에 이르러야 마땅할 것이다. 이는 피에르와 플라톤 카라타예프와의 관계를 다룬 부분에도 그대로 적용된다.

> 그러나 피에르에게 그는 언제나 그 첫날밤 보았던 모습 그대로 남아 있었다. 속이 깊으면서도 원만했던, 소박한 정신과 진리의 영원한 화신으로서 말이다.

이 부분에서의 허약한 필치는 많은 것을 알려준다. 플라톤의 모습과 그가 피에르에게 준 감화는 "도스토예프스키적" 인물의 모티프들이다. 이는 톨스토이의 영역의 한계선 상에 놓여 있다. 그래서 추상적인 일련의 수식어구와 "화신personification" 개념이 등장하는 것이다. 조금이라도 지상의 것이 아닌 것, 정상적인 것의 이면에 있는 것―잠재의식이나 신비의 영역―은 톨스토이에게는 비현실적이거나 전복적으로 보였다. 이런 요소들이 그의 예술에 끼어들 때 톨스토이는 추상이나 일반화를 통해 중립화하는 경향이 있었다.

이 같은 실패들은 단지 부적절한 기법의 문제만도 아니거니와 기법 문제가 일차적인 것도 아니다. 그것은 톨스토이 철학의 당연한 귀결이다. 톨스토이의 소설 개념에 제기된 주요 반론 가운데 하나를 살펴보면 이것이 분명히 드러난다. 자주 제기되는 주장은 톨스토이 소설의 인물들은 작가 자신의 이념을 형상화한 것이며, 작가 자신의 본성을 그대로 반영한다는 것이다. 그의 인물들은 작가의 꼭두각시이고, 작가는 이들 존재의 구석구석까지 다 알았고 지배했다는 것이다. 톨스토이의 시선을 통해 보이지 않는 것은 소설에 나타날 수 없었다. 이 같은 서술적인 전능함이 기교의 기본 원칙들을 위반한다고 믿는 소설가들이 있다. 우리는 그 으뜸가는 본보기로 헨리 제임스를 들 수 있다. 『황금 그릇』 서문에서 그는 가장 즐겨 사용하는 수법을 기록했다.

> 나의 소재를 다루기 위해서, "나의 이야기를 보기" 위해서, 관심과 지성은 엄연하되 다소 초연한 위치에서 직접 개입을 하지 않는 목격자나 기록자의, 그 사례에 대해서 일정한 양의 비평과 해석으로 기여하는 그런 인물의 기회와 감수성을 통할 것.

제임스의 "시점"은 소설에 대한 어떤 특정의 개념을 일깨운다. 이 개념에서 최고의 미덕은 극화이고 작품 "바깥"에 머무르는 작가의 능력이다. 이와 대조적으로 톨스토이의 화자는 전지적이고 아무런 숨김없이 직접적으로 이야기한다. 이런 개념이 문학사에 우연히 등장하게 된 것은 아니다. 『전쟁과 평화』, 『안나 카레니나』가 집필되고 있을 당시, 러시아 소설의 문체는 고도로 세련되어 있었고, 온갖 간접적 표현 양식이 제시되었다. 톨스토이와 그의 인물들 사이의 관계는 그와 신과의 경쟁, 창조 행위에 대한 그의 철학에서 비롯되었다. 그는 마치 신처럼 자신의 입김을 인물들의 입속으로 불어넣었던 것이다.

그 결과 표현은 비길 데 없이 풍부해지고, 어조는 직접성을 띠어서 "원시" 예술의 저 고풍스러운 활달함을 떠오르게 한다. 제임스 식의 간접적 표현 양식의 대변자라고 할 퍼시 러보크는 이렇게 쓴다.

> 톨스토이는 거리나 교구를 배경으로 하는 장면을 묘사할 때
> 는 어느 누구보다도 거침없이 자기의 세계를 구성해 나간다. 햇
> 빛이 그의 페이지에서 쏟아져서 그가 인물들을 그리는 속도만
> 큼이나 빠르게 그들을 감싸는 듯 보인다. 그들의 삶, 그들의 상
> 황, 그들의 외부적 일들에서 어둠이 걷히고, 그들을 탁 트인 하
> 늘 아래 남겨둔다. 소설 전체에서 톨스토이의 장면들만큼 우리
> 모두에게 자유롭게 허용된 공통의 대기에 의해 끊임없이 씻겨
> 지는 장면은 어디에도 없다.[*]

그러나 이를 위해 치른 대가도 컸으니 특히 탐구의 깊이 면
에서 그러했다.

우리가 고찰하고 있는 세 대목 각각에서 톨스토이는 특정
인물의 외부에서 내부로 옮겨 가고, 그 내부로의 움직임이 있
을 때마다 강도의 상실이 일어나고 표현이 어느 정도 단순해
진다. 톨스토이는 영혼 개념을 아무런 힘도 들이지 않고 거론
하는데 여기에는 무언가 걸리는 것이 있다. 그는 너무나 명쾌
하게 그의 창조물의 의식 속으로 들어가며, 그 자신의 목소리
가 그들의 입술을 꿰뚫는다. "그날부터 그는 새 사람이 되었어
요"라는 동화식의 장치가 톨스토이의 심리학에서 너무 폭넓게

---

[*] 퍼시 러보크 : 『소설의 기교』(뉴욕, 1921).

무비판적인 역할을 한다. 우리는 정신 과정의 단순성과 개방성에 대해 많은 것을 용인하게끔 요구 받는다. 전체적으로 보아 우리는 그것을 용인하는데, 이는 톨스토이가 그의 인물들을 너무나 광대한 환경으로 둘러쌌고 끈기 있는 애정으로 이들의 삶을 공들여 그려내서 인물들에 대해 그가 하는 말을 우리가 믿게 되기 때문이다.

그러나 이처럼 훌륭하게 다듬어진 창조물들도 어떤 효과적이고도 깊이 있는 통찰에는 별다른 도움이 되지 못한다. 일반적으로 그것은 바로 연극의 효과이다. 연극적 효과는 작가와 그 인물들 사이의 불투명한 여백에서부터, 즉 예기치 못한 일이 벌어질지도 모른다는 잠재성에서부터 생겨난다. 완전하게 연극적인 인물에는 예상되지 않는 가능성, 즉 무질서를 초래하는 재능이 내포되어 있다. 톨스토이는 비싼 대가를 치르고 전지적 관점을 택했다. 비이성의 궁극적인 긴장과 혼돈의 자발성은 그의 이해 범위를 벗어난 것이다. 『악령』에는 표트르 스테파노비치 베르호벤스키와 스타브로긴 사이에 오고가는 숨 막히는 대화가 있다.

"나는 어릿광대였소. 그러나 당신이, 내 나은 반쪽인 당신이 어릿광대가 될 수는 없소! 내가 말하는 뜻을 아시겠소?"

스타브로긴은 이해했다. 그걸 이해한 사람은 아마 그 한 사람뿐이었을 것이다. 이를테면 스타브로긴이 샤토프에게 표트르에게는 열정이 있다고 했을 때 상대는 그야말로 경악했던 것이다.

"자아 이젠 아무 데로나 가버리란 말이야, 내일까지는 나도 자신 속에서 무엇인가 짜낼 수 있을는지 모르겠어. 내일 오게."

"정말? 정말로?"

"그런 걸 내가 어떻게 알아! …꺼져, 꺼져 버리란 말이야!" 이렇게 말하고 그는 방을 나가 버렸다.

"흥, 어쩌면 잘 풀릴는지도 모르겠군." 표트르는 권총을 집어넣으며 속으로 중얼거렸다.

이 장면에서 획득된 강렬함은 톨스토이의 범위를 벗어나 있다. 이 연극적인 긴박감과 고조감은 모호한 의미들이, 부분적인 무지와 부분적인 통찰이 상호작용하는 데서 생겨난다. 도스토예프스키는 자신이 고안해낸 것들을 구경하는 방관자라는 인상을 준다. 사건들이 전개됨에 따라 그는 그런 반응을 하게끔 되어 있는 우리들처럼 당황하고 놀란다. 그는 항상 "대기실"과의 거리를 유지한다. 톨스토이에게는 이러한 거리가 없었다. 그는 일부 신학자들이 그렇게 믿고 있는 것처럼 신이 모든 것을 다 알면서 노파심으로 자신의 피조물들을 보듯이 그의 창조물들을 보았다.

안드레이 공작이 땅에 쓰러지는 순간, 톨스토이는 그 속으로 들어간다. 피에르가 썰매를 탈 때나 야영하고 있을 때 그는 그와 더불어 있다. 인물들이 하는 말들은 부분적으로만 자기 행위의 맥락에서 나온다. 여기서 다시 한 번 톨스토이 비평의 주요 문제가 제기된다. 즉 포기올리 교수의 설명처럼 톨스토이의 본성에는 몰리에르의 도덕적이고 설교를 일삼는 주인공 알세스트가 엿보인다.

톨스토이 예술의 면모 가운데 이 교훈주의만큼 신랄한 비난을 받은 것은 없다. 그가 쓴 글은 무엇이나, 키츠의 용어를 빌리자면, 우리에게 영향을 미치려는 "손에 잡히는 의도"가 있는 듯 보인다. 창작 행위와 교훈을 주려는 충동은 불가분의 관계를 맺고 있으며, 톨스토이의 기법적 형식들도 분명히 이 이원성을 재생산한다. 톨스토이의 시적 역량이 최고도로 작용했을 때도, 그 궤적에는 추상적 일반화나 이론의 단편斷片이 동반되었다. 서술이 그 에너지나 서정적 열정을 통해 그 자체가 목적이 되려 드는 순간 예술에 대한 톨스토이의 불신이 날카롭게 대두되었던 것이다. 이로 인해 갑작스러운 분위기의 단절, 어조의 흔들림, 정서의 하락 등이 생겨난다. 형이상학은 미학적 형식들을 통해 실현되는 대신에, 시에 자신만의 고유한 형식들의 수사학을 요구했던 것이다.

우리가 고찰하고 있는 예문들에서 이런 현상이 일어난다. 이 하향적 변화는 미묘하고 톨스토이의 상상력의 압력이 부단하게 작용하기 때문에 우리는 좀처럼 그 균열을 알아채지 못한다. 하지만 균열은 존재한다. 즉 안드레이 공작의 명상 속에, 피에르의 영혼에 대한 무심한 확신 속에, 그리고 피에르가 갑자기 톨스토이적인 형이상학 특유의 성격을 대변하는 철학적 원리로 개종하는 대목에 있다. 이런 점에서 셋째 인용문이 가장 시사적이다. 외부로 움직이던 시각은 중단되어 돌연 피에르의 의식으로 끌려 들어간다. 그는 자신에게 소리친다. "이것은 모두 나의 것이야. 이것이 모두 나의 속에 있는 것이지. 이것이 모두 나인 거야!" 이 진술은 인식론으로서도 문제성이 있다. 이는 인식과 감각계 사이의 관계에 대한 수많은 가정들 가운데 하나를 표현하고 있다. 그러나 이것이 상상적 문맥에서 나온 것일까? 나는 그렇지 않다고 본다. 그것은 피에르가 표명한 이념이 이 장면의 일반적 어조와 의도된 서정적 효과에 배치된다는 점에서 입증된다. 서정적 효과는 물질적 자연의 영원한 고요—하늘에 높이 뜬 달, 숲과 들판, 끝없이 청명한 대기—와 인간의 보잘것없고 각박한 현실을 대비시킴으로써 일어난다. 그러나 만약 자연이 단지 개별적 지각의 방사에 불과하다고 본다면 이 대비는 사라져 버린다. 만약 "이 모든 것"이 피에르 속에 있다면, 만약 유아론이 가장 합법적인 현실 해석이라면, 프랑스인들은 "모든 것"을 "판자를 두른 바라크" 속에 처넣는 데 성공한 셈이다. 명백한 철학적 진술이 서술의 결을 거스르고 있다. 톨스토이는 그의 정신의 사색적 경향을 앞세운 나머지 소설적 에피소드의 논리와 독특한 색조를 희생시킨 것이다.

나는 피에르의 언어가 이보다 더 느슨하게 읽힐 수 있다는 점, 그것이 모호한 범신론이나 자연과의 루소주의적인 교감의 순간으로 해석될 수도 있다는 점을 인정한다. 그러나 속도감이 변한 것은 틀림없고, 그 구절의 목표를 가장 일반적 의미로 받아들이더라도 그 목소리는 피에르의 것이라기보다는 톨스토이의 것으로 보인다.

하나의 신화가 회화, 조각, 무용 등으로 구현될 때, 사고는 언어로부터 그에 해당하는 적절한 재료로 옮겨진다. 실제적인 수단이 근본적으로 변형되는 것이다. 그러나 신화가 문학을 통해 형상화될 때는 기본 수단의 일부는 그대로 남게 된다. 형이상학과 시는 다 같이 언어를 통해 구현된다, 이것이 근본적인 문제를 제기한다. 다시 말해, 상상력이나 환상의 담론에 더 자연스럽게 어울리는 언어 습관과 기법이 있고, 역사적으로 형이상학의 담론에 더 적절한 언어 관습 및 기법들도 있다. 한 편의 시나 소설이 특정 철학을 표현하는 경우, 그 철학의 언어적 양식은 시적 형식의 순수함을 침해하는 경향이 있다. 따라서 『신곡』이나 『실낙원』의 몇몇 구절에는 기술적 신학과 우주지리학의 언어가 시의 언어 내지 시적 직접성의 언어 위에 가로놓여 있다는 말이 나온다. 드퀸시가 "앎의 문학"과 "힘의 문학"을 구별한 것도 이런 유의 개입을 염두에 두고서였다. 이러한 침식은 하나의 명백한 세계관이 시적 매체를 통해 주장되고 제기되는 때, 즉 한 언어 매체가 다른 언어 매체로 번역될 때마다 일어난다. 톨스토이의 경우에는 이런 침식이 특히 극심하게 일어난다.

교훈주의 내지 설교 취향은 톨스토이가 글을 쓰기 시작하던 시기부터 그의 소설에 나타났다. 후에 쓰인 글들 가운데 그의 「지주의 아침」이나 초기 단편 「루체른」보다 더 소품적인 성격을 많이 띠고 있는 것은 거의 없다. 진지한 인간이 단지 오락만을 목적으로 하거나 창작력의 자유로운 행사보다 더 나은 대의명분도 없이 소설을 출판한다는 것은 톨스토이로서는 생각조차 하기 어려웠을 것이다. 그의 소설들이 그의 철학에 무지하고 관심조차 없는 독자들에게도 많은 것을 전했다는 사실은 놀랄 만한 아이러니다. 톨스토이와 독자 사이의 태도상의 분기分岐를 말해주는 최상의 그리고 악명 높은 보기는 『전쟁과 평화』에 나오는 사료 편찬 및 철학적 논구 부분에서 찾을 수 있다. 투르게네프는 문학 비평가이자 푸시킨 편집자인 아넨코프에게 보낸 유명한 편지에서, 소설의 이 부분이 그저 "웃음을 자아낼" 뿐이라고 혹평했다. 플로베르는 "철학을 하는 것인가"라고 소리치면서, 소설의 경제에 이 이상 생소한 것은 없으리라고 단언했다. 또한 보트킨에서 비류코프에 이르는 러시아의 톨스토이 비평가들은 『전쟁과 평화』의 이 철학적 장들은 소설 조직에 공연히 ─ 가치 여부는 차치하고 ─ 끼어든 것이라고 보았다. 하지만 이사야 벌린이 말하듯,

여기에는 분명 하나의 역설이 있다. 『전쟁과 평화』 집필 전에나 집필 도중에나 톨스토이는 역사와 역사적 진실의 문제에 열렬하고 거의 강박적이다시피 한 관심을 쏟았다. 그의 일기나 편지를 보아도 그렇고 실제로 『전쟁과 평화』를 읽어 보아도 알겠지만, 작가 자신이 이 문제를 모든 문제의 핵심으로 간주했다는 점은 의심할 여지가 없다. 소설도 바로 이 중심적인 쟁점을 둘러싸고 구축되어 있다.

이는 의문의 여지가 없다. 아무런 수식도 없이 역사 이론을 장황하게 늘어놓는 것에 대해 대부분의 독자들은 무료함을 느끼고 내용과는 무관하게 볼 수도 있겠지만, 톨스토이에게(적어도 『전쟁과 평화』를 집필하던 당시에는) 이는 소설을 지탱하는 축

이었다. 게다가 앞에서 언급한 바와 같이 역사의 문제는 이 작품에서 제기된 철학 중 하나에 불과하다. 이와 비견할 만큼 중요한 문제들로는, "선한 생활"의 탐구(피에르와 니콜라스 로스토프의 무용담을 통해 극화된), 결혼 철학을 위한 자료 수집, 농촌 개혁의 프로그램, 국가의 본질에 대한 톨스토이 필생의 명상 등이 있다.

그런데, 문학적 리듬을 깨뜨리는 형이상학의 틈입闖入과 이에 따른 형상화에서의 실패―앞에서 논의한 세 인용문에서 그렇듯이―가 소설 전체의 성공에 별다른 장애가 되지 않는 이유는 무엇일까? 그 해답은 소설의 규모와 완결된 구조에 대해 개개의 부분이 맺고 있는 관계에 있다. 『전쟁과 평화』는 너무나 방대하게 구상되고 기동력과 추진력을 너무나 강하게 산출하기 때문에 일시적인 허점은 전체의 광채 속에 잠겨 버린다. 독자는 가령 사료 연구와 전술론 같은 부분들을 대폭 건너뛰고도 주된 맥락을 놓쳤다고 느끼지 않는다. 톨스토이에게는 이런 취사선택이 자신의 기교에 대해서보다는 자신의 의도에 대한 더욱 큰 모욕으로 생각했을지도 모른다. 톨스토이가 말년에 자신의 소설들에 악감을 가지게 된 것, 다시 말해 『전쟁과 평화』와 『안나 카레니나』를 "나쁜 예술"의 대표적 본보기로 내세우게 했던 마음의 상태는, 그 소설들이 자신의 의도와는 다른 식으로 읽히고 있다는 것을 인지했기 때문이다. 그것들은 부분적으로는 차가운 의심의 고뇌와 세상사의 어리석음과 비인간성에 대한 어지러운 마음에서 발상되었으나, 독자들에게는 과거의 황금시대의 모습이나 삶의 아름다움에 대한 확인으로 받아들여졌다. 이 논쟁에서라면 톨스토이가 잘못이었을 수 있다. 그는 그의 비판자들보다 더 눈이 멀었을 수 있다. 스티븐 크레인은 1896년 2월 다음과 같이 썼다.

내가 생각하기에는, 아니 믿기로는, 톨스토이의 목적은 자신의 선善을 유지하는 데 있다. 이는 그 누구에게도 그야말로 돈키호테적인 과제다. 그는 성공하지 못할 것이다. 그러나 그 자신이 알 수 있는 이상으로는 성공할 것이다. 그리고 성공에 가장 근접하게 될 때 그는 그만큼 눈이 멀게 될 것이다. 이것이 이런 종류의 위대함이 치러야 하는 대가다.[*]

『안나 카레니나』의 완성도는 대부분 시적 형식이 교훈적 목적의 요구에 저항했다는 사실에 있다. 그 둘 사이에는 여일한 균형과 조화로운 긴장이 있다. 톨스토이의 의도의 이중성은 이중 플롯을 통해 표현되고 구성되어 있다. 사도 바울의 제사題詞가 안나의 이야기를 시작하고 또 거기에 색깔을 입히지만 완전히 그것을 통제하지는 않는다. 안나의 비극적 운명은 톨스토이가 대체로 견지했고 또 극화하고자 했던 도덕률에 도전하는 가치관과 풍요한 감수성을 낳고 있다. 마치 두 종류의 신神이 불려 나온 것과 같았다. 즉 고대의 가부장적인 복수의 신과 상처받은 정신의 비극적 정직성 위에 아무것도 두지 않는 신

---

[*] 『넬리 크루스에게 보낸 스티븐 크레인의 연애편지 모음』(H. 캐디와 L. G. 웰스 공편, 시라쿠스 대학 출판부, 1954).

이다. 달리 말하자면 톨스토이는 자신의 여주인공에게 점점 매혹되었고, 한편 그녀는 그의 자유분방한 정열을 통해 드문 자유를 획득했다. 톨스토이의 인물들 중에서 안나는 소설가의 통제와 예견을 벗어나간 방향으로 발전해간 듯 보이는 거의 유일한 인물이다. 『안나 카레니나』의 배후에 깔린 충동이 도덕주의적이라는 토마스 만의 주장은 물론 옳다. 하지만 톨스토이는 신의 할 일인 복수를 스스로 행사한 사회에 대해서도 고발장을 작성했다. 그러나 톨스토이의 도덕적 입장은 이 대목에서 양면성을 띠게 된다. 간통에 대한 그의 힐난은 당시의 사회적 판단에 가까웠다. 이 오페라를 보는 여타 관객들—그들이 아무리 세속적이거나 신랄해 보이더라도—과 마찬가지로, 톨스토이 자신도 안나의 행위, 더 자유로운 규범을 향해 일단 앞으로 나가 놓고 보는 태도에 충격을 받지 않을 수 없었다. 그리고 이 당혹감 가운데—『부활』에서 논의되는 것 같은 완벽하게 명백한 그런 사건이 없는 가운데서—자유로운 서술과 시인으로서의 재능이 발휘될 기회가 생겼다. 『안나 카레니나』에서 톨스토이는 그의 이성(늘 더 위험한 유혹자였던)보다 그의 상상력에 굴복했다.

그러나 안나와 관련된 소설의 부분들이 교리의 중압에서 풀려났다면, 그것은 또한 레빈과 키티의 이야기가 교훈주의의 에너지를 방전시키는 피뢰침 구실을 했기 때문이기도 하다. 따라서 작품의 균형은 정확하게 이 이중 플롯 구조에 의존하고 있다. 그것이 없다면 톨스토이가 넓은 아량을 가지고서 그리고 사랑이라는 시적 정의를 통해 안나를 그려내는 일은 불가능했을 것이다. 그러나 많은 점에서 『안나 카레니나』는 톨스토이 천재성 내부의 상충되는 충동들이 창조적인 균형을 유지했던 집필기의 마지막을 장식하고 있다. 앞에서 언급했듯이 톨스토이는 이 책을 완성하는 데 어려움을 겪었다. 톨스토이 속의 예술가, 소설의 기술자가 팸플릿 집필자 앞에서 물러나고 있었던 것이다.

『안나 카레니나』 이후 톨스토이의 영감 속에 존재하던 도덕주의적 교육적 기질은 수사학의 기법이 동반되면서 점점 더 지배적이 되었다. 이 작품을 마무리 짓고 얼마 안 가서 톨스토이는 파이데이아paideia와 종교 이론을 다루는 그의 가장 긴급한 소책자들을 쓰는 작업에 착수했다. 그가 다시 소설 예술로 돌아왔을 때, 그의 상상력은 그의 철학의 어두운 열정에 감염되어 있었다. 『이반 일리치의 죽음』과 『크로이처 소나타』는 걸작이지만 단일 차원의 걸작이다. 이 작품들의 무서운 강렬성은 충만한 상상적 비전의 지배에서 나오는 것이 아니라 오히려 그 비전을 축소시키는 데서 나온다. 이 두 작품은 마치 히에로니무스 보스의 그림에 나오는 난장이의 모습처럼 격렬한 압축 에너지를 소유하고 있다. 『이반 일리치의 죽음』은 『지하 생활자의 수기』와 대응 관계를 이룬다. 영혼의 어두운 장소로 내려가는 대신, 고통스러울 정도로 유유하고 빈틈없이 육체의 어두운 지점으로 내려간다. 그것은 끓어오르는 육체의 시로, 거기에서는 육체성이 그 고통과 타락으로 이성의 미약한 기율을 관통하고 용해한다. 그것은 지금까지 구상된 가장 참혹한 시들 가운데 하나이다. 『크로이처 소나타』는 기법상으로 완성도가 떨어진다. 그것은 도덕성을 표명하는 요소들이 너무 비대해져서 서술 구조 속에 완전히 흡수되지 못했기 때문이다. 특별한 웅변의 솜씨로 우리에게 그 의미를 강요하지만, 완벽한 상상력의 형식이 주어져 있지 않은 것이다.

하지만 톨스토이 내부의 예술적 기질은 계속 살아서 언제라도 표면화될 참이었다. 1887년 4월 『파르마의 수도원』을 읽고 톨스토이에게 또 한 편의 대작을 쓰고 싶은 욕망이 되살아났다. 1889년 3월, 그는 특히 『안나 카레니나』 같은 식으로 "거창하고 자유로운" 한 편의 소설을 쓰겠다는 의도를 비쳤다. 하지만 그 대신 그는 육체에 맞서는 그의 가장 어두운 우화들 가운데 두 편인 「악마」와 「신부 세르기우스」를 계속해서 썼다. 그가 다시 장대한 형식인 소설로 돌아온 것은 『안나 카레니나』 완성 후 18년이 지난 1895년이 되어서였다.

『부활』을 통상적 의미에서의 소설이라고 생각하기는 어렵다. 이 작품의 예비 스케치는 1889년 12월로 거슬러 올라간다. 그러나 톨스토이는 소설을 쓴다는 생각, 특히 대규모의 소설을 쓰려는 생각과는 타협할 수가 없었다. 그가 작업에 착수할 힘을 얻게 된 것은 이 작품에서 그의 종교적-사회적 프로그램을 접근하기 쉽고 설득력 있는 형식으로 전달할 수 있는 기회를 보고 나서였다. 최종적으로는 두호보르 교도(『부활』의 인세를 넘기기로 되어 있던)들을 도와줄 필요가 없었다면, 톨스토이는 이 책을 끝내지 못했을지도 모른다. 이 작품은 이런 분위기의 변화와 청교도적 예술 개념을 반영한다. 그러나 거기에는 놀라운 페이지들과 톨스토이의 변함없는 창조력이 마음껏 구사되는 순간들이 있다. 죄수들을 동쪽으로 호송하는 장면은 어떤 프로그램의 목적도 초월하는 폭넓은 구도와 생동감으로 다루어진다. 톨스토이가 실제 장면과 사건들을 마음에 담아둔 채 분노로 들끓는 대신 그 장면과 사건들에 눈을 열자, 그의 손은 비길 데 없는 예술적 솜씨로 움직였다.

이것은 우연한 일이 아니다. 충분한 길이의 소설에서는 만년의 톨스토이도 어느 정도의 자유를 허용할 수 있었다. 긴 소설에서는 얼마든지 예증을 되풀이할 수 있어서 추상적인 것들이 생명의 색채를 띠게 된다. 풍부한 살이 주장의 뼈를 감싼다. 반대로 단편 소설에는 시간과 공간이 제한되므로 수사적 요소가 소설 매체에 흡수되지 못한다. 그래서 톨스토이의 후기 단편들의 교훈적 모티프들, 행위의 신화 체계가 눈에 그대로 드러나고 억압적으로 남는다. 『전쟁과 평화』, 『안나 카레니나』, 『부활』은 길이를 앞세워 톨스토이가 집요하게 추구하던 통합의 이상에 다가간다. 그의 세 주요 소설의 상상적 풍경에는(마리안 무어의 표현을 빌리자면) 진짜 고슴도치와 진짜 여우가 함께 살 여지가 있었다.

아마 이제 우리는 좀 더 일반적인 문학 형식의 법칙, 필수적인 부피의 법칙을 건드리고 있는 셈이다. 복잡한 철학을 담으려면 그 시적 구조가 어느 정도 길이를 확보해야 한다. 이와 대비해서 스트린드베리의 후기 희곡을 보면, 매우 압축된 희곡 형식으로는 형이상학적 입장을 체계적으로 표출해 낼 수―"논증해 낼 수"―없다는 것이 드러난다. 실제 무대에서는―플라톤적인 대화의 이상적 극장과는 구별되는―충분한 시간과 공간이 주어지지 않는다. 오직 장시長詩나 장편소설에서만 "사고의 요소"가 독자적인 역할을 부여받을 수 있다.

톨스토이에게는 서사시 형식과 철학 개념을 표명하고 그 자신에 못지않게 이 둘을 긴밀히 연결시킨 한 명의 제자이자 후계자가 있다. 토마스 만은 더 세련된 형이상학자이며, 신화를 더 의도적으로 사용했다. 그러나 그가 역사와 방대한 형식들을 자신 있게 사용한 것은 톨스토이를 본보기로 삼은 결과이다. 두 작가는, 예로부터 내려온 좀 부실한 구별이기는 하지만, 다정한 가슴의 시인이자 이성적 정신의 시인이기도 했다. 만은 『파우스투스 박사』에서 역사 신화, 예술 철학, 드물게 숭엄한 상상적 우화의 종합을 달성했다. 이 책에서 사색은 전적으로 허구적 환경으로부터 생겨난다. 이에 비해 톨스토이의 경우는 앞의 예문들에서 본 것처럼 시에서 이론으로 옮겨 가는 과정이 더 인위적이고 독자의 눈에 더 띄었다. 그러나 톨스토이와 만은 철학적 예술의 전통 속에 나란히 서 있다. 그들은 복잡한 형이상학 구조—천국과 지상에 대한 인간의 신념을 구체화한 형식적 신화—가 어떻게 시의 진실로 옮겨지는지를 이해할 수 있도록 다시금 우리를 일깨워주었다.

V

톨스토이의 천재는 예언자와 종교 개혁가의 그것이었지, 베르자예프가 생각하듯 전통적-전문적 의미에서의 신학자의 그것은 아니었다. 톨스토이는 기존 교회의 의식과 성찬식을 경멸했고, 형식적이고 역사적으로 성화聖化된 양식으로 진행되어온 신학의 논쟁들을 쓸데없는 궤변이라 생각했다. 그에게는 루소나 니체에서처럼 우상 파괴의 정신이 거세게 흘렀다. 따라서 그는 예술가이자 종교 교사로서 사회적 행위의 본질과 세상사를 위한 간명하고 합리적인 규범의 수립에 변함없는 관심을 가지고 있었다. 그는 기독교를 "성스러운 계시도, 역사적 현상도 아니며, 우리에게 삶의 의미를 주는 가르침"이라고 간주하려 했다. 최근 한 비평가의 표현에 의하면 톨스토이는 "비합리적 면을 비운, 형이상학적이고 신비적인 비전을 없앤, 은유와 상징을 박탈한, 기적과 때로는 기적의 우화까지 모조리 삭제한" 복음서를 만들었다. 그 결과 톨스토이는 러시아 사상을 지배하던 도상학圖像學에서 벗어나 종교적 소재를 다룰 수가 있었다. 그는 종교 이념을 상징적-비유적으로 설명하는 것은 교묘한 몽매주의로서, 사제와 엉터리 교사들이 일반인들로 하여금 명약관화한 선한 생활의 진리에 접하지 못하도록 막으려는 시도라고 생각했다. 『그리스도의 가르침』에서 톨스토이는 모든 사람에게 사랑은 "보일러에 담긴 증기처럼" 존재하고 있다고 썼다. "수증기는 팽창하여 피스톤을 움직이고 일을 수행한다." 이는 유별난 비유로, 부흥회 강사의 설교에나 나올 만할 정도로 판에 박히고 무미건조하다, 도스토예프스키의 입에서는 상상조차 되지 않는 말이다.

도스토예프스키의 형이상학과 신학은 막강한 주제를 형성한다. 비록 그의 소설들의 규모가 지금보다 더 작았다 하더라도 우리는 여전히 그것들을 사상의 역사에서 원형적 작품들로 읽고 있을 것이다. 도스토예프스키의 급진적인 신학 주변에, 그리고 거기에 대한 논평이나 반대를 통해, 그 나름대로 복잡하고 빛나는 하나의 문학이 자라났다. 여기에는 바실리 로자노프, 레온 셰스토프, 블라디미르 솔로비예프, 메레즈코프스키, 브야체슬라프 이바노프, 콘스탄틴 레온티예프, 베르자예프가 포함된다. 현대 철학의 관점, 특히 실존주의의 관점에서 도스토예프스키의 작품들은 신탁을 담은 책들에 속한다. 베르자예프는 말하기를 『카라마조프가의 형제들』의 저자는 "위대한 예술가, 천재적 변증가, 러시아 최대의 형이상학자일 뿐 아니라 위대한 사상가이자 위대한 환상가"였다. 이 공식은 주목할 만하다. 이는 신화의 창안자이자 해설자로서의 예술가의 상을 뚜렷이 부각시켜 준다. 베르자예프는 계속한다. "도스토예프스키는 이해될 수 없고, 사실 그의 책들은 내버려두는 편이 나을 것이다. 만약 독자가 사상의 광대하고 낯선 우주에 빠져들 준비가 되지 않은 경우라면 말이다."

나로서는 두드러진 특징만 우선 다루겠다. 톨스토이와는 대조적으로 도스토예프스키의 형이상학은 소설들 내부에서 성숙한 형식을 취했다. 설명적이고 논쟁적인 글들은 역사적으로 흥미가 있다. 그러나 도스토예프스키의 세계관이 가장 일관되고 충분히 제시되는 것은 소설들을 통해서다. 『죄와 벌』, 『백치』, 『악령』, 그리고 무엇보다 『카라마조프가의 형제들』을 읽으면서 우리는 철학적 해석을 문학적 반응에서 분리할 수가 없다. 신학자와 소설 연구자, 비평가와 철학사가가 한자리에서

만난다. 그 각각에게 도스토예프스키는 풍성한 영역을 제공한
다.

『악령』 제3장에서 키릴로프는 화자에게 말한다.

> 다른 사람이 어떻다는 건 난 알 바 아니오. 난 그들과 같을 수
> 는 없소. 대개 그들은 한 가지 일을 생각하다 다음에는 딴 일을
> 생각하지요. 나는 일생 동안 한 가지 일만 생각하고 있소. 신이
> 평생토록 나를 괴롭혔던 것이오.

이 말은 도스토예프스키가 자신에 대해서 사용하던 말 그대
로다. 도스토프스키는 1870년 마이코프에게 쓴 편지에서 구
상 중이던 『위대한 죄인의 생애』에 대해 언급하다가 다음과 같
이 고백했다. "모든 부분을 꿰뚫는 기본 개념은 알게 모르게
내가 일생을 통해 괴로워하던 문제, 즉 신의 존재 문제입니다."
이 고통이 도스토예프스키의 천재성의 핵심에 있었다. 그의 세
속적 본능—이야기꾼의 재능, 타고난 연극 감각, 정치에의 매
료—은 정신의 종교적 성향, 그의 상상력의 본질적인 종교성
에 의해 속속들이 제한을 받는다. 거의 어떤 삶도 신에 홀려 있
다거나 신의 존재가 더 구체적인 힘으로 그들 자신의 정체성
을 침범했다고 이보다 더 확신을 가지고 말할 수 있는 경우는
없을 것이다. "신의 존재 문제"를 둘러싸고 도스토예프스키의
소설들은 그 특유의 비전과 변증법을 다듬는다. 소설에 따라
이러한 문제 제기는 긍정을 통하기도 하고 부정을 통하기도
한다. 신의 문제는 도스토예프스키의 종말론적-초민족주의적

역사 이론의 배후에 존재하는 한결 같은 추진력이었다. 그것은 지성의 활동들에 그 축과 전통을 제공했다. 『카라마조프가의 형제들』에서 알료샤가 이반에게 말하다시피

> 그래요, 진실한 러시아인이라면 신의 존재 문제와 불멸의 문제─형님 말처럼 같은 문제를 뒤집어 놓은 것이지만─가 무엇보다 우선이죠, 그건 당연한 일입니다.

가끔 도스토예프스키는 훨씬 더 멀리까지 나갔다. 그는 인간은 신의 존재나 결핍에 따라서만 그 유일한 실체를 끌어낸다는 식으로 믿었다. "인간은 신의 이미지와 반영인 경우에만 존재하기 때문에 신이 존재할 경우에만 인간도 존재한다. 신을 비존재로 있게 하고, 인간이 스스로 신이 되어 더 이상 인간이 아니게 해 보라. 그의 정당한 이미지는 소멸될 것이다. 인간 문제에 대한 유일한 해결은 그리스도에 있다."[*]

도스토예프스키적 세계는 뚜렷한 특징을 가진 구조물이다. 즉 인간 경험의 차원은 천국과 지옥, 그리스도와 적그리스도 사이에 좁게 걸쳐져 있다. 저주의 대행자들과 은총의 대행자들이 우리의 정신에 달려들고, 사랑의 공격은 더더욱 혼을 빼놓는다. 도스토예프스키의 맥락에서 인간의 구원은 그의 유약성, 즉 인간이 그를 신의 딜레마에 피할 수 없이 대면하게 하는 양

---

[*] N. A. 베르자예프 : 『도스토예프스키의 정신』.

심의 고통과 위기에 노출되어 있다는 데 의존한다. 그 고통과 위기가 더 쉽게 매복해 있도록 하기 위해서 소설가는 그의 인물들을 감싸고 있는 방해물들을 제거해버렸다. 신의 그림자가 그들의 길을 가로질러 드리워지면, 그 도전의 무시무시한 강렬함은 사회생활의 기계적 일상으로도 일시적인 참여로도 약화되지 않는다. 도스토예프스키의 인물들은 극한에 이르기까지 자기 자신일 수밖에 없는 것이다. 우리는 그들이 잠을 자거나 식사를 하는 것을 거의 보지 못한다. (베르호벤스키가 익히지 않은 쇠고기를 먹어 치우는 장면은 그 방식의 상징적인 야수성 못지않게 이런 행동이 그야말로 희귀하다는 사실로 충격을 준다). 비극의 주인공들처럼 도스토예프스키의 극중 인물은 마치 최후의 심판에 임하듯 벌거숭이로 움직인다. 아니면, 구아르디니가 표현한 대로, 도스토예프스키의 풍경은 어디에나 좁은 테로 둘러싸여 있고 "그 테의 이면에는 신이 서 있다".*

도스토예프스키의 소설들은 신의 존재를 탐구해 가는 일련의 단계들이다. 거기에는 인간 행위에 대한 심원하고 근본적인 철학이 상술되고 있다. 도스토예프스키의 주인공들은 이념에 도취되고 언어의 불길에 소모된다. 그렇다고 이들이 알레고리적 유형이나 화신personification이란 의미는 아니다. 셰익스피어를 제외하고는 누구도 이보다 더 삶의 복합적 역동성을 완벽히 재현한 사람은 없다. 이는 여타 인간들이 애증을 먹고 산

---

* 로마노 구아르디니 : 『도스토예프스키 작품의 종교적 측면』.

다면, 라스콜니코프, 미슈킨, 키릴로프, 베르실로프, 이반 카라
마조프 같은 인물들은 사상을 먹고 산다는 말이다. 여타 인간
들이 산소를 태운다면 그들은 사상을 태운다. 환각이 도스토예
프스키의 서사에서 큰 역할을 하는 이유도 바로 여기에 있다.
환각이란 인간 유기체를 관통하는 사고의 급습과 자아와 영혼
사이의 대화가 외재화된 상태를 지칭한다.

　도스토예프스키가 그의 특별한 비전을 끌어낸 이데올로기
내지 종교 교리의 원료는 무엇이었을까? 그는 이 "신의 존재
문제"를 어떤 맥락에서 스스로에게 제기했을까?

　아마도 서구 독자들의 추정보다는 다소 덜 상궤를 벗어나
있고 덜 독특한 맥락에서이다. 비러시아인에게는 도스토예프
스키의 신화에서 가장 개인적이고 자율적인 것처럼 보였던 것
의 대부분은 사실상 그것이 표명되었던 당시의 시간과 장소의
특징을 이루는 것이었다. 그 맥락은 철저하게 민족적이며, 도
스토예프스키의 위대한 광채의 배후에는 그 주요 부분이 15세
기까지 거슬러 올라가는 정교와 메시아 사상의 오랜 전통이
놓여 있다. 도스토예프스키는 너무나 자주 블레이크, 키르케고
르, 니체와 같은 작은 집단의 고립된 환상가들의 일원으로 간
주되어 왔다. 그러나 이것은 한 측면일 뿐이다. 도스토예프스
키에게는 풍부한 역사적 배경이 있었다. 그의 세계관의 중요한
요소는 시리아인 성 이삭*으로부터 유래하며, 성 이삭의 작품

---

* Isaac of Nineveh (c.613–c.700)를 지칭. 7세기 시리아 동방교회의 주교
　로 기독교 금욕주의에 대한 책으로 알려져 있다. – 역주

들은 스메르쟈코프가 이반 카라마조프를 최후로 만날 때 그의 침대 옆에 놓여 있다. 튜체프의 그리스도 개념과 러시아 민족이 그리스도를 지킬 사명이 있다는 생각은 도스토예프스키적인 시련을 통과하고서도 거의 변하지 않았다. 네크라소프의 시 「블라스Vlas」가 없었다면 도스토예프스키는 "온순한 사람들", 대지를 가로지르며 신의 비밀을 속삭이는, 지성은 시들었으나 정신은 성스러운 저 떠돌아다니는 걸인들의 이미지를 그토록 멋지고 실감나게 떠올리지는 못했을 것이다. 또 바쿠닌이 "신은 존재한다, 고로 인간은 노예다. 인간이 자유로우면 신은 존재하지 않는다"고 선언하지 않았다면, 『악령』의 키릴로프의 변증법은 그만큼 통렬하지 못했을 것이다. 도스토예프스키적 형이상학의 주요 테마들은 어디를 살펴보더라도 그 기원이 다양하면서 분명하다는 것이 확연해진다. 이반 카라마조프의 입을 통해 이루어지는 신에 대한 고발은 벨린스키의 어떤 페이지를 심화하고 세련시킨 것이며, 다닐레프스키의 『러시아와 유럽』은 차르의 메시아적-신학적 역할에 대한 소설가의 믿음을 부추겼고 재정복된 비잔티움의 정신적 의미를 시사했으며, 스트라호프의 한 논문은 경험이란 주기적이고 영원히 반복된다는 무서운 생각을 불어넣었다. 이것은 도스토예프스키라는 천재의 독창성에 의문을 제기하자는 것이 아니다. 그것은 정교와 민족적 배경에 대한 인식이 도스토예프스키의 소설에 대한 진지한 독서에 없어서는 안 된다는 점을 확인하는 것이다.

도스토예프스키의 세계에서 그리스도의 상은 무게 중심이다. 톨스토이가 "진리보다도 기독교를 더" 사랑하는 자들에게 내린 콜리지의 경고를 인용하며 이에 동의한 반면, 도스토 예프스키는 자기 자신의 이름으로 그리고 등장인물의 입을 빌려, 모순의 사건 속에서 진리나 이성보다도 그에게는 그리스도가 한없이 더 소중했다고 분명히 말했다. 그의 상상력은 신의 아들의 모습을 열렬하고도 자세하게 그려내고 있어서 도스토예프스키 소설의 주요 부분을 신약성서의 주석으로 읽는 것도 가능할 정도다. 도스토예프스키의 그리스도 개념은 아우구스티누스의 훈령, "인간 그리스도를 통해 신 그리스도에게로"에서 비롯된다. 그러나 대개의 예술가와 마찬가지로 그는 본능적으로 네스토리우스파였다. 그는 인간 구세주를 신 구세주로부터 구별한 저 강력한 5세기의 이단 사상으로 기울었다. 그가 그리려고 했고 찬미하고자 했던 것은 인간 그리스도였다. 톨스토이와는 달리 도스토예프스키는 그리스도의 신성을 열렬하게 긍정했으나, 그 신성은 그 인간적 양상을 통해 가장 강력하게 그의 영혼을 움직였고 그의 지성을 끌어들였다.

여기서 어떻게 선함이 믿는 자의 신앙과 일치된 순수한 상태로 극화되고 또 제시될 수 있는가 하는 오랜 문제에 대한 소설가의 기법적 접근이 나온다. 그리스도의 어조와 광채의 어떤 것을 인간의 초상 속에 결합하려는 도스토예프스키의 열망은 그의 작품 세계에서 가장 중요한 주제 중 하나이다. 그 열망에는 한계가 지워질 수밖에 없고 예술의 가능성이 유한하다는 사실을 우리에게 알려준다. 이와 유사한 교훈을 우리는 비전의 극점에서 눈이 먼 단테에게서도 얻을 수 있다. 그리스도의 실제 모습에 대한 도스토예프스키의 상상은 홀바인의 〈십자가에서 내려진 그리스도〉의 영향을 받았다. 소설가는 바젤에서 이 작품을 보고 큰 감동을 받은 바 있었다. 이 그림의 모사화가 로고진의 집에 걸려 있다.

기독교회가 아예 초창기부터 그리스도의 고통은 상징적이 아니라 실제적이었고 십자가상의 그분의 육신은 따라서 자연의 법칙에 충분하고 완전하게 종속되었다는 점을 주장했다는 것을 나는 안다. 그림 속에서 얼굴은 구타로 끔찍스럽게 뭉개져 퉁퉁 부어 있으며, 무시무시하게 부어오른 피투성이의 상처들로 뒤덮여 있고, 눈은 뜨고 있지만 찌그러져서 거의 감긴 상태로, 허옇게 드러난 흰자위는 죽음과 같은 빛으로 번들거리고 있다.

도스토예프스키에게 메시아에 대한 이러한 표현은 리얼리즘의 구사 이상이었다. 그는 그 그림을 중세적 의미에서의 성상聖像으로, 실제 존재했던 것의 "실재 형태real form"로 보았다. 그것은 그리스도가 진실로 사람의 아들이자 신의 아들이었는지, 그리고 그분과 같은 존재가 고문 끝에 죽음을 당한 그런 세상에 구원이라는 것이 있을 수 있는지의 문제를 그야말로 마치 눈앞에 보여주듯 제기했다. 도스토예프스키가 두 질문에 모두 긍정으로 답했다면, 긴 정신적 발전을 거치고 온갖 종류의 불신에 괴롭게 노출된 후에야 비로소 그럴 수 있었다. 우리는 생애의 마지막 무렵에 소설가가 "회의의 지옥불"의 핵심을 통과해서 신에게로 도달했음을 시인했다는 것을 안다. 도스토예프스키는 예수의 초상을 위해 몇 가지 중요한 연구와 스케치를 한 바 있다. 즉 미슈킨 공작, 『미성년』의 마카르 이바노비치, 알료샤 카라마조프가 그들이다. 완성된 그림은 대심문관 이야기에 나오는 돌아온 그리스도의 그것뿐이다. 돌아온 그리스도는 아름다움과 지울 수 없는 기품을 은은하게 풍기지만, 말은 한마디도 하지 않는다. 이 침묵은 D. H. 로렌스의 비뚤어진 주장과는 달리 인정의 표시는 아니다. 오히려 그것은 예술가의 겸손에 대한 우화이자 언어의 필연적인 패배에 대해 지금까지 우리에게 주어진 가장 진실한 통찰 중의 하나다.

미슈킨의 모습에 암시된 그리스도 개념은 러시아 민속과 동방교회의 성인전(傳)에 뿌리를 두고 있다. 도스토예프스키는 『작가 일기』에서 이렇게 적고 있다.

> 이는 세대를 이어서 받아들여지고 있고, 민중의 가슴과 합류했다. 아마도 그리스도는 러시아 민중의 유일한 사랑일 것이다. 그들은 인내의 극단에 이르기까지 자신의 방식으로 그리스도의 상을 사랑한다.

그것은 백치로 오해받을 수도 있는, 갖은 박해 속에서 떠돌아다니는 인간의 아들의 이미지, 어린이와 성스러운 걸인들과 간질병자들이 알아보는 숨은 왕자의 이미지이다. 도스토예프스키는 시베리아에서, 저 죽음의 집에서 그를 발견했고, 로마의 도그마와는 반대로 그가 시간 그 자체를 끝장내고 영원한 저주를 폐지할 것이라고 믿었다. 그리고 그는 전능자 그리스도, 즉 모든 것을 태워 없애는 묵시의 주님으로서가 아니라 모욕받고 상처입은 사람들에 대한 꺼지지 않는 자비로 그러하리라는 것이다.

앞에서도 언급한 바지만, 미슈킨 공작은 세르반테스, 푸시킨, 디킨스로부터 빌려와서 만든 합성 인물이다. 그의 온순함, 비세속적인 지혜, 순결한 마음—이 모두가 그리스도의 특성을 내포하는데—은 행동하는 과정에서 드러난다. 그러나 그에게는 유한한 인간으로서의 실체감이 거의 없다. 『백치』에서 유지되는 이미지는 마치 독일 낭만파 화가들이 그린 다소 병적일 정도로 파리한 예수상처럼 창백하다. 알료샤 카라마조프는 이보다는 더 그럴싸한 창안이다. 도스토예프스키는 소설 서문에서 알료샤를 묘사하는 데 기법상의 어려움을 겪었다고 토로했다. 작품을 완성하고 나서도 그가 과연 제대로 순결과 지혜, 천사의 기품과 인간적 정열을 융합했는지 확신하지 못했다. 알료샤를 그리스도의 알레고리로 보는 경우, 도스토예프스키의 의심은 정당했다. 알료샤는 미슈킨만큼이나 불완전하게 자신의 역할을 수행하지만 그 이유는 정반대이다. 알료샤에게는 너무 많은 피, 너무나 많은 카라마조프의 피가 흐르고 있다. 그렇기는 해도 알료샤는 선이 극화되는 과정을 독특하고 설득력 있게 제시해 주는 본보기이다. 알료샤는 그리스도의 계명을 완수한다. "죽은 자로 하여금 죽은 자를 묻게 하라. 그리고 그대는 가서 신의 왕국을 전파하라." 그렇게 하면서 그는 인간 조건 속으로 깊이 들어가지만, 도스토예프스키는 신비한 은총의 빛이 그의 신체 주위를 언제까지고 둘러쌀 것(적어도 실제로 완성되었던 의도된 무용담의 저 단편들에서는)이라고 우리를 설득한다. 그에게서, "살아생전 그 순간을 통해 한 번은 행위가 그 영감을 완벽하게 구현할 수 있을지도 모른다".*

그러나 미슈킨 공작과 알료샤 카라마조프는 이 같은 발상의 뛰어남에도 불구하고, 혹은 아마도 그것 때문에, 두 인물 모두 그리스도를 본질적으로 규범적이고 전통적으로 재현하고 있다. 내 생각에는 더 미묘하고 더 근본적이면서 더 가슴 아픈 계시는 스타브로긴의 창조를 통해 환기되었다. 스타브로긴의 모습은 도스토예프스키적 세계의 어둠의 핵심에 서 있다. 그러나 모든 길은 그에게로 통해 있으며, 이는 시인의 감수성과 "러시아 최대 형이상학자"의 혁명적이고 묵시적인 주장이 그 속에서 가장 긴밀히 결합되어 있기 때문이다. 스타브로긴은 소설의 기법과 신화의 창조에서 도스토예프스키의 궁극적인 탐구를 형상화한다. 그러나 그에게 접근하기 전에 이와 관련된 변증법을 요약해 둘 필요가 있다.

도스토예프스키의 신학과 인간학은 완전한 자유라는 공리 위에 세워져 있었다. 인간은 자유롭게, 전적이고 무서울 정도로 자유롭게, 선과 악을 인식하고 이 둘 가운데 선택하며 그의 선택을 실행한다. 세 개의 외부적 힘들—적그리스도의 삼위일체로 예수에게 3중의 유혹을 한—이 인간을 자유에서 구해주려 한다. 그것은 기적, 기성 교회(특히 로마 가톨릭), 국가이다.

---

* R. P. 블랙머 : 『사자와 벌집』.

만약 심리적-개인적-내적 의미의 것이 아닌 실제의 기적이 일어났다면, 이를테면 그리스도가 십자가에서 내려왔다거나 조시마 장로의 시체가 향기를 뿜는다면, 인간이 신을 받아들이는 일은 더 이상 자유가 아닐 것이다. 그것은 노예가 물리적 힘에 의해 복종을 강요당하는 것과 마찬가지로, 단순한 증거에 의해 강요되는 셈이다. 교회는 신과 개인의 영혼의 고뇌 사이에 끼어들어 면죄를 보장하고 종교 의식의 신비를 제공함으로써 인간들에게서 본질적인 자유를 박탈한다. 사제의 기능이란 신의 문제로 고통 받는 숭배자의 고결성과 고독을 약화시키는 일이다. 로마 가톨릭과 국가는, 도스토예프스키가 자연스럽게 결탁해 있다고 한 것처럼, 지상의 천년왕국을 약속함으로써 인간의 구원이 불가능하도록 하겠다고 위협한다. 『악령』에서 쉬갈로프가 제시한 프로그램—고독한 소수가 다수의 영혼 없는 민중들의 물질적 복락을 위해 통치하는 완전무결한 사회—은 인간의 법적-공적 권리(도스토예프스키는 이를 무시하다시피 했다)를 파괴하기 때문이 아니라 인간을 만족한 짐승으로 만들기 때문에 끔찍스러운 것이다.

도스토예프스키는 어두운 통찰력으로 물질적 결핍과 종교적 신념 사이에 친연성이 있음을 인식했다. 이 때문에 그는 사회주의의 "수정궁crystal palace"에 맞서서, 루소, 바뵈프, 카베, 생시몽, 푸리에, 프루동과 그 외 세속의 개혁이 실현되리라 믿고 사랑을 포기하고라도 정의를 얻어야 한다고 설교하는 모든 실증주의자들에 맞서서, 필생에 걸친 논쟁을 벌였다. 또한 마찬가지 이유로, 합리적 생리학을 통해 영혼의 내밀한 곳과 악마적인 자율성을 침식한 듯 보였던 클로드 베르나르를 증오했다. 도스토예프스키는 톨스토이를 비롯하여 인간이 이성과 공리주의적 계몽을 통해 서로 사랑할 수 있게 유도될 수 있으리라고 본 모든 사회적 급진론자들의 신념을 혐오했다. 그에게는 그런 개념은 심리학적 근거에서 사기로 보였다. 그는 1876년 12월 『작가 일기』에서, "인간 영혼의 불멸성에 대한 믿음이 따르지 않는다면, 인간의 사랑이란 생각될 수도 없고, 이해될 수도 없으며, 전혀 가능하지조차 않을 것"이라고 단언했다. "나는 나아가서 하나의 관념으로서의 보편적인 인류애란 것은 인간 정신으로 보아 도저히 이해될 수 없는 부류의 것이라고 감히 주장하는 바다." 그리고 1864년 4월 16일 첫 번째 아내의 시신屍身 옆에서 쓴 그리스도에 관한 명상에서, 도스토예프스키는 "'너 자신인 것처럼 모든 것을 사랑하라'는 말은 인격의 발달 법칙에 어긋나기 때문에 지상에서는 불가능하다"고 주장했다.

이것은 불변의 법칙은 아니다. 개인적인 묵시의 순간, 인간 영혼이 짓찢기고 성화聖化되는 광휘의 순간들이 있다. 간질이 발작할 것 같은 징후들이 겉으로 드러날 수도 있는 이러한 순간에 라스콜니코프 같은 죄인이 만유의 사랑에 압도당하며, 은총에 휩싸인 알료샤는 고통스러운 회의에서 벗어나 모든 인간들과 모든 감각적 대상들에 대한 경애의 마음으로 대지에 엎드린다. 이처럼 번득이는 계시는 근거 있는 유일한 기적이다. 도스토예프스키는 알료샤의 체험 이야기에 "갈릴리의 가나"* 라는 제목을 붙였다. 물이 포도주로 변하거나 아니면, 『전쟁과 평화』의 플라톤 카라타예프의 기도를 바꾸어 말하자면, 우리는 돌멩이처럼 누워 있다가 신선한 빵처럼 깨어나는 것이다. 인간이 자유롭기만 하다면, 다시 말해 외부의 경이, 성직자들의 교리, 유토피아 국가의 물질적 성취들이 인간을 신의 공격으로부터 방어하지만 않는다면, 이러한 현현들은 일어날 수가 있다. 인간의 자유란 바로 신에 대한 취약함이다. 인간에게서 자유를 박탈하면, 인간의 영혼은 맹목성의 포로가 된다.

심리적 정확성과 맹렬한 시가 동반되는 이 변증법으로부터 악에 대한 도스토예프스키의 이론이 탄생한다. 악이 없다면 자유 선택의 여지도 없고 인간을 신에 대한 인식으로 몰아가는 고통도 없을 것이다. 이 점에서 도스토예프스키의 의도를 가장 날카롭게 꿰뚫은 베르자예프는 본질적인 역설을 밝혀준다.

악의 존재는 신의 존재의 증거이다. 만약 세계가 전적으로 그리고 특이하게 선함과 올바름으로 구성되어 있다면 신은 필요 없을 것이다. 세계 자체가 바로 신일 터이므로. 악이 있기 때문에 신이 있다. 이는 곧 자유가 있기 때문에 신이 있다는 뜻이다.

신을 선택하는 자유에 어떤 의미가 있다면 신을 거부하는 자유도 그와 동등한 현실성으로 존재해야 한다. 악을 저지르고

---

* 갈릴리의 가나 : 예수는 이곳의 혼인 잔치에서 최초의 기적을 행한다. 요한복음 2장 참조. - 역주

경험하는 기회를 통해서만 인간은 자기 자신의 자유를 성숙하게 파악할 수 있다. 범죄 행위라는 지상至上의 자유는 둘로 나누어지는 인간의 길의 분열에 격렬하지만 진실한 빛을 던진다. 하나의 길은 영혼의 부활로 인도하고, 다른 길은 도덕적-정신적 자살로 인도한다. 신을 향한 순례는 인간이 어둠의 길을 택하는 한에서만 진정한 의미를 얻을 수 있다. 키릴로프가 가차없이 말하다시피 자유에 처해지고도 신의 존재를 받아들일 수 없는 사람들은 자멸로 몰릴 수밖에 없다. 그들에게 세계란 혼돈의 부조리극이며, 비인간성이 횡행하며 파괴를 자행하는 잔인한 소극笑劇이다. 완전한 자유와 신 내지 그리스도의 전능의 역설을 그들 삶의 골수에서부터 받아들일 수 있는 사람만이 악을 인식하고도 살아갈 수 있을 것이다. 고통과 인간사의 끔찍한 부정不正을 넘어서서까지 그들이 두려워하게 될 무엇이 있다. 그것은 신의 무관심, 다시 말해 쉬갈로프나 톨스토이류의 인간들이 물질적으로 완성한 세계, 인간들이 만족한 짐승의 눈을 하고 땅을 내려다보는 그러한 세계에서부터 신이 최종적으로 물러나 버리는 일이다.

도스토예프스키적인 인간은 도덕극의 주인공처럼 은총을 받느냐 악에 의해 파멸하느냐의 사이에 처해 있다. 악마적인 힘이 도스토예프스키의 우주론에서 뚜렷한 위치를 점하고는 있으나, 그가 어떤 식으로 그 본성을 파악했는지는 다소 불분명하다. 그가 통상적 의미에서의 심령술을 믿지 않았다는 것은 확인된다. 영매들은 사자死者와 자발적인 의사소통이 가능하다고 그를 설득하려고 했지만, 그는 그들을 엉터리라고 비난했다. 정신적 실체에 대한 그의 이미지는 이보다 더 복잡했다. 영혼에 대한 도스토예프스키의 다중적 시각은 가끔 분열될 조짐조차 보였다. 토마스 아퀴나스적인 용법으로는 "유령"이란 인간 정신이 의식의 상이한 면모들 사이의 대화를 벼리기 위해서 이성이나 신앙의 일관된 통제로부터 이탈하여 순수한 에너지로 작용할 때의 모습을 표현한 것일 수 있다. 우리가 그에 따른 현상을 정신분열적이거나 초자연적이라고 지칭하는 것은 아직까지는 완전한 지식의 문제라기보다 용어상의 문제다. 중요한 것은 그 경험의 강도와 질, 즉 그 유령이 주는 충격이 우리의 이해력을 형성하는 힘을 얼마나 가지느냐이다. 도스토예프스키는 헨리 제임스의 유령 이야기에서처럼 그의 인물들을 불가해한 에너지들의 영역으로 둘러쌌다. 모든 힘들이 그들에게로 이끌리고 그들의 주변에서 빛을 발하며, 여기에 부응하는 에너지가 내부에서 솟아 나와 구체적인 형태를 취한다. 이반 카라마조프가 악마와 대화하는 장면 같은 비자연적인 것에 대한 무서운 탐구에서 우리는 고딕주의의 기법과 도스토예프스키의 불안정한 영혼의 신화가 완전한 합치를 이루는 것을 보게 된다.

여기에 부응하여 그는 통상의 감각적 인식의 세계와 그 너머의 잠재적 세계 사이에 확고한 장벽을 세우지 않았다. 메레즈코프스키가 말했다시피,

톨스토이에게는 삶과 죽음의 영원한 적대 관계만이 존재할 뿐이다. 반면 도스토예프스키에게는 그 둘은 영원한 동일체이

다. 전자는 이 세상의 눈으로, 삶의 집 내부로부터 죽음을 바라
보고, 후자는 영혼 세계의 눈으로, 살아 있는 사람에게는 죽은
듯이 보이는 발판에서부터 삶을 들여다본다.[*]

　도스토예프스키에게 세계가 복수復數로 존재한다는 것은 명
백한 진리였다. 종종 그는 경험적 실체를 비실재적이고 환영幻
影적이라고 보았다. 대도시들은 속아 넘어가기 쉬운 신기루이
며, 페테르부르크를 뒤덮은 백야는 실재하는 사물들 주변에 어
른거리는 유령의 빛의 증거물이며, 실증주의자들이 확고한 사
실 내지 자연법칙이라고 보는 것은 단지 비실재의 심연 위에
걸려 있는 가느다란 추정의 거미줄에 불과하다. 이 점에서 도
스토예프스키의 우주론은 중세적이며 셰익스피어적이었다. 그
러나 카프카 같은 그의 후계자들이 마법에 걸린 사물에서 심
리적 저주의 징후를 보게 되는데 비해, 도스토예프스키 자신은
악마적인 것 속에서 인간이 신에 특별히 가까워지는 표지를
보았다.

　육체라는 외피를 쓰고 일시적 생명에 속절없이 빠져 있지
만, 인간의 영혼은 언제든 은총을 받을 수도 영원한 파멸에 직
면할 수도 있다. 가난한 사람들, 병약자들, 간질병자들은 큰 이
점을 안고 있다. 즉 그들은 물질적으로 헐벗거나 발작에 사로
잡힘으로써, 관능과 정상적 건강이라는 진상을 흐리는 표피를

---

[*] D. S. 메레즈코프스키 :『톨스토이의 인간과 예술』.

찢어버리는 총체적 지각을 겪는다. 미슈킨과 키릴로프는 간질 병자이기 때문에 신의 문제를 직접적으로 대면할 수 있는 특권을 가진다. 그러나 악마적인 요구와 유혹은 모든 인간을 둘러싸고 있다. 우리는 모두 갈릴리의 가나에서 저녁을 먹도록 초대된 것이다.

범죄자와 무신론자도 간질병자처럼 도스토예프스키의 신정론에서 주된 역할을 한다. 그들은 자유의 한계점에 서 있다. 한 발자국만 더 디디면 신에게로 나가든지 지옥의 구렁으로 떨어지게 된다. 그들은 파스칼이 제시한 기회주의자의 이점을 거절했다. 파스칼은 인간이란 신을 믿든 안 믿든 경건하게 살아야 한다고 했다. 왜냐하면 만약 신이 존재한다면 그 경건함은 영원한 보상을 받을 것이며, 존재하지 않는다 해도 그들의 삶은 그만큼 기품 있고 이성적일 것이기 때문이다. 도스토예프스키의 주인공들은 이러한 모호한 입장에 항거한다. 그들에게는 신이 존재하는가 존재하지 않는가의 문제는 삶의 의미와 마찬가지다. 신은 발견되어야 한다. 그렇게 못한다면 창조에서 물러나버렸다는 것이,『미성년』의 베르실로프가 주장하는 것처럼 버려진 존재인 인간에게 무서울 정도의 자유를 남기고 떠나버렸다는 것이 아무런 의심의 여지도 없이 분명해져야 한다. 신을 찾아가는 탐색은 밤과 증오의 왕국들을 통과해서 가는 길일 수 있다. 이 개념은 기독교회의 성인 이야기들과 상징체계에 반영되어 있다. 도둑들과 창녀들은 라틴 전통에서조차 성역에 자리하고 있다. 정교의 시점에서는 이들은 거의 중심부에 위치하고 있다. 슬라브 신학자들은 그리스도가 저주의 극단에 빠져 있다가 그에게로 온 사람들을 누구보다도 더 사랑한 역설에 기쁨을 느낀다. 이 교리에 도스토예프스키는 자신의 노력과 구원의 체험을 추가했다. 장로들이 스타브로긴과 드미트리 카라마조프에게 절을 할 때, 그들은 악의 신성함에, 다시 말해 그들 속에서 신의 도전의 권능과 신의 용서의 무한함이 이중으로 명백해질 만큼 파괴적인 저 지옥의 유혹에 예언적인 경의를 표하는 것이다.

그러나 인간의 자유가 신에게 접근하는 유일한 길이라면, 그것은 또한 비극의 조건들을 제공하기도 한다. 잘못된 선택, 즉 신을 부정할 가능성은 언제나 가까이에 존재한다. 신의 문제가 더 이상 인간의 영혼을 사로잡지 않게 될 세계는, 도스토예프스키의 정의에 따르면, 비극이 없는 세계일 것이다. 이 세계는 "무제한의 독재"라는 쉬갈로프의 공식에 따라 얻어진 사회적 유토피아일 수도 있다. 거기에서는 물질적으로 "좋은 생활"이 얻어질지도 모른다. 그러나 대심문관의 극장에서는 비극이란 있을 수 없을 것이다. 소련의 초대 교육위원장 루나차르스키는 "인간이 자연을 정복하면, 그 즉시 종교는 불필요하게 되고, 그에 따라 비극적인 것에 대한 의식도 우리의 삶에서 사라질 것이다"라고 말했다. 한 줌에 불과한 불치의 광인들을 제외하면 누구나가 2×2는 4라는 것, 클로드 베르나르가 혈관 조직의 중심까지 관통했다는 것, 톨스토이 백작이 자기 영지에 학교를 세우고 있다는 것을 알 것이고 그것의 확실성에 기꺼워 할 것이다. 미친 축 가운데 선두에 선 자들이 바로 도스토예프스키와 그의 주요 인물들이다. 그들은 세속적 유토피아와 근본적으로 적대적인 위치에 선다. 즉 인간의 영혼을 달래서 안락한 잠과 물질적 포만에 빠뜨리고 이로써 삶에 대한 비극적 의식을 추방해버리는 모든 세속적 개혁의 범주들에 대해 적대하는 것이다. 콩트의 표현을 빌리자면 톨스토이는 "인간의 종"이었다. 도스토예프스키는 인도주의의 신조를 불신해 마지않았고 고뇌에 빠지고 병이 들고 때로는 범죄를 저지를 정도로 제정신이 아닌 "신의 종들"과 더불어 남기를 택했다. 이 두 노역 사이에는 커다란 증오가 지배할지도 모른다.

VI

도스토예프스키의 소설에는 종교 사상과 종교 체험이 두 가지 주요 양식으로 표현되어 있다. 하나는 본질적으로 명백하고 정통에 속하는 양식이며, 다른 하나는 은밀하고 이단에 속하는 양식이다. 명백한 양식에는 성경으로부터의 풍부한 인용, 신학적 변증법과 술어, 실제 교회 생활에 토대를 둔 플롯 요소, 예배식의 모티프, 도스토예프스키적 장면 특유의 성상聖像을 이루는 성서적인 비유들에 대한 저 수많은 암시가 포함된다. 그의 소설에는 종종 다소 원시적 형태로 소통되는 종교 문제들이 문자 그대로 꽉 들어 차 있다. 도스토예프스키는 인물들에게 그들의 성격을 말해 주는 비유적 이름을 붙였다. 라스콜니코프는 "이단자"란 뜻으로 분열schism 속에 거주하는 자이고, 샤토프는 "머뭇거리는 사람"이란 뜻이고, 스타브로긴의 이름에는 그리스어로 "십자가"란 뜻이 있고, 아글라야는 "타오르는 사람"을 뜻한다. 『카라마조프가의 형제들』은 명명命名의 상징체계를 중심으로 세워져 있는데, 그 상징체계의 대부분은 도스토예프스키가 정교회의 성자 달력에서 따온 것이다. 알료샤는 "구조자"와 "신의 사람" 둘 다를 뜻하고, 이반은 말씀의 신비에 취해 있기 때문에 제4복음서 저자의 이름을 따랐다. 드미트리에서 우리는 대지의 여신 데메테르의 반향을 듣고, 이 반향은 요한복음에서 따온 이 소설의 제사題詞—진실로 진실로 너희에게 이르노니 한 알의 밀이 땅에 떨어져 죽지 아니하면 한 알 그대로 있고, 죽으면 많은 열매를 맺으리라—로 다시 되돌아가게 한다. 표도르 파블로비치의 이름에는 "신의 선물"이란 의미가 숨겨져 있다. 이 반어적이고 역설적인 암시를 규명하려고 노력하다 보면, 우리는 상징적 장치들에 대한 도스토예프스키의 공개적 사용과 그의 더 사적이고 비정통적인 신화의 경계선 바로 위에 서 있음을 발견하게 될 것이다. "카라마조프"란 말 자체에는 타타르 말로 "검다"는 뜻이 있다.

이와 비견할 만한 알레고리가 도스토예프스키의 여주인공들의 이름에도 엿보인다. 소피아sofia, 즉 은총을 통한 예지라는 개념은 정교 신학의 핵심이다. 도스토예프스키는 이 용어를 겸손과 고통을 통해 지혜를 얻는 것과 연결시켰다. 『죄와 벌』의 소피아(소냐) 마르멜라도바, 『악령』에서 육로를 여행하며 복음서를 파는 소피아 울리친, 『미성년』의 소피아 돌고루키, 알료샤의 성녀 같은 어머니 소피아 카라마조프가 이들이다. 『악령』의 절름발이 여자인 마리아 티모페예브나는 도스토예프스키의 신들린 창조물 중에서 아마 가장 순수한 인물일 텐데, 그 이름 속에는 그리스도학 전부가 들어 있다. 이런 이름들을 보면 이 구원의 드라마, 네미로비치 단첸코가 1911년 모스크바 예술 극장에서의 『카라마조프가의 형제들』 공연을 두고 지칭한 것처럼 이 도스토예프스키 소설의 "장관 신비극spectacle-mystery"에서 차지하는 인간의 위상을 알 수 있다.

장관과 신비(형이상학적 의미와 기법적 의미 모두에서)가 인간들에게 처음 나타난 것은 성경을 통해서였다. 따라서 도스토예프스키에게 성서 인용이나 인유引喩는 신화의 형성 배경이 그리스 희곡 작가들에게 가졌던 의미와 맞먹는다. 친숙하기 이를 데 없고 최근에 이르기까지 서구와 러시아 정신의 바로 그 조직에 새겨져 있는 성경의 언어들이 도스토예프스키의 텍스트에 그 특유의 음조를 부여한다. 복음서 및 바울의 서한에서 도스토예프스키가 인용한 구절에 대해서는 전문적인 연구가 이루어질 수도 있다. 구아르디니가 고찰한 바 있듯이, 소설가는 고의로 부정확할 때가 있었다. 예를 들어 『카라마조프가의 형제들』에서 성경을 따온 구절 중에는, 추상적 악의 명명과 인격화된 사탄에 대한 언급 사이에 의도적인 혼동이 있다. 그러나 대개의 경우 도스토예프스키는 꼼꼼하게 고도의 연극적 감각을 가지고 인용했다. 그는 모자이크의 대가가 석재石材 사이사이에 보석을 박아 넣듯 두려움 없이 서술 속에 성경 구절을 배합했다. 많은 예들이 떠오르지만, 그중에서 『죄와 벌』과 『악령』에 나오는 개종과 현현의 순간은 가장 훌륭한 편에 속한다.

소냐는 라스콜니코프에게 요한복음의 11장을 읽어 준다.

그녀는 진짜 열병에 걸리기라도 한 것처럼 온몸을 후들후들 떨고 있었다. …그녀는 위대한 기적을 얘기하는 대목에 접어들었다. 거대한 승리감이 그녀를 휩쌌다. 그녀의 음성은 종처럼 맑게 울렸고, 승리감과 환희가 그 목소리에 힘을 주었다. 눈앞이 흐려져 행이 서로 헛갈렸지만 그녀는 책 없이도 암송할 수 있었다. "맹인의 눈을 뜨게 하신 분이 이 사람을 죽지 않게 하실 수는 없었나이까…" 하는 마지막 구절에 이르자 그녀는 목소리를 낮추어 이처럼 믿지 않는 눈이 먼 유대인들이 의심하고 비난하고 중상하다가 잠시 후에 벼락이라도 맞은 듯 그분의 발밑에 엎드려 통곡하면서 믿음을 갖게 되는 장면을 열렬하게 전했다… "이 사람도, 이 사람도, 역시 눈이 멀어 믿음이 없는 이 사람도, 이제 이 기적을 듣고 믿게 될 것이다. 그렇다, 그렇다! 여기서, 지금 당장." 그녀는 이런 꿈을 꾸면서 행복한 기대감에 온몸을 떨고 있었다.

"예수께서 다시 애통해 하시고 무덤으로 가시니라, 무덤은 동굴이었고 돌로 막혀져 있더라.

예수께서 말씀하시기를 돌을 치우라 이르시니 죽은 이의 누이 마르타가 그에게 말하되 주여 죽은 지가 나흘이나 되어 냄새가 나나이다."

그녀는 특히 나흘이라는 말에 힘을 주었다.

성경의 표현과 서술적 재현이 빈틈없이 조화되어 있다. 나자로 이야기가 일깨운 추억과 믿음은 라스콜니코프가 영혼의 무덤에서 일어나고 있음을 알려준다. 소냐 스스로도 유대인들의 눈먼 의심을 주인공의 그것과 관련짓고, 깊숙이 작용하는 모호성을 통해 죽은 나자로의 이미지가 살해된 리자베타의 이미지와 연결된다. 라스콜리코프의 정신적 부활은 궁극적으로는 사자의 부활을 예견한다. 그 평행하는 시각이 각각의 세부에까지 미친다. 소냐의 목소리는 매년 그리스도의 부활을 알리는 교회 종소리처럼 울린다. 더욱이 나자로 이야기는 기적에 대한 도스토예프스키의 생각의 증거로 인용된다. 도스토예프스키는 역사적 진실에는 개입하지 않고(대개 인간의 자유에 대한 그의 생각과 상반될 터이므로), 성경 기록이 한 죄인이 신의 삶으로 돌아올 때마다 일어나는 근거 있고 반복되는 기적을 예시한다는 것을 시사하고 있다.

『악령』의 마지막 부분에도 성경의 모티프와 소설의 모티프가 유사하게 함께 짜여서 구성의 원칙을 이룬다. 스테판 트로피모비치가 복음서를 파는 여자를 만날 때는 신약성서를 읽지 않은 지 30년이 되었고, "또 7년 전에 르낭의 『예수의 생애』를 읽을 당시만 해도 성경 구절에서 기껏해야 몇 개만 기억해 낼 수 있었다". 그러나 이제 그는 집 없이 병들어 헤매고, 은총의 사자들이 노상에서 그를 기다린다. 우선 소피아 마트베예브나가 산상 설교를 읽는다. 그런 다음 성경을 아무렇게나 펼쳐 계시록의 유명한 구절을 읽기 시작한다. "그대들 라오디게아 교회의 사자들에게 써 보내노라…" 그것은 다음의 구절에서 정점에 달한다. "또한 그대는 스스로 사악하고 불쌍하고 가난하고 눈이 멀며, 헐벗었다는 것을 모르노라." "그렇게 쓰여 있습니까, 그 책에!" 하고 늙은 자유주의자는 소리친다. 죽음이 다가오자 그는 소피아에게 "돼지에 관한" 대목을 읽어 달라고 한다. 그것은 누가복음 8장에 나오는 우화이다. 여기에 『악령』의 광대한 힘과 테마의 폭이 완전히 집약된다. 이는 제사인 동시에 에필로그이다. 착란 상태의 명료함—도스토예프스키에게 특징적으로 나타나는 상황—가운데서, 스테판 트로피모비치는 러시아의 체험에 비추어 이 복음서 저자의 말을 풀이한다. 마귀들은 돼지떼 속으로 들어가야 한다.

> 그들은 바로 우리들입니다. 우리와 그들… 그리고 페트류샤와 그를 따르는 사람들도 다 마찬가지입니다. 어쩌면 나 같은 것은 그 괴수가 될지도 몰라요. 우리들은 모두 악령에 사로잡혀서 미쳐 날뛰면서 언덕에서 바다로 뛰어 들어가 빠져 죽고 마는 것입니다.

정치적 예견과 극적 적합성은 도스토예프스키의 것이지만, 지배적인 신화이자 형성의 이미지는 신약성서에서 나온 것이다.

도스토예프스키가 "게임의 규칙"을 위반했다고, 다시 말해 성경을 인용하고 비유를 활용해서 그의 소설들의 효과를 확대하고 장엄하게 했다고 주장할 수도 있다. 그러나 사실상 그는 예술적 실패의 위험도도 높은 셈이다. 강한 인용문은 약한 본문을 깨뜨릴 수가 있다. 성경 구절을 삽입하여 그것을 적절하게 만들려면 서술의 구성 자체가 매우 견고하고 격이 있어야 한다. 인용문들은 일련의 반향들을 동반하며 이전의 해석과 용법으로 포장되어 있다. 이 때문에 소설가가 노린 애초의 효과가 광대하고 역동적이지 않으면 그 효과는 오히려 무색해지거나 침식될 것이다. 따라서 『악령』은 그 장엄한 제사의 무게를 지탱할 수 있으며, 누가의 말이 두 번째로 등장할 때는 소설 속에서 특수한 울림을 획득하는 것이다.

도스토예프스키가 언제나 직접적으로 성서를 인용한 것은 아니다. 때로 서술은 그 리듬과 음조를 통해 성서적이거나 예배적인 해결을 지향하는데, 이는 음악의 화음이 속화음屬和音을 지향한다고 말할 때와 같다. A. L. 잔데르가 중요한 도스토예프스키 연구서에서 많은 예를 제시한 바 있다. "갈릴리의 가나"라는 표제가 붙은 장과 알료샤의 황홀 상태가 상술된 항목들에서는 기적을 규범적으로 정의하는 듯 보인다. 이와 유사하게 마리아 티모페예브나가 "신의 어머니, 축축한 땅"을 불러내는 주문은 정교 예배식의 성찬식을 위한 준비 의식의 첫 영창詠唱을 거의 그대로 쓰고 있어서 이 절름발이의 말들이 풀어쓰기로 의도된 것은 아닌지 하는 의문마저 일어난다.

『미성년』의 마리아와 마카르 이바노비치, 혹은 조시마 장로(『카라마조프가의 형제들』 초기 초안에는 마카리라고 지칭됨)는 성경의 구절과 인유들로 가득한 언어로 말한다. 그것들의 의미를 이해하려면, 우리는 밀턴이나 버니언이 제기한 문제와 비할 만한 문제에 부딪히게 된다. 도스토예프스키의 소설 개념이 동시대 유럽 작가들의 소설 개념과 구별되는 점이 바로 이 사실에 있다. 그는 당시의 살아 있는 종교 전통과 그 사고 및 수식의 습성에 친밀하게 젖어들었고, 17세기 이후 서구 문학에서 통용되지 않게 된 종류의 영적 해석 장치들에 의존했다. 그렇게 함으로써 도스토예프스키는 멜빌의 성취를 제외하고는 이전의 모든 성취를 넘어서 산문 소설 기법의 잠재력과 원천들을 확대했다. 도스토예프스키의 예술은 매슈 아널드가 "고도의 진지성"이라 부른 것을 탁월하게 소지하고 있다. 그의 예술은 전통적으로 시에 맡겨진, 특히 종교적 정서의 시에 맡겨진 영역에 손을 대고 있다. 유럽 소설 중에서 그 격렬한 관찰과 동정 어린 처리에서 도스토예프스키의 예술을 능가하는 것은 없다. 『보바리 부인』도 『비둘기의 날개』도 모든 것을 태워 없앨 것 같은 성서적 언어의 빛을 받으면 과연 한 페이지라도 버틸지 장담할 수 없을 것이다. 진정한 의미에서 도스토예프스키의 인용구들은 그의 힘이 어디까지 미치는지 규정해 준다.

하지만 그렇다고 해서 종교적 테마를 다룬 그의 수법이 영감에 있어 자율적이거나 순전히 러시아적이라는 뜻은 아니다. 여기서도 다른 곳과 마찬가지로 유럽의 영향력이 식별된다. 조시마의 모습은 실재 인물 티혼 자돈스키에서 주로 따온 것이다. 그러나 호프만의 『악마의 묘약』의 레오나르두스 수도원장이나 조르주 상드의 『스피리디옹』의 알렉시스 신부에 힘입은 바도 크다. 조시마와 알료샤의 관계는 알렉시스와 엔젤을 다룬 조르주 상드의 수법을 모델로 하고 있고, 금욕주의자이자 광신적 수도승인 암브로이즈가 페라폰트 신부의 직접적인 원형이다. 상드는 『카라마조프가의 형제들』에서 가장 먼저 중요성을 얻게 된 이념을 제시했다. 즉 알렉시스는 인간의 자유에 대한 확신에서 신의 존재에 대한 증거를 인식하고, 자살을 영혼이 무신론의 공허에 항복하는 것과 동일시한다. 끝 부분에서 그는 조시마 장로가 알료샤에게 하게 될 말과 똑같은 말을 엔젤에게 한다. "자, 내 작별 인사를 받으렴, 애야. 이제 수도원을 떠나서 다시 세상으로 돌아갈 준비를 하거라." 그러나 『스피리디옹』이 하나의 골동품, 잊혀진 고딕 판타지 작품으로 남은 반면, 『카라마조프가의 형제들』은 위대한 믿음의 시들 중 하나로 우뚝 서 있다.

도스토예프스키의 소설은 성서 구절과 성직 생활에서 끌어온 모티프에 덧붙여서 상당한 깊이와 권위를 가지고 신학 및 기독교 전체에 대한 사색을 감행했다. 도스토예프스키는 톨스토이보다 논쟁가로서는 덜 강력할지 모르나, 추상을 다루는 기술자로서는 훨씬 더 뛰어났다. 험프리 하우스는 아리스토텔레스의 『시학』을 독해하면서, "사고의 요소"는 "각 개인이 내적으로 숙고한 견강부회"를 의미한다는 주석을 달았다. 도스토예프스키의 소설에서 이 견강부회는 바깥으로 드러난다. 우리는 『악령』에서 신의 존재에 대한 가슴을 찌르는 논쟁이나 『카라마조프가의 형제들』 시작 부분에서 교회와 국가를 둘러싼 논쟁에서 이를 볼 수 있다. 그러나 그 변증법은 결코 극적 맥락과 분리될 수 없다. 다시 말해, 카라마조프가의 형제들 각자는 사건의 진행에 따라 조시마 장로의 사실私室에서 일반화되어 논의되었던 도덕성들 가운데 하나씩을 실행하는 것이다.

무대 구성을 정교하게 한 발자크의 장인적 솜씨와 감정을 정교하게 하는 데 열정을 보인 헨리 제임스와 프루스트의 관심사에 이념의 세계—그 이념들은 극단의 천명과 강요 속에서 체험되고 설명되었는데―를 추가함으로써, 도스토예프스키는 그의 매체의 범위를 확장했다. 그는 그것을 인간 전체와 시대의 이데올로기적 성향을 적절하게 비추는 하나의 거울로 만들었다. 이 확장은 이미 스탕달이 성취한 바 있다는 이의가 제기될 수도 있겠다. 그러나 스탕달이 소설의 기술을 확장하여 논쟁적–철학적 지성이 충분히 활동할 수 있게 하기는 했지만, 정신을 그려내는 그의 수법은 도스토예프스키에 비하면 소극적이며 주로 이성적 삶에만 한정되어 있었다.

나는 지금까지 도스토예프스키의 종교성에 대한 좀 더 고전적이고 직설적인 표현들을 다루어 왔다. 서사 속에 구체화된 소재(알레고리적 이름, 성경 인용구, 예배식에 대한 언급)는 명료하고 전통적인 계열에 속한다. 소설의 문맥은 본디 일종의 논평이자 세공의 역할을 한다. 극적 순간에 의해 인용구는 새 함축을 얻고, 새 추론들이 그 인용구를 중심으로 영글어질 수도 있다. 그러나 내가 제시한 예들에서 의미의 구조와 역사적으로 수립된 내포는 바뀌지 않는다. 우리는 미슈킨 공작을 통해 어른거리는 그리스도상에 대해서, 정교적인 맥락에서, 해석을 달 수 있다. 콜리지가 공상력의 작용에 대해서 언급하면서 말한 것처럼 소재는 "연상의 법칙에 따라 미리 만들어져 있다".*

그러나 도스토예프스키의 세계 내부로 들어서면, 우리는 그 나름의 언어 습관, 그 나름의 성상 파괴, 그 나름의 가치와 사

---

* 콜리지는 그의 『문학 평전』에서 '공상력fancy'을 없던 것을 만들어내는 '상상력imagination'과 대비했다. ―역주

실의 재창조를 동반하는, 감추어진 특이하고 혁명적인 신화 체계와 접하게 될 것이다. 이 비전의 핵심부에서 역사적 신념과 전통적 상징은 혼합되거나 아니면 근본적이고 사적인 무엇으로 완전히 변형되었다. 이바노프는 이 변화를 간명하게 묘사한다. 즉 도스토예프스키의 예술은 "사실적인 것에서 더욱 사실적인 것으로" 나아간다. 재현의 기법도 여기에 부응하여 바뀐다. "더욱 사실적인 것"의 영역에서의 주요 수단은 역설, 극적 아이러니, 어둡고 이단적인 양면성 등이다.

이러한 형상화의 두 계열이 항상 구분될 수 있는 것은 아니다.『카라마조프가의 형제들』의 스메르쟈코프는 둘 다에 걸쳐 있다. 외면적 구상에서는 거듭 유다와 연결된다(액수가 세어진 돈을 받는 상징적 행위, 배신을 저지른 후 목을 매는 것 따위로). 그러나 한편으로 카라마조프가의 넷째이자 "진짜" 아들로서 주요한 우화인 친부 살해의 미스터리에서 한 역을 맡고 있는데, 그 역할은 내면을 참조해야만 이해될 수 있다. 도스토예프스키 특유의 그리고 부분적으로는 감추어진 신화 바깥에는 간질과 같은 상징적 행동의 항목들에 비견할 만한 등가물은 찾을 수 없다. 콜리지가 시적 상상력에 대해서 말하다시피 여기서 모든 기존의 소재는 용해되고 재구성된다. "사실적인 것에서 더욱 사실적인 것으로"의 이행은 어떤 경우에는 분명하게 드러난다. 인과관계의 논리가 일시적으로 유보되는 듯 보이고 행동은 신화의 논리에 굴복한다. 내가 염두에 두고 있는 것은, 조시마 장로의 사실에서 벌어진 교회와 국가에 관한 토론과 장로가 느닷없이 불가해하게도 드미트리에게 절하는 행위 사이의 차이, 『죄와 벌』의 소냐의 겸허하고 낭만적인 신앙과 스타브로긴의 성스러운 절름발이 신부에서 명백히 드러나는 순수한 은총의 종말론 사이의 차이, 마카르 이바노비치의 사랑의 복음과 알료샤 카라마조프의 비밀스러운 관능의 작용들 사이의 차이다. 『백치』에서 환기되는 그리스도상이 "사실적인 것"이라면, 『악령』의 흐릿한 빛 속에서 얼핏 보이는 재림의 주主는 "더욱 사실적인 것"에 속한다. 이 궁극의 리얼리즘을 예증함에 있어 도스토예프스키는 어느 정도는 말기 희곡을 쓰던 시기의 셰익스피어의 전철을 밟고 있다. 그는 비극적 계시를 소유한 듯이 보이지만, 그러나 그 계시는 비극을 넘어서까지 우리를 데려갈 수도 있다. 그는 중심적 신화의 원천에서부터 끌어온 몸짓들과 상징들 주위에 그의 목적을 집중시킨다. 그는 모순에 즐거워하고 뚜벅뚜벅 진행되는 우리의 통상적인 사고 양식의 관습성을 아이러니한 자유를 가지고 다룬다.

그러나 도스토예프스키를 의미의 핵심까지 따라가려고 시도하다 보면 우리는 비평의 불충분함을 속속들이 깨닫게 된다. 소재에 나타난 풍부한 상징에서부터 우리가 반드시 이겨내야 할 유혹거리를 제공한다. I. A. 리처즈의 용어를 빌리자면, "여기에서는 자유로운 눈과 가벼운 손이 모두 필요하다". 마리아 티모페예브나라는 인물은 비평이 접근하기에 까다로운 문제들을 제기한다. 이런 문제들이 모두 해결되는 것은 아니다. 우선 그녀의 성姓에는 러시아 이단 종파의 민담에 퍼져 있는 순백의 백조라는 테마의 암시가 담겨 있다. 그녀는 『카라마조프가의 형제들』의 리즈처럼 불구이며, 미슈킨 공작보다 훨씬 더

심한 정신박약자다. 신비하게도 그녀는 어머니이자 처녀이며
또 신부이다. 레뱌드킨이 카자크 채찍으로 그녀를 매질하지만
그녀가 "그는 제 하인이에요"라고 선언할 때 그녀는 진실을 말
하고 있다. 그녀가 어떤 수녀원에서 살 때, 예언 때문에 괴로움
을 당하는 한 노파(도스토예프스키는 통찰도 죄가 될 수 있음을 보
여주려 했을 것이다)가 그녀에게 신의 어머니는 "위대한 어머니,
축축한 땅"이라고 확실하게 말해 주었다. 마리아는 이 확언을
소중히 간직하는데, 그로 인해 그녀는 기묘한 위엄을 띠게 된
다. 동정녀와 고대 동양의 대모신Magna Mater이 이처럼 연결
됨으로써 이 절름발이가 전前 기독교적인 인물이 된다는 불가
코프의 말에도 일리는 있다. 그러나 마리아는 도스토예프스키
의 신약에 대한 최고의 명상을 구현하고 있기도 하고, 역사 시
대의 근거가 확실한 가톨릭교—만물의 자양이 되는 땅에 대
한 숭배가 중요한 역할을 하는—를 미리 보여주는 듯하다. 이
러한 신학적 경향은 명백히 의도된 것으로 주목을 요한다. 그
러나 이와 동시에 마리아 티모페예브나는 『악령』 특유의 성상
연구에 전적으로 관련되어 있다. 그녀를 외적 상징체계에 따라
해석하면 그녀는 자가당착에 빠지고 모호함 속으로 사라진다.
이바노프는 주장하기를 도스토예프스키는 이 절름발이를 통
해,

　　러시아 정신에서 영원히 여성적인 원칙이 어떻게 저 악마들,
　인간 의식을 남성적인 원칙의 지배하에 두려고 인민들 속에서
　그리스도에 맞서 싸우는 악마들이 휘두르는 폭력과 압제를 견

디내야 하는가를 보여주려 했다. 그는 어떻게 악마들이 러시아의 영혼을 공격하면서 신의 어머니에게까지(성상을 모독하는 상징적 에피소드에서 드러나듯) 상처를 입히는지를 보여주려 했다. 비록 악마들의 험담이 눈으로 볼 수 없는 아득한 심연 같은 신의 어머니에게 이르지는 못하지만 말이다(살해된 마리아 티모페예브나의 집에 놓인 순결한 성처녀의 손댄 흔적 없는 은빛 옷의 상징과 비교해 보라).

이 논평은 독창적이고 또 해박하지만, 사실적인 것에서 덜 사실적인 쪽으로 나아간다. 마리아 티모페예브나의 "의미"는 기존의 신화나 변증법에 딱 들어맞게 옮겨질 수가 없고, 시의 수미일관한 전체성 속에 내재한다. 또한 우리가 대면하고 있는 것은 완전한 의미에서의 시이다.

이 소설에서 가장 불가해하고도 빛나는 대목을 하나 고찰해 보자. 이는 마리아의 모성에의 꿈과, 의식의 비밀스러운 개화 즉 "수태고지"에 대한 기억을 다룬다.

"어떨 때는 사내아이처럼 여겨지고 어떨 때는 여자아이처럼도 여겨져요. 그때 나는 그 애를 낳고는, 곧바로 하얀 모시와 레이스에 싸서 장밋빛 리본으로 띠를 매고, 온몸을 꽃으로 장식해서 준비를 시키고는 기도를 했어요. 그러고는 아직 세례도 안 받은 애를 안고 숲속을 지나서 갔어요. 난 숲을 무서워해서 기분이 나빠 혼났어요. 그러고는 울었네요. 남편을 가진 적이 없는데 애를 낳은 거잖아요."

"남편이 있었겠죠?" 하고 샤토프는 조심스럽게 물었다.

"당신은 참 우스운 생각을 하네요, 샤투쉬카. 아마도 있었겠죠, 하지만 있어야 아무 소용이 없잖아요, 없는 거나 마찬가지인 걸. 자, 그럼 이 수수께끼는 별로 어렵지 않은 거니까 풀어 봐요" 하고 그녀는 빙그레 웃었다.

"아기는 어디로 안고 갔지?"

"연못으로 데리고 갔지 뭐" 하고 그녀는 한숨을 쉬었다.

샤토프는 다시 한 번 나를 팔꿈치로 찔렀다. "만일 아기도 없었고 그 밖의 모두가 꿈이었다면 어떡하지?"

"어려운 질문이네요, 샤투쉬카." 이런 질문에 놀라는 빛도 없이 그녀는 생각에 잠긴 듯이 말했다. "거기 대해서는 드릴 말씀이 없네요. 어쩌면 아기가 없었는지도 몰라. 왜 그렇게 꼬치꼬치 캐묻는지 모르겠네. 나는 어쨌든 그 애를 위해 우는 것을 그만두지 않을 거예요. 어쨌든 그런 꿈을 꿀 수는 없었을 테니까…"굵은 눈물방울이 그녀의 눈에서 빛났다.

이것은 오필리아의 열에 들뜬 몽상시와 다르지 않은 완전한 시다. 나는 마리아가 "어렵지 않은 수수께끼"라고 한 것이 사실은 『악령』에서 가장 난해한 문제라고 본다. 소설 외부의 상징들과 등가물들을 있는 대로 다 동원해도 그 수수께끼를 풀 수 없다. 참조의 항목들은 내부를 향하고 있으니 이를테면 스타브로긴의 제의祭儀 행위와 그의 절름발이와의 결혼의 모호성이다. 마리아의 몽상에는 순결한 수태의 개념이 있고 아울러 어떤 정죄와 희생의 제의로 아이를 꽃으로 장식해서 숲을 통과해서 데려가는 땅의 정령精靈에 대한 신화가 존재한다. 그러나 눈물은 사실이고 가슴을 찢을 만큼 사실적이다. 이 눈물이 몽상의 세계로부터 벗어나 플롯의 슬픈 운명으로 되돌아가게 한다.

마리아 티모페예브나의 수수께끼는 소설 자체와 그 시적 형식에 의해서만 이해될 수 있다. 그렇다면『악령』의 판본 가운데 어느 것을 정본으로 삼아야 할까? "스타브로긴의 고백"이란 제목의 유명한 장을 포함시킬 것인가? 포함하지 말아야 한다는 주장에도 실질적인 근거가 있다. 이 작품은 도스토예프스키 생전에 그리고 카트코프(이 책을 시리즈 형식으로 출판한)의 애초의 이의 제기가 더 이상 통하지 않게 된 조건 아래서 되풀이 출간되었다. 하지만 소설가 자신은 제9장을 텍스트에 담은 적이 없었다. 더욱이 스타브로긴의 이야기 대부분은『미성년』의 베르실로프의 입으로 옮겨졌다. 도스토예프스키는『악령』에 꼭 있어야 한다고 본 소재를 후의 소설에 써버렸다는 말일까? 마지막으로, 코마로비치의 지적대로 "고백"편의 스타브로긴과 이 소설의 스타브로긴은 판이하게 다르다. 전자는『위대한 죄인의 생애』에서 구상한 주인공이다. 그 거창한 구상의 흔적은 이 구상의 주요한 단편斷片이라고 할 두 작품『악령』과『카라마조프가의 형제들』에서 찾아볼 수 있다. 하지만 집필 도중에 이 두 작품은 각각 그 나름의 역학을 전개해 나갔다. 초고들이나 메모들에서 추적할 수 있다시피, 이 전개를 통해서 스타로브긴이라는 인물이 형체를 얻게 되었던 것이다.

그에 관해서는 많은 글이 쓰였다. 앞에서 언급한 바와 같이

스타브로긴은 바이런주의 내지 고딕소설의 악마적인 주인공들의 도스토예프스키적 변형을 대변한다. 그러나 스타브로긴은 이보다 훨씬 더 많은 것을 담고 있다. 그는 종교적 상상력이 소설 예술 속으로 어떻게 진입하는지를 보여주는 최고의 본보기다. 도스토예프스키가 종종 그러하듯이 이 인물도 연극을 배경으로 해서 어떤 특정한 연극의 이미지로 소개된다. 스타브로긴은 처음에는 "해리 왕자"*로 언급된다. 왕자(혹은 공작)라는 타이틀은 미슈킨과 알료사 카라마조프(예비 초안에서 여러 번, 소설 자체에서 한 번)가 갖고 있는 것이다. 도스토예프스키의 신화에서 이는 그노시스적이고 메시아적인 함의를 가지는 듯 보인다. 그러나 도스토예프스키는 여기서 특히 꼭 집어서 셰익스피어의 핼 왕자를 가리키고 있음을 분명히 하고 있다. 스타브로긴은 거친 웨일스의 왕자의 이미지로 우리에게 제시된다. 원본인 셰익스피어의 핼 왕자가 그러하듯 스타브로긴도 범죄와 방탕의 지하 세계에서 날뛰고 있었다. 『악령』 전편을 통해 그는 기생충 같은 식객들과 무뢰한들의 사이비 시중에 둘러싸여 있을 것이다. 핼처럼 그도 그의 친지들과 외부의 관찰자들 모두에게 하나의 수수께끼다. 그들은 그가

목을 조르는 듯한 수증기의

---

* 핼 왕자Prince Hal : 셰익스피어의 『헨리 4세』 2부작에 나오는 왕자들 중 하나. 시정의 부랑배와 어울리는 등 탈선을 하나 후에 헨리 5세가 된다. – 역주

더럽고 추악한 안개를 헤쳐 나가니
더욱더 경이로울

것인지, 아니면

천박하게 퍼져 나가는 구름이
세상으로부터 그의 아름다움을 질식시키도록

영원히 내버려둘 것인지 모른다.

스타브로긴에게는 아름다움이 있고 어두운 고귀함이 있다. 어빙 하우는 도스토예프스키의 정치학에 관한 논문에서 다음과 같이 쓴다. "스타브로긴은 인물들을 꿰뚫고 흐르는 혼돈의 원천이다. 그는 인물들을 사로잡지만 그 자신은 누구에게도 사로잡히지 않는다."* 초기의 장난들조차도 일종의 필사적인 지혜가 담겨 있으니, 또 한 사람의 셰익스피어적 왕자를 연상하게 된다. 한 우둔한 시민이 자기는 코로 이리저리 잡아끌릴 수 없다**고 단언하자, 스타브로긴은 문자 그대로의 의미를 그대로 받아들여 이 상투어구를 기괴한 무언극으로 바꾸어 버린다. 여기에는 햄릿적인 어떤 것, 다시 말해 언어의 성격에 대한 햄릿

---

* 어빙 하우 : 「도스토예프스키 : 예속의 정치학」(『정치학과 소설』, 뉴욕, 1957).
** 코를 잡아끌리지 않는다는 것은 남이 나를 마음대로 하지 못한다는 뜻의 상투어구다. ─ 역주

의 관심과 신랄한 재치가 엿보인다. 햄릿과의 이 유비는 그 해 괴하고 잔인한 장난을 저지를 당시에 스타브로긴이 과연 "제정신"이었는지를 다양하게 고찰해 봄으로써 더욱 강조된다. 그는 도시에서 추방되어 긴 여행을 떠난다. 그의 여정은 의미가 깊다. 그는 그노시스파의 신비한 전통이 서려 있는 이집트와 메시아적 완성의 전당인 예루살렘을 방문한다. 그는 또한 아이슬란드를 여행하는데, 이는 지옥을 불의 세계가 아니라 영원한 얼음의 세계로 상상하는 종말론이 존재한다는 사실을 우리에게 환기시킨다. 덴마크의 왕자와 파우스트(이바노프가 스타브로긴과 동일시하려고 한 인물)가 그랬던 것처럼, 스타브로긴도 독일의 한 대학에서 얼마간 시간을 보낸다. 그러나 깊은 동경과 맹렬한 기대감이 솟아올라 그는 귀국한다.

바르바라 페트로브나의 집에서 저 무시무시한 일이 일어날 때 그는 돌연히 나타난다. 도스토예프스키가 비이성의 궁극적인 명징성을 부여한 저 절름발이 여인이 묻는다. "제가… 지금… 당신 앞에 무릎을 꿇어도 좋을까요?" 스타브로긴은 부드러운 태도로 말린다. 그러나 어느 모로 보나 이 질문은 자연스럽게 보이며, 스타브로긴의 사람됨에는 노골적인 복종과 원시적인 숭배의 몸짓을 정당화하는 무언가가 있다. 도스토예프스키의 비전을 충실하게 전달하는 인물들 가운데 하나인 샤토프도 마리아의 행동을 확인해준다. 그는 스타브로긴에게 "나는 오랫동안 당신을 기다렸소. 쉴 새 없이 당신에 대해 생각했소"라고 말하고 나서 묻는다. "당신이 떠난 뒤 당신의 발자국에 키스해도 되겠소?" 이 "해리 왕자"를 대하는 다른 인물들의 태도 역시 이와 흡사하게 지나치다. 그들은 제각기 마음속에 스타브로긴의 이미지를 간직하고, 어떤 개인적인 욕정이나 희생적 의도를 위해서 스타브로긴의 힘을 불러내려 한다. 그러나 세멜레 신화의 제우스*처럼 스타브로긴도 정열에서든 관찰에서든 너무 자기에게 가까이 다가오는 사람들을 파멸시킨다. 표트르 베르호벤스키는 이를 알기 때문에 조심스럽고도 음흉하게 그를 숭배한다.

왜 나를 바라보시오? 난 당신이 필요합니다. 당신이 말입니다. 당신이 없다면 나는 아무것도 아닙니다. 당신이 없다면 난 한 마리 파리에 지나지 않아요. 병에 담긴 관념에 불과해요. 아메리카 없는 콜럼버스와 마찬가지입니다.

이는 사실이다. 그러나 콜럼버스는 발견자였고 그 위에 신세계의 창조자일 수조차 있었다. 표트르는 끝까지 바로 자기가 스타브로긴을 "창조"하지 않았을까 하는 생각을 떨치지 못한다. 그는 스타브로긴에게 "당신은 신처럼 오만하고 아름답소"라고 말한다. 그러나 이 신은 기묘하게도 인간들의 숭배에 의해서만 존재한다. 인간들이 타락을 해서건 욕심을 채우기 위해서건 그에게 무릎을 꿇는 때조차도 그렇다. 베르호벤스키의 광신적 태도는 우리의 사고를 현대 실존주의가 종종 제기하는

---

* 그리스 신화에서 제우스는 그가 유혹하고 사랑한 세멜레를 번개로 죽게 만든다. – 역주

역설로 데려가는가? 즉 "인간을 필요로 하는 것은 신이다".

　스타브로긴의 여러 가지 면모들은 신의 현현顯現이라는 생각, 즉 그가 어떤 비극적이고 비밀스러운 방식으로 도스토예프키의 최종적인 신화에서 신의 역할을 수행한다는 생각을 뒤엎고 있다. 그는 거짓 메시아의 표지들을 가지고 있으며, 적그리스도의 외양을 하고 우리에게 나타난다. 베르호벤스키는 반란과 천년왕국의 수립을 위한 광기 어린 청사진을 그려내면서, "여기 바로 이웃에 스콥치*가 있다"고 한다. 베르호벤스키 스스로가 스콥치교도들이 벌이는 술판의 의식과 스타브로긴을 메시아적인 차르의 황태자로 드러내는 일 사이에 평행선을 그린다. 마리아 티모페예브나는 고뇌 어린 예지의 순간에 스타브로긴이 내세우는 진정한 왕으로서의 지위를 단호하게 거부한다. 스타브로긴은 "성스러운 신랑"도 아니고, 임박한 종말을 알리는 "매"도 아니며, 비잔틴 도상圖像에 그려진 성직의 구원자도 아니다. 그는 "올빼미, 사기꾼, 사환"이다. 그녀는 그를 폭군 이반의 피살된 아들인 드미트리를 사칭한 수도승 그리쉬카 오트레피예프와 관련짓는다. 스타브로긴을 러시아의 시와 종교 사상에서 풍성하게 나타나는 이 가짜 차르와 동일시하는 발상은 『악령』 전편에 걸쳐 암시되어 있다. 표트르는 전형적으로 이중적인 어조로 반은 경배하며 반은 조롱하면서, 스타브로

---

* 스콥치는 '거세'라는 뜻의 러시아어로 제정 러시아 시절에 성행한 이단적 기독교파를 가리킨다. 원죄를 지운다는 명목으로 남자의 성기와 여성의 유방의 절제를 요구한 것으로 악명 높다. – 역주

긴을 차르의 황태자 이반으로 영접한다. 마리아 샤토프는 아들이 태어나자, 그 애가 스타브로긴의 아들이고 왕국의 비밀스러운 상속자이기 때문에 이반이라고 이름 짓는다. 더욱이 마치 적그리스도처럼 스타브로긴은 위험할 정도로 진짜 메시아를 닮았다. 그에게는 어둠 자체가 특이한 광채를 내면서 타오른다. "당신은 그이와 같으세요. 아주 꼭 같으세요. 아마 같은 집안이신가 보죠"라고 절름발이 여인은 말한다. 천치 특유의 투시력으로 스타브로긴의 적나라한 실상을 꿰뚫어보는 사람은 그녀뿐이다. 스타브로긴은 총명이라는 가짜 탈을 쓰고, 매처럼 당당하게 솟아오르는 척 꾸미는 밤의 새인 것이다. 결국 그는 목을 매고 만다. 도스토예프스키 사상의 권위자인 블라디미르 솔로비예프는 이 최후의 행동에서 스타브로긴의 진정한 본질이 최종적으로 드러난다고 보았다. 그는 유다가 아니면 적그리스도이며, 대부대와 같은 악마들을 거느리고 있다. 그는 때 이른 악마의 재림으로 가짜 구세주들이 동쪽에서 나타나 사람들의 마음을 기만하고 세계를 혼돈으로 몰아넣게 되리라는 도스토예프스키의 예상을 형상화한 것이다.

이 해석은 소설 자체와 도스토예프스키의 철학적인 글들에서 튼튼한 증거로 뒷받침되고 있다. 그러나 설명 안 되는 부분도 무척 많다. 스타브로긴이란 이름은 러시아어로 "뿔나팔"이라는 뜻 외에 "십자가"를 의미하기도 한다. 도스토예프스키는 이 가짜 메시아의 입을 빌려 자신의 개인적 신조의 기본 조항—진리보다는 차라리 그리스도와 함께—을 표명하려 했던 것일까? 스타브로긴이, 가려져 있지만 분명히 사람의 아들과 닮은꼴로 그리고 백치와 유사하게, 뺨을 얻어맞거나 공공연히 모욕당하는 것을 감내하는 것은 왜일까? 우리는 도스토예프스키가 이러한 묵인을 신성의 외부적인 표지로 보았음을 알고 있다. 스타브로긴과 여자들의 관계를 고찰해보면, 핵심적 의미의 딜레마들과 포괄적인 이해의 필요성이 대두한다. 스타브로긴은 절름발이 여인에 대해 샤토프에게 말한다. "그녀는 아이를 가진 적이 없었소. 가질 수가 없었던 것이오. 마리아 티모페예브나는 처녀입니다." 하지만 그는 그녀가 자기의 신부이며, 자기의 차디차고 고의적인 무뚝뚝함을 최종적으로 꿰뚫는 것은 바로 그녀의 죽음이라고 주장한다. 스타브로긴과 마리아 티모페예브나 사이에는 결혼과 처녀성이라는 이중의 언약이 지배한다. "이 수수께끼는 별로 어렵지 않으니까 풀어 봐요"라고 마리아는 말한다. 아마 우리라면 그 해답이 다소 광신에 가깝고 신성모독적인 것이기 때문에 답변을 못했을 것이다. 순결성의 모티프는 스타브로긴과 리자 니콜라예브나의 만남에서도 다시 끼어든다. "완전한 대실패"라고 베르호벤스키는 단언한다. "내가 장담하건대 당신들은 밤중 내내 거실에 단정하게 나란히 앉아서 무슨 고귀한 품성론 같은 것을 논하면서 그 귀중한 시간을 흘려 버렸을 거요." 우리는 어떻게 이 이미지를 전통적으로 엄청난 육욕의 화신으로 묘사되는 적그리스도의 이미지와 일치시킬 것인가? 스타브로긴은 미슈킨과는 달리 성불구는 아니다. 그러나 소설에서 그가 분명히 성적인 것과 연루된 대목은 기묘하게도 성스러운 성격을 띠고 있다.

마리아 샤토프는 스타브로긴의 아들을 낳으며, 샤토프는 그 아기를 환희에 넘친 겸손한 마음으로 받는다. 따라서 우리는 『악령』이 선사하는 미래에의 희망은 이 아기에게 달려 있다고 생각하게 된다. 그렇다면 왜 마리아라는 이름이며, 부성 이전 이라는 수수께끼는 무엇인가? 증거가 너무나 절실하고 긴밀하게 짜여져 있어서 부정하기는 불가능하다. 그리스도의 탄생이 스타브로긴의 아들의 탄생과 연계되어 있는 것이다. 그리고 이 연계는 패러디가 아니다. 샤토프의 환희와 키릴로프에게 몰아닥친 저 갑작스럽게 너울져 오는 감격은 우리에게 진정한 가치를 가진 것으로 전달된다. 스타브로긴이 그냥 가짜 메시아거나 아니면 그런 쪽에 크게 쏠려 있다면, 이 탄생에 동반되는 그 모든 경탄과 영혼의 동요는 냉소적인 소극笑劇으로 떨어질 것이다.

스타브로긴이 맡은 역할의 이율배반적 성격은 우리를 당혹스럽게 하고 있다. 이바노프는 단언하기를 그는 "그리스도의 눈에는 배신자"이지만 "동시에 사탄에게도 불충하다". 그의 행동 지평은 그야말로 문자 그대로의 의미에서 유한한 인간의 도덕성을 벗어나 있는 듯하다. 도스토예프스키는 이 인물을 상상하면서 오래 묵은 절망적인 의혹에 굴복했을지도 모른다. 만약 신이 우주의 창조자라면 전체성의 동일한 표징으로 볼 때 악의 창조자이기도 하다. 만약 모든 은총이 신의 존재에 감싸인 것이라면 모든 비인간적 행위도 그러하다. 스타브로긴은 소설의 모든 지점들에서 이 어두운 신화를 구현하지는 않는다. 그러나 그의 행동과 그가 마리아 티모페예브나와 마리아 샤토프의 상징적 배치에 관련되어 있다는 점을 고려하면, 그가 순전한 악의 구도나 암흑의 왕자의 직설적인 초상을 나타내고 있다는 생각은 배제하게 된다. 소설에는 스타브로긴이 우리에게 신의 이원성에 대한 비극적 인식을 전해주는 순간들이 있는 것처럼 보인다. 연금술사의 용어(신화의 논리와 시의 논리에다 적절한)를 빌리자면, 우리는 스타브로긴의 모습에서 테트라그라마톤tetragrammaton,* 즉 신의 속성을 표현하거나 드러내 보이는 비밀의 암호를 읽을 수도 있다. 도스토예프스키를 비난하거나 비판하는 사람들은 그의 공식 신정론—알료샤 카라마조프가 주장한 자유의 형이상학—이 이반 카라마조프가 격하게 되뇐 세계의 공포와 죄악에 대한 적절한 해답을 내놓지 못했다는 점을 놓치지 않고 기민하게 지적했다. 나는 도스토예프스키의 최종 해답, 즉 그가 뜻하는 바의 "더 사실적인 것"은, 스타브로긴에게서 찾을 수 있지 않을까 생각한다. 그는 악과 인간적 가치에 대한 훼손은 신의 보편성과 분리할 수 없다는 것을 암시하기 때문이다.

문학에서 스타브로긴만큼 우리를 이해력의 극단까지 끌고 가는 인물은 거의 없다. 선과 악, 성스러운 것과 극악한 것 사이의 구별이란 인간이 위안을 얻기 위해 임의로 정한 것으로 한정된 적용밖에 할 수 없음을 이처럼 힘차게 설득하는 인물도 없다. 스타브로긴은 도덕의 범주와 종교의 범주는 동일하지

---

* 테트라그라마톤tetragrammaton : 야훼Yahweh 혹은 제호바Jehovah를 나타내는 4개의 히브라 문자. 대개 YHWH 혹은 JHVH로 옮겨 쓸 수 있다. 신의 속성을 나타내는 상징. – 역주

않으며 실상 놀랍도록 다를 수도 있다는 키르케고르의 믿음을 예증하고 있다. 스타브로긴을 고찰해 보면 도스토예프스키의 기백에 놀라게 된다. 이 기백이란 사고의 심연을 들여다보는 변함없는 시각을 의미하며, 또 단테로 하여금 마치 전설에서처럼 그의 살갗을 시커멓게 태우는 지옥의 화염을 헤치고 전진하게 했던 그 능력을 의미한다.

이 기백이 겪은 시련은 초안에 기록되어 있다. "왕자에 대해서는 모든 것이 의문이다"라고 도스토예프스키는 토로했다. 그는 애초부터 스타브로긴이 신의 존재 문제와 대결할 것이며, 일부만 남아 있는 문장에서 적어놓고 있다시피 심지어는 "신을 쓰러뜨리고 그 자리를 빼앗는 정도에까지" 이르게 될 것임을 알고 있었다. 콜리지가 셰익스피어를 평한 다음의 말은 도스토예프스키에게도 해당된다. 그는 "위대한 정신으로 하여금 명상하고 있는 대상 자체가 되게 하는 저 숭고한 능력"을 가졌다. 이 소설을 위한 메모에는 이러한 완전한 몰입의 표지가 엿보인다. 우리는 거기에서 도스토예프스키가 자신의 애초의 믿음을 넘어서 새로운 이념과 불현듯 섬광같이 번뜩이는 인식으로 나아가는 것을 볼 수 있을 것이다. 초안에는 『악령』의 기본 구조, 스타브로긴이 행동의 촉매가 되는 경위가 상세히 적혀 있다. 우선 그는 샤토프의 종교적 신념이 허약함을 노출시키고 키릴로프로 하여금 이성의 극단까지 나가도록 만든다. 한편 페드카 속에 있는 암살자를 불러내고, 리자의 발작적인 관능을 일깨운다. 그는 또한 베르호벤스키의 삶의 축인데, 이 부분에서는 너무 긴밀하게 얽혀 있어서 운동 원칙이 어디에 놓여 있는지 이따금 분간하기 어렵다.

스타브로긴과 여타 인물들 사이의 관계를 묘사하면서, 도스토예프스키는 주요 테마 중의 하나로 돌아갔다. 그것은 사랑의 탈선에서 나오는 우매와 악이다. 신에 대한 사랑이 비뚤어지는 곳에서 우매와 악은 그에 따라서 더 커진다. 이 점에서 도스토예프스키의 사상은 카를 구스타프 카루스*의 『프시케』를 반영한다. 소설가는 시베리아 유형에 처해지기 이전에 이미 다소 유별나기는 하지만 총기 넘치는 이 논문을 읽었을 수도 있다. 카루스는 부분적으로는 프로이트를 예기케 하는 인물로, 미숙한 신앙심과 미숙한 관능 사이에는 상호관련성("전이"라고 부를 수도 있는)이 있다고 주장했다. 카루스가 "덜 익은 영혼"이라고 명명한 영혼 속에서 종교적 감정이나 성욕이 분출하게 되면 이와 유사한 타락으로 유도될 수 있을 것이다. 잘못 이해되거나 불완전하게 객관화되어 욕망이 과잉하게 되면, 정신은 급작스럽고도 비이성적인 증오에 굴복할 수도 있다. 베르호벤스키의 성격과 행위는 이러한 악의에 찬 열병의 상태를 극화한다. 그러나 사실은 스타브로긴의 주변을 맴돌고 있는 인물들도 모두 여기에 버금갈 정도로 감염되어 있다. 『악령』을 어둡게 물들이고 있는 악의 대부분은 사랑의 모독이나 왜곡에서 비롯된다. 남자나 여자나 모두 "해리 왕자"에게 머리를 숙이지만, 그는 이 봉헌을 예우하지도 않고 보상해 주지도 않는다. 그리하

---

* Carl Gustav Carus (1789~1869): 독일의 의사이자 과학자. 괴테의 친구로 그림 철학 등 다방면에 조예가 깊었다. – 역주

여 그의 본질적인 비인간성에 뿌리를 둔 이 같은 배은망덕은 결국 무질서와 증오를 낳게 된다.

스타브로긴이 사람들의 영혼을 고갈시켜서 그 속으로 악마가 들어오게 하는 양상은 비르진스키의 집에서의 회합 에피소드에서 특별한 힘과 극적 균형이 유지되는 가운데 드러난다. 장면은 최후의 만찬이고 취급 양식은 아이러니와 엘레지의 중간 정도에 위치한다. 표트르 베르호벤스키는 누군가가 음모를 밀고할 것이라고, 사도들 중에 유다가 있다고 암시한다. 부정否定과 항의가 빗발치는 가운데 스타브로긴—차르의 황태자 자신—은 침묵을 지킨다. 공모자들은 재차 확인하기 위해 그를 향해 그 자신은 어디까지 개입할 것인지 알고 싶다고 한다.

"당신들에게는 큰 관심거리겠지만 나는 그 질문에 대답할 필요가 없다고 봅니다." 스타브로긴은 중얼거렸다.

"하지만 우리는 모두 몸을 버렸는데 당신은 그렇지 않으니까 말입니다" 하고 몇몇의 목소리가 외쳤다.

"당신들이 몸을 버렸다고 해서 그게 나와 무슨 상관이란 말이오?" 스타브로긴은 웃었는데 그 눈은 번쩍번쩍 빛나고 있었다.

"어째서 당신이 알 바가 아닌가요? 어떤 이유에서이지요?" 하는 외침 소리가 여기저기서 들려왔다.

많은 사람들이 의자에서 벌떡 일어섰다.

왕자는 그의 가짜 예언자를 대동하고 사도들을 슬프고도 불길한 영혼의 공허 가운데로 던져둔 채 떠나 버린다. 사건을 서둘러 진행시키려는 베르호벤스키의 이어지는 욕망에서 우리는 거의 기독교만큼이나 역사가 깊은 이단 사상을 엿볼 수 있다. 즉 유다가 계시의 순간을 초래하기 위해 그리스도를 배반했다는 가설이다.

스타브로긴과 『악령』의 신화 체계에 대해 어떤 이야기를 해도 그것은 불완전할 수밖에 없는데, 이는 시적인 것과 비평 사이에 놓인 커다란 간격 때문이다. 햄릿이나 리어 왕의 의미가 한이 없듯 스타브로긴이 의미하는 바도 무진하다. 시와 신화의 문제에 관한 한 해답이란 있을 수 없으며 단지 우리의 반응을 더 적절하고 더 정확하게 조정하려는 시도가 있을 뿐이다. 도스토예프스키는 "기묘하고 명쾌하게" 자신의 생각을 털어놓는다고 엠프슨은 말한다. 기묘함 가운데 명료함이 숨어 있는 경우는 허다하다. 그러나 모든 비평가들이 다 여기에 수긍하는 것은 아니다. 수수께끼 같은 중심인물과 『악령』의 복잡한 형식은 기법상의 실패로 해석되어 왔다. "도스토예프스키는 이 작품에서는 닻을 너무 깊숙이 내려서 다시 끌어올릴 수가 없었다. 배를 움직이기 위해서 어쩔 수 없이 한 개 이상의 밧줄을 끊어야만 했다. 따라서 그가 본 것 가운데 일부에만 예술 형식을 부여할 수가 있었다…"* 이 관점은 자크 리비에르의 논문 「도스토예프스키와 불가해성」에서 더 발전된다. 리비에르

---

* V. 이바노프 : 『자유와 비극적 인생 : 도스토예프스키 연구』(뉴욕, 1957).

의 주장에 따르면 도스토예프스키의 인물은 누구나 그 핵심에 "하나의 x", 더 이상 줄일 수 없는 미지수가 있다. "충분한 직관을 타고난 사람이 한 인물에게 심오함과 논리적 일관성을 동시에 부여하지 못한다고 한다면 그것은 어불성설이다." 그는 "진정한 깊이란 탐사된 깊이다"*라고 결론짓는다. 이는 하나의 경구가 되어『피네간의 경야』가 나오기 전의 유럽 소설을 러시아 소설로부터 방어하는 가장 효과적인 방패가 된다.

그러나 이는 축소에 바탕을 둔 변호다. 경험되거나 꿈꾸어진 세계의 거대한 지도에는 직접 올라가보기 전에는 그 깊이도 높이도 측정할 수 없는 균열들이 있다.『천국편』의 경우를 다시 원용하자면, 시각의 한계에 다다를 때 우리는 그 너머로의 답사를 통해서가 아니라 그 맹목 속에서 빛을 발견한다. 그러나『신곡』과 리비에르가 자신의 논리 원칙을 도출한 문학은 서로 상이한 개념을 반영한다. 그 둘을 구별하는 지점은 종교적 요소―"종교적"이라는 말을 가장 광의로 사용하여―가 포함되느냐 부재하느냐에 있다. 종교적 요소가 없으면 시적 성취가 도달할 수 있는 어떤 영역을 획득할 수 없을 것처럼 보인다. 우리는 이 영역을 엘리자베스 시대의 비극, 진지한 서사시의 계보에 의해서, 그리고 내 생각으로는 톨스토이와 도스토예프스키의 소설들을 근거로 정의한다. 유럽 소설이『전쟁과 평화』,『안나 카레니나』,『백치』,『악령』,『카라마조프가의 형제

---

* 자크 리비에르 :「도스토예프스키와 불가사의에 대해」(『새로운 연구』, 파리, 1922).

들』에서 연상되는 최고라는 개념에 미치지 못한다면, 그 신화의 범위와 포괄성에 있어서도 모자란다는 말이다.

발자크, 스탕달, 플로베르, 헨리 제임스 등이 구사한 소설의 기술은 현실이라는 스펙트럼의 중간 부분과 관련된다. 어느 쪽으로든 그 중간 부분을 넘어서면 거대한 심연과 고지가 있다. 이 중간 영역, 즉 주로 사물의 사회적 질서라고 할 이 영역이 정밀한 검토의 힘을 통해 삶에 대한 풍부하고 성숙한 초상을 꾸밀 수 있다는 것은 프루스트의 경우가 보여준다. 『잃어버린 시간을 찾아서』는 세속적 상상력이 기록한 최장시간의 비행을 볼 수 있게 해준다. 현세적인 세계관이 이 이상 복잡하고 포괄적으로 삶을 모방할 수는 없을 것이다. 기법의 견고함이 형이상학의 빈약함을 거의 메꾸어 준다. 그러나 궁극적으로 이 작품은 톨스토이나 도스토예프스키보다 좁은 범위 내에 한계를 설정한다. 그것을 무심결에 드러내는 예로는 프루스트가 자신의 가장 고귀한 인물 로베르 드 생루를 지저분하고 위축된 방식으로 장면에서 퇴장시키는 대목이다(그의 십자 무공 훈장은 싸구려 매음굴에 던져져 있다). 프루스트의 인물들은 비극적 순간에 부딪히면 엠마 보바리가 그랬던 것처럼 천장이 너무 낮기라도 한 듯이 약간 몸을 웅크린다. 반면에 드미트리 카라마조프는 특히 가혹한 굴욕의 상징이라 할 더러운 양말을 신고 있을 때조차 오히려 위엄을 띠고 우리 앞에 서 있다. 그런 순간에조차도 그는 신이 결국 자신의 모습으로 인간을 창조했을 것이라는 생각으로 우리의 상념을 인도한다.

"러시아 이후" 시대의 가장 뛰어난 세 소설가, D. H. 로렌스,

토마스 만, 제임스 조이스는 소설의 유산을 확장했다. 그들은 정확하게 종교적 혹은 초월적 신화를 향해 움직여 갔다. 로렌스의 노력이 새로운 마법의 흉포함으로 귀결되었고, 만도 조이스도 도스토예프스키가 획득한 전체적 계시에 도달하지 못했다는 사실은 별로 문제가 아니다. 중요한 것은 그 실험의 성격에 있다. 특히 『율리시즈』는 밀턴 이후의 어떤 유럽 시인보다도 더 단단하게 세계에 대한 질서 잡힌 관점을 제시하려고 한다. 더욱이 밀턴에서와 마찬가지로 전체를 지배하는 용어는 종교적 신화의 용어다. 블랙머는 『경이로운 시대 Anni Mirabiles』에서 이렇게 쓴다.

> 스티븐은 자신의 의지에 따라 추방된 악마의 이미지이며 지독할 정도로 끝까지 타협을 하지 않는다. 블룸은 그리스도(혹은 책의 표현대로 "또 한 사람의")이며, 이방인으로 규정되고 모든 일그러진 체험에 반응함에 있어 최대한도로 타협한다.

물론 두 사람 다 여러 가지 다른 면들도 있지만, 이러한 범주들은 산문 소설의 범위를 현저하게 확장시키는 일과 모든 점에서 어울리는 것이어야 한다.

조이스의 불굴의 순례, 문명을 위해 에클레시아*를 세우려 한 그 시도는 우리가 판단할 수 있는 한 부분적으로 실패했다.

---

* 그리스어로 시민들의 모임이란 뜻이나 신학에서는 기독교 신도들의 집단을 뜻함. ─ 역주

20세기 유럽의 대가들, 그리고 이 문제에 관한 한 미국의 대가들도 도스토예프스키가 뿌리를 내렸던 권위 있고 포괄적인 신조에 의존할 수 없었거니와, 고독하고 자만에 빠져 있지만 합리적인 톨스토이의 이교 정신에도 의존할 수 없었다. 19세기 러시아를 휩쓸었던 종교적 열정과 시적 상상력, 기도와 시 사이의 변증법적 관계는 하나의 특수한 역사적 상황이었다. 이는 그리스 비극과 엘리자베스 시대의 연극을 산출해 낸 시대와 천재의 결합에 못지않은 어떤 역사적 배경에 뿌리박고 있었다.

VII

톨스토이와 도스토예프스키의 작품들은 문학에 있어서의 믿음의 문제를 다룬 가장 중요한 본보기들이다. 그 작품들은 우리의 정신을 너무나 명백한 힘으로 압박하고 강요하고, 우리 시대의 주요한 정치에 너무나 명백하게 관련된 가치들에 개입하기 때문에, 우리가 설혹 그러고 싶다 해도 순수하게 문학적 차원에서만 반응할 수가 없다. 그 작품들은 또한 독자들에게 격렬하게 그리고 종종 서로를 배제하고 어느 한쪽에 매달리라고 간청한다. 톨스토이와 도스토예프스키는 독서의 대상일 뿐 아니라 믿음의 대상이 된다. 전 세계에서 몰려든 남녀들이 빛을 찾아 신탁과 같은 구원의 메시지를 얻으려는 희망을 품고 야스나야 폴랴나로 순례의 길을 떠났다. 대부분의 방문객들—릴케는 두드러진 예외이지만—은 톨스토이 자신도 겉으

로는 부정했던 소설가로서보다는 종교 개혁자 내지 예언자로
서의 그를 찾으려 했다. 그러나 사실 두 측면은 불가분의 관계
에 있다. 새로운 복음의 해설자이자 간디의 스승인 이 사람은
본질적인 통일성에 의거하여—혹은 자신의 천재가 어쩔 수
없이 그러하듯이—『전쟁과 평화』와 『안나 카레니나』의 작가
였다. 자신을 "톨스토이파"라고 선포하는 사람들이 있는가 하
면, 이와 유사하게 도스토예프스키의 제자들, 도스토예프스키
의 삶의 비전을 신봉하는 사람들도 있다. 요제프 괴벨스는 기
묘하나 재능이 엿보이는 소설 『미카엘』*을 썼다. 거기에 나오
는 한 러시아 대학생은 "우리 조상들이 그리스도를 믿었듯이
우리는 도스토예프스키를 믿습니다"라고 말한다. 그의 발언은
베르자예프, 지드, 카뮈가 자신들의 삶과 의식의 지평에 도스
토예프스키가 한 역할을 기록한 글들에서 뒷받침된다. 고리키
는 도스토예프스키가 존재한다는 사실만으로도 작가가 될 수
있었던 사람들이 있다고 말했다. 실존주의 형이상학자와 죽음
의 캠프에서 살아 나온 몇몇 시인들은 도스토예프스키의 모습
과 그 작품을 기억함으로써 사고력을 잃지 않고 견딜 수 있었
다고 증언했다. 신앙이란 영혼에 왕관을 씌우는 행위이므로 그
에 걸맞은 대상이 필요하다. 누군가가 "플로베르를 믿는다"고
말할 수 있을까?

톨스토이와 도스토예프스키를 대비해서 고찰한 최초의 인

---

* 요제프 괴벨스 : 『미카엘』(뮌헨, 1929). 이 작품에 주목하게 해준 사람은
럿거스 대학의 시드니 래트너 교수이다.

물은 메레즈코프스키라고 봐야 할 것이다. 그는 두 사람 각자의 세계관에 내재하는 이율배반이 러시아의 분리된 의식 상태에 대한 슬픈 논평이라고 보았다. 그는 톨스토이파와 도스토예프스키파가 힘을 합치는 날이 올 것이라고 희망했다.

그들이 새로운 종교 이념을 이루기를 목말라 갈망하는 한 줌의—분명 그 이상은 아닌데—러시아인들이 있다. 톨스토이의 사상과 도스토예프스키의 사상 사이의 융합에서 우리를 인도하고 재생시키는 상징, 즉 합일을 찾을 것이라고 믿는 사람들이다.[*]

두 소설가 중 어느 쪽도 이러한 기대로부터 눈을 돌려 버렸을 법하지는 않다. 하지만 그들 사이의 유일한 공통의 장場은 서로 상대방의 천재를 조심스럽게 그리고 때로는 마지못해서 인정했던 것뿐이었다. 그들 각자의 위대성의 음조와 그 존재 형식이 그들을 돌이킬 수 없는 불화로 몰아넣었다.

톨스토이와 도스토예프스키는 서로 만난 적이 없었다. 아니 더 정확하게 의미를 담아서 말하자면, 그들은 같은 시기에 같은 문학 서클에 자주 출입했다는 것을 알았으면서도 만난 적은 없다고 확신했다. 사실 그들의 표면상의 전기와 종교적 견해의 역사를 보면 두 사람은 여러 번 서로 부딪칠 뻔했다는 것

---

[*] D. S. 메레즈코프스키 : 『톨스토이의 인간과 예술』.

을 알 수 있다. 두 사람 다 페트라셰프스키 그룹과 접촉했는데 도스토예프스키는 1849년, 톨스토이는 1851년이었다. 사형 집행, 형의 죽음, 서유럽에서 도시 생활의 장관壯觀을 보고 느낀 인상 등이 그들의 신념을 형성하는 데 서로 비견할 만한 역할을 했다. 두 사람 다 한때 도박에 빠졌고, 오프친의 유명한 수도원을 거듭하여 방문했으며, 두 사람 다 1870년대의 인민주의 운동에 빠져들어 미하일로프스키의 잡지에 기고했으며, 두 사람을 만나도록 주선하려는 공동의 친구들이 있었다. 지금까지 알려진 바로는 이 만남은 이루어지지 않았다. 아마 두 대가는 기질적으로 서로 극단적으로 충돌하거나 더 심한 경우에는 의사소통에 완전히 실패하지 않을까 두려워한 듯하다(조이스와 프루스트의 짧은 만남이 그렇게 망쳐졌듯이).

도스토예프스키가 사망했다는 소식을 접하자마자 톨스토이는 스트라호프에게 편지를 썼다.

나는 그 사람을 만난 적도 없고, 어떠한 직접적인 관계를 맺은 일도 없습니다. 그러나 그가 세상을 떠나자 나는 비로소 그가 나에게는 가장 값지고 소중하며, 가장 필요한 존재였다는 사실을 깨달았습니다. 나 자신을 그와 비교하려는 생각은 한 번도 한 적이 없습니다. 그가 쓴 모든 것(선하고 진실한 것 말입니다만)은, 그 자신이 더 좋아할수록 나도 즐거워했던 그런 것이었습니다. 예술적 성취와 지성은 부러워해 마지않던 바지만, 가슴에서 우러나온 그의 작품은 오로지 내게 기쁨일 뿐이었습니다. 나는 언제나 그를 친구로 생각했고, 언젠가는 만날 것이라고 마음 편하게 생각하고 있었습니다. 그런데 갑자기 그가 죽었다는 기사를 접하게 되었습니다. 처음에는 완전히 어리둥절했고, 이어 내가 그를 얼마나 소중하게 생각했던가를 깨닫고 울음을 터뜨리고 말았습니다. 나는 지금도 울고 있습니다. 그가 죽기 불과 며칠 전에 나는 감동과 즐거움에 휩싸여 그의 『학대받는 사람들』을 읽었던 것입니다.

충격이 채 가시지 않은 상태에서 쓴 편지이기 때문에 톨스토이가 진지했으리라는 것은 틀림이 없다. 그러나 그가 "언젠가는" 도스토예프스키와 만날 것이라고 마음 편하게 생각하고 있었다고 한 부분은 자신을 속이고 있거나 당장의 감정에 휩쓸린 결과이다. 이는 베르디와 바그너가 생전에 이처럼 만나지 못했던 사실을 생각나게 한다. 일설에 의하면, 베르디가 그들의 첫 만남이 되었을 방문을 위해 베네치아에 있는 바그너의 저택에 도착했을 때는 이미 바그너가 막 숨을 거둔 직후였다. 바그너는 베르디에게 있어서는 인간으로든 음악가로든 전에는 결코 범접하기 힘들었던 도덕적 존재였던 것이다.

슬픔 가운데서조차 편지에는 톨스토이의 진솔한 감정이 드러나 있다. 그는 도스토예프스키의 소설에서 무엇을 "선하고 진실한 것"으로 보았을까? 그도 투르게네프처럼 『죽음의 집의 기록』을 도스토예프스키의 작품 중에서 최고로 평가하려는 경향이 있었다. 그는 이 작품을 "훌륭한, 교훈적인 책"이라고 보았다. 이는 틀림없는 사실이나, 이 작품이 원숙 단계의 도스토예프스키를 대표하지 않을 뿐 아니라 일차적으로는 소설가로서의 도스토예프스키를 대표하지도 않는다. 이 작품은 도스토예프스키의 작품 중에서 가장 톨스토이에 가깝다. 『학대받는 사람들』이 톨스토이에게 즐거움을 주었다면 그것은 기독교적인 비애감의 요소 즉 디킨스적인 감상이었다. 도스토예프스키의 주요 작품은 그에게 반감을 일으켰다. 고리키는 톨스토이가 도스토예프스키에 대해 말할 때는 "무언가를 피하거나 억누르고 있는 듯, 마지못해서, 거북해하면서" 했다고 적었다. 때로는 본질적인 적대감이 터져 나와 공정성을 잃어버리기도 했다.

그는 까닭 없이 의심이 많고, 야심에 차 있으며, 심각하고 불행했습니다. 그가 그렇게 많이 읽히는 것이 이상합니다. 이유를 알 수 없어요. 순전히 고통을 줄 뿐이지 아무 쓸모도 없는 작품들입니다. 그 모든 백치들이니 미성년들이니 라스콜니코프니 하는 그런 따위의 족속들은 모두 비현실적이니 말입니다. 단순한 작품일수록 이해가 잘 되는 법입니다. 레스코프를 읽지 않는 사람들이 가엾습니다. 그는 진정한 작가입니다…*

톨스토이는 고리키에게 도스토예프스키의 핏속에는 "어딘지 유대적인 것이 있다"라는 괴이한 촌평을 한 바 있다. 이 같은 성 히에로니무스 식의 세계 구분을 도입한 것은 마치 아테네(이성과 회의론의 도시, 세속적인 에너지가 넘치는 쾌락의 도시)가

---

* 톨스토이가 고리키에게 보낸 편지, 고리키 : 『톨스토이 회상』.

예루살렘의 초월적 종말론과 대결해야 했던 것을 환기시킨다.

톨스토이에 대한 도스토예프스키의 태도는 모호하고 과도할 정도로 복잡하다. 그는 『작가 일기』에서 "레프 톨스토이 백작은 의심의 여지없이 모든 계층의 러시아 대중들이 사랑하는 작가이다"라고 인정했다. 그는 그의 독자들에게 그가 그 정치학에 대해서는 심하게 비판한 『안나 카레니나』를 서구 문학의 범주를 뛰어 넘는 걸작이라고 소개했다. 그러나 한편으로 톨스토이가 작품 활동에서 누리고 있던 특권적 지위에 대해서는 항상 분개를 금치 못했다. 세미팔라친스크에서 돌아와 막 작가로서의 경력을 시작하던 때부터, 도스토예프스키는 톨스토이가 문학잡지로부터 받는 고료가 너무 과하다고 생각했다. 1870년 8월 조카에게 쓴 편지에서 그는 부르짖었다.

넌 알기나 하니! 내가 만일에 투르게네프나 곤차로프, 톨스토이 같은 작가들처럼 그 책에 2~3년씩 소비할 수 있다면 아마 사람들이 앞으로 한 100년은 그 이야기를 할 그런 작품을 써낼 수 있으리라는 것을 내가 너무너무 잘 알고 있다는 걸 말이야!

도스토예프스키가 보기에는 톨스토이의 작품을 가능하게 했던 것은 그 시간적 여유와 부였으며, 그것이 그의 작품의 어조와 성격도 결정한 것처럼 보였다. 그는 톨스토이의 문학을 "지주 문학"이라고 지칭하면서, 1871년 5월 스트라호프에게 쓴 편지에서 이렇게 선언했다.

그런 종류의 문학은 할 말을 다 해 버렸소(특히 레프 톨스토이가 그러합니다). 마지막 말까지 해버렸기 때문에 더 이상 말할 의무도 면제된 거지요.

1877년 7~8월 『작가 일기』에서 도스토예프스키는 톨스토이의 작품 대부분이 "오랜 과거의 시대상을 묘사한 역사화歷史畵에 불과하다"고 썼다. 그는 톨스토이의 성취가 역사 장르에 처음으로 손을 대고 완성시킨 푸시킨의 성취보다 뒤진다고 되풀이하여 지적했다. 이 비교는 도스토예프스키적 미학에서 가치와 이상의 전 범위를 포괄하고 있다. 푸시킨은 민족의 시인이자 예언자이며 러시아 운명의 화신이었다. 이에 비해 투르게네프와 톨스토이는 도스토예프스키에게(『위대한 죄인의 생애』의 메모에서 언급했다시피) 왠지 생소해 보였다.

도스토예프스키의 소설과 논쟁적인 글에는 톨스토이와 그의 사상이 여러모로 언급되어 있다. 발칸 전쟁이 벌어지는 동안 도스토예프스키의 범슬라브주의와 메시아적 기대는 거의 발작에 가까운 어조를 띠었다. 그는 『작가 일기』에 썼다. "신이여, 러시아의 지원병들이 승리를 거두도록 축복해 주소서! 러시아 장교들이 수십 명씩 전투에서 쓰러지고 있다는 소문이 파다합니다. 그대 사랑하는 사람들이여!" 『안나 카레니나』 마지막 부분에 표현된 톨스토이의 전쟁 비난은 도스토예프스키가 보기에는 "변절"의 증거였고, "러시아의 대의명분"을 냉소하며 등을 돌린 처사였다. 그는 레빈이란 인물이 톨스토이를 가장 진실되게 대변해 준다는 것을 알았고, 또 그가 자기에 비견할 만큼 "성스러운 대지"를 사랑한다는 것을 느꼈다. 하지만 이러한 사랑이 민족주의와 유리될 수 있다는 사실은 도스토예프스키에게 충격이었다. 야스나야 폴랴나는 폐쇄된 세계가 되었고, 톨스토이는 레빈의 영지를 그리면서 사적인 삶을 공적인 삶 위로 올렸다. 재정복된 콘스탄티노플의 비전을 가진 도스토예프스키에게는 이처럼 자기 자신만의 정원을 가꾸는 일이란 반역에 속하는 행위였다. 『작가 일기』에 보이는 『안나 카레니나』 비판은 고발의 수사와 더불어 끝맺어진다. "『안나 카레니나』의 작가 같은 인간들이 사회의 교사, 우리의 교사다. 우리는 단지 생도에 불과한데, 그렇다면 그들이 도대체 우리에게 무엇을 가르친다는 건가?"

그러나 싸움은 정치 문제보다 더 깊은 데까지 미쳤다. 도스토예프스키는 특유의 무서운 통찰력으로 그 정신을 해부하여 톨스토이에게서 루소의 제자를 찾아냈다. 인류애에 대한 톨스토이의 공언을 넘어서, 도스토예프스키는 사회가 완전해질 수 있다는 교리, 즉 이성이나 개인의 감정의 우선성에 토대를 둔 신학과 인간의 삶에서 역설과 비극에 대한 의식을 제거해버리려는 욕망이 연합하고 있다는 것을 마치 예언을 하는 것처럼 식별해냈다. 도스토예프스키는 톨스토이의 동시대인들보다 오래전에, 아마도 톨스토이 자신보다도 더 이전에, 톨스토이적인 사상이 어디로 인도하게 될 것인지 어렴풋하게나마 간파했다. 즉 그것은 그리스도 없는 기독교였다. 그는 톨스토이의 인도주의에서 중심적인, 루소적인 자기중심주의를 찾아냈다. 『미성년』에서 그는 말했다. "인류애란 당신 스스로가 영혼 속에서 창조한 그 인류를 사랑하는 일로 이해되어야 한다." 정교 교리에 감복하고 신앙의 신비와 비극에 매료된 도스토예프스키에게 톨스토이는 가장 큰 적수였던 셈이다.

그러나 도스토예프스키는 위대한 소설가이자 인간에 대한 열렬한 탐구자였으므로 톨스토이의 천재성에 끌리지 않을 수 없었다. 도스토예프스키의 소설에서 톨스토이에 대한 가장 기묘한 암유暗喩는 이와 같이 다소 분열되어 있는 의식을 통해서만 설명될 수 있을 법하다. 비평가들은 오래전부터 "백치"의 이름 레프 니콜라예비치 미슈킨이 레프 니콜라예비치 톨스토이 백작의 이름을 반향하고 있다는 사실을 지적한 바 있다. 더욱이 미슈킨과 톨스토이란 성姓은 둘 다 오래된 혈통을 가지고 있다. 이 같은 유사성을 통해 도스토예프스키의 정신 속에서 흐리면서도 아마도 무의식적인 변증법의 과정이 드러날지도 모른다. 그는 톨스토이적인 그리스도 개념(『백치』 집필 당시 그가 어떻게 여기에 관해 알 수 있었겠는가?)이 마치 미슈킨 그 자신처럼 어떤 근본적인 통찰력의 결함이나 인간성의 과잉으로 말미암아 무력해질 운명에 처해 있음을 말하고 있었던 것일까? 아니면 교회의 지속적 구조가 뒷받침되지 않는 개별적인 성인됨이란 파국으로 끝나기 마련인 자만自慢의 한 형식임을 지적하고 있었던 것일까? 쉽사리 답변할 수 없지만, 이런 종류의 반향을 우연으로 치부하기는 매우 어렵다. 그 배후에는 상상력의 솔직담백함이 숨어 있다.

톨스토이에 대한 이보다 덜 수수께끼 같고 멋진 아이러니를 담은 언급은 이반 카라마조프와 악마가 나누는 대화 속에 나온다. 그 "신사"는 이반에게 자신이 실재한다고 설득하려 한다.

들어 보게, 소화 불량이라든가 혹은 그 밖의 이유 때문에 꿈을 꾸거나 특히 악몽을 꿀 때, 인간은 간혹 예술적인 환상이나 지극히 복잡한 현실, 사건, 아니 그 모든 사건들을 엮어서 하나의 플롯으로 만들 정도의 것을 놀라울 만큼 상세하게, 가장 고상한 현상으로부터 조끼에 달린 단추에 이르기까지 세세하게 볼 수 있단 말일세. 아마 레프 톨스토이조차 그렇게 자세히는 묘사하지 못하리라 생각할 지경이지… 이 문제는 완전히 수수께끼야. 한 정치가가 내게 고백하기를, 자기에게서 제일 훌륭한 생각은 대개 잠이 들었을 때 나온다는 거야. 바로 그런 식이지. 난 비록 자네의 환각이지만 마치 악몽에서처럼 내가 말하는 것도 상당히 독창적인 것들이야. 그런 것들은 아마 자네 머리에 한 번도 떠오르지 않았을 걸세.

악마는 성경뿐 아니라 톨스토이도 인용한다. 도스토예프스키는 여기서 분명히 놀리는 투로 톨스토이 소설의 방대하고 세밀한 리얼리즘이 『카라마조프가의 형제들』의 유령 세계만큼이나 환각에 가깝다는 것을 시사하고 있다.

R. 필롭-밀러는 도스토예프스키가 "반反톨스토이 소설"을 구상하고 있다고 말했다. 설령 그렇다 하더라도 그 흔적은 조금도 남아 있지 않다. 두 소설가 사이의 대화를 상상으로 꾸민 어떠한 월터 새비지 랜더*도 없었다. 하지만 실제로 상상적

인 대화의 편린이라고 볼 만한 것이 전혀 없다고 할 수는 없을 듯하다. 도스토예프스키의 예술과 신화의 구조에서 대심문관 전설이 차지하는 위치는 셰익스피어의 세계에서 『리어 왕』과 『템페스트』가 점하는 위치와 흡사하다. 이 전설은 그 시와 의도가 너무나 다면적이어서 여러 관점에서 접근할 수 있고 수많은 의미의 지평을 끌어낼 수 있다. 도스토예프스키는 이 전설을 통해 자신의 사상의 최종적인 척도를 제시했으며, 그 형식과 형이상학의 주요 요소들은 톨스토이와의 어떤 논쟁적 명상에서 비롯되었을지도 모른다. 나는 대심문관 전설을 도스토예프스키와 톨스토이 사이의 대결의 알레고리로 읽을 작정인데, 이를 통해 제시하는 구상을 독단적으로 요구할 생각도 영속적인 비중이 있다고 주장할 생각도 없다. 나는 하나의 비평의 신화를, 우리의 상상 활동을 가장 유명하지만 불가사의한 문학 작품들 가운데 하나로 다시 방향을 잡게 만드는 그런 공상을 제시하려 한다.

이 전설은 이반과 알료샤의 논쟁에서 절정의 단계, 궁극적인 위기와 해결의 에피소드이다. 이반은 그가 의도적으로 "시"라고 부르는 것을 상세히 설명하기 직전에 신에 대한 자신의 반항을 공표했다. 그는 죄 없는 아이들에게 저질러진 야만 행위를 용인할 수 없다. 만약 아이들이 아무런 의미 없이 비인간

---

* Walter Savage Landor(1775~1864): 영국의 시인이자 작가로, 역사상의 인물들 사이의 "상상적 대화"를 시리즈로 집필한 것으로 유명하다. – 역주

적으로 살해되고 불구가 되는 동안에 신이 존재하고 있다면, 그 신은 악의가 있거나 그렇지 않으면 무력하다. 궁극적 신정론의 개념, 정의는 보속되리라는 개념은 "악취 나는 변소에 갇혀 그 작은 주먹으로 자기 가슴을 치면서 아무런 보상도 없는 눈물을 쏟으면서 '사랑하는 친절한 신'에게 기도를 드리는 저 고통 받는 아이의 눈물"만한 가치도 없다. 그러고 나서 이반은 신을 버리겠다고 한다.

그 조화의 대가가 너무 비싸기 때문에 내 호주머니 사정으로는 그처럼 비싼 입장료를 지불할 수가 없어. 그래서 나는 내 입장권을 급히 돌려보내는 거야. 내가 정직한 인간이라면 되도록 빨리 그 입장권을 돌려보낼 의무가 있으니까. 그래서 나는 이걸 실행하고 있는 거야. 나는 신을 인정하지 않는 건 아니야, 알료샤. 그저 그 입장권을 정중히 돌려보낼 뿐이지.

이반의 주장은 보트킨에게 보낸 유명한 편지에서 헤겔주의자들을 공격한 벨린스키의 편지를 모델로 하여 구성된 것이다.

당신의 철학적 속물주의에는 섭섭한 소리가 될지 모르겠습니다만, 나로서는 설령 내가 진보의 사다리에서 가장 높은 단계에 도달하게 된다 하더라도 상황과 역사가 순교자로 만들었던 모든 인간 존재들, 위험과 미신과 종교재판과 펠리페 2세의 희생물이 된 모든 인간 존재들에 대해 나에게 설명해 줄 것을 요구하리라는 점을 분명히 해두고자 하는 바입니다... 그런 설명이 주어지지 않는다면 나는 내 높은 자리에서 머리부터 나 자신을 내동댕이칠 것입니다. 만약 사전에 나의 형제들 한 사람 한 사람에 대해서 확인이 이루어지지 않는다면, 나는 나에게 배당된 행복을 원하지 않습니다... 불협화음이 화음의 조건이라고들 합니다. 음악 애호가의 입장에서 보면 아마 즐겁고 유익할지도 모르겠지만 그가 누구든 불협화음의 역할을 담당하게 된 사람들에게는 분명히 그렇지 못할 것입니다.

이 구절에 대심문관 전설의 싹이 있다. 즉 신정론에 대한 일반적 비판과 종교재판이라는 특수한 테마 사이의 연관이 그것이다.

그러나 기억의 그물은 여러 방면으로 던져져 있다. 되돌아온 "입장권"이라는 모티프는 실러의 심원한 알레고리들 가운데 하나인 「포기Resignation」를 생각나게 한다. 이 시의 화자는 내세에는 조화와 이해가 도래할 것이라는 덧없는 약속 때문에 청춘과 사랑을 어떻게 팔아넘기고 말았는지 노래한다. 이제 그는 영원성을 속임수라고 비난한다. 죽음에서 되돌아와 다른 세계에서 인간 조건의 고통과 불평등을 보상해 준다는 증거를 가져온 사람은 아무도 없었다. 전지한 목소리가 그의 고발에 대답한다. 인간 존재는 희망이나 행복 중 하나만을 허락받는 것이며, 둘 다를 가질 수는 없다. 초월적인 정의의 계시에 대한 희망을 선택한 자는 그 희망하는 행위 속에서 이미 보상받은 것이니, 더 이상의 대가를 바라서는 안 된다고. 도스토예프스키의 텍스트와 직접 관련이 되는 몇 연만 인용하기로 한다.

그대의 다리橋 위에 내 주위의 그림자들이 짓누른다.
오 무시무시한 영원이여!
축복을 줄 수 있는 순간을 나는 알지 못했노라.
행복을 약속하는 이 편지를 도로 가져가시라.
보아라, 봉인도 뜯지 않았도다!

그대, 검은 실로 짠 베일로 눈을 가린 심판관이여,
그대 앞에서 나는 중얼거리노라.
이 땅 위에는 즐거운 믿음이 퍼져 있으니,
지상의 왕홀과 저울은 그대의 것이고,
보상자가 그대의 이름.

그대는 악에게는 공포의 징벌을 예비하고,
착한 자들은 즐거움을 알게 한다고.
그대는 뒤틀린 마음을 백일하에 드러낼 수 있으시고,
우리 운명의 수수께끼를 분명히 밝히시고,
슬픔과도 거래를 끊지 않으시도다.

이반 카라마조프도 시의 화자도 "입장권", 즉 행복을 약속하는 편지를 받았으나 어느 쪽도 그 값을 치를 생각이 없다. 세계의 어둠은 그들로서는 도저히 용인할 수 없는 것이다.
이제 바야흐로 두 요소 즉 실러의 시와 벨린스키가 언급한 펠리페 2세의 테마는 리빙스턴 로스라면 도스토예프스키의 기억의 "갈고리 모양의 원자들"이라고 부름 직한 것을 통해서 접촉하게 되었다. 그다음 단계는 거의 필연적이다. 실러의『돈 카를로스』가 중심적으로 상상 과정 속으로 들어선 것이다. 이반 카라마조프의 대심문관이 처음 등장한 곳은『돈 카를로스』였다. 그 무대 지시와 대심문관 전설 속의 그에 대한 설명은 거의 일치한다.

　　이 최고 지위의 대심문관은 아흔 살의 눈먼 노인으로, 지팡이에 기댄 채 두 도미니크 수도사의 인도를 받으며 걸어 나온다. 그가 열 사이를 지나자 고관들은 모두 그 앞에 엎드린다… 그는 그들에게 축복을 내린다.

　　　　　　　　　　..........

　　그는 나이가 거의 아흔에 가까운 노인이다. …군중은 즉각적으로 마치 한 사람이 움직이는 것처럼 일제히 늙은 심문관 앞에서 머리를 조아린다. 그는 말없이 군중에게 축복을 내리고 지나간다.

　그러나 실러의 희곡이 도스토예프스키의 대심문관의 신체적인 겉모습만 제공한 것은 아니다.『돈 카를로스』도 대심문관 전설처럼 자유와 고독한 권력의 변증법에 의존한다. 소수의 인간들―『악령』의 쉬갈로프가 그리는 고독한 폭군들―의 저 살인적 고결함은 자비와 방종의 유혹에 노출된다. 인간이 자유롭고 인간적 애정을 자발적으로 발휘할 수 있는 가능성이 순간적으로 펠리페 2세를 뒤집어놓는다. 그것은 그의 어둡고 자기부정적인 독재에서 현기증 나는 순간을 유발한다. 도스토예프스키의 텍스트는 이러한 시련과 아울러 왕과 마르퀴스 드 포사 사이와 왕과 대심문관 사이의 대조적인 두 대화를 되돌아본다. 실러의 모티프 중 일부는 거의 그대로 이반의 시에 옮겨져 있다. 펠리페 2세는 일시적으로 인정에 휘둘린 것을 정당화하면서, 마르퀴스에 대해 "나는 그의 눈을 들여다보았소"라고 말한다. 이와 똑같이 대심문관과 그리스도도 서로를 알아본다. 사제는 그리스도의 눈 속을 응시한 후 그가 조용히 떠나도록 한다.

그러나 이 전설이 벨린스키, 실러, 그리고 뒤에서 언급되겠지만, 푸시킨 등에 빚지고 있다 해도, 그 독특한 힘과 격조는 다름 아닌 소설의 문맥에서 생겨난다. 이 사실이 때때로 간과되는 이유는 이반의 이야기가 고양되고 다소 고풍스러운 문체로—앞뒤의 산문과 분리된 것처럼—쓰여 있기 때문이기도 하고 이 시 자체가 너무 유명하기 때문이기도 하다. 그러나 이 시는 카라마조프가의 두 형제가 나누는 대화의 필수적인 부분이고 그 의미의 대부분은 극적 의도와 분리할 수 없다. 이반은 알료샤에게 의지가지없는 아이들을 괴롭히는 사람들을 용서할 수 있는 권능을 부여받은 사람이 이 세상에 있겠느냐고 묻는다. 알료샤는 대답한다.

그런 분은 존재합니다. 그분은 모든 일에 대해서 모든 인간을 용서할 수 있습니다. 왜냐하면 그분은 모든 사람을 대신하여 스스로 죄 없는 피를 흘렸으니까요. 형님은 그런 분이 존재한다는 걸 잊고 계셨군요. 바로 그분을 반석으로 그 탑이 세워져 있는 겁니다. 그리고 바로 그분을 향해서 우리는 "주여 당신의 말씀은 옳았나이다. 이는 당신의 길이 열렸기 때문입니다"라고 외칠 수 있는 겁니다.

그러나 이반은 그분을 잊고 있었던 것은 아니었고, 이어서 그리스도의 세비야 방문 우화를 이야기한다. 대심문관의 독백을 듣고 나서 알료샤는 말한다. "형님의 시는 예수를 찬미하는 것이지 비난하는 것이 아닙니다. 형님이 기대하는 것과 달리 말이지요." 그러나 그는 이반의 비극 개념을 오해한다. 전설은 그리스도에 대한 공격으로 꾸며낸 것이 아니었다. 그것은 신에 대한 이반의 고발을 표현하는 최상의 상징이고 주된 전달 도구다. 잠시 후 알료샤는 이를 깨닫는다. "'형님은 신을 믿지 않는군요.' 그는 이렇게 덧붙였으나 그 음성에는 슬픔이 서려 있었다." 이것이 문제의 핵심이다. 이반은 드러나지 않은 격렬한 열정으로 그리스도를 믿는다. 그러나 그는 자신의 투명한 영혼을 신에 대한 믿음에 내맡길 수 없다. 이보다 더 미묘하고 가슴 아픈 이단을 생각하기는 어려울 것이다.

그러나 여기서는 대심문관 전설과 『카라마조프가의 형제들』의 전체 구조 사이의 관계에 대한 고찰은 접어두고, 주제를 더 좁혀서 읽고자 한다. 나는 비평의 기술을 발휘하여 이반의 우화를 톨스토이와 도스토예프스키의 상상적 만남으로, 톨스토이와 도스토예프스키의 사상이 천재와 수사학에 대한 고도의 감각을 통해 표현된 두 세계관 사이의 충돌로 간주할 것이다. 대심문관에 대한 이 시는 다른 곳에서는 이리저리 흩어

저버리거나 논쟁을 의식한 나머지 약화되는 신념 간의 대립을 집약적으로 드러내고 또 근본적으로 다루고 있다. 베르자예프가 두 소설가 사이의 "해결될 수 없는 논쟁", "존재의 두 기본 개념" 사이의 적대 관계라고 불렀던 것을 극히 명료하게 드러내는 곳이 바로 이곳이다. 초안에서 도스토예프스키는 스스로 엄밀한 검토를 거쳐 그의 신화의 중심을 이루는 이념들과 도전들을 표명했다. 소설의 어떤 장들도 이보다 더 정교하게 "사유를 거쳐서" 이룩된 것은 거의 없을 것이다. 그 과정의 매력은 그 세부 묘사에 있다.

우선 창작 노트에 적혀 있는 예비 항목들 중 하나를 고찰해 보자.

> 그들의 머리를 모두 잘라 버리고
>
> **심문관** : "저 너머"가 우리에게 무슨 소용인가? 우리는 당신보다 더 인간적이다. 우리는 대지를 사랑한다—실러는 환희를 노래한다, 다마스쿠스의 성 요한도. 환희의 값은 얼마인가? 얼마나 많은 피와 고통과 타락과 참을 수 없는 광포함을 치러야 하나? [도대체 구입될 수 있는가?] 아무도 거기에 대해서 말하지 않는다. 아아, 십자가에 못박힘은 무시무시한 논증이다.
>
> **심문관** : 마치 장사꾼 같은 신. 나는 당신보다 인류를 더 잘 사랑한다.

진정으로 여기에는 정신의 작업장이 있다. 이성의 갑작스러운 도약과 간격이 있고 직관의 비밀스러운 언어가 있다. 그 설계의 일부만이 재구축될 수 있다. 시작 부분의 토막 난 문장은 전제 정치, 즉 쉬갈로프의 독재적 유토피아에 대해 진행해 온 일련의 사유로 향한다. 그것은 도끼로 한 번 내리쳐서 모두 없애버릴 수 있도록 모든 백성들의 목이 단 하나뿐이기를 바란 칼리굴라의 유명한 소망을 언급하고 있는가? 아니면 도스토예프스키가 실종된 황태자 루이 17세*의 이름을 적어두고 거기에 밑줄을 그어두었던 초기의 단편斷片에 대한 암시로 볼 것인가? 그다음 문장은 이해가 더 쉽고 의미가 분명하다. 대심문관은 톨스토이적이라 해도 무방할 언어로 그의 입장을 천명한다. 그의 형이상학에는 초월적 현실—"저 너머"—이 필요 없다. 그것은 물질적-세속적 세계 내에서만 존재한다. 심문관은 불완전하며 인정이 있다는 점에서 그리스도보다 "더 인간적"이다. 그는 그리스도와는 달리 활기에 넘쳐서 이성과 질서와 사회의 평화를 바란다. 그리하여 "우리는 대지를 사랑한다"는 톨스토이적인 신념이 나오게 된다. 진정한 왕국은 이를 바탕으로, 금욕주의나 필요하다면 폭력을 통해서라도 건설되어야 한다.

다음 몇 줄에서 도스토예프스키는 개인적인 연상과 단편적인 인용을 뒤섞어 놓았다. 먼저 실러의 송가 「환희에 붙여」로

---

* 루이 17세(Louis XVII 1785~95) : 부왕 루이 16세의 단두대 처형 후 어린 나이로 왕이 되었으나 국민공회의 감시와 학대 끝에 사망. 후에 생존설이 있었으며 많은 가짜 루이 17세가 나타났다. – 역주

인도된다. 이 시에는 이반의 철학과 관련된 수많은 구절이 나온다. 제6연의 다음 4행에서 특히 그러하다.

늠름하게 견디어라. 민중들이여!
보다 나은 생활을 위해 견디어 나가라!
별이 빛나는 저 창궁 너머에
신께서 그대들의 슬픔을 보상하시리니.

이는 본질상 이상주의의 신정론이다. 보다 나은 세계를 이루기 위해 고통을 겪자. 설령 실패한다 해도 신께서 그 노력을 보상해 주시리라. 왜 그런지 분명한 것은 아니지만 도스토예프스키는 환희의 송가에서 바로 다마스쿠스의 성 요한을 연상한다. 그의 『정교 신앙에 대해 *De fide orthodoxa*』는 동방교회들의 교리사에서 중요한 역할을 했고, 도스토예프스키는 그 저서를 알고 있었을 것이다. 그러나 더 그럴듯한 가정은 소설가가 실러의 송가에서 다마스쿠스의 성 요한의 유명한 찬송가를 연상했으리라는 것이다. 찬송가 「인 도미니캄 파샤In Dominicam Pascha」에서, 이 교부敎父는 그리스도의 수난이라는 저 즐거운 역설, 다시 말해 주님의 잔혹한 죽음으로 모든 인간들이 보속을 받았음을 찬양했다.

부활의 날이여, 즐거워하자, 인간들이여.
하느님의 어린 양, 어린 양이시로다.
죽었다 살아나시고, 땅에서 하늘로 오르시도다.

그리스도 우리를 인도하셨나니 할렐루야 노래 부르자.*

따라서 대략의 이미지로 그려보자면 두 개의 기억 덩어리가 도스토예프스키의 정신 속에 이웃해 있었다. 즉 인간의 진보와 최후의 조화에 바치는 실러의 환희와 그리스도의 보속적 희생을 기리는 다마스쿠스의 성 요한의 찬양이다. 미완임이 분명해 보이는 그다음 문장에서 도스토예프스키는 이 두 가지 생각에 대해서 명상한다. 수백만의 사람들이 알 수도 없거니와 착각일지도 모르는 보상을 바라며 고통을 견뎌 나가야만 할까? 이것이 이반 카라마조프의 도전의 핵심이다. "아아, 십자가에 못박힘은 무시무시한 논증이다." 그러나 누구에게 맞서는 논증인가? 초안의 이 단계에서는 도스토예프스키도 몰랐을 수 있다. 그것은 그리스도의 불멸성 혹은 신이 자신의 독생자가 고통속에 죽어 간 이 세상을 기꺼이 용서할 것인가를 의심하는 사람들을 위한 논증이었을 수도 있다. 그러나 십자가에 못박힘은 알료샤에게는 그리스도가 자기희생을 통해 무한한 연민을 가능하게 했다는 가장 중요한 증거이다. 이 창작 노트의 마지막 부분은 불가사의하다. 이탤릭체로 된 구절 "장사꾼 같은 신god like a merchant"은 무슨 뜻인지 무엇을 지칭하는지 알 수가 없다. 하지만 그리스도보다 자기가 더 인류를 사랑한다는 대심문관의 주장이 갖는 힘과 방향은 명백하다. 이 주장은 최종 원고

---

* 다마스쿠스의 성 요한에 대한 암시를 찾아낸 것은 더블린 소재 유니버시티 칼리지의 존 J. 오미어러 교수에 힘입었다.

에서는 더 자세하고 강력하게 표현될 것이다. 대심문관은 은총의 폭력과 역설에 맞서 인류를 지키는 사람이며, 아득하거나 이해할 수 없는 신에 대한 인간의 길을 정당화해 주는 사람이다. 뜻이 모호할 정도로 간결하게 그리고 정신의 은밀한 작업을 에둘러 드러내는 방식으로 창작 노트의 이 항목은 대심문관 전설의 주요한 구도를 미리 보여주고 있다.

이 뒤로 토막글들이 이어지는데 문장들이나 대화들을 조각조각 적기도 하고 인용문들이 나오기도 한다. 이들을 통해 도스토예프스키가 점점 자신의 소재를 친밀하게 파악해 나가는 과정과 자신의 주제를 다루는 숙달된 솜씨를 엿볼 수 있다. 때로는 너무 비약해서 실제의 소설에서는 버려지게 되는 결말에 이르기도 했다. 초안에서 이반은 자기는 대심문관의 편이라고 단언하고, 그것은 "심문관이 인간을 더 사랑하기 때문"이라고 밝힌다. 반면 『카라마조프가의 형제들』에서는 반어적으로 얼버무리고 만다.

"이봐, 알료샤, 이건 다 잠꼬대 같은 얘기야. 시라고는 단 두 줄도 써본 일이 없는 분별없는 학생의 분별없는 시에 불과해. 넌 왜 그렇게 심각하게 받아들이는 거야?"

초기의 구상에서는 대심문관의 변증법은 쉬갈로프나 『악령』에서 풍자된 평등주의적 사회주의의 변증법에 너무도 가깝다. "왕국을 세우려면 오랜 기간을 기다려야 하리라"고 익명의 목소리가 창작 노트에서 털어 놓는다.

한 떼의 메뚜기들이 우리가 남을 노예로 만드는 자들이며 처녀들을 타락시킨다고 소리를 지르면서 땅에서부터 날아오를 것이다, 그러나 우리는 이 불쌍한 생물들을 굴복시킬 것이다. 결국 그들은 굴복할 것이고 그들 중 가장 위대한 자들이 우리와 합류하여 우리가 권력을 위해 고통을 감수하고 있음을 이해할 것이다.

그러나 그 망할 놈들은 우리가 어떤 짐을 지고 있는지, 무엇을 알고 있는지, 어떤 고통을 겪고 있는지 생판 모르고 있다.

도스토예프스키의 예언가적인 면모가 이 같은 초안들에서 보다, 머뭇거리는 그의 상상력과 앞으로 내닫는 그의 지성의 확실성 사이의 이 긴 담화에서보다 더 진실되게 드러난 곳은 없다. 쉬갈로프의 고독한 과두정치의 비전, 『돈 카를로스』에 나오는 사제의 인격, 마라를 "인간의 연인"으로 그린 벨린스키의 초상에서부터 대심문관의 어두운 장엄함이 자라나온다. 심문관이 그 자신이 됨에 따라 우리는 그에게서 현저하게 톨스토이적인 정신의 태도와 감수성의 형태를 보게 된다. 그것은 인간을 감싸 안는 저 독재적인 사랑으로서, 이성이 오만하게도 확실한 지식과 금욕주의의 긴장과 짓눌려 오는 고독감을 모두 소유하고 있다고 자신하는 것이다. "인류를 그토록 집요하게 사랑한 저 저주받은 노인"을 묘사한 이반의 초상은 묘하게도 예언적이다. 도스토예프스키는 톨스토이가 대심문관의 나이에 달하기 훨씬 전에 세상을 떠났지만, 대심문관 전설의 전조들은 대부분 다 실현되었다. 톨스토이는 나이 들면서 영혼의 극심한 고독 속으로 들어갔다.

이 서문격의 창작 노트에서 이른바 정신이 그 펜을 가다듬은 이후에, 도스토예프스키는 논증의 방대한 영역 속으로 들어갔다. 여기서도 다시 초안이 빛을 던지고 있다. 초안에서 심문관은 소설에서보다 더 적나라하게 자신의 입장을 토로하며, 우리는 뒤에 시의 서정성에 의해 은폐되었던 저 명확한 사유를 상세하게 따라갈 수 있다. 심문관은 그리스도가 인간들을 자유로 내던졌을 뿐 아니라 회의로 내던졌다고 비난한다.

삶을 시작할 때부터 인간은 그 무엇보다도 평온을 구하오… 당신은 반대로 삶이란 반항이라 선언하여 영원히 평온을 없애 버린 거요. 확고하고 명백한 원칙을 주기는커녕 모든 것을 빼앗아 버렸소.

그리고 두 번째 명제, 인간 본성의 두 번째 비밀은 모든 사람이 받아들일 수 있는 선악의 공통적인 기준을 세우는 일이 필요하다는 사실에 근거를 두고 있었소. 가르치고 인도해 주는 사람이 진정한 예언자인 거요.

『카라마조프가의 형제들』에는 같은 고발이 좀 더 시적으로 이루어진다.

그런데 보라, 당신은 인간의 양심을 영원히 편안할 수 있게 해주기 위해 굳건한 토대를 주는 대신에 예외적이고 모호하고 수수께끼와 같은 것을 온통 선택하지 않았던가…

우리가 앞에서 살펴보았듯이 이는 신약에 대한 톨스토이의 고발의 핵심이며, 다른 각도에서 보자면 도스토예프스키의 소설에 대한 그의 주된 비판이다. 고리키는 "우리가 그리스도에 내재하는 모순들을 잊게 하기 위해" 톨스토이가 그 나름으로 복음서들을 정리했다고 예리하게 지적한 바 있다. 톨스토이는 "예외적이고 모호하고 수수께끼와 같은 것"을 철저하고 주저 없는 상식으로 대체하려고 했다. 그도 심문관처럼 그리스도의 가르침의 역설과 수수께끼 같은 모호함을 받아들일 수가 없었다. 톨스토이와 도스토예프스키의 사제는 둘 다 정신의 힘에 대한 광적인 신봉자들이었다. 그리스도가 알레고리의 희미한 어둠 속에 남겨두었던 것에 명백하고 여일한 빛을 던지는 이성의 능력을 믿었던 것이다. 톨스토이는 1899년 6월 일기에서 "가장 중요한 것은 사유에 있다"라고 썼다. "사유는 모든 것의 시작이다. 그리고 사유는 방향이 주어질 수 있다. 따라서 완성의 가장 주된 과제는—사유에 작용을 가하는 것이다." 도스토예프스키는 이와는 정확하게 반대되는 관점을 견지했다. 그는 허무주의를 "사유에 예속된 것"이라고 규정했다. "허무주의자는 사유의 종복이다." 지드가 말했듯이 도스토예프스키의 심리학에서는 "사랑에 반대되는 것은 증오가 아니라 두뇌의 반추反芻이다."

초고에서 심문관은 인간 영혼이 회의의 손아귀에 빠지게 되면 어떤 일이 벌어지는지 끔찍한 설명을 한다.

인간 존재의 비밀은 단지 산다는 것이 아니라… 확실한 그 무엇을 위해 사는 것이다. 인간은 자신이 무엇을 위해 사는지에 대한 확고한 개념이 없이는 인생을 받아들이지 않을 것이며, 지상에 머물기보다는 차라리 자멸을 택할 것이다.

이것은 『참회록』에서 톨스토이가 증언한 조건과 정확하게 일치한다. "나는 살 수가 없었고, 죽음이 두려웠기 때문에 나 자신의 생명을 빼앗아버리는 사태를 모면하기 위해서 갖은 술책을 다 써야 했다."

인간이 의심과 형이상학적 고뇌에 시달리게 되는 것은 그리스도가 그에게 선악을 선택할 자유를 허용했기 때문이고, 지식의 나무가 다시 한 번 무방비상태로 주어져 있기 때문이다. 이것이 대심문관 전설의 중심 테마이다. 심문관은 그리스도가 인간의 위상 혹은 자유의지의 고뇌를 견디는 인간의 능력을 비극적으로 과대평가했다고 비난한다. 인간은 짐승의 고요한 굴종을 선호한다. 이반 카라마조프의 변증법은 거의 푸시킨의 「저 온건한 민주주의자 예수 그리스도의 우화」(1823)에 이미 나타나 있다.

자유의 씨앗을 사막에 뿌리면서,
나는 새벽별 앞에서 걸었다.
노예의 쟁기가 자국을 냈던 곳에,
순결하고 죄 없는 손으로 뿌리고 있었다.
풍요의 씨앗, 만물을 키워 낼 씨앗을.
아아, 그러나 허망하고 슬프다, 씨 뿌리는 자여.

그 노고가 헛되리라는 걸 나는 그때 알았다…
너희 평화로운 백성들아, 마음껏 풀을 뜯어먹어라
영광의 뿔피리 울려도 깨어날 줄 모르는구나!
양떼들이 자유의 부름에 응해야 하는가?
죽임을 당하거나 털을 깎이는 것이 그들의 몫인데.
숫양들은 아늑하고 양 같이 순한 세대를 거치면서
멍에를 이어받아 왔으니.

대심문관은 결론을 내린다. 민중들이란 기적과 권위와 빵이 지배하는 완벽히 통제된 왕국이 지상에 세워질 때에만 행복을 알게 되리라고. 『악령』에서 쉬갈로프가 제시한 이 생각, 즉 전체적 국가의 신화는 이 늙은 사제의 열띤 예언에서 상세히 설명되고 묘사된다.

그때 우리들은 그들에게 조용하고도 겸허한 행복을, 천성이 연약한 인간들에게 알맞은 행복을 주게 될 것이오… 우리는 그들이 무력하고 불쌍한 어린애에 지나지 않으며, 어린애의 행복이야말로 가장 감미롭다는 것을 그들에게 증명해 보이겠소… 그들은 경탄의 눈으로 우리를 쳐다보며 공포에 떨면서도, 그처럼 날뛰던 수억의 양떼를 진압할 수 있을 만큼 강력한 힘과 뛰어난 지혜를 가진 우리를 자랑으로 여기게 될 것이오… 물론 우리는 그들에게 노동을 시키겠지만, 여가가 있을 때에는 어린애 같은 유희와 노래와 합창과 순진한 춤으로 시간을 즐기게 하겠소… 우리에게는 무엇 하나 숨기려 들지 않을 것이오. 그들이 아내 이외에 정부情婦를 두고 사는 일도, 아이를 가지거나 안 가지거나 하는 일도, 모든 것을 그 복종의 정도에 따라 허가하기도 하고 금지하기도 할 것이오. 이렇게 하여 그들은 기쁘고도 즐거운 마음으로 우리에게 복종하게 되는 거요. 가장 괴로운 양심의 비밀까지도, 그 밖의 무엇이든 하나도 숨김없이 모조리 우리한테 털어놓을 것이고 우리는 모든 문제를 해결해 줄 것이오. 그들은 우리가 내리는 해결을 기꺼이 믿을 것임에 틀림없소. 왜냐하면 그것으로 말미암아 그들은 지금처럼 스스로 자유롭게 결정을 내려야 하는 커다란 걱정과 무서운 고뇌에서 벗어날 수 있기 때문이오. 이리하여 모든 인간은, 수백만의 모든 인간은 행복을 누리게 될 것이오. 단지 그들을 통치하는 십만 명만 제외하고 말이오.

최근의 역사를 생각해 보면 『카라마조프가의 형제들』의 이 대목을 초연한 심정으로 읽기는 힘들다. 이는 악마적인 것과도 접해 있는 천부적인 예지력을 증명해 보인다. 이는 우리 시대 특유의 재앙을 총체적으로 조망해 준다. 이전 세대들이 자신들의 경험의 제사題詞를 찾기 위해 성서나 베르길리우스나 셰익스피어를 폈듯이, 우리는 도스토예프스키에게서 시대의 교훈을 읽을 수 있을 것이다. 그러나 이 "분별없는 학생의 분별없는 시"의 의미를 오해해서는 안 된다. 이것은 소름끼치는 투시력으로 20세기에 나타날 전체주의 체제를 예견하고 있다. 즉 사상 통제, 엘리트의 무소불위의 권력, 뉘른베르크와 모스크바 대경기장에서 벌어진 춤과 음악의 제전에 미친 듯 열광

하는 군중들, 고문 도구, 개인 생활을 공적 생활에 완전히 종속시키는 것 등이다. 그러나 이 시의 에필로그라고 해도 무방할 『1984』처럼, 대심문관의 비전은 산업 민주주의의 언어와 외적 형태 아래에 자유에 대한 거절이 숨겨져 있다는 것 또한 지적한다. 그것은 천박한 싸구려 대중문화, 진정한 사고의 엄격함을 제치고 판치는 엉터리와 슬로건들, 자유의 황야로부터 자신들의 정신을 끌어내기 위해 지도자와 마법사를 쫓아다니는 인간들의 허기—서양에도 동양에 못지않게 번성하고 있는 허기인데—를 지적한다. "가장 괴로운 양심의 비밀까지도, 그 밖의 무엇이든 숨김없이 모조리 우리에게 털어놓을 것이다." 그렇다면 여기서 "우리"는 비밀경찰이거나 아니면 정신과 의사가 된다. 도스토예프스키라면 이 양자에게서 인간의 품격이 엇비슷하게 박탈되어 있음을 간파했을 것이다.

그러나 우리가 도스토예프스키와 톨스토이의 만남이라는 우리의 알레고리를 이 텍스트에까지 확장하는 것이 과연 타당할까? 완전히 그렇다고 할 수는 없다. 톨스토이파라면 스승의 유토피아적 희망은 비폭력을 바탕으로 하고 있다고, 이상적 공화국 내부에서 완전한 조화가 유지되는 것을 토대로 하고 있다고 지적할 것이다. 이는 사실이다. 그러나 그것이 꼭 심문관의 예상과 대비되는 것은 아니다. 인간들이 자발적으로 그들의 보호자들에게 승복한다는 것, 이성의 왕국은 평화의 왕국이기도 하다는 것이 심문관의 예언의 핵심이기도 하다. 톨스토이파들은 이번에는 그들의 정전正典 어디에도 인간을 지배자와 피지배자로 나눈다는 발언이 없지 않느냐고 반박할지도 모른다.

좁은 의미에서 생각하면 그들이 옳다고 볼 수도 있다. 그러나 톨스토이의 천재와 그 정신의 특성에 내재된 귀족주의를 과소평가한다면 그것은 오독이라고 할 것이다. 톨스토이는 높은 위치에서 내려다보면서 인간을 사랑했다. 그는 신 앞에서의 인간의 평등과 상식의 보편성을 설파했다. 그러나 그 자신은 교사이며, 특권과 남다른 의무를 소유한 사람이라고 여겼다. 심문관 못지않게 그는 온정주의를 이상적인 관계의 양식이라고 보았다. 그에게서는 도스토예프스키 특유의 저 "겸손"이란 개념은 찾아볼 수조차 없다. 톨스토이는 예리한 경험론에 입각하여, 그가 설명한 순수하고 합리적인 윤리학은 유사한 정신을 지닌 소수의 선택된 자들에게만 거리낌 없이 받아들여지리라는 점을 알았음이 틀림없다.

많은 것이 우리가 톨스토이의 그리스도를 어떻게 이해하는가에 달려 있다. "신의 왕국, 다시 말해 평화를 인간에게 주는 것"이 그 가르침의 "전부"이고, 인간이 "우매한 짓을 저지르지 못하도록" 금하고 있는 그리스도라면 대심문관이 참아내지 못할 것은 없을 터이다. 나이 든 사제가 먼저 화형시키겠다고 위협하고 나서 영원히 추방해 버리는 도스토예프스키적인 그리스도야말로 톨스토이가 새로운 기독교에서 제외시키려 했던 저 불가사의하고 역설적이고 초월적인 바로 그 인물이다.

마지막으로, 이반 카라마조프의 시와 톨스토이의 형이상학에서 제기되는 신의 문제가 있다. 일반적으로 심문관은 무신론자라고 추정되지만 그 증거는 명확하지 않다. 초안에는 금언과 같은 구절이 나온다.

유클리드의 기하학. 신이 영원한 나이 든 신일수록 그리고 신을 해소할 수 없을[혹은 입증할 수 없을]수록, 그것이 내가 신을 받아들이게 되는 이유이다. 신을 선한 주님에게 내버려두라. 그게 더 수치스러운 일이다.

이 구절을 보면 화자—이반 혹은 심문관—는 어떤 무력하고 이해할 수 없는 신의 존재를 받아들일 준비가 되어 있다는 뜻인 것처럼 보인다. 그 신의 존재가 세계의 상태를 더욱더 혼란스럽고 무도하게 만들 수만 있다면 말이다. 아니면 이것은 스타브로긴의 수수께끼, 즉 "영원한 나이 든 신"이란 악의 신이라는 무서운 회의를 되짚는 것일지도 모른다. 소설에서도 심문관이 "현명한 영靈, 죽음과 파괴를 부르는 무시무시한 영"을 믿는다고 언명한 데서 그 가능성을 볼 수 있다. 그런 까닭에 "신을 선한 주님에게 내버려두라"란 구절이 아이러니를 띠는 것이다. 이러한 태도들 가운데 그 어느 것도 톨스토이의 신학과 유사하지 않다. 그러나 다음과 같은 말은 할 수 있을 것이다. 즉 대심문관과 만년의 톨스토이는 둘 다 각자의 신의 이미지에 은밀하게 반항하고 있었다는 점이다. 두 사람 모두 신이 드물게 나타나거나 불청객이 되는 그런 유토피아적인 왕국의 건설에 뜻을 두고 있었다. 그들은 각각 다른 방식으로 도스토예프스키의 기본 명제의 하나, 즉 인도주의적 사회주의란 숙명적으로 무신론의 서곡이라는 명제를 예증했던 셈이다.

다시 말하지만 대심문관 전설에 대한 이러한 독해는 하나의 비평적 공상으로서, 비평을 은유적으로 사용하려는 시도다.

이 해석이 텍스트 전체에 적용될 수는 없다. 톨스토이의 사상 가운데 대심문관의 이론과 비교해도 무방할 면모는 도스토예프스키가 읽었을 리 만무한 글들과 개인적인 사색들에 나타나 있다. 그 대부분이 톨스토이 형이상학 중 후기의 다소 난해한 부류에 속한다. 게다가 이 상상의 대화에는 한쪽의 주장만이 제시되어 있다. 도스토예프스키적인 입장은 그리스도의 침묵 속에 집약되어 있다. 그것은 말이 아니라 한 번의 몸짓, 즉 심문관에게 베푸는 그리스도의 입맞춤을 통해 구현된다. 그리스도가 대결을 벌이기를 거절하는 대목은 장엄하고도 교묘한 극적인 모티프를 산출한다. 그러나 철학의 관점에서 보자면 무언가 회피하는 기미가 엿보인다. 정교 성직자와 궁정 사회의 도스토예프스키 후원자들은 이 시의 일방성에 심란해했다. 심문관이 답변을 듣지 못했다는 사실이 그의 주장에 답변이 불가능할 정도의 힘을 부여한 것처럼 보였다. 도스토예프스키는 이어지는 이야기들에서 알료샤나 조시마 장로가 이반의 이단적 신화를 명쾌하게 논박하게 될 것임을 약속했다. 과연 이들이 실제로 그런 논박에 성공하는지의 여부는 논란의 여지가 있다.

그러나 일단 이상의 사실들을 받아들인다면, 대심문관 전설을 톨스토이와 도스토예프스키의 만남의 알레고리로 보는 이러한 해석도 어느 정도 적절성을 가진다고 할 수 있다. 제프리 케인스 경은 블레이크와 프랜시스 베이컨 사이의 동문서답에서 위의 경우와 놀랄 만큼 흡사한 대화가 이루어지고 있음에 주목했다. 베이컨의 에세이 「진리에 대하여」 여백에 블레이크는 "합리적 진리는 그리스도의 진리가 아니라 빌라도의 진리다"라고 썼다. 이것은 도스토예프스키가 했을 법한 말이다. 베이컨의 에세이는 이반 카라마조프의 우화와 같은 주제로 끝을 맺는다. "그리스도가 강림할 때 지상에서 신앙을 찾아볼 수 없을 것임은 예상되는 바다." 블레이크가 끼어들었다. "베이컨은 신앙을 끝장냈다"*라고. 시간을 가로지르는 혹은 분리된 정신에서의 이 같은 교환을 통해 최종적인 정리가 이루어지고 더없이 명료해진다. 이 같은 교환은 대비와 대립에 역점을 둠으로써 우리의 철학적 종교적 유산에 되풀이 나타나는 모순이 무엇인지를 알려준다.

투시력 덕분인지 우연의 결과인지는 모르나 대심문관 전설의 끝부분은 톨스토이의 생애를 기묘하리만큼 정확하게 예언하고 있다. 이반은 심문관을 "거의 전 생애를 광야에서 보냈으나 인류에 대한 치유할 수 없는 사랑을 떨쳐 버릴 수가 없었던" 노인이라고 묘사한다. 고리키가 톨스토이를 "자신을 위해서가 아니라 인간을 위해 신을 찾았으며, 신도 이 인간이 스스로 택한 사막의 평화 가운데 외로이 내버려둘 수밖에 없을 사람"이라고 말했을 때, 이 이미지를 염두에 두고 있었을지도 모른다. 그리고 "스스로 사막에서 풀뿌리를 캐어 먹으며 육체의 굴레에서 벗어나 자유롭고도 완전한 존재가 되기 위해 미친 듯이 노력했던" 인간이라는 이반 카라마조프의 설명보다 더 말년의 톨스토이에 근접한 것이 있을까?

---

* 〈The Times Literary Supplement〉 1957년 3월 8일자, 제프리 케인스 경의 기명 기사 참조.

VIII

톨스토이와 도스토예프스키의 대립은 이들이 죽은 후에도 종식되지 않았다. 사실 이 대립은 이후 전개된 사건들로 인해 날카로워지고 극적인 양상을 띠게 되었다. 그들이 작품 활동을 한 시기는 위대한 예술의 창조에 특히 유리해 보이는 역사상의 시기들 가운데 하나였다. 즉 하나의 문명이나 전통 문화가 몰락을 향해 가고 있는 시기다. "이 문명의 활력은 거기에 더 이상 부합하지 않는 역사적 상황과 마주하고 있지만, 정신적 창조의 영역에서는 일시적으로는 아직 그대로 유지되면서 그 마지막 열매를 제공한다. 그리하여 시의 자유는 사회적 기율과 기풍의 쇠퇴를 활용한다."* 대심문관이 그리스도에게 인간의 왕국이 눈앞에 있다고 예언한 지 40년도 채 지나지 않아, 톨스토이의 희망의 일부와 도스토예프스키의 우려의 대부분이 현실화했다. 종말론적 독재, 『악령』에서 쉬갈로프가 예언한 저 고독하고 환상적인 지배가 러시아에 닥친 것이다.

도스토예프스키와 그의 글들은 새로운 권력과 새로운 에너지가 싹트는 짧은 여명기 동안에 영예를 얻었다. 레닌은 『악령』을 "역겹지만 위대한" 소설이라고 생각했고, 루나차르스키는 도스토예프스키가 모든 러시아 소설가 가운데 "가장 매혹적"인 작가라고 표현했다. 그의 탄생 100주년에 즈음하여

---

* 자크 마리탱 : 『예술과 시의 창조적 직관』(뉴욕, 1953).

1920~21년 사이에 공식적-비평적 찬사들이 쏟아졌다.[*] 그러나 과격한 형태의 쉬갈로프주의가 승리함에 따라 도스토예프스키는 위험한 적으로, 파괴와 이단을 배태한 자로 낙인찍히게 되었다. 새로운 심판관들은, 드문 상상력의 천품을 지니고 있으나 역사적 통찰력이 근본적으로 결여된 신비주의자이자 반동적인 병든 정신이라고 그를 비난했다. 그들은 『죽음의 집의 기록』은 차르 시대 학정의 초상 정도로, 『죄와 벌』은 어떻게 한 혁명적 지성이 전前 마르크스주의 사회 "내부의 모순"에 의해 파멸될 수 있는지를 설명한 작품 정도로 용인해줄 용의가 있었다. 그러나 도스토예프스키의 주저主著 『백치』, 『악령』, 『카라마조프가의 형제들』에 관한 한, 스탈린주의 시대의 사람들은 대심문관이 그리스도에게 하듯 말했다. "자, 어서 나가시오, 그리고 다시는 오지 마시오… 절대로 와서는 안 되오. 절대로, 절대로 말이오!" 1918년 7월 레닌은 톨스토이와 도스토예프스키 두 사람의 조상彫像을 만들라고 지시했다. 1932년 일리야 에렌부르크의 『카오스로부터Out of Chaos』의 주인공은 도스토예프스키만이 인민의 완전한 진실을 말했음을 인정해야 했다. 하지만 그것은 그것을 가지고 살 수는 없는 그런 진실이다. "진실은 예전에 죽어가는 사람에게 마지막으로 베풀었던 의식처럼 주어질 수는 있다. 그러나 식탁에 앉아 식사를 하려면 그것에 대해서는 잊어야 한다. 아이를 길러야 한다면 무엇보다

---

[*] 어빙 하우 : 『정치학과 소설』.

먼저 그것을 집 밖으로 몰아내야 한다… 한 국가를 세우려 한다면, 그 이름조차 언급 못 하게 금지해야 한다."

반면에 톨스토이는 이를테면 로베스피에르의 저 이성의 사원에 루소가 봉헌되었던 것처럼 안전하게 혁명의 판테온에 모셔졌다. 레닌은 그를 모든 소설가 중 가장 위대하다고 보았다. 이 까다로운 귀족, 고리키가 애정 어린 경외감을 품고 기록했던 저 거만한 지방 호족豪族은 마르크스주의 비평가들에 의해 프롤레타리아 민족주의의 대변자가 되었다. 레닌에 따르면 러시아 혁명은 그에게서 그 진정한 거울을 발견했다. 도스토예프스키, 상처 입은 겸허한 문학의 장인, 단죄받은 급진주의자이자 시베리아 유형의 생존자, 경제적 사회적 타락의 온갖 양상들에 친숙했던 인간은, 사후에 "프롤레타리아의 고국"에서 추방되었다. 톨스토이, 상류 사교계와 농촌 부유층의 연대기를 쓴 귀족, 전前 산업적 온정주의의 옹호자는 새로운 지복의 도시에 자유로이 남을 권리를 얻었다. 이 역설은 무엇을 말해주는가? 그것은 이반 카라마조프의 시에 대한 우리의 해석이 비록 불완전하고 은유적이라고 해도 역사가 그 타당성을 부여하고 있다는 사실이다. 마르크스주의자들이 톨스토이에게서 찾아낸 것은 대부분 도스토예프스키가 심문관에게서 상상했던 요소들이기도 하다. 그것은 물질적 수단을 통한 인간의 진보라는 급진적 신념, 실용적 이성에 대한 믿음, 신비적인 체험에 대한 거부, 신을 거의 배제할 정도로 이 세상의 문제에 완전히 몰입하는 것 등이다. 다른 한편 그들은 심문관이 예수를 이해한 것 못지않게 도스토예프스키를 이해했다. 그에게서 영원한

"교란자", 자유와 비극의 씨를 뿌리는 자, 개인적 영혼의 부활이 전체 사회의 물질적 진보보다 중요하다고 본 사람을 발견했다.

마르크스주의 문학비평은 톨스토이의 천재에 대해서 비록 선택적인 방식이기는 하지만 풍부하게 다루었다. 도스토예프스키의 대부분의 글은 비난받거나 그렇지 않으면 무시되었다. 죄르지 루카치가 대표적인 예이다. 그는 톨스토이에 대해서는 방대한 범위에 걸쳐 글을 썼다. 『전쟁과 평화』와 『안나 카레니나』를 다룰 때 그의 비평의 힘은 활력이 넘치고 자유롭게 작용한다. 그러나 그 방대한 저술 속에서 도스토예프스키는 오직 가끔 등장할 뿐이다. 루카치의 초기 저서 『소설의 이론』의 마지막 문단에는 모호한 수사학을 남발하면서 도스토예프스키의 소설이 자기가 다루어 온 19세기의 문제틀에서 벗어나 있다는 점이 언급되어 있다. 1943년 그는 마침내 『카라마조프가의 형제들』의 저자에 대해 한 편의 평론을 썼다. 루카치가 브라우닝의 시구 "나는 내 영혼을 시험하러 가노라"를 모토로 삼은 것은 의미심장하다. 그러나 그 모처럼의 시도에서도 거의 아무런 성과도 나오지 않았다. 그 평론은 입장이 분명하지도 않고 피상적이었다.

아마 달리 되기도 어려웠을 것이다. 도스토예프스키의 작품들은 마르크스주의 혁명가들이 견지하는 세계관을 송두리째 부정하고 있기 때문이다. 더욱이 그의 작품들에는 변증법적 유물론의 궁극적 승리를 믿는 마르크스주의자라면 응당 거부하기 마련인 하나의 예언이 포함되어 있다. 도스토예프스키에 의

하면, 쉬갈로프나 대심문관 같은 무리들이 지상의 왕국들을 일시적으로 지배할 수는 있다. 그러나 그들의 통치는 그 자체의 업보라고 할 비인간성 때문에 혼란과 자멸로 끝나고 말 숙명을 안고 있다. 통찰력과 믿음을 겸비한 마르크스주의자에게 『악령』은 마치 재앙의 점괘처럼 읽히기 마련이다.

스탈린 통치 기간 동안 소련의 검열은 이러한 통찰에 입각하여 이루어졌다. 반反스탈린주의가 힘을 얻게 되자 도스토예프스키에 대한 재평가가 이루어지고 그에 대한 연구도 재개되었다. 그러나 세속화된 프롤레타리아 독재의 자유주의적인 국면에서조차 그 대다수 인민들에게 미슈킨 공작의 모험, 쉬갈로프와 베르호벤스키의 우화, 『카라마조프가의 형제들』의 "찬성과 반대"의 장들을 읽는 게 허용될 수는 없다. 도스토예프스키는 다시 한 번 지하에서 울려나오는 목소리가 되었다.

그러나 대체로 러시아 바깥에서는 상황이 정반대였다. 도스토예프스키는 톨스토이보다 더욱 깊이 당대 사상의 조직 속으로 파고들었다. 그는 현대적 감수성을 지닌 대가들 중 한 사람이다. 도스토예프스키적인 기질은 현대 소설의 심리학에, 제2차 세계 대전으로부터 등장한 부조리성과 비극적 자유의 형이상학에, 사변적 신학에 퍼져 있다. 바퀴는 완전한 원을 그렸다. 보귀에가 유럽 독자들에게 오지娛地의 야만인이라고 소개했던 이 "스키타이인"이 우리 자신의 삶의 예언가이자 역사가가 되었다. 아마도 이것은 야만주의가 훨씬 더 가까워졌기 때문인지도 모른다.

이렇게 이 두 소설가는 죽음을 넘어서까지 서로 대립하고 있다. 톨스토이가 서사시 전통의 최고의 상속자라면 도스토예프스키는 셰익스피어 이래 가장 극작가적인 기질을 가진 인물 가운데 하나다. 톨스토이가 이성과 사실에 도취된 정신이라면 도스토예프스키는 합리주의를 경멸한 사람이며 역설의 위대한 연인이다. 톨스토이가 토지와 농촌 배경과 전원의 시인이라면, 도스토예프스키는 언어의 영역에서 현대 대도시의 전형적 시민이자 뛰어난 건설자다. 톨스토이가 진리에 목말라 지나치게 그것을 추구한 나머지 자신과 주위 사람들을 파멸시켰다면 도스토예프스키는 그리스도보다는 차라리 진리에 반항하고 총체적 이해를 회의하여 신비의 편에 섰다. 톨스토이가 콜리지의 문구대로 "항상 삶의 대로"에 머물렀다면 도스토예프스키는 부자연스러운 것의 미로를 향해, 영혼의 지하실과 늪을 향해 나아갔다. 톨스토이가 마치 견고한 땅 위에 버티고 선 거상巨像처럼 구체적 경험의 실재성, 실체감, 감각적 총체성을 환기시킨다면 도스토예프스키는 유령이 출몰하는 환각의 끝에 서서 결국 한 조각 꿈으로 화할지도 모를 것 속으로 악마처럼 뛰어들었다. 톨스토이가 건강과 올림포스적인 활력의 화신이라면 도스토예프스키는 질병과 귀신들림으로 충전된 에너지의 합계였다. 톨스토이가 인간의 운명을 역사적으로, 시간의 흐름에 따라 바라보았다면 도스토예프스키는 그것을 동시대 내에서, 극적 순간이 진동하는 상태로 바라보았다. 톨스토이가 러시아에서 처음으로 거행된 시민장市民葬으로 묘지에 안치되었다면 도스토예프스키는 정교회의 엄숙한 의식을 거쳐 페테르부르크의 알렉산드르 네프스키 수도원 묘지에 안장되었다.

도스토예프스키가 특출한 신의 사람이었다면 톨스토이는 신에 대한 은밀한 도전자의 한 사람이었다.

아스타포보의 역장 사택에서 임종을 맞으며 톨스토이는 머리맡에 두 권의 책을 두었다고 전해진다. 그것은 『카라마조프가의 형제들』과 몽테뉴의 『수상록』이다. 그는 자신의 위대한 적수와 그와 닮은 정신이 지켜보는 가운데서 죽기를 원했던 것처럼 보인다. 『수상록』을 선택한 것은 적절했으니 몽테뉴는 톨스토이 자신이 그 신비를 이해했던 의미에서 삶과 삶의 전체성에 대해서 노래한 시인이기 때문이다. 톨스토이가 자신의 맹렬한 천재를 평온히 가라앉히고 『수상록』의 유명한 제2부 12장에 눈길을 돌렸다면, 그는 그 자신과 도스토예프스키 양자에게 동등하게 어울리는 하나의 평가를 찾아낼 수 있었을 것이다.

인간의 정신, 그것은 기적의 위대한 창조자이다.C'est un grand ouvrier de miracles que l'esprit humain...

참고문헌

Charles Andler : *"Nietzsche et Dostoïevsky"* (in *Mélanges Baldensperger*, Paris, 1930).

Vladimir Astrov : "Dostoievsky on Edgar Allan Poe"(*American Literature*, XIV, 1942).

N. A. Berdiaev : *Les Sources et le sens du communisme russe*(trans. by A. Nerville, Paris, 1951).

_____ : *L'Esprit de Dostoievski* (trans. by A. Nerville, Paris, 1946).

Isaiah Berlin : *The Hedgehog and the Fox* (New York, 1953).

_____ : *Historical Inevitability* (Oxford, 1954).

Rachel Bespaloff : *De l'Iliade* (New York, 1943).

Marius Bewley : *The Complex Fate* (New York, 1954).

R. P. Blackmur : *The Double Agent* (New York, 1935).

_____ : *Language as Gesture* (New York, 1952).

_____ : *The Lion and the Honeycomb* (New York, 1955).

_____ : *Anni Mirabiles*, 1921~1925 (Washington, 1956).

N. von Bubnoff, ed. : *Russische Religionsphilosophen: Dokumente* (Heidelberg, 1956).

Jakob Burckhardt : *Weltgeschichtliche Betrachtungen* (*Gesammelte Werke*, IV, Basel, 1956).

Kenneth Burke : *The Philosophy of Literary Form* (New York, 1957).

E. H. Carr : *Dostoevsky* (1821~1881) (New York, 1931).

C. G. Carus : *Psyche* (Jena, 1926).

J. -M. Chassaignon : *Cataractes de l'imagination* (Paris, 1799).

V. Chertkov : *The Last Days of Tolstoy* (trans. by N. A. Duddington, London, 1922).

N. Cohn : *The Pursuit of the Millennium* (London, 1957).

Stephen Crane's Love Letters to Nillie Crouse (ed. by H. Cady and L. G. Wells, Syracuse University Press, 1954).

R. Curle : *Characters of Dostoevsky* (London, 1950).

D. Čyževśkyj : *"Schiller und 'Die Brüder Karamazov'"* (*Zeitschrift für Slavisch Philologie*, VI, 1929).

Ilya Ehrenburg : *Out of Chaos* (trans. by A. Bakshy, New York, 1934).

T. S. Eliot : *Selected Essays*, 1917~1932 (New York, 1932).

_____ : *Notes Towards the Definition of culture* (New York, 1949).

Francis Fergusson : *The Idea of a Theater* (Princeton University Press, 1949).

_____ : *The Human Image in Dramatic Literature* (New York, 1957).

Gustave Flaubert : *Correspondance de* (Paris, 1926~33).

E. M. Forster : *Aspects of the Novel* (New York, 1950).

Sigmund Freud : *"Dostoevsky and Parricide"* (in preface to the translation of *Stavrogin's Confession* by Virginia Woolf and S. S. Koteliansky, New York, 1947).

D. Gerhardt : *Gogol' und Dostojecskij in ihrem künstlerischen Verhältnis* (Leipzig, 1941).

Gabriel Germain : *Genèse de l'Odyssée* (Paris, 1954).

André Gide : *Dostoïevsky* (Paris, 1923).

Michael Ginsburg : "Koni and His Contemporaries" (*Indiana Slavic Studies*, I, 1956).

Joseph Goebbels : *Michael* (Munich, 1929).

Lucien Goldmann : *Le Dieu caché* (Paris, 1955).

Maxim Gorky : *Reminiscences of Tolstoy, Chekhov and Andreev* (trans. by Katherine Manifield, S. S. Koteliansky, and Leonard Woolf, London, 1934).

Romano Guardini : *Religiöse Gestalten in Dostojewskis Werk* (Munich, 1947).

J. E. Harrison : *Ancient Art and Ritual* (New York, 1913).

F. W. J. Hemmings : *The Russian Novel in France, 1884~1914* (Oxford, 1950).

Alexander Herzen : *From the Other Shore and The Russian People and Socialism* (ed. by Isaiah Berlin, New York, 1956).

Humphry House : *Aristotle's Poetics* (London, 1956).

Irving Howe : *Politics and the Novel* (New York, 1957).

V. Ivanov : *Freedom and the Tragic Life: A Study in Dostoevsky* (trans. by N. Cameron, New York, 1952).

Henry James : *Hawthorne* (New York, 1880).

_____ : *Notes on Novelists, with Some Other Notes* (New York, 1914).

_____ : *The Letters of Henry James*, ed. by P. Lubbock (New York, 1920).

_____ : *The Notebooks of Henry James* (ed. by F. O. Matthiessen and K. B. Murdock, Oxford, 1947).

_____ : *The Art of the Novel* (ed. by R. P. Blackmur, New York, 1948).

_____ : *The Art of Fiction and Other Essays* (ed. by M. Roberts, Oxford, 1948).

Georges Jarbinet : *Les Mystères de Paris d'Eugène Sue* (Paris, 1932).

John Keats : *The Letters of* (ed. by M. B. Forman, Oxford, 1947).

H. D. F. Kitto : *From and Meaning in Drama* (London, 1956).

G. Wilson Knight : *Shakespeare and Tolstoy* (Oxford, 1934).

Hans Kohn : *Pan-Slavism: Its History and Ideology* (University of Notre Dame Press, 1953).

Reinhard Lauth : *Die Philosophie Dostojewskis* (Munich, 1950).

D. H. Lawrence : *Studies in Classic American Literature* (New York, 1923).

_____ : *The Letters of D. H. Lawrence* (with an introduction by Aldous Huxley, New York, 1932).

The Letters of T. E. Lawrence (ed. by David Garnett, New York, 1939).

F. R. Leavis : *The Great Tradition* (New York, 1954).

_____ : *D. H. Lawrence: Novelist* (New York, 1956).4

T. S. Lindstrom : *Tolstoï en France* (1886~1910)(Paris, 1952).

H. de Lubac : *Le Drame de l'humanisme athée* (Paris, 1954).

Percy Lubbock : *The Craft of Fiction* (New York, 1921).

George Lukács : *Die Theorie des Romans* (Berlin, 1920).

_____ : *Balzac und der französische Realismus* (Berlin, 1952).

_____ : *Deutsche Realisten des 19. Jahrhunderts* (Berlin, 1952).

_____ : *Der russische Realismus in der Weltliteratur* (Berlin, 1952).

_____ : *Der Historische Roman* (Berlin, 1955).

_____ : *Probleme des Realismus* (Berlin, 1955).

_____ : *Goethe und seine Zeit* (Berlin, 1955).

J. Madaule : *Le Christianisme de Dostoïevski* (Paris, 1939).

Thomas Mann : *Adel des Geistes* (Stockholm, 1945).

_____ : *Neue Studien* (Stockholm, 1948).

_____ : *Nachlese* (Stockholm, 1956).

Jacques Maritain : *Creative Intuition in Art and Poetry* (New York, 1953).

R. E. Matlaw : "Recurrent Images in Dostoevskij"(*Harvard Slavic Studies*, Ⅲ, 1957).

Aylmer Maude : *The Life of Tolstoy* (Oxford, 1930).

D. S. Merezhkovsky : *Tolstoi as Man and Artist, with an Essay on Dostoïevski* (London, 1902).

H. Muchnic : *Dostoevsky's English Reputation* (1881~1936) (Northampton, Mass, 1939).

J. Middleton Murry : *Dostoevsky* (New York, 1916).

George Orwell : "Lear, Tolstoy, and the Fool"(*Polemic*, Ⅶ, London, 1947).

Denys Page : *The Homeric Odyssey* (Oxford, 1955).

C. E. Passage : *Dostoevski the Adapter: A Study in Dostoevski's Use of the Tales of Hoffmann* (University of North Carolina Press, 1954).

Gilbert Phelps : *The Russian Novel in English Fiction* (London, 1956).

R. Poggioli : "Kafka and Dostoyevsky" (*The Kafka Problem*, New York, 1946).

_____ : *The Phoenix and the Spider* (Harvard, 1957).

Tikhon Polner : *Tolstoy and His Wife* (trans. by N. Wreden, New York, 1943).

John Cowper Powys : *Dostoievsky* (London, 1946).

Mario Parz : *The Romantic Agony* (Oxford, 1951).

Marcel Proust : *Contre Sainte-Beuve and Journéss de Lecture* (Paris, 1954).

I. A. Richards : *Practical Criticism* (New York, 1950).

_____ : *Coleridge on Imagination* (New York, 1950).

Jacques Rivière : *Nouvelles Etudes* (Paris, 1922).

Romain Rolland : *Vie de Tolstoï* (Paris, 1921).

_____ : *Mémoires et fragments du journal* (Paris, 1956).

Boris Sapir : *Dostojewsky und Tolstoi über Probleme des Rechts* (Tübingen, 1932).

Jean-Paul Sartre : "*A Propos* Le bruit et la fureur, *La temporalité chez Faulkner*" (*Situations*, Ⅰ, Paris, 1947).

____ : "*Qu'est-ce que la littérature?*" (*Situations*, II, Paris, 1948).

George Bernard Shaw : *The Works of* (London, 1930~8).

Léon Shestov : *All Things Are Possible* (trnas. by S. S. Koteliansky, New York, 1928).

____ : *Tolstoi und Nietzsche* (trans. by. N. Strasser, Cologne, 1923).

____ : *Les Révélations de la mort, Dostoievsky-Tolstoi* (trans. by Boris de Schloezer, Paris, 1923).

____ : *Dostojewski und Nietzsche* (trans. by R. von Walter, Cologne, 1924).

____ : *Athènes et Jerusalem* (Paris, 1938).

E. J. Simmons : *Dostoevski: The Making of a Novelist* (New York, 1940).

____ : *Leo Tolstoy* (Boston, 1946).

E. A. Soloviev : *Dostoievsky: His Life and Literary Activity* (trans, by C. J. Hogarth, New York, 1916).

André Suarès : *Tolstoï* (Paris, 1899).

Allen Tate : "The Hovering Fly" (*The Man of Letters in the Modern World*, New York, 1955).

The Tolstoy Home, Diaries of Tatiana Sukhotin-Tolstoy (trans. by A. Brown, Columbia University Press, 1951).

Alexandra Tolstoy: *Tolstoy: A Life of My Father* (trans. by E. R. Hapgood, New York, 1953).

Ilya Tolstoy : *Reminiscences of Tolstoy* (trans. by G. Calderon, New York, 1914).

Leon L. Tolstoy: *The Truth about My Father* (London, 1924).

Lionel Trilling: *The Liberal Imagination* (New York, 1950).

____ : *The Opposing Self* (New York, 1955).

Henri Troyat: *Dostoïevski: l'homme et son œuvre* (Paris, 1940).

L. B. Turkevich: *Cervantes in Russia* (Princeton University Press, 1950).

J. Van Der Eng: *Dostoevskij romancier* (Gravenhage, 1957).

E. M. M. de Vogüé: *Le Roman russe* (Paris, 1886).

Simone Weil: "*L'Iliade ou le Poème de la force*" (under the pseudonym of Emile Novin, *Cahiers du sud*, Marseilles, 1940).

Edmund Wilson: "Dickens: The Two Scrooges"(*Eight Essays*, New York, 1954).

Virginia Woolf: "Modern Fiction"(*The Common Reader*, New York, 1925).

A. Yarmolinsky: *Dostoevsky: A Life* (New York, 1934).

L. A. Zander: *Dostoevsky* (trans. by N. Duddington, London, 1948).

Emile Zola: *Les Romanciers naturalistes* (*Œuvres complètes*, XV, Paris, 1927~9).

_____ : *Le Roman expérimental* (*Œuvres complètes*, XLVI, Paris, 1927~9).

찾아보기

458

ㅊ

역사와 삶의 고비에서 던지는 질문

미국의 대표적인 비평가 가운데 한 사람인 조지 스타이너의 첫 비평서이자 대표작이라고 할 수 있는 이 책을 새로 번역 출간하게 된 것은 나에게 특별한 의미가 있다. 독서를 좋아하는 누구나 늘 마음에 담아두고 있는 소중한 책이 있기 마련인데, 내게는 이 책이 '내 인생의 책' 가운데 하나이기 때문이다. 젊은 시절 영문학을 본격적으로 공부하기로 마음먹은 후 처음으로 번역한 책이기도 하거니와 문학을 바라보는 시각을 키우는 데 밑바탕이 된 평론이었다. 이 책의 첫 번역이 출간된 것이 대학원 석사과정 재학 시절이던 1983년이었으니 어언 36년의 세월이 지난 지금에 와서 개정판을 내게 되었다. 곧 정년을 맞게 되는 입장에서는 학자로서의 인생의 처음과 그 끝에 이 책이 함께 하는 셈이니, 옮긴이의 말을 회고로 시작하는 것을 양해해주었으면 한다.

내가 이 책과 처음 만난 것은 1981년 봄이었다. 그즈음 군복무를 마치고 대학원 진학을 준비하던 나는 등록금과 생활비 마련을 위한 방편으로 번역할 책을 찾고 있었다. 대개의 출판사들은 지금과는 달리 인세 지급 방식이 아니라 원고료로 번역물을 매절했기 때문에, 책을 한 권 번역하면 목돈을 마련할 수 있었다. 지금은 없어졌지만 종로 2가에 있던 종로서적은 당시로서는 국내 유일의 대형서점으로 맨 위층인 4층이 외서부였다. 그곳에서 번역할 책을 찾던 나의 눈에 도발적인 제목의 책 『톨스토이냐 도스토예프스키냐 *Tolstoy or Dostoevsky*』가 들어왔다. 저자인 조지 스타이너는 미국의 중견 평론가로 이미 여러 권의 비중 있는 저서를 낸 바 있고 이 책은 그가 서른 살의 젊은 나이이던 1959년 출간하여 평단의 주목을 끌었던 데뷔작이었다. 사실 그때는 그의 이름조차 몰랐음에도 나는 이 책을 집어든 지 채 10분도 지나지 않아 번역을 결심하였다. 소박한 녹색 표지의 이 책을 펼치자 "문학비평은 사랑을 빚진 데서 시작되어야 한다 Literary criticism should arise out of a debt of love"라는 첫 문장부터가 나를 사로잡은 것이다.

영어 실력도 부족하고 번역 경험도 거의 없던 처지에 무모하게도 이 책의 번역에 착수했던 것은 그만큼 경제적으로 다급했던 탓이 컸지만, 이 책과의 만남이 문학 공부라는 여정을 시작하는 나에게 뜻깊은 출발로 여겨졌고 새로운 길을 인도해 줄 불빛이 될 수도 있을 것이라는 예감이 들었다. 생계를 위해 잠시 몸담고 있던 직장에서 퇴근하면 밤새워 번역에 몰두했고,

서장의 번역을 끝낸 후 그 초고 원고지를 싼 보자기를 들고 종로서적 3층에 자리 잡고 있던 종로서적 출판편집부를 무작정 찾아간 것이 내 번역 경력의 시작이 되었다. 직원으로부터 원고를 두고 가라는 말을 듣고 좁은 계단을 내려오던 그날, 알 수 없는 미래에 대한 떨림과 설렘이 교차하던 순간을 기억한다. 보름 후인가 출판사로부터 나머지 장들을 번역해서 가지고 오라는 통지를 받았을 때는 세상을 다 가진 듯이 기뻤다. 수개월 후 번역 원고를 넘겼고 이듬해 봄 대학원 영문학과에 진학하였다.

스타이너는 단지 나의 첫 번역서의 저자라는 의미에 그치지 않고 이후의 공부의 대목마다 실제로 길잡이의 역할을 하게 된다. 대학원에서 영문학을 공부하면서 나는 그가 아우슈비츠 이후의 세계에서 언어와 문학의 새로운 혁신을 모색하면서도 비평의 인문적 전통의 현재성을 꿋꿋이 견지해나가고 있는 미국의 대표적 평론가라는 것을 알게 되었다. 그의 이 첫 저서의 부제인 "구비평적 관점에서의 논고An Essay in the Old Criticism"부터가 당시 미국 평단을 지배하던 신비평New Criticism의 형식주의에 대한 문제 제기였고, 그의 초기 평론들을 모은 평론집인 『언어와 침묵Language and Silence』(1967)은 신비평 이후 구조주의로 이어지는 문학과 언어에 대한 형식적 과학적 접근과 마르크스주의적 실천에 문학을 종속시키려는 경향 사이에서, 문학을 삶의 문제와 관련하여 이해하고 언어의 창조성을 토대로 인문 정신을 정초하려는 노력을 보여준다. 내가 석

사학위 논문 주제로 영국 인문학 연구의 원천이라고 할 수 있
는 매슈 아널드를 선택하고, 박사 학위 논문을 그의 교양 이념
을 중심으로 제출하게 된 데에는 스타이너의 영향도 없지 않
았다. 또한 곧이어 나온 그의 또 다른 역작인 『바벨 이후: 언어
와 번역의 양상들*After Babel: Aspects of Language and Transla-
tion*』(1975)에 피력된 그의 번역 이론은 이후 내가 지구화시대
에 번역이라는 주제에 주목하고 번역을 단순히 한 언어를 다
른 언어로 옮기는 것 이상의 철학적 사회적 의미를 가지는 실
천으로 이해하는 데 중요한 이론적 논거를 제시해주었다.

그러나 역시 스타이너의 책을 만난 인연이 특별한 더 큰 이
유는 이 책의 제목 자체가 던지고 있는 물음과 관련되어 있다.
"톨스토이냐 도스토예프스키냐"라는 물음이 마치 키르케고르
의 "이것이냐 저것이냐"처럼 어떤 선택을 요구하는 삶의 화두
처럼 다가왔던 것이다. 가히 쌍벽을 이룬다고 해도 좋을 이 두
19세기 후반 러시아 소설가들에 대한 비교는 문학사적으로는
이들이 각각 그리스 시대 이래 서양 문학 전통의 양대 흐름을
이루어온 '서사시'와 '비극' 장르의 가장 위대한 계승자이자 구
현자라는 데 초점을 두고 있다. 둘 다 장편소설이라는 장르의
대가이되 톨스토이가 당대 사회를 호머의 서사시에 맞먹는 규
모와 품격으로 그려냈다면, 도스토예프스키는 셰익스피어를
이어받아 혁명기를 전후한 러시아의 어둠의 심층을 파헤치고
극화해냈다는 것이다. 톨스토이의 서사시적 웅대함과 리얼리
즘 그리고 도스토예프스키의 비극적 통렬함과 심리 묘사의 깊

이를 대비하는 저자의 활달하고도 정교한 필치에서 그가 말하는 '구비평'의 힘을 독자는 느끼게 될 것이다.

"톨스토이냐 도스토예프스키냐"라는 물음은 이 두 거장의 문학적 특성에 대한 것에 머무르지 않는다. 저자에게 이 대립은 세계를 바라보는 서로 상반된 시각, 즉 세계관의 차이와 결합되어 있기 때문이다. 지주 계급이면서 상류사회를 중심으로 당대 러시아 사회를 그려내고 항상 삶의 '대로'를 걸었던 톨스토이가 당시 혁명을 주도했던 세력에 의해 최고의 작가로 상찬되고 무난하게 판테온에 모셔진 데 비해, 평생 가난과 굴욕을 견디며 차르 시대 도시 빈민의 어두운 삶을 속속들이 그려낸 토스토예프스키가 오히려 '프롤레타리아의 고국'인 사회주의 체제에서 홀대받고 종래는 그의 작품들이 금서로 추방되고 만 것은 무엇 때문인가? 스타이너는 일견 모순되어 보이는 이 같은 사태에 깔려 있는 형이상학과 세계관의 문제를 이들의 작품을 면밀하게 읽어가면서 규명해나간다. 그에 따르면 톨스토이가 인간의 이성을 신뢰하고 지상의 유토피아에 대한 가능성을 믿고 추구한 데 비해, 도스토예프스키는 인간 영혼의 모순된 성격과 어두운 심연을 파헤치고 삶의 허무를 껴안으며 신을 통한 구원을 희구했다는 것이다. 사회주의적 이념에 입각한 혁명을 추진하던 세력에게 톨스토이가 환영받고 도스토예프스키가 박대 받은 근저에는 세계관에서의 이 같은 원천적인 대립이 깔려 있다는 것이 스타이너의 해석이다.

이 책을 번역하면서 나는 저자의 이 같은 해석에서 비평의 매력에 눈을 떴고, 그의 질문은 단순히 문학적 선호를 묻는 이상의 의미를 획득하게 되었다. 이 책을 처음 접한 당시의 시대적 상황이 이를 요구하기도 했다. 광주의 충격이 가시지 않은 80년대 초, 군 복무 후에 다시 돌아온 캠퍼스는 극도의 억압 탓에 겉으로는 평온한 듯 보였지만 학생들 사이에는 군부독재에 대한 저항과 사회변혁을 향한 욕망이 들끓고 있었다. 청년들은 혁명을 꿈꾸면서 마르크스를 탐독하였다. 우리는 대학원 수업과는 무관한 독서모임을 따로 조직하고 여기서 마르크스의 『자본론』을 비롯하여 당시에 금서였던 변혁 이론의 고전들을 함께 읽고 토론하였다. 말하자면 톨스토이적인 '지상의 천국'을 건설하고자 하는 거센 흐름이 시대를 지배하고 있었고, 나 자신도 거기에 이끌리고 있었다.

그러나 나의 마음속에는 그 못지않게 강한 어떤 욕구, 즉 인간 내면의 어두운 진실에 대한 인식과 맺어져 있는 도스토예프스키적 정신이 휘몰아치고 있었으니, 실제로 나는 그 무렵 그리스 비극의 세계에 충격을 받았고 도스토예프스키의 작품들을 탐독하고 있었다. 한 인간으로서나 연구자로서 나 스스로가 "톨스토이냐 도스토예프스키냐"의 물음이 피할 수 없는 선택의 다그침으로 다가왔던 것은 바로 그런 정황과 맺어져 있다. 연전에 어느 일간신문 칼럼(경향신문, 2016. 6. 12)에서 쓴 것처럼 나는 "머리는 톨스토이를 향하고 있었지만 가슴은 도스토예프스키를 사랑하던 시절"을 살고 있었던 셈이다. 그리고 스타이너의 입론 자체도 상반되는 이 두 가지 세계관 사이에서 아슬아슬한 곡예를 벌이고 있는 것처럼 여겨졌다.

사실 스타이너 자신이 스스로 제기한 이 질문에서 어느 작가를 더 선호했는지 단정하기는 그리 쉽지 않은 듯하다. 그가 아우슈비츠를 겪은 세대로서 인간성에 내재한 야만과 폭력성을 절감하였고, '지상의 천국'을 내세우는 세계관 속에 깃들인 전체주의적인 음영을 날카롭게 인식하고 경계한다는 점에서는 어김없는 자유주의자의 면모를 보여주고, 아울러 도스토예프스키에 대한 깊은 동감과 연민이 엿보인다. 그렇지만 다른 한편 사회 속의 다양한 인간들의 삶을 구체적이고도 총체적으로 재현해내는 톨스토이의 리얼리즘이 어떻게 예술적 성취로 구현되고 있는지를 규명해나가는 그의 필치에는 작가의 예술적 천재성에 대한 진정한 경의가 실려 있다. 톨스토이의 예술적 천재가 그 도덕적 신념을 넘어서 어떤 역사의 진실에 대한 통찰에 도달하고 있다는 스타이너의 관점은 죄르지 루카치가 말하는 '리얼리즘의 승리'와 이어지는 면이 있다.

"톨스토이냐 도스토예프스키냐"의 물음 앞에서 물론 정답이 있을 수 없고 아마도 독자마다 다른 반응이 나올 법하다. 독자에 따라서는 이 두 작가에 대한 선호가 확실히 갈라지기도 할 것이고 작가에 대한 선호 여부와 무관하게 저자의 해석이나 입장에 동의하지 않을 수도 있을 것이다. 그러나 한 가지 확실한 것은 20세기 중반에 던져진 이 질문이 21세기에 접어든 오늘날에도 여전히 삶과 사회를 바라보는 우리의 시각을 심문하고 벼리는 어떤 본원적인 힘을 가지고 있다는 점이다. 아울러 문학에 대한 형식주의적이고 과학주의적 접근이 대세를 이룬, 말하자면 "신-신비평"의 시대에 문학 비평에 '감동'의 차원을 복원하고 작품을 인생과 역사, 그리고 철학과 종교 등 폭넓은 시야로 읽어내는 그의 '구비평'적 시각이 어떤 점에서는 오히려 새롭고 신선한 점이 있다고 생각한다. 서구 문학 전통에 대한 해박한 이해와 독서 경험을 토대로 두 작가의 작품세계를 비교 분석하는 그의 치밀하면서도 유려한 문체도 이 같은 시각에 동반되어 독자들을 그의 사유 속으로 끌어들이는 데 크게 기여하고 있다.

36년 전 이 책을 통해 스타이너를 국내에서 처음으로 번역 출간했던 종로서적은 그 후 문을 닫았고 번역서도 절판이 되었다. 그러다보니 이 책에 특별한 애정을 가지고 있던 나로서는 기회가 되면 새 번역으로 다시 소개했으면 하면 바람을 늘 가지고 있었다. 첫 번역 당시는 한국이 국제저작권협약에 가입하기 전이어서 판권과 무관하게 책을 번역하였으나 새로 출간하자면 판권이 반드시 있어야 했다. 한 10년 전인가 이 책의 한국어 번역 판권을 확보한 서울의 한 출판사에서 재출간하자는 제안이 있었지만 차일피일 성사되지 않고 있던 차에, 이번에 스타이너의 비평 작업에 각별한 애정을 가지고 저자와 새로 판권계약을 한 서커스출판상회 김석중 사장의 요청으로 해묵은 소망을 실현하게 되었다. 번역 대본은 1996년 저자가 예일대학 출판사에서 새로 낸 제2판(*Tolstoy or Dostoevsky: An Essay in the Old Criticism*, 2nd Edition, Yale Univ. Press, 1996)으로 하였는데, 이 판을 위한 서문을 따로 붙인 정도고 텍스트 내용은 거의 그대로라고 할 수 있다. 재출간을 위해 이전 번역을 검토하면서 역시 "해박한 지식이 종횡무진으로 구사되어 있고 비유와 암시로 가득 차 있는 이 책의 번역에 손을 댄 것은 어쩌면 옮긴이의 만용이랄 수도 있겠다"는 첫 번역서의 역자후기의 한 구절이 겸양만은 아니었음을 확인하게 되었다. 부정확하게 이해한 부분도 속출했고 여기저기 오역도 도사리고 있었으며 더구나 그의 비평 문체를 살리는 데는 한참 부족하였다. 단순한 수정이 아니라 거의 개역에 가까운 수준으로 손질하게 된 것도 그 때문이다. 부디 이 책의 새로운 출간이 우리 독자들에게도 저자 자신이 2판 서문에서 말한 것처럼 "새롭게 시의성을 얻게 되는 어떤 복합적인 동력의 혜택"을 누리면서 새 생명을 얻게 되기를 희망해본다.

2019. 3.
윤지관

옮긴이 | 윤지관

대구에서 태어나 서울대학교 영문학과를 졸업하고 같은 학교 대학원에서『교양 이념의 현재적 의미: 매슈 아놀드 연구』로 박사 학위를 받았다. 미국 버클리 대학교 초빙교수와 영국 케임브리지 대학교 방문펠로를 지냈으며 한국문학번역원장을 역임했다. 1985년부터 덕성여자대학교 영문과 교수로 재직 중이며 현재 한국대학학회 회장으로 대학문제를 연구하고 실천을 모색하고 있다. 저서로는『민족현실과 문학비평』『 리얼리즘의 옹호』『놋쇠하늘 아래서』『근대사회의 교양과 비평』『세계문학을 향하여』등이 있으며, 편저로는『영어, 내 마음의 식민주의』『사학 문제의 해법을 모색한다』등이 있다. 역서로는 제인 오스틴의『이성과 감성』『오만과 편견』(공역) 등을 비롯해 프레드릭 제임슨의『언어의 감옥』, 빌 레딩스의『폐허의 대학』등 다수의 이론서가 있다.

톨스토이냐 도스토예프스키냐

초판 1쇄 발행 2019년 5월 1일

지은이 조지 스타이너
옮긴이 윤지관

펴낸곳 서커스출판상회
주소 서울 마포구 월드컵북로 400 5층 24호(상암동, 문화콘텐츠센터)
전화번호 02-3153-1311
팩스 02-3153-2903
전자우편 rigolo@hanmail.net
출판등록 2015년 1월 2일(제2015-000002호)

ISBN 979-11-87295-31-0 03840

이 도서의 국립중앙도서관 출판예정도서목록(CIP)은 서지정보유통지원시스템 홈페이지(http://seoji.nl.go.kr)와 국가자료공동목록시스템(http://www.nl.go.kr/kolisnet)에서 이용하실 수 있습니다.
(CIP제어번호: CIP2019010940)